LES DERNIÈRES LUEURS DU JOUR

DU MÊME AUTEUR

Sous le signe du feu, Belfond, 1993

PHILIPPA GREGORY

LES DERNIÈRES LUEURS DU JOUR

Traduit de l'anglais
par Michel Ganstel

belfond
216, boulevard Saint-Germain
75007 Paris

Cet ouvrage a été publié sous le titre original
FALLEN SKIES
par Harper Collins Publishers, Londres

Si vous souhaitez recevoir notre catalogue
et être tenu au courant de nos publications,
envoyez vos nom et adresse, en citant ce livre,
aux Éditions Belfond,
216, bd Saint-Germain, 75007 Paris.
Et, pour le Canada, à
Édipresse Inc., 945, avenue Beaumont
Montréal, Québec H3N 1W3.

ISBN 2.7144.3206.9

Ce livre est dédié au soldat
Frederick John Carter
du 11e Scottish Rifles
mort à Salonique le 12 septembre 1917
à l'âge de vingt-quatre ans

Notre époque étant essentiellement tragique, nous refusons de la prendre au tragique. Nous avons subi le cataclysme, nous sommes entourés de ruines, nous commençons à bâtir de nouvelles petites maisons, à nourrir de nouveaux petits espoirs. Ce n'est pas une mince affaire : il n'y a plus de chemin aisé vers l'avenir, mais nous contournons ou nous escaladons de notre mieux les obstacles. Qu'importe que les cieux soient écroulés : nous devons vivre.

D.H. LAWRENCE,
L'Amant de Lady Chatterley, 1928

CHAPITRE PREMIER

La bouche de Stephen s'emplissait de boue, un magma visqueux qui lui collait les paupières et s'insinuait dans ses narines comme un grouillement de vers de terre. Plus il tentait d'échapper à cette pesée qui lui tirait les cheveux, lui écrasait le visage et le corps, plus la boue le paralysait sous sa masse fuyante, insaisissable. Quand il voulut crier, elle se déversa dans sa gorge, aussitôt saturée d'une écœurante fadeur de terre pâteuse.

Suffoquant jusqu'à la nausée, il haletait, toussait, crachait comme un homme qui se noie. Des deux mains, il s'efforçait à tâtons de dégager son visage de cette gangue qui l'enterrait vif et le broyait quand il reconnut la texture du lin de ses draps, la laine de ses couvertures. Il ouvrit les yeux, que le sommeil seul engluait, et ne vit que le plafond blanc de sa chambre.

Un gémissement terrifié d'enfant malade lui échappa. Répétant interminablement des mots sans suite, il se frictionna le visage, les lèvres, frotta sa langue sur laquelle persistait l'horrible goût de mort.

C'est en tournant la tête un instant plus tard qu'il vit sa mère debout sur le seuil, sa robe de chambre jetée en hâte sur sa chemise de nuit de coton. Elle avait les traits tirés par la fatigue, la crainte et un autre sentiment qu'il tenta de déchiffrer : oui, la réprobation. Il découvrit alors sa table de nuit renversée, la vilaine lampe de chevet en céramique brisée, la carafe qui gisait dans une mare d'eau sur le tapis.

– Je suis désolé, s'excusa-t-il humblement. Je faisais un mauvais rêve.

Elle s'approcha, releva la table et y posa les débris de la lampe de chevet en lui lançant un regard accusateur.

– Tu devrais me laisser appeler le Dr Mobey. Tu avais encore une de tes crises.

Une soudaine colère le saisit :

– Ce n'était rien ! Un cauchemar, voilà tout.

– Prends donc mon somnifère.

Plus que tout, Stephen redoutait le sommeil. Quand il dormait profondément, son cauchemar ne s'interrompait pas – la terreur de l'abri effondré où il se débattait, où il suffoquait jusqu'à ce qu'il ait enfin senti le froid de la boue sur son visage céder à la chaleur des mains de Coventry, son ordonnance qui le libérait de sa tombe ; jusqu'à ce qu'il ait enfin entendu le son de sa voix rassurante : *Je suis là, mon capitaine. Tout va bien, vous êtes tiré d'affaire*. Après, Stephen avait pleuré, sangloté comme un enfant. Nul autre n'avait été témoin de son accès de lâcheté, de ses larmes que Coventry essuyait de ses mains ensanglantées, souillées de terre. De peur de le blesser avec une pelle, Coventry l'avait exhumé à mains nues ; il avait gratté, remué cette masse de boue avec le dévouement d'un chien pour son maître. Ils avaient pleuré ensemble comme des jumeaux, comme des amoureux réunis par le destin.

– Je descends me faire du thé, dit-il sèchement. Allez vous coucher, je n'ai pas besoin de vos drogues.

– Tu ferais mieux de dormir, Stephen ! répliqua sa mère, excédée. Il est quatre heures du matin, ce n'est pas le moment de se faire du thé.

Il se leva, jeta sa robe de chambre sur ses larges épaules. Debout, il reprenait le dessus, il la dominait de sa présence virile. Le pitoyable malade qu'un cauchemar faisait hurler de terreur redevenait le maître de maison.

– Du thé et une cigarette, je n'ai besoin de rien d'autre, dit-il en affectant l'accent traînant et distingué appris auprès des officiers supérieurs qu'il avait côtoyés dans les tranchées. Je me recoucherai quand cela me plaira. Rentrez chez vous et laissez-moi tranquille.

Elle se détourna, soumise.

– Au moins, maugréa-t-elle, ne mets pas encore la cuisine sens dessus dessous.

Quand il fit mine de la pousser dehors, elle s'écarta comme s'il était contagieux – comme si elle craignait que les terreurs de son fils ne l'affectent à son tour.

– Tu devrais me laisser appeler le Dr Mobey, répéta-t-elle sur le palier avant de regagner sa chambre. D'après lui, ce que tu as est très courant. On dispose maintenant de toutes sortes de remèdes pour soigner les troubles nerveux. Ce n'est qu'une simple forme d'hystérie.

Stephen se lissa la moustache. Ses traits réguliers avaient repris leur orgueilleuse assurance.

– Je ne suis pas hystérique ! répondit-il en riant. Il m'arrive de temps en temps de faire un mauvais rêve, rien de plus.

Il lui tourna le dos, descendit d'un pas vif. A la faible lueur filtrant par l'imposte de l'entrée, il traversa le vestibule obscur vers la porte capitonnée donnant accès au sous-sol réservé aux domestiques et s'engagea sans bruit dans l'escalier de service.

La cuisine était éclairée. Coventry s'affairait devant le fourneau allumé. A l'entrée de Stephen, il leva les yeux et comprit d'un seul regard. Stephen laissa échapper un soupir de soulagement.

– Encore un de ces rêves, dit-il. J'avais envie de thé et tu es déjà là – mon sacré ange gardien !

Coventry répondit par un de ses inimitables sourires en coin. Stephen le regarda ajouter cinq cuillerées de thé frais aux vieilles feuilles infusées et verser l'eau bouillante en laissant la théière sur le coin du fourneau. Pendant que la mixture mijotait, il prit deux gobelets, mit quatre cuillers de sucre dans chacun avant d'y faire cascader un long jet noirâtre de thé recuit. Amer comme un poison et sirupeux à faire grincer des dents, le breuvage avait exactement le goût de celui qu'ils buvaient dans les tranchées. Ce goût qui confirmait que vous étiez encore en vie ; que, contre toute attente, vous étiez revenu sain et sauf d'une patrouille de nuit, d'une attaque à l'aube, d'une périlleuse mission solitaire de franc-tireur. Ce thé-là avait le goût de la vie. La boue, celui de la mort.

Stephen se laissa tomber sur une chaise et appuya ses pantoufles contre la porte du four tiède.

– Bon dieu, Coventry, si seulement tu voulais te remettre à parler. Et si je pouvais m'arrêter de rêver...

Il avala une gorgée. L'âcre boisson lui rinça la bouche des derniers relents de boue de son cauchemar.

– Si seulement il ne nous était rien arrivé, reprit-il dans un rare élan de franchise. Si seulement rien de tout cela ne s'était produit...

Stephen Winters vit pour la première fois Lily sur la scène du music-hall Le Palais le 5 mai 1920, à la première de la revue qui était aussi le soir de ses débuts. Il avait manqué son numéro de chanteuse en solo – il était au bar puis aux toilettes à ce moment-là. C'est pendant le french cancan final que son cousin David Walters, de passage à Portsmouth, lui avait envoyé un coup de coude en disant :

– Tu vois cette fille ? Elle sait lever la jambe. Je parie qu'elle est française.

– Les Français, je les emmerde, répondit machinalement Stephen. Leur bière est de la pisse de chat qu'ils ont le culot de vendre cinq francs le verre.

– Regarde donc, insista David. Jolie fille.

Stephen avait lancé un regard distrait à travers la verrière du bar. Lily plongeait dans le grand écart en redressant la tête avec un sourire radieux.

– Oui, dit Stephen, surpris. Pas mal du tout.

– Jolie fille, bafouilla David, déjà ivre.

Ils ne la quittèrent plus des yeux pendant que l'orchestre jouait le dernier galop et que les artistes venaient saluer devant la rampe. Quelque chose dans l'expression de Lily attirait Stephen sans qu'il puisse y mettre un nom.

– Je sais ce que c'est, dit-il soudain à David. Elle ressemble aux filles... d'avant.

– Mais non, elle a les cheveux courts ! Avant, elles ne se coupaient jamais les cheveux.

– Mais si, insista Stephen. Elle a le même air que celui des filles... d'avant. Elle a l'air...

Trop occupé à ovationner la vedette de la troupe, qui s'inclinait en une profonde révérence de cour, son cousin n'écoutait pas.

– Elle a l'air... comme s'il n'y avait pas eu la guerre, s'entêta Stephen en cherchant ses mots. Comme si la guerre n'avait jamais eu lieu.

– Allons en coulisses, décida David. Puisqu'elle te plaît, invite-la à sortir.

– Crois-tu qu'elle accepterait ?

Le rideau retombait, remontait. Lily se tenait au bout du rang. Stephen la voyait rosir et sourire de plaisir sous les applaudissements.

– Évidemment ! On est des héros, oui ou non ? De sacrés foutus héros ! Nous aurions dû arborer nos décorations.

– Je ne savais pas que tu en avais. On distribuait des médailles aux gratte-papier planqués à Londres ?

– Tout le monde n'est pas comme toi, répondit David sans se vexer. Charger à un contre mille, massacrer les Boches... Tiens, buvons un coup pour nous donner du courage et va inviter la petite à dîner, poursuivit-il en assenant une tape dans le dos de son cousin. Et demande-lui d'amener une copine pour me tenir compagnie. Toutes des grues, ces filles-là. Elles sauteront sur l'occasion.

David se fraya un chemin vers le bar et commanda deux whiskies secs. Stephen avala le sien d'un trait.

– Viens, l'encouragea David. L'entrée des artistes est toujours quelque part à l'arrière.

En jouant des coudes, les deux hommes s'extirpèrent de la bousculade à la sortie du music-hall et remontèrent, bras dessus, bras dessous, la venelle obscure qui longeait le bâtiment. Un couple étroitement enlacé s'embrassait avec passion, le chapeau de la femme était prêt à tomber.

– Sale garce ! gronda Stephen dans un subit accès de rage. Je ne supporte pas les putes.

– Oh, toi, tu détestes tout le monde quand tu as un verre dans le nez, dit David avec bonne humeur. Voilà, nous y sommes. Vas-y, frappe.

Un guichet s'ouvrit, le portier passa la tête.

– Transmettez nos félicitations aux danseuses, lui dit David avec aplomb. Nous voudrions connaître le nom de la petite blonde.

Le portier les dévisageait comme s'il ne comprenait pas. Stephen sortit un shilling de sa poche, fit miroiter la pièce sous le bec de gaz. L'autre ouvrit la porte et le shilling changea discrètement de mains.

– La jeune blonde, celle qui a les cheveux courts, précisa Stephen.

– Mlle Lily Valance, messieurs.

– Nous aimerions l'inviter à dîner. Avec une amie.

– La grosse brune, intervint David. L'assistante du prestidigitateur.

– Mlle Madge Sweet, messieurs.

– Eh bien, transmettez-leur à toutes les deux notre invitation. Faut-il que j'écrive un mot ?

Le portier acquiesça. Stephen sortit de sa poche un étui à cartes de visite muni d'un petit porte-mine d'argent et griffonna : *Mon cousin et moi vous prions de nous faire l'honneur de dîner avec nous au Queens Hotel. Nous sommes à l'entrée des artistes.*

– Nous restons attendre la réponse, dit-il en tendant la carte au portier.

Celui-ci allait s'exécuter quand une femme modestement vêtue apparut derrière les visiteurs, passa entre eux en s'excusant et franchit la porte ouverte.

– Ces messieurs demandent Lily, l'informa le portier.

Helen Pears se tourna vers eux et les dévisagea.

– Lily est ma fille, déclara-t-elle.

Stephen dut prendre sur lui pour se rappeler qu'il n'avait pas à se sentir intimidé par la mère d'une girl de music-hall. Si sa fille n'était qu'une petite grue, elle avait sans doute elle-même vécu de ses charmes – jadis.

– Je suis le capitaine Stephen Winters, dit-il en bombant le torse. Mon cousin, le capitaine David Walters. Nous voulions savoir si Mlles Valance et Sweet accepteraient de dîner avec nous.

La femme le fixait avec froideur, sans sourire.

– Au Queens, se hâta d'ajouter Stephen pour lui faire comprendre qu'il n'était pas le premier venu.

Elle ne répondit toujours pas.

– Nous prendrons ma voiture, mon chauffeur attend.

Nullement impressionnée, Helen Pears se borna à faire un geste évasif.

– Je transmettrai votre invitation à Mlle Sweet, affirma-t-elle posément, mais ma fille ne sort pas le soir.

Là-dessus, elle tourna les talons et le portier leur referma la porte au nez avec une moue compatissante.

– Vieille chipie ! C'est fichu, se lamenta David.

– Va au Queens, lui dit Stephen. Je t'y rejoindrai.

– Tu n'as plus aucune chance, voyons. Avec son dragon de mère qui monte la garde...

– On peut toujours essayer. Vas-y, te dis-je.

– Tu rêves, mon pauvre ami.

Les deux cousins allèrent ensemble au bout du passage. Stephen fit signe à Coventry, au volant de l'imposante limousine Argyll stationnée devant l'entrée du music-hall :

– Amène la voiture ici ! lui cria-t-il.

Sous les regards curieux de quelques membres de la troupe qui sortaient, Coventry rapprocha la voiture de la ruelle. Stephen se posta près de la portière et attendit.

Il vit bientôt la lumière du réverbère se refléter sur les cheveux blonds de Lily, à peine couverts par un minuscule bibi, qui s'avançait vers lui en tenant sa mère par le bras. Les deux femmes bavardaient et riaient avec une liberté, une intimité chaleureuse qui le frappa.

Stephen fit un pas à leur rencontre, s'inclina avec une politesse étudiée :

– Madame Valance, mademoiselle, je vous prie de bien vouloir pardonner ma conduite. Mon long séjour dans les Flandres m'a fait oublier mes bonnes manières.

Lily le gratifia d'un sourire franc et amical tandis que sa mère restait impassible. Sa froideur exaspéra Stephen. Cette femme ne pouvait-elle faire preuve de simple politesse envers un gentleman ?

– Je conçois qu'il est un peu trop tard pour dîner, reprit-il en ouvrant la portière, mais puis-je au moins vous reconduire chez vous ? Il est presque impossible de trouver un taxi à cette heure-ci.

Lily pinça discrètement le bras de sa mère, geste qui n'échappa pas à Stephen. Helen Pears hésita.

– Je vous remercie, dit-elle enfin. Nous habitons Highland Road.

Helen monta la première, Lily ensuite. Stephen s'assit à côté d'elle et prit le cornet acoustique reliant l'arrière de la limousine au siège du chauffeur :

– Highland Road !

– L'épicerie Pears. Au coin, précisa Helen.

– Ma famille est originaire de Portsmouth, lui dit Stephen, cherchant désespérément à trouver entre eux un point commun. Les Winters sont avocats.

– Je sais, répondit-elle.

– Vraiment ? Veuillez m'excuser, il ne me semble pas vous reconnaître.

– Nous ne nous connaissons pas. J'ai vu votre photographie dans le *Hampshire Telegraph*.

Il y eut un silence embarrassé. Stephen se tourna vers Lily, se força à sourire.

– Le portier m'a dit que vous vous appeliez Valance.

Elle lui coula un regard sous ses cils à demi baissés. Stephen sentit un brusque élan de désir pour cette toute jeune fille, pas même encore une femme, cette adolescente au teint de crème, aux cheveux de miel.

– Valance est mon nom de scène. En réalité, je m'appelle Lily Pears.

Elle s'exprimait avec élégance, sans trace d'accent. Stephen s'impatientait de ne faire aucun progrès.

– Accepteriez-vous de dîner avec moi demain soir, Mlle Pears et vous ? demanda-t-il à Helen. M. Pears aussi, bien entendu, s'il veut bien se joindre à nous.

– Je suis veuve, il n'y a plus de M. Pears...

Une fois encore, Stephen remarqua le geste furtif de Lily qui lui pinçait le bras de sa main gantée.

– Je vous remercie, capitaine Winters, acheva-t-elle. Cela nous fera grand plaisir.

– Puis-je vous chercher à la fin du spectacle ?

– Je vous remercie, répéta Helen.

La limousine ralentit, s'arrêta. Lily et sa mère descendirent sur le trottoir. Stephen les suivit, serra la main d'Helen avant de prendre celle de Lily dans la sienne.

Il sentit la tiédeur de sa paume à travers le gant de coton blanc. Le visage levé vers lui, elle souriait d'un sourire paisible, plein d'assurance, comme si elle avait l'intime conviction qu'il ne pouvait rien lui arriver de mal. Une sorte de magie émanait de toute sa personne. Plus il la regardait, plus Stephen était sûr de n'avoir jamais vu de visage comme le sien depuis les premiers jours de la guerre. Les jeunes officiers frais émoulus de leurs écoles affichaient la même expression, la même certitude tranquille que la vie était une glorieuse aventure qui ne leur réserverait jamais de désillusions.

– Bonsoir, mademoiselle Pears. A demain.

– Bonsoir, capitaine Winters.

Sa voix limpide, joyeuse, lui donna l'impression qu'elle s'amusait à jouer les grandes personnes et qu'elle était sur le point de pouffer de rire. Stephen lui lâcha la main à regret et attendit que la porte de la boutique se referme derrière les deux femmes.

Coventry le conduisit au Queens Hotel. Il dîna avec David avant de faire la tournée des pubs les plus mal famés de Portsmouth et d'y prendre une cuite magistrale.

CHAPITRE 2

Le dîner fut un fiasco. Lily était intimidée par les pompeuses dorures du Queens Hotel et Stephen, toujours gauche avec les femmes, ne savait comment lui parler dans cette atmosphère guindée. Après avoir discuté de l'éclipse de lune survenue quelques jours plus tôt et supputé les chances de l'Angleterre aux prochains jeux Olympiques, la conversation retomba et Stephen resta muet. Si Lily avait été une grue comme il l'avait d'abord cru, il l'aurait emmenée dans un bar populaire pour l'enivrer jusqu'à ce qu'il puisse l'entraîner dans une arrière-cour et la posséder debout contre un mur, avec une grossièreté délibérée. Mais là, entre ces deux femmes déguisées en ladies, il ne savait comment s'y prendre. Il la désirait pourtant, cette Lily plus empruntée qu'une gamine sans expérience, intimidée par les serveurs mais qui admirait naïvement les autres dîneurs. Il la désirait avec sa joliesse un peu mièvre, sa petite robe de cocktail bleue et son bibi à plumes. Quant à sa mère, avec sa robe noire, ses sautoirs de jais et ses gants jusqu'aux coudes, elle était aussi digne et rébarbative qu'une duchesse.

Sensible au malaise qui régnait à leur table depuis le début, le serveur fit diversion, enleva les assiettes à dessert et disposa la cafetière en argent, le sucrier, les tasses. Mme Pears, qui fixait l'orchestre et les danseurs, s'en détourna pour verser le café.

– Fameux, ce dîner, déclara Stephen dans l'espoir de s'attirer des remerciements.

Mme Pears se contenta d'approuver d'un signe de tête.

– Cela vous change sans doute des restrictions.

– Non. Le seul avantage de tenir une boutique c'est de ne manquer de rien.

– Voyons, maman ! protesta Lily, en pensant à leur régime de pain rassis et de talons de jambon desséchés.

Stephen était devenu cramoisi.

– Je croyais que... qu'on manquait de tout ici, bafouilla-t-il. Du... du moins, c'est ce qu'on nous disait.

– Bien sûr, dit Mme Pears avec un sourire sarcastique. Il y aurait même eu largement de quoi pour tout le monde si les gens avaient su partager. En réalité, ceux qui n'ont pas subi de privations ont été ceux qui avaient les moyens.

– Vous en avez profité ? Vous faisiez du marché noir ?

– Je faisais en sorte que Lily ait des chaussures aux pieds et de quoi manger sur la table, que j'aie de quoi lui payer des leçons de danse et des cours de chant. Mon argent, je le gagnais sur le dos des gens riches et égoïstes, prêts à dépenser toujours plus pour ne se priver de rien. Si c'est ce que vous appelez profiter, capitaine, alors traitez-moi de profiteur de guerre. Mais vous feriez mieux de regarder d'abord autour de vous avant de m'accuser.

La tête basse, Lily rougissait de honte.

– Maman, je t'en prie..., dit-elle à mi-voix.

Sans lui prêter attention, Mme Pears pointa son index ganté de noir sur les convives de la table voisine.

– Vous voyez Hurt, conseiller municipal et fabricant de confection ? Demandez-lui combien de drap kaki est passé dans son usine en quatre ans. Parlez-lui de ses capotes et de ses uniformes en papier buvard. Et lui, Wilson, le ferrailleur qui est maintenant adjoint au maire. Demandez-lui combien lui ont rapporté les casseroles, les grilles, tous les métaux que la population lui cédait gratuitement pour soutenir l'effort de guerre et qu'il revendait au prix fort. Et l'autre, Askew, l'usine de munitions. Parlez-lui donc des filles qui ont encore la peau orange après avoir travaillé chez lui, parlez-lui de ses obus qui faisaient long feu... Nous avons tous été des profiteurs de guerre, sauf les morts qui n'en sont pas revenus. Ce sont eux les seules victimes. Les naïfs. Les autres n'ont pas eu à s'en plaindre.

Le silence retomba. Tremblant de fureur, Stephen dut cacher ses mains sous la nappe. Lily se leva d'un bond.

– J'adore cette chanson. Dansons !

Stephen se leva à son tour et se laissa guider vers la piste. Il lui passa le bras autour de la taille, elle glissa sa petite main dans la sienne et ils commencèrent à danser avec grâce et légèreté. Le visage levé vers celui de Stephen, encore pâle de rage, elle sourit en fredonnant les paroles de la romance sentimentale à la mode. Sous le grand lustre qui scintillait de tous ses feux, ils firent en tournoyant le tour de la piste.

Quand la musique s'arrêta, Stephen avait repris ses couleurs. Lily se tourna vers l'orchestre en battant des mains. Les musiciens s'inclinèrent et le chef lui adressa un salut plus marqué :

– Mlle Lily Valance ! annonça-t-il au public.

En rougissant, Lily consulta du regard sa mère qui lui fit signe de s'approcher de l'estrade. Sans lâcher le bras de Stephen, Lily obéit.

– Mlle Lily Valance, la nouvelle star du Palais ! ajouta le chef d'orchestre avec emphase.

– Attendez-moi ici, souffla-t-elle à Stephen en retroussant sa jupe pour escalader l'estrade.

– Chantez *Tipperary* ! cria une voix dans l'assistance.

Avec un sourire, Lily fit un signe de dénégation :

– Je vous chanterai plutôt *Danny Boy*.

L'orchestre joua l'ouverture, Lily écouta avec le sérieux d'un enfant appliqué et la salle devint silencieuse quand elle commença à chanter.

Sa voix de soprano léger était d'une extraordinaire pureté, inattendue chez une chanteuse de music-hall. Elle chantait comme si elle était seule, sans gestes, sans artifices, les mains jointes, le regard au loin comme si elle cherchait à distinguer quelque chose au-delà de la salle, au-delà de l'horizon. Cette ballade irlandaise n'était ni une des chansons martiales devenues populaires depuis la guerre ni une complainte à la mémoire des morts, ces pauvres naïfs qui n'avaient profité de rien. Lily ne chantait jamais de chansons guerrières. Pourtant, aucun de ceux qui voyaient sa frêle et gracieuse silhouette en écoutant tinter le cristal limpide de sa voix ne pouvait s'empêcher d'évoquer les jeunes hommes, aussi sereins qu'elle et aussi pleins d'espoir, qui avaient quitté les rivages de l'Angleterre six ans plus tôt pour n'y jamais revenir.

Elle laissa filer sa dernière note dans un silence complet, comme si personne n'avait plus envie de danser et se forçait à croire que tout allait pour le mieux dans ce monde qui continuait à tourner sans la fleur de sa jeunesse, dans ce monde de survivants qui se forçaient à croire que ces jeunes hommes n'avaient jamais existé. Au bout d'un long moment, un des profiteurs applaudit, leva son verre plein de champagne millésimé en criant *Hourra pour Lily !* Alors, tout le monde se mit à applaudir, à demander une autre chanson, à commander de nouvelles bouteilles. Lily secoua gentiment la tête, redescendit de l'estrade et laissa Stephen l'escorter à leur table, où les attendait une bouteille de champagne dans un seau à glace.

– C'est de leur part, dit Mme Pears en désignant la table d'à côté. Inutile d'aller les remercier, Lily, contente-toi d'un signe de tête et d'un sourire.

Docilement, Lily se tourna vers les voisins de table et fit ce que sa mère lui avait dit.

– Ma parole, vous êtes une vraie star ! s'exclama Stephen, admiratif.

– Je l'espère bien ! répondit-elle, les joues rouges et les yeux brillants de plaisir.

Le serveur apporta des coupes, les remplit. Lily leva la sienne en souriant aux donateurs.

– Cela suffira, lui dit sa mère.

Stephen eut un sourire amusé.

– Je vois que vous tenez bien Lily en laisse.

– J'étais moi-même chanteuse de music-hall avant mon mariage, répondit Mme Pears. J'y ai appris quelques leçons.

– Maman ne me quitte jamais, intervint Lily.

– Il est temps de rentrer, dit Mme Pears. Lily joue en matinée demain, elle a besoin de sommeil.

– Bien sûr, s'empressa d'approuver Stephen.

Il paya l'addition pendant que les deux femmes reprenaient leurs manteaux au vestiaire et alla les attendre dehors, sous la marquise. Coventry s'approcha au volant de la grosse limousine Argyll, stoppa devant les marches et descendit ouvrir la portière arrière. Tandis que les deux hommes se regardaient dans les yeux, Stephen alluma une cigarette et aspira de longues bouffées jusqu'à ce que l'apparition des deux femmes sur le perron mette fin à leur silencieuse communion. Par réflexe, Stephen s'humecta les doigts de salive pour éteindre sa cigarette à peine entamée, et il allait la poser derrière son oreille quand un regard de Coventry le rappela aux convenances. Rouge d'embarras, il la jeta dans une vasque de pierre au pied des marches.

Coventry conduisit avec une majestueuse lenteur et s'arrêta le long du trottoir devant la boutique au coin de Highland Road. Après un bref remerciement, Mme Pears rentra la première. Lily s'attarda un instant sur le seuil, devant la porte entrebâillée par laquelle on devinait les rayons chargés de marchandises. Pour Stephen, elle était elle aussi un objet qu'il pourrait acheter sous le comptoir comme un luxe de marché noir. Comme une gourmandise d'avant-guerre dont on se régale en se léchant les doigts, sans en laisser une miette.

– Merci de cette bonne soirée, lui dit-elle poliment.

– Sortons ensemble demain. Coventry nous conduira le long du front de mer.

– Impossible, j'ai une matinée.

– Après-demain dimanche, alors ?

– Si maman veut bien.

– Je passerai vous prendre à trois heures.

– D'accord.

Sans pouvoir distinguer si Mme Pears y était encore, Stephen jeta un regard discret dans la boutique obscure et se pencha vers Lily. Ses cheveux blonds luisaient sous la lumière vacillante des réverbères. D'une main, il lui prit la taille, souple et douce sans l'armure rebutante d'un corset. Elle lui rappela une autre fille, une fille d'avant, qui ne portait de corset que le dimanche pour aller à la messe. Les jours de semaine, elle avait la peau tiède sous une mince camisole de coton. Il attira Lily contre lui. Toujours souriante, elle fit un pas en avant. Il huma son parfum. Elle avait elle aussi la peau tiède sous la fine étoffe de sa robe.

– Il est temps de rentrer, Lily, fit la voix de sa mère juste derrière elle.

Stephen la lâcha immédiatement.

– Bonne nuit, capitaine Winters, reprit la voix de Mme Pears de l'intérieur de la boutique. Merci encore pour ce délicieux dîner.

La porte s'ouvrit en grand. Avec un regard malicieux d'écolière, Lily salua Stephen de sa main gantée de blanc et disparut dans l'obscurité.

Pendant le court trajet de retour, Stephen s'assit à l'avant avec Coventry pour profiter du grand air.

– Jolie fille, dit-il comme se parlant à lui-même.

Il prit deux cigarettes dans son étui, les alluma en même temps et en passa une au chauffeur, qui la prit sans quitter la route des yeux.

– Dommage pour la mère, poursuivit Stephen sur le même ton. Affreusement respectable, cette femme.

Coventry acquiesça d'un signe de tête.

– Elle n'a rien d'une ancienne saltimbanque. Je pourrais presque l'inviter à prendre le thé à la maison.

Coventry lui lança un regard interrogateur.

– On verra comment les choses évolueront. Il faut bien finir par se marier. Alors, celle-là ou une autre... Elle est comme les filles d'avant la guerre. On l'imagine sans peine vivant à la campagne, dans une ferme. Avec une fille comme elle, même moi je pourrais vivre dans une ferme...

L'air froid, humide et poisseux de sel marin, les giflait dans l'habitacle ouvert mais les deux hommes aimaient cet inconfort chargé de souvenirs.

– Les filles ne manquent pas, poursuivit Stephen avec une sorte de rancune. Il y en a même un million de trop, d'après ce qu'on dit. Un million de femmes sans hommes ! Dans ces conditions, je ne vois pas pourquoi on en choisirait une plutôt qu'une autre.

Coventry stoppa devant la belle maison de briques rouges, dont la lune soulignait la pierre blanche du perron et des entourages de fenêtres. Stephen ouvrit sa portière :

– Tu couches ici ce soir ?

Coventry hocha la tête.

– On se fait un thé plus tard ?

L'homme acquiesça de nouveau.

Stephen mit pied à terre, franchit l'imposante grille de fer forgé, traversa le jardin et gravit les marches du perron en sortant de sa poche les clefs de la porte d'entrée. Quand il pénétra dans le vestibule, sa mère sortait du salon.

– Tu rentres tôt ce soir, lui dit-elle aimablement.

– Pas plus que d'habitude.

– Un bon dîner ?

– Au Queens. Toujours pareil.

– Tu étais avec quelqu'un de connaissance ?

– Non, personne que vous connaissiez.

Elle hésita à insister, sa curiosité réfrénée par le goût du secret de règle dans la famille.

– Père est encore réveillé ? demanda Stephen en se dirigeant vers l'escalier.

– L'infirmière vient de le quitter. Il s'est peut-être assoupi, entre sans faire de bruit.

Stephen approuva d'un signe de tête et monta.

La chambre de son père était plongée dans une pénombre à peine atténuée par une veilleuse posée sur la cheminée où rougeoyaient les dernières braises. Arrêté sur le seuil, Stephen attendait que sa vision s'accoutume à l'obscurité quand un accès de terreur lui serra la poitrine dans un étau et affola les battements de son cœur. Il ne supportait pas d'être dans le noir sans voir clair devant lui, en sachant qu'il devait avancer à l'aveuglette tandis qu'Ils épiaient en sûreté sa silhouette qui se détachait sur l'horizon, tandis qu'Ils pouvaient prendre tout leur temps pour viser au cœur, presser la détente...

Il tendit la main derrière lui et rouvrit la porte. La lumière électrique du palier inonda aussitôt la pièce. Stephen frémit de soulagement, dégrafa son col de chemise et lâcha un juron en constatant qu'il avait le visage et le cou baignés de sueur froide.

Son père ne dormait pas. Stephen vit qu'il avait la tête tournée vers la porte et le dévisageait.

– J'ai horreur d'être dans le noir, dit-il en s'avançant vers le lit.

Il rapprocha une chaise et s'assit au chevet de son père, qui le fixait de ses yeux noirs et tristes. L'attaque cérébrale qui lui déformait le côté gauche avait épargné l'autre moitié de son large visage marqué de rides.

Stephen lui prit la main, la serra sans douceur comme s'il s'agissait d'un spécimen quelconque soumis à son inspection et la laissa retomber, inerte.

– J'ai invité une fille à dîner, ce soir. Une girl de music-hall, rien de particulier.

Distraitement, il joua avec la main de son père.

– Au fond, vous ne valez pas mieux qu'un cadavre, poursuivit-il sur le ton de la conversation. Vous devriez faire partie de nos glorieuses victimes. Sans Christopher, cela ne vous serait jamais arrivé. Maman m'a tout raconté : un seul regard sur le télégramme et vous êtes tombé raide...

Le silence n'était troublé que par le léger tic-tac de la pendule sur la cheminée.

– Ce n'est pas pour moi que vous seriez à moitié mort aujourd'hui, hein ? Pas de danger ! J'étais la honte de la famille. Qui aurait pu rêver que c'était moi qui reviendrais en héros et Christopher qui resterait sur le carreau ? demanda-t-il avec un sourire froid. Vous êtes bien convaincu, au moins, que je suis un héros, n'est-ce pas ? Hein, dites ?

Stephen se leva en entendant les pas de sa mère dans l'escalier et se retira sans bruit.

– Dormez bien, conclut-il avant de refermer la porte.

Sur le palier, il croisa sa mère qui regagnait sa chambre et lui souhaita bonne nuit.

– Vas-tu te coucher ? s'enquit-elle.

– Non, je descends boire du thé avec Coventry.

– Vous êtes comme deux gamins qui se cachent pour s'amuser quand les grandes personnes ont le dos tourné ! dit-elle en dissimulant mal son irritation. Ne jette pas encore tes cendres partout, je te prie. La cuisinière se plaint sans arrêt et c'est moi qui dois la subir, pas toi.

Sans répondre, il descendit, franchit la porte matelassée donnant accès au sous-sol et arriva dans la grande cuisine tiède, la seule pièce de la maison qui eût une odeur de vie. La chambre de son père empestait l'hôpital, le salon sentait le froid, les fleurs et la cire. Ici se mêlaient des effluves de cuisine et de lessive, de tabac et de repassage. La bouilloire chantait sur le fourneau encore chaud. La vieille théière d'étain bosselée était posée sur la table à côté des deux gobelets émaillés. Coventry versa le thé, ajouta les quatre cuillers de sucre, tourna rituellement la mixture cinq fois dans le sens des aiguilles d'une montre et les deux hommes s'assirent côte à côte devant le fourneau. Le dos rond, le gobelet serré entre les mains, leurs épaules et leurs bras se frôlaient, comme s'ils étaient encore serrés l'un contre l'autre dans un abri de tranchée. Et ils restèrent ainsi sans parler, sereins. Apaisés.

En pyjama, appuyée contre la fenêtre, Lily regardait la lune se refléter sur les toits des maisons d'en face.

– Il est vraiment bel homme, dit-elle rêveusement.

Helen Pears glissa une bouillotte entre les draps et ne répondit que par un grognement évasif.

– Tu ne le trouves pas beau, maman ?

– Viens te coucher, Lily ! Il fait froid, tu vas attraper la mort à rester comme cela.

Lily quitta la fenêtre à regret. Helen tira l'épais rideau noir, souvenir du black-out.

– Il s'est conduit en héros pendant la guerre, insista Lily. Une des filles a lu dans le journal qu'il avait pris une ferme et tué les Boches tout seul.

Helen lui fit signe de venir au lit. Lily obéit et se laissa border comme une enfant.

– Ai-je bien chanté, ce soir ?

– Comme un ange.

– Je leur ai plu, n'est-ce pas ?

– Ils t'ont adorée.

– Tu veux bien rester avec moi jusqu'à ce que je m'endorme ?

– Oui, j'ai de la couture.

Les traits tirés par la fatigue, Helen alla chercher son panier à ouvrage, s'assit dans le fauteuil d'osier sous la lampe et reprisa les bas de Lily jusqu'à ce que celle-ci eût fermé les yeux. Alors, Helen rangea son ouvrage, éteignit et resta un long moment dans le noir à écouter la respiration paisible de sa fille, comme elle l'avait fait tout au long des années d'enfance de Lily.

– Bonne nuit, ma chérie, dit-elle à voix basse. Dors bien et fais de beaux rêves.

CHAPITRE 3

Lily avait contracté le virus du théâtre dès son plus jeune âge quand, affublée du vieux boa de sa mère, elle passait des heures à arpenter en chantant le petit appartement au-dessus du magasin. A force de volonté et de persévérance, Helen Pears réussissait à rendre la boutique rentable et à réaliser assez d'économies pour payer à Lily des cours de danse et des leçons de chant. En grattant sou par sou sur les dépenses du ménage à l'insu de son mari, elle procurait à Lily une formation assez solide pour la faire engager d'emblée dans la troupe du Palais, un des maillons de la chaîne Edwardes propriétaire de music-halls à Southsea, Bournemouth et Plymouth. Ce n'était sans doute pas ce dont Helen Pears rêvait pour sa fille mais elle ne pouvait rien faire de mieux pour elle. Au moins l'écartait-elle ainsi des rues étroites et des existences étriquées de Portsmouth.

Lily serait peut-être indéfiniment restée une girl parmi les autres si elle n'avait attiré l'attention du directeur musical, Charlie Smith, lors d'une des premières semaines de répétitions.

– Hé, Lily ! Tu sais chanter ? l'avait-il interpellée pendant une pause.

Au premier rang de la salle plongée dans la pénombre, affalées dans les fauteuils et les pieds sur la rampe de la fosse d'orchestre, les danseuses buvaient le thé de leurs Thermos et mangeaient des sandwiches en bavardant pendant que Charlie harmonisait une mélodie au piano.

– Oui, répondit Lily, étonnée.

– Tu sais lire la musique ?

– Bien sûr.

– Chante-moi donc cela, dit-il en lui lançant une partition.

Charlie plaqua les accords de l'introduction. Les yeux sur la partition, Lily le rejoignit en enjambant la rampe et commença à chanter, accoudée au piano.

Un silence suivit la dernière mesure.

– Pas mal, approuva Charlie. Ta voix est bien posée.

– Au travail s'il vous plaît mesdemoiselles ! cria le régisseur en coulisses. M. Brett veut revoir le numéro du lévrier. Mlle Sylvia Charmante sera là cet après-midi. D'ici là, n'oubliez pas de lui laisser de la place.

Charlie fit un clin d'œil à Lily :

– Je t'invite à déjeuner tout à l'heure.

Les filles remontèrent sur la scène par la passerelle au-dessus de la fosse et se mirent en ligne en ménageant au milieu la place de la vedette.

– Elle aura un chien, un lévrier, leur rappela le régisseur d'un air dégoûté. N'oubliez pas non plus de lui laisser de quoi se retourner. Madge, déplace-toi un peu plus sur la gauche. Toi aussi, Lily.

– Qu'est-ce qu'il fera, le cabot ? s'enquit Charlie.

– Il mordra les mollets des filles, du moins je l'espère, répondit Mike, le régisseur, sans l'ombre d'un sourire. Allez, on reprend depuis le début !

Ils allèrent déjeuner dans un café d'ouvriers d'une des petites rues derrière l'hôtel de ville. Charlie but du thé en fumant des cigarettes à la chaîne. Lily dévora un sandwich au bacon en avalant un verre de lait.

– Pouah ! Quel mélange, observa Charlie.

Avec un large sourire, Lily s'essuya sans vergogne les lèvres d'un revers de manche.

– Veux-tu devenir chanteuse ? reprit Charlie. Cela te plairait d'être une star ?

– Bien sûr ! Tout le monde en rêve.

– Tu es encore toute jeunette. Quel âge as-tu, dix-sept, dix-huit ans ?

– Dix-sept ans et demi.

– Je pourrais te ménager un solo. Il nous manque un numéro, nous aurions besoin d'une chanteuse qui sorte de l'ordinaire. Cela t'intéresse ?

Bouche bée, Lily lui lança un regard soupçonneux.

– Pourquoi moi ?

– Pourquoi pas toi ? répondit Charlie avec un haussement d'épaules. De toute façon, il nous faut quelqu'un. Qui d'autre y aurait-il ?

– Madge Sweet, Tricia de Vogue, Helena West, énuméra Lily en comptant sur ses doigts. Elles savent chanter.

– Oui, oui, je sais, je les ai entendues. Elles n'ont aucune per sonnalité, elles veulent toutes imiter des vedettes connues. Moi, je pense à autre chose. Une idée qui me trotte dans la tête depuis un bon moment. Alors, cela t'intéresse, oui ou non ?

– Évidemment !

– Bon. Dis à ta mère de venir me voir ici ce soir à l'heure du thé. J'y serai.

De retour au théâtre, Charlie avisa le directeur qui dictait, au téléphone des coulisses, un télégramme adressé à Mlle Sylvia Charmante, théâtre des Variétés à Londres, pour lui signaler qu'elle devait arriver par le train de onze heures et qu'on l'attendait toujours. Quand il eut terminé, Charlie le prit par le coude et l'attira à l'écart.

– Lily Pears, vous savez, la petite blonde de la troupe des girls, je voudrais l'essayer dans la chanson dont je vous parlais, dit-il d'un ton persuasif. Vous m'aviez dit qu'on pouvait. Je n'ai personne d'autre sous la main et on a un trou à boucher en seconde partie.

William Brett le congédia d'un geste excédé en disant que, Dieu merci, on trouvait encore sur terre des gens qui avaient envie de travailler et qu'il se demandait comment il pourrait forcer cette prima donna scandaleusement surpayée à respecter son contrat et à s'extraire de son lit pour venir enfin à Southsea participer aux répétitions. Charlie se borna à approuver d'un hochement de tête ; il traversa la scène et descendit dans la fosse d'orchestre où il pianota en sourdine quelques accords.

– En place, mesdemoiselles, en place ! répétait le régisseur avec une patience décroissante. Je remplacerai Mlle Sylvia de manière à ce que vous répétiez votre chorégraphie. Un peu d'attention, s'il vous plaît !

– Tu peux aussi chanter en soprano ? demanda Charlie en riant.

– Je sifflerais comme un canari s'il le fallait pour démarrer enfin cette foutue revue ! répliqua le régisseur.

Lily attendit la pause de l'après-midi pour annoncer aux filles qu'elle allait avoir un solo et accepta baisers et félicitations avec un sourire aussi faux que ces démonstrations d'amitié. Les liens créés par le travail en commun ne résistaient pas à la jalousie que provoquait la chance de Lily, unanimement qualifiée de phénoménale.

– J'en suis malade d'envie ! déclara Madge Sweet en serrant Lily dans ses bras à lui couper le souffle.

– Comment vas-tu te coiffer ? voulut savoir Helena. Et t'habiller ? Tu n'as rien à te mettre. C'est ta première revue, n'est-ce pas ?

– Maman a pratiqué le métier, répondit Lily. Elle a des malles pleines de costumes, elle trouvera quelque chose.

Sa réplique souleva des rires malveillants.

– Une robe du siècle dernier, M. Brett sera sûrement ravi ! s'écria Tricia en s'esclaffant.

– Un éventail mangé aux mites !

– Une crinoline !

Les dents serrées, Lily parvint à garder le sourire.

– Je saurai me débrouiller, dit-elle quand les rires se furent un peu calmés.

– Tu devrais laisser retomber tes cheveux, suggéra Madge en enlevant les épingles qui retenaient son chignon.

La chevelure de Lily cascada en longues ondes dorées jusqu'à sa taille.

– Tu chanteras comme Alice au pays des merveilles, affirma Madge en pouffant. Ce sera chou comme tout !

– Lily Pears, l'enfant prodige ! renchérit Tricia.

– Je ne m'appellerai plus Pears, décida Lily tout à coup. Je reprendrai plutôt le nom de scène de ma mère, Helen Valance. Désormais, je serai Lily Valance.

– Mesdemoiselles, je vous en prie ! les héla le régisseur. En place pour la scène des fleurs ! Et, de grâce, n'oubliez pas que le prestidigitateur devra sortir de vos paniers des fleurs, des rubans et Dieu sait quoi encore. Il n'est pas encore arrivé lui non plus, mais ménagez-lui sa place. Nous n'avons pas non plus les paniers, mais rappelez-vous que vous devrez les tenir à sa portée et tournés vers lui pour qu'il puisse faire ses tours. Compris ? Avons-nous au moins de la musique ?

– Présent ! annonça Charlie en égrenant un arpège.

– Un sur trois, c'est mieux que rien, soupira le régisseur, accablé. Maestro Smith, quand vous voudrez.

Helen Pears ferma la boutique de bonne heure ce jour-là pour aller chercher Lily au théâtre. Elle avait beau savoir que sa fille était en âge de rentrer seule et qu'il n'y aurait pas d'hommes montant la garde à l'entrée des artistes jusqu'au début de la revue, Lily n'était pas moins sa fille unique et, surtout, la seule personne au monde qu'elle eût jamais aimée. Tout au long de sa vie, Helen Pears avait subi avec stoïcisme des déceptions en cascade : une carrière théâtrale avortée, une minable boutique de quartier, un mari engagé volontaire dans un moment d'ivresse patriotique et dont le navire avait sauté sur une mine avant même de tirer un coup de canon. Seule la naissance de sa fille, cet angelot blond et rose, lui avait apporté une joie sans mélange. L'avenir de Lily représentait son seul espoir.

Lily attendit d'avoir traversé la rue pour annoncer à sa mère la grande nouvelle de son solo. Helen s'arrêta au beau milieu des rails de tramway et serra la main de Lily au point de lui tirer un cri de douleur.

– Ton premier pas sur la bonne voie ! s'exclama Helen. Tu n'es qu'au début de ta première saison et tu es déjà plus avancée que moi. Tu tiens ta chance, ma Lily. Nous ne la laisserons pas perdre.

– Nous vendrons la boutique dès que je gagnerai assez d'argent, promit Lily. Et je t'achèterai une maison à Southsea. Une belle maison sur le front de mer.

– Je parlerai à Charlie Smith. S'il le faut, j'irai même voir M. Brett.

– Charlie voulait justement t'en parler. C'est par ici, dit Lily en la guidant vers le petit café.

Assis près de la fenêtre, Charlie se leva à demi et serra la main d'Helen.

– Retournons au théâtre faire un essai, proposa-t-il après que la serveuse leur eut apporté du thé. De toute façon, je dois rester tard ce soir pour adapter les orchestrations de Sylvia Charmante. J'ai une idée pour la chanson de Lily, j'aimerais voir ce qu'elle donne.

– Rien de mauvais goût, j'espère, déclara Helen.

– Votre fille a de la classe, madame Pears, répondit Charlie en soutenant son regard impérieux. C'est un atout que nous ne voudrions surtout pas gâcher.

Des relents de vieille bière et de fumée refroidie flottaient dans le théâtre vide et sombre. Les rangées de fauteuils se perdaient au loin dans l'obscurité, le balcon semblait suspendu dans le vide. Le silence solennel évoquait une église déserte. Dans la fosse d'orchestre, la petite lampe verte sur le piano de Charlie constituait la seule source de lumière. Lily et Helen traversèrent la scène obscure comme des spectres de danseuses s'avançant vers un public évanoui. Helen s'aventura sur l'étroite passerelle reliant la scène à la salle et s'assit au premier rang, près du piano.

Charlie héla un machiniste qu'on entendait travailler quelque part en coulisses :

– On peut avoir des lumières ?

Un plafonnier s'alluma dans la salle puis un projecteur braqué vers la scène où se tenait Lily. Apparemment très à l'aise, elle sourit à sa mère.

– Connais-tu cela ? lui demanda Charlie en lui tendant une partition.

Lily laissa échapper un petit cri de surprise.

– Oui, mais je ne l'ai jamais chanté.

– Essaie, dit Charlie en plaquant des accords. Pour le moment, ajouta-t-il en se tournant vers Helen, écoutez. Nous en parlerons après.

La musique avait un rythme soutenu et régulier, comme un hymne. Helen reconnut les notes simples et claires sans pouvoir y mettre un titre jusqu'à ce que Lily, seule sur scène dans le pinceau du projecteur, entonne les paroles du choral de Jean-Sébastien Bach *Jésus, que ma joie demeure*. A mesure que s'élevaient sous le plafond voûté les notes de la ligne mélodique, que le piano accompagnait avec une parfaite symétrie, Helen sentit les larmes lui monter aux yeux. Elle vivait un moment sacré, comme le chant d'un merle dans le no man's land quand les canons se taisent. Lorsque Lily fila sa dernière note et que le silence revint, Helen sentit que ses joues étaient trempées de larmes.

– C'était très beau, dit-elle en fouillant dans son sac à la recherche de son mouchoir. Très beau.

– Mais ce n'est pas du music-hall ! protesta Lily en s'agenouillant pour parler à Charlie. Je ne peux pas faire un numéro pareil devant le public !

Charlie lui sourit avant de se tourner vers Helen :

– Imaginez-la en tenue d'enfant de chœur, robe rouge et surplis blanc, rabat de dentelle...

– Non, une robe bleue, l'interrompit Helen. Le bleu met ses yeux en valeur.

– Bon, une robe bleue si vous y tenez. Elle entre en scène, le public se demande ce qui va se passer et elle se met à chanter, simplement, comme un ange. Et c'est là que tout le monde pleure, les vieilles et les grues, les sobres comme les ivrognes. Ils sangloteront et ils en redemanderont.

– Ils seront malades de rire, oui ! protesta Lily.

– Je les connais, répondit Charlie. Je fais ce métier depuis longtemps, Lily, je sais ce qui surprend le public. Il aime le bastringue et la vulgarité mais il aime aussi la belle musique et les numéros qui ont de la classe. Cela leur plaît de se croire pieux pendant cinq minutes. Et surtout, les gens adorent qu'on les fasse pleurer.

– Vous avez raison, approuva Helen. Mais s'ils se mettaient à siffler...

– Pas ici, reprit Charlie. A Londres à la rigueur, à Birmingham peut-être, à Glasgow sûrement. Mais pas ici ni en tournée. Les gens vont au music-hall pour se distraire, pour rire un bon coup et pour pleurer. Ils adoreront Lily.

Lily éleva une nouvelle protestation :

– Je ne suis pas un enfant de chœur !

– Non, tu n'es pas un enfant de chœur, dit Charlie, apaisant. Imaginez-la en surplis brodé, poursuivit-il en se tournant vers Helen. Pensez à Noël, aux mariages...

Il s'interrompit le temps de se hisser sur la scène et de s'approcher de Lily.

– Défais tes cheveux. Et cela, dit-il en lui prenant la partition qu'il froissa en éventail, tiens-le sous ton menton, comme ceci. Maintenant, reprit-il à l'adresse d'Helen, imaginez un spotlight blanc, pas de maquillage sauf peut-être une poudre claire. Pas de rouge à lèvres...

Tout en parlant, il ramassait l'abondante chevelure de Lily et la tenait de manière à la raccourcir.

– Et voilà notre charmant petit enfant de chœur, conclut-il. Avouez que je suis un génie.

Il y eut un long silence.

– Vous ne lui couperez pas les cheveux ! dit enfin Helen avec indignation.

– Si. Juste assez longs pour lui retomber au milieu des oreilles. Avec une raie de côté. Un joli petit enfant de chœur débarbouillé de frais. Un petit ange tout droit descendu du ciel.

Lily pouffa de rire mais garda la pose.

– Ce n'est pas de mauvais goût, admit Helen à regret.

– Irrésistible, vous dis-je. Il n'y aura pas un collégien dans toute l'Angleterre qui ne rêvera de se jeter à ses pieds et de mourir pour elle. Ai-je tort ou raison ?

Helen hocha lentement la tête. Charlie lâcha les cheveux de Lily et lui reprit son faux rabat ruché.

– Et toi, Lily, qu'en penses-tu ?

– Cela fait des années que j'ai envie d'avoir les cheveux courts ! Si je peux les faire couper, je chanterai tout ce que vous voudrez.

Il n'y eut pas d'autre répétition. Charlie lui donna la partition en lui disant d'apprendre les paroles par cœur et de s'exercer avec son professeur de chant. Le directeur, M. Brett, accepta de tenter l'expérience. Charlie le harcelait depuis des années pour inclure dans une revue le numéro de l'enfant de chœur et, avec son prestidigitateur ivre mort à Swansea et sa vedette Sylvia Charmante toujours introuvable à Londres, il n'avait pas plus de temps que de courage pour une audition, encore moins pour une discussion. Et d'ailleurs, Charlie Smith se trompait rarement.

– Alors, qu'est-ce que tu vas chanter ? voulurent savoir les filles le lendemain.

Dans leur loge minuscule, les costumes pendus à des cintres accrochés aux murs sous des housses restreignaient l'espace vital déjà exigu. Lily, la plus jeune, devait s'accommoder d'un coin de table près de la porte.

– Un air classique, répondit-elle. Une idée de Charlie Smith.

– Il perd la boule, déclara Madge. Tu devrais aller voir M. Brett et lui dire que tu refuses.

– Sûrement pas !

– Tu devrais, renchérit Helena. Ce n'est pas juste de te faire chanter un truc que personne n'écoutera.

– Elle aurait dû avoir une chanson cochonne, dit une autre en soulevant une tempête de rires sarcastiques.

– Imagine la tête de sa mère ! s'exclama Susie en s'esclaffant. Qu'est-ce que tu auras comme costume ?

– Une longue robe bleue, mentit Lily. Charlie a dit à ma mère exactement ce qu'il voulait.

– Ce n'est pas avec cela que tu feras sensation, affirma Madge sans même dissimuler sa joie. Un air classique et une robe bricolée par ta mère... Tu n'as pas autant de chance que tu croyais, ma pauvre Lily.

– De toute façon, ils supprimeront probablement le numéro après la première de Southsea, déclara Susie. La revue est déjà trop longue.

Lily eut la force de garder les yeux baissés et la bouche close.

La veille de la générale, Lily et sa mère prirent le tramway pour Commercial Road à Southsea, le quartier chic de la ville, où Lily allait se faire couper les cheveux.

– Surtout pas par une femme ! avait décrété Charlie. Aucune femme au monde n'a jamais su couper les cheveux. Tu iras à sept heures du soir chez David, je l'ai prévenu. Il restera ouvert exprès pour toi, comme cela il n'y aura pas d'hommes trop curieux.

Malgré tout, Helen s'y résignait à grand-peine.

Ainsi que Charlie l'avait annoncé, le salon de coiffure était fermé et les stores discrètement tirés. David, le patron, leur ouvrit la porte et s'apprêta à officier.

– Charlie Smith m'a dit que vous vouliez une coupe droite toute simple.

– Surtout pas de frange, répondit Lily en se prélassant dans le fauteuil devant le miroir qui lui renvoyait son image. De la même longueur partout, comme un garçon.

David défit les épingles. A la vue de l'opulente masse dorée, il hésita et se tourna vers Helen :

– Vous êtes sûre ?...

– Ne m'en parlez pas, j'en pleurerais. Faites-le et qu'on en finisse.

Les yeux obstinément baissés, Helen entendit quand même le crissement des ciseaux et le choc soyeux des mèches qui tombaient sur le linoléum.

– Regardez, lui dit David un moment plus tard.

Helen releva les yeux, prête au pire.

Lily était éblouissante.

Avant de s'approcher pour la regarder de face, Helen remarqua d'abord son cou, son port de tête, la délicatesse de ses oreilles. Jamais Helen n'avait vu aussi clairement les traits de sa fille, qu'elle contempla comme une étrangère en détaillant ses pommettes à peine saillantes, son front lisse, son nez délicat, la courbe de ses lèvres, ses yeux d'un bleu profond soulignés par de longs cils. Ce qu'elle avait devant elle n'était plus sa petite fille mais un sublime androgyne capable d'éveiller tous les désirs. Un garçon manqué pour qui se damner. Un poète romantique. Le *Saint Jean* de Léonard de Vinci...

David l'observait avec un demi-sourire.

– Charlie sait ce qu'il fait, lui dit-il enfin. Vous avez là quelqu'un de... peu commun.

Sans la quitter des yeux, Helen approuva d'un signe de tête. Lily s'absorbait dans sa propre contemplation.

– Eh bien, Lily, qu'en penses-tu ?

– Quelle bonne blague ! répondit-elle en pouffant de rire. Quelle fabuleuse bonne blague !

CHAPITRE 4

Quand Lily enleva son chapeau-cloche le lendemain dans la loge, un concert de cris et d'exclamations diverses salua l'apparition de sa nouvelle coiffure, mais les filles étaient trop absorbées par leurs propres soucis pour pousser l'interrogatoire. La répétition technique du matin se passa aussi mal que prévu. Bien que décors et accessoires aient été réduits au strict minimum qu'une troupe en tournée doive charger et décharger à chaque étape, un des changements de décor posait encore de tels problèmes que les machinistes durent recommencer vingt fois jusqu'à ce que tout se déroule rapidement et en silence tandis qu'un comique faisait son monologue devant le rideau baissé et que les danseuses dévalaient l'escalier des loges pour se changer.

– Je finirai par me casser le cou sur ces foutues marches ! grommelait Madge qui se tordait les chevilles sur ses hauts talons.

Il fallut sacrifier la pause du déjeuner et se contenter de sandwiches pendant que William Brett, avec une patience due à une lassitude croissante, faisait reprendre pour la énième fois le réglage des éclairages. Vers trois heures de l'après-midi, un machiniste alla acheter des tourtes chaudes pour tout le monde. Lily voulut savourer la sienne assise dans la loge.

– Pas ici, tu es folle ! hurla Susie. Le régisseur te tuera s'il te voit emporter de quoi manger dans une loge. Et les risques de taches sur les costumes, tu y penses ?

Lily stoppa sur le seuil et avala sa tourte en trois bouchées debout dans le couloir. La vraie pause n'eut lieu qu'à quatre heures.

– A six heures, on reprendra de A à Z. Tout le monde sera de retour ici à cinq heures trente, déclara William Brett. On jouera en continuité, comme la vraie représentation. La première a lieu demain, je veux voir comment cela se passe. Les changements, les incidents, c'est fini !

Épuisés, ils se rendirent en bloc au petit café de Charlie. Sylvia Charmante, arrivée de Londres le matin même dans la voiture d'un admirateur en se confondant en excuses, se joignit au reste de la troupe ainsi que le prestidigitateur, à peine émergé des vapeurs de l'ivresse. Débordante d'amabilité, Sylvia promit à la barmaid un billet de faveur si elle lui préparait son thé exactement comme elle l'aimait. Assis dans son coin habituel, un sourire sardonique aux lèvres, Charlie observait le remue-ménage sans mot dire.

– Ma coiffure te plaît ? lui demanda Lily.

– Elle est telle que je l'avais prévue.

Lily attendit d'autres commentaires mais Charlie se borna à lui sourire en sirotant son thé.

– Tu as le trac ? demanda-t-il enfin.

– Je suis terrorisée ! répondit-elle avec un rire étranglé.

– Ne t'inquiète pas, Lily, ça marchera. J'ai parié sur toi, je n'ai pas envie de perdre. Une guinée.

– C'est vrai ? s'écria-t-elle, ravie.

Charlie se leva.

– Il est temps d'y aller ! dit-il à la cantonade.

Le prestidigitateur prit une flasque d'argent dans sa poche et versa une généreuse dose de rhum dans sa tasse.

– Quel maudit bled ! déclara-t-il d'une riche voix de baryton. Je déteste le bord de la mer.

Fascinée, Lily le regarda avaler d'un trait sa mixture de rhum et de thé refroidi.

Le spectacle s'ouvrait par un charleston ; les girls se changeaient pendant le monologue du comique pour revenir sur scène en robes longues et faire une danse langoureuse tandis que Sylvia Charmante chantait sa première chanson, une ballade sentimentale. Les deux qui servaient ensuite d'assistantes au premier numéro d'Arnold, le prestidigitateur, revinrent à la loge en pouffant de rire de ses bourdes que M. Brett observait du premier rang avec une rage froide. Un numéro de jongleurs, un frère et une sœur arrivés de Douvres le matin même, précédait l'entracte.

Lily devait passer aussitôt après l'ouverture de la seconde partie. Les nerfs à vif, incapable de subir les quolibets des autres en se changeant devant elles, elle emporta son costume d'enfant de chœur aux toilettes. Les mains tremblantes, elle déballa la précieuse robe bleue, le surplis immaculé, le rabat ruché. Elle les avait essayés à la maison pour vérifier si elle pouvait s'habiller seule, mais elle tremblait trop d'énervement. Après s'être contorsionnée en vain, elle réussit à ramener le dos de la robe sur le devant pour l'agrafer. Le surplis était juste enfilé par-dessus et le rabat tenait par un seul bouton-pression. Quand elle en vérifia l'ordonnance dans le petit miroir coincé derrière un tuyau, elle découvrit en gémissant son visage livide et ses lèvres exsangues.

Les pas des danseuses claquaient déjà sur l'escalier, l'orchestre attaquait l'ouverture. Lily sentit soudain son ventre se contracter. Elle retroussa précipitamment sa robe et s'assit sur le siège, sans autre résultat que quelques gouttes d'urine. Quand elle se releva, le miroir lui renvoya son reflet : cette fois, elle était cramoisie, ébouriffée. En proie à la panique, elle se recoiffait de son mieux et lissait sa robe froissée quand on frappa à la porte.

– Lily, tu es là ? fit la voix de l'assistant régisseur.

– Oui.

– Malade ?

– Non.

– En scène dans trois minutes.

Elle se regarda une dernière fois dans le miroir, rajusta le rabat, se força à ouvrir la porte et passa la tête. Personne dans le couloir. Sur la pointe des pieds, elle descendit vers les coulisses pendant que les filles terminaient leur numéro ; elle essayait de se fondre dans la pénombre en se glissant derrière le bureau du régisseur quand celui-ci sentit un mouvement dans son dos, se retourna et sursauta.

– Tu m'as fait peur, bon dieu ! J'ai cru voir un fantôme. Qu'est-ce que c'est que cette tenue ?

– Enfant de chœur.

– Charlie Smith est complètement cinglé, ma parole ! M. Brett t'a-t-il vue attifée comme cela ?

– Pas encore.

Atterré, il s'enfouit le visage dans les mains.

– Il va te tuer. Il va tous nous tuer, mais toi tu es déjà morte et enterrée.

– Je voudrais bien, répondit Lily avec sincérité.

Sur scène, les danseuses saluaient.

– Bravo, bravo, fit dans la salle la voix lasse du directeur. Maintenant, pas d'annonce. Lily fait directement son entrée.

Les filles qui sortaient de scène la bousculèrent au passage. Elle entendit Madge pousser à sa vue une exclamation de stupeur et Lily se retrouva seule sous la lumière aveuglante des projecteurs, ne voyant que Charlie lever la main dans la fosse d'orchestre, n'entendant que les premières notes du choral. La gorge nouée, elle ouvrit la bouche en sachant pertinemment qu'il n'en sortirait aucun son...

Alors, elle s'entendit chanter comme si elle était une autre. Les notes s'enchaînaient, les paroles se suivaient sans précipitation, sans anicroche. Le trac qui la paralysait une seconde auparavant semblait l'avoir transportée par magie dans un lieu où elle n'avait plus conscience de ses nerfs ni même de son propre corps. Ses oreilles lui disant qu'elle chantait juste et qu'elle avait la voix pure, elle se jugea comme si elle n'était pas la Lily Pears malade de trac que les girls du Palais attendaient en coulisses prêtes à lui rire au nez et à la couvrir de lazzis. Ainsi qu'on le lui avait appris, elle chanta clairement, simplement, et laissa filer la dernière note tandis que s'éteignait l'écho de l'accord final.

– Vous gagnez une guinée, Charlie, fit dans l'obscurité la voix de William Brett. Ravissant, très touchant. Le public sanglotera. Bravo, bravo. Au suivant !

Lily vit Charlie lui sourire et entendit un roulement de tambour.

– Psst ! siffla le régisseur derrière elle. Dégage la scène, bon sang ! Tu as eu ta minute de gloire, ma jolie, laisse la place à quelqu'un d'autre.

Encore éblouie par la lumière, elle se dirigea lentement vers l'escalier des loges. Réduites au silence par un regard furibond du régisseur, les autres lui emboîtèrent le pas comme une escouade de police qui escorte un condamné.

La porte à peine refermée, les commentaires fusèrent.

– Je n'ai jamais vu de ma vie un numéro pareil ! s'exclama Madge.

– Elle était très mignonne ! N'est-ce pas, Lily, que tu étais très mignonne ?

– Charlie a complètement perdu la tête !

– Dis plutôt qu'il a peur de courir les quais.

– Qu'est-ce que tu veux dire ?

– Tu ne savais pas qu'il préférait les petits garçons ? Regarde ce qu'il a fait de Lily !

Sans écouter, Lily ôtait son rabat et son surplis. Helena vint l'aider à dégrafer la robe.

– Il faudrait que tu te fasses aider, lui dit-elle.

– On verra demain, répondit Lily évasivement.

– Qui t'a appris à chanter comme cela ?

– Mon professeur. Je prends des leçons de chant depuis que je suis toute petite.

L'excitation passée, elle se sentait vidée de son énergie, écrasée de fatigue.

– Tu devrais devenir chanteuse classique. A l'opéra, pourquoi pas ?

– Mais non, je ne suis pas assez bonne.

Elle pendit sa tenue à un cintre, sous une housse. Helena lui tendit son costume pour le french cancan final, une longue jupe rouge avec un corsage noir lacé serré.

– Tu te sens bien ? s'inquiéta Helena en l'agrafant dans le dos. Tu ne dis plus rien.

– Oui, ça va...

– Le final dans cinq minutes ! fit derrière la porte la voix de l'assistant.

Après une dernière bousculade devant le miroir, elles jaillirent toutes les six de la loge et se précipitèrent dans l'escalier des coulisses.

Sylvia Charmante terminait sa dernière chanson, une rengaine de guerre encore très populaire. La dernière de la file, Lily s'adossa au mur, les dents serrées. Elle détestait les chansons de guerre, leur niaiserie sentimentale, la stupidité des hommes qui les sifflaient d'un air martial en partant pour le front. La mort de son père n'était pas pour elle un acte d'héroïsme mais une aberration. Seule de tous les enfants de son âge, Lily haïssait la guerre et exécrait Kitchener que tout le monde admirait. Elle n'avait jamais tricoté de chaussettes ou de passe-montagnes ni participé aux collectes de vieux papiers et de vieilles ferrailles. Elle préférait prétendre que cette guerre qui avait assombri son enfance n'avait jamais eu lieu.

– Bravo, bravo, dit Brett sans conviction. Maintenant, Sylvia, avancez jusqu'à la rampe. Le rideau se baisse, les lumières diminuent, le décor du final tombe des cintres... Non, Sylvia ! Continuez à saluer ! On vous jette des fleurs. Voilà. Et maintenant, vous marchez très lentement vers les coulisses côté cour et vous disparaissez... C'est bien. Nous devrions être prêts. Rideau !

Il ne se passa rien.

– Mike ! gronda Brett.

Le régisseur fit désespérément signe aux machinistes de dégager la scène.

– Fichez le camp, bon dieu, qu'on relève le rideau !

Après un long roulement de tambour, Charlie attaqua avec l'orchestre les premières mesures de *La Vie parisienne*, accompagnement traditionnel du cancan.

Se tenant les unes les autres par la main derrière le dos, les girls firent leur entrée en file indienne. Lily avait retrouvé le sourire. Elle adorait le cancan, ses pas de deux et ses figures avant le grand écart final. Spectaculaire mais épuisant, le cancan ne durait jamais longtemps et Charlie, ce soir-là, le dirigeait aussi vite qu'il osait, à la limite de la sécurité. Les cris des filles quand elles levaient la jambe, pirouettaient et faisaient le grand écart étaient plus des protestations que des cris de joie mais Lily était ravie. Portée par le soulagement d'avoir réussi son solo, le plaisir d'être en scène, le rythme endiablé de la musique, elle vit arriver le dernier grand écart trop tôt pour son goût et garda la pose plus longtemps qu'il n'était nécessaire, le visage éclairé par un sourire radieux.

– Bravo, bravo, bravissimo, fit William Brett d'un ton lugubre. Avancez toutes vers la rampe.

Sur un rythme de marche, les girls s'avancèrent, saluèrent, reculèrent. Par ordre croissant d'importance, les vedettes de la revue vinrent tour à tour recueillir les ovations. Entre les levers de rideau, la troupe au complet se regroupait à la hâte en deux rangées face à la rampe. Il y eut deux simulacres de rappel, l'orchestre joua le dernier accord, le rideau retomba pour la dernière fois. Alors, comme des marionnettes dont on brise les fils, les sourires s'effacèrent, les corps se laissèrent aller sous le poids de la fatigue et les récriminations se donnèrent libre cours.

– Cet imbécile d'électricien me balançait du bleu en pleine figure ! fulminait Sylvia Charmante.

– Si vous ne tenez pas votre panier comme il faut, ma chère enfant, c'est dans vos nichons que je finirai par pêcher mes rubans, reprochait le prestidigitateur à Madge.

– Nous étions beaucoup trop serrées pendant le cancan, protestait Helena. Vous m'écrasiez, vous deux !

– Je ne peux pas me pousser davantage, j'étais déjà à moitié en coulisses ! rétorquait Susie.

Le rideau se releva avec lenteur, signal qu'on allait passer aux choses sérieuses.

– Allez vous changer et revenez tous ici dans cinq minutes, déclara William Brett. Je veux voir tout le monde. Cinq minutes, pas une de plus.

Lily jeta un coup d'œil vers la fosse d'orchestre mais Charlie, plongé dans ses partitions, ne la regardait pas et elle suivit les autres en courant.

Cette session constituait pour William Brett la dernière occasion de corriger les imperfections avant la première. Se reportant à une épaisse liasse de feuillets couverts de notes, il s'adressa d'abord aux vedettes une par une. Sylvia Charmante fut couverte de compliments et d'amabilités jusqu'à ce qu'elle consente enfin à écouter ses observations et accepter ses remontrances.

Le directeur n'eut pas autant d'égards pour s'adresser aux autres et chacun eut droit à des critiques justifiées.

– Arnold, dit-il au prestidigitateur, vous devriez vous surveiller, mon vieux. Vos tours de passe-passe étaient à la portée d'un enfant de cinq ans. Vous, les jongleurs, vous êtes censés rattraper vos machins, pas les lancer en coulisses. L'hypnotiseur, ça va. Lily, très bien. Ah, les acrobates !... Pouvez-vous presser un peu le mouvement vers la fin ? ça traîne... Ce qui nous amène au salut final.

Il y eut un silence accablé.

– Je suis désolé mais on va recommencer. C'est lent, on s'endort. Un peu de vie, que diable !

Dans un concert de grognements et de protestations, la troupe au complet remonta sur scène.

– Reprenez vos positions. Les filles, en grand écart. Ne vous serrez pas tant, écartez-vous. Vous n'êtes que six, inutile de donner l'impression que vous êtes trois. Faites plutôt comme si vous étiez vingt. Charlie, peut-on presser un peu le mouvement ?

– Oui, mais ce sera plus un galop qu'une marche.

– Eh bien, galopons ! Mieux vaut *La Charge de la Brigade légère* qu'une marche funèbre.

Charlie se tourna vers les musiciens et battit la mesure. Les girls se relevèrent d'un bond, trottèrent vers la rampe, s'inclinèrent, refluèrent. Les vedettes surgirent en courant presque pour suivre le rythme de la musique. Seule Sylvia Charmante vint saluer avec la même lenteur sereine. Brett leva la main :

– Stop ! Gardez la position.

Lily réprima un sourire. Sylvia allait enfin subir de plein fouet les critiques acerbes de William Brett.

– C'est déjà mieux, commença-t-il. Dans l'ensemble, le rythme est bon. Sylvia, vous êtes sublime mais si vous avanciez un peu plus vite vers la rampe, le public aurait une chance de vous admirer plus longtemps. Au fond de la scène, personne ne vous voit. Plus vous resterez sous le projecteur, plus on vous applaudira. Compris ?

Lily en éprouva un nouveau respect pour l'habileté de William Brett.

– C'est tout pour ce soir, conclut-il. A vous, Mike.

La chemise trempée de sueur, le régisseur émergea des coulisses.

– Matinée demain à trois heures. Tout le monde en place à deux heures et demie. Ceux qui ont des problèmes de costume doivent les régler immédiatement avec Mary. Bonsoir à tous. N'oubliez pas, deux heures et demie.

Lily voulut revoir Charlie avant de rentrer à la maison. Elle alla chercher son manteau et son chapeau dans la loge et revint sur la scène. Les machinistes finissaient de ranger, le régisseur était parti. Les lumières de scène en veilleuse lui permettant de voir complètement la salle, elle s'avança jusqu'à la rampe.

Les fauteuils des premiers rangs étaient pourvus de petites tablettes sur lesquelles ceux qui désiraient boire pendant le spectacle pouvaient poser un plateau. Lily essaya de les imaginer occupés par des gens en train de bavarder, de rire, de boire, de flirter. Au fond de la salle, le bar et sa demi-cloison vitrée séparaient les consommateurs et le public debout des spectateurs assis. Elle allait devoir chanter assez fort et assez nettement pour se faire entendre dans le brouhaha des conversations et des commandes criées par les serveurs. Au-dessus, sous la voûte bleue décorée de nuages blancs et roses et d'un soleil orange, le balcon avec ses rangées de sièges et son bar. Lily huma l'atmosphère du music-hall désert, faite de fumée de tabac froide et de poussière. Une atmosphère magique où tout devenait possible...

Lily recula jusqu'au fond de la scène et s'avança lentement vers la rampe, les bras tendus pour embrasser son public d'adorateurs comme elle l'avait vu faire à Sylvia. Elle salua, s'inclina et se releva en souriant sous la pluie de bouquets qu'elle voyait tomber de toutes parts.

CHAPITRE 5

Le lendemain, Helen accompagna Lily à l'entrée des artistes, contourna le bâtiment jusqu'à l'entrée du public et s'offrit un billet de balcon, luxe qu'elle ne s'était pas permis depuis des années. Elle avait passé la matinée à calmer et rassurer Lily qui pleurait d'énervement, mais ce n'est qu'en voyant la porte se refermer sur sa fille qu'elle admit se sentir elle-même tout aussi angoissée. Quand on lui servit à sa place le thé complet qu'elle avait commandé, elle avait la bouche si sèche qu'elle fut incapable d'avaler une bouchée de cake ou une gorgée de liquide.

En habit, très élégant, Charlie Smith apparut dans la fosse d'orchestre. Tout en sachant qu'il ne pouvait pas la voir, Helen lui adressa un sourire avec la prière muette de soutenir le solo de Lily aussi bien que pendant la répétition. Tant de choses dépendaient de sa réussite – et pas seulement l'aboutissement des sacrifices financiers consentis tout au long de ces dures années : l'avenir même de Lily était en jeu. Pour l'extraire de la médiocrité de son existence actuelle, Helen ne voyait pas d'autre moyen que son talent qui l'emmènerait très loin, très haut, jusqu'aux scènes des music-halls les plus réputés, voire – pourquoi pas ? – celles des théâtres. Il ne suffisait pas que Lily soit une des plus jolies filles de Portsmouth : il fallait qu'elle soit vue, admirée, que son talent exceptionnel soit reconnu. Si cette chance-ci échouait, Lily se retrouverait enchaînée jusqu'à la fin de ses jours au comptoir de l'épicerie de Highland Road... Helen repoussa son plateau presque intact. L'idée de sa Lily condamnée à des journées de travail de douze ou quatorze heures six jours par semaine pour gagner à peine de quoi subsister lui était insupportable.

La première partie du spectacle passa à une vitesse vertigineuse. Helen resta à sa place pendant l'entracte. Les lumières s'éteignirent, Charlie revint au pupitre du chef d'orchestre et dirigea le premier numéro, qu'Helen ne regarda pour ainsi dire pas. Puis, après un bref silence, elle entendit les premières mesures de *Jésus, que ma joie demeure* et Lily s'avança seule dans le faisceau du projecteur.

Dès les premières notes, Helen fut rassurée. Tout était irréprochable : ses cheveux blonds et son visage dénué de maquillage qui semblaient attirer la lumière, sa voix aussi pure que celle d'un ange. Helen s'abandonna à cette musique qui la délivrait de son angoisse. Et quand la dernière note résonna, claire, vibrante, posée à la perfection, Helen se surprit à pleurer de joie et de fierté.

A la fin de la représentation, apaisée et repoudrée, Helen alla embrasser Lily en coulisses et lui dit qu'elle viendrait la chercher à la fin de la soirée. Non qu'elle pensât que sa fille ait besoin d'un chaperon, son numéro n'était pas de ceux qui attirent les hommes en quête de faciles bonnes fortunes. Mais quand elle vit ce soir-là Stephen et David attendre Lily à l'entrée des artistes, Helen Pears prit conscience que l'avenir offrirait peut-être à Lily des espoirs et des choix plus étendus que tous ceux qu'elle avait jusqu'alors imaginés.

Au cours de la semaine suivante, Stephen passa la moitié de son temps à travailler au cabinet juridique de sa famille et l'autre à penser à Lily. Il retourna deux fois assister à la revue, il écoutait avec plaisir Lily chanter *Jésus, que ma joie demeure* mais il ne supportait pas de la voir danser le cancan. Quand elle était en scène, il ne la regardait pas plus que les autres filles : il restait au bar à épier les réactions des hommes, prêt à boxer le premier qui se serait permis un mot déplacé. Après la représentation, Coventry demeurait au volant de la grosse limousine pendant que Stephen attendait Lily et sa mère pour les raccompagner chez elles. Il les invita encore à dîner, cette fois dans un restaurant de poisson sur le front de mer. Lily n'avait encore jamais mangé d'huîtres, il la persuada d'y goûter mais, comme ces coquillages ne lui plaisaient pas, il lui commanda de la langouste.

Helen l'autorisait à emmener Lily se promener en voiture l'après-midi au bord de la mer mais pas à pousser jusqu'à la campagne. En ce début de mai, le temps était pourtant si prometteur que Stephen aurait voulu pique-niquer avec Lily dans un champ en regardant voler les hirondelles. Il aurait voulu pouvoir s'étendre sur un plaid et dormir enfin sans mauvais rêves. Il aurait voulu gravir la colline de Portsdown, d'où l'on découvre la moitié du Hampshire, sans se demander automatiquement où implanter un nid de mitrailleuse pour défendre le sommet ou évaluer le temps nécessaire pour creuser une tranchée à travers ces paisibles prairies.

Les champs d'un beau vert tendre, constellés de fleurs sauvages et de papillons multicolores, bruissaient du vol des oiseaux qui nichaient alentour. C'était un autre paysage, un autre monde que celui où il avait survécu deux ans et demi. Il ne comprenait pas que la terre puisse produire des récoltes aussi différentes, ici du blé et de la luzerne, là-bas des douilles d'obus et des cadavres. La plaine des Flandres avait sans doute été verte et fertile, elle aussi. Mais comment l'imaginer couverte de jacinthes et de primevères ? Il n'y avait, il ne pouvait y avoir aucun rapport entre le monde lugubre, dévasté, que Stephen avait laissé très loin derrière lui et la campagne bucolique où il tombait amoureux en ce printemps de 1920.

Il ne savait pas comment faire sa cour. La lumière de Lily brillait pour tous, sans distinction. Son sourire était aussi radieux pour lui que pour Coventry ou Charlie Smith, voire un passant qui lui demandait un renseignement. Elle en répandait les trésors sans compter alors qu'il se rongeait de l'envie de la rationner.

Certes, elle appréciait de se faire reconduire dans sa luxueuse limousine plutôt que d'attendre le tramway dans le froid ou la pluie. Elle aimait arriver au restaurant à son bras, mais le sourire dont elle gratifiait le serveur qui lui tenait sa chaise n'était pas moins reconnaissant que celui qu'elle accordait à Stephen qui payait l'addition. Il ne pouvait pas l'acheter, elle n'avait aucune notion de la valeur de l'argent. Elle sautait de joie s'il lui offrait une gerbe de coûteuses roses de serre mais elle manifestait le même plaisir quand Charlie Smith lui donnait une modeste jacinthe. Son ignorance des différences de classes sociales mettait Stephen mal à l'aise ; elle croyait naïvement que, s'il ne l'avait pas présentée à sa mère ni invitée à prendre le thé chez lui, c'était uniquement parce que son père était si gravement malade qu'ils ne recevaient personne.

Mme Pears, en revanche, comprenait parfaitement la situation et Stephen redoutait ses regards pénétrants. Elle savait fort bien que Lily ne représentait pour lui qu'une amusette passagère dans ses tâches sérieuses, la reprise en main des affaires familiales et le choix d'une épouse de son propre milieu. Mme Pears le tenait en respect comme un mitrailleur chevronné posté à un redan. Il craignait qu'elle ne le desserve dans l'esprit de Lily, qu'elle le dénigre derrière son dos alors même qu'elle acceptait ses invitations à dîner. Stephen ne tarda cependant pas à se rendre compte que l'esprit de Lily n'était pas de ceux qu'on peut aigrir ou empoisonner. Elle réagissait avec un étonnement peiné aux propos acerbes ou méprisants prononcés devant elle – sauf s'ils étaient drôles. Ainsi, quand Charlie Smith avait comparé Sylvia Charmante à une vache de Jersey, Stephen l'avait vue rire aux éclats avant d'étouffer à grand-peine son hilarité. Mais lorsque l'humour ne venait pas adoucir les critiques, elle semblait aussi blessée que si sa propre réputation était en cause et posait, avec une redoutable candeur, des questions auxquelles il était impossible de répondre : « Vous n'aimez pas tel ou tel ? Pourquoi ? Que vous a-t-il fait ? »

Avec son innocence coutumière, c'est finalement Lily qui précipita les événements.

– Vous me manquerez, Stephen, lui dit-elle un jour à brûle-pourpoint.

Ils prenaient le thé dans un café de Palmerston Road, Mme Pears s'étant amadouée au point de permettre à Stephen d'inviter Lily sans chaperon. Lily avait dévoré une substantielle collation, sandwiches, cakes, scones, sans oublier une généreuse portion de gâteau au chocolat.

– C'était divin ! enchaîna-t-elle avec gourmandise.

– On vous laisse donc mourir de faim au théâtre ? Prenez-en encore une tranche.

– Non, je n'oserais jamais ! La serveuse m'observe déjà comme une bête curieuse. Juste une autre tasse de thé.

Stephen la regardait verser le thé quand sa première phrase lui revint soudain à la mémoire.

– Pourquoi vous manquerais-je ? Je ne pars pas.

Lily lui décocha un de ses radieux sourires. Elle avait au coin des lèvres une petite tache de chocolat que Stephen mourait d'envie de lui effacer d'un baiser.

– Non, c'est moi qui m'en vais. La revue part en tournée. Nous ouvrons à Southampton lundi prochain.

Il n'éprouva d'abord rien, comme si ses paroles n'étaient encore que le sifflement d'un obus avant que la terrifiante explosion ne fasse trembler le sol.

– Vous partez ? Quand reviendrez-vous ?

Les yeux au ciel, elle réfléchit :

– Euh, voyons... En juillet. Nous faisons toute la côte d'ici à Plymouth. Pauvre de moi ! Sans vous, je ne pourrai jamais manger à ma faim.

Stephen s'abstint de répondre. Il imaginait trop bien une armée de volontaires empressés, trop heureux de faire manger Lily à sa faim tout le long de la côte.

– Votre mère vous accompagnera ?

– Non, elle n'aura personne pour s'occuper de la boutique. Bien sûr, elle pourrait prendre Sarah, mais elle n'a pas confiance en Sarah pour s'en sortir seule. Elle devra donc attendre que Claire soit libre, mais Claire est institutrice et ne pourra venir que pendant les vacances scolaires, si bien que...

– Peu importe, la question n'est pas là ! Comment ferez-vous, toute seule ?

– Oh ! moi, je n'aurai pas de problème. Je logerai avec les autres filles, la compagnie réserve nos chambres à l'avance. Tout se passera exactement comme ici, même revue, même travail. La seule différence, c'est que vous ne serez plus là pour m'inviter si gentiment.

Soudain transi, Stephen réfréna à grand-peine son envie de taper sur la table, d'injurier Lily ou la serveuse – ou, plutôt, Helen Pears qui la chaperonnait avec tant de soin, non, qui *le* chaperonnait, *lui*, qui l'épiait d'un œil soupçonneux et qui la laissait partir seule le long de la côte faire n'importe quoi avec n'importe qui...

– Vous vous sentirez bien seule.

Lily regardait les passants.

– Moi ? Non... Oh, Stephen ! Vous voyez cette femme avec ce chapeau invraisemblable ? Il est énorme, j'espère que ce n'est pas une nouvelle mode !... Pardon, poursuivit-elle en remarquant son humeur sombre. Non, je ne me sentirai pas seule. Les filles ne sont pas toutes méchantes. Le magicien m'apprendra des tours, les jongleurs sont sympathiques. Charlie Smith est devenu un excellent ami. Ce sera très amusant d'aller comme cela tous ensemble de ville en ville. Et puis, qui sait ? je plairai peut-être à quelqu'un.

– Quoi ?

Oui, un producteur, un metteur en scène, un manager. Quelqu'un du métier qui serait en vacances et qui me remarquerait. Cela n'a rien d'impossible, vous savez. Charlie y croit dur comme fer. Alors, à moi Londres et la gloire !

Stephen hocha lentement la tête.

– Je ne vous reverrai donc pas d'ici juillet.

– Non, répondit Lily avec un sourire heureux.

Il fit signe à la serveuse et paya l'addition.

– Rentrons par le front de mer, dit-il en se levant.

Coventry stationnait le long du trottoir d'en face. Stephen prenait le bras de Lily pour traverser la rue quand un mutilé en chaise roulante le héla :

– Mon capitaine ! Mon capitaine ! Vous me reconnaissez ?

Stephen se retourna. L'homme était amputé des deux jambes à hauteur des cuisses. Vêtu d'une vieille capote sommairement retaillée, il portait au cou un écriteau : *Ancien du bataillon de Portsmouth, une femme et trois enfants à nourrir. Aidez-moi s'il vous plaît.*

– Je ne me souviens pas de votre nom, mon capitaine, mais c'était vous qui nous commandiez à Beselaire. Vous vous rappelez ? C'est là que j'ai laissé mes jambes. Nous étions coincés dans un trou d'obus sans pouvoir en sortir. Rappelez-vous, nous y avions passé la nuit à entendre les obus aller et venir des deux côtés en sifflant au-dessus de nos têtes comme des oiseaux de malheur. Le caporal Cray s'était à moitié coupé la langue en la mordant pour ne pas hurler...

Stephen se recroquevilla contre Lily et remua les lèvres sans pouvoir en faire sortir un son.

– Vous ne vous rappelez pas m'avoir donné de la morphine et avoir plaisanté avec moi pour me distraire ? Nous n'avions rien à boire et il faisait une chaleur...

Livide, Stephen regardait le mutilé comme s'il voyait un fantôme.

– Allez-vous-en ! s'écria soudain Lily.

Stupéfait, Stephen sursauta.

– Laissez-nous ! répéta Lily. Allez au centre des Anciens Combattants, demandez un travail que vous puissez faire avec les mains. Vous devriez avoir honte de mendier dans les rues !

– Je ne peux pas travailler, ma petite dame. Il n'y a pas de travail pour les gens comme moi.

– Eh bien, faites travailler votre femme et occupez-vous de la maison ! Vous n'avez pas le droit d'encombrer les rues avec votre chaise roulante et vos affreuses histoires !

– Ce ne sont pas des histoires ! protesta le mutilé. Tout ce que je dis est vrai. Et si vous trouvez mes histoires affreuses, vous auriez dû y aller voir vous-même. J'ai vu là-bas des choses à vous donner des cauchemars jusqu'à la fin de vos jours.

– Je suis trop jeune pour avoir été là-bas, répliqua Lily sèchement. Cette guerre n'était pas la mienne. Et ne venez pas me parler de vos cauchemars, ils ne m'intéressent pas, conclut-elle en entraînant Stephen vers la voiture.

– Vous n'avez pas de cœur ! lui cria le mutilé. Vous êtes sans pitié ! C'est pour des gens comme vous que nous crevions là-bas dans la boue. Pour vous, vous entendez ?

– Je m'en moque ! lança Lily par-dessus son épaule.

Un tramway s'interposa entre eux.

– Je m'en moque, de vos histoires ! cria Lily plus fort pour couvrir le bruit. Votre guerre n'était pas *ma* guerre, ce n'est pas *moi* qui vous ai demandé d'y aller ! Je n'ai demandé à personne de mourir pour moi et je ne veux plus en entendre parler !

Coventry tenait la portière ouverte. Lily se jeta dans la voiture, Stephen monta après elle.

– Démarre, parvint-il à dire.

La limousine s'ébranla. Voyant par la custode que le mutilé avait disparu, Stephen se tourna vers Lily, effaré.

– Grand dieu, Lily ! Vous étiez vraiment... furieuse.

– Je hais la guerre ! Tout le temps que j'étais petite fille, si je voulais faire quelque chose, si j'avais envie de quelque chose, c'était toujours non parce qu'il y avait la guerre ! J'avais douze ans quand elle a commencé. Mon père s'y est précipité dans les premiers. Pour quoi ? Pour se faire tuer ! Et maintenant, les gens ne veulent plus écouter que des chansons de guerre, ils rabâchent comme c'était bien avant, combien tout allait mieux ! Ma vie à moi, elle se passe aujourd'hui ! Et si ce n'est pas aussi bien qu'avant, j'essaierai au moins que ce soit le mieux possible ! J'en ai par-dessus la tête des anciens combattants et de la charité publique ! Toute mon enfance on m'a bassinée avec la guerre et cela continue ! La guerre est finie, je ne veux plus en entendre parler. Je veux l'oublier, moi !

Stephen ne répondit pas. Coventry arrêta la voiture au coin de Southsea Common et de la promenade du front de mer, descendit s'accouder au capot et alluma une cigarette qu'il fuma lentement en regardant vers le large.

A l'intérieur, le silence dura.

– Me prenez-vous pour une égoïste ? demanda Lily.

– Je vous trouve merveilleuse ! répondit Stephen dans un élan de sincérité. Je n'ai jamais entendu personne dire ce que vous avez dit. Cette guerre n'était pas non plus la mienne, vous savez. Je n'ai jamais su pourquoi j'y étais ni ce que j'y faisais mais j'étais forcé de rester. Mon frère Chr.. Christ.. Christopher voulait se b... se battre, lui. Il s'était eng... engagé...

Il butait tout à coup sur les mots sans parvenir à maîtriser son bégaiement. Après une profonde inspiration, il tenta de continuer :

– M... moi, je suis p... parti à la d... dernière minute sinon j'aurais été m... mobilisé. On m'a traité de l... lâche... de d... déserteur...

Lily regardait avec inquiétude ses lèvres tordues par l'effort infructueux d'articuler les mots. Au bout d'un instant, Stephen haussa les épaules, fataliste :

– Je suis incapable d'en parler.

– Tant mieux, je ne voulais rien entendre. Je ne veux pas savoir si cette guerre aurait dû ou non avoir lieu. Je ne veux pas savoir si vous deviez ou non y aller. Je m'en moque, Stephen. C'est fini, tout cela. N'y pensez plus.

Il prit une cigarette dans sa poche. Ses mains tremblaient quand il l'alluma.

– Vous ne v... voulez vraiment rien savoir ?

– Non. C'est fini, bien fini. Maintenant, je veux vivre ma vie. Le passé ne m'intéresse pas.

Stephen exhala un long nuage de fumée. Ses traits se détendaient visiblement. Il regarda Lily comme si ce qu'elle venait de dire avait pour lui une importance exceptionnelle. Comme si elle détenait la clef de sa libération.

– Vous avez raison, c'est fini, dit-il.

– Et rien de tout cela n'a plus aucune importance, enchaîna Lily avec un sourire encourageant. Vous n'aurez jamais plus besoin de retourner là-bas. Vous n'avez même plus besoin d'y penser. Je ne veux plus entendre personne en parler, ni vous ni quelqu'un d'autre. Jamais.

Stephen respira profondément.

– Allons voir la mer, proposa-t-il en ouvrant la portière.

En le voyant descendre, Coventry jeta sa cigarette et alla ouvrir la portière du côté de Lily.

– Nous faisons juste quelques pas, lui dit Stephen.

Lily retint d'une main son chapeau que la brise de mer menaçait d'emporter. Ils marchèrent un peu le long du remblai avant de franchir le muret et de descendre sur les galets de la plage. Devant eux, au bout de la jetée qui s'avançait dans l'eau comme un doigt, ils voyaient des ouvriers repeindre en blanc le petit théâtre et le kiosque à musique en prévision de la saison d'été. Lily ôta son chapeau et le tint à la main en marchant. Stephen lui passa un bras autour de la taille, Lily se blottit sur son épaule.

– Vous me manquerez, déclara-t-elle comme si elle venait d'y penser. Vous me manquerez quand je serai partie.

Stephen s'arrêta, la tourna vers lui et se pencha pour poser un baiser sur ses lèvres souriantes. Serrant pour la première fois contre lui son corps souple et léger, il sentit sur sa poitrine la ferme rondeur de ses seins, la tiédeur de son visage tout près du sien. Il huma son parfum frais, ses cheveux, son odeur de femme. Son baiser se fit plus exigeant, il pressa plus fort sa bouche sur la sienne, il lécha avec délectation la petite tache de chocolat qui était restée au coin de ses lèvres. Son rejet de la guerre l'exaltait comme s'il la découvrait capable de le libérer de ses cauchemars, de sa hantise d'une guerre sans fin que les hommes comme lui étaient condamnés à revivre dans leurs esprits blessés. Elle était chaude et souple comme cette autre fille. Et sa peau exhalait un parfum de désir.

Immobile, en équilibre instable sur les galets qui roulaient sous ses pieds, Lily luttait contre son malaise. Elle se sentait bâillonnée, étouffée, subjuguée. Au début, elle s'était laissée embrasser presque par politesse, comme s'il eût été malvenu de le repousser trop brutalement après qu'il s'était confié à elle. Mais au contact de sa langue au coin de sa bouche et de sa moustache sur sa joue, sa répulsion fut la plus forte. Elle se dégagea et recula d'un pas en se frottant les lèvres de sa main gantée.

– Non ! Vous n'auriez pas dû...

Stephen sourit. Il se sentait infiniment plus sage et plus expérimenté que Lily qui n'était qu'une écolière quand d'autres femmes le poussaient de force dans la guerre.

– Était-ce votre premier baiser ?

– Oui.

– Je vous en donnerai des centaines, des milliers d'autres, adorable Lily...

Soudain plein d'audace et d'énergie, il respira à pleins poumons. A travers le regard de Lily, il se voyait beau, riche, influent. Par son refus du passé et sa haine de la guerre, Lily le libérait. Grâce à elle, il pouvait tout.

– Oui, Lily, je vous couvrirai de baisers, reprit-il. Et nous nous marierons. Je suis prêt à vous épouser, Lily. Hein, qu'en dites-vous ?

De stupeur, elle laissa retomber ses mains, pâlit. La petite tache de chocolat en parut encore plus noire.

– Oh non ! Je ne pourrais pas, c'est impossible. Je n'ai jamais pensé à vous comme cela. Je suis désolée, j'ai dû me conduire comme une idiote. Je suis bien trop jeune, vous comprenez, et vous êtes trop âgé pour moi, capitaine Winters. Je suis désolée, sincèrement désolée mais...

Ils se dévisagèrent sans mot dire, avec une incompréhension mutuelle qui s'aggravait de minute en minute. Stephen rougit, devint peu à peu écarlate. Lily le snobait de la manière la plus humiliante. Les heures, les journées qu'ils avaient passées ensemble prenaient désormais une tout autre signification : il n'avait été pour elle que le riche protecteur dont on se moque quand il a le dos tourné alors qu'il se voyait dans le rôle du soupirant déclaré. Accepté.

Il lui tendit la main, essaya de la rassurer :

– Écoutez, Lily...

Elle recula hors de sa portée en trébuchant sur les galets. Le choc du ressac sur la plage grondait comme l'écho d'une lointaine fusillade. Terrifiée, Lily paraissait prête à partir en courant et Stephen se retint à grand-peine de la gifler. Avec son joli minois et sa respectabilité provocante, cette mijaurée l'avait mené par le bout du nez. Maintenant, elle le fuyait comme une jeune vierge effarouchée. Elle trichait ! N'avait-elle pas compris que ses invitations à dîner et ses cadeaux l'avaient déjà compromise ? Il aurait voulu la prendre à bras-le-corps, la fesser, fourrager sous sa blouse, lui pétrir les seins, lui fourrer la main sous sa jupe. Elle avait beau prendre de grands airs, elle n'était rien de plus qu'une girl de music-hall. S'il avait fait noir, avec quelle joie il l'aurait battue, violée, humiliée... Mais il faisait grand jour et les promeneurs la chaperonnaient plus sûrement que sa propre mère.

Frustré, enragé, Stephen la dévisageait avec un désir si intense qu'il était près de la haine.

– Je voudrais m'en aller, dit Lily d'une voix éteinte. Ramenez-moi au théâtre, s'il vous plaît.

CHAPITRE 6

Ce soir-là, Stephen ne vint pas chercher Lily après le spectacle à l'entrée des artistes. Helen Pears regarda autour d'elle, étonnée de ne pas voir comme d'habitude briller la carrosserie de l'Argyll sous les réverbères au bout du passage.

– Je ne crois pas qu'il viendra, déclara Lily.

Helen la prit par le bras et l'entraîna vers l'arrêt du tramway. Charlie Smith les rattrapa, ses cheveux noirs et bouclés constellés de gouttelettes de brouillard.

– Eh bien, Lily, tu as perdu ton amoureux ?

– Oui, on dirait.

Charlie observa du coin de l'œil comment Helen prenait la nouvelle.

– Ce n'est pas une grosse perte, dit-il.

– Il m'a demandé..., commença Lily d'un ton indigné. Vous ne devinerez jamais ce qu'il m'a demandé ! Si je vous le disais, vous ne le croiriez pas !

Helen et Charlie échangèrent un regard scandalisé.

– Ne me regardez pas comme cela ! le rabroua Helen. Le soir, j'étais toujours avec eux et ils ne sortaient seuls ensemble qu'à l'heure du thé. J'aurais juré qu'il savait se tenir. Je le prenais pour un gentleman.

– Dans les Flandres, répondit Charlie, ce sont les gentlemen qui sont morts les premiers.

– Il m'a demandée en mariage ! reprit Lily avec une indignation croissante. Même pas : il m'a dit qu'il était *prêt à m'épouser*, comme s'il me faisait une grande faveur ! Comme si je devais être éperdue de reconnaissance ! Il m'a embrassée, aussi, et c'était répugnant. Si c'est toujours la même chose, je ne flirterai jamais plus avec personne. Je trouve cela trop... bestial !

A l'arrêt du tramway, l'abri était vide. Lily repoussa le bras d'Helen qui voulait la prendre par les épaules.

– On aurait au moins pu espérer qu'il avait deux sous de jugeote, à son âge ! poursuivit-elle, toujours folle de rage. Qu'il aurait compris que je ne pensais pas à lui pour cela ! Il pourrait être mon père !

Charlie pouffa de rire.

– Il a à peu près le même âge que moi, Lily. Je ne me crois pas tout à fait assez vieux pour être ton père.

Lily rougit jusqu'à la racine des cheveux.

– Ce n'est pas du tout pareil. D'abord, tu n'étais pas soldat comme lui.

– Si, je l'ai été, répondit-il avec un soupir. Je suis parti avec la première vague mais j'ai eu la chance d'être blessé au bout de huit jours et déclaré invalide permanent. Je n'ai pas été aussi amoché que ceux qui sont restés jusqu'à la fin, voilà tout.

– Tu es tout à fait différent de lui, insista Lily. Toi, tu me comprends. Il aurait dû savoir qu'avec moi il faisait fausse route.

– Les hommes ne voient pas toujours les choses aussi clairement, Lily, répondit Charlie. Quand un homme trouve une femme qui lui plaît, il tente sa chance. Il y a beaucoup de filles qui seraient trop contentes de sauter sur un parti comme ton capitaine, crois-moi.

– Charlie a raison, approuva Helen. Quand je t'ai vue aussi bouleversée, j'ai d'abord cru qu'il t'avait proposé de devenir sa maîtresse, de t'installer dans un petit appartement discret ou quelque chose de ce genre. Je m'attendais à tout sauf à ce qu'il te demande en mariage. Je ne me doutais pas qu'il avait de pareilles intentions et, surtout, je n'aurais jamais pensé que sa famille le lui permettrait.

L'air buté, Lily ne répondit pas.

– En un sens, dit Charlie, tu devrais être flattée. Ici, les Winters sont des notables. Bonne famille, grosse fortune, belle demeure près du lac. Il y a des tas de filles qui accepteraient sans hésiter.

– Non, il est beaucoup trop vieux. Et puis, il est... bizarre. Il commence à bégayer dès qu'il parle de la guerre et son chauffeur ne dit jamais un mot. Stephen et lui se regardent comme s'ils lisaient dans leurs pensées, ça me donne la chair de poule. Je ne l'aime pas et je ne lui ai jamais donné de raison de croire que je l'aimerais autrement qu'en ami. Et puis, il est trop vieux, un point, c'est tout ! Comment pouvais-je deviner qu'il ne le comprendrait pas ?

Helen lui prit le bras avec autorité.

– Allons, ça suffit ! dit-elle fermement. Tu te montes la tête pour rien. Il t'a fait une proposition, tu as répondu non, l'incident est clos.

Un tramway s'arrêta en grinçant. Ils y montèrent et trouvèrent trois places face à face.

– Tu n'aurais pas voulu que je dise oui ? demanda Lily à sa mère. Le considères-tu comme un beau parti, toi ?

Helen hésita. Le dilemme que lui posait Lily avec candeur fit sourire Charlie malgré lui.

– Oui, honnêtement, ce garçon serait un beau parti, répondit-elle avec prudence. Si tu n'avais aucun talent, Lily, si je n'étais pas là pour te soutenir et si Charlie ne t'aidait pas à progresser, je dirais même que tu ne pourrais pas espérer mieux. Il me semble avoir un bon fond, c'est un gentleman et sa femme sera haut placée dans l'échelle sociale quelles que soient ses origines. Mais tant que je suis là, poursuivit-elle en lui prenant la main, tu n'as pas besoin de te marier. Après tout, tu débutes à peine. Qui sait jusqu'où tu iras ?

– Nous partons pour Southampton la semaine prochaine, intervint Charlie. Je voudrais que tu essaies une nouvelle chanson – pas dans la revue, nous la répéterons ensemble pendant la tournée. Il m'est venu une idée et il y aura peut-être une possibilité à notre retour à Portsmouth.

– Que faudra-t-il que je fasse, cette fois ? Que je devienne chauve ?

– Bien pire ! répondit-il avec un clin d'œil à Helen.

Le contrôleur s'approcha en faisant tinter des pennies au creux de sa main. Charlie paya les trois billets.

– Je te le dirai plus tard, reprit-il. Voilà mon arrêt, je descends. A demain, Lily. Dors bien et ne te tracasse plus de rien.

Il se pencha vers elle, lui caressa la joue. Devant son sourire confiant comme celui d'un enfant, il posa sur son front un léger baiser en murmurant tendrement :

– Chère petite Lily.

Le tramway s'arrêta, Charlie sauta à terre. Écarlate, Lily le salua de la main.

Ni Helen ni elle ne virent la limousine qui stationnait dans l'ombre au bout de la rue après avoir suivi le tramway à distance respectueuse.

Coventry se tourna vers Stephen, assis à côté de lui, avec un regard interrogateur.

– Je voulais simplement m'assurer qu'elle était bien rentrée chez elle, dit-il comme s'il s'excusait. Je suis un parfait crétin, je sais.

Le silence retomba. Coventry reprit sa contemplation de la rue obscure.

– Si on allait se faire un thé chez toi ? demanda Stephen. Il est encore tôt.

Coventry démarra et ils roulèrent vers la sortie est de la ville. En passant devant la caserne d'Eastney, où deux fusiliers marins montaient la garde devant les grilles, Stephen eut le réflexe de lever la main pour saluer mais se reprit aussitôt avec un rire gêné.

Une fois sorti de la ville par la route qui longeait l'avant-port, Coventry accéléra. La lune se reflétait sur la vase des hauts fonds découverts à marée basse. Un brouillard de mer se levait, une corne de brume mugissait quelque part dans la nuit. La route franchit un pont de bois sur pilotis. Côté terre, on voyait les toits de Portsmouth se découper contre le ciel en un camaïeu de noirs. La route côtière était bordée de casemates de béton veuves de leurs canons, des enchevêtrements de barbelés rouillés jonchaient encore les plages. Stephen les regarda défiler avec dégoût.

– Elle est pure comme de l'eau, dit-il tout à coup. Comme un verre d'eau fraîche qui me ferait perdre ce goût de boue dans ma bouche.

Ils quittèrent la route principale pour tourner à droite sur un chemin orienté au sud-est. La pleine lune, d'un blanc-bleu argenté, semblait si proche qu'on voyait à l'œil nu le détail de ses collines et de ses cratères. Elle projetait une lumière si vive que les phares de l'Argyll éclairaient à peine la route à quelques dizaines de pas. On devinait sur la droite les marais de Farlington qui descendaient en pente douce vers la mer, à gauche un damier de petits champs de maraîchers et de pâturages de pré-salé.

– Il fait clair, ce soir. Trop clair, observa Stephen avec une crainte instinctive. Après tout, cela n'a plus aucune importance, ajouta-t-il, agacé.

Au bout d'un moment, ils tournèrent encore à droite vers le rivage, traversèrent un hameau, dépassèrent un moulin à marée abandonné, une vieille auberge d'octroi à l'enseigne à demi effacée. La brume s'épaissit quand ils atteignirent le long pont étroit reliant les îles à la terre ferme. On entendait des vaguelettes clapoter sur les pilotis. Coventry redoubla d'attention, ralentit. Un oiseau de mer, réveillé par le bruit du moteur, poussa un cri de protestation. Le brouillard formait un mur opaque devant les phares et léchait le pare-brise en longs rubans effilochés.

– Tu y vois clair ? demanda Stephen.

Coventry acquiesça d'un signe de tête. Il avait vécu toute sa vie dans l'île de Hayling, il connaissait la route bien avant qu'elle soit aménagée pour les estivants, quand elle n'était encore qu'une piste boueuse empruntée par les seuls pêcheurs, avant même que le pont ne remplace les bacs. Se dirigeant sans hésiter dans les bancs de brouillard, il traversa l'île de part en part. A la pointe sud, où la houle malaxe inlassablement les galets sur la plage, il tourna à droite et longea le rivage vers l'ouest par le seul chemin praticable, une piste sableuse au bout de laquelle se dressait une auberge isolée. C'était là naguère qu'accostait le bac faisant la navette à travers le bras de mer entre l'île et Southsea. En été, on venait dans l'île de Hayling passer la journée, pique-niquer sur les plages, jouer dans les dunes de sable. Le soir, les bacs repartaient chargés de passagers. Les eaux de la rade reflétaient les robes de femmes dont les rires tintaient dans l'air calme.

La corne de brume gémit tristement. Le vent avait poussé le sable de la dune sur la chaussée et Coventry dut se pencher à la portière pour mieux voir. La limousine avançait en cahotant dans les ornières et les nids-de-poule. Heureux de partager l'inconfort de la nuit, du brouillard, de la mauvaise route, les deux hommes souriaient.

Sur la droite du chemin s'étendait une anse d'eau dormante, que la mer n'atteignait qu'aux époques de grandes marées. Ils virent bientôt émerger de la brume les contours indistincts de trois barges, reliées au rivage par des échelles de meunier peintes en blanc. La première était aménagée en pimpante maison de vacances – il y avait sur les marches des pots vides prêts à recevoir des géraniums. La dernière, la plus délabrée, était échouée sur la plage et barbouillée d'un vernis de marine noirâtre. C'était celle de Coventry. Il l'avait quittée le jour de sa mobilisation en écumant de rage car il savait que son père ne survivrait pas seul dans cette vieille péniche, glaciale en hiver et humide toute l'année, sans l'appoint de ce qu'il gagnait. Son père était mort, en effet, pendant l'hiver de 1917 sans que les autorités permettent à Coventry de rentrer chez lui recueillir au moins son dernier soupir. Le vieillard était mort seul, terrassé par une pneumonie. Coventry avait juste eu le temps de l'enterrer avant de repartir pour le front, où il était devenu l'ordonnance de Stephen.

Il arrêta la voiture et suivit Stephen qui escaladait déjà l'échelle. Si elle avait navigué à l'origine, la barge était échouée depuis longtemps et surmontée d'un toit, la cale et la salle du moteur aménagées en un logement de deux pièces. Stephen passa le premier, poussa la porte dépourvue de loquet et entra dans la petite salle de séjour meublée d'une table et d'une chaise au milieu de la pièce, d'un fauteuil à côté du poêle. Au fond, une autre porte ouvrait sur la seconde pièce, la chambre de Coventry, équipée d'une cantine où il serrait ses vêtements et d'un lit de camp, les mêmes que dans leurs cantonnements à l'arrière.

Coventry tira les stores, ferma la porte et craqua une allumette pour allumer la lampe à pétrole, dont Stephen renifla l'odeur avec gourmandise. Une bouilloire pleine d'eau était posée à côté du petit poêle à charbon, bourré de vieux journaux et de bois flotté ramassé sur les plages. Coventry mit le feu au papier puis, une fois le bois enflammé, versa dessus un demi-seau de charbon. Il faisait froid, l'air humide sentait le sel et le varech.

Du fauteuil où il s'était assis, Stephen le regardait s'affairer en silence, disposer sur la table les bols, la théière, le sucrier.

– Aurais-tu des biscuits, par hasard ?

Coventry sortit d'un placard une boîte en fer-blanc. Stephen y jeta un regard émerveillé, comme s'il avait oublié l'existence de sa propre maison avec son luxe douillet, sa chaleur et ses réserves de friandises.

En attendant que l'eau chauffe, les deux hommes se déchaussèrent. Le temps était sec depuis plusieurs jours, ils ne sortaient tous deux qu'en voiture et ne marchaient que pour le plaisir, ce qui ne les empêcha pas de tâter leurs chaussettes avec inquiétude et de poser les chaussures à côté du poêle.

– Voilà ! dit Stephen d'un air béat. On se sent mieux.

Quand la bouilloire siffla, Coventry prépara le thé selon le rituel habituel : une pincée de feuilles fraîches sur les vieilles restées au fond de la théière et quatre cuillers de sucre dans les bols où il versa le breuvage noir et âcre avant de tourner cinq fois le mélange. Ils prirent chacun un biscuit ramolli et le mangèrent en silence.

– Elle est comme l'eau pure, dit Stephen pensivement. J'ai l'impression de pouvoir me laver en elle et en sortir tout propre, tout neuf. Si je l'avais, si elle m'aimait, je redeviendrais tel que j'étais avant. Je retrouverais le monde que j'ai connu – si je pouvais avoir Lily.

– Tu es rentré tard hier soir, Stephen, lui dit sa mère le lendemain au petit déjeuner. Je ne t'ai entendu qu'à minuit. As-tu passé une bonne soirée ?

– J'étais à Hayling chez Coventry, répondit-il de derrière son journal. J'ai ramené la voiture mais si vous en avez besoin ce matin, Coventry sera à votre disposition. Il arrive à neuf heures par le bac pour m'emmener au bureau.

– J'ai rendez-vous chez le coiffeur à onze heures, répondit Muriel Winters, je n'aurai pas besoin de la voiture avant. Seras-tu à la maison cet après-midi ?

Stephen reposa son journal.

– J'attends un client à trois heures, répondit-il en se beurrant un toast. Encore un de ces mariages de guerre qui fait long feu, ce sera vite réglé. Je pourrais être rentré vers quatre ou cinq heures.

– Je reçois quelques personnes pour le thé. Cela te ferait peut-être plaisir de les rencontrer.

– Une volière de perruches ? Très peu pour moi, dit-il en faisant la grimace.

– J'aimerais pourtant que tu sois là. Tu ne fréquentes plus personne de ton âge. Il y aura lady Philmore et sa fille, Mme Dent et Sarah. Les Close amèneront leurs deux filles. Tu ne seras pas le seul homme. M. Close est très sympathique. Tu le connais, il publie un journal à Londres.

– Cela fait quand même beaucoup de filles.

Muriel sourit avec assurance.

– Mais il y en a beaucoup et elles ne sont pas toutes danseuses de music-hall. Tu devrais en rencontrer quelques-unes, pour te rendre compte.

– Je vois que David a encore bavardé.

Le sourire de Muriel ne s'altéra pas.

– J'ai toujours été très bien renseignée. Je t'attends donc à quatre heures et demie.

Stephen finit sa tasse de thé, se leva.

– A vos ordres, mon colonel, dit-il en reposant sa serviette sur la table. Père est-il réveillé ?

– Oui, je crois.

M. Winters était en train de déjeuner. L'infirmière lui faisait manger un œuf coque dont elle devait essuyer le jaune qui s'échappait de sa bouche tordue et lui coulait sur le menton. Stephen considéra sans émotion la pitoyable ruine humaine qu'était devenu ce père autoritaire et respecté.

– Je vais à l'étude, annonça-t-il.

L'infirmière se leva.

– Non, restez, je ne fais que passer, lui dit Stephen.

Il s'approcha du lit. Son père tourna vers lui un regard où brillait une lucidité intacte.

– Nos affaires n'ont jamais si bien marché, reprit-il. Beaucoup d'actes de vente de maisons et de propriétés. Énormément de divorces, aussi. Je dois engager un nouveau clerc, je sélectionne les candidats aujourd'hui.

Son père lui fit un clin d'œil.

– Oui, je saluerai tout le monde de votre part. On me demande tous les jours de vos nouvelles, je réponds que vous allez aussi bien que possible. C'est bien la formule qui convient ? demanda-t-il à l'infirmière.

– Il fait des progrès constants, répondit l'infirmière en souriant. N'est-ce pas, monsieur Winters ?

– C'est bon, dit Stephen. Je leur annoncerai qu'il fait des progrès. Qu'il est couché comme un cadavre, que sa nourriture lui dégouline sur la figure mais qu'il progresse.

Sous le regard scandalisé de l'infirmière, Stephen sortit et descendit rejoindre Coventry qui l'attendait au pied de l'escalier, sa casquette de chauffeur sous le bras.

– Au bureau, lui dit Stephen. Tu reviendras ensuite conduire Mme Winters chez son coiffeur.

Ils sortirent ensemble sur le perron.

– Si elle était ici avec moi, monologua Stephen pendant que Coventry allait ouvrir la portière, je ne serais sans doute pas aussi cruel avec le vieux. Je ne me sentirais pas aussi méchant. Quand je suis avec elle, j'ai l'impression que tout est enfin terminé. Que nous avons gagné...

Il s'interrompit pendant que Coventry claquait la portière, s'installait au volant et démarrait.

– Ce serait drôle de lui envoyer la voiture pour la conduire chez le coiffeur, reprit-il avec un sourire d'enfant espiègle. De voir Lily aller en ville assise là, à l'arrière, comme une grande dame. Avec de belles robes, des bagues aux doigts. Oui, je voudrais bien voir cela...

Sa journée fut lente et ennuyeuse. Il occupait le bureau de son père – admission tacite que celui-ci n'y reviendrait jamais – et John Pascoe, l'associé de son père, celui d'en face. C'était un homme âgé, à la veille de la retraite. Son fils Jim aurait dû le remplacer trois ans auparavant ; mais Jim avait franchi le parapet de sa tranchée à Loos en 1915 pour foncer avec les autres dans un nuage de gaz et n'en était jamais revenu. Après des mois de délais, de faux espoirs et de quiproquos bureaucratiques sur l'orthographe de son nom – Pascoe ou Paskoe ? –, le ministère de la Guerre avait finalement eu le regret d'annoncer que le lieutenant Pascoe ne s'assiérait jamais derrière le bureau de son père. Depuis, John Pascoe s'était voûté et avait blanchi. Il avait même eu le mauvais goût de demander à Stephen si c'était vraiment aussi épouvantable là-bas que le clamaient les défaitistes et autres traîtres à la patrie.

Stephen lui avait lancé un regard haineux, mais son éducation et le code d'honneur des officiers, qui ne devaient rien révéler ni se plaindre devant les civils, lui avaient cousu la bouche.

– Jim n'a pas eu le temps de souffrir, disait son père. Dans le feu de l'action, on ne se rend pas vraiment compte de ce qui se passe, n'est-ce pas ?

Stephen se souvenait trop clairement de cette belle matinée d'automne où les Anglais avaient pour la première fois lancé des gaz asphyxiants. Poussé par le vent contraire, le nuage était lentement, presque gracieusement, revenu vers les tranchées britanniques tuer les soldats qui attendaient l'ordre d'aller se jeter dans des barrages de barbelés encore intacts et de neutraliser des batteries d'artillerie aux servants toujours en parfaite santé. Tout le monde savait que les conditions météorologiques auraient dû ajourner l'offensive et que le vent rabattrait immanquablement les gaz sur les positions anglaises. Tout le monde savait aussi que l'utilisation des gaz de combat était immorale et interdite par les lois de la guerre. Tout le monde savait d'avance que l'attaque échouerait et que les hommes mourraient en pure perte. Et pourtant, l'état-major avait laissé faire. Parce qu'on était curieux de voir l'effet des gaz, parce que la chaîne de commandement était si lente et si désorganisée qu'il était quasiment impossible de donner un contrordre alors même que l'échec était prévisible. Mille morts de plus ou de moins n'ont pas grande importance et, de toute façon, c'est la guerre qui veut cela...

Stephen s'apprêtait à répondre que Jim était mort en héros sans avoir eu le temps de souffrir. Que quand on court droit devant soi, le ventre tordu par la peur, en trébuchant dans le sol labouré par les obus ; quand on se rue vers le feu de l'ennemi dans le crépitement des mitrailleuses, dans le sifflement des balles à vos oreilles et l'éclatement sourd des obus qui font trembler la terre sous vos pieds et vous ensevelissent sous la boue, on est emporté par l'exaltation de savoir qu'on se bat pour sa Patrie, pour son Dieu et pour la Liberté. Mais le bégaiement avait étranglé les mensonges dans sa gorge et il n'avait pu que buter sur la première consonne du premier mot en agitant la tête comme un pantin désarticulé.

– Je vous demande pardon, s'était empressé de dire John Pascoe. Je n'aurais pas dû aborder le sujet.

Depuis, ils n'avaient jamais reparlé de la guerre.

En entendant ce jour-là les pas de Stephen dans l'escalier, John Pascoe ouvrit la porte de son bureau.

– Beaucoup de travail aujourd'hui ? lui demanda-t-il.

L'étude Winters & Pascoe occupait un antique bâtiment du quartier le plus ancien du vieux Portsmouth, où les becs de gaz projetaient une étrange lumière bleutée et vacillante dans les rues aux pavés séculaires. Les bureaux s'étalaient sur plusieurs étages reliés par un labyrinthe d'escaliers obscurs et de couloirs étroits. Tout était incommode mais convenait au caractère désuet de la firme centenaire.

– Non, pas tellement. Puis-je vous aider ?

– J'ai une affaire en reconnaissance de paternité sur laquelle j'aimerais que vous jetiez un coup d'œil. Je crois que notre position est bonne. La fille paraît respectable et l'homme m'a tout l'air d'un triste sire.

– D'accord. Donnez-moi le dossier quand vous voudrez.

Il passa la matinée à dicter des lettres qui seraient dactylographiées et postées l'après-midi. Le clerc avait perdu un bras et Stephen se forçait à ne pas regarder sa manche vide. Il avait été remplacé par des femmes pendant qu'il était au front mais Stephen avait tenu à ce que les hommes retrouvent leurs emplois à leur retour – sans toutefois aller jusqu'à rétablir leur rémunération d'avant-guerre. La présence de femmes à l'étude lui déplaisait. Il n'aimait pas les entendre répondre au téléphone d'une voix frivole ou trop charmeuse ; il jugeait indécent de mettre sous les yeux d'une vieille fille un dossier de divorce bourré de détails choquants et il n'envisageait pas davantage d'employer des femmes mariées, dont la place devait être au foyer conjugal.

Après avoir déjeuné avec John Pascoe à leur table habituelle de l'hôtel Dolphin, il reçut Mme Shirley Walker qui se plaignait d'avoir été battue, sodomisée et finalement abandonnée par son mari, contre lequel elle demandait le divorce. Malheureusement, elle ne pouvait produire aucune preuve ni aucun témoin.

– Vous n'en parliez à personne ? s'enquit Stephen.

Livide de honte de devoir révéler ses secrets à un étranger, la tête basse comme si c'était elle la coupable, elle fit timidement signe que non. Stephen garda le silence quelques minutes, dans l'espoir que l'atmosphère paisible de la pièce et le tic-tac régulier de l'horloge la calmeraient. Il se sentait lui-même somnolent. Au Dolphin, le menu du mardi comportait un excellent ragoût de bœuf qui rendait sa digestion quelque peu laborieuse.

– Puis-je vous demander si vous avez des raisons particulières de vouloir divorcer ? Envisagez-vous, par exemple, de vous remarier ?

Elle secoua encore la tête en guise de réponse et se moucha dans un mouchoir humide de larmes. Stephen l'observa discrètement. Elle était peut-être jolie quand elle s'était mariée en 1914. Depuis, elle avait donné naissance à un enfant pour le voir mourir pendant l'épidémie de grippe espagnole et le retour de son mari démobilisé avait sonné le glas de ses derniers espoirs. Chétive, mal nourrie, accablée, elle n'avait en effet aucune chance de se remarier à cette époque de concurrence féroce entre des femmes en surnombre. Dans tout le pays, des milliers de veuves de guerre plus désirables qu'elle cherchaient un homme pour remplacer celui qu'elles avaient perdu dans la boue des tranchées.

– Dans ce cas, reprit Stephen, je vous suggère que nous procédions à la notification officielle de l'abandon du domicile conjugal par votre mari afin que nous puissions l'assigner en divorce dans sept ans.

Les yeux rouges, elle releva enfin la tête :

– Pourquoi pas tout de suite ?

– Parce que, j'ai le regret de devoir vous le dire, vous n'avancez pas de motifs valables.

Effarée, elle montra de la main les notes prises par Stephen pendant leur conversation.

– Mais... il me battait, il me faisait... des choses ignobles !

– Certes, mais nous n'en avons malheureusement pas de preuves. S'il le niait au tribunal, ce serait votre parole contre la sienne et les juges trancheraient en sa faveur.

– En plus, il me trompait ! s'écria-t-elle.

– Je sais, soupira Stephen, mais l'adultère du mari n'est pas considéré comme un motif de divorce.

– Je croyais, pourtant...

– Non, madame, c'est l'adultère de la femme qui constitue un cas de divorce. En ce qui concerne le mari, il faut au moins une circonstance aggravante et, je vous le répète, nous ne disposons d'aucune preuve concrète.

– C'est injuste !

Elle se leva, agitée. Stephen ne put s'empêcher de comparer son petit sac usé, son vilain parapluie et sa robe sans style à la grâce et à l'élégance innée de Lily.

– Autrement dit, reprit-elle le rouge de la colère aux joues, je ne suis pas plus avancée.

– Selon la loi, vous ne pouvez pas obtenir de divorce immédiat. Mais si M. Walker ne revient pas d'ici sept ans, nous pourrons le faire prononcer à ses torts exclusifs.

– C'est injuste ! répéta-t-elle. Pendant toute la guerre, j'ai travaillé aux chantiers navals à peindre les bateaux, des heures et des heures pour ne pas gagner grand-chose ! Et maintenant, qu'est-ce que cela me rapporte d'avoir trimé pour l'effort de guerre ?

Stephen la considéra avec un soudain dégoût.

– La guerre n'a fait de bien à personne, dit-il sèchement, mais j'estime que les femmes sont moins à plaindre que d'autres. Au moins, elles étaient en sûreté.

Elle ouvrit la bouche pour protester mais se domina.

– Merci beaucoup, maître.

Après l'avoir raccompagnée jusqu'à la porte avec autant de courtoisie que si elle avait été une duchesse, il prit son chapeau et son manteau accrochés dans le vestibule et descendit rejoindre Coventry qui l'attendait dans la rue. Son humeur ne s'améliora pas pendant le court trajet de retour. Affecté par la sordide histoire de cette femme, il n'avait aucune envie de subir les invités de sa mère, dont la réception battait son plein quand il entra au salon.

– Vous avez l'air bien sombre, capitaine Winters, lui susurra Marjorie Philmore. Racontez-moi vos soucis.

Il se retrouvait coincé sur un canapé entre Marjorie et Sarah Dent, avec un guéridon devant lui et une assiette sur les genoux.

– Rien, répondit-il, des problèmes de travail. Une pauvre femme qui est venue me voir tout à l'heure pour divorcer. Son mari est une brute.

– Oh ! mais c'est affreux ! s'exclama Sarah.

– Elle ne peut pas se venger ? voulut savoir Marjorie.

Elle avait la réputation d'être légère, comme en témoignaient sa jupe outrageusement courte et ses bas de soie. Le thé à peine fini, elle sortirait sûrement de son sac à main un étui à cigarettes et fumerait sans demander la permission. Stephen, qui n'osait s'adonner à ce vice que dans sa chambre, s'amuserait de la voir exhaler des nuages de fumée sous le regard de sa mère qui, de son côté, ferait semblant de ne pas s'inquiéter de l'odeur de tabac qui imprégnerait ses rideaux ou des cendres malencontreusement tombées sur ses tapis.

– Le divorce n'est pas exclu, répondit-il sèchement. Je la conseille de mon mieux.

– C'est affreux ! répéta Sarah. Vous devez connaître toutes sortes d'horribles histoires, comme homme de loi je veux dire. Des disputes épouvantables.

– Oui, parfois.

– Racontez ! dit Marjorie d'un air gourmand. Parlez-nous de divorces à tout casser avec plein de détails croustillants. Employez-vous des détectives privés pour observer les chambres d'hôtel ou regardez-vous vous-même par les trous de serrure ?

– Marjorie, ma chérie ! intervint lady Philmore avec indulgence. Elle est tellement exubérante, ajouta-t-elle à l'intention de Muriel Winters.

– Je m'occupe rarement de ce genre d'affaires, dit Stephen d'un ton glacé. Nous filtrons notre clientèle.

– Quel rabat-joie ! Moi, j'adorerais être avocat, plaider, convaincre des juges ! Êtes-vous méchant envers les témoins de l'adversaire, capitaine ? Ou leur tirez-vous les vers du nez avec votre irrésistible sourire ?

– Bien que les femmes soient admises depuis peu au barreau, je ne crois pas que vous feriez un très bon avocat, mademoiselle.

– Appelez-moi Marjie, comme tout le monde.

– Encore un peu de thé, Stephen ? intervint sa mère.

– Non, merci. Je suis désolé de devoir vous quitter si vite mais j'ai promis à John Pascoe de lui porter un dossier urgent. Si vous voulez bien m'excuser, mesdames.

Stephen se leva, de sorte que la femme de chambre ne put faire autrement que de le délivrer en retirant le guéridon. Marjorie tenta de le retenir par un bras.

– Revenez vite, nous sortirons boire un verre. Je connais un endroit merveilleux derrière Palmerston Road. Un vrai bouge. C'est d'un pittoresque !

– Désolé, je suis déjà pris pour le dîner. Une autre fois peut-être.

Stephen sortit le plus dignement qu'il put, referma la porte derrière lui avec un soupir de soulagement et s'y adossa en murmurant le nom de Lily.

CHAPITRE 7

Le samedi soir, à la fin de la dernière représentation, Mike le régisseur était plus taciturne et morose que jamais. Il allait devoir travailler toute la nuit pour charger les décors, les accessoires et les costumes dans le camion qui les transporterait au Palais de Southampton, où la revue débutait le lundi soir. Ensuite, les casse-tête et les problèmes ne lui manqueraient pas pendant la tournée.

Avec les autres girls, Lily emballait fébrilement son maquillage et ses effets personnels.

– Comment est-il, le Palais, à Southampton ? demanda-t-elle à Madge, la seule ayant déjà fait la tournée.

– Le même qu'ici sauf qu'il y a des lavabos dans les loges, ce qui est bien agréable. Quand ils oublient d'éteindre la chaudière, on a même de l'eau chaude pour se laver. Le logement n'est pas mal, si nous avons le même que celui de l'année dernière. La logeuse est une ancienne actrice plutôt sympathique. Il y a des photos d'elle partout dans la maison. Elle ne dit rien quand on rentre tard, et si on lui plaît, elle permet de recevoir des visites au salon.

– Personne ne viendra me rendre visite à Southampton, dit Lily étourdiment.

– Au fait, c'est vrai. Qu'est donc devenu ton capitaine à la grosse voiture ? voulut savoir Madge. Il a essayé de coucher avec toi ?

Le silence se fit et tous les regards convergèrent sur Lily, qui se sentit moralement obligée de prendre la défense de Stephen contre ces médisances féminines.

– Pas du tout ! protesta-t-elle avec indignation. Il n'aurait jamais fait une chose pareille. Il est avocat et c'est lui qui doit reprendre les affaires de sa famille. Les Winters sont hommes de loi depuis quatre générations. Il a beaucoup de travail en ce moment, voilà tout.

Susie chuchota quelque chose qui fit pouffer de rire sa voisine. Helena serra Lily contre elle et l'embrassa.

– Console-toi, il y a encore beaucoup de poissons dans la mer, tu sais. Les plus gros sont toujours les plus difficiles à attraper.

– Mais je n'essaie pas de l'attraper ! se défendit Lily. Pourtant, si je voulais...

– Quoi donc ? demanda Susie. Qu'est-ce que tu ferais si tu voulais ?

– Je pourrais, c'est tout, répondit Lily piteusement.

Sa réplique fut saluée de ricanements sceptiques.

– Laisse-les rire, la réconforta Helena. Tu auras plus de chance la prochaine fois.

Lily hocha la tête. Elle perdrait son temps à vouloir les convaincre qu'elle avait refusé la demande en mariage de Stephen. Mais tandis qu'elle finissait de fourrer son peigne et ses pots de maquillage dans sa trousse, elle ne pouvait s'empêcher d'imaginer leur stupeur si elle était arrivée dans la loge un diamant au doigt en leur apprenant qu'elle serait bientôt Mme Stephen Winters. La vision de Sylvia Charmante verte de jalousie la fit sourire.

Il ne lui aurait pas déplu d'être fiancée à Stephen. Pas mariée, bien sûr, mais fiancée. Il lui aurait sûrement offert un gros diamant et ç'aurait été amusant de sortir dîner avec lui à Southampton dans la limousine grise sous les regards des filles cachées derrière les rideaux de la pension de famille. C'était pénible, aussi, d'aller à pied prendre le tramway à la fin de la soirée au lieu de rentrer confortablement dans l'Argyll, et Stephen, après tout, était bien sympathique quand il lui tenait la main dans le noir en lui faisant des sourires.

Tout allait bien entre eux jusqu'au baiser sur la plage, qui l'avait vraiment secouée. Lily s'était sentie blessée dans sa jeunesse et sa fierté en l'entendant se déclarer *prêt* à l'épouser, comme s'il s'y résignait.

– J'ai fini, annonça-t-elle en refermant la trousse.

– Alors, à lundi ! lança Madge. A la gare, dix heures précises. Ne sois pas en retard, surtout.

– Sois tranquille, j'y serai.

Elle sortit par l'entrée des artistes – et tomba sur Stephen qui lui tendit une gerbe de roses thé. Helen Pears attendait discrètement un peu plus loin dans le passage.

– Je ne pouvais pas vous laisser partir comme cela, lui déclara-t-il avec l'air penaud du petit garçon qui se sent fautif plutôt que l'assurance de l'homme d'expérience.

Lily prit machinalement les fleurs sans mot dire.

– Je suis désolé de vous avoir fait peur, reprit-il. En réalité, je me suis fait peur à moi-même... Je vous aime sincèrement, Lily, et je voudrais que vous acceptiez au moins d'envisager de devenir ma femme. Je ferai tout pour vous rendre heureuse, je vous donnerai tout ce dont vous aurez envie. Je vous demande simplement d'y penser. Ne me dites pas non tout de suite.

Empêtrée par les roses qu'elle tenait à deux mains, Lily fit quelques pas vers sa mère.

– Je ne crois pas que je puisse...

– Alors, n'en parlons plus pour le moment. N'y pensez plus. L'idée est de moi seul. Vous avez raison, vous êtes encore trop jeune pour envisager le mariage. Pouvons-nous au moins rester amis ? Comme avant ?

Helen Pears s'approcha en regardant tour à tour Lily et l'expression anxieuse de Stephen.

– Eh bien, capitaine Winters ? dit-elle avec froideur.

– Je me suis conduit comme un imbécile, madame Pears. J'ai proposé à Lily de m'épouser sans réfléchir qu'elle est encore trop jeune. Je l'aime de tout mon cœur, voyez-vous, je croyais pouvoir le lui demander. Mais maintenant, si Lily accepte et si vous le voulez bien, nous redeviendrons amis. Bons amis, rien de plus.

Helen Pears s'adoucit.

– C'est à Lily de décider. Elle est en effet trop jeune pour se marier et elle doit surtout penser à sa carrière.

– Oui, bien sûr, sa carrière, dit Stephen en balayant l'objection d'un geste désinvolte. Alors, Lily ? Pouvons-nous rester amis ?

Lily avait trop bon cœur pour laisser Stephen se morfondre davantage. Et puis, l'Argyll attendait au bout du passage, les roses étaient belles. Les filles allaient sortir d'une minute à l'autre et elles verraient bien qui était capable d'attraper le gros poisson... Oui, ce serait amusant que Stephen l'invite à dîner à Southampton. D'ailleurs, Coventry ouvrait la portière en lui souriant comme s'il était sincèrement heureux de la revoir. Pourquoi avait-elle dit que Coventry lui donnait la chair de poule ? Son imagination lui jouait des tours. Charlie Smith disait que Stephen avait le même âge que lui et Charlie Smith n'était pas du tout trop vieux...

– D'accord, dit-elle en se libérant une main pour la tendre à Stephen. Redevenons bons amis.

Stephen la lui serra avec vigueur, comme si elle était un des clercs de l'étude.

– C'est merveilleux ! Et maintenant, que diriez-vous d'un dîner d'adieux, madame Pears ? Lily ? Pour dire au revoir au Queens avant d'aller conquérir le sud de l'Angleterre ?

Lily consulta brièvement sa mère du regard.

– Divin ! s'écria-t-elle en imitant avec un large sourire l'expression favorite de Sylvia Charmante. Ce serait absolument *di-vin* !

Ayant obtenu l'accord de Mme Pears de les emmener toutes deux pique-niquer, Stephen vint chercher la mère et la fille à l'épicerie le dimanche matin. Coventry avait mis dans le coffre un volumineux panier d'osier, une lampe à alcool, une théière en argent et un service à thé complet.

– Un dimanche ? avait dit Muriel à son fils avec une moue dégoûtée. On ne va pas pique-niquer un dimanche, voyons. Cela ne se fait pas.

– Elle part demain. Si elle ne vient pas cette fois, je ne sais pas quand elle sera de nouveau libre. D'ailleurs, cela fait des semaines que j'ai envie de passer une journée à la campagne et la météorologie annonce du beau temps pour demain. Si vous n'en parlez pas, personne n'en saura rien.

Muriel avait poussé un soupir résigné sans insister. Son thé de l'avant-veille, destiné à présenter Stephen à des jeunes filles de son milieu, avait lamentablement échoué. Elles lui avaient toutes déplu – et Muriel devait elle-même admettre qu'en les voyant poser et minauder elle comprenait sa réaction. Marjorie avait trop visiblement étudié les magazines pour apprendre à devenir une Femme Moderne et ne réussissait qu'à se rendre choquante et vulgaire. Sarah, avec ses airs sentimentaux, n'était qu'une évaporée. Coincé sur le canapé entre ces deux échantillons des femmes d'après-guerre, Stephen était partagé entre le malaise et la fureur. Je comprends, pensa Muriel, qu'il se demande pourquoi avoir passé deux ans et demi dans la boue des tranchées pour ne trouver à son retour que ces péronnelles censées représenter ce qui se fait de mieux à Portsmouth, un père impotent et une maison lugubre.

Un nouveau soupir lui échappa. Muriel ne se consolait pas de la mort de son fils aîné, l'héritier de la dynastie. Christopher était parti en s'imaginant que la guerre était une aventure excitante, comme celles qu'il lisait naguère dans les magazines pour la jeunesse. Tout le monde le croyait, à vrai dire. Si on s'était rendu compte depuis que ce bel enthousiasme relevait de l'aveuglement, sinon de la folie pure, il régnait dans les premiers jours d'août 1914 une atmosphère de joyeux carnaval, comme si les garçons s'embarquaient pour quelque merveilleuse croisade. Les journaux étaient pleins de photographies de jeunes gens au sourire éclatant, les articles rivalisaient de ferveur patriotique en proclamant que l'Angleterre retrouverait sa puissance et sa gloire grâce aux exploits du corps expéditionnaire. Cette guerre était la première depuis celle des Boers, dont les atrocités étaient depuis longtemps oubliées. Les Allemands se conduisaient comme des sauvages et devaient être impitoyablement châtiés. Et nul n'ignorait que le soldat anglais, le Tommy de légende, était le meilleur guerrier du monde.

D'ailleurs, le pays entier s'ennuyait dans la paix. Les mécontentements et les plaintes qui grondaient de toutes parts, les excentricités auxquelles la jeunesse s'adonnait par désœuvrement, tout cela serait balayé quand ils auraient eu l'occasion de démontrer leur valeur. Les journaux les y encourageaient, le clergé les bénissait en chaire. Chacun était persuadé qu'une guerre – une bonne guerre rondement menée et couronnée par une victoire éclatante – remettrait les choses et les gens à leur place, ressouderait la nation et la purifierait. Le pays avait besoin d'une guerre, se répétait-on à l'envi. Le peuple anglais est un peuple guerrier, un peuple à la destinée impériale. Il avait le plus urgent besoin de faire à nouveau ses preuves.

Christopher avait suivi une préparation militaire supérieure pendant ses études. Affecté dans la réserve, il n'avait pas voulu s'en contenter : piaffant d'impatience de participer à ce qu'il considérait comme la plus noble des aventures, son devoir l'appelait à se porter volontaire pour le service armé. Incorporé sur-lc-champ, il était allé avec son père commander ses uniformes chez le meilleur tailleur de la ville – joyeuse partie de plaisir entre hommes couronnée par une bouteille de champagne au Dolphin en l'honneur du héros. Dans son uniforme kaki qui mettait en valeur son teint clair et ses yeux bleus, il était beau comme un dieu. Penché à la portière du wagon, il agitait sa casquette aux insignes flambant neufs avec la gaieté de l'adolescent en route pour le pensionnat et qui se réjouit des prochaines grandes vacances. Il avait été tué la septième semaine, au cours de ces désastreux combats qu'on allait devoir appeler la première bataille de la Somme afin de la distinguer de la deuxième, de la troisième et de la quatrième – sanglantes empoignades indéfiniment recommencées sur le même terrain où les cadavres s'entassaient en macabres strates géologiques.

Depuis, Muriel en arrivait à remercier le Ciel que Christopher soit mort dès le début, sans avoir connu cette guerre des tranchées où le moral, le courage, l'espoir même se dissolvaient dans la boue. Elle remerciait le Ciel de n'avoir pas vu son bel enfant blond revenir dévoré de vermine et les nerfs à jamais détraqués. Elle se félicitait presque que cette fin rapide lui ait épargné le calvaire de l'entendre hurler dans la nuit ou de le retrouver caché sous son lit, trempé de sueurs froides et tremblant de terreur. Parti en héros, disparu en pleine gloire, Christopher n'avait pas laissé à Muriel le temps de le regretter. Elle n'avait pas même fini de lui tricoter des gants.

Rien de tel avec Stephen. Jusqu'à la dernière minute, il avait refusé de s'engager. La nouvelle de la mort de Christopher avait terrassé son père comme s'il était frappé d'une balle en plein cœur ; Stephen n'avait pas bougé. Son père, encore capable de se servir de sa main droite, avait usé ses dernières forces pour tracer quelques mots, les tout derniers qu'il eût jamais écrits : *Maintenant, à ton tour*. Stephen l'avait traité par le mépris. Par une lettre solennelle, son parrain l'avait sommé d'accomplir son devoir sous peine de le déshériter. Ce n'était pas une menace en l'air : il était riche et possédait à Knightsbridge un hôtel particulier dont Stephen se réjouissait de savoir qu'il lui appartiendrait un jour, la mort de son frère faisant de lui l'unique héritier de la famille. La perspective de perdre une petite fortune n'avait pas suffi à le fléchir.

Un soir, Muriel s'était astreinte à lui exprimer sa conviction qu'elle n'avait pas le droit de le retenir. Les journaux répétaient qu'une femme devait offrir ses sacrifices à la patrie, elle était donc prête à sacrifier son fils. Un quotidien populaire faisait même frapper des médailles pour les mères de famille qui envoyaient leurs fils à la guerre, distinction que Muriel estimait fort justifiée. Une femme ne pouvait rien faire, rien donner que son fils. Les larmes aux yeux, elle l'avait donc à son tour adjuré de s'engager. Une fois de plus, Stephen avait fait la sourde oreille.

Ce ne fut que devant l'imminence de la conscription obligatoire, qui n'épargnerait aucun homme valide et ne lui laisserait le choix qu'entre s'engager comme officier ou être mobilisé comme simple soldat, qu'il alla s'enrôler. Parti au bureau de recrutement sans prévenir sa mère de ses intentions, il en était revenu avec un visage de bois. Pour lui, pas d'essayage chez le tailleur ni de célébration au champagne. Son père, dont la santé s'était dégradée au point de ne plus pouvoir écrire, se borna à un clignement de cils indifférent. Il n'y avait pas eu de chansons martiales ni de rires joyeux dans le train qui l'emmenait à Londres avec d'autres engagés aussi peu volontaires que lui, encore moins de promesses optimistes d'être de retour avant Noël.

En rangeant sa chambre après son départ, Muriel avait trouvé dans un tiroir de la commode, sous les chaussettes, une enveloppe ne contenant pour seul message qu'une plume blanche – le symbole séculaire des lâches. L'enveloppe portait le cachet de la poste de Portsmouth. Ainsi, dans leur ville natale où leur nom était respecté depuis des générations, un inconnu s'était donné la peine de chercher l'adresse de Stephen pour lui envoyer cette marque d'infamie.

Par la suite, Muriel s'était demandé si Stephen pardonnerait jamais à tous ceux qui l'avaient méprisé à ce point. Elle comprit que ses craintes étaient justifiées quand il revint pour sa première permission, livide, les traits tirés, passant son temps à dormir, à se baigner, à dévorer comme s'il n'avait rien mangé depuis des mois, sans le moindre sourire pour elle ni pour son père. Une seule fois, avec l'humilité qu'elle apprenait à affecter en sa présence, elle s'était hasardée à lui demander si les choses étaient vraiment aussi épouvantables là-bas que ce que prétendaient certains journaux. Elle s'en était aussitôt repentie.

– Vous m'avez envoyé à la mort, vous pouvez être fière de vous, avait-il répliqué en la fixant d'un regard dur avant de se détourner sans rien ajouter.

Ce soir-là, Muriel évoquait ses souvenirs en arpentant nerveusement le salon. Les sombres pressentiments de Stephen ne s'étaient pas réalisés, il était revenu, il devait maintenant se faire une nouvelle vie, se consacrer à son travail, prendre une épouse digne de lui, avoir des enfants, un fils pour continuer la dynastie. C'était à elle, sa mère, de trouver la femme qu'il lui fallait, une femme capable de ramener la gaieté dans cette grande maison triste dont le maître gisait là-haut muré dans le silence, inconsolable de la perte de son fils aîné, son préféré.

Cette femme idéale existait sûrement dans le cercle de ses relations. Muriel allait redoubler d'efforts, lancer des invitations à déjeuner, à prendre le thé, à dîner. Elle ferait abstraction de son chagrin, de son besoin croissant de tranquillité, elle remplirait la maison de jeunes filles parmi lesquelles Stephen pourrait faire son choix. Il finirait fatalement par en rencontrer une qui lui plairait, qu'il aimerait. Sa vie reprendrait alors son cours normal, son regard perdrait l'expression de méchanceté, voire de cruauté, qu'elle observait parfois avec angoisse. Son bégaiement disparaîtrait. Ses cauchemars eux-mêmes, ses hurlements qui réveillaient toute la maison ne seraient bientôt plus qu'un mauvais souvenir. Seule une femme saurait redonner à Stephen son équilibre, le réacclimater à la vie civile et guérir son âme blessée par la guerre.

Muriel ne pouvait pas s'opposer, pour le moment du moins, à ce que Stephen emmène pique-niquer cette danseuse du Palais. Depuis qu'elle l'avait envoyé partager la tombe de son frère, Muriel avait perdu son ascendant sur lui car il restait persuadé que, si elle l'avait réellement aimé, elle aurait lutté pour le garder près d'elle, en sûreté. Ce qu'il considérait comme une trahison de la part de sa mère avait creusé entre eux un gouffre que Muriel était impuissante à combler seule. Mais elle pouvait encore user de son autorité intacte : la petite girl de music-hall ne mettrait jamais les pieds chez elle de son vivant.

Étendue sur la couverture, un brin d'herbe dans la bouche et le chapeau de travers, Lily regardait le ciel bleu parsemé de petits nuages blancs. Appuyé au garde-boue de l'Argyll, Stephen la contemplait en osant à peine respirer de crainte de troubler la sérénité dans laquelle il baignait.

– Comme c'est joli ici, dit Lily avec insouciance.

Stephen acquiesça d'un signe de tête. Il ne trouvait pas de mots capables d'exprimer ce qu'il ressentait devant le visage de Lily levé vers le ciel, la séduction de son corps sur la couverture, ses petits pieds en socquettes et sandales blanches modestement croisés. Lily et lui étaient pour ainsi dire seuls. Mme Pears rangeait les affaires dans le panier et Coventry, assis à quelques pas de là sur un tronc d'arbre, fumait une cigarette.

De ses yeux aussi bleus que le ciel, Lily fixait une alouette qui planait très haut, presque invisible, et tendait l'oreille pour l'écouter lancer son appel.

– Drôle de petit oiseau, affirma-t-elle. Pourquoi chante-t-il comme cela ?

– Parce qu'il est heureux, répondit Stephen.

Il sentait son cœur battre très fort. Il pensait que le profil de Lily, aussi net, aussi fin que celui d'un camée, se gravait dans sa mémoire pour ne jamais s'en effacer. Il se disait que l'image de cette ravissante jeune fille étendue sur une couverture par un beau jour d'été chasserait de son esprit toutes les autres.

– Comme c'est joli, répéta-t-elle rêveusement. Je ne savais pas que les oiseaux chantaient parce qu'ils étaient heureux. Je croyais au contraire qu'ils chantaient parce qu'ils y étaient obligés.

Stephen sourit. Il sentait monter en lui un rire franc et joyeux, comme une source trop longtemps bloquée qui ne demande qu'à jaillir.

– Comme des chanteurs qu'on paie ? demanda-t-il.

– Oui, un peu comme nous autres, dit Lily en pouffant de rire de sa propre naïveté. Debout à l'aurore que cela nous plaise ou non, tous en ligne et on gazouille en mesure. Vous là-bas, l'hirondelle, vous chantez faux !

– Et les vedettes entrent en scène plus tard, compléta Stephen en se piquant au jeu. Le merle fait son numéro et s'en va. Le rossignol ne se produit qu'aux soirées de gala. Quant au coucou, il a une saison très réduite.

– Pourquoi ?

– Le coucou ne chante qu'au printemps, voyons ! dit Stephen, étonné de son ignorance.

Une main en visière, Lily se tourna vers lui. Stephen dévora du regard le tendre creux de son coude, les mèches folles qui dépassaient de son chapeau.

– C'est vrai ?

– Mais oui. Vous connaissez la chanson : *En avril viendra-t-il, en mai je resterai, en juin...*

– Non, justement ! Chantez-la-moi !

– Je ne sais pas chanter, protesta-t-il.

Stephen ne put retenir une sorte de croassement qui était un rire. Depuis quand n'avait-il pas ri ?

– Oh, si ! Chantez !

Gêné, il lança un coup d'œil vers les autres. Le regard dans le vague, Coventry contemplait l'horizon. Mme Pears avait sorti un ouvrage de son sac et semblait absorbée par la couture. Stephen s'enhardit à fredonner la comptine qu'il croyait avoir oubliée. Assise sur la couverture, les bras autour de ses genoux repliés, Lily l'écouta, ravie.

– Bravo ! Recommencez.

Elle se joignit à lui en hésitant sur les paroles.

– Encore, Stephen ! C'est si joli !

Il s'exécuta de bon cœur. En regardant ses lèvres former les syllabes avec l'application d'une enfant sage, il pensa aux deux pimbêches dans le salon de sa mère, Marjorie et Sarah, avec leurs poses, leur affectation. A côté d'elles, Lily n'était en effet qu'une enfant – ou plutôt une femme d'une exceptionnelle pureté. Comme si elle vivait dans un pays radicalement différent de cette Angleterre d'après-guerre où triomphaient l'avidité et le compromis. Elle lui rappelait l'autre fille telle qu'il l'avait d'abord vue en Belgique, une fille toute simple qui travaillait la terre sans rien savoir en dehors des saisons et des récoltes. Qui menait sa charrette à âne en jetant sur la longue colonne d'hommes silencieux un regard chargé de compassion.

– Cette fois, je crois que je la sais !

Elle lui fit signe de se taire et chanta la chanson de bout en bout sans se tromper. Stephen sentait son cœur bondir dans sa poitrine comme s'il revenait à la vie après être demeuré des années inerte et glacé.

– Oh, Lily... Je vous aime tant...

Alors, le dos au soleil qui la nimbait d'une auréole, Lily lui caressa la joue d'un geste à la fois si plein de tendresse et d'innocence qu'il resta muet de bonheur.

Sur le chemin du retour, rendu confiant par les sourires et l'évident plaisir de Lily tout au long de cette journée ensoleillée, Stephen demanda à Mme Pears la permission d'aller voir Lily pendant la tournée.

– Je dois justement me rendre à Southampton mercredi prochain pour affaires. Si vous n'y voyez pas d'inconvénient, j'aimerais l'inviter à dîner. Bien entendu, je la raccompagnerai ensuite à sa pension de famille.

Du coin de l'œil, il vit Lily donner un léger coup de coude à sa mère avec un hochemment de tête approbateur, qui ne suffirent cependant pas à vaincre ses réticences.

– Lily est encore très jeune, capitaine Winters. Je ne voudrais pas qu'elle alimente des rumeurs malveillantes. Dans ce métier encore plus que dans d'autres, les filles ont la langue bien pendue. Il vaudrait mieux, je crois, que Lily rentre le soir avec les autres à la fin des représentations.

– Voyons, maman !...

Helen Pears la fit taire et s'adressa directement à Stephen.

– Franchement, voyez-vous, je ne voudrais pas qu'il y ait d'exception à la règle. Vous ne serez sans doute pas le seul à vouloir inviter Lily, il ne faut pas qu'elle réponde oui à l'un et non aux autres. Lily ne dîne jamais dehors sans moi. Tant que je ne serai pas là, elle ne sortira pas.

Lily parut se résigner de mauvaise grâce à la décision de sa mère.

– Pourrions-nous au moins aller prendre le thé entre les représentations, comme à Portsmouth ? insista Stephen.

Il dominait mal sa colère de voir Helen Pears se dresser ainsi entre Lily et lui. Les femmes, pensait-il, sont toujours promptes à sacrifier quelqu'un d'autre...

– Je veux bien, répondit-elle, à condition que cela ne vous incommode pas pendant vos heures de travail.

De sous le bord de son chapeau rabattu, Lily coula un sourire à Stephen.

– Alors, à mercredi prochain ? lui demanda-t-elle.

– A mercredi.

– Tu garderas tes distances avec le capitaine Winters, rappela Helen à Lily qui regardait par la fenêtre l'Argyll s'éloigner dans la rue. Il est très amoureux de toi. S'il t'invite à dîner seule, n'oublie pas que j'ai dit non.

– Il est quand même gentil de nous avoir emmenées à la campagne. Je n'ai jamais passé de journée plus agréable. As-tu vu la porcelaine ? Et la théière ! C'était de l'argent massif, n'est-ce pas ?

Helen avait apprécié l'argenterie à sa juste valeur en la rangeant dans le panier.

– Oui. Il a une grosse fortune mais ce n'est pas pour toi, Lily. Tu n'as pas besoin de te marier et tu as largement le temps de choisir. Ton talent te permet de rester libre aussi longtemps que tu voudras. Tu as ta carrière devant toi et des chances que tu ne soupçonnes même pas.

Lily se détourna de la fenêtre.

– Justement, je me demande ce que Charlie a en tête pour ce nouveau numéro. T'en a-t-il parlé ?

– Non, mais je crois que tu peux lui faire confiance. Il a un jugement très sûr et il ira loin. Pendant que je t'attendais l'autre jour, j'ai entendu dire qu'il était candidat au poste de directeur musical du Kings Theatre et je ne serais pas surprise qu'il l'obtienne. Pour lui, ce serait un grand pas en avant.

– Il est capable de jouer n'importe quoi à la perfection. Il suffit de lui fredonner un air pour qu'il retienne la mélodie et compose l'accompagnement. Je vais lui chanter le chant du coucou, je suis sûre qu'il en fera une symphonie !

– Le chant du coucou !... Allons, assez bavardé. Va plutôt faire ta valise pour demain pendant que je mets le dîner en train. Je t'ai préparé des biscuits et du thé que tu emporteras et j'ai repassé ton linge.

En se dirigeant vers la porte, Lily s'arrêta pour embrasser sa mère.

– Tu ne seras pas trop triste sans moi ? C'est la première fois que je te laisse seule.

– Sois tranquille, ma chérie, répondit Helen. Pour toi, c'est un bon départ et pour moi ta réussite compte plus que tout. Je suis fière de toi.

Helen étreignit Lily en retenant les larmes qui lui montaient aux yeux. Lily ne devait pas se rendre compte de ce que cette séparation coûtait à sa mère. Elle s'était saignée aux quatre veines pour rendre Lily parfaite, lui donner des armes et en faire ce qu'elle était devenue. Maintenant que sa fille pouvait saisir la chance de sa vie, elle serait la dernière à se dresser sur son chemin comme un obstacle, mais cela n'empêchait pas une mère de souffrir cruellement de voir son enfant se séparer d'elle trop tôt à son gré.

Sur le pas de la porte, Lily hésita.

– Crois-tu que Charlie Smith m'aime bien ? Comme fille, je veux dire, pas seulement comme chanteuse.

– Quelle importance ? D'après toi, il est trop vieux puisqu'il a le même âge que le capitaine Winters et qu'il a lui aussi été blessé à la guerre.

– Hmm... oui, dit Lily sans conviction.

– S'il t'invite à dîner pendant la tournée, tu peux accepter. Avec lui, tu ne risques rien.

– Pourquoi ? Parce qu'il n'est pas amoureux de moi ?

– Disons plutôt parce qu'il sait se tenir avec les femmes.

– Moi, je l'aime beaucoup.

– Je sais, répondit Helen en souriant. C'est un bon ami, Lily, un ami sûr. Tu n'aurais pas progressé aussi vite sans lui. Alors, garde-le comme ami. Pour l'amour, tu as encore des années devant toi.

CHAPITRE 8

Le lundi matin, Helen n'accompagna pas Lily à la gare. Elle appela un taxi et elles se firent leurs adieux à la hâte sur le seuil de la boutique déjà pleine de clients.

– Écris-moi si tu as besoin de moi, dit Lily avant de monter en voiture. Je reviendrai...

– Ne dis pas de bêtises, l'interrompit Helen en la poussant dans le taxi. Fais une bonne tournée, amuse-toi, mange convenablement, ne te prive pas de ton sommeil. Et rappelle-toi : pas de dîners dehors.

Lily lui donna un dernier baiser sur la joue. Au bord du trottoir, le bras levé, Helen agita la main jusqu'à ce que le taxi eût disparu, s'essuya les yeux avec son tablier et rentra dans la boutique où les clients s'impatientaient.

– Au suivant ! annonça-t-elle d'un ton bourru. Et ne me demandez pas de vous faire crédit.

Son sac sur les genoux, sa valise à côté d'elle, Lily se débrouilla fort bien par ses propres moyens pour payer le chauffeur, appeler un porteur et retrouver la troupe réunie sur le quai. Charlie supervisait l'embarquement des malles dans le fourgon à bagages. Sylvia Charmante se rendait à Southampton en voiture avec son fidèle admirateur et ne rejoindrait les autres qu'au théâtre.

– Je croyais que tu te ferais conduire par le capitaine Winters, dit Madge. Il est revenu sur scène pour de bon ?

– Il nous a emmenées hier à la campagne, maman et moi, répondit Lily d'un air supérieur. Tu aurais dû voir la porcelaine et l'argenterie, rien que pour un pique-nique !

Le train entra en gare dans un nuage de fumée et des chuintements de vapeur. Du haut de la locomotive, luisants de sueur et noirs de charbon, le mécanicien et le chauffeur firent des clins d'œil aux filles. Les employés ouvrirent les portières et la troupe se casa dans des compartiments adjacents. Lily se retrouva assise à côté de Charlie.

– Alors, Lily, tu prépares déjà tes noces ? lui demanda-t-il tandis que les filles plaçaient en jacassant leurs valises et leurs cartons à chapeau dans les filets.

– Non, dit-elle en riant, j'ai refusé et il ne me le demandera plus. Maman ne veut pas qu'il m'invite à dîner mais je pourrai aller prendre le thé avec lui. Il doit venir à Southampton mercredi prochain.

– Sois prudente. Si ta mère est d'accord, tant mieux, mais fais quand même attention.

– Que veux-tu dire ? s'étonna Lily.

Charlie rougit, embarrassé.

– Tu m'as très bien compris.

– Crois-tu qu'il recommencera à vouloir flirter et à m'embrasser, même après que je lui ai dit non ?

– Bien entendu.

– Sûrement pas, voyons ! C'est un gentleman.

La locomotive sifflait, les portières claquaient tout le long du convoi.

– Refermez les fenêtres ! s'écrièrent les filles à l'unisson. Nous serons couvertes de charbon !

Chacun se hâta de remonter les vitres, le chef de gare siffla en agitant son drapeau. Le train s'ébranla, prit peu à peu de la vitesse et les roues firent bientôt entendre sur les rails leur cliquetis régulier.

– En effet, il n'y a rien à craindre, dit Charlie avec un rire ironique. Pensez donc, un gentleman !...

Lily craignait que la nouvelle salle n'entraîne des modifications de la revue. Elle fut vite rassurée : tout ou presque resta identique. Il y avait moins de précipitation dans les changements de costume parce que la loge des girls était plus proche de la scène et moins exiguë. Lily disposait même de son propre miroir et d'une patère pour ses costumes. Charlie Smith se plaignait d'un courant d'air dans la fosse d'orchestre et portait un gilet de flanelle sous sa chemise. Un changement de décor, trop compliqué pour les machinistes, dut être abandonné après deux tentatives infructueuses. Mais à part ces détails, la revue reprit rapidement sa vitesse de croisière et Lily se sentit comme chez elle au théâtre.

Elle se plaisait aussi à la pension de famille où la troupe logeait au complet et elle adorait l'ambiance des soupers après la dernière représentation. Charlie Smith trônait à un bout de la table, Mike le régisseur à l'autre, les filles bavardaient, échangeaient des plaisanteries et les derniers racontars. Lily se sentait fière d'appartenir à une élite. S'il y avait à Southampton d'autres pensions de famille, d'autres tablées aussi conviviales, la troupe du Palais était unique. Bruyants, exubérants comme tous les gens de scène, ils le restaient quand ils se retrouvaient entre eux et, les premières frictions passées, entretenaient de solides liens de camaraderie. Sylvia Charmante, qui sortait presque tous les soirs avec son admirateur et se joignait rarement aux autres, constituait l'exception. Et puis, il y en avait toujours une qui ne voulait pas faire seule ses courses ou une autre qui devait repriser ses bas et demandait à Lily de lui tenir compagnie dans sa chambre.

Charlie jouait tous les matins du piano au salon et demandait à Lily de chanter avec lui, parfois deux heures d'affilée, jusqu'à ce qu'elle déclare forfait.

– Moins vite, lui disait-il. Détaille le couplet, marque une pause, souris. Voilà, c'est cela !

Et Lily, accoudée au piano, suivait docilement ses conseils comme si le public avait toute la nuit devant lui.

– Tu es la reine et ce sont tes sujets, comprends-tu ? Ne les laisse jamais croire qu'ils connaissent la suite aussi bien que toi. Il faut maintenir le suspense.

Son professeur de musique, de formation classique, lui avait enseigné à se tenir droite et à regarder devant elle. Charlie lui apprit au contraire à évoluer sur la scène et à mimer les paroles afin de créer une complicité avec son public. Il lui fit également découvrir le ragtime, qu'elle ne maîtrisa pas sans peine.

– Mais non ! Le rythme doit rester constant entre les barres de mesure. Compte les temps, bon sang !

– J'ai compté ! protesta-t-elle. Je commence sur le troisième temps.

– Il faut le marquer mieux que cela. On ne chante pas une musique syncopée comme une marche militaire. Reprends : un-et-deux-et-trois...

Le regard approbateur de Charlie constitua cette fois sa meilleure récompense.

Stephen vint à Southampton comme convenu le mercredi. Charlie sortit par hasard du théâtre en même temps que Lily.

– Bonjour, capitaine Winters, dit-il cordialement. Vous emmenez Lily prendre le thé ?

Stephen acquiesça d'un signe de tête en dévorant des yeux le visage de Lily, tout rose sous le chapeau-cloche de taupé crème emprunté à Madge.

– J'ai entendu dire que le Raleigh était un bon salon de thé, reprit Charlie.

– Nous irons plutôt au Grand Hotel, répondit Stephen. Il y a un orchestre, ils donnent des thés dansants. J'ai pensé que cela vous amuserait, Lily.

– Di-vin ! s'exclama Lily.

– Retour à six heures, lui rappela Charlie.

Il sourit à Coventry, debout près de la portière, qui porta la main à la visière de sa casquette.

– A tout à l'heure, dit Charlie en s'éloignant.

Lily adora le thé dansant. Stephen était beaucoup plus amusant et détendu quand ils étaient seuls ensemble. Il était excellent danseur et Lily aimait sentir son bras autour de sa taille et sa main serrer la sienne comme un objet précieux. Elle aimait la manière dont il posait la joue sur son chapeau. Il était proche sans l'oppresser, son contact évoquait moins une étreinte qu'une caresse.

Le Grand Hotel était visiblement coûteux. Lily était la plus jeune dans l'assistance, la seule en tout cas sans étole de fourrure et coiffée d'un chapeau d'emprunt. Elle ne savait ce qui lui plaisait davantage, de la déférence des serveurs envers Stephen, du service à thé en argent ou des délicates pâtisseries.

– Quel dommage que maman ne soit pas là ! dit-elle pendant qu'ils dansaient un slow-fox.

– Voulez-vous que je lui transmette une commission de votre part ? Aimeriez-vous que j'aille la voir ?

– Ce serait très gentil. Je lui écris presque tous les jours mais je m'inquiète quand même à son sujet. Avec un seul petit commis pour faire les livraisons, elle a beaucoup de travail, surtout le jeudi quand le camion du grossiste vient livrer la marchandise.

– Eh bien, j'irai la voir le jeudi soir et je vous téléphonerai ensuite pour vous donner de ses nouvelles. Je veillerai sur elle à votre place, d'accord ?

– Cela ne lui plairait pas du tout ! répondit Lily en pouffant de rire. Vous pourriez quand même faire semblant de passer par hasard, lui acheter un paquet de cigarettes ou quelque chose de ce genre.

– Entendu. Donnez-moi les numéros de téléphone des endroits où vous serez pendant la tournée, je vous appellerai tous les jeudis soir pour vous rassurer.

– Vous êtes trop gentil ! lui dit-elle avec un sourire radieux. Merci mille fois, cela me fera grand plaisir.
La danse se termina et Lily applaudit l'orchestre.

Stephen ramena Lily au théâtre à six heures précises. Adossé au mur près de la porte, Charlie Smith fumait une cigarette en regardant les filles qui passaient dans la rue.
– Rebonjour, dit-il en souriant. Vous êtes à l'heure.
– Exactitude militaire, répondit Stephen en faisant la grimace. Vous étiez là-bas, vous aussi ?
– Oui, pas très longtemps. J'ai reçu un éclat d'obus à Arras et je me suis retrouvé au pays de Galles chargé de former les jeunes recrues.
– Vous avez eu de la chance, dit Stephen avec une amertume mal contenue.
– Je sais.
– Moi, j'y suis resté jusqu'au bout.
– Merci de ce charmant après-midi, intervint Lily cérémonieusement. Je vous écrirai pour vous donner les numéros de téléphone.
Stephen lui prit la main en lançant un coup d'œil impatient vers Charlie qui souriait benoîtement. Pourquoi fallait-il qu'il ne soit débarrassé d'un chaperon que pour se retrouver affligé d'un autre ?
– Au revoir, Lily, lui dit-il. Revenez-nous vite.
Lily lui caressa la joue et disparut dans le couloir.
– Au revoir, dit Charlie.
Sans répondre, Stephen monta à côté du chauffeur et la limousine démarra avec une lenteur majestueuse.
– Et bon vent, ajouta Charlie à mi-voix.

Au fil des semaines, Stephen supportait de plus en plus mal leur séparation. L'absence de Lily lui faisait oublier ses tics de langage et ses pointes d'accent gouailleur qui le gênaient parfois. Il oubliait sa candide vanité et son ambition de réussir dans un métier vulgaire à une époque dominée par la vulgarité. Il oubliait combien la distinction affectée de Mme Pears et ses regards chargés de méfiance l'excédaient. Il oubliait l'antipathie que lui inspirait Charlie Smith en s'érigeant le gardien de la vertu de Lily. Il oubliait même la jalousie qui le rongeait en voyant Lily sourire à tout le monde avec le même abandon. Il ne se souvenait que de la lumière qu'irradiait le visage de Lily, de la nuance exacte du bleu de ses yeux, de sa soyeuse coiffe de cheveux blonds. Il ne se souvenait que du corps de Lily allongé sur la couverture, à la fois provocant et pudique, de ses pieds en sandales blanches, de la finesse de ses chevilles. Et quand il pensait à elle en robe bleue d'enfant de chœur se détachant sur le velours rouge du rideau, à son visage en pleine lumière, à sa voix aussi pure, aussi claire que les harpes célestes, il éprouvait la merveilleuse douleur douce-amère du désir.

Il passait tous les jours devant la boutique. Non qu'il se souciât le moins du monde de la santé de Mme Pears ; mais si elle devait tomber malade, il faudrait que quelqu'un se charge d'avertir Lily et d'aller la chercher. Stephen brûlait d'impatience de trouver un prétexte pour l'arracher à cette tournée de music-hall en music-hall, à la promiscuité de ces saltimbanques bruyants et vulgaires, aux regards égrillards des hommes accoudés au bar qui lorgnaient les jambes des girls, à la tutelle envahissante de Charlie Smith. Mais il avait beau passer et repasser, il voyait tous les matins la boutique ponctuellement ouverte à sept heures trente et refermée le soir plus souvent à huit heures qu'à sept.

Son travail s'enlisait dans une ennuyeuse routine. Des femmes, anxieuses d'échapper à un inconnu épousé dans l'exaltation des premiers jours de la guerre, pleuraient dans son bureau, énuméraient leurs griefs et se retiraient consolées, persuadées que Stephen leur avait prêté une oreille compatissante. Le blessé ayant épousé son infirmière pour découvrir trop tard qu'elle n'était que la femme de ménage, comme la femme seule affligée de trois enfants sans père, tous s'accordaient pour juger Stephen compréhensif et de bon conseil. Que ce soit la voleuse à l'étalage, l'homme inculpé de coups et blessures, le trafiquant de marché noir voulant faire son testament ou le riche officier pourvu d'un conseil judiciaire depuis qu'il vomissait dans la foule et passait ses nuits à hurler, ces victimes directes ou indirectes de la guerre se succédaient devant Stephen, dévidaient leur triste histoire et repartaient convaincues d'avoir été reçues par une réincarnation du Bon Samaritain. En réalité, elles ne l'émouvaient pas plus qu'elles ne l'intéressaient.

Muriel Winters observait son cadet, parti désespéré pour revenir meurtri, et le voyait s'endurcir, se pétrifier sous ses yeux tandis que le cadavre de son aîné pourrissait dans la boue. Au bureau, Stephen écoutait, hochait la tête aux bons moments, écrivait, lisait avec une apparente application mais demeurait aussi étranger aux peines de ceux qui sollicitaient son aide que Muriel l'avait été aux réalités de la guerre. Un jour, entendant un lointain grondement d'orage dans la verdoyante campagne du Kent baignée de soleil, elle avait innocemment demandé ce qu'était ce bruit incongru ; depuis, elle restait incapable d'imaginer ce que son fils avait pu éprouver sous les déluges d'obus des champs de bataille, dans cet enfer si terrifiant que les échos en parvenaient jusque dans les jardins anglais.

Entre son mari prisonnier du silence, Stephen enfermé en lui-même et Coventry muré dans la neurasthénie et le mutisme, l'atmosphère de la maison devenait si pesante que Muriel voulut entendre d'autres bruits que ses gémissements étouffés de veuve virtuelle déplorant la perte de ses deux enfants. Elle donna un grand dîner qui se solda par un échec aussi cuisant que celui de son thé. La ridicule sensiblerie de Sarah Dent la rendit encore plus odieuse à Stephen qui, les invités à peine partis, s'éclipsa par l'escalier de service. Muriel comprit qu'il allait encore passer la moitié de la nuit avec Coventry, dans ce silence qui semblait représenter leur dernier et leur plus cher refuge.

Pour Stephen, le meilleur moment de la semaine était le jeudi soir, quand il se rendait à la boutique de Mme Pears acheter des cigarettes et demander des nouvelles de Lily. Helen paraissait contente de le voir. A sa deuxième visite, elle poussa l'amabilité jusqu'à préparer du thé qu'ils burent ensemble après la fermeture, assis sur des tabourets devant le comptoir, pendant qu'elle lui lisait des extraits de la dernière lettre de Lily. Celle-ci écrivait cette fois de Bournemouth, dont elle vantait le luxe des hôtels et la beauté de la longue plage de sable. La revue avait lieu dans un music-hall proche du jardin d'hiver et Lily allait souvent s'installer l'après-midi dans un transat près du kiosque à musique pour écouter les orchestres en regardant les passants. Bien qu'elle soit au courant des visites hebdomadaires de Stephen, elle ne demandait jamais à sa mère de lui transmettre son souvenir. Elle ne parlait que des fleurs des jardins publics, des chapeaux et de la longueur des jupes à la mode cet été-là, de leur journée de relâche que toute la troupe avait passée sur la plage, du costume de bain qu'elle avait acheté afin d'apprendre à nager à ses camarades. Stephen eut la vision des longues jambes dorées de Lily nues sur le sable et sentit sa gorge se nouer sous l'effet d'un sentiment aussi puissant que la peur mais qu'il avait appris à reconnaître comme étant le désir.

Il téléphonait à Lily une fois par semaine à la fin de la représentation. Il appelait à tour de rôle les numéros qu'elle lui avait indiqués, qu'il cochait sur une liste à mesure qu'elle s'éloignait de lui le long de la côte, de Southampton à Bournemouth, à Poole, toujours plus loin vers l'ouest. Derrière elle, dans la friture des parasites sur la ligne, il entendait des voix, des claquements de porte, et il savait qu'elle ne lui prêtait qu'une attention distraite. Une fois, il eut même la mauvaise surprise de parler à une autre fille qui imitait la voix de Lily pour la taquiner. Stephen préparait toute la journée ce qu'il voulait lui dire mais, le soir venu, il la trouvait morose et taciturne si la représentation s'était mal passée ou, au contraire, débordante de gaieté et encore plus distraite parce qu'elle avait eu du succès et reçu des fleurs. Il ne supportait pas de sentir qu'il n'avait aucune prise sur elle et qu'elle lui échappait.

Lily ne lui posait qu'une seule question, toujours la même : *Comment va maman ?* Et quand il avait répondu qu'Helen allait bien, il savait qu'elle se désintéresserait très vite de leur conversation malgré tout le mal qu'il se donnait pour la prolonger. Il la jugeait trop frivole, trop jeune surtout pour qu'il puisse se fier à ses sentiments dans un cadre toujours renouvelé où elle n'avait que trop tendance à s'éparpiller. Stephen se demandait s'il ne l'aurait pas détestée, s'il n'avait pas été aussi amoureux d'elle.

La situation ne changea que le quatrième jeudi après le départ de Lily. La boutique était obscure et les volets clos quand Stephen y arriva comme d'habitude à sept heures du soir. Après avoir vainement frappé à la porte, il recula de quelques pas en levant la tête et constata qu'il n'y avait pas non plus de lumière aux fenêtres de l'appartement.

– Elle est malade, l'informa une voisine du pas de sa porte. Elle a la grippe, on a dû l'emmener à l'hôpital.

– Est-ce grave ? Faut-il prévenir sa fille ?

– Oui, mais personne dans le quartier ne sait où la trouver. Elle est en tournée avec un music-hall et Helen avait une telle fièvre qu'elle délirait. Elle demandait la petite sans arrêt mais on ne savait pas comment la joindre.

– Moi je sais, répliqua Stephen, tremblant d'une joie mal contenue. Je sais où la trouver. Faut-il aller la chercher ?

– Le docteur dit que cela vaudrait mieux. Helen a la grippe espagnole, voyez-vous. Elle aura de la veine si elle s'en remet, la pauvre.

Stephen retourna en courant vers la voiture.

– Au grand hôpital ! dit-il à Coventry. Ma chance a enfin tourné.

Il n'eut pas le droit de voir Helen. L'infirmière de garde qui le reçut dans le couloir lui dit qu'il fallait, en effet, faire revenir Lily au plus vite. Sans que ses jours soient réellement en danger, sa mère était gravement malade et la demandait sans cesse.

Stephen rentra chez lui sur-le-champ et alla prévenir sa mère pendant que Coventry préparait leurs bagages.

– Je dois partir pour Sidmouth. Je prends la voiture et j'emmène Coventry.

De stupeur, Muriel lâcha son ouvrage.

– Sidmouth ? s'écria-t-elle. Mais pourquoi, Stephen ? Que se passe-t-il ?

– Lily Pears. Sa mère est malade et la demande. Je vais la chercher. Je serai rentré tard demain soir ou de bonne heure samedi matin, cela dépendra de la route.

Muriel le suivit dans le vestibule où Coventry l'aidait déjà à enfiler son pardessus.

– Écoute, Stephen...

Quand il se retourna, elle vit son visage illuminé par une sorte d'exaltation. Coventry avait la même expression, comme si survenait enfin l'événement décisif qu'ils espéraient tous deux. Comme si les longs mois depuis le retour de la paix avaient été pour eux du temps perdu. Comme s'ils avaient vécu au ralenti en n'attendant qu'un prétexte pour retrouver dans l'action une raison de vivre.

Muriel le prit par le bras et tenta de le ramener vers le salon.

– Écoute-moi, Stephen, ce n'est pas le genre de fille que tu devrais fréquenter. Envoie-lui un télégramme, tu n'as pas besoin d'en faire davantage. Il serait incorrect d'aller la chercher toi-même.

Stephen la repoussa sans lui accorder un regard.

– Je l'aime, déclara-t-il sur le ton de l'évidence, et j'espère qu'elle m'épousera. Je pars la chercher.

Il lui tourna le dos et monta l'escalier en courant jusqu'à la chambre de son père. M. Winters ne dormait pas. Un éclair d'étonnement lui traversa le regard devant la vitalité inhabituelle de son fils.

– Je m'absente un ou deux jours, lui annonça Stephen avec un sourire radieux. Je vais chercher une fille pour la ramener auprès de sa mère malade. Je l'aime, Père. Quand je vous la présenterai, je suis sûr qu'elle vous plaira aussi. Au revoir, je dois m'en aller.

Sur le pas de la porte, il se ravisa, revint près du lit et prit la main inerte de son père dans la sienne.

– Je me suis mal conduit envers vous. Si Lily veut bien m'épouser, tout changera. Je changerai, vous verrez.

Il sortit en coup de vent. Muriel le regarda dévaler l'escalier en se disant que, pour la première fois depuis son retour, elle le voyait se comporter avec la grâce et la vivacité d'un jeune homme capable de tomber amoureux, de flirter, de rire. Il ne ralentit devant elle que le temps d'un rapide baiser sur la joue. Coventry lui emboîta le pas et fourra les bagages dans le coffre pendant que Stephen s'installait à côté de la place du chauffeur. Lorsque la voiture démarra, Muriel aperçut brièvement leurs visages d'enfants surexcités, en route pour l'aventure.

– On longera la côte, dit Stephen en consultant la carte. Tu connais la route ? Southampton, Bournemouth, Weymouth, Sidmouth. Un sacré bout de chemin.

Coventry approuva d'un signe de tête.

– Nous nous relaierons par quarts, décida Stephen. Conduis les quatre premières heures et réveille-moi à minuit. Tu dormiras pendant que je prendrai le volant de minuit à quatre heures. Le plein d'essence est fait ? As-tu mis des bidons dans le coffre ?

Coventry hocha à nouveau la tête en conduisant prudemment le long du front de mer, encombré d'estivants qui rentraient chez eux après avoir admiré le coucher de soleil.

– On a des provisions de route ?

Du menton, Coventry montra sur la banquette arrière un panier dont dépassaient un jambon, une miche de pain, un Thermos, des pommes et autres victuailles. Il avait razzié la cuisine comme une armée en pays conquis.

– Il faudrait arriver là-bas vers midi pour l'intercepter avant qu'elle n'aille au théâtre, poursuivit Stephen. Le temps de faire ses valises et de reprendre la route, nous pourrions être de retour vers le milieu de la nuit prochaine.

Stephen s'étira voluptueusement, ferma les yeux.

– N'oublie pas de me réveiller à minuit.

Et il sombra aussitôt dans un profond sommeil.

CHAPITRE 9

Lily apprécia Weymouth plus encore que Bournemouth. La ville était plus petite, le public moins évolué mais la campagne environnante d'une beauté spectaculaire, avec ses vastes prairies enserrées dans un réseau de sentiers bordés de haies et ses villages prospères. Le premier dimanche de juin, jour de relâche, Charlie emprunta le side-car d'un machiniste et emmena Lily le long de la côte. Elle arborait pour l'occasion un pantalon de Madge.

– Qu'en penses-tu ? demanda-t-elle à Charlie d'un air penaud. Peut-on mettre un pantalon en public ?

– Nous ne prendrons que des chemins déserts, tu ne feras peur qu'aux vaches, répondit-il en riant.

Ils pique-niquèrent au sommet d'une falaise d'où l'on découvrait un horizon illimité. Un étroit sentier serpentait jusqu'à la plage. L'eau était d'un bleu si pur qu'on voyait onduler les algues au gré des vagues et, de temps à autre, passer au large la forme sombre d'un banc de poissons. Le souvenir de l'Argyll et de la luxueuse vaisselle encore frais dans sa mémoire, Lily éclata de rire quand Charlie lui prit son foulard en guise de nappe et y étala fièrement des sandwiches au fromage qu'il avait lui-même préparés et une bouteille de limonade pour seule boisson.

– Tu es trop gâtée, lui déclara-t-il sévèrement.

– Pas du tout ! J'adore les sandwiches au fromage et j'aime autant les choses luxueuses que les plus simples. Du moment que c'est bon, j'aime tout.

Une mouette planait au-dessus d'eux en dardant un regard de convoitise sur le sandwich de Lily, qui lui jeta un morceau de croûte de pain.

– Voilà ce que j'appelle du gaspillage, dit Charlie.

– Mais non ! protesta Lily en riant. Les mouettes ont le droit de manger, elles aussi.

Charlie déboucha la bouteille de limonade. Il en but une gorgée au goulot qu'il essuya avant de la passer à Lily.

– J'ai oublié les verres, s'excusa-t-il.

Lily but à son tour et lui rendit la bouteille.

– Aucune importance... Dis-moi, penses-tu sincèrement que Sylvia soit aussi bonne qu'on l'affirme ? J'ai beau l'observer, je ne la trouve pas meilleure que les autres.

– Meilleure que toi, veux-tu dire ?

Lily ne put s'empêcher de rougir.

– Eh bien... oui. Je sais que j'ai encore beaucoup à apprendre mais...

– Rassure-toi, elle n'est pas meilleure que toi. En fait, elle a moins de voix et de musicalité. Son seul atout, qu'elle exploitera jusqu'à la fin de ses jours, c'est d'avoir réussi à se faire un nom pendant la guerre. Je l'ai vue une fois dans un de ces spectacles de recrutement, où on montrait des films du front en offrant de la bière gratuite et des chansons avec un baiser de la vedette en prime pour ceux qui signaient leur engagement. Les pauvres imbéciles...

– Ils étaient nombreux ?

– Une douzaine, cette fois-là. De toute façon, cela ne changeait pas grand-chose, la conscription obligatoire a été décidée peu de temps après. Ceux qui sont partis plus tôt sont restés plus longtemps, voilà tout.

– Je suis contente que tu en sois vite revenu. Je n'aime pas entendre parler de la guerre. Elle m'a gâché toute mon enfance. Il n'y avait pas de lumière dans les rues, on avait toujours froid. Les hommes partaient les uns après les autres, tout le monde était de mauvaise humeur, on n'avait jamais assez d'argent.

– Pauvre Lily, dit Charlie d'un ton ironique.

Elle jeta le reste de son sandwich à la mouette et s'étendit sur l'herbe, les mains croisées sous la nuque.

– Oui, je sais, je suis censée me dire que j'ai eu de la chance parce que j'étais une fille, parce que papa est mort très vite et n'est pas revenu infirme, parce que maman avait la boutique. Mais maman non plus ne croyait pas que la guerre était utile ou juste. Quand je voyais les défilés des enfants du quartier, quand les filles devaient tricoter ou ramasser des vieux vêtements, je pensais moi aussi que tout cela était absurde. Et je détestais Kitchener. Sa figure de brute sur les affiches me donnait des cauchemars.

– Tu prêches un converti, Lily. Je n'ai jamais aimé Kitchener moi non plus. Je me suis engagé parce que je croyais que notre cause était juste, qu'il fallait stopper les Allemands avant qu'il ne soit trop tard. J'y croyais...

– Où as-tu été blessé ?

– Aux poumons.

– Tu as eu très mal ?

– Plutôt, oui... Bref, je suis revenu entraîner d'autres imbéciles comme moi dans un camp sinistre à Rhyll, au fin fond du pays de Galles, dit Charlie en fermant les yeux. Cela me paraît si loin, maintenant...

– C'est donc à la guerre que Sylvia doit sa réputation ?

– Oui. Tu n'auras pas cette chance mais tout n'est quand même pas perdu, affirma Charlie avec un sourire amusé. A notre retour à Portsmouth, j'espère obtenir un nouveau poste. Directeur musical du Kings Theatre.

Lily se redressa d'un bond :

– Quoi ? Au Kings ?

– Si cela marche, tu m'appelleras *Monsieur* Smith, dit Charlie en riant. Je devrais pouvoir te faire passer une audition. Les spectacles du Kings sont un cran au-dessus du music-hall, vois-tu, et les tournées ne suivent pas le même circuit. Tu aurais une chance de faire mieux que maintenant.

– C'est donc cela l'idée à laquelle tu avais fait allusion devant maman et moi, l'autre soir ?

– Oui.

– Pourquoi es-tu si gentil avec moi, Charlie ? Grâce à ton idée d'enfant de chœur, j'ai mon propre numéro et mon nom sur les affiches. Maintenant, tu penses encore à autre chose pour moi. Pourquoi, Charlie ?

Il souleva le bras qu'il tenait au-dessus de yeux pour se protéger du soleil et lui fit un clin d'œil.

– Parce que.

– Non, sérieusement ! Pourquoi ?

– Parce que cela me fait plaisir.

Redressée sur un coude, Lily se pencha vers lui et posa timidement une main sur sa poitrine.

– Parce que tu m'aimes un peu ?

– Oui, Lily. Je t'aime beaucoup, répondit-il en lui prenant la main.

Il y eut un long silence. On n'entendait que les cris plaintifs de la mouette qui planait au-dessus d'eux et le grondement étouffé du ressac au bas de la falaise. Lily se pencha davantage, approcha son visage de celui de Charlie qui resta immobile. Hésitant à terminer son geste, elle lui effleura les lèvres de sa bouche. De sa main libre, il la prit par la taille et l'attira avec douceur contre lui. La tête un peu relevée, Lily scruta le visage de Charlie, toujours immobile, qui la regardait en souriant.

– Charlie..., commença-t-elle.

Il la fit taire en posant deux doigts sur sa bouche.

– Pas de bavardages inconsidérés, Lily. Tu dirais des choses que tu pourrais regretter.

Elle se redressa, déçue de ne plus sentir ses bras autour de sa taille. Charlie se releva d'un bond et lui tendit la main pour l'aider à se remettre debout.

– Allons patauger, reprit-il en se dirigeant vers le sentier au flanc de la falaise.

Lily le suivit en glissant et en poussant des cris de frayeur, dans le secret espoir qu'il se retournerait et la prendrait dans ses bras ; mais Charlie, les mains dans les poches, avançait toujours du même pas. Il atteignit la plage alors qu'elle était encore à mi-pente et ramassa des galets plats. Il commençait à faire des ricochets quand il sentit la main de Lily se poser sur son dos.

– Charlie...

Incapable de se contrôler davantage, il se retourna, la prit dans ses bras et l'écrasa contre lui, le visage enfoui au creux de son épaule. Paralysée, à demi étouffée, Lily sentit un vertige la gagner. A peine eut-il relâché son étreinte qu'elle lui noua les bras autour du cou et le retint contre elle, le visage levé, les lèvres offertes.

Charlie s'était déjà ressaisi et il ne l'embrassa pas. Il s'écarta, au contraire, et observa avec inquiétude son visage empourpré et ses yeux brillants de désir.

– Je croyais t'avoir entendue dire que s'embrasser était bestial et que tu ne flirterais jamais avec personne.

– Ce n'est pas pareil... Oh, Charlie ! embrasse-moi.

Il hésita longuement.

– Pourquoi pas ? dit-il enfin avec un demi-sourire.

Quand leurs lèvres se joignirent, Lily se sentit fondre de désir. Les jambes soudain trop faibles pour la porter, elle resserra son étreinte, pressa plus fort ses lèvres contre les siennes. Et c'est en se surprenant à pousser un gémissement de plaisir qu'elle comprit ce que signifiait l'expression *se laisser emporter* dont lui parlait sa mère : Charlie aurait pu littéralement l'emporter sans qu'elle songe à élever la moindre protestation. Elle ne désirait rien de plus au monde que de se coucher et de sentir le poids de cet homme sur son corps.

Il la relâcha au bout de quelques instants mais dut la soutenir par la taille tant ses jambes flageolaient. Lily ouvrit lentement les yeux, regarda la mer, le ciel, les galets sur la plage, le sourire de Charlie.

– Ta mère m'écorcherait vif si elle savait que je t'ai emmenée ici pour t'embrasser, lui dit-il.

– Non, elle t'aime beaucoup.

– Elle m'aime peut-être tant que je m'occupe de toi au théâtre mais elle m'aimerait certainement moins si elle apprenait que j'abuse de toi en tournée.

Les jambes encore mal assurées, Lily se laissa tomber plutôt qu'elle ne s'assit sur la plage.

– Pas du tout ! C'est moi qui ai abusé de toi.

– J'apprécie ta rude franchise ! affirma-t-il en riant. Mais tu ne profiteras jamais plus de mes moments de faiblesse.

Il lui tourna le dos, ramassa un galet, le lança en effleurant la crête des vagues.

– Regarde ! Quatre ricochets. Je te parie que tu n'en fais pas autant.

– Je te parie que si ! N'oublie pas que j'ai passé ma vie sur la plage de Southsea.

Lily se releva, choisit un galet et l'envoya d'un geste expert, les soucils froncés par la concentration.

– Trois... quatre... cinq ! s'écria-t-elle en sautant de joie. Fais mieux, si tu peux !

Le galet de Charlie coula au quatrième ricochet. Celui de Lily, trop lourd, ne dépassa pas le troisième rebond. Ils se piquèrent au jeu, ils continuèrent quelques minutes sans réussir à se départager.

– Il fait chaud ! dit soudain Lily. Dommage que je n'aie pas apporté mon costume de bain.

Charlie balaya du regard le sommet de la falaise, déserte sur des kilomètres dans les deux sens. Le sentier abrupt par lequel ils étaient descendus constituait le seul accès à l'anse dans laquelle ils se trouvaient.

– Tu pourrais te baigner en combinaison. J'ai une serviette dans le side-car.

– Te baigneras-tu, toi aussi ? lui demanda-t-elle en déboutonnant sa chemise.

– Bonne idée. Je vais chercher la serviette.

Pendant qu'il commençait l'ascension de la falaise, Lily ôta le pantalon de Madge, le plia et le posa au sec avant de se diriger vers l'eau en marchant avec précaution sur les galets qui roulaient sous ses pieds. Charlie l'entendit pousser un cri et se retourna. Une vague lui avait rejailli sur les cuisses, sa combinaison de coton trempée lui collait au corps en soulignant la finesse de sa taille, ses formes rondes et harmonieuses. Il la suivit un moment des yeux, la vit plonger avec décision et nager vers le large d'une brasse assurée. Il se détourna à regret et reprit sa marche avec une expression soucieuse.

Quand il revint sur la plage muni d'une serviette de bain à rayures, Lily n'était qu'un point à peine visible au loin. Il la héla jusqu'à ce qu'elle l'entende, lui fit signe de revenir, se déshabilla à son tour et plongea en caleçon pour aller à sa rencontre.

– Tu comptais traverser jusqu'en France, Lily ?

Nageant d'une main, elle lui montra un îlot au milieu de la baie.

– Non, seulement jusque-là !

– Beaucoup trop loin ! Sois gentille, ne me force pas à jouer les sauveteurs, je suis trop vieux.

Lily lui fit la grimace, plongea la tête sous l'eau. Il vit ses cheveux blonds prendre un reflet vert et sentit qu'on lui chatouillait les pieds. Lily émergea à une brasse de lui en riant aux éclats et s'éloigna en nageant le plus vite qu'elle pouvait. Il se lança à sa poursuite et ils jouèrent ainsi près d'une heure avant de regagner le rivage. La marée descendante avait dégagé une langue de sable fin couvert de petits coquillages. Lily s'y laissa rouler par les vagues avant de se relever. Charlie resta dans l'eau.

– Sers-toi de la serviette en premier, lui cria-t-il, j'ai envie de nager encore un peu.

Il piqua vers le large pour lui laisser le temps de se rhabiller. Quand il revint, elle l'attendait au bord de l'eau, la serviette déployée comme si elle s'apprêtait à l'envelopper dedans. Charlie la lui prit des mains et courut vers l'endroit où il avait abandonné ses vêtements. Lily ne le quitta pas des yeux pendant qu'il se séchait et se rhabillait.

– Tu as une jolie peau, lui dit-elle.

Charlie pouvait presque humer comme un parfum le désir qui émanait d'elle.

– Aussi douce qu'une peau de bébé, plaisanta-t-il.

– Mon père était poilu de partout, j'avais horreur de ça. Toi, tu as le dos lisse, c'est beaucoup plus joli.

Charlie estima qu'il était temps de faire diversion.

– J'ai faim et je meurs d'envie de boire du thé chaud ! Aurais-tu remarqué un café ou un salon de thé dans les parages ?

Lily réfléchit :

– Oui, je crois en avoir vu un à côté de la poste, dans le dernier village que nous avons traversé.

– Parfait. Le premier arrivé en haut de la falaise !

Lily s'élança la première mais dut s'arrêter à mi-chemin, essoufflée. Charlie la rattrapa sans difficulté et ralentit un peu pour la laisser arriver en même temps que lui en haut de la côte.

– Ex aequo, c'est honorable, dit-il en rangeant les reliefs du pique-nique dans le side-car. Demain, nous serons à Sidmouth. Y es-tu déjà allée, Lily ?

– Je ne suis jamais allée nulle part ! Est-ce aussi beau qu'ici ?

Charlie l'aida à grimper dans le side-car et lança le moteur d'un énergique coup de kick.

– La côte est belle d'un bout à l'autre, cria-t-il pour dominer les pétarades. Et maintenant, *Tea for Two* !

Tout en roulant dans le sentier qui embaumait les fleurs sauvages, il entendait Lily chanter les paroles de la chanson, un des grands succès de cet été-là :

... Et toi pour moi
Et moi pour toi...

Elle lui souriait avec tant d'amour dans le regard qu'il ne put s'empêcher de lui rendre son sourire.

Le théâtre de Sidmouth, le plus petit dans lequel ils aient joué depuis le début de la tournée, ne comportait pas de séparation entre le bar et la salle. Si les consommateurs devenaient trop bruyants, les spectateurs se retournaient en leur criant de se taire, ce qui dégénérait parfois en bagarre générale. Lily était terrifiée de chanter un choral sacré devant un tel auditoire, mais Charlie ne s'était pas trompé en estimant qu'un rien peut réveiller le côté sentimental qui sommeille dans les foules anglaises les plus indisciplinées. Lily ne se rendait pas compte non plus à quel point elle était fascinante en enfant de chœur.

Soir après soir, elle avait donc droit à des ovations enthousiastes. De son côté, Sylvia Charmante était souvent saluée de sifflets et d'apostrophes obscènes qu'elle ignorait avec le souverain mépris d'une cabotine chevronnée. Rien ne semblait la troubler. En attendant son tour en coulisses, Lily se bouchait les oreilles, horrifiée des épithètes salées dont certains loustics abreuvaient la vedette mais Sylvia, imperturbable, continuait à chanter en mesure et se contentait de forcer la note pour dominer le tumulte.

– Son secret, c'est de faire comme si de rien n'était, lui expliqua Charlie un jour qu'ils buvaient une limonade au bar entre deux représentations. A certains moments, on a envie de s'avancer jusqu'à la rampe et de répondre sur le même ton. Je l'ai vue faire quand le public se montrait par trop odieux mais l'expérience démontre qu'il vaut quand même mieux continuer son numéro. Ceux qui écoutent applaudissent, les autres finissent par se calmer d'eux-mêmes.

– Je n'aurai jamais le courage.

– Il faudra pourtant apprendre, Lily. Tu dois être capable de chanter aussi bien pour les ivrognes du bar que pour les bourgeoises des fauteuils d'orchestre. Un artiste doit savoir sortir vainqueur de toutes les situations.

– J'apprendrai, Charlie.

L'apparition de Madge mit fin à leur conversation. Après avoir échangé quelques plaisanteries, les deux filles se retirèrent dans la loge encore vide. Lily se laissa tomber dans un fauteuil défoncé, le seul meuble de la pièce, et Madge s'assit devant le miroir.

– Alors, il te fait la cour ? demanda-t-elle. Je m'y perds avec vous deux. Il t'invite tout le temps, vous avez disparu dimanche du matin au soir, et pourtant il te traite comme les autres quand nous sommes tous ensemble.

Une jambe sur un accoudoir, Lily arrachait distraitement les fils d'une déchirure de la housse.

– Je ne sais pas. Je le trouve merveilleux, c'est vrai. Par moments je crois qu'il m'aime bien, à d'autres je me demande si j'existe pour lui. Il me couvre de compliments, il m'a beaucoup appris, mais je suis convaincue qu'il en ferait autant pour toi.

– En tout cas, il ne m'inviterait pas à passer la journée seule avec lui à la campagne ! Il t'a embrassée ?

– Si on veut..., commença Lily en rougissant. En fait, Madge, je ne sais plus quoi faire. Je n'ai aucune expérience des hommes et Charlie est si... si...

– Si quoi ?

– Quand il me regarde, quand il me sourit, il a les yeux si noirs, son sourire est tellement...

– Eh bien ?

– J'ai envie de me mettre toute nue et de me jeter sur lui, lâcha Lily d'un air de défi. C'est vrai ! Quand je le vois sourire, je ne me raisonne plus et je me moque de ce qu'en pensent les autres.

– Lily ! s'exclama Madge en éclatant de rire. Si ta mère t'entendait, elle serait folle de rage !

Les yeux brillants de gaieté et de désir, Lily pouffa à son tour.

– Tant pis ! Je me moque de ce que penserait ma mère, je me moque de l'opinion des autres ! C'est sans doute cela, l'amour. Je dois être amoureuse de lui...

Madge opina avec gravité :

– Je dirais même, amoureuse à la folie.

– C'est vrai ? demanda Lily, émerveillée. Tu parles sérieusement ? Je serais amoureuse, moi ?

– Bien sûr, voyons !

– Ça alors ! Moi, amoureuse de Charlie Smith...

– Mais lui ? Est-il amoureux de toi, au moins ?

Soudain rembrunie, les sourcils froncés, Lily se remit de plus belle à arracher les fils.

– Je n'en sais rien, répondit-elle. Il m'a embrassée sur la plage, il m'a serrée très fort dans ses bras mais pour me dire tout de suite après que nous n'aurions pas dû le faire et que maman serait furieuse. Ensuite, il ne m'a plus touchée de la journée.

– Parce qu'il te considère encore comme une gamine, déclara Madge de l'air supérieur que confère l'expérience. Il connaît ta mère, il te déguise en enfant de chœur, bref, pour lui tu n'es qu'une petite fille. Si tu veux qu'il te prenne au sérieux, il faut lui prouver que tu es une femme.

– Comment cela ? s'étonna Lily.

– C'est bien simple, dit Madge en pouffant de rire. A ta place, j'attendrais que tout le monde soit couché et j'irais me glisser dans son lit.

Lily laissa échapper un cri de joie qu'elle s'empressa d'étouffer en rougissant.

– Oh non ! Je n'oserais jamais. Et s'il me jetait dehors ? Et s'il était furieux contre moi ?

– Je te garantis que non ! Il n'y a pas un homme en Angleterre qui serait furieux de te trouver dans son lit. Il te dira peut-être que tu es trop jeune ou que ta mère lui en voudra à mort, mais au moins tu seras dans la place – c'est ce dont tu as envie, n'est-ce pas ? Et il faudra bien qu'il fasse quelque chose.

– Oui, en me disant par exemple qu'il ne m'aime pas, répondit Lily d'un air désabusé.

– Sûrement pas ! déclara Madge. Tout le monde voit bien qu'il est fou de toi. S'il n'ose pas te le dire, il faut lui forcer la main, Lily. Il ne te reste que quinze jours jusqu'à la fin de la tournée ; après cela, tu n'auras peut-être plus jamais l'occasion de travailler avec lui. Si tu veux vraiment ton Charlie, tu ferais mieux de l'attraper pendant qu'il est encore temps.

CHAPITRE 10

Lily tint son rôle ce soir-là comme un automate et resta si pâle et taciturne pendant le dîner que le prestidigitateur lui-même s'en aperçut.

– Auriez-vous bobo à votre petit ventre, ma chère enfant ? demanda-t-il avec sollicitude. Une goutte de cognac vous remettrait peut-être d'aplomb. J'en ai justement une bouteille dans ma chambre.

Madge eut un ricanement sarcastique tandis que Lily rougissait jusqu'à la racine des cheveux.

– Non merci, je vais très bien, bredouilla-t-elle. Je me sens juste un peu fatiguée.

– Va te coucher de bonne heure, lui recommanda Madge d'un ton lourd de sous-entendus.

Le dîner fini, les membres de la troupe regagnèrent leurs chambres les uns après les autres. Les premiers temps, ils finissaient souvent la soirée ensemble dans un club ou un pub ouvert tard ; mais plus ils allaient vers l'ouest, plus les villes diminuaient d'importance et moins elles offraient de ressources, même en ce début de saison estivale. S'ils sortaient encore le samedi soir dîner en groupe au restaurant, les filles préféraient en semaine se coucher de bonne heure et rester au lit jusqu'à midi.

Ce soir-là, Lily ne s'endormit pas. Elle partageait sa chambre avec Susie, qui dormait à poings fermés après avoir passé dix minutes devant le miroir à se tartiner le visage de crème. Lily s'était juré d'aller dans la chambre de Charlie à minuit. Il était minuit cinq à la pendulette de voyage de Susie sur la table de nuit et elle ne trouvait toujours pas le courage de mettre son projet à exécution.

Elle ne se décida qu'en voyant l'aiguille avancer d'une minute. Assise dans son lit, elle vit à la lueur de la lune son reflet dans le miroir et son prosaïque pyjama rayé, qui la fit soupirer d'envie en pensant aux déshabillés de dentelle de Sylvia Charmante.

Charlie se moquerait sûrement d'elle en la voyant attifée de la sorte. Avec une grimace de dépit, elle posa ses pieds nus sur le linoléum et s'avança à pas de loup vers la coiffeuse où trônait la bouteille d'eau de Cologne de Susie. Elle jeta un regard plein de remords à sa camarade endormie, s'en aspergea derrière les oreilles et sur le cou, en fit couler quelques gouttes entre ses seins puis, le flacon refermé, elle alla sur la pointe des pieds à la porte qui s'ouvrit en grinçant. Lily se figea, sûre que le bruit réveillerait Susie, mais celle-ci ne broncha pas.

Lily referma la porte et s'engagea avec précaution sur le tapis du couloir qui étouffait ses pas. Chaque lame de parquet qui craquait sous son poids la faisait sursauter. La chambre de Charlie, la dernière du couloir, était à côté des toilettes. Si on la surprenait, elle pourrait toujours prétendre qu'elle s'y rendait – à condition que sa mine de conspiratrice et les effluves d'eau de Cologne qui émanaient d'elle ne la trahissent pas.

Elle atteignit enfin la porte, tourna la poignée en espérant presque la trouver fermée mais la porte s'ouvrit. Le cœur battant, elle entra. Les rideaux n'étant pas tirés, le clair de lune illuminait la moitié de la pièce. Charlie était couché sur le dos, une main sous la nuque, l'autre pendante dans le vide. Lily vit sa poitrine nue se soulever régulièrement sous sa veste de pyjama déboutonnée. L'envie de le toucher fut bientôt plus forte que ses craintes et que sa nervosité. Quoi qu'il lui en coûtât, elle *devait* sentir le contact de sa peau sur sa joue, elle *devait* se coucher près de lui, contre lui. Même pour un instant. Même pour une seule et unique fois.

Elle dénoua le cordon de son pantalon de pyjama, le laissa glisser à terre, déboutonna sa veste et la jeta sur le parquet. Alors, avec d'infinies précautions, elle souleva le drap et se coula à côté de Charlie qui ne se réveilla pas aussitôt. Il se poussa sur le côté comme s'il lui faisait de la place, sourit dans son sommeil et tendit la main d'un geste inconscient. Ce n'est qu'en sentant sous ses doigts l'épaule nue de Lily qu'il sursauta et ouvrit les yeux.

– Lily ? Grand dieu ! Va-t'en immédiatement.

Lily ne réagit pas. Couchée sur le côté, sa tête sur l'oreiller, elle le regardait sans mot dire.

Charlie se poussa au bord du lit et reboutonna à la hâte sa veste de pyjama.

– Il faut t'en aller ! répéta-t-il en se frottant les yeux. Que fais-tu ici ? Je ne peux pas y croire...

Lily lui posa deux doigts sur le cou, là où elle avait vu une veine palpiter pendant qu'il dormait encore, et sourit en sentant son pouls s'accélérer. Elle n'était plus une petite fille un peu sotte et naïve, amourachée d'un homme indifférent. Son pouls qui battait de plus en plus vite lui disait qu'il la désirait.

– Je t'aime, lui dit-elle. Il fallait que tu le saches. Je t'aime depuis la première fois que je t'ai vu.

Charlie s'assit, remonta les genoux et appuya sa tête sur ses bras croisés, comme pour se protéger d'un danger.

– Lily, tu es folle ! Lève-toi immédiatement, retourne dans ta chambre. Nous en parlerons demain matin.

– Non.

Elle se redressa à son tour. Le drap glissa en dévoilant ses épaules et la courbe de ses seins.

– Ce n'est pas... juste ! protesta-t-il.

– Prends-moi dans tes bras, Charlie.

Il passa un bras autour d'elle. Lily appuya sa tête sur son épaule. Le contact de sa peau nue, tiède et douce, réveilla en lui de vieilles douleurs.

– Tu ne m'aimes donc vraiment pas ? demanda-t-elle.

Malgré lui, il la serra plus fort.

– Ce n'est pas vrai. Je t'aime... beaucoup.

– Je ne te parle pas d'amitié, Charlie. Je veux que tu m'aimes en amoureux. En amant.

– Tu ne comprends pas, Lily, dit-il d'un air sombre. Tu es trop jeune. Tu ne sais pas de quoi tu parles. Et moi, je ne peux pas...

Il ne put achever. Sous la pâle lumière de la lune, la vision gracieuse de son cou, de ses épaules, de ses seins menus et fermes eut raison de ses réticences. Il lui caressa la joue, le menton, l'épaule, referma la main sur un sein. D'un geste impérieux, elle le prit par le cou et l'attira vers elle jusqu'à ce que leurs lèvres se joignent et qu'ils retombent ensemble sur l'oreiller. Alors, avec l'avidité d'un affamé, il la dévora de baisers, embrassa ses lèvres, ses paupières, ses oreilles, son cou, la pointe de ses seins. Frémissante, le corps arqué, le visage enfoui au creux de son épaule, elle humait avec délice son odeur d'homme. N'y tenant plus, il se laissa rouler sur elle. Elle ouvrit les cuisses pour l'accueillir, croisa ses jambes autour de lui, le serra de toutes ses forces dans ses bras.

– Oui ! Oh oui ! murmura-t-elle avec un gémissement de plaisir.

Ce seul mot brisa le charme. Il s'arracha à leur étreinte, repoussa les couvertures et se leva d'un bond.

– C'est impossible, déclara-t-il d'une voix saccadée. Je te supplie de me croire, Lily, ce n'est pas possible.

Il ramassa le pyjama qu'elle avait jeté à terre, le lui lança sans la regarder.

– Rhabille-toi, Lily. Je ne te dirai plus un mot tant que tu ne seras pas rhabillée.

– Je...

– Rhabille-toi ! répéta-t-il avec colère.

Le dos tourné, il s'agenouilla devant le poêle à gaz, inséra une pièce dans le compteur, craqua une allumette. Une flamme blanche jaillit, grandit, devint orange et rouge. Pendant ce temps, écarlate de honte, les mains tremblantes, Lily reboutonnait la veste de pyjama et renouait le pantalon. Une minute plus tard, elle s'assit au bord du lit avec la mine d'un enfant puni.

– Je suis habillée, annonça-t-elle d'une petite voix.

Charlie se retourna, la vit prête à fondre en larmes.

– Allons, ne fais pas cette tête-là, dit-il en lui tendant la main. Viens ici.

Lily se leva d'un bond et se jeta dans ses bras. Il la serra contre lui avec tendresse, lui caressa les cheveux comme on console un enfant d'un gros chagrin, puis il la fit asseoir sur la chaise devant la cheminée avant de se rasseoir lui-même sur le tapis, en face d'elle et à quelques pas, de manière à l'observer.

– Je vais devoir te dire quelque chose que je gardais pour moi, commença-t-il. Me jures-tu de n'en parler à personne ?

Lily acquiesça d'un signe de tête.

– Il s'agit de ma blessure de guerre.

Lily fronça les sourcils en pensant à sa peau douce et lisse sans marque de cicatrice, à son arrivée au sommet du sentier de la falaise sans aucun signe d'essoufflement.

– Ne m'avais-tu pas parlé des poumons ?...

– Non, à l'aine. Pour être précis, je suis castré. Je ne suis plus un homme, Lily. Je ne pourrai jamais devenir ton mari. Un éclat d'obus m'a coupé les testicules et la moitié du pénis, poursuivit-il avec un effort évident pour arracher les mots de sa bouche. Nous étions restés bloqués de l'aube au crépuscule dans le no man's land au retour d'une patrouille de nuit. Nous nous abritions dans un trou d'obus, la tête baissée, si bien que nous avons presque tous été blessés aux jambes et au bas du dos. Tout au long de cette effroyable journée, on nous a canardés des tranchées ennemies sans que les nôtres puissent envoyer des brancardiers nous secourir avant la tombée de la nuit...

Il s'interrompit quelques instants, les yeux clos, comme s'il revivait son calvaire.

– C'est une blessure courante quand on rampe en terrain découvert, reprit-il en affectant l'indifférence. Il y a une forte proportion d'hommes blessés au-dessous de la ceinture. On baisse la tête d'instinct, pour se protéger le visage. Nous devions offrir un spectacle comique, ajouta-t-il avec un rire amer. La tête dans le trou et le cul à l'air... Oui, ceux d'en face devaient bien rire.

Avec douceur, Lily posa une main sur son bras. Charlie lui fit un sourire triste.

– Comprends-tu maintenant pourquoi je suis incapable de te faire un enfant et de te donner du plaisir – normalement, veux-je dire ? Je voulais devenir ton ami mais je ne pouvais rien t'offrir de plus que mon amitié.

Lily garda le silence. Voyant soudain la flamme baisser, Charlie tendit le bras, prit une pièce de six pence sur une pile posée près de l'appareil, en glissa une dans la fente et le gaz reprit son débit normal.

– Cela m'est égal, dit enfin Lily. Je t'aime, Charlie. Et toi, m'aimes-tu ? C'est tout ce que je veux savoir.

– Oui je t'aime, Lily. De tout mon cœur.

– Alors..., commença-t-elle, la main tendue.

– Mais comprends donc que cela ne te mène à rien ! s'écria-t-il en la repoussant avec une sorte de rage. Tu dois épouser un homme capable de te donner *tout* ce que tu es en droit d'attendre de la vie. C'est précisément parce que je t'aime que je ne veux rien de moins pour toi. Tu dois avoir ce qu'il y a de mieux. Je ne veux à aucun prix te voir gâcher ta vie mariée à un infirme. Un sous-homme.

– Cela ne compte pas, Charlie...

– Si, cela compte ! Aujourd'hui, tu crois peut-être m'aimer assez pour ignorer mon infirmité, tu crois que nous pourrions malgré tout être heureux ensemble. Mais un jour, tôt ou tard, tu voudras des enfants. Tu es jeune, belle, passionnée. Tu as besoin d'un amant, Lily, d'un vrai. Je ne suis pas l'homme qu'il te faut, comprends-tu ? Pour une femme, je ne puis servir à rien. A rien...

Lily l'écoutait sans mot dire, le visage ruisselant de larmes. Il lui prit la main, l'attira vers lui sur le tapis et la serra dans ses bras.

– Si je ne t'aimais pas autant, reprit-il, je t'épouserais demain, je te garderais égoïstement pour moi seul, j'essaierais de te convaincre que les enfants n'ont pas d'importance, qu'on peut vivre heureux sans faire l'amour. Seulement, vois-tu, je t'aime trop pour te mentir et te rendre malheureuse. Depuis ma blessure, je me suis juré de ne jamais infliger une telle épreuve à une femme. A toi moins qu'à toute autre.

Lily voulut protester. Il la fit taire en l'embrassant et essuya ses larmes avec la manche de son pyjama.

– Je ne suis pas un bébé, protesta-t-elle.

– Je sais, Lily. Tu es une femme, une femme belle, désirable, et je maudis le hasard qui m'a rendu comme je suis. Il m'est souvent arrivé de regretter que l'obus ne m'ait pas tué sur le coup. Plus maintenant. Pas même en ce moment, quand je te tiens dans mes bras sans rien pouvoir faire pour toi. Il y a dans la vie des choses dont j'ai dû apprendre à me passer, d'autres dont je puis encore profiter. Je ne pourrai jamais être ton amant mais je refuse de passer ma vie à me lamenter. Je ne suis pas sorti de ce trou sur une civière, je ne suis pas passé par cet hôpital de campagne où je voyais autour de moi mourir des hommes jeunes, des enfants, pour ensuite gâcher ma vie en regrets stériles. Je ne regrette rien, Lily. Ne regrette rien toi non plus.

Ainsi qu'il l'espérait en lui parlant ainsi, son courage reprit le dessus.

– Donc, tu m'aimes ? lui dit-elle.

C'était moins une question qu'une affirmation.

– Tu es bien femme ! répondit-il avec un sourire amusé. Oui je t'aime, je n'ai jamais aimé personne autant que toi et je n'aimerai personne autant que je t'aime ce soir. Tu es la seule personne au monde à qui j'aie parlé de ma blessure. Je t'aime et j'ai confiance en toi, Lily. Je t'aiderai de mon mieux dans ta carrière, nous travaillerons ensemble quand nous le pourrons et nous resterons toujours amis. T'en contenteras-tu ?

Lily hocha la tête en se forçant à sourire.

– En tout cas, poursuivit-il, je refuse de te faire de l'ombre, si peu que ce soit. Tu dois suivre ton chemin. Tu rencontreras d'autres hommes qui te plairont et tu en aimeras un d'amour – plus et mieux que moi sans doute. C'est ainsi que les choses *devront* se passer. Je le désire pour toi comme pour moi. Promets-moi d'en aimer un autre et de te marier quand tu le voudras. Ne change rien à ta vie à cause de moi, je ne t'en aurais aucune reconnaissance.

Les yeux cernés, Lily hocha la tête sans conviction.

– Cela suffit pour ce soir, tu as l'air morte de fatigue. Nous en reparlerons demain si tu y tiens, mais maintenant va te coucher. Allez, au lit !

– Puis-je au moins rester ici ? Rien qu'une minute ? J'ai tant envie de me blottir dans tes bras...

Il l'aida à se relever, alla la coucher et se glissa à côté d'elle. En prenant garde que leurs corps ne se touchent pas, il passa un bras autour de ses épaules, elle posa la tête sur sa poitrine. Immobile, tendu, il attendit que le rythme paisible de sa respiration lui indique qu'elle était endormie. Alors, le visage ruisselant de larmes trop longtemps contenues, il donna libre cours à la peine dont son cœur débordait parce qu'il battait trop vite et trop fort d'un désir que son corps mutilé ne lui permettrait jamais d'assouvir.

Ils se réveillèrent en sursaut en entendant tambouriner à la porte d'entrée. Par réflexe, Charlie bondit hors du lit et courut vers la porte de sa chambre avant même d'avoir retrouvé sa lucidité. Lily le rejoignit un instant plus tard. Ils entendirent en même temps la propriétaire ouvrir au visiteur matinal et le bruit de la chasse d'eau à côté.

– Mlle Pears ? fit la voix de la logeuse. Mais ces demoiselles sont encore endormies !

Lily lança un regard inquiet à Charlie.

– Rentre vite chez toi, lui souffla-t-il. Fais semblant de sortir des toilettes.

Il entrouvrit sa porte et se hâta de repousser Lily derrière le vantail en voyant apparaître le prestidigitateur.

– Bonjour, Charlie ! lui dit l'autre cordialement. Qu'est-ce donc que ce maudit vacarme à une heure pareille ?

– Je dois voir Mlle Pears de toute urgence, fit une voix d'homme à la porte de la maison.

– C'est Stephen Winters, chuchota Lily. Mon Dieu ! ajouta-t-elle aussitôt. Il s'agit sûrement de maman.

Elle repoussa Charlie qui tentait de la retenir, courut vers l'escalier et dévala les marches en oubliant sa tenue et ses cheveux ébouriffés.

– Stephen ! Que se passe-t-il ? Maman est malade ?

Charlie la suivit jusqu'à la rampe, tendit l'oreille.

– Oui, Lily, gravement malade. Elle a la grippe espagnole, il a fallu l'hospitaliser. J'ai conduit toute la nuit pour venir vous chercher et vous ramener près d'elle.

Son ton suffisant où perçait un sentiment de triomphe fit grimacer Charlie de colère et de douleur. Lily leva les yeux vers le palier. Stephen suivit son regard et découvrit Charlie en pyjama froissé, le menton noir de barbe et les traits tirés par la fatigue.

– Que dois-je faire ? lui demanda Lily.

Charlie salua Stephen d'un signe de tête.

– Habille-toi et fais ta valise, Lily. Il vaut mieux partir le plus tôt possible. Êtes-vous en état de conduire ? ajouta-t-il en s'adressant à Stephen. Il y a des trains...

Stephen le fusilla du regard. Malgré sa longue route, il paraissait frais et dispos alors que Charlie, après sa nuit mouvementée, se sentait mal en point sous la lumière matinale qui lui faisait cligner les yeux.

– Mon chauffeur et moi nous sommes relayés au volant, répondit-il sèchement. Si je puis me permettre de demander à votre hôtesse un peu de pain et de fromage pour la route, nous partirons aussitôt que Mlle Pears sera prête.

– Bien sûr. Entrez tous les deux, Mme Harris vous préparera du thé et un petit déjeuner. Lily ne peut pas non plus partir l'estomac vide.

Il lui indiqua d'un signe la salle à manger et rentra dans sa chambre, enfila à la hâte sa chemise et son pantalon. Se sentant déjà mieux ainsi vêtu, il alla dans la salle de bains s'asperger le visage d'eau froide et se coiffer. Le reflet dans le miroir de ses yeux cernés et de son expression soucieuse lui tira une nouvelle grimace.

En bas, deux des girls papillonnaient déjà en robe de chambre dans la salle à manger. Mme Harris, la logeuse, apporta de la cuisine une théière et d'épais sandwiches au bacon copieusement beurrés. Seul à conserver son flegme au milieu de l'agitation provoquée par son apparition, Stephen s'assit à table et mangea de grand appétit tandis que Coventry se restaurait debout près du buffet. Lily arriva peu après avec son sac à main et sa trousse à maquillage. Coventry monta chercher sa valise dans sa chambre et la déposa près de la porte d'entrée.

Les filles pressèrent Lily de manger mais elle ne voulut rien de plus qu'un toast et une tasse de thé.

– Téléphone-nous de Portsmouth dès que tu sauras comment va ta mère, lui dit Madge.

Le cœur serré, Charlie voyait Lily, livide de peur et de fatigue, mâcher son toast sans pouvoir avaler.

– Veux-tu que je rentre avec toi ? lui proposa-t-il.

Stephen les observait tous deux sournoisement.

– Non, tu es gentil mais je sais que c'est impossible. Ne t'inquiète pas, je ne suis plus une petite fille.

Il lui sourit avec tendresse – le sourire de deux amants qui ont passé la nuit dans les bras l'un de l'autre.

– Je sais. Sois courageuse, Lily.

Elle hocha la tête et se força à avaler la dernière bouchée du toast avec une gorgée de thé.

– Il est temps de partir, déclara Stephen en reposant sa serviette – le plus beau linge de Mme Harris, remarqua Charlie, qu'elle ne sortait que dans les grandes occasions.

Coventry chargeait déjà les bagages de Lily dans le coffre de l'Argyll et lui ouvrait la portière. Mme Harris surgit de la cuisine en sous-sol avec un sac de sandwiches et des bouteilles de ginger-ale. Stephen les prit sans un mot de remerciement et monta à l'arrière à côté de Lily. Coventry claqua la portière, démarra, les filles crièrent à Lily adieux et recommandations. Quand Charlie croisa son regard, il la vit articuler silencieusement *Je t'aime* et eut le temps de lui répondre d'un battement de paupières et d'un signe de la main avant que la limousine ne s'éloigne.

– N'est-ce pas qu'il est *fa-bu-leux* ? s'exclama Madge d'un air ravi quand ils rentrèrent dans la maison. Il n'y en a pas deux comme lui au monde !

– Oui, un fabuleux salaud, gronda Charlie entre ses dents. Mais il n'est pas le seul de son espèce.

CHAPITRE 11

Stephen ne parla guère à Lily pendant la première partie du trajet. Après qu'il lui eut dit ce qu'il savait de la santé de sa mère, ils regardèrent défiler le paysage en silence. Coventry conduisait aussi vite que le lui permettait la route sinueuse. Stephen fronçait le nez : l'odeur de Lily le dégoûtait – une odeur de girl de music-hall, de petite grue de bas étage. Il n'avait jamais encore décelé de parfum sur elle. D'où lui venaient ces relents d'eau de Cologne bon marché ? Sûr de lui quand il disait à sa mère qu'il en était amoureux et voulait l'épouser, sa détermination fléchissait maintenant que Lily lui paraissait vulgaire. Son apparition en pyjama froissé, les yeux battus et les cheveux en désordre, avait eu quelque chose de choquant, voire de repoussant. Il aimait la Lily qui se montrait sur scène en enfant de chœur, aussi pure et parfaite qu'une poupée de porcelaine, pas la femme sensuelle et négligée qu'il avait vue dévaler les marches. En fait, c'était moins son mauvais parfum qui le rebutait que l'odeur de sa peau, encore moite de la chaleur du lit.

Il secoua la tête, agacé. La logeuse lui avait autant déplu que sa sordide pension de famille. Il ne supportait pas que Charlie Smith soit non seulement intégré à ce monde où lui, Stephen, était un étranger – Lily et Charlie avaient la même expression rêveuse, la même allure du dormeur arraché à un lit chaud et douillet –, mais aussi qu'il y exerçât une autorité indiscutée. C'était lui, Stephen, qui aurait dû donner des ordres alors que Lily s'était tournée d'instinct vers Charlie pour lui demander ce qu'elle devait faire. Et Charlie avait pris la situation en main. Ce simple soldat, cet homme ordinaire, mal rasé, nu-pieds, débraillé, avait le plus naturellement du monde envoyé Lily boucler ses valises et invité Stephen et Coventry à entrer se restaurer. Maintenant qu'il y repensait, Stephen se rappelait le long regard que Lily et lui avaient échangé quand il avait pénétré dans la salle à manger, sommairement habillé et débarbouillé.

La tête appuyée au dossier, le chapeau de travers, Lily dormait. Sa pâleur faisait ressortir ses yeux cernés et les taches de son qui lui parsemaient le nez. Partagé entre la colère et le désir, Stephen la contempla longuement. Oui, il l'aimait, il la désirait, il voulait la garder, la protéger, la servir. Il voulait surtout la séparer de Charlie et mettre un terme définitif à cette intimité équivoque qu'il avait ressentie entre eux, dans la manière dont ils se regardaient et dont elle lui avait obéi sans discuter.

Stephen frissonna, s'ébroua. Impatient de revenir à la normale et de s'entendre donner des ordres, il fit glisser la vitre de séparation entre le compartiment arrière et le siège du chauffeur. Il ne voulait plus penser à Lily et à Charlie, à l'hypothèse qu'elle puisse admettre dans son intimité un homme tel que celui-là – un homme du peuple. Il voulait chasser de sa mémoire la vision du visage de Charlie, le menton bleu d'une barbe de la veille, vers lequel Lily levait les yeux comme s'il était son seul recours.

– Prenons la même route pour rentrer, dit-il à Coventry. Nous avons fait une bonne moyenne en venant.

Toujours attentif, Coventry approuva d'un signe de tête. Affecté comme ordonnance à Stephen dès son arrivée au front, il ne l'avait plus quitté depuis. Coventry parlait déjà peu mais il avait un sourire plus rassurant que celui d'un grand frère. Quand ils étaient bloqués dans une tranchée sous le feu de l'ennemi, des heures parfois, Coventry se débrouillait toujours pour faire du thé et en apporter un quart bouillant à Stephen avec du pain et du fromage. Quand ils lançaient une attaque, Coventry le suivait comme son ombre. Stephen savait que s'il était touché Coventry le mettrait à l'abri au péril de sa propre vie. Les autres obéiraient aux ordres et poursuivraient leur avance en abandonnant les blessés, même ceux qui appelleraient à l'aide, alors que Coventry s'arrêterait pour secourir Stephen. Tant qu'il aurait de la morphine dans son paquetage, il ne le laisserait jamais hurler de douleur en attendant l'arrivée hypothétique des brancardiers.

Un jour, par le téléphone de campagne, Stephen avait reçu l'ordre d'attaquer avec sa compagnie. A l'autre bout du fil, un imbécile borné refusait d'écouter ses protestations. Stephen avait beau s'époumoner, répéter que les barbelés sur leur passage étaient encore intacts, qu'il leur était impossible d'avancer sans une préparation d'artillerie pour détruire le réseau de barbelés derrière lequel les Boches les attendaient avec des troupes fraîches, six nids de mitrailleuses et des canons pointés sur leurs positions, qu'ils seraient canardés et pilonnés en terrain découvert comme à l'exercice, que lancer une attaque dans de telles conditions était non seulement suicidaire mais strictement inutile et qu'il exigeait confirmation de l'ordre avant de l'exécuter, l'autre ne voulait rien savoir. C'est alors que Coventry s'était penché par-dessus son épaule et avait tranquillement arraché le fil du téléphone.

– Désolé, mon capitaine. La communication était si mauvaise que vous n'avez sûrement rien entendu.

Un peu plus tard, tandis que Coventry réparait la ligne sans se presser, une estafette vint leur apprendre que l'attaque était ajournée parce que les renforts n'étaient pas encore arrivés et qu'il y avait eu de la confusion dans les transmissions. Bien entendu, l'état-major n'aurait jamais annulé un ordre pour la seule raison qu'un obscur officier aux avant-postes décrivait une situation sur le terrain qui les condamnait à coup sûr, lui et ses hommes, à une véritable boucherie s'il avait obéi.

Stephen protestait souvent les premiers temps de son arrivée sur le front, en 1917. Enragé de se trouver pris au piège de cet abattoir qu'était la plaine des Flandres, il ne pensait qu'à survivre. Coventry parlait encore, à l'époque...

Les yeux clos, le visage tourné vers la vitre, Lily dormait toujours. Stephen se pencha en avant et posa la main sur l'épaule de Coventry. Le contact de son épaule musclée sous le drap gris de son uniforme le réconforta.

– Je prendrai le volant dans quatre heures.

Il referma la séparation, se carra sur la banquette et s'endormit aussitôt.

Lily avait fermé les yeux mais ne dormait pas. Elle vivait son pire cauchemar. Dès le moment où Stephen lui avait appris la maladie de sa mère, elle s'était sentie engloutie dans un marécage glacial. Même maintenant, malgré le confort de la voiture et le soleil matinal dont les rayons jouaient sur le velours moelleux de la banquette et la marqueterie vernie, elle frissonnait intérieurement. Elle ne pouvait imaginer sa mère malade, alitée. Toute sa vie, Lily l'avait vue éclatante de santé, aussi forte qu'un homme, capable de soulever des caisses de limonade, de manier des piles de boîtes de conserve. Debout tous les matins à six heures, elle ne cessait de travailler qu'à neuf ou dix heures du soir. Comment la croire tout à coup vidée d'une réserve d'énergie qui paraissait inépuisable ? Comment se la représenter malade, elle sur qui la fatigue semblait n'avoir jamais prise ?

Lily entrouvrit les yeux et tourna son visage face au soleil. Sur le pare-brise, elle voyait les insectes écrasés luire comme des paillettes d'or. La visière de sa casquette rabattue pour s'abriter de l'éblouissement, Coventry se concentrait sur la conduite. Malgré le ronronnement régulier du moteur, le sommeil s'obstinait à fuir Lily qui répétait inlassablement la même prière muette : *Jésus, guérissez maman, faites qu'elle ne meure pas...*

A midi, Coventry s'arrêta au bord de la route devant la barrière ouverte d'un champ. Stephen s'éveilla aussitôt.

– C'est mon tour ? Où sommes-nous ?

Coventry descendit et étala la carte routière sur le capot. Stephen mit pied à terre, s'étira. Le soleil de midi lui chauffait la nuque. Son costume de ville était froissé, son col de chemise malpropre.

– Bon dieu, je me sentirais mieux en uniforme !... M'aurais-tu cru capable de dire un jour une chose pareille ? ajouta-t-il avec un sourire amer.

Coventry prit dans sa poche un paquet de cigarettes, en alluma deux à la fois et en tendit une à Stephen avant de se pencher avec lui sur la carte. Lily ouvrit les yeux. Vus de sa place, les deux hommes avaient l'air de s'embrasser comme des frères.

– On maintient une sacrée moyenne ! constata Stephen avec satisfaction. Après la pause-pipi, je prendrai le volant.

Il allait ouvrir la portière arrière quand, soudain, il se figea. Comment dire à Lily qu'elle pouvait se soulager dans les champs ? Lily descendit sur la route, s'étira.

– J'ai bien dormi, mentit-elle. Sommes-nous arrêtés pour déjeuner ?

– Non, nous mangerons en roulant. Je prends le volant à partir de maintenant. Si vous voulez... euh...

Il ne savait que dire. En pleine campagne, les euphémismes de sa mère paraissaient ridicules. Fallait-il suggérer à Lily de se repoudrer le nez, de se laver les mains ? Mortifié, il se sentit rougir. Il ignorait tout de la manière dont les hommes et les femmes s'expriment entre eux familièrement. En face de Lily, soudain confronté à un monde de sujets tabous, il ne savait comment aborder les mille et un problèmes élémentaires de la vie quotidienne...

– Coventry et moi allons nous dégourdir les jambes, reprit-il maladroitement. Nous en aurons pour cinq minutes.

Voyant Lily le regarder sans comprendre, il battit précipitamment en retraite et prit Coventry par le bras.

– Viens, on va pisser dans le champ d'à côté, lui dit-il à voix basse.

Ils escaladèrent une clôture, s'éloignèrent le long de la haie. Ce n'est qu'en voyant leurs deux têtes s'arrêter un peu plus loin et rester immobiles côte à côte que Lily comprit et pouffa de rire.

– Quel idiot ! murmura-t-elle.

Elle s'empressa de franchir la barrière ouverte et de s'accroupir derrière la haie, en humant avec un plaisir quasi animal l'odeur de la terre et de l'herbe mouillées par son urine et le parfum musqué de son propre corps.

– Quel idiot, répéta-t-elle en se relevant.

Plantés dans le champ voisin comme deux épouvantails, Stephen et Coventry lui tournaient le dos. Après avoir consulté sa montre pour s'assurer que les cinq minutes réglementaires étaient écoulées, Stephen franchit la clôture et revint vers la voiture, encore rouge d'embarras.

– Prête à repartir ? demanda-t-il à Lily.

– Oui.

Stephen s'installa au volant, Coventry monta à côté de lui. Lily demeura seule à l'arrière.

– Prenez tout ce que vous voulez dans le panier, lui dit Stephen en lançant le moteur. Vous le passerez ensuite à Coventry, nous nous partagerons le reste. N'hésitez surtout pas à vous servir, nous avons eu un copieux petit déjeuner.

Lily défit les courroies et souleva le couvercle du panier. Trop angoissée pour avoir faim, elle se contenta d'une tranche de pain, d'un morceau de fromage, d'une pomme et d'une bouteille de ginger-ale.

– Voilà, je ne veux rien de plus.

Coventry s'agenouilla sur la banquette avant, prit le panier qu'elle lui tendait et se rassit, le panier ouvert sur les genoux. Stephen y jeta un coup d'œil.

– Prépare-moi un sandwich au fromage. Et ajoute une tranche de jambon.

Avec son couteau de poche, Coventry tailla prestement les ingrédients du sandwich, le donna à Stephen et attendit que celui-ci eût terminé pour se servir lui-même. En les observant communiquer sans mot dire, Lily prit conscience de l'intimité qui se crée entre deux hommes au fil des longues heures de veille au créneau et des patrouilles de nuit, quand les dialogues doivent se borner à un ordre chuchoté, un seul geste parfois. Bercée par le ronronnement régulier du moteur, elle finit par s'assoupir et ne se réveilla que vers le milieu de l'après-midi.

– Où sommes-nous ? demanda-t-elle.

– Nous venons de quitter Southampton, répondit Stephen pardessus son épaule. Nous serons bientôt arrivés. J'irai directement à l'hôpital.

Lily regardait sans la voir la campagne du Hampshire qui défilait derrière la vitre. Elle n'arrivait pas encore à croire que sa mère était réellement malade, que la boutique dont la porte s'ouvrait tous les jours depuis dix ans était aujourd'hui fermée et ne rouvrirait pas demain.

Stephen conduisait vite, en souplesse. Lily reconnut enfin les abords familiers de Portsmouth. Après la traversée des faubourgs de Hilsea et de Portsdown, Stephen quitta la route côtière, tourna dans Fratton Road en direction de l'hôpital et ne ralentit qu'en vue de l'entrée. Lily bondit à terre et franchit la porte avant même que l'Argyll ait complètement stoppé.

– Bon sang, je voulais entrer avec elle ! s'exclama-t-il, dépité, en ouvrant sa portière. Va tout de suite à la maison, dit-il à Coventry, préviens ma mère que je suis de retour et demande-lui de préparer la chambre d'amis pour Lily. Nous rentrerons dès que nous en aurons terminé ici. Reviens nous chercher le plus vite possible.

Lily n'était déjà plus dans le hall. Stephen étouffa un juron et monta l'escalier en courant. Avisant une infirmière sur le palier, il la héla avec autorité :

– Helen Pears ?

– Elle est ici, répondit-elle en montrant une chambre. Je vais prévenir l'infirmière de garde.

Sans attendre, Stephen poussa la porte.

Les traits tordus par la douleur, Lily se penchait sur sa mère dont elle serrait une main sur son cœur. Le teint cireux, les lèvres exsangues, Helen Pears semblait à peine consciente. Chacune de ses respirations laborieuses se terminait par un râle. Quand, au prix d'un effort, elle parvint à soulever les paupières, Stephen remarqua aussitôt son regard fixe, ses yeux déjà voilés. Il avait vu assez de mourants pour reconnaître ces signes.

– Maman ! M'entends-tu ?

La main que tenait Lily se contracta légèrement.

– Lily, murmura l'agonisante.

En entendant sa voix, Lily fondit en larmes.

– Oh, maman ! Tu vas guérir, n'est-ce pas ? Dis-moi que tu vas guérir.

La porte s'ouvrit, l'infirmière de garde entra.

– Êtes-vous sa fille ?

Sans détourner son regard du visage de sa mère, Lily acquiesça d'un signe.

– J'aimerais vous parler, mademoiselle Pears, reprit l'infirmière. Auriez-vous l'obligeance de sortir un instant ?

– Pas maintenant, répliqua-t-elle avec impatience.

Elle tira une chaise au chevet du lit et se pencha vers sa mère jusqu'à poser sa tête sur l'oreiller.

– Tu m'as tant manqué, dit-elle à mi-voix. Je m'amusais bien mais tu me manquais terriblement. Je pensais à toi tous les jours. J'aurais tant voulu que tu viennes...

Helen esquissa un sourire.

– Après cette saison, j'aurai peut-être du travail en ville, poursuivit Lily. Charlie sera directeur musical du Kings. Hein, maman, qu'en dis-tu ? Il m'a fait travailler un morceau pour mon audition et me fera engager. Quand tu seras guérie, tu viendras me voir, n'est-ce pas ?

– Mademoiselle Pears, insista l'infirmière, je dois m'occuper de mes autres patients ! Veuillez sortir quelques instants, je vous prie.

Lily sursauta et se tourna vers elle. Stephen se rendit alors compte que, si Lily avait perçu de l'irritation dans le ton de l'infirmière, elle n'avait pas compris un mot de ce que celle-ci disait. Ses facultés étaient entièrement tournées vers sa mère, les autres n'existaient pas. Elle avait même oublié leur présence dans la chambre.

Stephen entraîna l'infirmière dans le couloir.

– Je suis un ami de la famille, lui dit-il. C'est moi qui viens de ramener Lily de Sidmouth. Veuillez me communiquer les nouvelles, je l'en informerai plus tard.

– La fin est proche, annonça-t-elle sans ménagement. Mme Pears a contracté une forme aiguë de la grippe espagnole et n'a réagi à aucun traitement. La maladie a dégénéré en pneumonie. Elle en est au stade terminal et ne passera sans doute pas la nuit.

– Je m'en doutais. Souffre-t-elle ?

– Nous lui administrons de la morphine pour atténuer la douleur mais c'est au détriment de sa lucidité, bien entendu. Nous pouvons interrompre les injections si sa fille souhaite lui parler. Je ne la croyais pas si jeune.

– Non, décida Stephen, on ne doit pas aggraver les souffrances de Mme Pears pendant ses dernières heures. Lily a des amis qui veilleront sur elle, elles le savent toutes deux. Elle ne désire sûrement pas voir sa mère souffrir.

– Dans ce cas, je crains que nous ne puissions rien faire de plus pour elle.

Stephen la gratifia d'un sourire.

– Je suis certain que vous avez fait pour le mieux... Ah ! J'aurais un dernier service à vous demander : pourriez-vous faire porter une tasse de thé à Mlle Pears ? Elle a eu une journée particulièrement pénible et fatigante.

Pendant qu'une jeune infirmière allait chercher la boisson requise, Stephen resta dans le couloir à observer Lily par le hublot de la porte. La tête sur l'oreiller d'Helen, elle lui parlait à voix basse. Quand la jeune infirmière entra pour lui donner sa tasse de thé, elle la vida d'un trait et la lui rendit machinalement. De nouveau seule, elle caressa les cheveux de sa mère sans cesser de lui tenir la main et de lui parler. Stephen comprit alors qu'elle essayait par la seule force de sa volonté de repousser la mort. De lancer une passerelle entre la vie et l'inconscience comateuse où sombrait Helen Pears afin de la ramener dans le monde des hommes. La parole ne suffisant pas, elle commença à chanter. Stephen voyait son visage baigné de larmes et entendait par bribes s'élever sa voix de cristal.

Un instant, il put croire qu'elle avait réussi. Que la victoire couronnait sa lutte insensée. Il vit Helen serrer plus fort la main de sa fille, ouvrir les yeux et fixer sur elle un regard d'une étrange intensité, comme si elle tentait d'y faire passer l'expérience d'une vie entière. Mais la rémission ne dura guère. Avec un râle plus prononcé, un jet de glaire jaunâtre lui échappa des lèvres, sa tête retomba, elle ferma les yeux et mourut.

Immédiatement, Stephen entra, poussa Lily dans le couloir et appela les infirmières. Pendant qu'elles changeaient l'oreiller souillé et faisaient une toilette sommaire de la morte, il serra Lily contre lui en regardant à travers le hublot par-dessus son épaule. Il n'éprouvait aucune émotion. Il avait vu trop de morts pour que celle d'un civil, à plus forte raison d'une femme, puisse encore le toucher. Lorsque les infirmières eurent terminé leur tâche et leur firent signe qu'ils pouvaient rentrer, il s'effaça et laissa Lily faire seule ses adieux à sa mère.

La jeune fille semblait désemparée. Si elle avait été témoin des rituels de deuil que pratiquaient ses voisins, elle n'avait jamais été en contact direct avec la mort. Elle se rappela alors vaguement qu'une famille irlandaise dont l'enfant venait de mourir avait ouvert la fenêtre pour libérer son âme et lui permettre de monter au ciel.

Stephen la vit se pencher sur sa mère, embrasser ses lèvres froides et aller à la fenêtre qu'elle essaya d'ouvrir. Le châssis à guillotine était d'un modèle ancien, la corde du contrepoids sans doute cassée, d'innombrables couches de peinture bloquaient les glissières. Lily eut beau s'évertuer, la fenêtre refusa de bouger. Perplexe, Stephen la vit alors tenter d'ébranler les montants à coups de poing. Son acharnement le déconcertait mais il s'abstint d'intervenir car elle paraissait agir dans un but précis et ne manifestait aucun signe d'hystérie.

Pâle mais les yeux secs, elle revint au chevet de la morte, lui murmura quelques mots et se dirigea vers la porte qu'elle tint ouverte quelques instants en faisant un geste comme pour inviter quelqu'un à sortir. Quand elle passa devant Stephen sans lui accorder un regard, il l'entendit murmurer : *Viens, suis-moi, je vais te délivrer.*

De plus en plus surpris, il la suivit dans le couloir puis dans l'escalier jusqu'à la porte de l'hôpital qu'elle ouvrit en grand. Elle marqua un nouvel arrêt et se retourna vers le hall désert en répétant avec impatience : *Viens ! Mais viens donc !* avant de s'avancer sur le perron. Stephen resta sur le seuil et attendit avec curiosité la suite de cette incompréhensible cérémonie. *Voilà,* l'entendit-il murmurer, *tu le vois maintenant. Le ciel est là, tu peux y monter tout droit. Je t'ai délivrée, maman. Bonne chance et que Dieu te bénisse. Adieu, maman...*

Lily avait prononcé les derniers mots en se faisant violence, comme si elle avait voulu retenir près d'elle l'âme de sa mère. Elle hésita, leva la main en un pitoyable simulacre de salut, comme un enfant que ses parents quittent pour la première fois, et murmura un dernier adieu d'une voix étranglée par les larmes.

Stephen ne put s'empêcher d'évoquer les autres morts qu'il avait vus. Les milliers de cadavres écrasés dans les tranchées éboulées, pulvérisés sous les obus, hachés par les rafales de mitrailleuse, asphyxiés par les gaz, éventrés à coups de baïonnette. Il fit signe à Coventry d'approcher la voiture. Une mort de plus ou de moins ne comptait guère à ses yeux. Lily finirait par surmonter sa douleur. Par oublier.

D'un pas d'automate, Lily regagna la voiture. Coventry lança à Stephen un regard interrogateur auquel ce dernier répondit d'un hochement de tête, geste familier signifiant qu'un camarade, un ami, un frère d'armes avait eu son compte. Coventry haussa les épaules avec fatalisme. Pour eux comme pour tous les survivants, la mort était devenue omniprésente, elle ne les affectait plus. Ils avaient appris à ne plus souffrir de la disparition de quiconque, d'un être cher comme d'un inconnu.

Arrivé devant la maison, Coventry ouvrit la portière. Lily mit pied à terre et prit le bras que lui tendait Stephen sans jeter un regard autour d'elle. Derrière eux, sur le lac, un cygne pourchassait une mouette qui s'envolait en poussant de bruyants cris de protestation. Lily ne les avait pas même entendus. La femme de chambre devait les attendre car la porte s'ouvrit dès qu'ils eurent gravi le perron.

Pâle de colère, Muriel Winters sortit du salon et apparut dans le vestibule. Stephen affecta d'ignorer sa mère, fit entrer Lily au salon et la poussa plus qu'il ne l'assit dans un fauteuil.

– Restez tranquille. Je vais vous faire servir du thé et vous irez ensuite vous reposer. Nous vous avons préparé une chambre, ne vous inquiétez plus de rien.

Muriel était entrée derrière eux. Il l'empoigna par le bras et la tira sans douceur vers la salle à manger, de l'autre côté du vestibule.

– Stephen, je ne puis sous aucun prétexte...

– La mère de Lily vient de mourir, l'interrompit-il. Elle n'a nulle part où aller. Elle restera ici jusqu'à ce qu'elle ait décidé ce qu'elle veut faire.

– Elle a quand même de la famille, des amis...

– Non, personne.

– Elle a sûrement quelqu'un ! s'exclama Muriel partagée entre l'indignation et l'incrédulité. Au moins des amis qui peuvent l'héberger...

– Elle n'a ni famille ni amis et, de toute façon, je tiens à ce qu'elle reste à la maison.

– C'est parfaitement inconvenant ! Combien de temps comptes-tu la garder ici ? Comment veux-tu que j'explique sa présence chez nous ? Je suis de tout cœur avec elle, mais il n'est pas question qu'elle s'installe ici, Stephen !

– Elle restera. Vous pourrez expliquer sa présence en annonçant que nous sommes fiancés, cela devrait suffire à faire taire les mauvaises langues. Je ferai paraître un faire-part dès demain dans le *Telegraph*. Les convenances seront ainsi respectées, n'est-ce pas, Mère ?

Murial vacilla et dut se retenir à la table.

– Ah non, Stephen ! Pas de mariage ! Tu ne peux pas songer sérieusement à épouser une danseuse de music-hall !

– Si, Mère. Et sachez qu'elle n'est plus ni danseuse ni chanteuse car elle ne remontera pas sur scène. Quand elle sera ma femme, elle ne chantera plus en public. Dites à vos amies qu'elle est la fille unique d'une famille de commerçants tout à fait honorables. Cela vous convient-il ?

Muriel se domina à grand-peine.

– Je t'adjure de revenir sur ta décision, Stephen ! Tu agis ainsi à cause de la guerre, je sais. Tu crois qu'aucune jeune fille de ton milieu n'est capable de comprendre ce que tu ressens. Tu te trompes, Stephen ! Nous avons tous souffert d'une manière ou d'une autre, nous avons tous appris à faire bon visage dans l'adversité. Tu n'as pas à prendre la première venue uniquement parce que tu crois pouvoir la modeler à ta guise. Il y a autour de nous tant de jeunes filles accomplies parmi lesquelles tu peux choisir ! Mlle Pears restera ici le temps de s'organiser, soit. Mais ne cède pas à un coup de tête, je t'en conjure ! N'annonce pas tes fiançailles. Cette malheureuse affaire doit rester entre nous.

Stephen éclata d'un rire amer.

– Ma décision est prise, Mère, et vous aurez beau dire ce que vous voulez, je ne reviendrai pas dessus. Je dois quand même rendre justice à votre clairvoyance : vous avez parfaitement raison, c'est à cause de la guerre que j'agis ainsi. A cause de vous et de vos *jeunes filles accomplies* qui m'ont expédié, moi et des milliers d'autres p... pauvres b... bougres, dans un enfer que nous n'imaginions même pas. Vous m'avez envoyé là-bas c... comme on d... dit à un enfant d'aller jouer entre les rails du tramway. Après que vous et t... toutes ces garces m'eurent traité de lâche, vous avez cru apaiser votre c... conscience avec des c... colis et des p... paires de gants. Cela, voyez-vous, je ne vous le p... pardonnerai jamais ! Jamais ! Ni à vous ni à ces mijaurées qui défilaient en portant des b... bannières et en chantant des hymnes p... patriotiques. Ces femmes de d... devoir, qui d... disaient que la g... guerre était juste et sainte mais la faisaient faire par les autres !

Livide, tremblante, Muriel porta la main à son cou et tripota nerveusement ses perles.

– Je savais que tu pensais ce genre de choses, Stephen. Je

savais que tu reprochais à ton père et à moi de t'avoir envoyé faire ton devoir. Mais ce n'est pas une raison pour nous punir par une mésalliance ! Si tu enchaînes ta vie à celle d'une petite sortie de rien, attends-toi à en pâtir ! La guerre est finie et tu en es revenu indemne, Dieu merci. Je ne désire maintenant pour toi qu'une vie heureuse, Stephen, pas une lutte continuelle avec une femme indigne de toi et de ta famille.

Stephen se tourna vers elle avec une expression si meurtrière dans le regard que Muriel recula, effrayée, et alla buter contre le buffet. Seul le cliquetis de ses coûteuses porcelaines sur les étagères la retint de s'y accrocher au risque de provoquer la chute du meuble.

– J'en suis revenu indemne, dites-vous ? Vous osez dire indemne ? *Indemne !* Indemne, moi, avec mes abominables cauchemars et mes accès de panique ? Avec mon ordonnance qui a perdu la parole, avec une existence qui m'est devenue insoutenable au point que j'envisage tous les jours de me tuer ? Une existence qui ne se soutient que p... par la haine des v... vieillards et d... des jeunes f... femmes ! La haine de ceux qui ont survécu c... comme moi ! Comme moi qui me d... demande au prix de quelle t... trahison, qui me demande où ils se sont c... cachés pour échapper à la mort ! La haine de ceux q... qui sont morts parce qu'on en a f... fait des saints à l'ombre desquels je suis c... condamné à vivre ! Et c'est cela que vous appelez revenir indemne ?

Muriel laissa échapper un cri de bête blessée.

– Je vous dis, moi, que Lily est mon seul espoir, mon seul salut ! Elle est affranchie de cette horreur, elle la rejette, mieux, elle l'ignore ! Je ne sais comment ni pourquoi mais le fait est que la guerre ne l'a pas effleurée, ne l'a pas souillée, ne l'a pas corrompue. Près d'elle, avec elle, je me sens de nouveau propre et sain. Si je ne l'épouse pas, si je ne la garde pas pour toujours, soyez certaine que je sombrerai dans la d... la d... la d... démence.

Il avait dû s'interrompre et prendre une profonde inspiration pour prononcer le dernier mot, qui fut suivi d'un effrayant silence.

– Ce ne sont pas des paroles en l'air, reprit-il plus calmement. Par moments, je me sens déjà à moitié fou. Je fais des rêves – mais vous n'avez sûrement pas envie que je vous en parle. Vous vous êtes toujours tenue à l'écart de la réalité et vous ne voudriez pas en connaître le goût tel qu'il me revient. Je me réveille parfois en vomissant, Mère, parce qu'un cauchemar me hante régulièrement. Nous avions été bombardés pendant que nous dînions et un officier assis à côté de moi, un tout jeune homme, presque un gamin, s'est brusquement volatilisé. Sauf que j'ai retrouvé son sang et des lambeaux de sa chair dans mon quart, dans la cuiller de soupe que j'allais avaler, sur ma figure, sur mes lèvres et jusque dans ma bouche...

Il eut un haut-le-cœur et se détourna. Accrochée des deux mains au buffet, Muriel sentait ses genoux trembler au point qu'elle serait tombée si elle avait lâché prise. Stephen empoigna une chaise près de la table et s'y jeta, la tête entre les mains, en respirant profondément jusqu'à ce que les sursauts de son estomac se soient apaisés.

– Je vous p... prie de m'excuser, Mère, dit-il avec une politesse affectée. Je ne sais ce qui m'a p... pris de vous parler ainsi. Je ne dors sans doute pas assez depuis quelques jours. Veuillez me p... pardonner.

– Écoute, mon chéri, je savais que...

– Je vous prie de m'excuser, l'interrompit Stephen d'un ton glacial. Je ne savais p... pas ce que je disais. Je p... préfère ne plus p... parler de tout cela.

Le visage fermé, le regard dur, il se leva. Atterrée, Muriel ne savait plus que dire.

– J'espère en tout cas que vous vous réjouirez pour moi et que vous apprendrez à aimer Lily.

– Bien sûr, dit-elle humblement. Si c'est réellement ce que tu désires, je...

– Je vais la rejoindre, l'interrompit-il. Après une journée aussi éprouvante, elle devrait se coucher tout de suite. Avez-vous fait préparer la chambre bleue ?

Muriel répondit d'un signe de tête et s'écarta pour le laisser passer.

– Stephen !...

Les yeux pleins de larmes, elle lui tendit la main. Il se retourna, impassible, la toisa avec mépris.

– Oui ?

– Rien, mon chéri. Rien du tout. Rien...

CHAPITRE 12

Lily passa les jours suivants comme un zombie, le regard vide, les traits figés et inexpressifs. Muriel Winters se demandait ce que son fils trouvait de si séduisant chez cette fille silencieuse et terne, à moins que ce ne fût justement sa vacuité de page vierge sur laquelle écrire son poème idéal. Pensant que son accablement était dû au chagrin, Muriel était prête à lui manifester de la sympathie ; mais quand elle posa sur ses doigts glacés une main compatissante en disant que sa mère n'aurait pas voulu qu'elle sombre dans un chagrin excessif, Lily se borna à répondre que son chagrin n'avait rien d'excessif.

Elle se rendait utile, Muriel devait au moins le lui accorder. La garde-malade habituelle de M. Winters ayant donné son congé, une intérimaire venait trois fois par jour mais personne ne s'occupait de lui le reste du temps. Le lendemain de son arrivée, Stephen avait emmené Lily dans la chambre de son père pour la lui présenter. Après son départ pour l'étude, elle était retournée passer la matinée au chevet du malade. S'étant absentée pour une réunion de son club ce matin-là, Muriel ne l'avait appris qu'en rentrant déjeuner.

– Vous êtes restée auprès de Rory ? Mais pour quoi faire ? s'étonna-t-elle.

– Je pensais qu'il avait besoin de compagnie, toujours seul dans cette grande maison.

– Nous ne savons même pas s'il nous entend ni s'il est conscient de notre présence, objecta Muriel, déconcertée. Il est réellement... comme mort, vous savez.

– Non, répondit Lily avec fermeté, il n'est pas mort. Quand on est mort, on est parti. Pour toujours.

Gênée, Muriel éloigna la bonne en lui faisant signe de débarrasser la table.

– Bien sûr, si vous vouliez passer quelques heures avec lui de temps en temps, je vous en serais très reconnaissante... A condition que cela ne vous incommode pas.

Stephen ne fut pas du tout du même avis quand il revint du bureau ce soir-là.

– Pourquoi l'avez-vous laissée faire ? Je ne l'avais emmenée dans sa chambre que par politesse. Ce n'est pas à elle de remplacer la garde-malade de mon père, bon sang ! C'est malsain pour elle, je dirais même morbide.

– Je ne peux pas l'en empêcher, tu les as présentés l'un à l'autre. Si elle préfère lui tenir compagnie plutôt que de rester seule dans sa chambre ou au salon, accordons-lui de faire ce qu'elle souhaite, c'est la moindre des choses. A l'évidence, elle n'a pas l'habitude de vivre dans une grande maison. Elle tourne en rond au salon comme si elle avait peur qu'on lui défende de toucher aux meubles ou aux bibelots. Puisqu'elle semble se sentir à l'aise avec Rory, ce n'est pas à moi de le lui interdire.

– C'est malsain ! répéta Stephen.

Ce mot lui revenait malgré lui aux lèvres parce que l'état de son père était trop semblable à la mort pour qu'il souhaite y exposer Lily. Il aurait préféré la voir en plein soleil ou même sous les feux de la rampe plutôt que dans la pénombre d'une chambre de malade. Il ne voulait surtout pas sentir dans ses cheveux des relents de médicaments ni l'odeur écœurante de la maladie et de la mort sur ses mains.

– Dans ce cas, dis-le-lui toi-même, répondit Muriel avec un haussement d'épaules indifférent.

Elle espérait que le temps jouerait en sa faveur. Stephen n'avait pas mis à exécution sa menace de publier un faire-part dans le *Telegraph* ni offert de bague de fiançailles à Lily. S'il adoptait envers elle une attitude possessive et protectrice, Lily restait aussi sourde à sa voix qu'insensible au contact de sa main sur son bras. Elle se déplaçait de pièce en pièce comme une de ces poupées mécaniques qu'on importait d'Allemagne avant la guerre. Ses jambes la portaient de sa chambre à la salle à manger et du salon à l'escalier, sa tête blonde bougeait de gauche à droite et de haut en bas ; mais on sentait en elle un vide immense, effrayant, qu'aucun mécanisme d'horlogerie n'était capable de combler.

Maintenant que Lily n'était plus auréolée du prestige de la scène, Muriel s'attendait que Stephen s'en lasse vite. Cette marionnette triste et mal vêtue, qui allait et venait où et quand on le lui disait, n'offensait même plus les convenances. Son teint pâle virait au gris, les couleurs pastel de ses robes d'été paraissaient plus ternes de jour en jour. Ses cheveux mêmes perdaient leur éclat et retombaient en mèches inertes. Stephen avait beau aspirer à la paix et à la tranquillité, il ne désirerait plus longtemps cette petite souillon sans grâce, songeait Muriel en se réjouissant. En la voyant ainsi, humble et docile comme une bonne, dénuée de caractère et de personnalité, Stephen aurait peut-être encore pitié d'elle mais il n'en resterait sûrement pas amoureux. Elle ne pouvait inspirer d'autre sentiment que la compassion.

Ils prenaient le café au salon ce soir-là après le dîner. Malgré les rideaux tirés, on entendait le vent ululer et les vagues s'écraser sur les galets de la plage. Dans le détroit, une corne de brume poussait son lugubre gémissement à intervalles irréguliers.

– La mer est forte, observa Stephen. Je n'aimerais pas être au large par un temps pareil.

Sa tasse sur les genoux, les yeux fixés sur le grand chaudron de cuivre rempli de fleurs séchées qui garnissait la cheminée, Lily ne parut même pas l'entendre.

– Lily chérie...

Elle tourna lentement son regard vers lui.

– J'ai fait le nécessaire pour les obsèques de votre mère après-demain, reprit-il. Vous aurez sans doute besoin de vêtements de deuil. Nous avons un compte chez Handley, usez-en à votre guise. Justement, Mère, je me demandais si vous pouviez accompagner Lily pour l'aider à choisir ce qu'il lui faut et mettre ses achats sur le compte.

– Je suis libre demain toute la journée.

– Dans ce cas, je dirai à Coventry de revenir vous chercher après m'avoir conduit à l'étude. Que diriez-vous de nous retrouver au Dolphin pour déjeuner tous les trois ?

Ils attendirent en vain une réaction de Lily. Avait-elle même entendu ? Du regard, Muriel sollicita l'intervention de Stephen qui posa sa tasse et alla s'adosser à la cheminée.

– Vous voulez sûrement rendre à la mémoire de votre mère l'hommage qui convient, n'est-ce pas Lily ? lui dit-il d'un ton encourageant. Il vous faut une robe noire ou un tailleur. Des chaussures. Un chapeau, aussi. Un vrai chapeau, pas un de vos petits bibis habituels.

Lily se leva d'un bond et reposa sa tasse avec tant de brutalité que le plateau trembla.

– Non !

Muriel sursauta. C'était la première fois qu'elle entendait Lily parler autrement que dans un murmure.

– Ma mère ne s'est jamais souciée de ces absurdités. Quand le bateau de mon père a été coulé, elle a refusé de verser un sou à la collecte pour le monument commémoratif. A ses yeux, l'argent devait servir aux vivants, pas aux morts qui n'en avaient plus besoin. Elle n'a jamais porté le deuil ni ne m'a habillée en noir. Ce ne serait pas une marque de respect, ni pour elle ni pour moi, de m'exhiber à son enterrement dans des nippes achetées par un étranger.

– Lily ! s'écria Stephen, stupéfait.

Parangon de tact maternel, Muriel s'esquiva. L'occasion était trop belle de laisser à Lily la bride sur le cou afin que Stephen entende jusqu'au bout les vulgarités qu'elle ne manquerait pas de lui jeter à la figure. Elle referma sans bruit la porte derrière elle mais, comme il aurait été indigne d'elle de rester écouter, elle monta dans la chambre de son mari et s'assit à son chevet.

Elle ne pouvait deviner qu'à peine avait-elle tourné le dos Stephen s'était jeté à genoux devant Lily.

– Je vous ai déjà demandé de m'épouser et vous m'avez répondu non. Mais maintenant, Lily, vous êtes seule au monde et vous avez besoin de quelqu'un qui veille sur vous. Vous n'irez pas aux obsèques de votre mère dans des vêtements payés par un étranger mais par moi, Lily, parce que cela va de soi. Aujourd'hui, demain et pour toujours. Soyez ma femme, Lily. Je n'ai pas de plus cher désir au monde.

Elle le laissait lui tenir les mains en le toisant de haut, comme un chien qui se rend importun par des marques d'affection abusives.

– Non, Stephen, n'insistez pas. Pas maintenant.

– Si, maintenant ! répondit-il en se relevant. De toute façon, vous serez bien obligée d'accepter mes cadeaux, vous n'avez plus un sou vaillant.

– Il y a la boutique. Maman avait une assurance.

– J'ai vérifié, la situation est désastreuse, dit-il en dissimulant mal sa jubilation. Soyez courageuse, Lily. La boutique était louée, le loyer est en retard d'un trimestre. Vous n'avez donc rien à espérer de ce côté-là. Quant à sa police d'assurance, votre mère l'a encaissée pendant la guerre, sans doute parce qu'elle avait du mal à joindre les deux bouts. Sa maladie a été si soudaine que sa succession comporte un certain nombre de factures impayées. Si je réussis à revendre le stock et la clientèle à un nouveau locataire, il vous reviendra peut-être trente ou quarante livres, guère plus en tout cas.

– Je peux recommencer à travailler.

– Bien entendu, mais je doute que vous soyez en état de remonter sur scène danser le cancan – pour le moment, du moins. Je ne crois pas non plus que votre mère aurait souhaité vous voir aller de théâtre en music-hall quémander un emploi, être obligée d'accepter ce qu'on vous propose et vous mêler à n'importe qui sans qu'elle puisse prendre soin de vous. Je n'ai pas oublié que, pendant notre premier dîner ensemble, vous m'aviez dit qu'elle ne vous quittait jamais et qu'elle vous accompagnait partout. Comment vous en sortiriez-vous seule dans un milieu pareil, Lily ? Sincèrement, je ne crois pas qu'elle vous aurait laissée vous y aventurer sans son appui.

Livide, les traits tirés, la lèvre inférieure meurtrie à force d'avoir été mordue, Lily était presque laide.

– Ce que je ferai, ce que je deviendrai, je m'en moque. Sans elle, je suis perdue. Quand j'entendais des gens le dire, je ne comprenais pas ce que cela signifiait, mais maintenant je le comprends. Je suis perdue sans elle.

Il y eut un long silence. La douleur, l'égarement qui marquaient les traits de Lily, Stephen les avait déjà vus en France et en Belgique sur le visage d'enfants qui, en une nuit de bombardements, avaient perdu à la fois leurs parents et leur foyer. Hébétée comme eux, elle exprimait par son regard la même terreur, le même désespoir. Dépouillée de la seule personne au monde qui l'eût jamais aimée, qui eût jamais veillé sur elle, Lily était aussi seule et abandonnée que les petits réfugiés croisés sur les routes du front.

– Épousez-moi et je prendrai soin de vous. Épousez-moi et vous n'aurez jamais plus de soucis d'argent. Votre mère avait de la sympathie pour moi, elle savait que je saurais veiller sur vous – sinon, m'aurait-elle permis de sortir seul avec vous, de vous inviter à prendre le thé ? Si elle pouvait aujourd'hui vous donner un conseil, je suis sûr qu'elle vous dirait de m'épouser.

Lily lui jeta un long regard vide, presque aveugle.

– Je ne sais pas, murmura-t-elle.

– Moi, je sais ! dit Stephen en lui reprenant les mains avec fougue. N'y pensez plus, Lily. Laissez-moi faire, je m'occuperai de tout.

Trop lasse pour résister, pour réfléchir, elle poussa un soupir résigné.

– Bien. Après tout, si vous y tenez...

Stephen crut d'abord avoir mal entendu.

– Qu'avez-vous dit ?

– J'ai dit oui.

Il se releva d'un bond, la serra dans ses bras mais la sentit aussitôt se raidir et se dérober.

– Lily chérie..., commença-t-il.

– Non. Je ne veux pas écouter, pas maintenant. J'ai dit oui, cela devrait vous suffire.

– Bien sûr, dit-il d'un ton conciliant.

– Et j'irai à l'enterrement habillée à mon idée.

– Comme il vous plaira, Lily.

Il la lâcha, espérant qu'elle reviendrait d'elle-même vers lui en quête de réconfort, qu'elle lui manifesterait au moins un peu de gratitude de lui avoir proposé le mariage et d'avoir fait preuve de tact en n'insistant pas quand elle le lui avait demandé. Mais Lily passa devant lui sans un regard, sortit du salon et remonta dans sa chambre. Il entendit ses pas dans l'escalier et le bruit de sa porte qui se refermait. Loin d'éprouver le sentiment de triomphe de celui qui a enfin gagné l'objet de ses désirs, il ressentait une indicible frustration. Comme si Lily, après s'être offerte, s'enfonçait dans une retraite impénétrable. Comme s'il avait emporté de haute lutte une tranchée pour en découvrir une autre derrière et d'autres encore à perte de vue. Comme si le combat ne devait jamais prendre fin.

Dans la chambre bleue, Lily se laissa tomber sur son lit, à peine consciente d'avoir accepté d'épouser Stephen. Elle avait entendu sa voix assourdie, déformée, comme s'il lui parlait à travers un mur d'eau. Prisonnière d'une bulle de désolation que rien ne semblait capable de pénétrer, elle ne pouvait pas davantage se résoudre à la mort de sa mère qu'à la réalité de son existence actuelle. Le matin, au réveil, elle gardait les yeux fermés dans l'espoir de revoir en les ouvrant le plafond de son ancienne chambre. Tous les matins, elle tendait l'oreille à la voix de sa mère, à l'appel si familier : *Il est l'heure de te lever, Lily !* Et elle ne l'entendait jamais.

Comme beaucoup de survivants d'un drame, elle se sentait coupable et s'accablait de reproches, persuadée que sa mère ne serait pas tombée malade si elle n'avait pas quitté Portsmouth. Elle l'imaginait seule à la boutique, surmenée, sautant des repas, se couchant sans avoir la force de se préparer un dîner correct. Elle la voyait ouvrir la boutique tous les matins à six heures et demie tandis que sa grippe empirait jusqu'à la terrasser. Si Lily était restée, elle aurait forcé sa mère à se reposer, à se soigner à temps. Elle aurait dressé autour d'elle un rempart d'amour que les microbes n'auraient jamais pu franchir. Lily était trop jeune pour supporter une tragédie de cette ampleur. Elle avait tourné le dos à la guerre, elle en avait refusé les conséquences et l'existence même ; rien ne l'avait préparée à affronter une mort qui la touchait de si près et si cruellement qu'elle regrettait de ne pas avoir succombé plutôt que de subir une douleur aussi insoutenable.

Le cœur littéralement brisé, il lui était aussi indifférent d'épouser Stephen que de se jeter sous un tramway. Dans sa robe froissée, ses vieilles chaussures sur le dessus-de-lit en soie, Lily sombra dans la somnolence en sachant seulement que sa vie partait à la dérive. La mort de sa mère la privait à jamais de sa seule ancre, de son seul havre. Rien ni personne au monde ne comptait désormais pour elle.

Ce soir-là, une fois la maison endormie et plongée dans l'obscurité, Stephen descendit à la cuisine en robe de chambre et en pantoufles. Coventry faisait griller des tartines de fromage. Stephen en huma avec gourmandise les effluves roboratifs dans l'escalier de service.

– Riche idée, dit-il en entrant.

Fier de sa recette, mise au point au cours des longues nuits de veille dans les abris, Coventry le remercia d'un sourire. Il piqua une tartine avec une longue fourchette et la déposa sur une assiette qu'il tendit à Stephen, avant de se servir lui-même et de préparer le thé selon le rituel accoutumé. Assis côte à côte, les deux hommes savourèrent ces frugales nourritures en silence.

– Il reste du thé dans la théière ? demanda Stephen pour la forme – il restait toujours du thé dans la théière.

Coventry remplit les gobelets. Rituellement, Stephen feignit de tâter les poches de sa robe de chambre à la recherche d'un paquet de cigarettes qu'il savait absent. Non moins rituellement, Coventry prit son paquet dans la poche de sa veste pendue au dossier de sa chaise, en alluma deux et en donna une à Stephen.

– C'est bon, dit-il avec un soupir de contentement.

Le silence retomba.

– Elle accepte de m'épouser, déclara soudain Stephen. Elle me l'a dit tout à l'heure.

Coventry leva un sourcil, contempla un instant la braise de sa cigarette et aspira une longue bouffée.

– Je lui ferai tenir parole, reprit Stephen avec cynisme. Pour le moment, elle est en état de choc – je le sais, j'ai assez souvent observé le phénomène. Te souviens-tu de Tommy Patterson, qui était sorti de la tranchée et marchait droit vers les Boches comme s'il se promenait le samedi sur le boulevard ? Quelqu'un de sa famille était mort, je ne me rappelle plus qui. Son frère, peut-être ? Sale histoire, ça en tout cas je m'en souviens. Toute la gueule emportée...

Coventry lui fit signe de ne pas continuer.

– Bon, d'accord, dit Stephen avec un soupir. Moi non plus, je n'ai pas envie de me le rappeler. D'ailleurs, je ne me souviens plus de rien, sauf de Tommy Patterson et de sa promenade entre les lignes. Il était en état de choc, comme elle en ce moment. Le même regard éteint. Vide. Elle se moque éperdument de ce qui peut lui arriver – elle me l'a même dit. En tout cas, elle m'épousera. Et quand elle se réveillera, tout sera déjà réglé, elle ne pourra plus revenir en arrière et elle sera à moi.

Coventry fit une mimique dubitative.

– Si, j'ai raison, crois-moi, répondit Stephen avec assurance. Qu'a-t-elle comme avenir, sinon de continuer à hanter les music-halls et de finir sur le trottoir, comme les autres ? Je ne veux pas que cela lui arrive. Il faut qu'elle soit à moi. Quand elle sera ma femme, tout changera pour moi. Rien ne sera plus pareil – cette baraque, mon travail, mes f... foutus c... cauchemars. Quand nous serons mariés, tout ira bien, tu verras.

Coventry soupesa le contenu de la théière, y versa de l'eau bouillante et remplit leurs gobelets. Le thé avait eu le temps de macérer, le breuvage était noir et amer à souhait.

– Bon dieu, c'est aussi fort que du rhum ! déclara Stephen avec le claquement de langue du connaisseur. Je n'ai pourtant jamais apprécié qu'ils mettent du rhum dans le thé. On savait trop bien pourquoi ils le faisaient. Les hommes non plus n'aimaient pas ça. Tu te rappelles ?

Coventry sourit et secoua négativement la tête, comme un vieillard qui fouille dans sa mémoire et constate avec soulagement que les souvenirs importuns s'en sont effacés.

– Non, je ne m'en souviens pas clairement moi non plus, soupira Stephen. Tout cela me paraît maintenant si vieux, si lointain. De toute façon, c'était une aussi sale guerre des deux côtés. On a peut-être fait des saloperies mais pas pires que les leurs, hein ?

Coventry fit un nouveau signe de dénégation. Il ne se souvenait de rien, en effet. Il ne voyait dans l'âtre que des braises rougeoyantes, des cendres grises, une stalactite de fromage fondu collée sur un barreau du gril.

– Tu as raison, dit Stephen, réconforté par la sereine amnésie de Coventry. Et quand j'aurai Lily, j'oublierai tout moi aussi. Absolument tout.

Pour l'enterrement de sa mère, Lily décida de porter sa jupe bleue à rayures, un chemisier blanc et un chapeau-cloche en paille grège orné d'un ruban bleu. La cérémonie devait avoir lieu de bonne heure et, en ce matin de juillet, un vent froid soufflait de la mer. Muriel proposa à Lily de lui prêter un vêtement chaud. Lily examina l'imposante garde-robe, refusa une veste de laine noire et un manteau d'été en lin noir, qui aurait pourtant convenu, pour choisir un blazer blanc soutaché de bleu roi.

– C'est une tenue plutôt... gaie, observa Muriel.

– Je regrette de vous choquer, répondit Lily avec une politesse étudiée, mais ma mère avait horreur des enterrements et des vêtements de deuil. Pendant la guerre, elle n'a jamais porté de brassard noir malgré la mort de mon père et de son seul frère. Je ne vais pas la contrarier aujourd'hui. Je lui ai déjà fait mes adieux. Je peux prendre le deuil intérieurement sans être obligée de le montrer.

– Comme il vous plaira, concéda Muriel, apitoyée. De toute façon, personne ne nous verra.

– Comptiez-vous venir ?

– Je pensais que vous le souhaitiez.

– Non, non ! Ni vous ni Stephen. Merci d'y avoir pensé mais maman ne vous connaissait pas et je ne crois pas qu'elle vous aurait plu. Je préfère qu'il n'y ait que moi et quelques voisins. Des gens qui viendront parce qu'ils l'ont connue, pas simplement par politesse.

Muriel, à qui on avait inculqué depuis l'enfance qu'il n'y avait rien de plus important au monde que les bonnes manières, s'abstint de relever.

– Comme il vous plaira, répéta-t-elle. Vous devriez quand même laisser Stephen vous accompagner à l'église.

Lasse de lutter, Lily haussa les épaules.

– Oui, bien sûr. Excusez-moi d'être si contrariante.

– Je comprends, répondit Muriel qui n'y comprenait rien.

– La voiture est prête ! leur cria Stephen du bas de l'escalier.

Les deux femmes descendirent ensemble.

– Je ne vous accompagne pas, dit Muriel à Stephen. Lily préfère y aller seule.

– Ah non ! protesta Stephen en fronçant les sourcils. J'irai avec vous, Lily. Vous aurez besoin de moi là-bas.

Lily fit un geste de capitulation, comme si leurs deux volontés avaient raison de ses capacités de résistance.

– Bon, si vous voulez...

Le service avait lieu dans la petite église en face du cimetière de Highland Road. Stephen s'étonna de la voir bondée. S'il y avait peu de gens en noir, l'assistance était visiblement sur son trente-et-un et les femmes portaient presque toutes un chapeau. Stephen nota autour de lui une écrasante majorité de mains rouges et calleuses pieusement jointes pendant les prières. C'étaient là les clients d'Helen Pears, des ouvriers, des gens du peuple qui habitaient les modestes logements du quartier. Lily a eu raison de ne pas vouloir montrer à sa future belle-mère le milieu dans lequel elle a grandi, pensa-t-il, elle en aurait sûrement eu honte. La moitié de ces gens ne devait sans doute pas avoir la conscience tranquille ; Helen Pears avait bon cœur et faisait trop facilement crédit. Allez donc leur demander de payer, maintenant qu'elle est morte...

Tout le monde s'assit pendant l'homélie du pasteur, qui avait bien connu Helen Pears. Il loua son courage pour faire marcher seule sa boutique après la mort de son mari, ses sacrifices pour l'éducation de Lily. On entendit un sanglot au fond de l'église. Encore une de ces femmes qui pleurent pour un oui ou pour un non, pensa Stephen qui se retourna en essayant de voir à qui il avait échappé. Malgré sa pâleur, Lily avait au moins les yeux secs et de la dignité. Au début, elle l'avait séduit par sa gaieté, ses bavardages, ses rires spontanés. Maintenant qu'elle allait devenir sa femme, elle était aussi sombre et taciturne que lui. Bah ! se dit-il tandis que l'assistance se levait pour chanter le dernier hymne, elle finira pas s'en remettre. Ce n'est pas comme s'il lui était arrivé quelque chose de vraiment grave.

Les porteurs de la bière, à l'allure chétive typique des quartiers pauvres, ressemblaient aux conscrits des dernières fournées, quand les bureaux de recrutement raclaient les fonds de tiroir et incorporaient des hommes au-dessous du poids et de la taille réglementaires, le teint altéré par la tuberculose ou les maladies de cœur, boitillant sur des jambes arquées ou des pieds plats. L'un d'eux était manchot, un autre avait la toux grasse des gazés.

Ils arboraient leurs médailles avec la fierté crispée caractéristique des rescapés du front. Stephen se détourna pour ne pas avoir trop l'air d'un officier en tournée d'inspection – mais, bon sang, quel ramassis de minables !

Il prit le bras de Lily et la guida vers la sortie. Les nuages s'étaient dissipés, le vent froid était tombé, la matinée maussade devenait une belle journée de juillet, déjà chaude sous le soleil. Lily était aussi pâle que le surplis du pasteur qui disait les prières des morts au bord de la tombe. Une fois le cercueil descendu dans la fosse, elle y jeta une poignée de terre. Stephen s'attendait à des larmes mais la jeune fille, les traits figés, garda les yeux secs. Dans la foule, on entendait des sanglots étouffés.

Habitué à voir balancer dans une fosse commune – par lots de vingt, de quarante, voire d'une centaine après une nuit meurtrière – des cadavres sommairement cousus dans des sacs tandis qu'un aumônier bredouillait quelques mots à la hâte, Stephen jugeait ce cérémonial inutilement lent et ennuyeux, surtout pour une seule femme. La pierre tombale, qu'il avait commandée et payée de sa poche, lui paraissait ostentatoire comparée aux croix de bois confectionnées dans de vieilles caisses, sciées et clouées à la va-vite. Dieu seul savait combien d'hommes ne bénéficiaient même pas de ce semblant de sépulture et demeuraient enterrés sous des tonnes de boue, là où la mort les avait surpris. Leurs macabres restes étaient parfois exhumés par l'équipe qui creusait une nouvelle tranchée ou, simplement, par une forte averse.

Dès les premières pelletées de terre, Stephen entraîna Lily vers la voiture. Elle résista, le suivit à regret dans l'allée. Au passage, des gens s'approchaient d'elle en ignorant Stephen ; les femmes l'embrassaient, murmuraient des condoléances, les hommes lui pétrissaient les mains. Une grosse femme aux gants décousus, aux joues ruisselantes de larmes, la serra contre sa poitrine en sanglotant.

– Bon sang de malheur, ma Lily ! Qu'est-ce qu'on va devenir sans elle ?

Cette fois, Lily craqua. Avec un cri étouffé, elle se jeta dans les bras de la grosse femme et étreignit sa taille épaisse en faisant tomber son chapeau, que Stephen ramassa à ses pieds. Comme si elle n'attendait que ce signal, la foule se précipita pour entourer Lily. Les commentaires apitoyés fusaient de toutes parts :

– Pauvre agneau ! Voyez comme elle est pâle...

– Quelle perte pour elle, quand même...

– Il n'y a pas beaucoup de filles qui avaient une mère comme la sienne...

– Tu vas venir avec moi, décréta la grosse femme. J'ai fait cuire un jambon, c'est la moindre des choses.

Stephen intervint aussitôt.

– Je vais plutôt remmener Lily à la maison, dit-il aimablement. Rassurez-vous, elle sera bien soignée.

La grosse femme se tourna vers lui, intimidée.

– On mangera juste un morceau. Vous êtes le bienvenu vous aussi, monsieur, ajouta-t-elle.

– Merci beaucoup, répondit-il en tendant la main vers Lily, mais je crois que Lily a vraiment besoin de repos.

Au lieu de lui obéir comme il s'y attendait, Lily serra plus fort la taille de la grosse femme et posa la tête sur son épaule.

– Non, j'irai déjeuner chez Betty, déclara-t-elle. Je rentrerai cet après-midi.

Stephen eut la sagesse de ne pas discuter.

– Bien sûr. Voulez-vous que j'envoie la voiture vous chercher vers trois heures ?

– Oui. Dites à Coventry de m'attendre à la boutique.

Stephen s'effaça pour laisser passer le groupe, dont les costumes du dimanche exhalaient une odeur de naphtaline. Quand ils se furent éloignés, il sortit du cimetière et traversa la rue où Coventry l'attendait.

– Tu reviendras chercher Lily à trois heures devant la boutique, dit-il en montant en voiture. En attendant, conduis-moi à l'étude. Autant ne pas perdre toute ma journée et essayer de travailler un peu.

Lily était heureuse de se retrouver chez Betty. Pour l'occasion, la grosse femme s'était fendue d'une bouteille de sherry, bon marché et trop sucré, ce qui n'empêcha pas l'assistance de la vider à la mémoire d'Helen. Après que Betty eut prononcé un petit discours rappelant à chacun sa générosité, les hommes allèrent chercher de la bière. On découpa le jambon, qui fut dévoré jusqu'à la dernière miette avec du pain, du beurre et des feuilles de salade. Un voisin avait apporté des tomates de son jardin, la tante Mary un pudding aux groseilles, aux framboises et aux airelles. Pour la première fois depuis des jours, Lily mangea de bon appétit et ses joues reprirent un peu de couleur.

– Et maintenant, Lily, que vas-tu faire ? lui demanda Betty en apportant le thé. Tu ne comptes pas reprendre la boutique, si je comprends bien ?

– Non, je suis fiancée à Stephen Winters. Le monsieur avec qui j'étais à l'église.

– Par exemple ! s'exclama Betty, impressionnée. Quand ta maman me parlait de lui, je disais qu'il valait mieux se méfier de ses intentions mais elle me répondait que c'était un vrai gentleman. Eh bien, ma fille, on peut dire que tu te maries dans la haute, toi ! Ma Lily, une vraie bourgeoise ! Hé, Mary ! Tu sais quoi ? Notre Lily va se marier avec le beau monsieur de l'église, Stephen Winters. Hein ? Qu'est-ce que tu dis de cela ?

Mary s'approcha et embrassa Lily sur les deux joues.

– Voilà au moins une bonne nouvelle ! Quand je pense que je ne fermais pas l'œil de la nuit à me faire du souci pour toi en me disant que tu restais seule au monde. Et toi, pendant ce temps, tu décrochais un bel homme et une grosse fortune ! Il est avocat ou je ne sais quoi du même genre, me disait ta mère, non ? Et un héros de la guerre, aussi. Il a eu des médailles, n'est-ce pas ?

– Mais oui, approuva Betty. Helen m'avait raconté l'histoire. C'était une ferme prise par les Boches qui avaient tué toutes les femmes qui s'y réfugiaient – ils leur avaient même fait bien pire, à ce qu'on disait dans les journaux. Il y avait aussi un bébé qui a été massacré – des sauvages, ces gens-là ! Là-dessus, ton beau monsieur est arrivé, a repris la ferme et tué tous les Boches. Pour cela, on lui a donné une belle médaille.

– Stephen ne parle jamais de la guerre, dit Lily.

– Pas étonnant, observa Mary. Ce n'est pas les gens comme lui qui en parlent mais plutôt ceux qui restaient à l'arrière, bien à l'abri. Ceux-là, ils n'arrêtent pas d'en parler – comme mon George qui aurait gagné la guerre à lui tout seul s'il fallait l'écouter.

– Je me rappelle, maintenant, c'était dans les journaux, enchaîna Betty. Ils se sont tous entre-tués, les nôtres avec les Boches. Pas un n'en a réchappé, sauf ton gentleman et son... comment on dit ? son ordonnance.

– Coventry ? s'étonna Lily. Coventry y était aussi ?

– C'est comme cela qu'il s'appelle ? Ta maman a cherché dans les journaux pendant que tu étais partie et elle me les a montrés. Les nôtres étaient dix quand ils ont attaqué la ferme et il n'en est revenu que ces deux-là. Ils avaient tué les Boches mais les femmes et le bébé à l'intérieur étaient déjà tous morts.

– Après avoir été violées, ajouta Mary.

– Une horreur ! renchérit Betty. Violées et massacrées à coups de baïonnette. Des monstres, ces maudits Allemands ! Ils n'ont eu que ce qu'ils méritaient. Si on m'avait laissé faire, je les aurais tous livrés aux bolcheviques. Ils se valent, ceux-là, aussi sauvages les uns que les autres.

Lily n'écoutait déjà plus. Postée devant la fenêtre, elle regardait à travers le rideau de crochet la boutique et le petit appartement où elle avait passé son enfance. Un panneau d'agence immobilière était accroché à la façade.

– Je viendrai demain t'aider à emballer tes affaires, lui dit Betty. Le passé est le passé, Lily. Ta maman n'aurait pas voulu que tu en aies du chagrin.

– Je sais.

– A quand les noces ? demanda Betty. Avez-vous choisi une date ?

– Je n'ai accepté qu'avant-hier. Nous n'avons encore rien décidé.

– Et tu vis chez lui, avec ses parents ? Une belle maison comme ça, ça doit être douillet.

Lily laissa échapper un petit rire amer. La grande maison silencieuse et morne n'avait rien de douillet...

– Ce n'est pas mal... Son père est infirme, il a eu une apoplexie. Sa mère est gentille.

– Elle remplacera Helen, déclara Betty. Une fille de ton âge à la veille de se marier a besoin d'une mère.

– Non. Personne ne prendra jamais sa place.

– Au moins, elle t'apprendra les ficelles de son milieu. Tu feras la connaissance de leurs amis, tu fréquenteras les gens de la haute. Et puis, tu pourras acheter des belles toilettes. Je suppose que tu auras un trousseau digne de ce nom et que vous partirez en voyage de noces ?

– Probablement.

– Tu n'as pas l'air bien enthousiaste, observa Mary. Es-tu sûre d'avoir pris la bonne décision, Lily ? Ne te précipite pas sur un coup de tête dans une situation que tu pourrais regretter plus tard. Quand ils font leur cour, les hommes ne sont pas les mêmes que quand ils sont mariés.

Lily tourna vers elle son regard éteint.

– Je ne sais pas. Depuis que maman est morte, j'ai l'impression que tout m'est égal. Que je me marie ou non, cela n'a pas d'importance. Que je recommence à chanter ou pas, je m'en moque.

Tout ce que je faisais, c'était en réalité pour lui faire plaisir. Je voulais qu'elle soit fière de moi. Maintenant qu'elle n'est plus là, je n'en vois plus l'intérêt. Plus rien n'a d'intérêt.

Mary et Betty échangèrent un regard soucieux.

– Je sais ce que tu ressens, affirma Mary. Je croirais m'entendre, vois-tu. J'ai perdu ma mère quand j'avais vingt ans. Les docteurs lui disaient que cela la tuerait d'avoir un bébé à son âge, mais que pouvait-elle y faire ? Ils ne lui disaient pas comment ne pas en avoir. Ils avaient raison, elle est partie à son sixième mois de grossesse. Les reins, il paraît. Pour moi, c'était la fin du monde. Il m'a fallu des années et des années pour m'en remettre.

– Je n'imagine même pas que je puisse m'en remettre un jour, répondit Lily.

– Il ne faut pas dire cela, Lily ! Vis au jour le jour, ma chérie, prends les choses comme elles viennent. Cela finira par passer, tu verras.

Lily se tourna vers Betty.

– Est-ce que je pourrais venir vivre ici ? Juste le temps de retrouver du travail.

– Oh, ma chérie ! s'écria Betty en la prenant dans ses bras. Je voudrais tant pouvoir te dire oui, vois-tu, mais c'est impossible. Il y a le mari qui crache ses poumons tous les jours et qui est devenu bizarre depuis qu'il est revenu de la guerre, et j'ai mes deux grandes filles et les quatre petits au-dessous de cinq ans. Si cela peut te rendre service, ma chérie, tu peux rester une ou deux nuits mais il faudrait que tu couches dans le lit de Millie et de Claire – et je ne crois pas que cela te plairait, ta maman ne t'a pas élevée pour notre genre de vie. Sans parler du dîner, où tu devrais te contenter de soupe et de pain sec.

– C'est vrai, renchérit Mary, ta mère t'a élevée pour être une dame. Tu ne connais pas notre vie à nous, Lily.

– N'en parlons plus, dit Lily. C'était juste une idée qui m'était venue en regardant la boutique. J'avais envie de revenir dans le quartier.

Mary parut sincèrement peinée.

– Je t'offrirais bien un lit chez moi, mais tu connais George. Et il sort de prison la semaine prochaine.

– Non, vous avez raison, cela ne marcherait pas.

– Il ne faut pas regarder en arrière, Lily, intervint Betty. Tu as toute ta vie devant toi, une belle maison et un bon mari. Ta place n'est plus ici. Ta maman était une femme admirable mais elle n'a jamais vraiment été heureuse dans le quartier. Elle voulait mieux que cela pour toi. Si elle était encore avec nous, elle te le dirait elle-même.

– En êtes-vous sûres ? leur demanda Lily avec une sincérité désarmante. Croyez-vous vraiment qu'elle me conseillerait d'épouser Stephen ? Elle me disait toujours de ne pas me marier trop jeune, de travailler, de penser à ma carrière, mais elle était encore là pour s'occuper de moi. Que croyez-vous qu'elle me dirait de faire, maintenant ?

Betty et Mary échangèrent un nouveau regard soucieux. Elles se rendaient compte que Lily était trop désarmée pour savoir comment mener sa vie sans personne pour la guider.

– Elle te dirait de l'épouser, affirma Betty. Aucune mère digne de ce nom ne dirait le contraire. La scène n'est pas une vie pour toi, Lily, maintenant que tu n'as plus ta mère et la boutique pour te soutenir. Elle voulait que tu progresses, c'est certain, mais en sachant qu'elle serait là quand tu serais sans travail. Maintenant qu'elle n'y est plus, tu es bien obligée de t'en sortir seule, ma chérie. Marie-toi, Lily. C'est un gentleman, il prendra soin de toi comme il faut. Ta mère te dirait la même chose si elle était avec nous, j'en suis sûre. Moi aussi, je te le dis – et tu sais que j'aimais ta maman comme ma propre sœur. Épouse ton gentleman, Lily. Tu n'as rien de mieux à faire.

Lily hocha la tête, moins soulagée que résignée.

– Eh bien, puisqu'il le faut...

A son tour, Mary la prit par la taille et la serra contre sa poitrine.

– C'est vrai, ma chérie, tu n'as pas le choix. Et puis, vois-tu, je ne connais pas beaucoup de mariages qui débutent aussi bien. Il est follement amoureux de toi, tu t'habitueras vite à ses manières. Avec lui, tu ne manqueras jamais de rien. Et quand tu seras consolée d'avoir perdu ta mère, tu seras bien contente d'être une femme mariée et d'avoir une belle maison, crois-moi.

– Bon, je l'épouserai, dit Lily en soupirant.

Coventry l'attendait à trois heures devant la boutique et il la conduisit directement à la maison. Stephen n'était pas revenu de son bureau. Muriel ayant commandé le thé au salon pour quatre heures, Lily monta dans sa chambre ôter son chapeau et se rafraîchir. En redescendant, elle s'arrêta pour rendre visite à Rory Winters. La chambre était plongée dans la pénombre mais elle vit qu'il avait les yeux ouverts.

– Voulez-vous que j'ouvre les rideaux ? lui demanda-t-elle.

Elle tira les cordons et le soleil pénétra à flots dans la pièce. Lily resta un instant devant la fenêtre d'où l'on découvrait le lac sillonné de canotiers. Au-delà, on distinguait la promenade du front de mer et la levée. La marée basse dégageait une large bande de sable ; des enfants armés d'épuisettes pêchaient des coquillages dans les flaques, jouaient au ballon ou contruisaient des châteaux de sable.

– Il fait un temps splendide, dit-elle. On ne pourrait rêver plus belle journée.

Elle tourna le dos à la fenêtre et s'approcha du pied du lit.

– Nous devrions essayer de vous asseoir dans un fauteuil roulant, poursuivit-elle. Je vous pousserais le long de la promenade, vous verriez la mer, les enfants qui jouent. Nous pourrions même aller au bout de la jetée. Cela vous ferait plaisir, n'est-ce pas ?

Le visage aux traits tordus par la maladie demeurait inerte mais Rory Winters la fixait de ses yeux noirs brillants d'intelligence comme un prisonnier, dans l'obscurité et le silence de sa cellule, qui regarde le monde extérieur à travers les barreaux.

– Nous devrons trouver de quoi nous occuper, vous et moi. Nous sommes les seuls dans cette maison qui n'avons rien à faire et ne ressentons plus rien. Des promenades au bord de la mer nous distrairaient peut-être.

CHAPITRE 13

Stephen décida qu'ils se marieraient civilement avec une dispense pour écourter les délais légaux, tactique lui permettant de balayer les objections de sa mère. Muriel considérait en effet qu'il serait malséant d'envisager un grand mariage en blanc à l'église pendant le deuil de Lily et non moins impensable d'attendre les six mois qu'exigeaient les convenances puisqu'elle vivait sous leur toit.

Un matin, quelques jours avant la cérémonie, Muriel alla rendre visite à Jane Dent, la mère de Sarah.

– Je croyais qu'elle aurait voulu avoir le temps de se retourner, de préparer ses affaires, observa Jane.

– Quelles affaires ? soupira Muriel. Elle n'a rien. Tout ce qu'elle a rapporté de chez sa mère tenait dans une valise. C'est Stephen qui devra lui acheter son trousseau. Il faudra même que je l'accompagne pour l'aider à choisir.

– Ne pouvez-vous lui faire confiance ?

– Jusqu'à un certain point. Elle a bon goût, Dieu merci. Dans la mesure de ses moyens, sa mère l'a bien élevée et a su l'armer pour la vie. Lily n'a pas d'accent, ses cours de théâtre l'ont corrigé, et elle a une certaine classe grâce à ses leçons de danse.

– Pas trop cabotine, au moins ?

– Pour le moment, elle est accablée, la pauvre petite. Malgré le peu de sympathie qu'elle m'inspire, je ne peux pas m'empêcher de la plaindre. Elle erre dans la maison comme une âme en peine. Quand Stephen lui dit ce qu'il faut faire, elle obéit docilement, sans un mot. A mon avis, elle n'est pas en état de se marier. Elle est même incapable de prendre une décision. Mais s'ils ne se mariaient pas, que pourrions-nous en faire ?

– N'a-t-elle pas des amis, de la famille qui puisse l'héberger ? Elle doit bien avoir des cousins, quelqu'un...

– Même pas. Sa mère n'avait qu'un frère, tué en même temps

que son mari je crois. Quant aux amis, ils habitent le quartier de Highland Road.

Jane poussa un hennissement horrifié.

– Vous voyez, approuva Muriel. Nous ne pouvons la caser nulle part. Elle est absolument seule au monde et beaucoup trop jeune pour être laissée à elle-même. Stephen considère que nous avons le devoir de nous occuper d'elle.

– Je ne le savais pas si chevaleresque.

– Oh non ! Stephen est tout sauf chevaleresque. S'il s'était agi de Christopher...

Muriel dut s'interrompre. Le seul nom de son fils aîné ne manquait jamais de raviver son chagrin.

– Christopher l'était, lui, et même jusqu'à l'excès, poursuivit-elle. Il passait son temps à voler au secours de ceci ou de cela, des mouettes blessées, des chiens perdus. Une fois, il nous a même rapporté un chat errant...

La vision trop vivace du sourire de Christopher serrant l'infortuné matou dans ses bras faillit de nouveau la faire fondre en larmes.

– C'est loin d'être le cas de Stephen, reprit-elle. Quoi qu'il en soit, il a la tête trop dure pour entendre raison. Quand il déclare qu'il l'aime et veut l'épouser, je ne peux même pas discuter.

– Accepte-t-elle de vivre avec vous ?

– Elle n'a encore exprimé aucune opinion à ce sujet, autant que je sache. Stephen semble estimer que cela ne soulève pas de difficultés. S'il préfère acheter une maison, il en a largement les moyens. En fait, cette petite ne nous dérange pas du tout. D'ailleurs, elle passe presque toutes ses matinées au chevet de Rory.

Jane versa du café dans leurs deux tasses.

– Franchement, chère amie, si elle avait été de bonne famille, je vous présenterais mes sincères félicitations. De nos jours, on ne trouve pas beaucoup de jeunes filles qui veuillent bien cohabiter avec leurs beaux-parents, encore moins se dévouer pour tenir compagnie à un malade.

– C'est hélas vrai ! L'esprit de famille n'est plus ce qu'il était, la guerre a tout changé. Malgré tout, ma chère Jane, je rêvais d'une fille gaie, vivante, qui aurait mis de l'animation dans la maison. Je ne parle pas de sauteries qui durent la nuit entière, bien sûr, mais au moins d'une femme capable d'égayer Stephen, de le sortir de lui-même. Le soir, après le dîner, on se croirait dans une bibliothèque. Pas un bruit, pas un mot. Stephen lit les journaux et Lily reste assise près de la fenêtre à regarder la mer.

– Ce sera différent une fois qu'ils seront mariés, vous verrez. Et quand arriveront les petits-enfants, vous aurez bien assez de bruit dans la maison, croyez-moi.

Le visage de Muriel s'éclaira d'un sourire.

– Voir de nouveau un enfant dans la maison, voilà ce dont nous avons besoin !

– Alors, un peu de patience, ma chère Muriel. Cette naissance la consolera de la perte de sa mère.

– Oui, un petit-fils, dit Muriel rêveusement. Un beau petit garçon comme mon Christopher. Quel beau bébé ! Vous rappelez-vous comme il était blond ? Dès la naissance, ses cheveux bouclaient. Lily est blonde, elle peut très bien avoir des enfants blonds.

– Amenez-la-moi prendre le thé un jour, décida Jane. Puisqu'elle ne veut pas porter le deuil, autant qu'elle sorte un peu. Elle fera la connaissance de Sarah. Tenez, venez donc avec elle jeudi prochain, c'est mon jour.

– Merci mille fois, dit Muriel sans conviction. Mais vous me promettez de garder tout ceci entre nous, n'est-ce pas, chère amie ? Je ne voudrais pas qu'on sache partout que je ne suis pas enchantée du choix de Stephen. J'aimerais aussi que personne ne soit au courant pour l'épicerie de la mère. Quand on me pose la question, je me borne à répondre que ses parents étaient commerçants. Sans être un mensonge, cela fait meilleure impression.

– Oh ! soyez tranquille, chère amie, je n'en dirai pas un mot à âme qui vive.

Connaissant les bavardages de Jane, Muriel s'efforça de paraître convaincue. Le cartel tinta.

– Grand dieu, est-il déjà si tard ? s'exclama-t-elle. Il faut que je vous quitte, Coventry doit m'attendre.

– Vous l'avez encore à votre service ? J'aurais cru que vous vous en seriez déjà débarrassé. Ce doit être bien incommode d'avoir un chauffeur muet.

– Stephen ne veut s'en séparer à aucun prix.

Jane sonna, attendit, sonna encore, plus fort et avec une impatience croissante.

– Personne n'aurait pu s'imaginer les effets de cette guerre sur les domestiques ! dit-elle, excédée. Pendant la guerre, impossible d'en trouver, même à prix d'or. Elles voulaient toutes travailler dans les usines ou les chantiers navals. Maintenant, elles vous demandent des gages insensés, des jours de sortie à n'en plus finir et elles ne sont même pas capables de faire leur service correctement !

– Elles manquent de conscience, renchérit Muriel.

– Avec plus d'un million de chômeurs dans le pays, on croirait pourtant qu'elles ne demanderaient qu'à travailler.

– Que voulez-vous, la guerre les a pourries. Des salaires invraisemblables, cent fois trop de libertés. Rien ne redeviendra jamais comme avant, j'en ai bien peur.

– Stephen doit se demander pourquoi il s'est battu.

L'indignation de Muriel retomba.

– Oui, il se le demande, en effet. Ce n'est plus l'Angleterre qu'il a quittée en 1917, ni même le monde qu'il aurait espéré trouver à son retour.

Là-dessus, la bonne fit irruption au salon.

– Mande pardon, m'dame, j'étais au fond de la cour, bredouilla-t-elle en tendant à Muriel son manteau d'été.

– Il ne faut pas contrarier ses désirs, dit Jane en feignant d'ignorer l'incorrection de sa camériste. Après tout, les héros comme lui ont des droits imprescriptibles.

– Oui, soupira Muriel. Je viendrai avec Lily jeudi. Elle est tout à fait présentable, vous verrez.

Pendant ce temps, Stephen emmenait Lily acheter une bague de fiançailles chez un bijoutier de Southsea. Palmerston Road, la rue commerçante, était une artère élégante et animée où se croisaient tramways, camions hippomobiles, livreurs cyclistes et voitures particulières. Sur un trottoir, une fanfare d'invalides écorchait des marches militaires ; devant eux, appuyée contre un seau destiné à recueillir les dons, une pancarte en appelait au bon cœur des passants : *Anciens combattants de la Grande Guerre. Sans travail, sans pensions, sans espoir. Montrez-vous généreux.* D'un accord tacite, Lily et Stephen traversèrent la rue pour les éviter.

– Un saphir assorti à vos yeux, suggéra Stephen.

Se rappelant son rêve d'apparaître dans la loge en arborant une grosse bague, Lily parvint à sourire.

Prévenu de leur visite par téléphone, le bijoutier les attendait, un plateau de saphirs déjà prêt. Sans hésiter, Stephen choisit le plus gros, une pierre carrée montée en solitaire sur un mince anneau d'or. Obséquieux, le bijoutier manifesta sa surprise admirative devant la sûreté de goût de son client. Stephen se lissa la moustache avec fatuité en laissant entendre qu'un homme d'expérience tel que lui avait des clartés de tout.

– Si Mademoiselle veut bien l'essayer ? dit le bijoutier en s'inclinant.

Lily tendit la main. L'anneau était trop large pour son doigt ; la pierre trop grosse, d'un bleu trop éclatant, semblait lui écraser la main.

– Elle ne me va pas, dit-elle.

– Rien de plus facile que de l'ajuster au doigt de Mademoiselle, déclara le bijoutier. Toutes ces bagues sont adaptables. Le diamètre ne doit pas influencer votre choix.

Lily montra un saphir plus petit entouré de brillants.

– Cette bague est jolie.

– Ravissante en effet, renchérit l'homme de l'art en la lui glissant au doigt. Un choix éclairé. Voilà un bijou qui s'accorde à la finesse de la main de Mademoiselle.

– Pff ! Insignifiant, déclara Stephen en reprenant le gros saphir.

– Rien de comparable avec la beauté de cette pierre, certes. Mais le travail de celle-ci est exquis et je dois avouer que Mademoiselle a un jugement très sûr.

– Essayez plutôt celle-là, dit Stephen en montrant une autre bague, à peine moins démesurée.

Lily obéit avec indifférence.

– Elle est trop lourde, elle me gêne.

– Vous vous y habituerez, ma chérie. Il faudra aussi vous habituer à porter une alliance, n'oubliez pas.

Lily écarta les doigts, fit bouger la bague sous la lumière. La pierre couvrait toute sa phalange et paraissait lancer des éclairs.

– Entre celle-ci et la plus grosse, laquelle choisissez-vous ? voulut savoir Stephen. A vous de décider.

– Celle que vous préférez, répondit Lily.

Elle se sentait accablée d'une lassitude qui ne la quittait plus depuis l'enterrement de sa mère, au point de se demander si elle n'avait pas attrapé son mal.

Stephen pouffa de rire.

– Voyons, ma chérie, il ne s'agit pas de *mes* préférences mais des vôtres ! Laquelle vous plaît le mieux ?

Le bijoutier s'éloigna discrètement – tout en gardant un œil sur son plateau de saphirs.

– C'est vous, mon ange, qui porterez cette bague, insista Stephen.

– Oui, mais c'est vous qui la verrez.

– Vous la verrez autant que moi, adorable petite idiote, puisqu'elle sera à votre doigt.

Lily secoua la tête avec indifférence.

– Je ne la verrai pas plus que je ne remarque mes ongles ou mon visage dans la glace. Je finirai sans doute par m'y habituer, comme à tout le reste.

– Moi, je ne m'habituerai jamais à vous.

Le silence retomba.

– Laquelle préférez-vous ? demanda enfin Lily.

Stephen se rendit compte qu'ils étaient incapables de prendre une décision en commun. Lily était trop jeune pour avoir des goûts formés, comme en témoignait son choix de la petite bague, peut-être plus flatteuse mais à l'évidence de moindre valeur que la grosse. Elle avait heureusement assez de bon sens pour s'en remettre à lui dans les décisions importantes. Quand il serait son mari, il aurait le devoir de la guider, de la former. Par simple courtoisie, il ne manquerait jamais de la consulter, bien entendu, mais ce ne serait qu'une formalité. On ne commande pas un régiment de manière démocratique. Dans les rapports entre individus, il doit toujours y avoir un chef qui décide et des exécutants qui obéissent. Il en irait de même entre lui et Lily. Il lui montrerait la voie, l'orienterait, lui donnerait des ordres en cas de besoin. Une femme, après tout, n'est pas l'égale de son mari mais une compagne, une collaboratrice.

Il découvrait aussi qu'ils n'avaient pas de langage commun. Au début, Lily bavardait et il écoutait. Maintenant qu'elle se renfermait dans le silence, ils ne disposaient d'aucune formule, d'aucun point de repère leur permettant de communiquer dans les circonstances les plus banales comme dans les plus importantes. Ainsi, tout ce qui concernait leur mariage et l'organisation de leur existence future avait été décidé par Stephen seul. Lily s'était bornée à consentir.

– Au diable l'avarice ! dit-il. Prenons la grosse.

– Mais elle doit coûter très cher...

– La belle affaire ! J'ai les moyens de l'acheter. Rien n'est trop beau pour vous, ma chérie.

Le bijoutier mesura le doigt de Lily en promettant d'ajuster la bague sans délai.

– Pourrez-vous la faire livrer quand elle sera prête ? s'enquit Stephen. Nous la voudrions le plus vite possible.
– Naturellement, monsieur.
Stephen lui tendit sa carte.
– Je vous la livrerai moi-même, dit le bijoutier, impressionné par l'adresse. Avec un bijou de cette qualité et de ce prix, je préfère ne prendre aucun risque.
– Elle sera bientôt en sûreté à votre doigt, ma chérie, affirma Stephen avec un large sourire.
Lily hocha la tête sans répondre.
Coventry devait venir les chercher après avoir reconduit Mme Winters chez elle.
– En l'attendant, faisons un peu de lèche-vitrine, dit Stephen. Il faudra vous monter une garde-robe, Lily. Quand nous serons mariés, vous serez invitée partout.
Une fois encore, elle se contenta d'un signe de tête.
– Vous étiez folle des toilettes, reprit Stephen. Chaque fois que nous sortions dîner ou prendre le thé, vous vous arrêtiez devant toutes les vitrines. Vous ne voulez pas courir les magasins ? Nous pourrions aussi faire venir une couturière à la maison. Ou alors, pourquoi pas Londres ? Je suis sûr que Harrod's vous enchanterait.
Lily sourit machinalement. Elle l'entendait à peine. Elle avait l'impression d'être au fond d'une bouteille en verre épais, au goulot trop étroit pour s'en échapper, au corps si large et si profond que les sons y prenaient des échos assourdissants qui noyaient ses propres paroles. Elle était aussi incapable de s'exprimer, de parler librement et franchement à Stephen qu'elle était hors d'état de pleurer. La mort de sa mère l'avait littéralement assommée. Elle n'entendait autour d'elle que des bruits confus et des paroles incompréhensibles, elle ne voyait rien qu'un monde étrangement déformé, rétréci, lointain, dénué de couleur et d'intérêt. Elle n'éprouvait que le désarroi d'une petite poupée sans âmc, ballottée au fond d'une bouteille.
– Allons, ma chérie ! N'est-ce pas que ce serait amusant de passer toute une journée dans un grand magasin comme Harrod's ? Non, j'ai une meilleure idée ! Nous le ferons après notre mariage. Nous séjournerons à Londres dans un bon hôtel. Nous irons au théâtre, nous danserons, nous visiterons la ville, nous nous amuserons, n'est-ce pas Lily ? Vous reviendrez à Portsmouth avec des valises pleines de belles robes de Londres et vous ferez tourner toutes les têtes. Hein, qu'en dites-vous ?

En voyant Stephen lui sourire avec une gaieté quasi enfantine, elle se rappela l'avoir vu terriblement vieilli, usé par la guerre. Maintenant, c'était elle qui se sentait vieille et lasse. Lasse au point d'avoir mal partout.

– Oui, Stephen, ce serait follement amusant. Merci d'y avoir pensé, cela me ferait grand plaisir.

– Et si vous voulez, nous pouvons même...

– Voici la voiture, l'interrompit-elle.

Stephen héla Coventry qui s'arrêta le long du trottoir et descendit ouvrir la portière.

– A la maison, lui dit Stephen.

Ils rentrèrent par le front de mer. Une fois arrivés, Stephen accompagna Lily jusqu'à la porte d'entrée.

– Je ne reste pas, ma chérie, je vais au bureau, lui déclara-t-il. Dites à ma mère que je serai là pour le thé.

Lily hocha la tête et franchit le seuil, sans s'être rendu compte que Stephen se penchait pour l'embrasser sur la joue, sans même penser à le remercier de la bague. Décontenancé, il haussa les épaules et redescendit le perron.

– Allons au pub du port, dit-il en s'asseyant à côté de Coventry. Pas question de mettre les pieds au bureau ce matin. De toute façon, on ne m'attend qu'après le déjeuner.

Coventry reprit le chemin du front de mer. Stephen regarda avec dédain les promeneurs, les femmes en robes courtes, les hommes en bras de chemise, débraillés. La marée montante recouvrant les bancs de sable, les enfants jouaient au bord de l'eau. Au nouveau cercle de natation, on voyait les baigneurs autour de l'échelle du plongeoir. Ils dépassèrent la jetée, les embarcadères des bateaux de promenade, l'emplacement du futur monument aux morts où seraient gravés les noms des fils de Portsmouth tombés au champ d'honneur.

– Foutu Christopher, grommela Stephen.

Coventry atteignit enfin le vieux port abrité par ses hautes murailles et gara la voiture à quelque distance du pub. Stephen lui lança un regard interrogateur.

– Tu as raison, après tout. Pas de provocation inutile. Je ne tiens pas à me trouver pris dans une bagarre à l'heure du déjeuner si près de l'étude.

Le pub tenait plutôt du bouge, fréquenté principalement par les dockers, les marins en bordée et les assoiffés de tout poil qui acceptaient le risque d'être surpris en train de boire en dehors des heures légales, établies selon des règlements restrictifs institués pendant la guerre et jamais abrogés depuis.

Stephen frappa avant d'entrer dans la salle obscure. Derrière lui, Coventry referma aussitôt. Du bar, le patron leva les yeux avec inquiétude mais se détendit en reconnaissant des clients réguliers.

– Qu'est-ce que ce sera pour ces messieurs ?

– Deux whiskies et deux bières.

Stephen paya et ils emportèrent leurs consommations à une table d'angle. La salle était presque vide. A la table voisine, deux hommes disputaient une partie de cartes. Le seul autre client, un ancien boxeur, était accoudé au bar. De temps en temps, on le voyait pencher la tête, esquiver ou encaisser des coups imaginaires, lancer son poing dans le vide. Stephen observait avec curiosité cet homme qui semblait ne pas pouvoir se libérer de ses combats passés. Coventry avalait tour à tour une gorgée de whisky et une gorgée de bière et se désintéressait du spectacle.

– Je l'aime, dit Stephen tout à coup. Aucun doute là-dessus. Mais je n'avais pas compté sur le travail et les problèmes qu'elle me crée...

Coventry prit son paquet de cigarettes. Il était sur le point d'en allumer deux en même temps quand il se souvint qu'ils étaient en public et tendit le paquet à Stephen, qui se servit et alluma la sienne.

– Elle n'est pas drôle, en ce moment. Sa mère n'est enterrée que depuis quelques jours, je sais, mais combien de temps va-t-elle continuer à faire la tête ? Elle passe des heures au chevet de mon père et, franchement, je ne vois pas beaucoup de différence entre les deux. Je la voulais parce qu'elle était... intacte. Il suffisait de la regarder pour savoir qu'elle n'avait jamais connu la peur, la souffrance. Qu'elle n'avait jamais vu la mort de près. Maintenant, ce n'est plus du tout pareil...

Coventry fit tomber la cendre de sa cigarette en lançant à Stephen un long regard interrogateur.

– Non, répondit-il après avoir marqué une pause, non je ne reculerai pas. Je l'épouserai. Le mariage la remontera. Elle est encore en état de choc, je le vois bien. Souviens-toi, certains restaient comme cela des jours, des semaines. Pas les c... cas les plus g... graves, non, ceux qui avaient été juste un p... peu t... trop secoués... Ils mettaient quelquefois qu... quinze jours à récupérer...

Il dut s'interrompre et avaler une longue gorgée de whisky pour maîtriser son soudain bégaiement.

– Je la veux, reprit-il. Cela n'y change rien. Je la veux telle qu'elle était avant son départ, avant la mort de sa mère. Elle récupérera, j'en suis sûr. Dès le moment où je l'ai vue, j'ai su que c'était la fille qu'il me fallait. Et elle le sera, tu verras. Elle peut tout arranger pour moi. Elle le peut si elle le veut. Oui, si elle le veut.

Du vestibule, Lily écouta la voiture s'éloigner. La maison était silencieuse. Muriel attendait dans sa chambre le gong du déjeuner. On entendait par bribes la garde-malade bêtifier en faisant manger Rory Winters comme un enfant. Lily se dirigeait vers l'escalier quand la bonne apparut.

– Mademoiselle ! Il y avait une lettre pour vous à la seconde distribution. Vous l'avez trouvée ?

– Non.

Sally prit sur la console une enveloppe rose qu'elle lui tendit sur un plateau d'argent. Même tenue à bout de bras, il en émanait de lourds effluves de parfum à la violette. Le cachet de la poste était celui de Plymouth.

– Pas très discret, dit Lily en souriant.

– Une de vos amies du théâtre, Mademoiselle ?

– Probablement Madge Sweet. La troupe est encore en tournée le long de la côte.

Elle monta en courant dans sa chambre, lança son chapeau sur la coiffeuse, se jeta sur le lit et décacheta l'enveloppe avec impatience.

– Pouah ! s'écria-t-elle en riant.

Madge n'avait pas lésiné sur le parfum, le papier à lettres en était imprégné.

Lily chérie,

Merci de ton petit mot. Je suis désolée pour ta mère. Quel choc ! On est tous ici de tout cœur avec toi. Cette grippe est terrible, ma tante l'a eue et elle a bien failli y rester mais elle est forte de la poitrine parce qu'elle avait été chanteuse.

Tu as manqué de bonnes rigolades à Plymouth. La salle était pleine tous les soirs, surtout des marins en bordée. Tu penses si le magicien était dans son élément ! Il a manqué nous faire flanquer à la porte de la pension, tu te doutes pourquoi. Mike a réussi à arranger les choses mais il était furieux. Je suis tombée follement amoureuse pendant deux jours, jusqu'à ce que j'apprenne que le type était déjà marié. En tout cas, j'y ai gagné un joli sac à main, je ne peux donc pas vraiment me plaindre.

Devine qui remplace ton solo ? Moi ! Pas en enfant de chœur, non merci. Tu te rappelles le numéro d'allumeuse que Charlie m'avait fait répéter une fois ? Je porte mon costume du cancan avec plein de fanfreluches et des petites culottes en dentelle. Positivement in-dé-cent ! C'est Charlie qui a dessiné le costume. Lui qui a l'air toujours si tranquille, on ne peut pas dire qu'il a les yeux dans sa poche !

Au fait, ça me rappelle que je n'ai jamais su ce qui s'était passé ce fameux soir. Quel dommage que tu aies dû filer avant d'avoir pu nous raconter tout ! Qu'en dit ton capitaine, maintenant ? En vrai gentleman, Charlie reste bouche cousue. Je lui ai dit que c'est moi qui t'avais conseillé ta visite de minuit. Si tu savais comment il m'a toisée et de quoi il m'a traitée ! Enfin, bref...

Je te défends de revenir me souffler mon solo, mais comme tout le monde te regrette, tu peux toujours essayer, tu auras de l'aide. En tout cas, la revue marcherait mieux si on pouvait se débarrasser de Sylvia Charmante, mais ne répète pas que c'est moi qui l'ai dit. Elle chante les marches militaires comme des marches funèbres. A Plymouth, c'est tout juste si elle n'endormait pas la salle.

Tiens-nous au courant. Quand reviens-tu ? Il faut que je me sauve, c'est l'heure du thé. Je te mets cette lettre tout de suite à la poste.

Ta Madge (l'allumeuse !)

P.-S. : Charlie me dit qu'il ajoutera une page dans l'enveloppe et la postera pour moi. Je me demande ce qu'il va te raconter ! Écris-moi pour me le dire, surtout n'oublie pas !

Il y avait en effet une page d'une écriture différente.

Chère Lily,

La perte que tu as subie me fait une peine profonde. Je sais ce que ta mère représentait pour toi et à quel point elle doit désormais te manquer. C'était une femme courageuse et droite, mais il n'y a pas de mots capables de lui rendre justice.

J'espère que tu nous reviendras, mais seulement quand tu t'en sentiras capable, pas avant. Si tu ne le peux pas d'ici à la fin de la tournée, c'est sans importance, j'arrangerai les choses avec

William. Tu pourras toujours auditionner au Kings à mon retour.

J'ai beaucoup pensé à toi. J'ai eu du chagrin de ton départ si subit, sans que nous ayons pu nous dire au revoir ni même nous parler. J'espère du moins que pour toi la séparation a été moins pénible.

Puisque je ne pourrai jamais être rien d'autre, je reste ton ami fidèle. Si tu as besoin de quoi que ce soit, n'hésite pas à me le faire savoir.

Avec toute mon affection,

Charlie Smith

Après avoir lu et relu la lettre de Charlie, Lily s'enfouit le visage dans son oreiller afin que nul n'entende ses sanglots dans cette grande maison vide et silencieuse. Et elle pleura longuement. Interminablement.

L'après-midi, elle alla à la poste, prit un formulaire de télégramme et écrivit quelques mots à Charlie, à l'adresse de la pension recopiée sur la lettre de Madge : ÉPOUSE STEPHEN WINTERS SAMEDI SAUF CONTRORDRE DE TOI STOP LILY.

Elle paya avec son dernier billet d'une livre et regagna à pas lents la morne maison de briques rouges aux fenêtres blanches qui dominait le lac.

La réponse de Charlie lui parvint le lendemain, à la fin du petit déjeuner qu'elle prenait avec Muriel. La tasse vide et les débris de l'œuf à la coque de Stephen étaient encore à la place qu'il venait de quitter. Lily faisait distraitement scintiller sa bague dans les rayons du soleil.

– Mon Dieu, un télégramme ! s'exclama Muriel qui pâlit en voyant la casquette du télégraphiste passer devant la fenêtre et se diriger vers le perron.

– Ne vous inquiétez pas, madame, se hâta de la rassurer Lily. Ce doit être la réponse de mes amis. Je leur avais écrit à Plymouth pour annoncer mon mariage avec Stephen. Ils m'envoient sans doute leurs félicitations.

Les joues de Muriel reprirent des couleurs.

– Suis-je sotte ! Ce n'était que pendant la guerre que tout le monde avait peur du télégraphiste. Combien de fois l'ai-je vu arriver dans la rue sur sa bicyclette en priant qu'il ne s'arrête pas ici. Et puis, un jour...

Lily se leva pour aller à la porte prendre le télégramme que Sally lui apportait.

– Le plateau ! intervint Muriel sèchement. Tout le courrier, y compris les dépêches, doit être présenté sur le plateau d'argent. Je ne tolérerai pas ce genre de négligence.

– Excusez-moi, madame, murmura Sally, qui reprit le télégramme des mains de Lily et retourna chercher le plateau dans le vestibule.

Sous le regard vigilant de Muriel, Lily le décacheta enfin et le lut : CHALEUREUSES FÉLICITATIONS STOP PENSERONS A TOI SAMEDI STOP MILLIONS VŒUX DE BONHEUR STOP VEINARDE STOP LA COMPAGNIE AU COMPLET.

– Mauvaises nouvelles ? s'enquit Muriel en voyant Lily changer de visage.

Lily se força à sourire.

– Non, c'est la troupe qui m'envoie ses félicitations.

Elle tendit le télégramme à Muriel, qui tiqua sur le mot VEINARDE avant de le lui rendre.

– Dommage qu'ils ne soient pas de retour à Portsmouth pour assister à la cérémonie. Vos amis de Highland Road viendront-ils à l'hôtel de ville ?

– Non. Stephen et moi préférons que tout se passe dans l'intimité.

– Avez-vous choisi votre robe ? En avez-vous vu une qui vous plaise quand vous êtes allée acheter la bague ?

– Non. Nous pourrions chercher aujourd'hui ou demain.

– Bien sûr. Que préféreriez-vous, un tailleur, une robe avec un manteau assorti ?

Incapable de maîtriser le tremblement de ses lèvres, Lily parvint à esquisser un sourire.

– Je ne sais pas. Nous verrons ce qu'il y a. Je n'ai vraiment aucune idée.

Son trouble et sa pâleur ne pouvaient échapper à Muriel, qui se pencha vers elle avec sollicitude :

– Vous sentez-vous bien, Lily ?

– Oui, oui, très bien, répondit Lily en froissant le télégramme qu'elle jeta dans la corbeille à papier. Je vais très bien. Très bien.

CHAPITRE 14

Un beau soleil estival brillait le jour du mariage. Lily portait une robe de lin jaune, taille basse et jupe plissée, avec un manteau assorti et un chapeau-cloche en panama garni d'un ruban de même couleur – ensemble qui, selon Muriel, lui allait à ravir compte tenu des circonstances. Stephen, en complet gris perle, avait refusé d'arborer ses décorations. Muriel et John Pascoe étaient les témoins des mariés. Le seul accroc au déroulement bien ordonné de la cérémonie se produisit à la sortie, sur les marches de l'hôtel de ville, avec l'apparition inattendue de Betty et de tante Mary qui se précipitèrent sur Lily en l'embrassant bruyamment au vu et au su des passants. Rose de plaisir, Lily leur rendit leurs baisers. Muriel lança un regard meurtrier à Coventry, qui souriait béatement près de la portière ouverte, puis à Stephen qui saluait les intruses.

– Ces dames veulent-elles se joindre à nous pour déjeuner avant notre départ pour Londres ? Nous avons retenu une table au Dolphin.

Sa politesse glacée eut un effet immédiat.

– Oh non ! dit Betty.

– Désolée, c'est impossible ! protesta Mary.

Lily pouffa de rire. Dans son ensemble lumineux et son drôle de petit chapeau, elle retrouvait une allure de jolie fille heureuse – de jeune mariée.

– Allons, filez vous deux ! Vous n'avez pas honte de venir jusqu'ici faire scandale ? Je vous avais pourtant dit que nous voulions nous marier dans l'intimité.

Betty lui donna un nouveau baiser.

– Tu es belle comme un cœur ! Ravie d'avoir fait votre connaissance, madame Winters, poursuivit-elle en se tournant vers Muriel. Vous ne pouviez pas tomber sur une meilleure bru que notre Lily.

Muriel tendit avec répugnance sa main gantée.

– Merci, madame, euh... madame ?

– Betty Hoskins. Mary, ma sœur. Lily l'a toujours appelée tante Mary.

– Sa vie n'a pas été rose tous les jours, à notre petite Lily, dit Mary sur le ton de la confidence. Mais ce n'est pas une de ces écervelées comme il y a tant et elle a eu beau monter sur la scène, elle sait se tenir, croyez-moi. Sa maman – que Dieu ait son âme – a bien su l'élever, vous pouvez demander à n'importe qui.

Du regard, Muriel implora Stephen d'intervenir.

– Lily, nous allons être en retard ! dit-il.

Lily embrassa les deux femmes.

– Vous êtes complètement folles d'être venues mais il faut que je m'en aille. Je vous verrai à notre retour.

– Elle aurait été contente de te savoir établie, lui affirma Mary en la serrant contre son cœur. Elle voulait que tu fasses carrière sur la scène mais seulement pour avoir de quoi gagner ta vie. Crois-moi, elle se réjouirait de te voir bien mariée avec un homme qui a les moyens.

– Je sais.

– Alors, Lily ? insista Stephen, agacé.

Elle lâcha Mary et monta en voiture à côté de Muriel, les deux hommes s'assirent en face d'elles sur les strapontins. Quand Lily se pencha en avant pour faire un signe de la main à Betty et Mary, elles jetèrent des poignées de riz dont une partie passa par la vitre entrouverte et se répandit sur les coussins. Stephen y jeta un coup d'œil narquois.

– Quels numéros, ces deux-là ! s'exclama-t-il en s'esclaffant.

– Que voulez-vous dire ? demanda Lily avec froideur.

– Rien, ma chérie, rien du tout, répondit-il en se lissant la moustache pour dissimuler son sourire.

Le déjeuner se déroula dans une atmosphère compassée. On leur servit du rôti accompagné de Yorkshire pudding, de pommes de terre, de carottes et de choux de Bruxelles trop cuits. John Pascoe commanda une bouteille de champagne tiède et porta un toast aux jeunes mariés. Lily ne mangea presque rien et toucha à peine au champagne.

– Il faut du sucre ! déclara Stephen en en mettant un morceau dans le verre de Lily. Nous avions un jeune type dans mon bataillon, expliqua-t-il, qui n'avait jamais bu de sa vie une goutte de vin ou de bière. Il était méthodiste, je crois, et avait dû en faire le serment dans son enfance. Un jour que nous avions récupéré une caisse de champagne, nous lui en avons fait goûter et il l'a trouvé imbuvable. Mais quand on a mis du sucre dedans en lui faisant croire que c'était de la limonade, impossible de l'arrêter. Goûtez-y, Lily.

Elle y trempa prudemment les lèvres, sourit et vida le reste de son verre.

– C'est bien meilleur sucré, admit-elle.

– Comment vous étiez-vous procuré du champagne dans les tranchées ? s'étonna Muriel.

– Disons... butin de guerre.

– Et qu'est-il arrivé à votre jeune abstinent ?

– Ça, c'est le plus drôle ! répondit Stephen en riant. Il y avait si bien pris goût qu'il commençait à boire dès le réveil et n'arrêtait plus de la journée. Il essayait même d'acheter aux hommes leurs rations de rhum et il était ivre mort en permanence quand nous allions au repos à l'arrière.

Lily ne trouva pas l'anecdote amusante. Dans son milieu d'origine, un mari alcoolique était la pire des malédictions pour une famille.

– C'est affreux. Qu'est-il devenu ?

– Bah ! répondit Stephen avec un haussement d'épaules. Cela n'a guère tiré à conséquence, il a été t... t... tué quelques semaines plus tard.

– Parce qu'il était ivre ?

– P... parce qu'il était là, répliqua Stephen.

– A quelle heure est votre train ? s'enquit Muriel pour meubler le silence qui suivit.

– Bientôt, dit Stephen en consultant sa montre. Je demande l'addition. Nous accompagnerez-vous à la gare, John ?

– Bien sûr ! Ce n'est pas tous les jours que j'aurai la chance de marier deux si charmants jeunes gens.

Lily le remercia d'un sourire et les deux femmes allèrent aux lavabos. Une fois leurs coiffures rajustées, Muriel, cramoisie, retint Lily par le bras.

– Dites-moi, Lily... Votre mère vous a-t-elle parlé des hommes ?... Des maris, veux-je dire ?

– Non, répondit Lily avec un regard innocent. Elle ne pensait pas que je me marierais d'ici des années.

Penchée vers le miroir, Muriel enleva son chapeau et affecta de vérifier ses ondulations avant de le remettre.

– Il faut que vous sachiez, ma chère enfant, qu'un homme

prend son plaisir avec sa femme et que la femme doit s'y soumettre. Mais vous le saviez peut-être déjà ?

– Oui.

– *Cela* fait parfois mal la première fois. Il n'est pas bienséant de s'en plaindre, poursuivit Muriel dans un murmure en enlevant de nouveau son chapeau.

Lily la regardait sans mot dire.

– Vous saignerez peut-être un peu mais il n'y aura pas lieu de vous en inquiéter. Quant à la douleur, le mieux est de n'en pas tenir compte.

Lily repensa au lit douillet de Charlie, à l'odeur de sa peau, à ses joues râpeuses quand il l'embrassait, au contact de son corps contre le sien et au vertige qu'elle avait éprouvé quand il la serrait dans ses bras.

– Ce n'est donc pas agréable ? Pas même un peu ?

L'embarras de Muriel fit place à la réprobation.

– Certainement pas ! déclara-t-elle d'un air sévère. Pas pour une femme qui se respecte, en tout cas.

Lily la regarda avec perplexité. Ce que Muriel lui disait confirmait ce qu'elle savait de la répugnance de sa mère pour les baisers avinés de son père et de l'opinion des femmes du quartier, selon lesquelles les hommes exigeaient des droits conjugaux que les femmes devaient le plus possible s'efforcer d'éluder. Mais cela ne concordait guère avec son souvenir des baisers de Charlie.

– Les hommes y prennent pourtant plaisir, se hasarda-t-elle à observer.

– Une femme digne de ce nom n'est pas comme un homme, répliqua Muriel. Son seul plaisir doit être celui que prend son mari. C'est ainsi que sont conçus les enfants et c'est là que se trouvent les véritables joies du mariage. Stephen est un gentleman, vous n'avez rien à craindre, Lily. Je voulais simplement m'assurer que vous seriez au courant de... enfin... qu'il allait se passer... quelque chose.

– Mais n'y a-t-il jamais de femmes qui prennent plaisir à... ce genre de choses ? s'entêta Lily.

Muriel enfonça rageusement son chapeau sur sa tête et lança un regard indigné à Lily dans le miroir.

– Ces femmes sont des dévoyées ! gronda-t-elle. Une femme comme il faut ne se livre pas aux plaisirs vulgaires. Les autres ne valent pas mieux que les prostituées, qui se croient permis de se conduire comme les hommes. Nous ne parlons pas de ce genre de créatures, nous n'y pensons pas. Stephen ne voudrait certainement pas d'une pareille épouse.

– Mais je ne le suis pas ! protesta Lily, vexée.

Muriel se détourna enfin du miroir et la considéra avec méfiance.

– J'espère bien que non, ma petite ! Aucune jeune fille avec de telles idées en tête n'aurait sa place dans une famille comme la nôtre. Je me fie donc à vos sentiments sur ce point. N'y pensez plus, Stephen saura que faire. Il ne désire rien de plus que votre innocence.

Un moment, Lily soutint le regard froid de sa belle-mère. Elle inclina la tête et elles sortirent ensemble de la pièce. L'addition était payée, la voiture attendait à la porte. Coventry avait balayé les grains de riz mais Lily en vit encore quelques-uns dans les coins.

Stephen avait loué tout un compartiment de première classe. Lily et lui attendirent que Coventry eût installé leurs bagages dans le filet avant d'y monter. Pendant qu'ils souriaient par la portière à Muriel et à John restés sur le quai, Lily ne pouvait s'empêcher d'évoquer les déplacements de la troupe dans le bruit et la confusion, les rires, les cris des filles qui croyaient avoir égaré leurs valises, le sourire de Charlie. Quelle différence entre cette atmosphère bon enfant et le rituel solennel dont s'entourait son départ en voyage de noces...

– Qu'avez-vous, Lily ? s'enquit Muriel. Je vous trouve bien pâle.

– Je vais très bien, merci.

Le chef de gare siffla, agita son drapeau.

– Au revoir ! cria Stephen.

Au-delà de sa mère et de son associé, il regardait le bout du quai où se tenait Coventry qui lui répondit d'un geste de la main, mi-salut, mi-bénédiction. Lily agita la main à l'intention de Muriel et de John. Quand le train s'ébranla, la secousse la déséquilibra, Stephen la rattrapa et la serra contre lui, de sorte que la dernière vision de Muriel fut celle de Lily et de Stephen qui riaient dans les bras l'un de l'autre.

– Ils ont l'air heureux, dit-elle sans conviction à John Pascoe en regagnant la voiture.

– Si quelqu'un connaît mieux que quiconque les risques de ces mariages d'après-guerre, la rassura John, c'est bien Stephen. Il ne se passe pas un jour sans qu'il n'ait à régler un nouveau divorce. Soyez tranquille, il sait ce qu'il fait. Et Lily est tout simplement délicieuse.

– Je ne le comprends plus. Depuis cette guerre...

– Ah ! La guerre ! soupira John en montant en voiture à côté d'elle. Tout a tellement changé ! Rien ne sera jamais plus comme avant. Qui aurait cru qu'il suffirait de quatre années pour tout bouleverser à ce point ?

Stephen avait retenu une chambre au Russell Hotel à Mayfair. Quand le taxi s'arrêta, il vit avec plaisir Lily écarquiller les yeux devant l'imposant porche de brique et sursauter nerveusement lorsque le chasseur vint ouvrir la portière. Tandis que Stephen signait le registre à la réception, elle admira l'opulence du hall, les lustres de cristal, les peintures du plafond, le majestueux escalier de marbre. Des rires et des tintements de verres s'échappaient du bar situé à droite de l'entrée. Les salles à manger s'ouvraient sur la gauche.

– M. et Mme Winters, chambre 24, dit le réceptionniste qui tendit la clef à Stephen et actionna un timbre.

Deux porteurs vinrent prendre leurs bagages et les précédèrent dans l'escalier. Stephen se réjouissait autant des regards admiratifs que Lily lançait autour d'elle que de la manière dont scintillaient le saphir et l'or massif de l'alliance à sa main qu'elle laissait glisser sur la rampe.

Un grand lit double dominait la vaste chambre, aux meubles dorés tapissés d'un velours vert assorti au tapis et aux doubles rideaux retenus par des embrasses incrustées de dentelles d'or et d'argent. Leur chambre disposait même d'une salle de bains. Stephen donna un pourboire aux porteurs, qui se retirèrent en refermant la porte derrière eux.

– Je parie que vous n'avez encore jamais mis les pieds dans un endroit pareil, dit Stephen en se rengorgeant.

– Cela doit coûter une fortune ! s'exclama Lily, effarée. Pouvez-vous vous le permettre ?

– Nous pouvons nous offrir un peu de luxe de temps en temps, répondit-il avec un sourire fat. Et maintenant, par quoi aimeriez-vous commencer ? Le British Museum ? Les magasins ? Une promenade dans Hyde Park ? La Tour de Londres ?

– Je voudrais d'abord défaire ma valise.

Stephen eut un rire indulgent.

– Sonnez plutôt une femme de chambre, voyons, elle s'en chargera à votre place.

– Non ! Je préfère le faire moi-même.

– Quelle lubie ! Enfin... Allez-y, je vous attends. Rien ne presse.

Il décrocha le téléphone sur la table de chevet et commanda un whisky-soda, sans même penser à demander à Lily si elle avait soif. Après que le serveur le lui eut apporté, il se carra dans un fauteuil près de la fenêtre, alluma une cigarette et observa Lily aller et venir dans la chambre, mettre ses robes dans la penderie, sa brosse à dents, son gant de toilette et sa savonnette dans la salle de bains.

– Lily ! Venez ici, dit Stephen que ces tranquilles préparatifs domestiques mettaient en appétit.

Alertée par son ton, elle regarda tour à tour sa valise vide et la porte de la salle de bains. N'ayant plus de raison de se dérober, elle s'avança de quelques pas en hésitant et s'arrêta devant lui. Sans faire un geste pour la toucher, Stephen l'observa par-dessus son verre de whisky qu'il tenait d'une main, la cigarette dans l'autre.

– Goûtez-y, affirma-t-il en lui tendant le verre.

D'instinct, Lily recula d'un pas, les mains derrière le dos.

– Non.

– Vous êtes vraiment une petite fille, Lily, dit-il en souriant. Une toute petite fille. Essayez donc, le goût du whisky vous plaira peut-être. Je vous ai déjà fait goûter la langouste – vous rappelez-vous ce dîner à Southsea ? Et les huîtres ? Je vous ferai manger des douzaines et des douzaines d'huîtres, Lily, même si vous ne les aimez pas. Voulez-vous savoir pourquoi ?

Il s'était levé et s'avançait vers elle, le verre tendu. Lily recula pas à pas jusqu'à buter contre le lit. Sans savoir pourquoi, elle sentait la peur monter en elle. Ces menaces voilées, ce comportement agressif ne ressemblaient pas au Stephen qu'elle connaissait, au gentleman courtois et bien élevé. Elle découvrait un étranger, du même genre que celui qui l'avait un jour arrêtée dans la rue pour lui offrir des bonbons. Habituée à la boutique pleine de bonbons, Lily s'en était aussitôt méfiée et avait fui à toutes jambes, mais elle n'avait pas oublié la fascination mêlée de terreur que cette rencontre lui avait fait éprouver. Que lui voulait donc Stephen pour lui parler ainsi, d'une voix si douce et si menaçante à la fois ?

Stephen leva le verre jusqu'à ses lèvres, le pencha. Bloquée par le lit derrière elle, Lily ne put faire autrement que d'en avaler une gorgée qui la fit tousser.

– Pouah ! s'écria-t-elle, les larmes aux yeux. Cela brûle, c'est infect !

Il posa le verre sur la table de chevet et lui prit le menton pour lever son visage vers le sien.

– Je déteste voir des jeunes filles boire de l'alcool. Je suis content que vous n'aimiez pas le whisky, Lily.

Tout en parlant, il se collait à elle, penchait son visage vers le sien. Lily n'avait pas oublié le baiser sur la plage, sa frayeur, sa sensation de suffocation. Elle voulut reculer et sentit de nouveau le bord du matelas contre ses mollets. Elle était prise au piège, incapable de se dégager. Elle ne pouvait pas plus lui demander de l'emmener au théâtre à cette heure-là que le menacer de ne jamais le revoir puisqu'elle était désormais sa femme.

Quand Stephen posa ses lèvres sur les siennes, Lily eut dans la bouche le goût du whisky mêlé à celui du tabac. Immobile, le visage levé, elle le laissa la prendre par la taille et la serrer contre lui en éprouvant soudain un sentiment de détachement, comme si sa véritable personne se retirait dans un coin de son esprit et observait avec indifférence les mains de Stephen glisser le long de son dos et se refermer sur son postérieur. Lorsqu'il lui chatouilla le coin de la bouche du bout de la langue, Lily s'aperçut qu'elle retenait sa respiration et écarta les lèvres en soupirant. Il resserra aussitôt son étreinte, lui introduisit de force sa langue dans la bouche. Figée par la crainte d'être prise d'une nausée, elle se sentit poussée sur le lit et se raidit, prête à résister. Puis, trop lasse pour lutter davantage, elle céda à la main qui pesait sur son épaule, se laissa tomber assise au bord du lit, s'allongea. L'espace d'une seconde à peine, elle eut une pensée pour sa nuit dans l'étroit lit à une place de Charlie Smith, le crachotement du gaz dans le vieux poêle, la chaleur du corps de l'homme aimé contre lequel elle se serrait en silence.

Le couvre-lit de satin était froid sous sa nuque. Stephen l'écrasait de son poids, s'efforçait du genou de lui écarter les jambes, la tripotait d'une main... C'est alors que la pendule sur la cheminée se mit à sonner – deux, trois, quatre fois.

– Quatre heures ? s'écria-t-elle.

Entendant sa voix trembler de panique, elle se ressaisit aussitôt. Si elle reprenait son sang-froid, elle pouvait se sortir de cette abominable situation, elle le savait. *Tu es une actrice-née, Lily,* lui disait sa mère. Ses cours d'art dramatique lui avaient enseigné à mimer toutes sortes d'émotions, la peur, la colère, le choc, la douleur. Certes, on ne lui avait jamais demandé de jouer le rôle d'une vierge de la bonne société se préparant à une réunion mondaine mais Lily s'en savait capable.

La main de Stephen remontait sous sa jupe, lui palpait les cuisses, s'attardait sur sa peau nue en haut des bas.

– Il est quatre heures, Stephen, reprit-elle avec un calme glacé. L'heure du thé.

Il eut une brève hésitation, juste assez pour que Lily réussisse à se dégager et à se glisser jusqu'à l'autre bord du lit en rabattant sa jupe. Malgré le tremblement de sa lèvre inférieure, elle parvint à sourire.

– L'heure du thé, Stephen, répéta-t-elle.

Il se releva d'un bond et rajusta son pantalon.

– Pardonnez-moi, dit-il avec un rire forcé. Je ne comprends pas ce qui m'a pris. Et en plein jour, encore !

Lily était déjà assise à la coiffeuse et se brossait les cheveux. La mine parfaitement sereine, elle observait dans le miroir le reflet de Stephen qui avait l'air mi-penaud, mi-crâneur d'un adolescent pris en faute.

– Ne m'en veuillez pas trop, reprit-il. J'ai si longtemps attendu le moment de me trouver enfin seul avec vous. Un homme aussi profondément amoureux que moi éprouve des sentiments passionnés qui ne demandent qu'à s'exprimer. Il ne faut pas les réprimer trop longtemps, vous savez, c'est très mauvais pour la santé.

Lily reposa son peigne en reproduisant inconsciemment les gestes secs et la confiance hautaine de Muriel.

– Bien entendu, Stephen. Rien de plus naturel.

Sans avoir entendu un mot de ce qu'il disait, elle ne s'était pas méprise aux intonations d'un homme en train de se ressaisir à force de volonté. De lui-même, Stephen avait jugé inconvenant de faire l'amour à l'heure du thé, elle n'avait donc plus rien à craindre de lui jusqu'à la nuit. Jusqu'au moment où les rigides conventions inculquées par son éducation et les principes de sa classe sociale lui autoriseraient l'acte sexuel qui, entre un homme et une femme mariés et respectables, ne pouvait prendre place qu'à la nuit tombée et dans l'obscurité. Tout autre moment de la journée, tout autre lieu que le lit conjugal ne ressortissait qu'aux mœurs dépravées d'une prostituée avec un client.

Recoiffée, rajustée, Lily mit son chapeau, ses gants et ils descendirent prendre le thé au salon de l'hôtel.

L'atmosphère était très gaie. Un quatuor à cordes jouait des airs d'opérettes et des valses de Strauss. Des femmes élégantes et des hommes séduisants bavardaient à de petites tables. Lily regarda autour d'elle avec intérêt et ne tarda pas à constater que son ensemble jaune, qui avait paru si chic dans le grand magasin de Portsmouth, était mal coupé et de qualité très ordinaire comparé aux toilettes londoniennes. Ici, les tissus étaient plus fins et, même doublés pour respecter la décence, ils semblaient flotter sur les femmes qui bougeaient et retomber en drapés harmonieux si elles restaient immobiles, alors que l'étoffe de sa robe demeurait raide. Elle nota en revanche avec soulagement que son chapeau était irréprochable.

– J'aimerais faire un tour dans les magasins, dit-elle après que le serveur eut disposé le service à thé et des assiettes de pâtisseries. Je meurs d'envie d'acheter des robes. Savez-vous où il faut aller, Stephen ?

– Nous pouvons toujours commencer par Harrod's. Ma mère m'a donné des adresses que j'ai notées dans mon agenda, mais elle n'est pas venue à Londres depuis des années. Si nous y allons tout de suite, vous aurez le temps de demander aux vendeuses avant la fermeture si elles connaissent des endroits à la mode qu'elles pourraient recommander.

Lily le remercia d'un sourire éclatant, digne de la Lily que Stephen avait tant désirée pour le guérir de ses terreurs. Son habileté à esquiver l'épreuve de l'après-midi lui redonnait confiance en elle-même au point de préférer ne pas penser d'avance à celle de la nuit à venir. Stephen avait essayé de la violer, sa faiblesse initiale l'avait amenée au bord de la panique mais ses talents l'avaient finalement sauvée. Ce qui lui avait si bien réussi une fois lui réussirait à coup sûr dans l'avenir.

– Eh bien, chère madame Winters, déclara Stephen en lui rendant son sourire, si j'en crois votre mine épanouie, on dirait que vous aimez la vie conjugale.

– A la folie ! répondit-elle avec un tremblement d'effroi qu'elle maîtrisa aussitôt. A la folie.

La visite au grand magasin Harrod's fut une réussite. Stephen aimait se faire servir avec un respect obséquieux. On lui disposa une chaise dorée près de la vitrine des gants et il s'y installa comme sur un trône, en regardant Lily essayer les unes après les autres des toilettes à la dernière mode. De temps à autre, il faisait à une des trois vendeuses un signe impérieux en disant qu'il prenait celle-ci ou qu'il fallait absolument réserver celle-là.

Entre tant de belles robes et sous le regard admiratif d'un homme séduisant qui n'était autre que son mari, Lily baignait dans l'euphorie. Elle n'avait jamais encore possédé plus d'une robe neuve à la fois et, du fait que toute sa garde-robe sortait des mains de sa mère ou de tante Mary, elle assistait au cycle complet de la fabrication, depuis le tissu brut jusqu'à la coupe du patron et à la couture des morceaux. A ce stade, la robe avait perdu à ses yeux l'éclat du neuf ; et quand, au bout d'une douzaine d'essayages et de retouches, Lily était elle-même conviée à coudre les ourlets, elle avait l'impression d'endosser une vieille nippe. Ces merveilles, au contraire, sortaient intactes des mystérieuses profondeurs des réserves.

Tout au long de l'essayage, la chef de rayon couvait Lily de regards émerveillés, comme si elle n'en croyait pas ses yeux de la voir si jeune et si belle.

– Tout ce que nous avons paraîtrait ravissant sur Madame, dit-elle à Stephen. Mais je pense à une toilette que vous n'avez pas encore vue et qui serait exceptionnelle.

D'un claquement de doigts, elle envoya une vendeuse chercher une robe du soir de soie bleue qui tomba d'elle-même sur Lily comme l'eau d'une cascade sur une statue. Une broche la retenait à une épaule, une écharpe de tulle était drapée sur l'autre. La robe était un peu trop longue mais l'ourlet pouvait être repris le soir même.

– Madame est trop belle dans cette robe, commenta la chef de rayon. Je savais qu'elle était faite pour elle. Cette ligne classique lui convient à la perfection.

Stephen se caressa négligemment la moustache de sa main gantée et fit un clin d'œil à Lily.

– Vous n'êtes pas mal du tout là-dedans, ma chère, dit-il avec une désinvolture étudiée. Pas mal du tout.

En contemplant le reflet de son dos nu enchâssé dans la soie chatoyante, Lily pensa qu'elle aurait tout donné pour que Charlie la voie aussi belle et l'admire, mais elle se retourna vers Stephen avec un sourire éclatant.

– Je suis si heureuse que j'en mourrais !

Sa remarque ingénue provoqua des sourires attendris.

Deux des robes devaient être retouchées mais ils purent emporter avec eux à l'hôtel une ravissante robe de cocktail de couleur pêche incrustée de perles, audacieusement courte et pourvue d'une traîne retombant à hauteur de la cheville sur les côtés.

– Vous m'attendrez en bas pendant que je me change, déclara Lily quand Stephen sortit de la salle de bains en nouant son nœud papillon. Je veux que vous me regardiez descendre l'escalier dans ma nouvelle robe.

Stephen envisageait déjà avec plaisir de s'installer dans un fauteuil pour assister à la parade, émoustillante entre toutes, de bas de soie et de dessous crémeux avant que Lily n'enfile sa robe. Le montant de la facture lui avait en effet laissé espérer que le trousseau de Lily n'était plus composé de vulgaire coton blanc.

– Ce ne sera pas long, insista Lily. Cela vous a coûté assez cher pour que vous profitiez du spectacle.

– Je préférerais profiter aussi du reste, répondit-il en hésitant. Comme vous dites, cela m'a coûté assez cher pour mériter le droit de tout voir.

Un instant, elle craignit de l'avoir vexé. En fait, la pudeur de Lily l'excitait davantage. Cette toute jeune fille, encore presque une enfant, était sa femme et il avait le droit d'en disposer. Elle lui inspirait deux émotions contradictoires : d'un côté, une sorte de révérence craintive, inculquée par sa mère et le code des bonnes manières en vigueur dans sa classe selon lesquels les femmes sont des anges éthérés planant très au-dessus des désirs bassement charnels ; de l'autre, un désir bestial, exigeant, contracté en Belgique auprès de filles, à peine moins jeunes que Lily, qui octroyaient leurs charmes aux troupes britanniques. Tout en craignant de le découvrir, Stephen brûlait d'envie de savoir si Lily dissimulait sous sa froideur une nature de débauchée, comme les putains de Belgique. Après tout, le problème était simple. Si elle était une dévergondée, il en jouirait en la méprisant. Si elle était frigide, comme les usages l'exigeaient, il la violerait en la respectant...

Lily s'était déjà ressaisie et elle le poussa impérieusement vers la porte.

– Si vous traînez encore, nous serons en retard pour le théâtre. Allez-vous-en, vilain curieux !

Stephen obéit. Il descendit l'escalier et fit les cent pas dans le hall. Les œillades qu'il rendait aux femmes élégantes qui se retournaient sur son passage lui donnèrent toutefois quelques remords. Il avait là-haut une jeune femme ravissante qui se faisait belle pour sortir avec lui, il disposait d'une longue nuit seule avec elle. Lily verrait alors qui des deux donnait les ordres et elle comprendrait que les robes, les dessous de soie et même la grosse pierre qui scintillait à son doigt avaient un prix qu'elle devait payer sans rechigner.

CHAPITRE 15

Dans le taxi qui les ramenait à l'hôtel, Lily fredonna gaiement les mélodies entêtantes de la comédie musicale qu'ils venaient de voir. Le chasseur leur ouvrit la porte. En passant devant l'entrée du bar, Stephen s'arrêta.

– Un dernier verre ? suggéra-t-il.

– Bonne idée. Je boirais volontiers une limonade.

– Ah non ! dit-il en éclatant de rire. Une soirée comme celle-ci exige du champagne.

Lily avait la gorge sèche mais, après tout, son appréhension n'était pas pire que le trac qu'elle éprouvait quand elle attendait en coulisses. Elle avait beau ignorer presque tout des pratiques conjugales, elles n'étaient sans doute pas dramatiques. Si le mariage constituait une épreuve vraiment insoutenable, quelqu'un lui en aurait parlé, les couples ne resteraient pas mariés et les veuves ne se remarieraient pas alors qu'elles avaient le choix de demeurer libres.

D'ailleurs, malgré l'anathème lancé par Muriel contre les *dévoyées* dans les toilettes du Dolphin, Lily connaissait au moins une fille qui s'était retrouvée enceinte sans être une prostituée ni une débauchée. Elle avait donc dû y prendre un certain plaisir, lui disait son solide bon sens. Lily avait vu de vraies prostituées – deux ou trois d'entre elles travaillaient à côté du Palais – qui se montraient toujours gentilles envers elle et ses camarades et n'avaient rien de très différent des autres filles. Son amie Trixie, mariée en toute hâte avec un ventre plus gros qu'un ballon de rugby, ne s'était plainte de rien de pire que d'un peu de malchance. Des centaines d'autres femmes dans la même situation ne regrettaient rien. Le souvenir des baisers de Charlie sur la plage du Devon, le jour de leur pique-nique, lui revint brièvement ; si la vie conjugale ressemblait, même de loin, à ce qu'elle avait alors ressenti, elle n'avait pas lieu de se mettre martel en tête.

– Ah ! Voilà notre champagne, annonça Stephen.

Un serveur venait vers eux en louvoyant entre les tables, chargé d'une bouteille dans un seau à glace et de deux flûtes givrées.

– Nous voudrions aussi du sucre, lui dit Stephen. En morceaux, ajouta-t-il sèchement en réponse au regard étonné de l'autre. Vous devez en avoir à la cuisine, non ?

– Tout de suite, Monsieur, répondit le serveur avec une moue dédaigneuse.

Lily pouffa de rire quand il se fut éloigné.

– Est-ce vraiment incorrect de mettre du sucre dans le champagne ?

– Ce n'est permis qu'aux femmes très, très belles, très jeunes et tout à fait adorables, dit Stephen tendrement. Et seulement le soir de leurs noces.

– Dans ce cas, j'y ai droit ! répondit-elle en riant.

Le serveur revint avec un sucrier d'argent.

– Le sucre, Monsieur. Puis-je déboucher la bouteille ?

Les sourcils froncés, Stephen acquiesça en surveillant ses gestes dans l'espoir de le voir commettre une erreur qui lui permettrait de se plaindre, mais le serveur fit sauter le bouchon et remplit les flûtes dans un style irréprochable. Vexé de n'avoir rien à redire, Stephen allait le congédier quand Lily leur redonna l'avantage.

– Un sucre ou deux, mon révérend ? demanda-t-elle à Stephen de son plus bel accent du West End.

Ulcéré, le serveur s'inclina et se retira. Stephen et Lily éclatèrent de rire en se portant mutuellement un toast.

Il était minuit quand ils eurent vidé la bouteille. Stephen se leva et tendit la main à Lily.

– Venez, madame Winters. Nous avons un long programme de visites et de promenades pour demain.

Lily se laissa mettre debout en vacillant un peu.

– Ma parole, Lily, vous êtes ivre comme une grive ! s'exclama Stephen en riant. J'ai bien peur que vous n'ayez une bonne migraine demain matin.

– Je m'en moque comme d'une guigne ! répondit-elle en s'esclaffant. Au fait, qu'est-ce que c'est qu'une guigne ?

Stephen la guida par le bras vers l'escalier qu'il lui fit gravir avec précaution. Lily soulevait sa traîne pour éviter de marcher dessus. Les yeux baissés afin de veiller à ce qu'elle ne trébuche pas contre une marche, Stephen se repaissait de la vision séduisante de ses genoux sous la jupe courte.

Ils arrivèrent enfin devant leur porte. Les femmes de chambre avaient fait la couverture, allumé les lampes, tiré les rideaux. La pièce était luxueuse et accueillante. La gorge soudain nouée par une peur irraisonnée, Lily alla aussitôt s'enfermer dans la salle de bains. Stephen se déshabilla en hâte, enfila son pyjama, réfléchit un instant, enleva la veste puis la remit sans la boutonner. La femme de chambre avait soigneusement plié la nouvelle chemise de nuit de Lily sur son côté du lit. Stephen en éprouva d'une main la texture soyeuse, dont le contact aviva son impatience.

– Prête, Lily ?

Sa gaieté factice évanouie, Lily était adossée à la porte fermée. Elle avait exagéré l'effet du champagne dans l'espoir de pouvoir se prétendre malade ou accablée de sommeil. En vain. Elle se sentait hors d'état de sortir de la salle de bains et d'affronter Stephen.

– Lily ! insista-t-il. Êtes-vous prête ?

Elle regarda autour d'elle. S'il y avait eu une fenêtre, elle se serait enfuie sans hésiter dans sa robe neuve et ses hauts talons, mais la pièce ne comportait pas d'autre issue que la chambre où Stephen l'attendait.

– Lily ! répéta-t-il d'un ton excédé.

Le miroir lui renvoya l'image de son visage pâle aux yeux cernés. Avec un haussement d'épaules fataliste, elle respira profondément et tourna la clef.

A peine eut-elle ouvert la porte qu'il la souleva dans ses bras et l'emporta vers le lit. Inerte, les yeux clos, elle se laissa faire sans que Stephen se soucie de savoir si elle était vraiment ivre, épuisée ou trop apeurée pour le regarder. Il découvrit avec frustration que la robe se fermait par une rangée d'agrafes, mais le souvenir de son prix le fit maîtriser sa fébrilité pour les défaire une à une. Les yeux toujours fermés, Lily leva docilement les bras quand il fit glisser la robe par-dessus sa tête. En combinaison de soie pêche bordée de dentelle, elle lui apparut si attendrissante de beauté et de fraîcheur que Stephen marqua une pause afin de la contempler.

Inerte, les yeux résolument fermés, Lily avait entendu Stephen soupirer en lui enlevant sa robe et sentait maintenant son regard posé sur elle, mais elle ne pensait ni à lui, ni à elle-même, ni en fait à quoi que ce soit. A l'abri de ses paupières closes, elle avait réussi à faire le vide complet dans son esprit. Sans qu'elle sache pourquoi, la rengaine obsédante d'un charleston à la mode lui trottait dans la tête : *Elle a un caractère en or, Éléonore, Éléonore...* Elle décida alors de concentrer toutes ses facultés afin de se souvenir des paroles, de l'orchestration, du rythme exact.

Le lit s'inclina sous le poids de Stephen, Lily sentit sa main se poser sur son ventre, descendre, tripoter son porte-jarretelles mais elle maîtrisa ses tremblements. *Quand on l'embrasse on devient fou, elle est gentille comme tout...* Quand Stephen se hissa sur elle, elle reprit obstinément le refrain dans sa tête, entendit les coups de cymbale, le contrepoint du saxophone. Tout à coup, quelque chose de dur et d'élastique à la fois s'insinua dans son endroit le plus secret, avec tant de brutalité qu'elle sursauta en laissant échapper un cri de frayeur. La main de Stephen se posa immédiatement sur ses lèvres.

– Chut, Lily ! N'aie pas peur, ne crie pas, je le ferai aussi doucement que possible.

Lily retomba, rechercha la mélodie qui, un instant, lui avait échappé : *Elle a un caractère en or...* Stephen ne bougeait d'ailleurs plus et, à part une étrange sensation d'étouffement, elle avait moins mal. *Quand on l'embrasse on devient fou...* C'est alors que Stephen se remit à bouger, à pénétrer plus profondément en elle en la bâillonnant d'une main pour prévenir de nouveaux cris de douleur. Révulsée, elle recula plus loin encore dans le recoin vide de son esprit devenu son refuge. *Elle est gentille comme tout...* Une voix lui chuchota à l'oreille que cette chanson idiote était décidément bien incongrue en un pareil moment.

Soudain, sans que rien le lui ait laissé prévoir, Stephen poussa un grognement sourd, se retira d'elle et retomba à côté en proférant des mots inarticulés. Un long moment, ils restèrent ainsi côte à côte, immobiles. Comme une danseuse après une chute, Lily nota machinalement qu'elle était meurtrie et courbatue mais n'avait pas de muscles froissés. La migraine provoquée par le champagne et la fatigue de cette longue journée lui serraient la nuque. Elle n'éprouvait ni ressentiment ni colère. *Cela* avait été pire qu'elle se l'était imaginé mais plus bref qu'elle ne l'avait redouté. Au moins, elle n'avait pas pleuré.

Étonnée que l'expérience ait été aussi déplaisante, voire répugnante, elle la compara à son impression d'extase quand Charlie s'était couché sur elle, à l'élan instinctif qui l'avait poussée à le serrer de toutes ses forces comme pour se fondre en lui. Elle ne comprenait pas qu'avec Stephen les mêmes gestes lui aient causé un dégoût si intense. Elle ne se représentait pas plus les raisons de son insistance à s'enfoncer en elle que celles de son brusque retrait ; le contact du liquide chaud et poisseux qu'il avait répandu sur elle et qui, mêlé à son propre sang, souillait sa combinaison neuve la révulsait. Elle repensa au corps de Charlie si brièvement entrevu, à ce morceau de peau couturé de cicatrices qui occupait la place de sa virilité disparue. Les médecins lui avaient sauvé la vie mais en faisant de lui un être insolite, asexué, presque une fille. Elle comprenait enfin pourquoi Charlie lui avait dit qu'il ne serait jamais pour elle rien de plus qu'un ami. Il n'était plus capable, en effet, de faire la même chose avec elle ni avec une autre. Maintenant qu'elle était une femme mariée, elle serait obligée de le faire avec son mari chaque fois qu'il en exprimerait le désir. Mieux valait donc chasser définitivement Charlie de sa mémoire, ce serait moins pénible à supporter.

– As-tu mal ? demanda Stephen à mi-voix en lui caressant les cheveux.

– Un peu.

– Ne bouge pas, je vais chercher une serviette.

En le voyant se diriger non pas vers la salle de bains mais vers sa valise, Lily comprit qu'il s'était muni avant de partir d'une vieille serviette, bonne à jeter après avoir épongé son sang. Qu'il savait d'avance qu'elle saignerait à cause de lui ! Ulcérée de cette sordide prévoyance, Lily le regarda avec dégoût essuyer ses cuisses et le drap.

– Voilà, ma chérie, dit-il quand il eut terminé. Tu n'as pas trop mal, au moins ?

Sous ses paupières à demi baissées, Lily l'observa. Il arborait une sorte de fierté qui la déconcerta mais elle décida de jouer le jeu.

– Ce n'est pas grave, répondit-elle en forçant un sourire sur ses lèvres tremblantes. Si c'est ce que vous vouliez, cela n'a pas d'importance.

– Tu es la seule... vraie femme que j'aie connue, dit-il en se penchant pour l'embrasser. Je ne savais pas comment cela se passerait avec toi. Entre hommes, on se racontait tellement d'histoires – ce que les femmes aiment ou n'aiment pas, ce qu'elles font ou ne veulent pas faire. La première fois, on ne sait jamais où on en est, tu sais ce que c'est.

Lily l'écoutait attentivement pour déceler dans ses propos des indices sur ce qu'il recherchait dans cet acte et qui pourraient lui être utiles par la suite.

– Cela t'a déplu, n'est-ce pas ?

Lily acquiesça d'un signe. Elle savait que c'était la bonne réponse, celle qu'il attendait – sa mère elle-même la lui avait d'ailleurs soufflée.

Il poussa un soupir satisfait, éteignit la lumière et attira Lily contre lui.

– C'est mieux ainsi, dit-il. Sois tranquille, je ne te tracasserai pas souvent.

Un instant plus tard, il s'endormit.

La lumière des réverbères filtrait à travers les rideaux, les phares des voitures qui passaient se réfléchissaient sur le plafond. Au grondement des moteurs se mêlèrent bientôt les ronflements de Stephen.

Incapable de dormir, Lily souleva les couvertures et se leva sans bruit. Elle ôta d'abord sa combinaison souillée qu'elle jeta sans regret dans la corbeille à papier – elle avait coûté cher mais il était légitime que Stephen paie une pénalité. Elle enleva ses bas, défit son porte-jarretelles et rangea le tout dans un tiroir de la commode avant d'enfiler sa chemise de nuit. La soie lisse et froide sur sa peau moite la fit frissonner – mais il n'y avait rien de chaleureux dans cette chambre d'hôtel, rien que le lit et le contact de Stephen. Lily s'assit dans le fauteuil et le regarda dormir à la lueur diffuse qui passait à travers les rideaux.

On entendait les échos d'une réception non loin de l'hôtel. Des voitures s'arrêtaient, des portières claquaient, des rires fusaient. En ce moment même, là, tout près, des gens devaient danser, s'amuser, des femmes se serrer dans les bras d'hommes qu'elles aimaient. D'hommes dont les baisers, loin de leur inspirer de la répulsion, les faisaient fondre dans un élan de joie et de désir tel que Lily en avait une fois – une seule fois – éprouvé.

Assise dans le noir près de cet étranger qui était son mari, Lily savait qu'elle n'avait pas le choix. Elle devait désormais se résigner à son sort, s'efforcer de tirer le meilleur parti de ce mariage auquel elle avait consenti dans l'hébétude de la douleur et dont elle était prisonnière jusqu'à la fin de sa vie.

En ce mois de juillet, il régnait à Londres une chaleur étouffante peu propice aux promenades. Les jardins publics étaient poussiéreux, les massifs de fleurs desséchés. Dans l'hôtel envahi de touristes américains, Stephen se plaignait du peu d'empressement et du manque de style des serveurs, gâtés par des pourboires excessifs.

Lily et lui retournèrent au spectacle, remontèrent la Tamise en bateau, visitèrent le Parlement, le zoo. Lily était effarée de voir Stephen aussi infatigable. Laissée à elle-même, elle se serait volontiers contentée d'errer dans des rues intéressantes en regardant les vitrines et de passer des heures sans rien faire dans des cafés ou des restaurants. Stephen l'obligeait à se lever de bonne heure tous les matins avec, chaque fois, un programme de visites qu'il fallait boucler avant l'heure du thé. Lily se vit ainsi forcée d'apprendre l'Histoire : Stephen lui acheta à la Tour de Londres un livre sur les rois d'Angleterre dont il attendait qu'elle l'apprenne par cœur. Elle fut contrainte de s'initier à l'architecture : Stephen lui montrait et lui détaillait toutes les constructions devant lesquelles ils passaient. Alors qu'elle n'avait jamais considéré les ponts, les églises ou les maisons autrement que pour leur utilité, il lui précisait inlassablement qui les avait bâtis, pour quel usage, à quelle époque et dans quel style. Leur visite du Parlement donna lieu à un docte exposé sur les principes de la démocratie et les raisons pour lesquelles le régime britannique était supérieur à tous les autres. De même, le Palais de justice fut prétexte à un long discours sur les complexités du système juridique dont Stephen se disait fièrement un auxiliaire zélé.

Ce gavage d'érudition épuisait Lily et l'ennuyait à mourir sans pour autant la distraire de son chagrin. Quand la fatigue la terrassait, ou dans la lucidité d'une nuit blanche, le souvenir de sa mère revenait la hanter. Quand elle dormait, elle revoyait en rêve la boutique toujours ouverte et sa mère derrière le comptoir. Elle rêvait qu'elle pourrait rentrer chez elle quand elle le voudrait, que sa mère l'y attendait et l'accueillerait à bras ouverts, avec son habituelle tendresse bourrue. Au réveil, désorientée par cette chambre inconnue, Lily restait immobile quelques instants avant de reconnaître à côté d'elle la forme de Stephen et le rythme de sa respiration. Elle comprenait alors que sa jeunesse avait pris fin, que sa mère était morte et qu'elle était enchaînée pour la vie à un étranger. Seul son chagrin la rendait docile aux caprices et aux exigences de Stephen car, tout au long de ces épuisantes journées d'été, rien n'avait d'importance à ses yeux. Dans ses pensées conscientes comme dans ses rêves, Lily ne cessait de pleurer sa mère. Le reste, tout le reste, ne comptait pas.

Le matin de leur troisième jour, à l'issue d'une longue et fatigante visite du British Museum, ils marchaient dans la rue à la recherche d'un restaurant pour déjeuner quand une voiture eut un raté d'allumage et cracha un nuage de fumée avec une détonation si bruyante que Lily sursauta. Stephen avait déjà plongé à plat ventre sur le trottoir et se roulait dans la poussière en se protégeant la tête de ses bras, les mains sur les oreilles.

Horrifiée, Lily regarda autour d'elle. Ils étaient le point de mire des passants. Une femme ricanait en montrant Stephen du doigt. Lily s'agenouilla, le secoua par l'épaule :

– Stephen, levez-vous, ce n'était qu'une voiture !

Il tremblait de tout son corps, au point que Lily crut à une crise d'épilepsie. Accablée, elle se redressa. Du seuil d'une boutique, un homme regardait la scène avec une curiosité apitoyée. Replié sur lui-même comme un fœtus, son beau complet souillé de poussière, Stephen tremblait, lançait des ruades, se roulait par terre, gémissait. Lily s'agenouilla de nouveau près de lui, le prit par la nuque, s'efforça de le ramener à lui. Rien n'y fit.

L'homme s'approcha :

– Commotionné par la guerre, hein ? Voulez-vous un coup de main ?

– Je ne sais pas... Je ne comprends pas...

Peu à peu, les tremblements cessèrent. Stephen déplia ses jambes, s'assit en jetant autour de lui des regards d'aveugle et se remit lentement debout, les bras toujours croisés sur la tête.

– Assez ! lui siffla Lily, folle de rage et d'humiliation. Vous vous donnez en spectacle à toute la rue.

Elle lui empoigna un coude, l'écarta de force. Les bras ballants, le visage blanc et inexpressif, Stephen resta planté là comme un enfant qui se laisse gronder.

– Appelez-nous un taxi, demanda Lily à l'homme de la boutique.

Le taxi s'arrêta peu après devant eux. Lily prit Stephen par la main. L'homme l'aida à l'y faire monter.

– Pauvre diable ! dit-il avec commisération. Vous devriez le montrer à un docteur, madame. Maintenant, on soigne les malheureux comme lui avec des électrochocs. Il faut dire que ces pauvres bougres en ont vu de dures.

Stephen ne cilla même pas en entendant la portière claquer. Il était ailleurs, sourd et aveugle au monde.

Lily donna au chauffeur le nom de l'hôtel, le paya en arrivant et tira Stephen par la main pour descendre de voiture. Il se laissa faire sans manifester le moindre signe de compréhension. Ils pénétraient dans le hall quand Stephen dégagea brusquement sa main, l'agrippa par l'épaule et marcha derrière elle en dodelinant de la tête. Rouge de honte sous les regards inquiets ou narquois des employés et des clients de l'hôtel, Lily traversa le hall et monta l'escalier en remorquant Stephen, qui murmurait interminablement *It's a long way to Tipperary*.

La femme de chambre était en train de faire le lit. Lily la congédia sans ménagement et claqua la porte pendant que Stephen allait s'asseoir au bord du lit, la tête basse et les bras ballants.

– Qu'avez-vous ? lui demanda Lily. Êtes-vous malade ?

– Non, fatigué. Très fatigué, répondit-il d'une voix pâteuse en dodelinant de la tête.

– Alors, couchez-vous et dormez !

Elle le poussa d'une bourrade à l'épaule, il s'affala sur l'oreiller et ferma les yeux. Rouge de colère, les larmes aux yeux, Lily s'assit à la coiffeuse et enleva son chapeau. Derrière elle, Stephen s'agitait.

– Tue-la, l'entendit-elle murmurer. Tue-la, cette putain.

Aussitôt après, il sombra dans un profond sommeil dont il n'émergea qu'au milieu de l'après-midi.

Pelotonnée sur le fauteuil, Lily le laissa dormir en l'observant. De temps à autre, elle voyait ses paupières papillonner, ses mains se crisper. Parfois, il soulevait la tête et remuait la bouche comme s'il criait des ordres, un filet de bave au coin des lèvres, avant de retomber sur l'oreiller. Plus elle le regardait, plus elle le trouvait repoussant, moins elle lui pardonnait sa conduite. Dans la rue, elle entendait des voitures, des gens qui parlaient, riaient, allaient déjeuner, s'amusaient pendant qu'elle restait claquemurée dans une chambre d'hôtel avec un mari anormal qui gesticulait et parlait dans son sommeil. Son estomac criait famine, elle avait froid dans sa robe d'été mais elle ne bougeait pas. Recroquevillée sur le fauteuil, elle dévisageait Stephen comme s'il était un ennemi.

A trois heures et demie, il ouvrit les yeux.

– Lily ! s'écria-t-il avec un sourire béat. Comme c'est bon de vous voir là en se réveillant !

– Vous allez mieux, maintenant ? demanda-t-elle d'un ton glacial.

Il cligna les yeux, étonné.

– Mais oui, je vais très bien. Pourquoi ?

– Allons, tant mieux.

Il y eut un silence. Les sourcils froncés, Stephen tenta de se rappeler ce qui s'était produit et de comprendre ce qui motivait la colère de Lily.

– Je ne me souviens de rien, dit-il enfin. Comment sommes-nous rentrés ?

– Une voiture a eu un raté pendant que nous marchions dans la rue, répondit-elle entre ses dents serrées. Vous vous êtes jeté sur le trottoir en vous roulant par terre sans vouloir vous relever. Il a fallu qu'un inconnu m'aide à vous faire monter en taxi. Ensuite, vous m'avez fait traverser le hall de l'hôtel en me tenant par l'épaule et en chantant sans arrêt *It's a long way to Tipperary* devant des dizaines de personnes qui nous regardaient comme des bêtes curieuses. Après quoi, vous avez dormi pendant quatre heures en disant des choses. Cela vous suffit ?

– En disant quoi ? demanda-t-il, soudain rembruni.

Lily voulut lui assener la preuve de sa névrose mais les mots *Tue la putain* ne purent franchir ses lèvres.

– Vous êtes un malade, se borna-t-elle à déclarer.

Sans répondre, Stephen alla s'enfermer dans la salle de bains. A travers la porte, Lily l'entendit uriner, tirer la chasse d'eau et faire couler à grande eau les robinets du lavabo en s'aspergeant bruyamment. Quand il reparut, il s'essuyait avec une serviette.

– Vous ne le répéterez jamais, lui dit-il avec un regard froid et menaçant. Jamais ni à personne. Compris ?

– Ce n'est pas moi qui l'ai dit mais l'homme qui m'a aidée ! protesta Lily. Il a dit que vous étiez commotionné par la guerre et que les médecins pouvaient vous guérir par l'électricité ou je ne sais quoi.

– Je vous interdis d'en parler ! répliqua-t-il en s'approchant d'elle. Ni devant moi ni à personne. Je ne suis pas malade. Les prétendues commotions n'existent que dans l'imagination des lâches et des déserteurs. On m'a décoré pour ma bravoure, on m'a cité dans les communiqués. Je ne laisserai personne me traiter de lâche, vous moins que tout autre.

– Mais si vous êtes malade il faut vous soigner !

– Je ne suis pas malade !

– Que faisiez-vous alors à vous rouler par terre ? A trembler et à geindre à cause d'un simple raté de moteur ?

Stephen jeta négligemment la serviette, se campa devant le miroir et enleva sa chemise froissée. Torse nu, fier de sa virilité et de sa puissance, il commença à se brosser les cheveux en faisant rouler ses muscles.

– Qui a dit que je me roulais par terre ?

– Mais... je vous ai vu ! Tout le monde dans la rue vous a vu ! s'exclama Lily, stupéfaite.

– Vous ne direz rien, nous sommes bien d'accord sur ce point. Quant aux autres, ils ne comptent pas. Vous ne les reverrez jamais, ce ne sont pas des témoins. Aucune personne importante n'a rien vu et, de toute façon, je démentirai.

Devant une telle mauvaise foi, Lily suffoqua.

– Une minute, je vous prie !... commença-t-elle.

Il la fit taire d'un geste, se sourit à lui-même dans le miroir, prit une chemise propre dans un tiroir, se tourna face à Lily et baissa son pantalon pour y glisser les pans de la chemise. En voyant son caleçon gonflé par une érection, Lily prit peur et préféra garder le silence.

– Vous devez mourir de faim, ma pauvre chérie, dit-il sans transition d'un ton enjoué en nouant sa cravate. Sauter le déjeuner !... Tiens, faisons une folie. Je vous emmène prendre le thé au Ritz, on doit pouvoir y danser. D'accord ?

Désarçonnée, Lily ne répondit pas.

– Je vous attendrai en bas pendant que vous vous changerez, reprit-il. Mettez votre plus jolie robe. Vous êtes dépenaillée comme une pauvresse.

Vaincue, Lily se leva, se regarda dans la glace. Sa robe neuve était noire et poussiéreuse à l'endroit où elle s'était agenouillée, son talon s'était pris dans l'ourlet et l'avait décousu quand elle s'était relevée.

– Vous avez l'air d'une folle comme cela, ma pauvre chérie, personne ne croira un mot de ce que vous direz, lui affirma-t-il avec affection. Refaites-vous une beauté, vous ne pouvez vous montrer nulle part dans un état pareil.

Il sortit de la chambre. Lily entendit ses pas assurés décroître dans le couloir. Docilement, machinalement, elle ouvrit la penderie, enleva sa robe défraîchie, choisit un tailleur de lin bleu et un petit chapeau à fleurs. Une fois habillée, elle s'étudia longuement dans le miroir comme si sa propre beauté constituait la seule réalité à laquelle se raccrocher dans un monde où tout se dérobait sous elle.

Quand elle descendit, Stephen parlait au concierge, accoudé au comptoir dans une attitude désinvolte. Avec un sourire servile, l'homme empocha la pièce que Stephen lui tendait et le salua respectueusement.

– Il paraît qu'il y a un bon spectacle au Lyndhurst, dit Stephen à Lily en la rejoignant. Nous irons après le thé.

Lily observa le concierge et les réceptionnistes. Ils l'avaient tous vue remorquer Stephen qui titubait comme un ivrogne ou un soldat blessé. Aucun ne lui lançait de regard curieux ou étonné, aucun ne cherchait à dissimuler un sourire. Stephen lui donna le bras et la guida avec assurance à travers le hall. Quiconque aurait comparé ce bel homme sûr de lui, éclatant de santé et de prospérité, à la pâleur et aux traits tirés de Lily n'aurait vu que l'exemple typique de l'homme du monde affligé d'une jeune femme aux nerfs fragiles ou capricieux.

Le chasseur leur ouvrit la porte, siffla un taxi et souleva sa casquette en s'inclinant quand Stephen lui glissa une pièce dans la main. Derrière la vitre du taxi, Lily regarda défiler les rues, les passants. Tout lui paraissait irréel. Elle ne pouvait penser qu'à sa mère et à l'ancien monde de solides certitudes où elle avait grandi.

Le thé au Ritz réussit à Lily. Elle reprit des couleurs et dansa avec Stephen. Ils assistèrent ensuite à un spectacle distrayant et soupèrent au restaurant avant de rentrer. Dans la nuit, à demi endormi, Stephen tendit la main vers Lily qui esquiva le contact en se glissant jusqu'à l'extrême bord du lit. Stephen se tourna plusieurs fois, se coucha sur le dos et se rendormit aussitôt. Incapable de retrouver le sommeil, Lily regarda au plafond le ballet nocturne des ombres et des lumières.

Pendant ce temps, Stephen revivait en rêve le premier jour de sa guerre. Débarqué à Calais la nuit, le port brillamment éclairé ne lui donnait pas encore d'impression de dépaysement. Il avait d'ailleurs trop à faire – l'appel, les hommes à diriger vers les wagons de chemin de fer, le transbordement des munitions et du matériel. Ce ne fut qu'en gagnant sa place dans son compartiment en enjambant les pieds de ses compagnons qu'il eut le loisir de regarder dehors et d'essayer, malgré l'obscurité, de deviner l'aspect de ce pays inconnu où son frère avait trouvé la mort.

Tout était calme. Une grosse lune couleur de miel, posée au sommet des arbres, soulignait le contour des haies. Le train roulait vite, traversait des villages endormis. De temps à autre, Stephen apercevait un nom de gare, de petits jardins proprets derrière les maisons, des prairies, des champs, le chatoiement d'un large cours d'eau. Une route longeait les rails, aussi droite qu'un chemin de fer. Une voie romaine qui mène à Rome, songea Stephen à demi assoupi. Qui mène loin, très loin de ma destination.

– Si seulement je pouvais y être, dit-il sans se rendre compte qu'il parlait à haute voix.

– Quoi, mon vieux ? fit une voix endormie.

– Rien.

Ce n'était rien, en effet, que son souhait de marcher sur cette route au goût de vacances, un léger bagage sur le dos, sous cette lune couleur de miel dont les rayons projetaient l'ombre des peupliers en stries parallèles. Ce n'était rien que son rêve de s'arrêter dans cette auberge de rouliers entrevue comme un mirage, d'y boire une bière fraîche assis au bord de la route devant une table de fer peinte en vert, de regarder passer au pas lent d'un gros cheval paresseux un vieux paysan perché sur une charrette chargée de foin frais coupé. Ce n'était rien. Rien du tout.

La joue contre la vitre, Stephen s'assoupissait de temps en temps et se réveillait en sentant ses dents claquer au passage des aiguillages. Il n'était pas soldat depuis assez longtemps pour dormir n'importe où, n'importe quand.

Le train allait trop vite pour lui. Stephen aurait voulu qu'il ne dépasse pas la vitesse d'un homme au pas, qu'il laisse à l'aurore le temps de se lever pour lui montrer les champs paisibles, les vaches qui broutaient dans des prés dont il n'apercevait que les contours. Il aurait voulu pouvoir descendre du wagon, marcher sur le remblai, cueillir les fleurs sauvages dans l'herbe, les mûres sur les haies.

Quelqu'un lui lança un coup de pied dans la cheville.

– Vous m'empêchez de dormir, mon vieux ! Vous grognez tout le temps.

– Excusez-moi.

Stephen aurait voulu que le train ne s'arrête jamais de rouler sous le disque de la lune, à travers ce paysage paisible quadrillé de haies, parsemé de bouquets d'arbres et de fermes plantureuses. Il aurait voulu rester toujours près de la fenêtre du compartiment, à regarder le paysage se précipiter à sa rencontre, glisser et s'effacer. Il aurait voulu ne jamais arriver. Jamais.

Quelques heures plus tard, réveillé par un grondement sourd comme celui du tonnerre mais constant et tout proche, il sut qu'il avait dormi et rêvé, qu'ils étaient dans la gare de Saint-Omer et que sa guerre avait déjà commencé.

Il se réveilla en sursaut, les entrailles nouées par une peur trop familière. L'espace d'une seconde, il regarda autour de lui, d'un bout à l'autre de la chambre, sans avoir la moindre notion de l'endroit où il était. Il avait connu tant de chambres pendant ses deux ans et demi là-bas, tant de cantonnements, tant de recoins où, sa peur vaincue par l'épuisement, il s'écroulait pour dormir quelques heures.

Stephen tendit la main à tâtons. Lily était couchée là, près de lui, tiède et silencieuse. Avec un soupir de soulagement, il sentit sa terreur le quitter. C'était fini. Il n'aurait jamais plus à revivre ce premier voyage. Il n'aurait jamais plus à rentrer chez lui en permission pour retourner au front en se disant chaque fois que ce serait la dernière, qu'il allait à la mort. Que si ce n'était pas une balle ennemie ou un obus qui le tuait, il mourrait étranglé par sa propre peur.

Il se rapprocha de Lily endormie, sentit sa chaleur contre lui en pensant qu'il n'avait plus rien à craindre. La guerre était finie. Personne au monde ne pourrait le forcer à repartir.

En vain. Sa confiance en lui, sa foi dans l'avenir l'avaient à jamais déserté. *Ils* avaient brisé sa volonté en l'envoyant au front, *ils* avaient achevé d'en pulvériser les derniers fragments en le laissant rentrer chez lui pour le renvoyer là-bas, encore et encore. Dans un recoin de son cerveau, il savait avec certitude qu'il ne pourrait jamais *les* empêcher de l'expédier où bon leur semblerait. De le renvoyer dans les tranchées *s'ils* le voulaient. De lui ordonner de foncer sur des réseaux de barbelés intacts sous le feu des mitrailleuses. Il ne pouvait rien faire pour s'y opposer. Rien. Il n'avait pas même le droit de dire non...

Les traits tordus par une peur proche de la folie, il prit Lily à bras-le-corps, la bâillonna d'une main et plongea en elle à coups de boutoir sauvages, désespérés. Ce ne fut qu'en atteignant l'orgasme qu'il put enfin s'en séparer avant de sombrer dans un sommeil sans rêves.

– Je ne sais pas ce que vous en pensez mais, pour ma part, j'aimerais partir d'ici, dit-il de but en blanc à Lily le lendemain matin au petit déjeuner.

Lily ne répondit pas et attendit la suite.

– Le bruit, la foule partout, c'est insupportable, poursuivit-il. Je ne reconnais plus rien. Avant la guerre, on pouvait venir à Londres en voiture et stationner où on voulait devant les théâtres, les magasins. Maintenant, on ne sait plus où se retourner tellement il y a de monde partout.

Lily se beurra un toast en silence.

– Et même ici ! reprit Stephen en lançant des regards furieux dans la salle à manger. Depuis combien de temps sommes-nous dans cet hôtel ? Trois, quatre jours ? Ils ne se souviennent même plus de nos noms, ils ne nous donnent jamais la même table. Croyez-moi, Lily, avant la guerre nous aurions eu tous les jours notre table réservée, avec des fleurs et le même serveur qui nous aurait salués par nos noms. Tout a bien changé, hélas ! Et pas en mieux.

Il avait à peine fini de parler qu'un touriste entra dans la salle à manger, salué par les bruyants appels d'une tablée d'Américains.

– Je ne suis pas un rabat-joie, gronda Stephen avec une grimace dégoûtée, j'aime m'amuser comme tout le monde. Mais, avant la guerre, personne n'aurait osé se conduire de la sorte dans un bon hôtel à l'heure du petit déjeuner !

– Voulez-vous rentrer ? demanda enfin Lily avec la plus grande indifférence, comme si cela ne la concernait en rien d'écourter leur voyage de noces ou de rester jusqu'à la fin de la semaine prévue à l'origine.

La main de Stephen trembla légèrement, assez pour faire cliqueter la tasse sur la soucoupe.

– Oui. Je veux revoir...

Il s'interrompit, hésita. Lily leva les yeux en se demandant ce qui allait suivre.

– Je veux revoir Coventry.

Coventry les attendait à la gare. Pendant que Stephen payait le porteur et que Coventry chargeait les bagages, Lily monta en voiture. Elle vit les deux hommes échanger un long regard, comme deux amants réunis au bout d'une longue et douloureuse séparation.

– Tout va bien à la maison ? demanda Stephen.

Coventry hocha la tête puis, du menton, désigna Lily avec un regard interrogateur.

– De ce côté-là, ça va, répondit Stephen. Mais Londres était abominable. La ville grouille d'Américains. Ils gagnent à Wimbledon, ils gagnent l'America's Cup, ces gens-là se croient tout permis comme s'ils étaient chez eux. Décidément, ce n'est plus ce que c'était.

Avec un sourire complice, Coventry lui ouvrit la portière. En montant, Stephen lui frôla l'épaule et posa un instant une main sur la sienne.

– C'est bon de rentrer chez soi, déclara Stephen avec un soupir de satisfaction.

CHAPITRE 16

Muriel les attendait dans le vestibule. Elle sortit sur le perron en entendant la voiture.

– Que je suis heureuse de vous revoir, Lily ! Et quel ravissant ensemble ! J'ai hâte d'admirer vos autres toilettes.

Ils entrèrent au salon où chacun reprit sa place habituelle. Muriel servit le thé.

– Il ne s'est pas passé grand-chose ici. Ton père semble aller un peu mieux, Stephen. Nous avons une nouvelle garde-malade, Mlle Bells. Elle estime elle aussi que son état s'améliore. Je vous la présenterai tout à l'heure.

La femme de chambre passa les sandwiches. Lily laissa le sien intact sur le bord de son assiette, Stephen en prit plusieurs qu'il mangea de grand appétit.

Muriel leur rapporta les potins de la ville et les nouvelles de ses amis tout en les observant discrètement. Stephen n'avait jamais eu meilleure mine. En quatre jours, il semblait avoir forci et bronzé, ses yeux brillaient, sa personne entière respirait le bien-être. Sa moustache même paraissait plus fournie. Il se servait et dévorait comme un jeune garçon affamé débarqué de son internat le premier jour des grandes vacances.

Sous son chapeau jaune qui accentuait sa pâleur, Lily avait les traits tirés, les yeux cernés, le sourire contraint. Le syndrome de la lune de miel, diagnostiqua Muriel. A son avis, Lily n'était pas de taille à tenir tête à Stephen. Elle se souvenait trop bien des disputes entre Christopher et lui quand ils étaient petits. De deux ans l'aîné de Stephen, Christopher était à peine plus grand et plus lourd. Quand les deux enfants se battaient, c'était généralement lui qui gagnait et Muriel l'entendait alors demander, avec sa courtoisie innée, si son frère s'avouait vaincu. Stephen concédait sa défaite, Christopher s'éloignait sans méfiance, pensant l'affaire réglée. Il avait à peine le dos tourné que Stephen se ruait sur lui et le faisait tomber la tête la première dans les rosiers ou, plus sournois encore, le poussait du haut de l'escalier quand ils montaient se coucher. Stephen était assez rancunier pour attendre une journée entière l'occasion de se venger. Muriel n'aurait pas voulu être à la place de sa femme dans une scène de ménage. Elle ne pourrait que céder aux volontés de Stephen.

Le nouvel ensemble et le petit chapeau de Lily, sur lesquels Muriel s'était extasiée à son arrivée, étaient en effet ravissants. Stephen avait dû dépenser des sommes folles pour faire plaisir à sa jeune femme et c'était plutôt bon signe. Muriel préférait cependant ne pas demander pourquoi ils étaient rentrés plus tôt que prévu. Il y avait déjà dans cette maison tant de questions sans réponse que le silence discret était devenu pour Muriel une seconde nature. Sous le prétexte commode de ne pas s'immiscer dans l'intimité du jeune ménage et de laisser à Lily l'initiative de se confier à elle en cas de besoin, Muriel acceptait donc sans demander d'explication de voir son fils écourter son voyage de noces avec cette fille qu'elle n'avait pas souhaité qu'il épouse.

D'ailleurs, quoi qu'il ait pu se passer entre eux pendant ces quelques jours, c'était à l'évidence Stephen qui avait eu le dessus, sa mine triomphante en témoignait assez. Muriel ne voulait pas savoir s'ils s'étaient battus et pour quel motif, si Lily avait été blessée et jusqu'à quel point. Sa discrétion dans ce domaine dénotait un tact dont elle ne pouvait que se féliciter. En réalité, elle devait s'avouer que ce Stephen inattendu, dominateur et sûr de lui, lui faisait plutôt peur. Muriel aimait mieux se persuader qu'il devait ce vernis à un amour comblé ; mieux valait ne pas entendre de Lily le moindre mot susceptible d'altérer le tableau idyllique qu'elle se faisait du bonheur de son fils.

– Et maintenant, mes enfants, j'ai une surprise pour vous et j'espère qu'elle vous plaira ! dit-elle en finissant son thé. Je vous ai installés tous les deux dans la grande chambre au-dessus de celle de votre père. C'est une très belle chambre, avec la fenêtre en saillie que Lily aime tant. Je l'ai même fait repeindre et tapisser à neuf.

– C'est vraiment très gentil de votre part, Mère, approuva Stephen.

– La petite chambre en face pourrait vous servir de garde-robe, poursuivit Muriel, et je pense qu'il sera facile de transformer celle d'à côté en salle de bains. Vous aurez ainsi votre propre petit appartement.

La mère et le fils se tournèrent vers Lily, dont la réaction se faisait attendre.

– Merci beaucoup, dit enfin cette dernière sans enthousiasme.

– Excellente idée, Mère ! renchérit Stephen. Mais ces travaux vont vous causer énormément de tracas.

– J'ai déjà consulté deux plombiers, ils estiment l'un et l'autre pouvoir exécuter le plus gros du travail en moins d'une semaine. Ce ne sera donc pas trop incommode.

– Parfait, approuva Stephen. Allons voir cela.

Ils se dirigèrent tous trois vers l'escalier. En traversant le vestibule, Lily jeta un coup d'œil vers le plateau du courrier, reconnut sur une enveloppe mauve son nouveau nom tracé à l'encre violette de l'écriture de Madge et tendit la main pour la prendre.

– Vous voulez lire votre courrier maintenant ? s'étonna Muriel.

– Mais non, il sera bien temps de voir cela tout à l'heure en redescendant, décréta Stephen.

Docilement, Lily obliqua vers l'escalier où elle s'engagea la première. Derrière son dos, Stephen fit à sa mère un sourire entendu et s'effaça pour la laisser passer.

Ils montèrent directement au second étage. La chambre, identique à celle du maître de maison, avait été celle de Christopher. A sa mort, Muriel avait suivi les conseils de ses amis en la vidant aussitôt de tous les souvenirs de son fils aîné. Trop de femmes de sa connaissance n'avaient pas eu ce courage et avaient laissé un bat de cricket dans un coin de l'armoire ou des photos de classe aux murs. Quand une mère recevait de France les effets personnels de son fils mort, elle conservait pieusement ces lugubres vestiges – une appréciation élogieuse d'un chef de corps, des lettres rendues incompréhensibles par la censure, un livre, une balle allemande, un éclat d'obus, une poignée de francs trouvée au fond d'une poche de sa vareuse – dont elle était incapable de se séparer. Elles ajoutaient ces dépouilles aux trophées d'une enfance heureuse et transformaient la chambre du mort en une sorte de sanctuaire morbide.

Pour sa part, Muriel avait tout déblayé le jour même de la lettre officielle confirmant la mort de Christopher. Tandis que le médecin de famille appelait des spécialistes en consultation au chevet de son mari foudroyé, Muriel empilait dans des boîtes les vêtements de Christopher, ses livres, ses vieux cahiers scolaires, ses lettres et donnait à une femme de chambre – ils en avaient trois, à l'époque – l'ordre de tout descendre au fond du jardin et de le faire brûler par le jardinier. Une mince colonne de fumée s'était élevée ce jour-là comme si Muriel sacrifiait tout ce qui faisait sa joie à quelque impitoyable divinité exigeant de la voir anéantir sur un bûcher tout ce qui avait donné du prix à sa vie. Quand Muriel s'était rendue au jardin pour s'assurer que le travail était accompli, le vent s'était levé et avait dispersé les cendres. Il ne restait rien de Christopher : son corps, jamais retrouvé, avait été volatilisé par la guerre comme ses possessions par le vent.

Depuis, on ne parlait plus de la chambre de Christopher mais de la belle chambre d'amis. Personne n'y avait d'ailleurs couché, la maison était trop silencieuse et trop peu accueillante pour que les rares visiteurs veuillent s'y attarder. Après sa démobilisation, Stephen avait envisagé de s'y installer pour finalement préférer reprendre ses habitudes dans sa petite chambre donnant sur le jardin derrière la maison ; des fenêtres en façade, on découvrait la vue de la mer, toujours changeante, qui le perturbait.

Muriel avait transformé la pièce en une jolie chambre gaie et féminine à dominante jaune et bleu, avec un papier peint parsemé de bouquets de fleurs. De larges embrasses retenaient les rideaux de chintz glacé or et bleu, assorti au dessus-de-lit et aux coussins de la banquette.

Lily courut aussitôt à la fenêtre.

– C'est merveilleux ! s'écria-t-elle en souriant à Muriel avec un peu de sa gaieté retrouvée. Divin !

Le parquet était nu, le grand lit double et une large armoire-penderie d'acajou constituaient encore le seul ameublement de la pièce.

– Très joli, Mère ! approuva Stephen. Vous avez dû vous donner beaucoup de mal.

– Oh ! J'avais tout bien prévu. Les coussins et les tapis ont été commandés le jour même où j'ai su la date de votre mariage et je n'ai pas cessé d'être sur le dos des décorateurs et des tapissiers. A vrai dire, je comptais sur trois jours de plus pour avoir le temps de tout finir...

Muriel s'interrompit. Il y eut un silence malaisé. Aucun d'entre eux ne souhaitait admettre ouvertement que le voyage de noces avait tourné court.

Le premier, Stephen rompit le silence.

– La décoration me semble tout à fait finie.

– J'attends encore la table de toilette et son tabouret, s'empressa de répondre Muriel, et on doit venir demain poser les tapis. Je les ai commandés bleus, d'une teinte assortie au reste.

– C'est ravissant ! la rassura Lily. La chambre est merveilleuse comme elle est. Merci mille fois.

– Eh bien, je vous laisse vous installer, mes enfants, dit Muriel en ouvrant la porte. Voulez-vous que je vous envoie Sally pour vous aider ?

– Non merci, je m'en arrangerai toute seule.

– Dîner à sept heures. A tout à l'heure.

Elle referma la porte derrière elle. Stephen et Lily se retrouvèrent seuls.

– C'est vraiment gentil de sa part de s'être donné tout ce mal, dit Stephen.

Lily acquiesça d'un signe de tête.

– Vous aimez les couleurs, le reste ?

– Oui, beaucoup.

– Je sais déjà que vous adorez regarder la mer, comme une vraie petite sirène.

– C'est vrai.

Le silence retomba.

– C'est bon d'être rentré chez soi.

Lily approuva sans mot dire.

– Vous savez quoi ? Nous ferons demain une grande promenade en voiture. Nous déjeunerons à Chichester ou aux environs. On ne m'attend pas au bureau avant la semaine prochaine, profitons-en pour faire quelques excursions.

– Excellente idée.

– Bon, je vous laisse défaire les valises. Vous ne voulez vraiment pas que j'appelle la bonne ?

– Non merci, je préfère le faire moi-même. J'aime ranger mes affaires et je veux regarder mes nouvelles robes.

– Dans ce cas, dit Stephen avec un sourire compréhensif, je descends passer un moment avec mon père et faire la connaissance de sa nouvelle garde-malade.

En allant vers la porte, il s'arrêta et posa une main sur l'épaule de Lily. C'était la première fois qu'ils se touchaient en plein jour depuis sa crise à la sortie du British Museum. Immobile, le visage inexpressif, Lily le regarda dans les yeux. Le sourire supérieur de Stephen ne s'altéra pas. Il se pencha, l'embrassa sur la bouche. Au contact de ses lèvres et de sa moustache, Lily se força à réfréner son mouvement de recul.

Stephen laissa échapper un soupir satisfait.

– Que diriez-vous d'essayer le nouveau lit, chère madame Winters ? Nous le partagerons de longues années.

Lily s'écarta avec naturel et alla s'asseoir sur la banquette sous la fenêtre, les yeux tournés vers la mer. Les mouettes sillonnaient le ciel, la plage se vidait peu à peu des estivants qu'on voyait remballer leur attirail avant de regagner leurs hôtels.

– Stephen, je vous en prie !

Son ton hautain, soigneusement répété, mi-offusqué, mi-réprobateur, le fit rougir de honte malgré lui.

– Je suis désolé, Lily, je ne voulais pas être inconvenant. Mais vous êtes si ravissante que...

Statue de la pudeur outragée, Lily lui décocha un regard d'une telle froideur qu'il ne put achever.

– Bon, je vais rendre visite à mon père, conclut-il avec un sourire contraint.

Lily approuva d'un signe de tête et retint sa respiration jusqu'à ce qu'elle ait entendu ses pas décroître dans l'escalier. Puis, lorsque la porte de son père se fut ouverte et refermée, elle sortit à son tour et descendit sans bruit au rez-de-chaussée. La lettre de Madge était toujours sur le plateau du courrier. Il y avait pour elle une autre enveloppe dactylographiée, postée à Southsea. Lily les prit, remonta à pas de loup, se réinstalla sur la banquette près de la fenêtre ouverte et décacheta d'abord la lettre de Madge.

Lily chérie,

Alors, quel effet ça fait d'être une femme mariée ? Je parie que tu en as moins envie maintenant que tu sais comment ça se passe ! Prends bien tes précautions, tu vois ce que je veux dire. Quand on se reverra, je t'apprendrai des choses que tu dois savoir et dont je serais étonnée qu'on t'ait informée.

Tu en as de la chance d'avoir jeté le grappin sur ton capitaine ! Charlie me parlait l'autre jour de sa famille. Tu vas donc habiter cette belle maison, à moins bien sûr que vous ne vous installiez chez vous. A ta place, je préférerais avoir mon chez-moi. Un joli petit appartement sur le front de mer ou même à Londres, pourquoi pas ? Crois-tu que tu pourrais le décider à déménager ?

On se rapproche de l'écurie. Ce soir, je t'écris de Sidmouth où on est revenus, nous devrions être de retour dans trois ou quatre semaines. Tout va bien, pas de nouvelles sensationnelles. Je te téléphonerai dès qu'on sera à Southsea et tu m'inviteras à prendre le thé, duchesse !

Tu te doutes peut-être que je n'avais pas vraiment envie de t'écrire. C'est Charlie qui me l'a demandé pour pouvoir t'ajouter une page. Au fait, que je te raconte : Sylvia Charmante lui a fait un plat terrible et il l'a envoyée promener. Elle en était malade ! Tu penses si on a bien ri ! Charlie nous quitte pour prendre son nouveau poste au Kings. Son remplaçant est un vrai désastre, il doit arriver demain.

A bientôt, je t'embrasse.

Madge

Lily lut ensuite la lettre de Charlie.

Chère Lily,

Toutes mes félicitations pour votre mariage. Mes meilleurs vœux de bonheur vous accompagnent. Il était évident dès le premier jour que le capitaine Winters était profondément amoureux de vous. Je suis certain que vous avez pris la bonne décision.

Je vous écris pour vous informer que le Kings fera passer des auditions à partir de la mi-juillet et que je pourrai soumettre votre nom si vous le désirez. La saison d'hiver sera consacrée à une série de spectacles sédentaires de pantomime, ce qui vous conviendra peut-être en vous évitant de vous éloigner de votre nouveau foyer.

Avec mon amical souvenir,

Charles Smith

Charlie avait ajouté une ligne, comme s'il savait que sa lettre pourrait être lue par le mari de Lily mais, avant de la mettre dans l'enveloppe, en avait senti la froideur et cherchait à réparer son absence délibérée de réponse au télégramme déchirant qu'elle lui avait envoyé la veille de son mariage.

P.-S. : J'aimerais vous revoir, si le capitaine Winters n'y voit pas d'objection.

Votre toujours fidèle ami,

Charlie

Lily lut et relut la lettre, la replia et la glissa dans une pochette de son nouveau sac à main avant de tourner à nouveau son regard vers la mer. Les familles qui jouaient sur la plage avaient fait place le long du front de mer à des promeneurs en tenue de ville. On entendait au loin un orchestre jouer des valses. Lily se remémora son unique nuit dans la chambre de Charlie, son envie d'une intensité presque douloureuse de sentir sur elle le contact de ses mains. Il n'y avait aucune commune mesure entre ses épuisants affrontements avec Stephen et son désir spontané pour Charlie. Elle voyait désormais sa nuit avec lui comme un des rêves romanesques de sa jeunesse. De fait, le corps mutilé de Charlie était un rêve de jeune fille, à la fois chaud, sensuel et sans danger, alors que la réalité était un cauchemar. Il lui paraissait inconcevable que l'inoffensive tendresse de Charlie et la virilité agressive de Stephen puissent appartenir à des êtres de la même espèce.

Se souvenant alors de la seconde lettre, elle la décacheta, la parcourut et poussa un cri de joie. Le directeur du Kings Theatre lui proposait la date du 21 juillet pour son audition, qui se déroulerait sous la responsabilité du nouveau directeur musical, Charles Smith. Levée d'un bond, incapable de rester en place, Lily fit les cent pas dans la chambre. Ses pas résonnaient bruyamment sur le parquet nu mais elle s'en moquait : l'offre qu'elle tenait en main faisait d'elle une chanteuse professionnelle.

Un bruit de porte à l'étage en dessous et les pas de Stephen dans l'escalier la ramenèrent brutalement au présent. Elle fourra la lettre dans la poche de sa veste et se dépêcha d'ouvrir la valise.

– Eh bien, les bagages ne sont pas encore défaits ?

Stephen était entré sans frapper. Pour la première fois, Lily prit conscience du fait qu'il ne serait jamais obligé de frapper à sa porte, qu'il avait le droit de pénétrer dans sa chambre à toute heure du jour et de la nuit sans lui en demander la permission. Elle n'aurait jamais plus de chambre à elle ni de moyen de sauvegarder son intimité.

– Je rêvassais en regardant la mer et les promeneurs, répondit-elle en guise d'excuse.

– Il est temps de s'habiller pour le dîner.

– J'aimerais d'abord prendre un bain. Y aura-t-il assez d'eau chaude ?

– Bien entendu ! dit Stephen avec un de ses sourires supérieurs. Je tiens particulièrement à ce qu'il y ait toujours assez d'eau chaude.

Lily se munit de sa trousse de toilette et de son peignoir puis, préférant ne pas devoir s'habiller devant Stephen, prit sa robe et ses bas dans la valise ouverte sans qu'il s'en aperçoive.

Ils se retrouvèrent au salon pour le sherry. Muriel admira la toilette de Lily et remarqua sa mine joyeuse. Tout à l'heure, se dit-elle, ce n'était sans doute que de la fatigue ou peut-être était-elle encore sous le choc de ses premières expériences conjugales. Maintenant qu'elle est de retour, elle va s'épanouir. Elle n'aurait pas cette allure si elle n'était pas heureuse avec Stephen.

Sa confiance revenue, Muriel osa leur demander ce qu'ils pensaient de leur séjour à Londres. Stephen ne se fit pas prier pour répondre que tout s'était détérioré depuis la guerre et le temps de ses permissions et que la ville était devenue invivable.

– Ah ! Cette guerre ! renchérit Muriel. Tu ne croirais pas ce que je suis obligée de payer la nouvelle infirmière. On n'en trouve plus une qui accepte de soigner les civils. Elles veulent toutes rencontrer un bel officier blessé pour se faire épouser.

– Les malheureuses ! dit Stephen en riant. Vous ai-je raconté l'histoire de ce type venu me consulter parce qu'il croyait avoir épousé son infirmière et s'était aperçu ensuite que ce n'était que la femme de ménage ?

Lily pouffa de rire.

– Le pauvre ! Mais ce n'est quand même pas suffisant pour obtenir le divorce, n'est-ce pas ?

– Sachez, ma chère madame Winters, répondit Stephen doctement, qu'un habile avocat peut vous marier ou vous divorcer en moins de temps qu'il ne faut pour le dire. En dépit des campagnes des mouvements féministes, on peut se débarrasser en un clin d'œil d'une femme indésirable.

– Tu n'es qu'un tyran ! déclara Muriel en riant. De mon temps, on se mariait pour la vie, c'était plus simple.

Stephen posa la main sur celle de Lily, qui ne la retira pas et le regarda en souriant.

– Nous aussi, dit-il avec assurance. Nous sommes mariés pour la vie, n'est-ce pas Lily ?

Tout va bien, Dieu merci, pensa Muriel. Visiblement il l'aime et, de son côté, elle apprendra à l'aimer. Toutes les apparences étaient contre ce mariage mais, après tout, si Stephen est réellement épris et qu'elle a le bon sens de réagir comme il faut, tout rentrera dans l'ordre et leurs liens se renforceront quand ils auront des enfants.

Lorsque Stephen déclara après le dîner qu'ils étaient fatigués du voyage, Lily admit qu'elle tombait de sommeil et ils montèrent ensemble. Elle se déshabilla pendant qu'il était dans la salle de bains ; quand il en sortit, elle était déjà couchée, les yeux fermés et sa lampe de chevet éteinte.

– Lily ? Dors-tu ? demanda-t-il à mi-voix.

Faute de réaction de sa part, il se glissa dans le lit à côté d'elle et éteignit la lampe de son côté. Immobile dans l'obscurité, Lily écoutait le ressac quand elle sentit la main de Stephen se poser sur son épaule.

– Lily ?

Elle garda le silence. La main de Stephen descendit vers sa poitrine, lui empoigna un sein à travers sa chemise de nuit. Lily remua légèrement, comme si elle venait d'être réveillée.

– Non, Stephen. Ne m'en veuillez pas mais le voyage m'a réellement fatiguée. Il faut que je dorme.

Il ne répondit pas. Inquiète, ignorante des règles du savoir-vivre en vigueur dans ce milieu social inconnu, Lily se demanda s'il allait insister, si elle pouvait encore refuser. Elle l'entendit enfin pousser un soupir résigné.

– Bien sûr, ma chérie.

Le sentant toujours éveillé près d'elle, Lily se força à respirer lentement et avec bruit. Au moindre faux mouvement de sa part, au moindre signe qu'elle ne dormait pas, elle savait qu'il reviendrait à la charge et exigerait d'exercer ses droits conjugaux. Tous deux aux aguets, ils s'épièrent ainsi plusieurs minutes.

– Je descends, dit Stephen tout à coup. J'ai envie de boire quelque chose. Dormez, j'en aurai pour un bon moment.

Lily sentit le lit osciller sous son poids quand il se leva. Elle entendit le bruissement soyeux de sa robe de chambre, ses pieds nus tâtonner sur le parquet à la recherche de ses pantoufles, le bruit de la porte ouverte et refermée. Enfin, le silence revint et elle s'endormit.

A la cuisine, assis devant le fourneau, Coventry fumait une cigarette. La bouilloire chantait sur le feu. En entendant Stephen, il leva les yeux. Stephen s'assit à côté de lui en faisant une grimace frustrée.

– Fatiguée ! gronda-t-il. Elle se prétend fatiguée du voyage ! Au bout de... quoi ? Une heure à peine dans un train confortable ! Tu te souviens de notre marche entre la gare de Saint-Omer et le cantonnement ? Après avoir voyagé toute une journée et toute une nuit, quinze kilomètres à pied pour nous retrouver entassés dans une grange...

Coventry ajouta du thé frais sur les vieilles feuilles macérées au fond de la théière.

– Ici au moins, on est bien, reprit Stephen en se servant dans le paquet de cigarettes de Coventry. Londres était infect, pas mieux que Paris. Grouillant de Yankees et d'étrangers, des voitures partout, plus de service nulle part, les moindres choses hors de prix...

Coventry versa le thé. Stephen en huma avec délice l'âcreté familière et rassurante.

– Personne ne me connaissait ni d'Adam ni d'Ève. Je n'ai même pas voulu mettre les pieds à mon club. De toute façon, je n'y aurais reconnu personne, il n'y a plus qu'un ramassis de vieillards croulants...

Coventry approuva d'un signe de tête et ouvrit une boîte de biscuits. Stephen en prit un, le trempa dans son gobelet et le suça avec délectation.

– D'ailleurs, je ne connais plus personne à Londres. Charles Hollingbury y habitait avant – le major Hollingbury, tu te rappelles ? Depuis que les obus lui ont donné la tremblote, il s'est acheté une ferme dans le Wiltshire...

Conventry confirma qu'il se souvenait du major.

– Moi aussi, j'aimerais avoir une ferme. Comme celle de Belgique. Une petite ferme où je vivrais seul avec Lily. Charles a eu raison de se retirer à la campagne...

Le silence retomba. Assis côte à côte, les deux hommes regardèrent longuement les braises dans le foyer.

– J'ai eu une crise, reprit Stephen à mi-voix. Lily en a fait toute une histoire – elle ne peut pas comprendre. Une détonation dans la rue. Un raté de moteur, paraît-il. Ça m'a d... donné une esp... esp... espèce de c... crise...

Il respira profondément et but une longue gorgée de thé avant de poursuivre :

– Je n'ai rien d... dit. Rien à cr... craindre.

Impassible, Coventry tendit le bras, prit la théière et remplit leurs gobelets. Le visage de Stephen était agité de tics qu'il ne parvenait pas à contrôler.

– Juste une p... petite cr... crise. Le p... pire, c'est que je ne me souviens d... de rien après la d... détonation. Je me suis réveillé d... dans la chambre d'hôtel avec Lily. Elle était f... folle d... de r... rage...

Il y eut un long silence.

– Mais elle ne p... parlera pas. Elle était c... complètement hystérique. On ne la cr... croirait pas.

Coventry lui posa une main sur l'épaule.

– Je ne lui ai rien dit. Je ne p... peux pas lui faire c... confiance, comprends-tu ?

Coventry le serra plus fort.

– Et puis... j'ai rêvé, nom de Dieu ! poursuivit Stephen avec une grimace de douleur. Le rêve a recommencé. Depuis le début.

L'arrivée à Calais, le voyage en train, la marche jusqu'au cantonnement. Qu'est-ce qui se passerait si je rêvais la suite, hein ? Si je rêvais d.. de la f... ferme ?

Coventry lui serrait maintenant l'épaule à lui faire mal. Stephen se figea un instant puis, avec un sanglot, se tourna vers son compagnon et l'étreignit, le visage enfoui au creux de son épaule. Découpées contre la lueur rougeoyante des braises, leurs silhouettes semblaient s'accrocher l'une à l'autre comme pour se protéger encore de la mort qui rôdait dans les immenses plaines des Flandres.

C'est le soleil qui réveilla Lily le lendemain matin. Stephen était déjà sorti. La fenêtre en saillie face au sud recevait le soleil du levant au couchant et les rayons matinaux teintaient les rideaux d'une belle lumière dorée. Lily ouvrit les yeux et s'étira à son aise, seule dans le grand lit, en souriant de plaisir.

– Di-vin ! s'écria-t-elle joyeusement. Fa-bu-leux !

Trop heureuse pour bouger, elle contempla un instant les reflets du soleil sur le plafond repeint à neuf avant de rejeter les couvertures et de courir à la fenêtre. Quand elle écarta les rideaux, le soleil se déversa à flots. Telle une nymphe, Lily déploya sa chemise et se mit à danser dans la lumière. En entendant frapper à la porte, elle retourna précipitamment se coucher et remonta les draps jusqu'au menton.

– Entrez !

C'était Sally qui apportait un grand plateau chargé d'un service à thé, de deux œufs à la coque, d'une corbeille de toasts chauds, d'un pot de beurre et d'une rose dans un petit vase en argent.

– Le capitaine a dit de vous servir le petit déjeuner au lit, Mademois... euh, pardon, Madame, déclara-t-elle avec un large sourire. Il est sorti se promener au bord de la mer. Il a aussi demandé que vous soyez prête à onze heures pour partir en excursion.

Avec une désinvolture étudiée, Lily se laissa servir comme si elle l'avait été toute sa vie.

– Merci, Sally.

– Madame a-t-elle besoin d'autre chose ?

Lily huma le parfum de la rose avec le même délice qu'elle savoura le « Madame », symbole de sa nouvelle position dans la société. Ses camarades d'école étaient des filles comme Sally, leurs parents naguère encore clients de la boutique de sa mère qu'ils traitaient volontiers de haut en donnant à Lily, s'ils voulaient faire preuve de munificence les jours de paie, une caresse sur la joue et un penny pour s'acheter des bonbons. Aujourd'hui, c'était Sally qui lui apportait son petit déjeuner sur un plateau, arrangeait les rideaux dans les embrasses et attendait respectueusement ses ordres.

– Ce sera tout, Sally, je vous remercie, lui dit Lily avec la courtoisie hautaine d'une grande dame.

Elle attendit d'entendre ses pas dans l'escalier avant de pouffer de rire et d'entreprendre de dévorer les œufs, les toasts et de vider la théière. Tout lui parut infiniment meilleur que ce qu'elle s'était jamais préparé elle-même ou avait pu se payer.

Elle était prête à onze heures précises. Elle avait choisi pour l'occasion une robe droite en soie sauvage de couleur pêche sous une veste assortie. L'ensemble avait été retouché à ses mesures et lui allait à ravir.

– Vous êtes éblouissante, Lily ! s'exclama Stephen en la voyant descendre l'escalier. Avez-vous un chapeau ? Le soleil est brûlant, aujourd'hui.

Lily brandit sa capeline de paille blanche.

– Bien. Nous pique-niquerons. J'ai commandé quelque chose de spécial, j'espère que cela vous plaira.

Lily lui lança un regard approbateur. Il portait un pantalon de flanelle blanche et une chemise blanche avec un ascot noué d'une manière savamment négligée. Par rapport à ses complets sombres, cette tenue le rajeunissait.

– La cuisinière s'est surpassée, ajouta-t-il en montrant le panier.

Lily se souvint des sandwiches improvisés et de la limonade tiède de son pique-nique avec Charlie. Stephen prévoyait toujours tout à l'avance, comme une grande personne qui organise les distractions d'un enfant. Charlie et elle avaient passé la journée comme deux enfants qui font l'école buissonnière. Même quand il jouait, Stephen respectait les formes, les conventions. Lily le gratifia quand même d'un sourire radieux. Après tout, Stephen était son mari et Charlie était bien loin...

– Merveilleux ! Je dirais même di-vin !

Coventry attendait près de la voiture. Il gravit le perron pour prendre le panier des mains de Stephen et le mit dans le coffre de l'Argyll avant de refermer les portières.

– Prends la route de Chichester, lui dit Stephen, et essaie de repérer un endroit agréable pour pique-niquer. Si tu ne trouves rien, continue jusqu'à Bosham. C'est un joli petit village au bord de l'eau, ajouta-t-il à l'intention de Lily. Il en est même si près qu'il est inondé à chaque grande marée ou presque. Vous connaissez déjà ?

– Non, mais cela doit être charmant, répondit-elle en souriant, heureuse de sentir le soleil sur son visage.

– Après, nous pousserons jusqu'à Chichester, pour visiter la cathédrale et peut-être prendre le thé avant de rentrer.

– Ce programme me semble parfait.

Stephen posa une main possessive sur son genou. Lily sentit que sa main chaude et moite allait irrémédiablement gâter sa jolie robe neuve mais elle s'abstint de protester aussi longtemps qu'elle le put. A la fin, n'y tenant plus, elle lui souleva un peu la main et l'écarta.

– Attention à ma jupe, dit-elle à mi-voix.

Avec un regard provocant, Stephen souleva l'étoffe et posa sa main, de plus en plus chaude et moite, directement sur le bas de soie.

– D'accord, ma chérie, répondit-il aimablement. Je ferai très attention à la jupe.

Cramoisie, Lily leva les yeux vers Coventry pour vérifier s'il la voyait dans le rétroviseur. Mais Coventry regardait droit devant lui et n'avait rien remarqué.

CHAPITRE 17

Ils visitèrent la cathédrale de Chichester jusqu'au moment où le spectacle des gisants et des pierres tombales eut raison de la belle humeur de Stephen.

– Tant d'embarras pour des morts ! gronda-t-il devant la énième épitaphe vantant les vertus d'un évêque.

Lily s'empressa de faire diversion. Elle commençait à savoir le manœuvrer ; elle savait surtout que, dans son propre intérêt, elle devait procéder habilement.

– Allons prendre le thé ! Je meurs de faim et de soif.

L'expression de Stephen s'éclaircit aussitôt :

– Bonne idée ! Je connais l'endroit idéal.

Ils sortirent par le grand porche de la façade occidentale qui dominait une vaste pelouse entourée d'arbres. Au-delà, on voyait la rue principale bordée de magasins et d'hôtels. Lily aimait la manière dont la cathédrale était intégrée à la ville au même titre que ses autres édifices. Elle apprenait à apprécier les églises, les musées, les galeries d'art. N'ayant jamais eu, avant son mariage, l'idée d'accorder un simple coup d'œil à l'extérieur des monuments publics, elle était encore effarée de l'incroyable quantité de curiosités que Stephen lui avait fait découvrir à Londres.

Elle prenait aussi conscience que la classe à laquelle Stephen appartenait devait, faute d'un labeur pénible qui épuise les forces ou d'instruction à acquérir pour s'élever dans l'échelle sociale, s'évertuer en permanence à meubler ses loisirs. A seule fin de combattre l'ennui, il leur fallait pratiquer des sports, se promener, changer de tenue au moindre prétexte, s'imposer des horaires de repas, imaginer des rites pour tout et n'importe quoi. Ils n'avaient rien d'autre à faire dans la vie. Dans son enfance, les gens de sa connaissance travaillaient si dur qu'ils n'aspiraient qu'à profiter de leur jour de repos sans rien faire. Rares étaient les familles qui se donnaient la peine de prendre l'autobus jusqu'à la plage. Les adultes étaient constamment fatigués, seuls les enfants avaient de l'énergie à dépenser en jouant. Lily n'était pas encore accoutumée à se trouver mêlée à un groupe social dont l'essentiel des activités avait précisément pour objectif de... se fatiguer.

– Ah ! Nous y voilà, annonça Stephen.

Situé en face de la cathédrale, l'hôtel à l'enseigne du Dauphin et de l'Ancre était une maison médiévale à la façade blanche sillonnée de colombages de chêne. L'intérieur était sombre et frais, intime et accueillant. Confortablement installés dans de profonds fauteuils de cuir, ils savourèrent leur thé accompagné de sandwiches et de succulentes pâtisseries.

Lily attendit que Stephen soit rassasié avant d'aborder le sujet auquel elle ne cessait de penser depuis qu'elle s'était réveillée avec le sourire ce matin-là.

– J'ai reçu une lettre de mon amie Madge Sweet.

– Oui, j'avais remarqué. Que veut-elle ?

– Rien. Elle m'écrivait simplement pour me dire qu'on monte un spectacle au Kings de Southsea et qu'elle pense que je devrais y postuler un rôle.

– Pourquoi ? demanda-t-il, les sourcils froncés.

– Mais... parce que ce sera un bon spectacle ! répondit-elle, sincèrement étonnée de la question.

Les lèvres de Stephen esquissèrent un sourire que démentait son regard froid.

– Je ne vois pas pourquoi ma femme irait s'exhiber sur une scène pour un salaire de misère.

– Je n'en ai pas besoin, je le sais, répondit-elle en gardant son calme, mais je ne pensais pas devoir cesser de travailler pour la seule raison que je suis mariée.

– Alors, vous feriez bien d'y penser maintenant. Je n'ai nullement l'intention de voir mon épouse lever la jambe sur une scène de music-hall.

Pendant le silence qui suivit, Lily s'efforça d'évaluer la détermination de Stephen.

– Il n'est pas question de lever la jambe, affirma-t-elle. Je suis soliste, je chanterai en solo.

– Ce n'est pas mieux.

– Je ne m'attendais pas à ce que vous réagissiez ainsi. Je comptais reprendre le travail dès notre retour...

Stephen voulut lui imposer silence.

– Laissez-moi finir ! Ma mère était fière de moi, reprit-elle avec un léger tremblement dans la voix. Elle savait que la tournée de cet été n'était qu'un début et que je serais une vedette. Elle avait raison : j'ai reçu une lettre de la direction du Kings qui m'offre une audition.

– Non, dit Stephen sèchement.

– Un instant ! protesta Lily. Vous ne savez même pas de quel genre de spectacle il s'agit ni quel rôle j'obtiendrais. Il n'est pas question que je redevienne une girl parmi les autres ni même de partir en tournée. Je connais beaucoup de chanteuses mariées, ce n'est pas un crime ! Je croyais que vous aimiez ma voix.

– J'adore vous entendre chanter, Lily, mais pas en public. Cela ne se fait pas, un point c'est tout.

Les dents serrées, Lily se força à garder son calme.

– C'est pour moi une occasion inespérée, Stephen. Si je ne la saisis pas, je n'en aurai peut-être jamais d'autre.

– Vous avez doublement raison, répondit-il en souriant. Vous ne la saisirez pas et vous n'en aurez jamais d'autre. Vous êtes maintenant ma femme, Lily, vous n'êtes plus une danseuse de music-hall. Les deux rôles sont incompatibles.

– Mais vous ne comprenez rien ! Vous répétez le mot danseuse. Je ne serai pas danseuse. Je vous demande simplement de me laisser passer cette audition. Si je réussis, vous verrez ce que je ferai et si cela vous plaît.

– Non.

– Stephen...

– Non !

Lily prit sa tasse d'une main tremblante.

– Vous brisez ma carrière ! dit-elle, rouge de colère.

– Vous n'avez pas de carrière. Vous êtes ma femme.

– Que voulez-vous que je fasse ? Que je reste toute la journée à la maison ? Que je tricote ?

Stephen haussa les épaules avec indifférence.

– Je vous crois capable de trouver des passe-temps qui s'accordent à votre position sociale.

– Je suis chantcusc ! répliqua Lily. Ce n'est pas un passe-temps, c'est ma seule carrière.

Sous son calme de surface, Stephen sentait monter en lui une colère qui lui emplissait la bouche d'un goût écœurant – le goût du sang mêlé à l'odeur douceâtre de violettes qu'avaient certains gaz.

– Pour la dernière fois, Lily, je vous interdis de remonter sur une scène, gronda-t-il. N'espérez pas me faire revenir sur ma décision.

Dans le silence qui suivit, la serveuse qui vint débarrasser leur table les regarda avec curiosité. Lily était écarlate et tremblante, Stephen livide et glacé.

– Je croyais, murmura enfin Lily, que vous m'aviez épousée pour me rendre heureuse. Pas pour gâcher ma vie.

– Pourquoi toujours tout dramatiser ? Cela devient de l'hystérie ! Je ne vous gâche pas la vie, je veille simplement à ce que vous vous comportiez avec dignité. Vous êtes ma femme, vous devez respecter ma position sociale.

Lily ne répondit pas. Elle faillit le menacer de le quitter, elle envisagea même de partir sur-le-champ sans esprit de retour mais le réalisme l'emporta sur sa colère. Elle n'avait nulle part où aller ni un sou vaillant.

– Rentrons, dit Stephen en se levant. De toute façon, cette journée est gâchée à cause de vous.

Pendant le trajet de retour, Coventry les observa dans le rétroviseur : le visage résolument détourné de Stephen, Lily regardait les champs défiler derrière la vitre. Une ou deux fois, il la vit lever sa main gantée vers sa joue et écraser une larme du bout du doigt. Stephen était vautré sur la banquette, les yeux mi-clos, en proie à une rage froide. Coventry connaissait trop bien les signes – les mâchoires contractées, la peau blanchie autour des lèvres. Il accéléra peu à peu en sifflotant silencieusement entre ses dents.

Au dîner, ils étaient toujours brouillés. Entre Stephen assis à un bout de la table et Muriel à l'autre, Lily fixait obstinément son assiette. Ils répondaient l'un et l'autre par monosyllabes aux questions de Muriel qui, de guerre lasse, leur raconta sa journée en détail sans tirer d'eux un mot de plus.

– Prévoyez-vous de faire une nouvelle excursion demain ? demanda Muriel à Stephen.

– Non, j'irai au bureau, répondit-il sèchement.

La lune de miel est donc finie, pensa-t-elle. Dieu fasse que la suite de leur mariage se passe mieux que cette première semaine ! S'il ne peut pas s'entendre avec elle, pourquoi l'a-t-il épousée ? Muriel coula un regard discret à Lily. Une fille aussi ravissante devrait nager dans le bonheur au début de son mariage. Stephen s'est marié par amour avec la femme de son choix. Pourquoi ces deux-là sont-ils incapables de s'entendre ?

Au moment d'aller prendre le café au salon, Lily s'excusa.

– J'ai une affreuse migraine, je préfère me coucher tout de suite.

– Oh ! Ma pauvre petite ! dit Muriel avec compassion. Avez-vous tout ce qu'il vous faut ? De l'aspirine ?

– Oui, merci, j'ai tout ce qu'il me faut. Bonne nuit.

Muriel lui souhaita un prompt rétablissement. Stephen se borna à un hochement de tête et la regarda sortir sans mot dire. Muriel hésita à parler. Rien pourtant n'aurait été plus naturel que de s'inquiéter des causes d'une mésentente qui assombrissait les premiers jours du mariage de son fils. Mais l'habitude du silence entre Stephen et elle était si bien ancrée qu'elle ne se sentait pas de force à prendre seule l'initiative de le rompre. Quand elle se hasarda à lui lancer un regard l'invitant à se confier, il resta impassible et lui répondit par un sourire froid.

– Encore un peu de café, Mère ?

– Non merci, mon chéri, répondit-elle en soupirant.

– Je crois que je vais boire le mien chez Père.

Muriel hocha la tête, résignée. Il aurait été déplacé de suggérer à Stephen de monter plutôt à l'étage au-dessus et d'essayer d'arranger les choses avec sa femme. Elle entendit son pas lourd dans l'escalier, le bruit de la porte, les quelques mots échangés avec la garde-malade qui lui cédait la place.

Une fois seul, Stephen referma la porte, s'approcha du lit, posa sa tasse sur la table de nuit et s'assit au chevet de son père. Toujours immobile, Rory Winters suivait cependant des yeux chacun de ses mouvements.

– Bonsoir, Père. Drôle de journée, aujourd'hui. Avec cette chaleur, le jardin aurait grand besoin de pluie. Nous sommes allés en voiture jusqu'à Chichester. J'ai fait visiter la cathédrale à Lily. Ensuite, nous avons pris le thé...

La respiration laborieuse de Rory couvrait presque ses paroles.

– Nous nous sommes disputés. Pour une bêtise, en réalité... Elle est jeune, elle se monte la tête pour un rien. Elle ne comprend pas encore le mode de vie d'une famille comme la nôtre, les règles qu'il faut respecter. Il faudra que Mère lui montre comment faire mais elle apprendra vite. Elle est assez jeune pour être bien dressée...

Sous le regard toujours vigilant de son père, il tendit la main vers sa tasse.

– Oh, je sais ! reprit-il avec un rire contraint. Vous croyez toujours que, si Christopher avait vécu, il aurait épousé la fille d'un lord, sinon mieux. Eh bien, que voulez-vous, il n'est plus là ! Il est mort. Il ne vous reste que moi et je n'ai pas pu en trouver d'autre que Lily. Mais malgré ses origines et son manque d'éducation, elle vaut cent fois, mille fois mieux que ces harpies que Mère voulait me jeter dans les bras !

Il s'interrompit, alla à la fenêtre, souleva le rideau. Dans la nuit étoilée, la lune traçait un sillon d'argent sur la mer dont la houle ondulait la surface comme des muscles puissants jouant sous une peau mouillée.

– Il fait clair, dehors. Trop clair. Comme en plein jour, dit-il d'un ton où perçait l'angoisse.

Il laissa retomber le rideau et revint lentement vers le lit tout en parlant.

– Elle est si... saine. Si propre. Même depuis notre mariage, elle reste pour moi une de ces jeunes filles dont je rêvais, avant qu'elles n'apprennent à être modernes, à fumer, à boire comme les hommes. Même en robe courte à la mode actuelle, elle n'a pas l'air *moderne*. Elle est jeune, elle est saine. Quand je suis près d'elle, j'ai l'impression que la guerre n'a pas eu lieu, qu'il ne s'est rien passé...

Il se rassit, prit la main inerte et froide de son père dans la sienne et se pencha vers lui.

– Ce sont toutes des putains, dit-il sur le ton de la confidence. Toutes, sans exception – sauf Lily. Il suffit de la regarder pour comprendre qu'elle n'est pas comme les autres. Elle est pure, elle est saine. Nous avons peut-être quelques petits problèmes – qui n'en a pas au début ? Mais je vous dis que c'est la seule fille de toute l'Angleterre que je puisse regarder en étant sûr qu'elle ne ressemble pas aux autres. Elle, au moins, ce n'est pas une putain.

Il lui tapota gentiment la main avant de la reposer sur le couvre-pied. Rory le fixait d'un regard intense comme s'il voulait lui répondre.

– J'ai connu une fille comme elle en Belgique. La fille d'un fermier, une paysanne. Une vraie fille d'autrefois... Allons, bonne nuit, dit-il sans transition.

Il se leva, sortit, monta l'escalier en silence. Lily était déjà couchée, sa lumière éteinte. Stephen se déshabilla dans la salle de bains pour éviter de la déranger et revint se glisser près d'elle. Dans le silence de la nuit, on entendait le ressac se briser sur les galets à marée haute. La pleine lune derrière les rideaux baignait la chambre d'une lueur dorée. Comprenant à son immobilité trop étudiée que Lily ne dormait pas, Stephen ne put s'empêcher de sourire. Elle est jeune, elle apprendra...

Pourquoi avoir parlé devant son père de cette jeune Belge, Juliette Pérot ? Si elle vivait encore, elle serait un peu plus jeune que Lily mais elles avaient toutes deux la même pureté innocente. Pensionnaire chez les religieuses d'Ypres, elle était revenue à la ferme aider ses parents quand ses frères avaient été mobilisés. Juliette aurait fait une bonne religieuse. Elle affichait la même certitude sereine quand il la voyait aller en carriole vendre ses œufs et ses fromages au marché ou aux cafés des villages.

Le souvenir de Juliette passant au trot de son poney dans les petits chemins de campagne, assez loin derrière les lignes pour que les gens prétendent que la vie suivait son cours normal, le fit de nouveau sourire. Tous les jours, on entendait gronder le tonnerre des canons, tous les jours on voyait les colonnes de renforts qui montaient vers le front croiser les longues files de véhicules réquisitionnés – camions, autocars, charrettes de paysans – qui en redescendaient, chargés d'une nouvelle cargaison de blessés et de mourants. Et pourtant, Juliette passait imperturbable au trot de son poney et s'occupait de ses affaires comme si le monde entier ne se battait pas à sa porte.

Oui, se dit Stephen, c'est par là qu'elle ressemblait à Lily. Elle manifestait la même volonté obstinée d'ignorer jusqu'à l'existence de la guerre, le même refus de la voir, d'en recevoir les stigmates. Cet aveuglement délibéré ne valait-il pas mille fois mieux que l'enthousiasme criminel des prétendus patriotes et leur compassion hypocrite pour les victimes du massacre ?

Il tendit la main, toucha l'épaule de Lily. Pour la première fois, il prenait conscience qu'elle était sans doute désemparée. Il lui avait interdit de retrouver son métier, ses camarades, elle n'avait pour ainsi dire rien mangé au dîner, elle souffrait de la migraine. Elle se sentait seule au monde, sans sa mère morte, sans amis. Elle avait probablement pleuré. La pauvre petite se meurtrissait à tirer sur sa laisse ; il faudrait pourtant la dresser...

La peau nue de Lily, tiède et douce sous sa main, fit monter en Stephen un élan de tendresse. Il était prêt à faire le premier pas vers la réconciliation quand la voix de Lily, tranchante et froide, le figea :

– Si vous portez un seul doigt sur moi, je hurlerai de manière à réveiller la maison et ameuter tout le quartier.

Stephen eut beau la réveiller en ouvrant les rideaux et en marchant bruyamment sur le parquet, Lily ne se leva pas pour descendre prendre le petit déjeuner. La tête sur l'oreiller, elle le regarda aller et venir sans faire le moindre effort pour l'aider à chercher ses boutons de manchettes, qu'il se plaignait amèrement de ne pas trouver à leur place habituelle. Quand il les découvrit dans la salle de bains, où il les avait lui-même laissés la veille, elle accueillit la nouvelle avec aussi peu d'intérêt.

– Je descends déjeuner, annonça-t-il.

– Demandez à Sally de me monter du café et un toast, répondit-elle. Je m'habillerai tout à l'heure.

Stephen n'osa pas lui rétorquer que le petit déjeuner au lit était un luxe dont elle n'avait bénéficié la veille qu'à titre exceptionnel, comme une sorte de prolongement du voyage de noces. Les jours ordinaires, elle devait être habillée en même temps que lui et descendre à la salle à manger, prête à lui verser son thé et à beurrer ses toasts.

– Vous ne déjeunez pas avec moi ? insista-t-il.

– Non, répondit Lily avec un sourire désarmant. Je n'ai aucune obligation à remplir, pas de travail auquel me rendre, pas d'amis à rencontrer. Je n'ai donc aucune raison de me lever. Je me baignerai et je m'habillerai plus tard.

– Si vous persistez à bouder...

– Mais je ne boude pas ! l'interrompit-elle sans cesser de sourire. J'estime simplement que si je dois mener une vie oisive, autant profiter de ses avantages.

Stephen se pencha pour l'embrasser sur la joue. Il condamnait l'attitude de Lily mais ne pouvait formuler de raison valable de la lui reprocher – ses arguments étaient, après tout, parfaitement logiques.

Lily se redressa, lissa les draps d'un air satisfait.

– Passez une bonne journée, lui dit-elle aimablement.

Muriel servit le thé de Stephen, qui lisait le *Times* à l'autre bout de la table sans parler. Si elle s'était attendue à voir Lily descendre déjeuner avec son mari et lui dire au revoir quand il partirait au travail, elle s'abstint d'aborder le sujet. De même, elle ne souffla mot lorsque Stephen ordonna à Sally de monter un plateau à Mme Winters. Après le départ de son fils, Muriel demeura assise au salon près de la fenêtre à regarder les enfants jouer autour du lac et les cygnes naviguer gracieusement en se mirant dans l'eau. Elle ne voulait à aucun prix monter s'enquérir de la santé de Lily ou lui demander si elle avait besoin de quelque chose. Elle redoutait d'attirer les confidences de sa belle-fille, de se trouver amenée à intervenir dans les démêlés conjugaux de son fils et de devoir conseiller l'un ou l'autre. Elle aspirait avant tout à rester dans l'ignorance.

Aucun bruit ne parvint de la chambre de Lily jusqu'à onze heures. Muriel l'entendit descendre au premier étage et s'arrêter pour saluer Rory. Quand elle atteignit enfin le vestibule, Muriel sortit du salon et constata avec étonnement qu'elle portait son chapeau et ses gants.

– Vous sortez ?

– Juste pour une petite promenade sur le front de mer, répondit Lily avec son plus beau sourire. Je pousserai peut-être jusqu'aux magasins.

– Je vais demander à Coventry de vous conduire...

– Inutile de le déranger. Il fait un temps splendide, j'ai envie de marcher un peu.

– Je dois aller prendre le thé chez Mme Frost. Sa fille sera là avec quelques amies. Voulez-vous venir, Lily ?

– Avec plaisir. A quelle heure ?

– Nous partirons vers trois heures et demie. Coventry nous déposera en allant chercher Stephen, de sorte que nous pourrons rentrer tous les trois ensemble.

– Parfait, approuva Lily. A tout à l'heure !

Elle était déjà sur le perron quand Muriel la héla :

– Déjeuner à midi !

Lily passa la tête par la porte entrebâillée.

– Ne prévoyez rien pour moi, dit-elle gaiement. Mais je serai de retour pour le thé.

Sur quoi elle s'esquiva sans laisser à Muriel le temps de protester.

Elle marcha d'un pas de promenade le long du front de mer jusqu'à ce qu'elle soit hors de vue de la maison puis, s'en étant assurée, elle traversa le jardin public vers l'arrêt du tramway le plus proche. En payant son ticket, elle fit l'inventaire de sa fortune : après avoir changé son dernier billet d'une livre pour envoyer le télégramme annonçant son mariage à Charlie, il lui restait en tout et pour tout quelques shillings et une poignée de pennies. Stephen avait bien parlé de lui donner régulièrement de l'argent de poche mais sans pousser plus loin ce projet. Ce serait gênant de le lui rappeler alors qu'il lui payait déjà toutes ses affaires et qu'il lui avait ouvert un compte dans les principaux magasins de Portsmouth ; mais sans un sou en poche, elle aurait aussi bien pu demeurer Lily Pears qui avait au moins l'assurance d'un salaire hebdomadaire.

La façade en proue de navire du Kings Theatre se profila bientôt. En descendant du tramway, Lily remarqua aussitôt, sur les affiches des spectacles de l'été, des bandeaux proclamant : AVEC

LE GRAND ORCHESTRE DU KINGS SOUS LA DIRECTION DE CHARLES SMITH. Les portes vitrées étaient fermées, sauf une sur le côté réservée à la location des places. Une femme de ménage frottait le sol de marbre du hall, au fond duquel s'élevait l'escalier recouvert d'une épaisse moquette verte.

Depuis l'ouverture du Kings en 1907, Lily y était souvent venue avec sa mère. A l'époque, elles prenaient des places au poulailler, tout en haut de la salle, qui avait une entrée et une caisse séparées sur le côté du bâtiment. On tenait les spectateurs populaires soigneusement à l'écart des belles dames et des beaux messieurs qui avaient droit à l'entrée principale, à la moquette et aux fauteuils capitonnés. Lily s'éloigna avec un sourire amusé : si Mme Winters pouvait désormais bénéficier de tous les égards et s'asseoir aux meilleures places, elle préférait encore être Lily Valance et arriver sur scène par l'entrée des artistes.

Le théâtre avait été construit sur un terrain coincé entre des rangées de modestes logements ouvriers. En longeant le bâtiment pour atteindre l'entrée des artistes à l'arrière, Lily fut assaillie par des gamins qui jouaient dans la rue et qui, attirés par sa mise élégante, se précipitèrent sur elle la main tendue en demandant un penny. Voyant déjà leurs mains sales sur sa belle robe, elle sut retrouver les accents de son quartier natal pour les envoyer au diable.

Arrivée devant la porte, elle s'arrêta un instant et sortit le miroir de son sac. Sa coiffure était en place, son petit chapeau bien droit, son rouge à lèvres discret. Aussi jolie que lorsque Charlie l'avait vue pour la première fois, elle avait acquis dans l'épreuve une maturité qui la rendait belle. Satisfaite, Lily sourit à son reflet, leva la main et frappa. Le concierge lui ouvrit.

– Lily Valance. Je viens pour l'audition, annonça-t-elle en agitant la lettre du directeur de manière que le cerbère ne remarque pas qu'elle avait un jour d'avance.

L'autre la fit entrer. Elle vit à sa gauche la loge vitrée où le concierge faisait le thé pour les acteurs et se livrait à un fructueux commerce allant des paris sur les courses à la vente de journaux, de la délivrance de messages confidentiels au colportage des rumeurs. Devant elle, un escalier de ciment menait à la scène. Le couloir des loges s'ouvrait à gauche, la porte de la grande loge réservée à la vedette se trouvait à droite, quelques marches plus haut.

– Qui venez-vous voir ? s'enquit le concierge.

– Charlie Smith.

– Il fait répéter l'orchestre. Allez-y.

Lily gravit les marches et déboucha dans un espace caverneux et sonore de la taille d'un entrepôt. Jamais elle n'avait vu de scène aussi vaste. Des éléments de décors hauts comme des maisons étaient appuyés au mur du fond. Trois hommes en salopette y peignaient un escalier qui ne menait nulle part. Ils lancèrent des œillades à Lily qui leur répondit par un sourire mais passa sans s'arrêter. Elle craignait qu'on s'étonne de sa présence et qu'on l'expulse avant qu'elle n'ait trouvé Charlie.

L'orchestre répétait un charleston. Lily reconnut la voix de Charlie qui criait avec lassitude :

– Mais non ! Reprenons depuis le début. Et gardez le rythme, bon sang, il faut que ça claque ! Un, deux, trois...

L'orchestre reprit à contretemps. Charlie l'arrêta en tapant de sa baguette sur le piano.

– Non ! Recommençons. Deux, trois, quatre...

En sentant le rythme familier faire vibrer la scène sous ses pieds, Lily ne put retenir un sourire heureux. Elle revivait, elle se retrouvait chez elle. Sa brève angoisse dissipée, elle sortit des coulisses et s'avança hardiment sur la scène. La salle était plongée dans l'obscurité, à peine dissipée par quelques veilleuses et les lampes sur les pupitres des musiciens dans la fosse d'orchestre.

Émerveillée, Lily découvrit alors le plus beau théâtre qu'elle eût jamais vu, une salle digne de celles de Londres. La courbe harmonieuse des deux étages de balcons soulignés de moulures dorées se terminait par des loges d'avant-scène. Des lustres de cristal pendaient du plafond aux peintures extravagantes, les rangées de fauteuils de velours vert semblaient se perdre au loin dans l'immensité. Soudain intimidée, Lily se dit qu'elle ne serait jamais capable de se faire entendre jusqu'au fond, de tenir une telle salle en haleine comme Charlie le lui avait enseigné, de devenir une reine pour ces foules de spectateurs.

Charlie distingua du coin de l'œil un mouvement sur la scène, leva les yeux de sa partition et vit apparaître Lily, radieuse, le visage levé, le corps tendu vers la salle comme pour susciter l'ovation.

– En voilà une surprise ! s'écria-t-il. Content de te voir de retour, Lily. Bienvenue chez nous.

CHAPITRE 18

Avec un sourire ravi, Lily franchit en courant la passerelle entre la scène et la salle. Charlie enjamba la rambarde de la fosse d'orchestre et, tandis que les musiciens intrigués s'arrêtaient de jouer, ils tombèrent dans les bras l'un de l'autre. Lily se serra si fort contre lui, le visage enfoui au creux de son épaule, qu'elle en fit tomber son chapeau. Pour la première fois depuis la mort de sa mère, elle se sentait heureuse et en sécurité.

– Oh ! Charlie, Charlie...

– Suffit pour le moment, lui souffla-t-il. Le spectacle est terminé, ajouta-t-il en se tournant vers les musiciens qui les observaient d'un air narquois. On fait une pause de dix minutes. Revenez à midi vingt, pas plus tard.

Il entraîna Lily vers un fauteuil du premier rang et s'assit à côté d'elle.

– Alors, dis-moi. Que deviens-tu, comment vas-tu ?

Sous le regard pénétrant de Charlie, Lily ne sut que répondre. Elle ramassa et remit son chapeau pour se donner une contenance.

– Oh ! Moi, ça va... Merci de ta lettre.

– La mort de ta mère m'a fait beaucoup de peine.

– Je sais, merci.

Charlie soupira, frustré de ne pas disposer de mots capables de la consoler. Lily avait perdu à la fois son ange gardien, son chaperon, son manager. Il avait beau avoir été témoin de l'anéantissement d'une génération entière et avoir vu mourir sous ses yeux nombre de ses amis, il savait que chaque mort représentait une tragédie personnelle. Chacune des milliers de croix de bois qu'on commençait à aligner en France sur les anciens champs de bataille portait un nom. Qu'un régiment désigné par un simple numéro ait été décimé pour tenir une heure de plus un petit bois au sommet d'un tertre insignifiant, cela voulait dire que des milliers de foyers avaient été touchés, que des milliers d'hommes et de femmes avaient pleuré la mort d'un père, d'un frère, d'un mari, d'un fiancé. Le deuil de Lily ne représentait qu'une seule mort parmi des millions, cette mort n'en constituait pas moins l'épreuve la plus douloureuse de sa jeune vie. Il lui faudrait sans doute longtemps pour la surmonter.

– Quoi de neuf ? Raconte ! Es-tu venue auditionner ? Le capitaine t'a-t-il autorisée à reprendre le travail ?

– Évidemment ! répondit-elle de son air le plus innocent. Du moment que je serai rentrée à l'heure du thé, il n'y verra pas d'inconvénient.

– Cela marchera peut-être pendant les répétitions mais comment feras-tu quand les représentations débuteront ? Les matinées finissent à quatre heures et demie, les soirées commencent à sept heures et demie et tu devras être ici une heure avant le début du spectacle.

– Eh bien, nous dînerons ensemble. Il se passera de moi pour le thé. Sa mère s'occupera de lui, elle ne sort pour ainsi dire jamais.

– Vous vivez chez elle ? Vous ne prévoyez pas de vous installer chez vous ?

– A quoi bon ?

Charlie s'abstint de lui donner vingt bonnes raisons.

– Et ta belle-mère ne s'oppose pas, elle non plus, à ce que tu remontes sur scène ?

– Pas du tout ! répondit Lily avec une désinvolture sous laquelle Charlie subodora un mensonge.

– Et ton beau-père, le père du capitaine Winters ? insista-t-il. Qu'en pense-t-il, lui ?

– Arrête donc de me turlupiner avec toute la sainte famille ! protesta Lily, agacée. Personne ne s'inquiète de ce que je fais ni d'où je vais. Et cesse de traiter Stephen de capitaine. Il n'est plus dans l'armée, il est avocat. C'est idiot d'utiliser encore des grades ! La guerre est finie, tout le monde l'a déjà oubliée.

– Crois-tu ?

– Oui ! dit-elle sèchement. Parle-moi plutôt du spectacle. En quoi consistera-t-il, quels numéros y aura-t-il ?

Son ton naïvement autoritaire fit sourire Charlie.

– Eh bien, chère madame, sachez que ce sera une revue de variétés à grand spectacle. Nous auditionnons les artistes, mais les girls sont engagées et répètent les chorégraphies. Quant à moi, je faisais travailler l'orchestre quand votre arrivée a perturbé la répétition.

– Puis-je quand même auditionner aujourd'hui ?

– Pourquoi pas demain, comme prévu ?

Elle lui coula un regard en coin, hésita.

– J'étais en colère, avoua-t-elle. Je voulais changer d'air, retrouver l'atmosphère du théâtre. J'avais surtout envie de te revoir. Mais si tu ne peux pas me faire passer l'audition aujourd'hui, je reviendrai demain.

– Inutile. Richard Rice, le directeur, doit venir à midi et demi. Il t'écoutera.

– Puis-je chanter comme je suis, sans costume ?

– Bien sûr. Enlève simplement ton chapeau.

Lily s'exécuta, secoua la tête. Ses cheveux avaient repoussé jusqu'à lui frôler les épaules. Charlie la trouva beaucoup changée depuis son départ de la tournée, à peine un mois auparavant. Sa physionomie, son comportement étaient empreints d'une gravité, d'une maturité que ne possédait pas l'ancienne Lily, encore abritée sous l'aile maternelle. Debout face à face dans la pénombre de la salle, Charlie et elle se dévisagèrent intensément, les yeux dans les yeux, sans réticences ni faux-semblants, comme des amants enfin réunis.

Stephen l'a probablement blessée, pensa Charlie. Elle est sans doute venue sans sa permission, sinon au mépris de son interdiction formelle. Il se retint de justesse de la mettre en garde contre les conséquences de son insubordination. Après tout, elle s'était mariée de son plein gré sans qu'il eût rien fait pour l'en empêcher. En rendant sa liberté à Lily, en abandonnant à un autre la femme qu'il aimait, il s'était montré impuissant – dans tous les sens du terme. Il n'avait donc pas le droit de s'immiscer dans sa vie conjugale, même afin de l'aider. Si Stephen et Lily avaient des difficultés, ils devaient les résoudre seuls ; il n'y avait pas de place pour lui dans leur ménage.

– Pourquoi as-tu l'air triste ? demanda-t-elle.

Charlie haussa les épaules en souriant.

– Pour rien... Je m'inquiétais des problèmes dans lesquels tu risques de te jeter, mais tu n'as pas besoin de mes conseils. Je te crois assez maligne pour entortiller ton mari autour de ton joli petit doigt.

– Pas encore, avoua-t-elle.

– Allons ! Une femme intelligente fait ce qu'elle veut d'un homme amoureux d'elle. Plutôt que de foncer tête baissée dans la mêlée, use de ton charme et de tes sourires pour obtenir ce que tu désires. Et si tu mets ta belle-mère de ton côté, tu es sûre de gagner à tous les coups.

Les musiciens reprenaient leur place en toussant bruyamment pour manifester leur discrétion. Charlie se tourna vers eux avec un sourire complice.

– Les amis, je vous présente Lily Valance, que j'ai bien connue au Palais. Elle va auditionner devant M. Rice. Lily, *Burlington Bertie* sur un rythme de ballade irlandaise, ça te convient ?

– Oui, bien sûr.

– Vous avez tous la partition, vous autres ?

On entendit des raclements de chaises, des bruits de papiers froissés, des grognements approbateurs.

– Bien. Lily, va au fond de la scène et reviens vers la rampe pendant l'introduction. Maintenant allons-y ! Lent et mélancolique et-un et-deux et-trois et-quatre...

Lily gagna le fond de la scène, s'avança à pas lents et commença à chanter d'une voix claire, bien posée, sans effets. Les cheveux rejetés derrière les oreilles, les mains agrippées aux revers de sa veste, elle avait pris l'allure d'un orphelin perdu et sa voix pure conférait une tristesse poignante à une romance sentimentale qui, interprétée par une autre, serait restée mièvre. A la fin, honteux de sa gorge nouée et des larmes qui lui piquaient les yeux, Charlie reprit contenance en lâchant une bordée de jurons.

– Bon, ça ira comme ça ! grommela-t-il. Maintenant, disparais et laisse-nous travailler, on a autre chose à faire. Je te préviendrai quand M. Rice sera arrivé.

Docilement, Lily alla s'asseoir sur un tabouret en coulisses derrière un portant pendant que Charlie reprenait le cours de la répétition. Entendant la musique s'arrêter peu après, Lily se pencha pour voir ce qui se passait. Un homme aux yeux bleus, au large sourire et au crâne chauve ceint d'une couronne de cheveux blonds frisés parlait à Charlie, qu'il dominait d'une tête.

– Bien sûr que je l'auditionnerai, l'entendit-elle déclarer. Mademoiselle Valance !

Lily s'avança jusqu'à la rampe.

– Je suis là.

– Charlie ne tarit pas d'éloges sur votre compte, dit M. Rice. Est-ce vrai ?

– Oh ! Il dit la même chose de toutes les filles, répondit-elle avec un sourire malicieux.

Rice pouffa de rire et lança une claque dans le dos de Charlie.

– C'est ce que nous verrons ! Allez-y, je vous écoute.

Charlie battit la mesure, l'orchestre joua l'introduction et Lily commença à chanter. Ayant eu le temps de se familiariser avec l'acoustique de la scène et de la salle, elle savait pouvoir se faire entendre sans forcer sa voix. Dans le silence recueilli qui suivit la dernière note, Lily attendit avec angoisse l'opinion du directeur.

– Bon, très bon, dit-il enfin. Sait-elle danser ? demanda-t-il à Charlie.

– Elle adore la danse.

– Peut-elle chanter des choses un peu... osées ?

– Non, ce n'est pas son style et elle est encore trop jeune. En revanche, elle est parfaite dans les ballades et chante le ragtime comme personne. Elle a un sens du rythme époustouflant et elle n'avale jamais une mesure.

– Bien, bien... Voulez-vous me chanter autre chose, ma chère mademoiselle Valance ? lui demanda M. Rice. *Alexander's Ragtime Band*, par exemple ?

Lily consulta du regard Charlie, qui l'encouragea d'un signe.

– Oui, bien sûr, répondit-elle avec assurance.

Les longues heures en sa compagnie, accoudée au piano dans le salon de la pension de famille, lui revinrent en mémoire. Il lui avait appris à accentuer les temps forts, à marquer le rythme en tapant dans ses mains ou en dansant, à laisser passer huit mesures pour retomber pile sur le couplet ou le refrain. Certes, elle n'avait jamais chanté, encore moins dansé le ragtime sur scène, mais il fallait une première fois. Entre les ondulations provocantes de Madge et les évolutions langoureuses de Sylvia, elle saurait trouver un juste milieu... Non, comprit-elle tout à coup. Le style ni de l'une ni de l'autre ne convenait au ragtime, musique joyeuse et insouciante faite pour être sifflée et dansée par des gamins des rues. De plus, sa tenue de lady était tout à fait déplacée. Il lui fallait un accessoire...

– Une minute ! lança-t-elle.

Dans le coin des coulisses où elle avait attendu, elle avait vu des chapeaux pendus à un portemanteau. Elle y courut, s'empara d'un canotier et revint sur scène.

– Commence lentement et accélère le tempo progressivement, dit-elle à Charlie.

– Pas commode, grommela-t-il. Enfin...

Les mains dans les poches, le chapeau sur les yeux, elle prit une attitude de gavroche impertinent et attaqua les premières mesures en détaillant les paroles. Peu à peu, avec une précision parfaite, elle accéléra jusqu'à un rythme irrésistible. Le visage éclairé d'un sourire radieux, elle cessa soudain de chanter, empoigna le canotier qu'elle fit tourner autour de son index en exécutant une série de claquettes. L'orchestre, qui s'était arrêté de jouer sur un signe de Charlie, reprit au refrain qu'elle chanta à l'unisson jusqu'au dernier accord, éclatant et triomphal, le tout sans manquer un quart de mesure.

– Bravo ! s'exclama le directeur en applaudissant. C'était superbe, mademoiselle Valance. Vous passerez en vedette américaine. Début des répétitions lundi à onze heures.

– Youpiii ! s'écria Lily, folle de joie, en jetant le canotier en l'air.

Le soir, au dîner, Stephen et Lily observèrent une trêve malaisée. Du potage aux tomates à la fricassée de foie de veau et à la compote de pommes, Muriel fit l'essentiel des frais de la conversation.

– Je n'aime pas le foie, répondit Lily à sa belle-mère qui lui demandait si elle était souffrante. Je n'en mange jamais.

– Étrange, répondit Muriel d'un air glacial.

Comme dans toutes les bonnes maisons bourgeoises, les menus des Winters étaient immuables et le foie de veau y revenait deux fois par mois. Qu'allait dire la cuisinière, connue pour son caractère revêche, s'il fallait la forcer à bouleverser sa routine ?

– C'est un de mes plats préférés, déclara Stephen.

Devant les mines aussi butées de son fils et de sa belle-fille, Muriel laissa échapper un soupir.

– Allons prendre le café au salon, dit-elle en se levant. Voudriez-vous m'aider à bobiner ma laine, Lily ?

Assise devant la cheminée garnie de fleurs séchées, Lily tendit les bras. Muriel lui passa un écheveau de laine autour des poignets et commença à rouler une pelote.

– Qu'allez-vous tricoter ? demanda Lily poliment.

– Un gilet et des bottons pour ma nièce Sarah-Louise qui attend un enfant. Son mari et elle vivent en Écosse, de sorte que nous les voyons rarement. Mais j'aime garder le contact avec la famille.

Lily approuva d'un signe de tête.

– Elle n'est mariée que depuis deux mois, poursuivit Muriel

qui désespérait de discerner un quelconque sentiment sur son visage inexpressif. Elle a toujours voulu une grande famille, autant s'y prendre sans tarder.

– Moi pas, déclara Lily avec un sourire qui plongea Muriel dans la perplexité.

Le silence retomba. La marée était basse, on n'entendait pas le grondement du ressac. Stephen faisait les cent pas, sa tasse de café à la main.

– Je crois que je vais faire un tour, annonça-t-il.

Lily et Muriel levèrent les yeux vers lui ensemble.

– Après avoir été enfermé toute la journée au bureau, j'ai besoin de prendre l'air, ajouta-t-il de mauvaise grâce. Je pousserai peut-être jusqu'à l'île de Hayling avec Coventry.

– Comme tu voudras, mon chéri, dit Muriel, résignée. Voulez-vous sortir aussi, Lily ?

– Non merci, répondit Lily d'un ton suave. Je comptais passer une heure avec M. Winters.

Muriel remarqua que Stephen n'insistait pas pour emmener Lily.

– Je rentrerai tard, déclara-t-il. Ne m'attendez pas.

Il ouvrit la porte et leur souhaita le bonsoir du seuil. Les bras tendus, l'écheveau de laine aux poignets, Lily ne bougea pas de sa place. Muriel était sur le point de l'en débarrasser afin qu'elle aille embrasser Stephen mais elle retint son geste de justesse. A l'évidence, Lily n'avait nulle intention de se lever.

Elles entendirent Stephen dans le vestibule héler Coventry du haut de l'escalier de service.

– Patrouille de nuit !

La porte d'entrée claqua derrière les deux hommes. Muriel recommença à rouler sa pelote, la voiture démarra, s'éloigna. Le silence retomba.

– J'espère que vous êtes heureuse, lâcha Muriel à brûle-pourpoint.

Lily leva les yeux. Sur son ravissant visage plus inexpressif qu'un masque et dans son regard vide, Muriel ne put rien lire ni rien deviner de ses sentiments.

– Pourquoi ne le serais-je pas ? répondit-elle avec une candeur désarmante.

Muriel n'insista pas et termina sa tâche en silence.

– Merci, ma chère petite, dit-elle en s'efforçant de mettre un peu de chaleur dans sa voix.

– De rien, répondit Lily poliment. Puis-je monter voir M. Winters, si vous n'avez plus besoin de moi ?

– Si vous voulez, mais rien ne vous y oblige. Nous ne savons même pas s'il est conscient de notre présence.

– Oh si ! Il sait tout ce qui se passe, j'en suis convaincue. Et il entend tous les secrets qu'on lui dit. Stephen lui parle souvent, moi aussi. Vous aussi, je crois ?

Muriel se sentit rougir.

– Nous lui parlons parce que les médecins ont estimé que cela l'inciterait peut-être à réagir.

– Quelle surprise pour tout le monde quand il réagira, déclara Lily d'un ton soudain dur. Les secrets sortiront alors au grand jour, n'est-ce pas ?

Interloquée, Muriel ne sut que répondre.

– Bonne nuit, madame, lui dit Lily courtoisement.

Elle referma doucement la porte derrière elle. Seule, sa pelote à la main, Muriel se tassa sur son siège. Stephen quittait sa famille pour aller s'encanailler en compagnie de son chauffeur dans quelque bouge ou quelque tripot. Lily, sa femme-enfant sans naissance ni éducation, choisissait de s'enfermer avec un invalide à demi mort. Seul Christopher était intact, immuable. Il agitait encore sa casquette à la portière du train tandis que la fanfare jouait *Tipperary*. Le soleil faisait briller ses cheveux d'or, il avait un sourire joyeux comme s'il partait pour le bal...

Plus Muriel passait en revue les membres de sa famille, plus Christopher restait pour elle le seul réellement vivant. Christopher lui avait juré d'être de retour à la maison pour Noël et Christopher n'avait jamais failli à sa parole.

Stephen et Coventry burent consciencieusement dans une demi-douzaine de pubs des faubourgs pour finir leur périple par celui de l'île de Hayling, où ils se munirent d'un litre de whisky avant de gagner le repaire de Coventry.

La barge était aussi froide et inhospitalière qu'à l'accoutumée. En gravissant l'échelle, Stephen entendait le clapotis de la marée montante qui venait mourir sur la vase du haut-fond. Les grandes marées d'équinoxe léchaient les bordages de la barge mais elles ne la remettraient jamais à flot. Le père de Coventry l'avait lestée de rochers dans la cale et scellée dans le lit de l'estuaire à l'aide de sacs de sable pour garantir son immobilité. Une marée ordinaire, comme celle qui s'annonçait, dépassait rarement l'ancienne ligne de flottaison, juste de quoi déposer en se retirant les bois flottés que Coventry récupérait pour son fourneau.

Coventry alluma la lampe à pétrole, régla la mèche et remit le verre en place. Puis, pendant que le feu prenait dans le foyer, il sortit remplir la bouilloire à la prise d'eau potable sur le quai. Lorsqu'il revint, Stephen avait déjà mis ses chaussures à sécher sur le coin du fourneau et décroché quatre gobelets, deux pour le thé et deux pour le whisky. Coventry posa la bouilloire sur le feu, prépara la théière, la boîte de thé et le sucrier sur la table avant de se déchausser à son tour et de mettre ses chaussures, elles aussi parfaitement sèches, à côté de celles de Stephen. Sans se consulter, ils ôtèrent alors leurs chaussettes qu'ils pendirent sur la barre de cuivre à l'avant du fourneau.

Ils agissaient par réflexe, comme si la nécessité les y contraignait. Pour absurdes qu'ils paraissent dans les circonstances présentes, ces humbles gestes naguère familiers s'imposaient aux deux hommes contre leur volonté consciente, comme si ces habitudes de survie contractées dans l'humidité et le froid des tranchées, sous la menace continuelle de la mort et de la maladie, étaient si bien enracinées en eux que rien, pas même le retour à la paix, à l'abondance et à la sécurité, ne parviendrait à les effacer.

Le feu ne tarda pas à ronfler, la bouilloire à chanter.

– On est bien, murmura Stephen avec bonheur.

Rituellement, Coventry versa l'eau sur le thé, mit quatre cuillers de sucre dans deux gobelets, du whisky dans les deux autres, touilla le thé dans la théière, versa la décoction sur le sucre, tourna la cuiller quatre fois dans le sens des aiguilles d'une montre et sirota à tour de rôle une gorgée de thé et une gorgée de whisky. Ainsi assuré que la mixture était au point, Stephen l'imita.

– Le mariage, ce n'est pas aussi facile qu'on croit, déclara-t-il au bout d'un long silence. On voit une fille et on se dit : C'est celle-là. Mais une fois qu'on l'a bien à soi, ça ne va plus comme du temps des dîners, des sorties. Quand on est mariés, rien n'est plus pareil. Elle se donne moins de mal, elle n'a plus la même allure...

Coventry approuva d'un signe et souffla sur son thé.

– Ce n'est pas une mauvaise fille mais elle ne connaît pas les règles. Elle n'y peut rien, c'est vrai, elle n'est pas de mon milieu. Il va pourtant falloir qu'elle apprenne.

Coventry leva un sourcil interrogateur.

– Je sais, j'aurais pu épouser la fille d'une des amies de ma mère. Seulement, voilà : j'étais fou de Lily. Je croyais qu'elle me délivrerait de... de tout ça...

Il s'interrompit le temps d'avaler une gorgée de thé suivie d'une gorgée de whisky.

– Je ne m'attendais pas du tout, vois-tu, à ce que cela empire à cause d'elle.

Il y eut un silence.

– Oui, pire, répéta Stephen. Ma crise à Londres était la plus grave qui me soit jamais arrivée. Elle en a fait une montagne, comme si j'avais eu un accès de folie furieuse. Elle exagérait, bien entendu – toutes les filles exagèrent et elle a des tendances à l'hystérie, comme beaucoup. Mais les rêves que je fais !... Et moi qui croyais ne plus avoir de cauchemars avec elle à côté de moi dans mon lit. Je peux même te dire que j'y comptais...

Coventry gardait les yeux fixés sur les flammes.

– Rien ne va comme je veux ! reprit Stephen avec rancune. Je rêve de plus en plus souvent, de plus en plus clairement, et mes rêves se suivent par ordre chronologique. J'ai déjà tout revu depuis mon arrivée à Calais jusqu'à ma première affectation, fin juillet 1917. C'est à ce moment-là que tu es devenu mon ordonnance. T'en souviens-tu ?

Coventry fit un signe de dénégation. Rien ne pouvait ranimer sa mémoire de ces temps-là.

– Je voudrais bien avoir tout oublié, moi aussi, dit Stephen d'un ton amer. Je ne pouvais pas débarquer à un plus mauvais moment. La troisième bataille d'Ypres venait juste de commencer, on avançait, on reculait dans une boue si épaisse que celui qui trébuchait s'y noyait. Oui je m'en souviens, nom de Dieu ! Je n'ai rien oublié, moi. Rien ! Et maintenant, avec Lily à côté de moi, tout me revient. Tout ! Toutes les nuits ! Je revois chaque pouce de ce terrain, de cette mer de boue. Il ne pouvait rien m'arriver de pire. Et elle, pendant ce temps, elle est tellement en dehors de tout ça que je voudrais par moments déverser mes rêves sur son oreiller... On dirait qu'elle les tire de moi. Je voudrais tout lui déballer, me décharger une bonne fois...

Il avala une longue gorgée de whisky.

– Mais sois tranquille, reprit-il. Je ne suis pas bête à ce point. Je ne dirai jamais rien à personne. Nous serons toujours des héros. Personne ne saura jamais rien.

Coventry se tourna vers lui, les yeux pleins de larmes de regret de tout ce qu'il avait oublié.

Stephen ne travaillant pas pendant le week-end, Muriel s'était engagée à ce que Lily et lui se rendent avec elle à une garden-party au profit de la Fondation d'aide aux blessés de guerre de Portsmouth.

– J'ai horreur des fêtes de charité, déclara Lily dans le vestibule pendant que Muriel prenait ses gants et son chapeau.

– Je vous comprends, ma chère petite, la rassura Muriel. Mais nous sommes vraiment obligés d'y faire au moins une apparition. Et puis, c'est pour une bonne cause.

– Je crains que Lily ne soit du genre pacifiste, dit Stephen avec un sourire affectueux pour sa jeune épouse, plus ravissante et élégante que jamais. Je ne m'étonnerais d'ailleurs pas de découvrir que la famille nourrit en son sein une militante du Mouvement pour le vote des femmes. Regardez ses cheveux courts ! C'est de la provocation.

– Je me moque du vote des femmes ! répliqua Lily en lui tirant la langue. Je n'aime pas la guerre, voilà tout.

– Allons, allons, vous deux ! intervint Muriel, ravie de leur bonne humeur. Vous n'aurez qu'à faire une fois le tour des stands et à dire bonjour à quelques personnes, ce n'est pas trop demander. Après, à condition de me renvoyer la voiture à six heures, vous pourrez vous éclipser.

– Nous n'y manquerons pas, affirma Stephen. Et ce soir, j'emmènerai Lily au théâtre. On joue au Royal une pièce qui arrive tout droit de Londres avec les acteurs de la création.

– Fabuleux ! dit Lily avec un sourire épanoui.

Tout va mieux, en fin de compte, songea Muriel avec soulagement en descendant vers la voiture, qu'embaumait le parfum des roses du jardin destinées au stand des fleurs, et entassées sur la banquette avant. Leur querelle d'hier paraît oubliée. Je me fais toujours trop de tracas. Je devrais les laisser vivre leur vie comme ils l'entendent et ne plus me mettre martel en tête pour un oui ou pour un non.

– Pas trop la gueule de bois, Coventry ? demanda Stephen avec un clin d'œil complice.

Coventry le rassura d'un sourire.

– Avez-vous passé tous les deux votre nuit à boire ? s'enquit Muriel d'un ton réprobateur.

– Mais non, maman ! répondit Stephen en pouffant de rire. Nous rendions visite aux blessés de guerre.

Lily rit à son tour, Stephen la prit par l'épaule et la serra tendrement contre lui.

Tout va bien, tout va bien, se répéta Muriel. Je ne devrais pas tant m'inquiéter.

CHAPITRE 19

A la garden-party, Stephen et Lily reçurent les félicitations des amis de Muriel d'un air radieux, comme si le mariage comblait leurs plus chers désirs. De fait, en tenant Lily par le bras, Stephen était convaincu d'avoir choisi la meilleure des épouses. Si elle ne remplissait pas la nuit, ainsi qu'il l'avait espéré, son rôle d'antidote contre ses cauchemars, elle n'en constituait pas moins pour lui dans la journée un atout dont il avait lieu d'être fier.

Leur soirée au théâtre se déroula à merveille. Lily portait une de ses robes de Londres et Stephen eut le plaisir de voir les hommes lui décocher des regards d'envie. Ils finirent la soirée en allant danser au Queens Hotel et Coventry les reconduisit à la maison à une heure avancée.

Heureuse de revoir Charlie Smith le surlendemain lundi, Lily s'amusa sans arrière-pensée et but du champagne au point de tituber un peu en montant l'escalier. Pendant que Stephen était dans la salle de bains, elle se déshabilla et se coucha, sans cependant éteindre sa lampe ni feindre de dormir comme à son habitude – erreur qu'elle ne tarda pas à regretter. A peine se fut-il couché à côté d'elle que son vernis de charme et d'urbanité vola en éclats. Il empoigna Lily par l'épaule et l'attira contre lui sans ménagement.

– Je suis fatiguée, objecta-t-elle aussitôt.

– Tu mens, répliqua-t-il. Éteins la lumière.

Quand elle s'écarta pour manœuvrer l'interrupteur, elle résista à l'envie de sauter du lit à la faveur de l'obscurité et de courir s'enfermer dans la salle de bains. A quoi bon, en effet ? Elle était la femme de Stephen, la loi lui donnait le droit de se servir de son corps comme il lui plaisait et quand bon lui semblait.

Avec une grimace de dégoût, elle l'entendit faire glisser son pantalon de pyjama. Il lui remonta sa chemise de nuit jusqu'à la taille et se laissa lourdement tomber sur elle en murmurant à son oreille :

– Aime-moi, Lily, aime-moi, je t'en prie.

Elle allait répondre quand le coup de poignard désormais familier lui arracha un gémissement de douleur.

– J'irai doucement, Lily, je te le promets.

Stephen plongea pourtant en elle avec tant de brutalité qu'elle dut se mordre le poing pour ne pas crier. Elle subit ses assauts répétés avec une répulsion croissante, jusqu'au moment où il se retira soudainement et retomba sur le dos en haletant. Lily eut un haut-le-cœur en sentant gicler sur sa cuisse le jet chaud et poisseux de son sperme.

– Tu t'y habitueras, dit-il au bout d'un long silence.

– Allons-nous avoir un enfant ?

Stephen ralluma la lampe de son côté. Devant son visage congestionné et son sourire satisfait, Lily réfréna à grand-peine un mouvement de recul.

– J'ai appris quelques trucs en Belgique, dit-il d'un air supérieur. Rassure-toi, Lily, nous n'aurons des enfants que lorsque nous serons prêts à en élever. Je ne suis pas un animal, je sais me contrôler.

Elle ne comprit rien de ce qu'il venait de dire.

– Mais je croyais que ce que nous faisions ?...

– Quelle innocence, ma petite Lily ! Nous aurions un enfant si je restais en toi. Un camarade m'a tout expliqué. Il avait un livre – un livre répugnant et, en plus, écrit par une femme. Absolument scandaleux ! Une honte...

Suffoquant d'indignation, il s'interrompit un instant.

– J'y ai vu des choses qui ravalent l'homme au rang de l'animal, des pratiques immondes auxquelles aucune femme digne de ce nom ne consentirait. Mais il y avait aussi des conseils utiles sur la manière de se contrôler. Je sais le faire. Nous ne voulons pas d'enfants pour le moment, Lily. Quand je pense au bruit, au désordre dans la maison...

Lily ne répondit pas. Sans saisir de quoi il parlait, elle préférait ne pas lui demander d'explications dont le caractère trop intime lui répugnerait à coup sûr.

– Oui, des choses révoltantes, reprit Stephen, obsédé par l'évocation du manuel de sexualité. Des actes auxquels une femme ne peut pas se prêter sans s'avilir et dont elle ne doit même pas soupçonner l'existence. Des choses comme en font les putains... Je hais les putains ! En Belgique, toutes les femmes étaient des putains, des salopes ! Elles nous servaient dans des b... bordels derrière nos lignes et qu... quand le front reculait, elles s... servaient les B... Boches. T... toutes des p... putains, d... des salopes...

Son bégaiement s'aggravait à chaque mot, il haletait. Lily l'observait avec autant de dégoût que d'inquiétude.

– On ne s... sait jamais qu... quoi p... penser avec les p... putains. On ne sait p... pas ce qu'elles ont dans la t... tête. On croit qu'elles sont de votre c... côté, qu'elles vous savent gré de sauver leur saloperie de p... pays, qu... qu'elles vous aiment. Et on se rend c... compte qu'elles font la même chose avec n'importe qui, qu'elles se pendent au c... cou du premier B... Boche venu...

Soudain emporté par son accès de colère, il se jeta sur Lily, la bâillonna d'une main et plongea en elle. Les yeux clos, Lily s'efforça de subir stoïquement ce nouvel assaut. Quand il se retira quelques minutes plus tard en gardant la main sur la bouche de Lily, elle sentit qu'il posait sur sa poitrine une joue trempée de larmes.

– Toutes des p... putains, murmura-t-il. Toutes les femmes sont des putains. Toutes les femmes. Toutes...

Lily attendit qu'il soit endormi pour se glisser hors du lit, s'enfermer dans la salle de bains et se faire couler un bain sans se soucier du bruit des tuyaux qui risquait de réveiller Muriel. Elle versa dans la baignoire la moitié du flacon de coûteux sels de bain qui n'étaient là que pour la décoration, s'immergea dans l'eau brûlante et se frotta de la tête aux pieds, avec du savon et une brosse à ongles, avant de demeurer étendue sans bouger dans la mousse odorante. Elle se sentait souillée jusqu'au tréfonds d'elle-même, comme si elle était responsable de la haine que les femmes inspiraient à Stephen. Le bain refroidi, elle refit couler de l'eau chaude et y resta plongée des heures, sans parvenir à se débarrasser de la sensation de saleté qui lui collait à la peau. Quand elle regagna la chambre, le jour se levait. Elle vit dans le miroir son visage livide, sa mine hagarde. Lily n'aurait jamais cru qu'un homme puisse vouer aux femmes un mélange aussi malsain, aussi pervers, de haine et de désir. Elle ne s'était jamais doutée que Stephen puisse penser à elle de cette manière.

Le dimanche, Muriel exigeait qu'ils aillent tous ensemble à l'église à l'office de dix heures. Ce jour-là, Lily ne descendit qu'à la dernière minute. Stephen et Muriel s'impatientaient au pied de l'escalier, Coventry était déjà près de la voiture et tenait la portière ouverte. Muriel allait taquiner Lily sur sa pâleur et l'attribuer à leur rentrée tardive quand elle remarqua son expression morose, se souvint du bruit du bain qu'elle avait fait couler à trois heures du matin et jugea plus prudent de se taire.

Le menu du déjeuner dominical consistait en une soupe à la tomate, un gigot accompagné de pommes de terre, de carottes et de petits pois suivis du pudding insipide dont la cuisinière se faisait une spécialité, le tout arrosé d'un vin rouge aussi léger que de l'eau. Après le café, Stephen s'endormit dans un fauteuil, le journal sur la tête, et ne s'éveilla qu'à l'heure du thé. Il emmena Lily faire un tour en voiture, lui laissa tenir le volant, manœuvrer le levier de vitesses et promit de lui apprendre à conduire. Ils revinrent à la maison souriants et de bonne humeur.

Ils mangèrent au dîner un potage aux champignons, du gigot froid et de la salade de fruits, car la cuisinière était en congé le dimanche soir et Muriel ne pouvait pas se fier à Browning, la femme de chambre, pour faire la cuisine.

– Si je vois encore une tranche de gigot, dit Lily en se préparant à se coucher, je vais bêler !

Déjà au lit, Stephen lisait le journal. Il ne se donna pas la peine d'interrompre sa lecture.

– Alors, entraînez-vous, répondit-il sans rire, car il y aura demain du ragoût de mouton pour finir les restes.

– Ne serait-il pas logique d'acheter des gigots plus petits pour ne pas devoir en manger trois fois de suite ?

– Les menus sont du ressort de ma mère, qui les établit avec la cuisinière. Vous avez déjà causé assez de problèmes en refusant de manger du foie de veau.

– Si j'étais chez moi, je mangerais ce qui me plaît. Puisqu'on me considère en âge de me marier, je devrais aussi être en âge de décider si j'aime ou non le foie de veau.

– De quoi vous plaignez-vous ? Vous l'avez fait comprendre assez clairement pour que nous n'en mangions plus, même si cela prive ceux qui, comme moi, en sont friands.

– Eh bien, je n'aime pas non plus le mouton ! En tout cas, pas trois jours de suite, matin, midi et soir.

– Vous faites erreur, répondit-il d'un ton sec. Nous ne mangeons pas de gigot au petit déjeuner.

Sur quoi il tourna ostensiblement les pages du journal et se replongea dans sa lecture, signifiant par là que, s'il appartenait aux femmes de se mêler de vulgaires détails culinaires, les hommes se consacraient aux sujets importants et devaient se tenir informés des nouvelles du monde.

Avec un soupir excédé, Lily éteignit sa lampe, se coucha sur le côté en lui tournant le dos et ferma les yeux.

Le lundi matin, trépidante d'excitation, Lily ouvrit les yeux à six heures et se força à rester immobile près de Stephen encore endormi jusqu'à ce que le réveil posé sur la table de nuit marque sept heures. Elle se leva alors sans bruit, s'enferma dans la salle de bains et se fit couler un bain. Elle versa dans l'eau une généreuse portion de sels additionnée d'un jet de parfum et se frotta avec le savon au gardénia réservé, lui aussi, à la décoration. Les trois senteurs mêlées dans la buée chaude lui tirèrent un soupir d'aise. Elle finissait de se laver les cheveux quand elle entendit frapper des coups impérieux à la porte.

– Lily, c'est vous ? fit la voix courroucée de Stephen.

– Bien sûr, qui voulez-vous que ce soit ?

– Sortez, bon sang ! Je dois prendre mon bain avant d'aller travailler !

– J'en ai pour une minute.

Lily se leva en provoquant un raz de marée qui inonda la moitié de la pièce et sortit de la baignoire en finissant de détremper le tapis de bain. Elle se drapa dans une des deux grandes serviettes et s'enveloppa la tête dans l'autre.

– Qu'est-ce que vous fabriquez là-dedans, à la fin ?

– Je me baigne ! Que croyez-vous que je fasse, que je danse la valse ?

– Bonté divine ! gronda Stephen derrière la porte. Une semaine elle refuse de se lever pour descendre déjeuner, celle d'après elle fait sa toilette à l'aube !

– Bon, ça va, ça va. J'arrive.

Quand Lily ouvrit, Stephen recula devant le nuage de vapeur parfumée qui s'échappa de la pièce. Des mares d'eau couvraient le sol de linoléum, le tapis de bain était transformé en serpillière. La baignoire se vidait en déposant sur les parois un cerne de mousse où s'accrochaient des cheveux blonds. Lily semblait le narguer d'un sourire radieux. Elle avait monopolisé les deux draps de bain et seules quelques petites serviettes étaient encore sèches.

– Quel foutoir ! s'exclama Stephen, hors de lui. Vous ne vous rendez pas compte de ce que vous faites ! Je vais être obligé de me servir de la salle de bains de ma mère.

Il serra rageusement la cordelière de sa robe de chambre et descendit au premier étage, où Lily l'entendit frapper à la porte de Muriel en lui demandant la permission de faire sa toilette chez elle. Quand il remonta chercher son rasoir et son blaireau, il contempla avec une incrédulité horrifiée le spectacle de désolation de la salle de bains, où Lily se séchait placidement les cheveux.

– Je crois qu'il vaudrait mieux pour tout le monde que vous restiez au lit le matin, dit-il sèchement. Je ne tolérerai pas un pareil chambardement tous les lundis.

Pendant le petit déjeuner, Stephen écumait de fureur : Lily ayant pris toute l'eau chaude, il avait dû se baigner et se raser à l'eau froide.

Muriel les observa tous deux avec inquiétude. Alors que Stephen était d'une humeur de dogue et se dominait à grand-peine, Lily débordait de gaieté comme un enfant à la veille des vacances. Elle portait un ensemble blanc qui lui laissait les épaules et les bras nus sous une petite veste cintrée. Une tenue beaucoup trop élégante pour courir les magasins le matin ou rester à la maison. Qu'avait-elle en tête pour avoir fait l'effort de se lever des heures avant son heure habituelle et de descendre déjeuner ?

– Avez-vous des projets pour aujourd'hui, Lily ? lui demanda Muriel en se beurrant un toast.

– Aucun, répondit-elle avec un large sourire. Je peux faire des courses pour vous, si vous voulez.

De stupeur, Muriel reposa le toast dans lequel elle s'apprêtait à mordre. Lily ne lui avait jamais encore offert de collaborer aux obligations domestiques.

– Non, rien, je vous remercie... A moins que vous ne passiez devant la bibliothèque. J'ai quelques livres à rendre.

– Avec plaisir.

– Je m'en vais, grommela Stephen en repliant ostensiblement son journal.

Muriel se souvint à temps de rester assise pour laisser Lily suivre son mari dans le vestibule. Browning, la femme de chambre, lui tendit son chapeau, son parapluie et son porte-documents. Accoudée à la rampe de l'escalier, Lily le regarda s'équiper avec la curiosité de l'ethnologue qui observe les rites bizarres d'une peuplade inconnue.

Stephen inclina son chapeau selon un angle précis, prit son parapluie d'une main, son porte-documents de l'autre et posa un rapide baiser sur la joue de Lily. Browning lui ouvrit la porte, et Coventry la portière de l'Argyll. Stephen fit une pause sur le perron, aspira l'air matinal, jeta un regard au ciel sans nuages, descendit les marches et monta en voiture. Du seuil, Lily lui adressa un salut de la main. La cérémonie s'était déroulée selon les règles.

Muriel s'abstint de tout commentaire quand Lily revint finir son petit déjeuner et disparut ensuite dans sa chambre. Elle ne redescendit qu'à dix heures coiffée, chapeautée, un soupçon de rouge aux lèvres et de fond de teint aux joues, et salua Muriel avec désinvolture en traversant le vestibule.

– Rentrerez-vous déjeuner ? s'enquit Muriel du seuil de la salle à manger.

– Non, pour le thé !

Sur quoi elle claqua la porte derrière elle avant que Muriel ait pu lui poser des questions.

De la fenêtre, Muriel la vit traverser le jardin et s'éloigner d'un pas dansant en direction du front de mer et de la ville. En plus de son sac à main, Lily portait une sorte de petite mallette. Elle avait complètement oublié les livres que Muriel devait rendre à la bibliothèque.

– Oh, Lily, Lily, murmura-t-elle avec angoisse. Où allez-vous, grand dieu, où allez-vous ?

Une agréable surprise attendait Lily au Kings. En consultant l'attribution des loges au tableau d'affichage, elle constata qu'elle partageait la loge 6 avec une seule autre fille, alors qu'au Palais et pendant la tournée elle avait été reléguée avec la troupe des girls.

Première arrivée, elle contempla son nouveau domaine avec satisfaction. A gauche, une rangée de patères, un grand miroir en pied et un vieux fauteuil défoncé. En face, sous une fenêtre aux vitres opaques, une table de maquillage pourvue d'un miroir. Dans le coin, un petit lavabo avec deux robinets – dont un d'eau chaude : le luxe ! A droite, une autre table surmontée d'un long miroir entouré d'ampoules électriques, qu'elle s'appropria aussitôt en y déballant le contenu de sa trousse de maquillage.

Elle rangeait en bon ordre ses pots, ses tubes, ses fétiches et ses pinceaux quand Madge Sweet fit irruption dans la loge et se jeta dans ses bras.

– Pour une surprise, c'est une surprise ! s'écria Madge. Toi ici, en vedette américaine ? Je n'en reviens pas !

– Moi non plus ! Et toi, que fais-tu ?

– Mon numéro de l'Allumeuse, bien entendu. En plus, je danse avec les girls. Je ne me vexerai donc pas si tu ne daignes pas m'adresser la parole.

– Bien sûr que si, voyons ! J'en connais d'autres ?

Madge se laissa tomber dans le fauteuil.

– Non, la troupe est complètement renouvelée. Je n'en aurais même pas fait partie si je n'avais pas claqué la porte et quitté la tournée à Weymouth.

– Tu as eu le culot de faire ça ?

– Mais oui ! Remarque, je ne l'aurais pas eu si je n'avais pas été sûre de retrouver un engagement ici. Je me suis décidée parce que Charlie me l'avait plus ou moins promis et que son remplaçant était un vrai tyran. J'ai donc bouclé mes valises avant-hier et me voilà !

– Bravo, Madge ! Moi, je dois chanter des ballades, peut-être aussi un ragtime.

– Tu te débrouilles bien, approuva Madge sans jalousie. Je suppose que ton amoureux y est pour quelque chose ?

– Tu veux dire Charlie ?

– Évidemment ! Combien as-tu d'amoureux ?

– Il m'a obtenu l'audition, admit Lily en souriant, mais c'est M. Rice lui-même qui m'a engagée.

– Tu as une voix qui plaît, on ne peut pas le nier. Je croyais quand même que ton mari te garderait à la maison. Qu'est-ce qu'il pense de tout ça ?

– Il ne le sait pas, répondit Lily en baissant la voix.

– Qu'est-ce que tu dis ? demanda Madge, incrédule.

– Il n'est pas encore au courant, répéta Lily en se retenant de pouffer de rire. Je lui dirai au revoir le matin quand il part au bureau, je viendrai ici et je serai de retour à la maison quand il rentrera à l'heure du thé.

– Tu ne pourras plus faire cette gymnastique après le début des représentations, voyons !

– A ce moment-là, je l'aurai prévenu. Une fois le spectacle en train, il ne pourra plus m'en empêcher.

– Crois-tu qu'il se gênerait ? Tu es complètement folle, Lily ! s'exclama Madge. Quand tu avais encore le choix, tu as décidé de devenir Mme Winters. Tu ne peux pas en même temps rester Lily Valance.

– Arrête ! Je croyais que tu prendrais mon parti.

– Je le prends, sauf que je ne suis pas inconsciente, moi ! Tu ne peux pas continuer comme cela à l'insu de ton mari, c'est de la folie furieuse ! Tu ferais mieux d'aller tout de suite dire à

M. Rice qu'il y a erreur et de rentrer chez toi avant qu'il ne soit trop tard.

Son entrain visiblement entamé, Lily lui tourna le dos et se rassit devant son miroir.

– Je ne peux pas, dit-elle. Sincèrement, Madge, tu ne sais pas de quoi tu parles. Je me sens enterrée vive dans cette maison. Stephen s'en va toute la journée, sa mère a toujours mille choses à faire dont aucune ne m'intéresse, son père reste couché dans sa chambre comme un cadavre, toujours seul. Personne ne parle, personne ne rit, personne ne chante, personne ne s'amuse. Je ne peux pas vivre comme cela, moi ! J'ai besoin d'avoir de quoi m'occuper. J'ai besoin de chanter, d'être sur scène ! Je ne veux pas me résigner à mourir à petit feu. Je n'ai que dix-huit ans ! Qu'est-ce que je vais faire jusqu'à la fin de mes jours ?

– Tu pourrais au moins t'occuper de la maison.

– C'est sa mère qui décide de tout. Je n'ai même pas le droit de choisir ce que je mange.

– Tu auras un enfant.

– Mais je n'en veux pas, Madge ! Stephen non plus. Il s'arrange en conséquence.

– Alors, je ne sais pas... Va voir tes amis.

Lily haussa les épaules sans répondre. Madge pensa à la petite épicerie de quartier, aux voisines bruyantes et vulgaires qui ne seraient certainement pas bien reçues dans l'imposante demeure au bord du lac. Orpheline avant même d'être une femme, Lily n'était pas armée contre la solitude.

– En tout cas, reprit Madge avec bon sens, tu ne t'en sortiras pas comme cela. Il faut le mettre au courant.

– Je lui parlerai le jour de la première, pas avant. A ce moment-là, il sera trop tard pour qu'il proteste. D'ici là, je ne lui dirai rien.

C'était Charlie qui dirigeait les répétitions. Le régisseur souffrait d'une crise aiguë de rhume des foins, M. Rice faisait entièrement confiance au directeur musical, de sorte que Charlie avait organisé les horaires de manière à libérer Lily au milieu de l'après-midi.

Dès le premier jour, tout se déroula comme prévu. Lily put quitter le théâtre à quatre heures et sonner à la porte, personne n'ayant jugé bon de lui donner une clef, vingt minutes plus tard.

– Ah ! Vous voilà, Lily ? dit Muriel en sortant du salon. J'allais justement servir le thé.

– Merveilleux ! Le temps d'enlever mon chapeau, je vous rejoins tout de suite.

Elle se lava les mains et la figure, effaça les dernières traces de fard et de rouge à lèvres, se recoiffa et se lança dans le miroir un regard approbateur. Le tapis bleu assorti au papier peint avait été livré comme prévu pendant la journée et rendait la chambre douillette et accueillante.

Lily descendait l'escalier quand Stephen arriva de son bureau. Le synchronisme n'aurait pu être meilleur. Il fut agréablement surpris de voir Lily venir à sa rencontre et l'embrasser spontanément. Puisqu'elle semblait avoir oublié l'algarade du matin au sujet de la salle de bains, il décida de faire lui aussi preuve de mansuétude.

– Je ne sais plus que faire, confia Muriel à Jane Dent par téléphone la deuxième semaine des répétitions. Cette maudite fille sort sur son trente-et-un tous les matins et ne rentre que quelques minutes avant le retour de Stephen en me souriant avec impudence, comme si elle était sûre que je n'oserai rien dire.

– Justement, pourquoi ne pas en parler à Stephen ?

– Comment cela ? Ils sont mariés depuis à peine un mois ! Je ne peux quand même pas lui dire que sa femme a un amant. Je n'ai aucune preuve, je ne suis sûre de rien.

– Eh bien, parlez-lui, à elle.

L'écouteur calé sur l'épaule, Jane se limait les ongles en étouffant un bâillement. Ce n'était pas la première fois que Muriel s'épanchait à ce sujet et, le premier accès de curiosité passé, son intérêt s'émoussait rapidement.

– Elle se contente de me sourire, elle déborde de charme et de gentillesse et Stephen nage dans le bonheur. Je ne me vois pas lâcher une telle bombe dans ces conditions.

– Alors, ma chère amie, ne faites rien. S'il s'agit réellement d'une bombe, elle explosera tôt ou tard. Mieux vaut que les éclats ne retombent pas sur vous.

– Mais que se passera-t-il alors ? gémit Muriel. Que faire si cela se prolonge jusqu'à ce qu'il soit trop tard ?

– Stephen est un excellent avocat. Si elle le trompe, il saura faire en sorte que le divorce soit prononcé à son profit et n'en subira pas les conséquences. Ne vous faites pas de mauvais sang pour lui, croyez-moi.

– Je voudrais tant qu'il soit heureux ! dit Muriel avec un soupir à fendre l'âme.

– Les jeunes gens d'aujourd'hui ne savent plus être heureux, déclara Jane en rangeant sa lime à ongles. Ils ont oublié sur le front la notion même de bonheur. Quand je vois ceux que fréquente Sarah, ils savent boire comme des trous, ils savent fumer comme des cheminées, ils savent danser comme des sauvages le charleston, le fox-trot, le shimmy et ces danses à la mode actuelle, mais je n'en vois aucun qui sache encore être heureux. Ce sont tous des paquets de nerfs. Ils savent qu'ils ont de la chance d'être encore en vie mais ils ignorent que faire pour le mériter. Les jeunes gens heureux, Muriel, nous les avons perdus en France.

– Comme mon Christopher...

– Comme tous nos malheureux garçons, la corrigea Jane d'un ton sévère.

Ce ne fut qu'à la fin de la deuxième semaine que Charlie emmena Lily pendant la pause dans un petit café où il avait ses habitudes en face de l'entrée des artistes.

– As-tu enfin averti ton mari que tu avais repris le travail ? lui demanda-t-il de but en blanc.

Dans son ensemble pêche, coiffée d'une capeline assortie qui donnait à son teint un éclat chaleureux, elle était belle à croquer. Charlie dut détourner les yeux pour ne pas céder à la tentation.

– Eh bien ? insista-t-il. Lui as-tu parlé ?

Lily fit un signe de dénégation.

– Il est plus que temps de te décider ! C'est insensé ! La première a lieu lundi, il sera bien forcé de se rendre compte que tu ne rentres pas. Dieu sait comment tu as réussi à lui cacher tes absences jusqu'à présent.

– Les répétitions finissaient à l'heure...

– Oui, et moi je suis complètement idiot de m'être rendu complice de ton petit jeu. Je ne sais pas ce qui m'est passé par la tête. S'il t'interdit de continuer maintenant que nous sommes sur le point de commencer les représentations, nous nous retrouverons avec un numéro en moins et il faudra réimprimer toutes les affiches ! J'aurais dû t'obliger à lui en parler dès le début. Je t'avais simplement suggéré de le manipuler adroitement parce que je ne voulais pas me mêler de ta vie conjugale. Je m'en mords les doigts !

– J'ai pourtant bien suivi tes conseils, j'ai été gentille comme tout avec lui...

Charlie poussa un grognement de colère et avala une gorgée de thé.

– Tout ira bien, le rassura Lily. Puisque les répétitions se sont bien passées, je n'aurai pas de mal à lui démontrer que la suite se déroulera de même. Je saurai le convaincre.

– Je l'espère mais je ne partage pas ton optimisme. Et puis, Rice sera fou furieux si tu lui fais faux bond.

– Mais non, je ne lui ferai pas faux bond !

– Après un coup pareil, tu ne retrouverais plus un seul engagement nulle part, je te préviens.

– Je sais, rassure-toi.

– Bon. Nous verrons, gronda Charlie.

Il y eut un silence. Charlie ruminait sa colère, Lily sirotait délicatement son thé.

– Te souviens-tu du jour où tu m'as emmenée pique-niquer à motocyclette ? dit-elle tout à coup. Il faisait si beau que nous nous étions baignés. Nous avions pris le thé dans un petit village en rentrant. T'en souviens-tu ?

– Oui, répondit Charlie d'un air sombre.

– Étais-tu amoureux de moi à ce moment-là ? demanda-t-elle avec gravité. J'étais follement amoureuse de toi, tu sais. Je t'aimais à la folie.

– Je sais.

Il sentit une soudaine douleur dans sa poitrine, comme une main brûlante qui lui serrait le cœur.

– M'aimais-tu, Charlie ? insista-t-elle.

Il scruta son visage. Elle perdait son temps si elle cherchait la flatterie, mais il ne décela dans son expression aucune trace de vanité. Elle était aussi innocente et naïve que celle qu'il avait emmenée au bord de la mer ce jour-là, celle qui avait envie d'être embrassée et qui partageait son sandwich avec une mouette. Celle qui s'était glissée dans son lit comme un petit animal avide de caresses.

– Oui, répondit-il malgré lui. J'étais amoureux de toi ce jour-là, je l'étais pendant toute la tournée comme je le suis encore aujourd'hui et je le serai sans doute toute ma vie. Mais pour ce que cela compte dans ton existence ou dans la mienne, je ferais mieux de ne pas l'être. Je ne peux être ni ton amant ni ton mari. Je t'aime, oui, mais d'un amour inutile car je ne puis rien en faire. Il existe, c'est tout, sans servir à rien ni à personne.

Sous l'ombre dorée de sa capeline, le visage de Lily prit un nouvel éclat.

– Il compte pour moi, dit-elle avec dignité. Il ne m'est pas inutile, à moi, de savoir que le premier homme que j'ai aimé m'a aimée lui aussi.

Le silence retomba. Un long moment plus tard, Charlie consulta sa montre et se leva.

– Il est temps de rentrer.

Lily approuva, reprit son sac et ses gants. Il lui ouvrit la porte et la suivit dans la rue ensoleillée.

– Si vous vous querellez, lui dit-il comme à regret, ne le laisse pas te faire de mal, Lily. L'idée que tu puisses souffrir m'est insupportable.

– Il ne peut pas me faire du mal, répondit-elle en le regardant dans les yeux. On ne souffre qu'à cause de ceux qu'on aime. Stephen peut me tuer s'il le veut, il ne me fera jamais souffrir.

CHAPITRE 20

Lily avait l'intention d'informer Stephen de son engagement au Kings le vendredi soir mais elle n'en eut pas le temps, Muriel ayant invité les Dent à dîner ce soir-là. Pendant la nuit, quand Stephen voulut l'attirer vers lui, Lily le repoussa sans réfléchir en inventant une excuse :

– Je ne peux pas, je suis indisposée.

Il recula vers sa moitié du lit sans insister. Bercée par le bruit du ressac, Lily comprit qu'elle avait eu tort. Si elle lui avait accordé ce qu'il désirait, il aurait été bien disposé envers elle le lendemain matin. Maintenant, elle devrait attendre le samedi soir, le contenter entre-temps et lui annoncer ensuite la nouvelle.

Le samedi matin, on livra le fauteuil roulant de Rory. Lily en avait à plusieurs reprises suggéré l'achat à Muriel comme un moyen de sortir le malade de son isolement débilitant, suggestion accueillie avec enthousiasme par le médecin de famille. Dans l'espoir que Lily n'y penserait plus, Muriel n'en avait pas reparlé ; or, loin d'oublier son idée, Lily était entrée un jour dans un magasin spécialisé commander un des coûteux nouveaux modèles allégés, très en faveur auprès des officiers invalides.

– Je ne veux à aucun prix de cet... instrument au salon ! chuchota Muriel, indignée, à l'oreille de Stephen. Les intentions de Lily sont tout à fait louables, j'en suis sûre, elle croit agir pour le bien de Rory, mais je refuse de voir cette horreur dans mon salon.

Ils attendaient au pied de l'escalier que Coventry descende Rory Winters après l'avoir installé dans son nouveau siège avec l'aide de la garde-malade.

– Grand dieu, non ! renchérit Stephen sur le même ton. L'infirmière le sortira et le rentrera discrètement par la porte de derrière, Coventry le remontera dans sa chambre, mais il n'est pas question que ni vous ni moi sortions avec lui ! Faut-il vraiment l'exhiber devant nos amis et ses anciens collègues ? Vous auriez dû empêcher Lily de commander ce fauteuil. Depuis le début, j'estime d'ailleurs qu'elle s'intéresse beaucoup trop à mon père. C'est malsain.

– Elle pensait que cela lui ferait du bien. Quand j'ai demandé l'avis du Dr Mobey, il a approuvé l'idée sans réserves. Comment m'y opposer ? Je ne pouvais quand même pas dire que je ne voulais pas le laisser se montrer en public...

Du bruit en haut de l'escalier l'interrompit. Stephen leva les yeux : tenant le siège par les poignées du dossier, Coventry négociait difficilement la première marche.

– Attention ! cria Lily du palier. Vous n'y arriverez pas seul, Coventry, c'est trop dangereux ! Stephen, venez vite l'aider !

Stephen monta de mauvaise grâce. L'aspect inattendu de son père le déconcerta. Il ne l'avait pas vu ainsi depuis la mort de Christopher : rasé de frais, les cheveux coupés, vêtu d'un élégant complet clair et coiffé d'un panama, Rory Winters avait le teint rose et paraissait en excellente santé – presque normal.

– Vous avez très bonne mine, Père, lui dit-il, étonné.

Son père lui lança un regard dont l'éclair ironique accrut sa perplexité. L'avait-il entendu, ou même compris ?

– Je lui ai acheté une cravate neuve pour célébrer sa première sortie, annonça Lily. Et une couverture pour qu'il ne prenne pas froid. N'est-ce pas un grand jour ?

Coventry soulevant le siège par le dossier, Stephen par le devant, ils atteignirent le vestibule sans encombre. Postée près de la porte d'entrée, Muriel observait la scène en pâlissant à vue d'œil.

– On va bien s'amuser ! dit Lily en se penchant pour embrasser son beau-père et lui redresser son chapeau.

Stephen fit une moue réprobatrice. Muriel et lui échangèrent un regard de conspirateurs.

– Allons-y ! s'exclama Lily joyeusement. Prenez votre chapeau, Stephen. Êtes-vous prête, madame ?

– Je ne sors pas, répondit Muriel en sollicitant du regard l'aide de Stephen.

– Ni moi non plus, enchaîna Stephen. Mlle Bell peut fort bien pousser le fauteuil toute seule. Coventry l'aidera à monter et descendre les marches.

Stupéfaite, Lily se tourna vers eux.

– Mais pourquoi ? Je croyais que nous sortirions tous ensemble. Je pensais que ce serait très amusant.

– Ce n'est pas mon avis, répliqua Stephen sèchement.

Sans rien ajouter, il alla au salon et referma la porte derrière lui. Seule avec Muriel, Lily regarda tour à tour la porte close et la mine gênée de sa belle-mère.

– Vous ne voulez pas sortir avec M. Winters ? lui demanda-t-elle d'un ton sincèrement étonné. Pourquoi ?

Muriel ouvrit la bouche, la referma et partit en courant vers l'escalier. Un instant plus tard, on l'entendit claquer la porte de sa chambre. Le silence retomba.

– Je n'y comprends rien ! dit Lily.

Coventry resta impassible.

– M. Stephen a raison, déclara l'infirmière avec une bonne humeur affectée, je suis tout à fait capable de pousser ce fauteuil moi-même. Cela me fera d'ailleurs du bien de prendre l'air, j'en ai grand besoin moi aussi.

– Ne marchez pas trop vite, lui dit Lily, je vous rattraperai. Je lui avais promis de sortir avec lui.

Pendant que l'infirmière et Coventry descendaient le perron, Lily entra au salon. Accoudé à la cheminée, Stephen se tourna vers elle, visiblement bouleversé.

– Stephen ! Qu'avez-vous ?...

Il se précipita vers elle et la serra de toutes ses forces contre lui, le corps secoué de sanglots. Apitoyée malgré elle, Lily le prit à son tour dans ses bras en lui tapotant le dos comme on console un enfant.

– Allons, ce n'est rien, tout va bien, répéta-t-elle d'un ton apaisant. Arrêtez, Stephen. Cela n'en vaut pas la peine, voyons. Calmez-vous.

Stephen se ressaisit peu à peu et lâcha Lily pour prendre son mouchoir et essuyer son visage trempé de larmes.

– Je ne veux pas vous voir pousser un fauteuil d'infirme, dit-il d'une voix sourde. Je ne veux pas vous voir avec un homme à moitié mort. Je ne veux même pas le voir moi-même. Ne voyez-vous pas que c'est la guerre qui l'a tué ? Ne comprenez-vous pas à quel point c'est obscène de l'habiller et de le promener comme une grosse poupée de son, inerte et inconsciente ? Je ne veux pas que vous l'approchiez. Je vous ai épousée parce que vous êtes jeune et pleine de vie, sans rien en vous qui rappelle la guerre. Je ne veux pas vous voir transformée en infirmière.

– Il s'agit de votre père, Stephen. Le docteur affirme que cela lui fera du bien.

– Il n'est plus rien pour moi ! s'écria Stephen. A part Coventry et vous, personne au monde ne compte plus pour moi. Les autres, tous les autres, font partie de cette maudite guerre. Ma mère qui m'y a envoyé de force. John Pascoe qui y a envoyé son fils. Les Dent, qui en ont profité sans vergogne. Toutes les femmes qui sont restées chez elles, bien au chaud et à l'abri, pendant que nous nous faisions tuer pour elles. Tous et toutes, ils sont marqués par la guerre. Où que je me tourne, quoi que je regarde, je ne vois que la guerre !...

Un sanglot l'interrompit. Il essuya de nouveau son visage ruisselant de larmes.

– Tous sauf vous, reprit-il. Parce que vous êtes trop jeune pour avoir connu la guerre, parce que vous la haïssez autant que moi. Sauf vous et Coventry, qui a tout oublié.

A la fois apeurée par sa véhémence et émue de son évidente sincérité, Lily lui prit les mains. Elle ne savait que dire pour le rassurer ni que faire du pouvoir exorbitant dont il l'avait investie en pleurant dans ses bras.

– Je n'aime pas vous voir ainsi, Stephen. Vous n'avez rien à craindre. Ressaisissez-vous, de grâce ! Venez avec moi, sortons. Je ne pousserai pas le fauteuil. Si vous ne voulez pas marcher à côté, nous marcherons devant ou derrière, mais je lui ai promis depuis des semaines de sortir avec lui au bord de la mer.

– Peu importe ce que vous lui dites ou ce que vous lui promettez, il ne vous entend même pas ! s'écria Stephen. Il n'entend rien, il ne sent rien. Il a beau respirer et manger encore, il est mort, comprenez-vous à la fin ? Vous voulez vous promener avec un cadavre, Lily ! Vous parlez tous les jours à un cadavre. Vous feriez cent fois mieux de ne plus vous en approcher, de laisser l'infirmière s'occuper de lui. C'est à *moi* que vous devriez penser, aux promesses que vous m'avez faites à *moi* !

– Il n'est pas mort...

– Je vous ai épousée pour oublier mes souffrances, l'interrompit-il. Pour me délivrer de la guerre, de ses séquelles, de mes souvenirs ! Et maintenant, vous voulez me faire pousser une chaise d'infirme alors que mes rêves recommencent, pires que jamais !

– Vos rêves ? demanda-t-elle sans comprendre.

Stephen l'empoigna par la taille et l'attira contre lui avec un regard soudain haineux, comme s'il la rendait responsable de l'horreur de ses nuits.

– Oui, mes rêves ! Des cauchemars si abominables que vous préféreriez crever plutôt que de les voir une seule fois ! Des cadavres émergeant de la boue, des amis réduits en bouillie sanglante par un obus reçu de plein fouet. Une putain étalée contre le mur de sa cuisine, le corps percé de balles. Un bébé... un bébé...

Étouffée, effrayée, Lily tenta de s'écarter.

– Vous devriez voir un médecin, dit-elle calmement.

Il la lâcha avec tant de brusquerie qu'elle faillit tomber à la renverse.

– Voir un médecin ! Pour quoi faire ? Un médecin est-il capable de faire en sorte que la guerre n'ait jamais eu lieu ? Peut-il s'arranger par miracle pour que je n'y sois jamais allé, que je n'aie jamais rien vu de ce que j'ai vu, rien fait de ce que j'ai fait ? Je ne demande rien d'autre !

Il y eut un long silence.

– Je comptais sur vous pour améliorer les choses, reprit-il du ton objectif de l'avocat exposant la plainte d'un client. Je ne vous ai épousée que dans ce but.

– Je suis désolée. Je fais de mon mieux...

Avec un ricanement amer, Stephen se détourna et alla regarder par la fenêtre.

– C'est le bouquet ! s'exclama-t-il en voyant l'infirmière se débattre maladroitement avec le fauteuil roulant. Elle n'est même pas fichue de monter les trois marches de l'esplanade ! Qu'attend Coventry pour l'aider, bon sang ?

– J'y vais, déclara Lily. Je l'avais promis.

– Attendez-moi, je prends mon chapeau, dit-il d'un ton rageur. Je ne tiens pas à voir mon père, étalé sur la chaussée, se donner en spectacle.

Ils rattrapèrent bientôt l'infirmière et Coventry le long du front de mer et marchèrent quelques pas en avant. Stephen tenait fermement Lily par le bras en bouillant d'une colère mal contenue tandis qu'il dévisageait les passants dans l'espoir de ne rencontrer personne de connaissance. Le vent leur apportait des bribes du monologue de l'infirmière.

– Ce beau temps nous redonnera de belles couleurs et un bon appétit, disait-elle en bêtifiant. Quelle bonne idée Mme Winters a eu d'acheter ce beau fauteuil roulant !

Bien qu'elle ait entendu le bruit du fauteuil roulant qui regagnait la chambre de Rory, Muriel ne descendit pas prendre le thé. Elle ne reparut qu'au dîner et ne fit aucune allusion à la promenade de l'après-midi. Le repas se déroula en silence dans une atmosphère tendue.

– Je dois voir Pascoe au sujet d'un dossier, déclara Stephen pendant qu'ils prenaient le café au salon. Je pars maintenant, je rentrerai sans doute tard. Ne m'attendez pas.

Muriel lança un coup d'œil à Lily pour observer sa réaction à ce mensonge flagrant, mais la jeune femme feuilletait un magazine de mode et semblait captivée par les détails des nouvelles collections.

– A cette heure-ci ? s'étonna Muriel d'un ton propre à alerter Lily et à lui faire comprendre qu'il était à tout le moins douteux que la paisible demeure de John Pascoe soit la véritable destination de son mari.

– Bien sûr ! Nous sortons de table, ce n'est pas une heure indue, répliqua Stephen, agacé. Coventry me conduira.

Lily leva les yeux de son magazine et souhaita en souriant une bonne soirée à Stephen, qui l'embrassa distraitement sur les cheveux et sortit. Entendant Coventry le rejoindre dans le vestibule sans avoir été appelé, Muriel comprit qu'ils étaient de connivence. La porte d'entrée se referma, les portières de la voiture claquèrent, le moteur démarra. Lily entrouvrit le rideau. Assis à l'avant à côté de Coventry, un bras négligemment posé sur le dossier, Stephen allumait deux cigarettes à la fois et en tendait une à Coventry pendant que celui-ci embrayait.

Muriel ouvrait la bouche pour déclarer qu'elle doutait fort que John Pascoe travaille chez lui un samedi à neuf heures du soir quand le sourire serein de Lily lui fit comprendre qu'il valait mieux garder sa réflexion pour elle.

Stephen et Coventry s'enfoncèrent dans les rues mal famées du quartier du port avant de stationner sous un réverbère et de gagner à pied un music-hall de troisième ordre, dans l'arrière-salle d'un pub près des docks. Le spectacle venait de se terminer, les filles buvaient au bar avec les clients. L'endroit était plein de marins en bordée qui buvaient sec et cherchaient la bagarre.

Assis dans un coin, Stephen et Coventry sirotèrent leur mélange habituel de bière et de whisky en observant l'excitation croissante des ivrognes. Il ne fallut pas longtemps pour qu'un consommateur renverse par mégarde le verre de son voisin et que l'incident dégénère. Les yeux brillants d'excitation, Stephen vida son verre d'un trait, repoussa la table, s'approcha des hommes qui déjà s'affrontaient, tapa au hasard sur l'épaule de l'un d'eux, et, quand celui-ci se retourna, lui assena un coup sur l'oreille. Derrière lui, Coventry en terrassait un autre. En un clin d'œil, la mêlée devint générale.

Travaillant en équipe, presque toujours dos à dos pour se couvrir mutuellement, aussi froids et méthodiques que des pugilistes professionnels, Stephen et Coventry ne se plongèrent pas au cœur de la bagarre, où l'on entendait le bruit inquiétant de bouteilles brisées et où des énergumènes faisaient des moulinets avec des pieds de chaise. De la périphérie, ils choisissaient leurs cibles d'un œil exercé, lançaient avec sûreté qui un direct à la tête, qui un coup de genou dans le bas-ventre. Quand Stephen sentit céder sous son poing les cartilages d'un nez et vit sa victime s'écrouler en hurlant de douleur, le visage en sang, il ne put retenir un sourire satisfait. S'ils repéraient un combattant coriace jugé digne d'eux, ils le faisaient tomber d'un croc-en-jambe et l'achevaient à coups de pied dans le ventre ou les reins, avec un synchronisme de danseurs exécutant un pas de deux. Mais lorsque Stephen, aux prises avec un adversaire plus récalcitrant, brisa une bouteille de bière sur un coin de table, empoigna l'homme par les cheveux et s'apprêta à lui taillader la gorge, Coventry le prit par le bras en le regardant dans les yeux. Avec un sourire contrit, Stephen jeta la bouteille et relâcha l'individu. Quelques instants avant l'arrivée de la police, les deux hommes s'esquivèrent discrètement et, se tenant par les épaules, reprirent le chemin de la voiture stationnée quelques rues plus loin.

– C'était une belle bagarre, déclara Stephen avec un soupir d'aise.

Les joues rouges, le regard pétillant de gaieté, il avait oublié ses frustrations et ses déceptions. Impassible, Coventry approuva d'un signe de tête.

– Allons boire un autre verre quelque part. Tiens, allons même nous saouler jusqu'à rouler sous la table !

Coventry ouvrit la portière du conducteur, laissa Stephen se glisser jusqu'au siège du passager et s'installa au volant.

– Crois-tu vraiment que nous ne soyons plus capables que de ça ? demanda tout à coup Stephen. Casser la gueule de types qu'on n'a jamais vus ? Couper des gorges ? Faire mal pour le plaisir de faire mal ?

Coventry répondit par un long regard triste.

– Oui, murmura Stephen. Moi aussi.

Le dimanche matin, Stephen se réveilla tard, la bouche amère et le crâne douloureux, sans rien se rappeler des endroits où il avait bu. Il ne se souvenait que d'une bagarre dans un bouge, d'un nez cassé, d'une gorge offerte au tesson de bouteille qu'il tenait. En tout cas, il était indemne, constatation qui le fit sourire de plaisir. Hors d'état de descendre à l'heure du petit déjeuner, il était quand même baigné, rasé et vêtu de son plus élégant costume à temps pour partir à l'office de dix heures. Muriel s'abstint de tout commentaire sur son absence au petit déjeuner. Ignorant les habitudes de la maison, Lily ne pouvait pas savoir que Stephen, avant son mariage, n'était jamais sorti le samedi soir pour ne rentrer qu'à l'aube. Ce n'était pas à Muriel qu'il incombait de le lui apprendre.

Après l'église, ils allèrent tous trois se promener sur les remparts de la vieille ville. Il faisait une belle journée ensoleillée. De nombreux amis de Muriel arpentaient eux aussi les remparts, d'où l'on observait les évolutions des yachts entre les navires de guerre ancrés dans la rade. Muriel s'arrêtait souvent afin de présenter sa belle-fille à ceux qui ne la connaissaient pas encore. Elle devait admettre que Lily lui faisait honneur : même si son personnage de jeune femme de bonne famille n'était pour elle qu'un rôle, elle le jouait à la perfection. Le grand air ayant dissipé les dernières fumées de l'ivresse, Stephen était élégant, plein d'aisance et de courtoisie. Il formait avec Lily un beau couple dont Muriel avait tout lieu d'être fière – à condition, bien sûr, d'oublier les beuveries de Stephen et les mystérieuses absences de Lily.

Le déjeuner, trop lourd pour la température estivale, ayant amené Lily à exprimer de timides critiques, Muriel lui proposa de collaborer à l'élaboration mensuelle des menus.

– Merci, dit Lily, mais je ne voudrais pas avoir l'air de m'imposer...

– Au contraire, je serai ravie de connaître vos préférences et vos suggestions. Je dois justement en discuter avec la cuisinière demain lundi à onze heures. A moins que vous ne sortiez comme d'habitude ?

Lily releva le défi sans broncher :

– Je ne sors pas lundi matin.

Après le café, Muriel monta dans la chambre de Rory avec son tricot. Stephen prit son journal et alla s'enfermer dans le cabinet de travail. Lily, qui n'avait rien à faire, resta assise près de la fenêtre. Elle haïssait les dimanches dans cette maison. Les heures se traînaient interminablement en attendant que Stephen finisse sa sieste et l'emmène se promener en voiture, s'il était de bonne humeur. Quelle différence entre ces mornes dimanches et ceux passés avec sa mère dans le petit appartement au-dessus de la boutique ! Le dimanche était le seul jour où elles pouvaient faire la grasse matinée jusqu'à dix heures et déjeuner en robe de chambre. Au dîner, elles improvisaient de délicieux pique-niques avec tout ce qu'il fallait finir – cakes, fruits, fromages, confitures. Et les dimanches en tournée ! Elle dormait jusqu'à midi avant de sortir s'amuser avec les autres. Sur la plage de Bournemouth, elles avaient dansé le cancan dans les vagues sous les applaudissements des estivants – un photographe du journal local avait même immortalisé la scène. Comment oublier aussi ce merveilleux dimanche en motocyclette avec Charlie ?...

Écrasée d'ennui et de nostalgie, l'estomac ballonné par le déjeuner indigeste, Lily tripotait machinalement les franges du rideau. Elle pensait surtout qu'elle allait devoir annoncer à Stephen, cet après-midi ou au plus tard dans la soirée, qu'elle était engagée au Kings Theater. Et cette seule perspective suffisait à la rendre morose.

Assise au chevet de Rory, Muriel constatait que son bol d'air de la veille lui avait donné meilleure mine. Adossé à ses oreillers, le teint frais et coloré, il avait l'air conscient de ce qui se passait autour de lui. Muriel était sûre qu'il la regardait et l'écoutait.

– Elle est charmante, on ne peut pas le lui enlever, dit-elle en s'assurant d'un coup d'œil que la porte était bien fermée et l'infirmière descendue déjeuner. Ravissante, aussi. Et elle a une nature que je crois foncièrement bonne. En tout cas, elle ne m'a jamais dit un mot déplacé...

Muriel s'interrompit pour consulter son modèle et compter ses points.

– Pourtant, reprit-elle, elle mijote quelque chose. Depuis quinze jours, elle sort tous les matins, elle revient à quatre heures passées et s'arrange pour descendre l'escalier au moment précis où Stephen revient. Ce n'est pas l'envie de lui en parler qui me manque mais je n'ose pas. Que ferais-je si je découvrais qu'elle voit un autre homme, qu'elle a une liaison ?...

Frappée par une nouvelle hypothèse, Muriel laissa tomber son tricot et porta la main à ses perles.

– Grand dieu, Rory !... Et si elle était retournée à la boutique de sa mère ? Non, reprit-elle avec un soupir de soulagement, je ne la crois pas capable d'une chose pareille. Elle ne s'habillerait pas avec autant d'élégance pour aller servir derrière un comptoir. De toute façon, la boutique est vendue, elle n'irait pas travailler pour des inconnus. Il doit donc s'agir d'autre chose. Mais de quoi ?...

Malgré les rideaux clos, le soleil d'août rendait la chambre étouffante. Muriel s'éventa d'une main, reprit son tricot et entama un nouveau rang.

– Je ne peux pas le lui demander, c'est au-dessus de mes forces. Et je ne me sens pas le droit de mettre la puce à l'oreille de Stephen. S'ils ont des problèmes, ils devront les régler à leur manière. Je ne peux pas m'en mêler.

On entendit tout à coup des portes claquer au rez-de-chaussée et les pas de Stephen qui courait vers le salon.

– Que signifie ceci ? hurla-t-il d'une voix courroucée.

La réponse de Lily resta inaudible.

– Oh, mon Dieu ! soupira Muriel en laissant son tricot retomber sur ses genoux. Qu'y a-t-il encore ?

Le silence revint. La main crispée sur ses perles, Muriel invoquait à voix basse l'aide du Tout-Puissant quand la porte du salon se rouvrit avec bruit et la voix de Stephen résonna dans l'escalier :

– Plus un mot ! Pas ici, pas maintenant ! Montez, et plus vite que cela ! Vous vous expliquerez là haut !

– Mais, Stephen..., fit la voix de Lily.

– Montez, vous dis-je !

On entendit claquer la porte de la chambre puis la voix de Lily qui parlait très vite. Stephen l'interrompit deux fois avant d'exploser dans un nouvel accès de colère :

– C'est dans le journal ! Votre nom est noir sur blanc dans le journal, sale petite putain !

– Oh, mon Dieu ! soupira Muriel. C'est affreux !

Les portes et les murs étaient trop épais pour qu'elle puisse distinguer les paroles de Lily, mais celle-ci haussait la voix et répliquait sur un ton de défi qui déclencha chez Stephen un redoublement de fureur. Il traversa la chambre en faisant trembler le plafond, empoigna sa femme et la jeta sur le lit. On entendit aussitôt après Lily hurler, un unique hurlement de terreur viscérale.

Levée d'un bond, Muriel fit un pas vers la porte, hésita et revint s'asseoir, livide.

– Je ne peux pas m'en mêler, murmura-t-elle d'une voix tremblante. Je n'en ai pas le droit. Ils sont dans leur chambre, cela ne me regarde pas.

C'est alors qu'en levant les yeux vers Rory elle le vit distinctement bouger. Pour la première fois depuis six ans, sa mâchoire se contractait, les muscles inertes de son cou se gonflaient dans son effort pour redresser la tête.

– Rory ! s'écria Muriel, au comble de la frayeur. Que se passe-t-il ? Qu'avez-vous ?

On entendit en haut un nouveau hurlement, de douleur cette fois. Rory parvint à se soulever d'un côté en fixant sur Muriel un regard étincelant. Effarée, elle vit sa bouche se tordre, ses lèvres frémir et entendit un son rauque s'échapper de sa gorge paralysée :

– Aide... Aide...

– Dieu tout-puissant ! Je vais chercher l'infirmière.

Muriel courut à la porte mais s'arrêta tout à coup.

– Non, c'est impossible ! Je ne peux pas lui dire de monter pendant que cette scène a lieu au-dessus de nos têtes. Elle entendra tout !

– Aide..., répéta Rory.

Son effort surhumain faisait couler un filet de salive au coin de ses lèvres.

– Mais je ne peux pas chercher de l'aide ! répliqua Muriel. Soyez patient, Rory ! Attendez que ce soit fini !

Lily cria *Non !* à plusieurs reprises avec une terreur croissante puis, aussitôt après, on entendit le grincement caractéristique des ressorts du sommier.

– Mon Dieu, il la viole ! s'exclama Muriel, horrifiée. Mon fils, là-haut, en train de violer sa propre femme !

Incapable de faire obéir ses muscles paralysés, Rory ouvrit la bouche sans émettre un son jusqu'à ce que, par un prodigieux effort de volonté, il parvienne à se traîner à l'extrême bord du lit.

– Aide-la... *elle* ! cria-t-il d'une voix forte et claire avant de se jeter par terre.

Incapable d'amortir sa chute de ses bras inertes, il tomba la tête la première avec un bruit sourd. Son visage heurta violemment le parquet, le sang lui jaillit du nez. Hors d'elle, Muriel ouvrit la porte et cria dans l'escalier :

– Stephen ! Stephen ! Vite ! Ton père a eu un accident ! Descends immédiatement !

Le silence revint d'un seul coup. La porte de la chambre

s'ouvrit et Stephen apparut en haut des marches, la mine triomphante. Le pantalon défait, la chemise lacérée, couvert de sueur, une longue égratignure sanglante sur la joue, il était pourtant radieux et débordait d'une vitalité que Muriel ne lui avait encore jamais vue. Tel un sauvage sortant d'une fête païenne, il léchait avec gourmandise un filet de sang qui lui coulait au coin des lèvres.

Malgré elle, Muriel recula.

– Stephen ?...

Il s'ébroua comme s'il reprenait pied dans la réalité.

– Eh bien, que se passe-t-il ?

– Ton père a eu une nouvelle attaque, il est tombé de son lit. Aide-moi, de grâce !

Stephen descendit en se rajustant sommairement. Muriel s'écarta sur son passage. Il émanait de lui l'odeur vénéneuse et musquée de la luxure, une odeur forte d'homme dangereux. D'un geste instinctif, Muriel se couvrit le nez d'une main. Soudain tremblante et glacée, elle comprit que son fils lui faisait peur.

– Appelez l'infirmière et téléphonez au docteur, lui lança Stephen d'un ton sans réplique.

Les pieds encore pris dans les draps, Rory saignait du nez et son front s'ornait d'un large hématome qui commençait à bleuir. Stephen s'agenouilla près de lui, le souleva par les aisselles et le recoucha sans douceur sur le lit.

– Alors, toujours accroché à la vie, hein ? lui dit-il avec mépris après s'être assuré que sa mère était partie.

L'infirmière arriva au même moment, les cheveux en désordre et les joues rougies par un déjeuner trop copieux, discrètement arrosé d'une bouteille de vin.

– Laissez-moi faire, monsieur Stephen. Votre mère est en train de téléphoner au docteur, il ne va sûrement pas tarder. Savez-vous ce qui s'est passé ?

– Non. Ma mère m'a juste appelé pour me dire qu'il avait une nouvelle attaque et qu'il était tombé de son lit.

– Soyez tranquille, laissez-moi faire, je m'occuperai de tout.

Stephen se retirait quand l'infirmière le héla.

– Qu'est-ce que c'est ? demanda-t-elle, inquiète.

On entendait Lily pleurer doucement, comme un enfant battu qui n'espère aucun secours et s'efforce de ne pas se faire remarquer.

– Ma femme est bouleversée, répondit-il sèchement. Un décès dans sa famille.

– Oh, la pauvre ! Présentez-lui mes condoléances.

Déjà, l'infirmière arrangeait les draps froissés et remontait Rory pour l'adosser aux oreillers. Sur le seuil, Stephen se retourna. Incapable de soutenir le regard de son père, il referma la porte derrière lui.

CHAPITRE 21

Stephen laissa Lily pleurer seule et alla attendre au salon que le Dr Mobey ait fini d'examiner son père. A part son saignement de nez et ses ecchymoses, Rory n'avait pas gravement souffert de sa chute. Le médecin diagnostiqua non pas une nouvelle attaque mais, au contraire, un phénomène extrêmement encourageant : Rory Winters semblait avoir réussi à vaincre, ne serait-ce qu'un instant, le mutisme et la paralysie dans lesquels il était emmuré. Le Dr Mobey demanda à Muriel si quelque événement extérieur l'avait troublé ou stimulé. Fidèle à la loi du silence en vigueur dans la famille, même aux dépens de la santé de son mari, Muriel répondit que rien à sa connaissance ne l'avait troublé et qu'elle avait été stupéfaite, en entrant dans sa chambre, de le voir s'agiter au point de tomber de son lit. Rory n'était pas en état de la contredire ; elle n'osa cependant pas se tourner vers lui en proférant ce mensonge ni affronter son regard qu'elle sentait posé sur elle.

Après le départ du médecin, Muriel fit servir le thé au salon. Sans souffler mot à Stephen des cris qui s'étaient échappés de sa chambre, elle prit sa tasse en évitant de le regarder en face et remonta chez Rory. Stephen la vit partir avec soulagement. Le fossé entre sa mère et lui devenait de jour en jour plus infranchissable et il n'avait nulle intention de le combler. Dans un silence morose, il resta assis près de la cheminée jusqu'à ce que le soleil baissant sur l'horizon donne au ciel des teintes pourpres. A sept heures du soir, il sonna Browning, la femme de chambre, et lui demanda de préparer un plateau de thé pour Lily. Browning mit une rose du jardin dans un vase, disposa sur une assiette des sandwiches et des biscuits et apporta le plateau à Stephen, qui se chargea de le monter lui-même à Lily.

Il ouvrit la porte avec précaution. Étendue sur les draps froissés telle qu'il l'avait laissée, Lily ne pleurait plus. Elle avait rabaissé sa jupe mais portait toujours son chemisier déchiré du col à la taille, elle avait une pommette tuméfiée et une lèvre fendue. A l'entrée de son mari muni de l'offrande propitiatoire, elle lui décocha un regard haineux comme s'il était son plus mortel ennemi.

– Ça va mieux ? demanda-t-il avec le sourire en posant le plateau sur la table de chevet.

Lily se redressa contre l'oreiller, rajusta son chemisier et prit la tasse de thé qu'il lui tendait.

– Père va très bien, poursuivit-il. Ce n'était qu'une sorte de convulsion ou de spasme nerveux. Le docteur affirme même qu'il pourrait retrouver l'usage de ses muscles et réapprendre à parler. Ce serait un vrai miracle.

Lily l'ignorait et regardait droit devant elle.

– Mère est enchantée, bien entendu. Elle lui tient compagnie en ce moment.

Le silence retomba. Stephen alla tirer le store et ouvrir la fenêtre. Le ciel virait au rose, les lumières de la jetée s'allumaient une à une. On voyait des promeneurs, des calèches découvertes, des automobiles. Avec une sourde rancune, Lily entendait ces bruits en provenance d'un monde extérieur où régnaient la joie et l'insouciance.

– Voulez-vous vous habiller pour descendre dîner ?

Lily ne répondit pas.

– Préférez-vous plutôt que je vous monte quelque chose ? Pas de rôti ni de gigot froid, c'est promis.

Lily fit un signe de dénégation et se recoucha en lui tournant le dos. Stephen l'observa quelques instants pour tenter d'évaluer son humeur.

– Cela n'avance à rien de bouder, reprit-il sans élever la voix. Vous ne pouvez pas rester enfermée ici. Il faudra bien descendre tôt ou tard, sinon ce soir du moins demain ou le jour d'après.

– Je descendrai, répondit Lily sèchement.

– Tant mieux ! dit Stephen en souriant.

Son sourire ne résista cependant pas longtemps au regard hostile de Lily.

– Tant mieux, répéta-t-il sans conviction.

Lily se leva, glissa ses pieds dans ses chaussures, ramena son chemisier déchiré sur sa poitrine et se dirigea vers la porte. Stephen la regarda faire avec étonnement.

– Vous allez dans la salle de bains ?

– Non, je descends.

Il la rejoignit en deux enjambées et la prit par le bras avant qu'elle n'ait manœuvré la poignée.

– Vous ne pouvez descendre dans cet état !

Elle le dévisagea avec tant d'insolence que la main le démangea de la gifler mais il se maîtrisa et la prit doucement aux épaules. Il la sentit frémir à son contact.

– Écoutez, Lily, nous sommes partis du mauvais pied dans cette malheureuse affaire. J'ai eu tort d'être aussi brutal, je l'avoue et je vous présente toutes mes excuses.

Lily demeura impassible.

– Mais vous aussi, vous avez eu tort. Demain matin, vous irez au Kings dire que vous renoncez. S'ils parlent de dédit ou de rupture de contrat, donnez-leur ma carte, je me chargerai de leur faire entendre raison. D'accord ?

Lily secoua énergiquement la tête.

– Après, nous repartirons du bon pied. Je vous pardonnerai de m'avoir menti, vous me pardonnerez d'avoir eu la main trop lourde et nous n'y penserons plus. Ce sera oublié.

Lily secoua de nouveau la tête.

– Mais qu'avez-vous à secouer la tête ? Êtes-vous souffrante ? Qu'est-ce que cela signifie ?

– Cela signifie que je ne renoncerai pas au spectacle, répliqua Lily, les dents serrées. Je veux y être et j'y serai. La revue durera six semaines, deux au Kings puis deux à Southampton avant de revenir ici les quinze derniers jours. Je ne passerai donc pas une seule nuit en dehors de la maison. Je me lèverai tous les matins pour vous dire au revoir quand vous partirez travailler, je mangerai tout ce qu'on mettra dans mon assiette même si je le déteste. Je ne me plaindrai pas de ce que vous m'avez fait aujourd'hui, je garderai le secret. Mais je remplirai mon engagement, Stephen. Rien ne pourra m'en empêcher.

Son attitude de défi, son visage tuméfié, ses cheveux ébouriffés lui donnaient l'allure d'un gamin des rues ou d'un écolier injustement rossé par ses camarades et qui crie vengeance. Elle lui parut si touchante ainsi que Stephen sentit monter en lui une vague de tendresse.

– Oh, Lily ! Pourquoi m'avoir poussé à bout ? Je ne te ferais mal pour rien au monde, tu le sais bien.

– J'irai au théâtre, répondit-elle, butée. Personne ne m'en empêchera, pas même vous.

Dans un élan d'affection, Stephen l'attira contre sa poitrine. Sa tête lui arrivait tout juste sous le menton. En se penchant pour embrasser ses cheveux blonds, il eut conscience, avec des remords mêlés de plaisir, de la fragilité du corps qu'il serrait dans ses bras. Il aurait pu lui briser le cou d'une seule main et, s'il avait frappé plus fort, défigurer son ravissant profil. Il fallait lui lâcher un peu la bride – et si elle en profitait pour exagérer, une ou deux gifles suffiraient à la ramener dans le droit chemin. A l'idée de pouvoir de nouveau la gifler, la prendre de force, embrasser ses meurtrissures, son désir se réveilla.

– Je vais te gâter, dit-il tendrement. Tu es une méchante fille mais, pour une fois, je ne t'en veux pas.

Il lui prit le menton, posa sa bouche sur la sienne et la sentit aussitôt haleter et frémir de peur. Au moins, pensa-t-il avec satisfaction, pas de danger qu'elle sombre dans la débauche. Sa femme avait beau vouloir monter sur les planches, aucun homme n'aurait ses chances auprès d'elle. Elle était trop frigide...

– Si tu es gentille, tu pourras faire ton spectacle.

Il glissa sa langue entre ses lèvres, la sentit se débattre et la serra plus fort – sa magnanimité avait un prix que Lily devait payer. Le goût salé de ses larmes sur sa peau lui donna envie de la pousser sur le lit, de la reprendre une ou deux fois, juste pour lui faire comprendre qui était le maître. Par jeu, il lui mordilla la lèvre, la coupure mal refermée se rouvrit. A peine eut-il reconnu le goût du sang qu'il la repoussa, révulsé.

– Quelle horreur ! Va te laver, Lily, ta bouche saigne !

Il cracha dans sa main, l'essuya frénétiquement sur sa chemise dont il empoigna un pan pour se frotter la langue.

– Je ne supporte pas le goût du sang ! reprit-il d'un ton hystérique. Je hais le goût du sang ! C'est infâme, abominable ! C'est atroce ! Non ! Non !

Il cracha sur le tapis neuf en se frictionnant la figure pour en effacer un sang imaginaire. Les murs de la chambre se dissolvaient sous ses yeux et prenaient l'aspect des parois de terre de l'abri où il était assis, sa gamelle pleine de sang et de lambeaux de chair sur les genoux.

– Non ! Pas ça ! Non !...

Lily lui écarta les mains de la figure.

– Chut ! Calmez-vous, Stephen. C'est fini.

– Je ne p... peux pas... Je d... déteste le sang...

– Je sais, dit-elle d'une voix apaisante. C'est fini, Stephen. Tout va bien.

Avec un sanglot, il lui saisit les mains, les pressa contre son visage. Elles ne sentaient ni le sang ni la boue.

– C'est fini maintenant, reprit Lily comme si elle parlait à un enfant. Tout est fini.

Haletant, il se calma peu à peu.

– Merci, Lily. De mauvais souvenirs, c'est tout.

– Oubliez-les.

– Aidez-moi à les oublier, Lily, dit-il en fixant sur elle un regard implorant. Aidez-moi, c'est pour cela que je vous ai épousée.

Lily se détourna vers le lit aux draps froissés et tachés de sang sur lequel il l'avait battue et violée.

– Si je peux, répondit-elle en soupirant. Peut-être n'aurions-nous pas dû nous marier...

Stephen la reprit dans ses bras et l'attira avec douceur. Elle appuya sa tête contre sa poitrine, comme si elle était soudain trop lasse pour lutter.

– Il n'est plus temps de le regretter, Lily. Je ferai tout pour être un meilleur mari. Je ne recommencerai plus si vous me promettez de ne jamais plus me mentir.

Elle eut une hésitation imperceptible.

– Je ne mentirai plus.

– Nous repartirons de zéro, d'accord ? Nous devrions quitter cette maison, nous installer chez nous. Dans une petite ferme à la campagne, pourquoi pas ?

– Pourquoi pas ? répéta-t-elle machinalement.

– J'aimerais tant vivre à la campagne ! Une jolie petite ferme... Nous serions heureux, seuls tous les deux.

Lily parvint à esquisser un sourire.

– Vous sentez-vous en état de descendre dîner ? lui demanda-t-il avec sollicitude.

– Il faut d'abord que je me rende présentable.

Il l'entendit traverser le palier, s'enfermer dans la salle de bains et faire couler l'eau dans la baignoire. Elle en a maintenant pour des heures, se dit-il avec un sourire indulgent. Muriel lui avait fait une observation sur les goûts dispendieux de Lily en matière de savons et de sels de bain. Stephen les balaya d'un haussement d'épaules. Lily avait bien droit à un peu de luxe, après tout. Elle était une lady, une vraie, personne ne pourrait dire le contraire.

Coventry conduisit Lily au théâtre pour la matinée du lundi et la déposa à sa demande deux rues avant. Naguère encore, elle rêvait de se faire accompagner et reprendre en voiture à la porte du théâtre, comme une star. Maintenant qu'elle disposait d'une luxueuse automobile, elle ne voulait pas susciter l'envie des autres filles. Elle ne leur souhaitait pas non plus de payer le prix que lui coûtait le droit d'exercer son métier.

Elle alla directement frapper à la loge de Madge Sweet, qui lui ouvrit drapée dans un vieux peignoir, des bigoudis sur la tête et le visage luisant de cold-cream.

– Grand dieu, Lily ! Qu'est-ce qu'il t'a fait ?

– Il m'a battue, répondit-elle avec indifférence. Je n'avais que de la poudre à la maison, elle ne couvre pas assez. As-tu quelque chose de mieux ?

– Oui, entre. Le salaud ! gronda Madge en examinant la joue de Lily à la lumière. Pourquoi t'avoir fait cela ?

– Je comptais lui parler dimanche soir mais il a vu l'annonce de la revue l'après-midi dans l'*Evening Standard*. Il a piqué une crise de rage, il m'a emmenée dans la chambre, nous nous sommes disputés et il m'a rossée.

– Le sauvage ! s'écria Madge, indignée, en évaluant l'étendue des dégâts. Tu as mal ?

– Non, pas trop.

Madge imbiba un tampon de coton d'une crème rose qu'elle étala sur la joue de Lily par couches successives, jusqu'à recouvrir l'hématome sous une sorte d'emplâtre.

– Avec de la poudre, il n'y paraîtra plus. Montre-moi ta lèvre, maintenant.

La lèvre était enflée mais la coupure se remarquait à peine. Madge la badigeonna avec un peu de crème.

– L'enflure, je n'y peux rien. Pour la coupure, un rouge très foncé devrait faire l'affaire. Tu en as ?

– Oui.

– Tu as quand même gagné puisque tu es ici, observa Madge. Il te permet donc de faire la revue ?

Penchée vers le miroir, Lily vérifiait la réparation.

– Oui, sauf la tournée. Et je pourrai même auditionner pour la pantomime de cet hiver.

– Toi, alors ! s'exclama Madge avec une admiration non feinte. On ne le croirait pas à te voir, mais une bagarreuse comme toi je n'en connais pas beaucoup ! Qu'est-ce que tu as dû lui promettre, en échange ?

– Que veux-tu dire ?

– Ne fais pas l'innocente ! Avec les hommes, on n'a jamais rien sans rien. Qu'a-t-il exigé de toi ?

– Pas grand-chose, répondit Lily avec un sourire contraint. Que je ne me plaigne pas auprès de sa mère et que je ne rentre pas trop tard le soir, rien de plus. Et puis, je peux bien faire un effort. Il est mon mari, après tout. Il faut essayer de faire marcher notre ménage.

Madge s'assit devant son miroir et commença à ôter ses bigoudis.

– Tu peux toujours essayer, dit-elle d'un air sceptique. De toute façon, tu n'as pas le choix. Ce n'est pas un motif suffisant pour demander le divorce, et où irais-tu si tu le quittais ? Autant faire un effort, comme tu dis.

Lily haussa les épaules.

– Peut-être... Je peux t'emprunter ta crème ?

– Bien sûr, je ne m'en sers que quand j'ai des boutons. Garde-la jusqu'à ce que ton bleu disparaisse.

– Merci, Madge. Je te revaudrai cela.

Les couloirs bruissaient de la surexcitation d'une première. Lily était en avance. En descendant à sa loge, elle décida d'aller d'abord reconnaître la scène. Les machinistes déplaçaient des décors, sciaient, clouaient. Appuyés contre le mur du fond, on voyait un escalier débouchant sur le vide, une façade de chaumière, une forêt. Lily sortit des coulisses sur la scène, où le décor du premier numéro était déjà installé. Il représentait la façade pimpante d'un petit café sur une place de village quelque part en France, avec des tables et des chaises en terrasse sous un store rayé rouge et blanc. Lily s'assit sur une chaise, les coudes sur la table, et se prit à rêver qu'elle était réellement dans ce lieu évoquant l'insouciance des vacances.

– Eh bien, Lily, tu es venue auditionner pour le corps de ballet ? demanda Charlie de la fosse d'orchestre où il vérifiait les partitions.

– Non, je rêvassais... Tu es déjà là ? Quelle heure est-il ? Je ne suis pas en retard, au moins ?

– Il n'est pas même deux heures, tu as une heure devant toi. Mais... qu'est-ce que tu as sur la joue ?

– Rien. J'ai glissé dans la baignoire et je me suis cognée au robinet, dit-elle en portant la main à sa joue.

– Attends, ne bouge pas !

Pendant que Charlie gagnait les coulisses, Lily alla chercher une ombre propice derrière un portant. Il la ramena sur scène et l'examina sous un projecteur.

– Il t'a battue, n'est-ce pas ?

– Oui. Il a découvert que je travaillais avant que je ne puisse moi-même le lui apprendre. Le problème est réglé, nous nous sommes expliqués et il m'a donné son autorisation. N'en parlons plus, Charlie.

Charlie se détourna pour dissimuler son expression de rage impuissante et prit une profonde inspiration afin de maîtriser le tremblement de sa voix.

– Quitte-le, Lily. S'il a osé te battre une fois, il recommencera, c'est certain. Quitte-le dès ce soir. Viens chez moi, ma logeuse a une chambre libre.

– Non.

– Ce n'est pas une prière, c'est un ordre ! Tu dois le quitter et demander le divorce. Je t'emmènerai demain matin voir un excellent avocat.

– Non.

– Je t'en prie, Lily, écoute-moi ! dit-il en lui prenant les mains. Tu n'as pas le droit de te laisser traiter de la sorte ! Tu ne peux pas gagner contre lui. Ne crois pas que le problème soit réglé uniquement parce qu'il t'a permis de faire cette revue après t'avoir rouée de coups. Ce sera pire la prochaine fois.

– J'ai dit non.

– Mais qu'est-ce que tu as dans le crâne, à la fin ? s'écria-t-il, excédé. L'admires-tu de t'avoir battue ? La brutalité est-elle pour toi une preuve de virilité ? Est-il si bon amant que tu prennes plaisir à te laisser rosser avant de faire l'amour ? Cela te plaît, hein ? Es-tu de ces femmes qui ne conçoivent l'amour qu'assaisonné de bonnes gifles et de réconciliations sur l'oreiller ?

– Oh, la ferme ! s'écria Lily, exaspérée. Ne peux-tu penser à rien d'autre qu'à Stephen qui me fait l'amour ? Si je reste avec lui, figure-toi, c'est parce que je n'ai nulle part où aller, parce que je n'ai pas un sou en dehors de ce que je gagnerai ici pendant les six semaines de mon contrat ! Et puis, que tu me croies ou non, je reste aussi avec lui parce qu'il est mon mari, parce qu'il m'aime réellement et parce que j'ai désormais ma place dans sa famille. J'ai beaucoup d'affection pour son père et sa mère est gentille avec moi. Je ne peux pas reprocher à Stephen d'avoir été détraqué par la guerre, je peux même l'aider à guérir.

– Un mari détraqué par la guerre et de l'affection pour son cher papa ! Ce ne sont pas des raisons valables pour passer sa vie avec un homme, que diable !

– Laisse-moi tranquille, Charlie, répliqua Lily en arrachant ses mains qu'il tentait de retenir. Tu arrives trop tard. Je t'ai télégraphié avant mon mariage pour te donner une chance de l'empêcher pendant qu'il était encore temps. Si tu m'avais alors envoyé un mot, un *seul* mot, je me serais rétractée. J'étais bouleversée par la mort de maman au point de ne plus savoir où j'en étais, de ne même pas savoir ce que je faisais. Et toi, tu n'as rien dit, rien fait. Tu t'es contenté de m'envoyer un télégramme au nom de toute la troupe pour me souhaiter bonne chance ! C'est à ce moment-là que tu as fait ton choix, Charlie. Maintenant, tires-en les conséquences. J'ai fait le mien de mon côté, j'en tirerai les miennes. Je suis mariée avec Stephen, je m'efforcerai d'être pour lui une bonne épouse et si cela ne te plaît pas, tant pis pour toi ! Tu m'avais juré de ne pas t'immiscer dans ma vie. Eh bien, tiens ta parole !

Lily lui tourna le dos et partit en courant vers l'escalier des loges. Accablé, Charlie écouta décroître le claquement de ses talons sur le ciment et alla s'affaler sur le tabouret du régisseur. Le visage enfoui dans ses bras repliés sur le bureau, il était étreint pour la première fois du regret sincère de n'avoir pas été tué à la guerre.

Quand Lily sortit du théâtre à la fin de la soirée, Stephen et Coventry l'attendaient dans l'Argyll.

– Peut-on déposer Madge ? demanda-t-elle.

– Bien sûr ! répondit Stephen en souriant. Montez.

Il leur ouvrit la portière et s'assit à côté d'elles.

– Je loge dans Silver Street, dit Madge, intimidée par le velours des banquettes et l'uniforme de Coventry. Vous n'aurez qu'à me laisser au coin de Kings Road.

– Pas question, voyons ! déclara Stephen. Nous vous déposerons à votre porte. Il est beaucoup trop tard pour qu'une jolie fille comme vous marche seule dans la rue.

Lily ne put s'empêcher de décocher à Madge un sourire supérieur.

– Le spectacle était bon ? demanda Stephen. J'ai bien essayé de prendre un billet mais il n'y avait plus de place.

– Ils distribuent toujours des billets gratuits le soir de la première, répondit Lily. C'est demain qu'ils voudront voir une salle comble mais payante.

– Mais tout s'est très bien passé, intervint Madge. Lily était sublime ! On ne voyait même pas son bleu sous le maquillage.

Un éclair fugitif s'alluma dans le regard de Stephen.

– Quel bleu, ma chérie ? demanda-t-il avec sollicitude.

– Rien de grave, répondit Lily. J'ai glissé ce matin dans la baignoire et je me suis cogné la joue sur le robinet. Madge m'a prêté une crème spéciale.

– Pauvre chou ! Montre-moi cela.

Lily se pencha et lui tendit docilement la joue qu'il caressa du doigt.

– Ta pauvre petite joue, dit-il, apitoyé. Mais ça n'a pas l'air trop grave, cela guérira vite.

Sentant Madge prête à exploser, Lily lui imposa silence d'un coup de coude dans les côtes.

Quand ils s'arrêtèrent devant chez Madge, un rideau bougea derrière une fenêtre puis s'ouvrit en grand sur le visage ahuri de la logeuse, les yeux écarquillés au spectacle de sa pensionnaire qui descendait d'une rutilante limousine dont un chauffeur en livrée lui ouvrait la portière.

Ils attendirent de la voir en sûreté à l'intérieur avant de démarrer.

– La cuisinière vous a préparé un en-cas, dit Stephen à Lily. Je ne savais pas si vous aviez pu dîner, j'ai pensé que vous auriez peut-être faim.

– Je suis épuisée, je ne tiens plus debout. Je n'ai vraiment pas faim du tout.

– Il faut quand même manger un petit quelque chose, insista Stephen. Et demain, vous ferez la grasse matinée. Il est inutile de descendre pour le petit déjeuner, au moins tant que vous travaillerez si tard.

– Merci, Stephen. C'est gentil.

Ils arrivèrent bientôt à la maison. Muriel était déjà couchée, il n'y avait pas de lumière aux fenêtres. Coventry démarra pendant que Stephen ouvrait la porte.

– Il ne va pas au garage ? s'étonna Lily.

– Non, ce soir il voulait rentrer chez lui. Il aime y passer la nuit de temps en temps.

Dans la salle à manger, un couvert était disposé sur la table avec un verre de lait et deux plats, l'un contenant les restes des légumes de la veille assaisonnés en salade, l'autre des tranches de rôti froid d'aspect coriace. Lily mit dans son assiette les deux plus fines et quelques légumes pendant que Stephen, par habitude d'économie, éteignait les lumières avant de la rejoindre et de s'asseoir près d'elle.

– Faut-il débarrasser la table ? demanda Lily quand elle eut terminé.

– Inutile, Browning s'en chargera.

– Elle n'est pas encore couchée ?

– Si, mais elle se lèvera un peu plus tôt demain matin. J'ai donné des ordres pour que le service soit organisé à votre convenance tant que vous travaillerez.

– Merci, Stephen, c'est vraiment très gentil.

– Vous avez l'air étonnée !

– Oui. Je pensais que vous seriez mécontent de me voir recommencer à travailler.

– Franchement, je le suis, répondit-il en souriant. Mais puisque vous y tenez, cela n'avancerait à rien de nous disputer tous les jours à ce sujet. Résignons-nous donc à ne pas être du même avis et entendons-nous de notre mieux. D'accord, Lily ?

– Oui, Stephen. Merci encore.

– Allons, au lit ! Il est tard.

Stephen verrouilla la porte d'entrée et monta derrière elle. Lily découvrit sur sa table de chevet un Thermos et une tasse avec quelques biscuits dans la soucoupe.

– Je vois que Browning vous a préparé sa spécialité, dit Stephen. Du lait chaud à la cannelle. Elle en laissait toujours pour Christopher et moi quand nous rentrions tard.

Lily déboucha le Thermos en souriant. La mixture tiède et beigeasse sentait le vieux thé. Des peaux de lait peu appétissantes flottaient à la surface.

– Mmm, délicieux ! Je le boirai en faisant ma toilette.

Elle remplit la tasse, l'emporta à la salle de bains et la vida discrètement dans le lavabo avant de se préparer pour la nuit. Quand elle revint dans la chambre, Stephen était couché et lisait un livre qu'il reposa sur sa table de chevet avant de rabattre les couvertures du côté de Lily :

– Venez au lit, ma chère petite femme. Vous devez être épuisée.

– C'est vrai. Bonne nuit, Stephen.

Elle se coucha, ferma les yeux. En quelques instants, ils étaient tous deux profondément endormis.

Un cauchemar réveilla Stephen en sursaut vers trois heures du matin. Il courait dans une tranchée en zigzag, porteur d'un message à remettre d'urgence au PC de la brigade. Il croyait savoir qu'il s'agissait du contrordre à propos d'une attaque devant avoir lieu quelques heures plus tard, mais plus il se hâtait, plus le doute l'assaillait. Et si le message ordonnait au contraire que ce soit son unité qui parte en avant-garde ? Quelque imbécile de l'état-major les envoyait-il encore à une mort certaine ? Son allure se ralentit peu à peu, il trébucha, s'arrêta, déboutonna la poche de sa vareuse et déplia le message. Adressé au général Wentworth, il ne comportait que deux phrases de la main de son chef de corps : *Ce messager n'est pas un héros mais un criminel. Dès son arrivée, fusillez-le.*

– Non ! hurla-t-il en rêve.

Son cri le ramena brutalement à la réalité. La chambre plongée dans l'obscurité était paisible et silencieuse. A côté de lui, Lily dormait profondément, couchée sur le dos, un bras au-dessus de la tête, un léger sourire aux lèvres. Stephen dégagea du pyjama son sexe en érection, se déplaça sans bruit et la pénétra doucement en étouffant d'une main sur sa bouche le cri qu'elle commençait à pousser.

– Ne me repousse pas, Lily, je t'en prie, chuchota-t-il d'une voix anxieuse, encore mal dégagé des affres de son cauchemar. L'amour me fait oublier mes mauvais rêves. Je ne te ferai pas mal, je te le promets.

Résignée, Lily ferma les yeux pour effacer la vision du visage congestionné de Stephen au-dessus d'elle. Elle le laissa meurtrir une fois de plus son corps endolori et se mordit les lèvres en attendant qu'il ait fini. Cette fois, pourtant, elle observa avec étonnement qu'il ne se retirait pas comme à son habitude et qu'il s'amollissait en elle.

Quelques instants plus tard, purgé de ses terreurs, Stephen roula sur le côté et sombra aussitôt dans le sommeil. Lily était incapable de se rendormir. Immobile, les yeux grands ouverts, elle vit l'aube rosir peu à peu le plafond tandis que la mer, au loin, égrenait son murmure lancinant.

CHAPITRE 22

Le lendemain lundi marqua le début des nouvelles consignes domestiques centrées sur le travail de Lily alors que, jusqu'à présent, tout était établi en fonction de celui de Stephen. Si le petit déjeuner était toujours servi à huit heures et demie précises pour M. Stephen, la maisonnée avait ordre de marcher sur la pointe des pieds jusqu'à dix heures trente, heure à laquelle Browning montait à Lily du thé et des toasts. Les travaux domestiques bruyants ne pouvaient être entrepris qu'à partir de onze heures. Rien ne devait troubler le repos de la jeune Mme Winters.

Stephen prit l'habitude de rentrer déjeuner à la maison afin de voir Lily avant son départ pour le théâtre. La cuisinière fut donc avisée que les frugales omelettes et les restes de légumes réchauffés, qui suffisaient jusqu'alors aux appétits des dames, devaient dorénavant faire place à des nourritures plus substantielles, adaptées aux exigences d'un estomac masculin. La cuisinière borna son génie inventif à permuter les menus des dîners avec ceux des déjeuners. La pauvre Lily vit désormais défiler à midi dans son assiette la parade exécrée des potages trop salés, des viandes archicuites et des légumes en bouillie, et elle partait pour le théâtre l'estomac ballonné par des fricots que la chaleur estivale rendait encore plus indigestes.

Muriel déjeunait avec eux et dînait seule à sept heures. Revenant tard du théâtre, Stephen et Lily trouvaient à leur intention des restes de potage, des sandwiches desséchés ou des salades confites. Bientôt las de ces rogatons, ils profitèrent de leur nouvelle liberté en prenant de plus en plus souvent l'habitude d'aller souper au restaurant avant de rentrer, parfois avec des membres de la troupe.

Charlie lui-même se joignit à eux à partir de la deuxième semaine. Les huit premiers jours, Lily et lui s'étaient à peine adressé la parole ; un soir pourtant, inclus dans l'invitation générale lancée par Lily au groupe qui l'entourait, il ne put faire autrement que d'accepter.

Ils étaient huit ce soir-là, qui menèrent grand tapage dans le respectable restaurant de Southsea où Stephen les entraîna. Mais on pardonne beaucoup aux acteurs ; et lorsque Lily consentit à chanter, accompagnée au piano par Charlie, les autres dîneurs l'applaudirent à tout rompre. La réputation de Lily n'était plus à faire : la presse locale la couvrait de louanges et un quotidien national avait même parlé d'elle comme d'une jeune chanteuse pleine d'avenir. Fier de la célébrité de sa femme, Stephen se rengorgea en posant un bras possessif sur le dossier de sa chaise.

Il avait d'abord épié la physionomie de Charlie en y cherchant des signes de jalousie, car il n'avait pas oublié sa présence sourcilleuse à l'entrée des artistes du Palais et son apparition dans l'escalier de la pension de famille le jour où il était venu chercher Lily. Il fut cependant vite convaincu que sa méfiance était sans objet. Lily ne regardait pour ainsi dire pas Charlie, qui se comportait avec la même camaraderie envers tous les convives. S'il manifestait de l'intérêt à une fille, c'était plutôt à Madge. D'ailleurs, quand l'orchestre recommença à jouer après la pause, il dansa une fois par politesse avec Lily mais plusieurs fois avec Madge. Et tandis qu'il serrait lui-même Lily dans ses bras pendant un slow-fox, Stephen constatait avec satisfaction qu'elle était de loin la plus belle des femmes présentes et qu'elle lui appartenait sans contredit.

Ainsi rendu d'humeur généreuse, Stephen paya l'addition pour tout le monde, ce qui lui valut de la part des filles une avalanche de baisers sur les joues et des remerciements bien sentis du côté des hommes. En sortant, Stephen déclara que l'Argyll était assez spacieuse pour reconduire chacun chez soi. Six d'entre eux s'entassèrent à l'arrière, Stephen prit Lily sur ses genoux à l'avant et ils partirent en chantant et en riant à qui mieux mieux. Comme promis, chaque passager fut débarqué devant sa porte, avec de bruyants adieux chuchotés assortis d'éclats de rire qui semèrent la perturbation dans les rues endormies avant que Coventry ne les ramène enfin seuls à la maison.

– Charlie Smith était dans le grand cirque, n'est-ce pas ? demanda Stephen en se déshabillant.

– Non, il a toujours été directeur musical, répondit Lily déjà couchée.

– Je ne parle pas de théâtres, je parle *du* cirque. La guerre, quoi.

– Oui mais pas très longtemps. Il était artilleur, je crois. Il a été blessé et réformé assez vite.

– Une blessure providentielle, peut-être ?

– Je ne comprends pas. Que voulez-vous dire ?

– Je parle d'une blessure pas assez grave pour en souffrir trop longtemps mais suffisamment sérieuse pour se faire rapatrier sans risque d'être renvoyé au front. Dieu sait combien de planqués se sont infligé eux-mêmes une bonne blessure au genou ! C'est son cas ?

Lily pensa à la blessure secrète de Charlie, à ses mains qui avaient su l'émouvoir d'une manière dont un homme intact comme Stephen ne serait jamais capable.

– Autant que je sache, sa blessure n'avait rien de providentiel, au contraire. Pourquoi me demandez-vous cela ? Vous êtes-vous tiré vous-même votre balle dans la cheville ?

Stephen sursauta, rouge de colère.

– Vous m'insultez, Lily ! J'ai subi cette blessure en menant une attaque c... contre une f... ferme occupée par les B... Boches qui avaient v... violé et m... massacré les femmes du v... village. Une b... boucherie...

– Assez ! cria Lily en se bouchant les oreilles. Je ne veux rien entendre. N'en parlez pas, n'y pensez plus, vous vous donneriez encore des cauchemars. Oubliez tout cela, Stephen. Faites comme si ce n'était jamais arrivé.

Peu à peu, sa colère s'atténua, son visage se détendit.

– Oui, vous avez raison, dit-il en s'approchant. Faisons comme si rien ne s'était jamais passé.

A son expression, Lily comprit ce qu'il voulait et s'y résigna. Son mari la prit dans ses bras, fit glisser les bretelles de sa chemise de nuit, se coucha sur elle.

– Il ne s'agissait même pas de viol, dit-il sans plus bégayer. C'étaient des putains. Elles méritaient la mort.

Le samedi soir après la représentation, la troupe célébra l'anniversaire d'une des girls au bar du théâtre. Stephen et Lily se joignirent aux festivités. On but à la santé de l'héroïne du jour, Charlie joua quelques charlestons au piano, puis tout le monde s'entassa dans l'Argyll pour aller finir la soirée dans une boîte de nuit. Une des filles voulant à toute force inviter aussi Coventry, Stephen lui fit signe de laisser sa casquette dans la voiture et de venir danser avec eux en soufflant à l'oreille de Lily :

– Surtout, pas un mot à ma mère.

– Bien sûr, répondit-elle en souriant.

Avec Madge et une des girls, Charlie avait déjà formé sur un rythme de fox-trot une sorte de quadrille, auquel les autres vinrent bientôt se joindre. Lily entraîna Stephen et ils s'insérèrent dans la file de danseurs entre Charlie et Madge. Lorsque le rythme changea, Charlie et Lily se trouvèrent tout naturellement ensemble tandis que Stephen avait Madge pour partenaire.

– Ça va, Lily ? lui demanda Charlie à mi-voix.

– Ça va.

Un long fume-cigarette aux doigts, Marjorie Philmore apparut sur la piste de danse, tapa sur l'épaule de Madge, signal universel de changement de cavalier, et prit sa place dans les bras de Stephen qui la regarda avec étonnement.

– Vous ne me reconnaissez même pas ? lui dit-elle en soufflant une bouffée de fumée par-dessus son épaule. Nous avons pourtant pris le thé ensemble chez votre mère. Il y avait ma mère, Sarah Dent et la sienne. Vous nous aviez raconté l'histoire d'une pauvre femme qui ne pouvait pas se débarrasser de son mari indigne. C'était follement amusant ! Vous ne vous en souvenez pas ?

– Ah oui... Excusez-moi, j'avais oublié, en effet. Il faut vous dire que je me suis marié entre-temps.

– J'en ai entendu parler. Une girl, je crois ?

– Ma femme est chanteuse, gronda Stephen entre ses dents serrées. C'est elle, là-bas.

Il montra du menton Lily qui dansait avec Charlie. Elle portait ce soir-là une robe de soie turquoise coupée en biais, qui flottait gracieusement autour d'elle. Une main négligemment posée sur son dos nu, Charlie la conduisait avec une mine poliment ennuyée, comme s'il s'acquittait d'une corvée dont il attendait la fin avec impatience.

– Elle, votre femme ? s'exclama Marjorie en s'esclaffant. Ma parole, Stephen, vous les prenez au berceau !

– Lily est la plus jolie femme de cette pièce, cela me suffit, répondit-il sèchement.

– Touché ! dit Marjorie en s'écartant. Mais rassurez-vous, vous ne me vexez pas. Je me ne suis jamais prise pour une reine de beauté.

Gêné, Stephen rougit malgré lui.

– Je vous demande pardon... Je ne voulais pas...

– J'ai toujours préféré être la plus sexy, lui chuchota-t-elle à l'oreille en se collant de nouveau contre lui avec un sourire provocant. C'est tout aussi efficace. D'ailleurs, la beauté a des hauts et des bas alors qu'une femme sensuelle l'est en permanence.

A la fin de la danse, Marjorie se dégagea aussitôt.

– Il faut que je m'en aille. Bonsoir, Stephen.

– Restez boire un verre avec nous, je vous présenterai ma femme.

– Merci, je ne recherche pas particulièrement la compagnie des épouses légitimes. Invitez-moi plutôt une autre fois. Quand vous serez seul.

Stephen la laissa partir en suivant des yeux sa démarche ondoyante. Quand il regagna leur table, il commanda une autre bouteille de champagne. Il en avait besoin.

Le dimanche matin, après l'office à la cathédrale, Stephen et Lily firent avec Muriel la promenade obligée aux remparts. Cette fois, une des amies de Muriel les snoba, une belle-fille sur les planches constituant une irrémédiable tare sociale. Les autres, en revanche, firent assaut d'amabilité. Les jouvencelles béaient d'admiration ou verdissaient d'envie devant Lily, les adolescents la dévoraient des yeux comme une déesse descendue sur terre à seule fin d'alimenter leurs rêveries. Stephen était pratiquement le seul représentant du sexe masculin âgé de plus de seize ou dix-sept ans.

Le déjeuner fut aussi indigeste qu'à l'accoutumée. Lily feignit de le trouver délicieux.

– Et si nous allions nous promener avec M. Winters ? dit-elle avant que Stephen ne disparaisse dans son cabinet de travail. Il fait un temps splendide.

Muriel garda le silence d'un air gêné.

– Les médecins estiment que c'est bon pour lui, insista-t-elle. Mlle Bell le sort tous les jours, nous pouvons le faire à sa place aujourd'hui.

– Je veux bien, répondit Stephen. Laissez-moi lire le journal une demi-heure, nous sortirons ensuite.

– Bon, je monte le prévenir, déclara Lily.

Rory semblait plus alerte que jamais. Quand Lily entra, il se tourna vers elle en esquissant un sourire.

– Bonjour ! dit-elle gaiement. Voudrez-vous vous promener tout à l'heure ?

Il hocha légèrement mais distinctement la tête en signe d'acquiescement.

– Aujourd'hui, c'est Stephen et moi qui vous emmènerons quand il aura fini de lire son journal. Je vais dire à Mlle Bell de vous préparer.

Lily était à la porte quand un léger bruit derrière elle la fit se retourner. Les traits de Rory se contractaient comme s'il s'efforçait de parler. Lily revint près de lui et lui prit la main.

– Vous voulez me dire quelque chose ?

Il lui fit signe de s'approcher plus près. Lily se pencha. Il leva la main et caressa sa joue tuméfiée d'un doigt plus léger qu'une plume.

– Rien de grave, expliqua Lily. Une simple chute.

La main de Rory retomba sur le couvre-pied et il fit de la tête un signe de dénégation.

– Vous nous aviez donc entendus ? demanda Lily.

Il hocha la tête affirmativement.

– Et c'est pour cela que vous êtes tombé du lit ?

Lily vit ses yeux se remplir de larmes.

– Merci, dit-elle en l'embrassant sur la joue. Vous l'avez arrêté à temps. Depuis, il ne me brutalise plus et il m'a juré de ne jamais recommencer. Il était fou de rage, en partie par ma faute. Mais nous allons tous les deux faire des efforts. Notre ménage marchera, vous verrez.

La revue termina sa deuxième semaine au Kings sur un franc succès. La troupe partit ensuite remplir son contrat au Royal de Southampton avant de revenir terminer la saison à Portsmouth. Pendant cette minitournée, Lily se levait plus tard, Stephen venait la chercher tous les soirs à la sortie du théâtre et Coventry l'y conduisait tous les après-midi. Impressionnées par ce déploiement de luxe, les girls l'avaient surnommée la Duchesse. Stephen était bien entendu le Duc, sobriquet qui flattait sa vanité. Il invitait tout le monde à souper au moins une fois par semaine et recevait les baisers de remerciement que lui prodiguaient les girls en rougissant moins d'embarras que de plaisir.

Une huitaine de jours après son retour à Portsmouth, Lily commença à se sentir mal à l'aise le matin et à trouver au thé un goût amer. Le mercredi, elle eut la nausée et ne se leva qu'à midi pour déjeuner avec Stephen. Partie au théâtre un peu en avance pour la matinée, elle alla directement frapper à la loge de Madge.

– Je crois que je suis enceinte, lui annonça-t-elle.

Drapée dans son vieux peignoir de plus en plus crasseux, Madge se tartinait le visage de crème. Bouche bée, une noix de cold-cream encore au bout de l'index, elle se leva d'un bond, horrifiée.

– Grand dieu ! As-tu vu un médecin ?

– Non, pas encore. Mais j'ai une semaine de retard, j'ai mal au cœur tous les matins depuis dimanche dernier, j'ai été malade tout à l'heure et mes seins sont douloureux.

– Ce n'est peut-être qu'un microbe intestinal, suggéra Madge sans conviction. Aurais-tu mangé quelque chose qui ne serait pas passé ?

– Non, pas plus que d'habitude.

Dans un élan de compassion, Madge lui ouvrit les bras et les deux amies s'étreignirent longuement.

– Tu y crois donc toi aussi, n'est-ce pas ? dit Lily.

– Ce que je crois n'a pas d'importance. Si tu es enceinte, tu l'es, un point c'est tout. Que vas-tu faire ?

– Y a-t-il moyen de s'en débarrasser ? demanda Lily en baissant la voix.

Avant de répondre, Madge vérifia d'un coup d'œil que la porte était bien fermée.

– Je ne te le conseille pas, Lily. Je connais une fille qui l'a fait et qui a été malade à crever.

– Si je ne le fais pas, c'est la fin de ma carrière. Rideau, point final. Tu me vois enfermée dans cette maison jusqu'à la fin de mes jours avec une ribambelle d'enfants ? Non merci ! Je n'en ai aucune envie.

– C'est trop dangereux, Lily ! Il y a des femmes qui en meurent. Et puis, si tu tombais malade, il faudrait t'emmener à l'hôpital, la police s'en mêlerait et tu aurais des ennuis à n'en plus finir.

Lily s'assit devant le miroir, les coudes sur la table, le visage dans les mains.

– Il faut que je m'en débarrasse, Madge. Que ferais-tu, à ma place ?

– Il y a un médicament pour cela, je ne sais pas comment il s'appelle. Ma sœur s'en est servie une fois mais c'est la mère de son petit ami qui le lui avait procuré, elle n'osait pas l'acheter elle-même.

– Peux-tu en trouver ?

– Une des filles le connaît peut-être. Je vais me renseigner.

– Pour que tout le monde soit au courant ? Si cela revient aux oreilles de Stephen, il me tuera de ses mains ! Non, Madge, cela doit rester strictement entre nous. Creuse-toi la tête, je t'en prie !

Madge évoqua des remèdes de bonne femme et des méthodes barbares que Lily refusa, effrayée.

– De toute façon, conclut Madge, tu es mariée, tu ne pourras pas faire cela tous les mois.

– Au début, il se retirait. Depuis quelque temps, il ne prend plus de précautions.

– C'est normal, après tout, qu'il ait envie de fonder une famille, déclara Madge. Tu n'aurais pas dû l'épouser si tu ne voulais pas vivre avec lui et avoir des enfants.

– Stephen n'a aucune envie d'avoir un enfant, répondit Lily avec amertume. Il l'a fait uniquement pour me forcer à rester à la maison.

– Cela ne se verra pas avant un mois ou deux, tu devrais pouvoir au moins finir la saison.

– Oui, à condition que Stephen ne se doute de rien. Je reprendrai peut-être le travail après l'accouchement, ajouta-t-elle pensivement.

– Peut-être, dit Madge sans conviction.

Lily regarda le reflet de son visage pâle dans le miroir et poussa un profond soupir.

– Et les filles qui me croient la plus heureuse au monde !... Elles devraient essayer de se mettre à ma place une journée, Madge. Une seule. Elles comprendraient que ce n'est pas toujours aussi drôle qu'elles se l'imaginent.

Trois semaines plus tard, presque jour pour jour, Stephen attira Lily pendant la nuit. Constatant qu'elle ne le repoussait pas, il s'interrompit immédiatement.

– Tu n'es pas indisposée ?

Lily ne put dissimuler son trouble.

– Non.

– Si je ne me trompe, tu ne l'es donc plus depuis deux mois, dit-il avec un sourire triomphant.

La gorge sèche, elle sentit le piège se refermer.

– J'ai quelques jours de retard. Mais je n'aime pas discuter de ces choses-là, Stephen.

– Voyons, Lily, je suis ton mari ! Tout ce qui touche à ta santé me concerne au premier chef. Je tiens d'ailleurs depuis notre mariage un petit agenda, car je m'inquiétais de la fréquence et de l'irrégularité des apparitions de ce... visiteur importun qui nous interdisait de faire l'amour. Je pensais en effet qu'il valait mieux connaître d'avance les dates auxquelles tu serais forcée de te refuser à moi afin de ne pas t'embarrasser de mes assiduités.

Accablée par cette preuve de tyrannie dissimulée sous une feinte courtoisie, Lily avala sa salive.

– Or, reprit-il, mon agenda m'apprend que tu aurais dû être indisposée le mois dernier alors que tu n'en as pas fait état. Tu devrais l'être aujourd'hui encore et pourtant tu prétends qu'il n'en est rien. N'auriez-vous pas, ma chérie, quelque nouvelle à m'annoncer ?

A contrecœur, Lily hocha affirmativement la tête.

– Eh bien, cette nouvelle ?

– Je crois que je suis enceinte, murmura-t-elle.

Stephen la libéra aussitôt et se recoucha.

– Je ne puis vous dire à quel point cette nouvelle me comble de bonheur, Lily. Pour moi et pour toute la famille. Mes parents seront fous de joie.

Lily hocha de nouveau la tête sans mot dire.

– Vous verrez le docteur dès demain. Il viendra à onze heures, j'ai pris le rendez-vous hier.

– Vous le saviez déjà ? demanda Lily, effarée.

– Ma chère petite Lily, répondit Stephen d'un air protecteur en lui caressant la joue, il était normal que vous soyez enceinte tôt ou tard. Mais ne craignez rien, je connais mes devoirs envers vous. Nous serons très heureux, désormais. Très, très heureux, vous verrez.

Le Dr Mobey examina Lily et lui confirma qu'elle était enceinte de deux mois.

– Je veux continuer à travailler, déclara-t-elle. Au moins jusqu'à la fin de la saison, le 19 octobre.

– Est-ce bien raisonnable, chère petite madame ? demanda-t-il avec un sourire bienveillant. Bien des jeunes femmes de ma connaissance seraient enchantées d'une pareille occasion de se reposer en se laissant dorloter.

Lily se força à sourire.

– Je suis chanteuse, docteur, j'aime mon métier et je voudrais remplir mon contrat jusqu'à son terme.

– Ne pensez-vous pas que nous devrions consulter Stephen à ce sujet ? La décision lui appartient.

– Bien sûr, mais y aurait-il une raison médicale qui me forcerait à cesser de travailler ? insista-t-elle.

– Le 19 octobre, dites-vous ? Voyons, vous serez dans votre troisième mois de grossesse... Non, je ne vois aucune raison impérieuse de vous arrêter. Mais uniquement, ajouta-t-il, à condition de suivre mes conseils, de ne pas vous surmener et de vous alimenter convenablement.

– Oh, docteur, soyez gentil ! insista Lily avec son plus gracieux sourire. Si vous dites à Stephen que je puis travailler, je vous ferai réserver une loge gratuite.

– Comment résister à tant de charme et de persuasion ? répondit le Dr Mobey en pouffant de rire. Soit, je dirai à Stephen que vous pouvez terminer votre saison. Mais après cela, repos complet. J'insiste !

– Merci, docteur.

– Et s'il devait y avoir la moindre anicroche, je veux dire, à la moindre douleur ou à la plus petite goutte de sang, vous cesserez immédiatement toute activité.

– Je vous le promets, répondit Lily – qui se promit au contraire, si cela survenait, de danser toute la nuit et de bondir dans les escaliers du matin au soir.

Lily prit des bains brûlants et examina tous les matins ses dessous dans l'espoir d'y voir apparaître du sang, mais rien ne se produisit. En dépit de ses efforts, le bébé restait robuste et en bonne santé. Stephen doubla sa ration quotidienne de lait tiède à la cannelle et la lesta tous les jours, avant de partir au théâtre, de sandwiches au rosbif froid, gras et coriaces. Quand il faisait beau, Lily se promenait autour du lac avant que Coventry ne l'emmène, ce qui lui permettait de donner les sandwiches aux cygnes. S'il pleuvait, elle les emportait pour les distribuer aux girls. Des deux, elle préférait de beaucoup les cygnes.

Il n'était plus question de soupers ni de couchers tardifs. Coventry la reconduisait directement à la maison mais Stephen ressortait souvent après l'avoir mise au lit. Des silences soudains, des rires étouffés et des regards en coin qui l'accueillaient dans les coulisses, Lily n'eut pas de mal à déduire que Stephen allait finir la soirée avec les girls dans leurs boîtes de nuit habituelles. Elle était aussi incapable d'en éprouver de la jalousie que d'imaginer une raison de s'en formaliser.

A l'approche des derniers jours de la revue, les conversations en coulisses ne tournèrent plus qu'autour des possibilités d'engagement ailleurs. Deux girls qui s'étaient rendues sans le savoir à la même audition étaient brouillées à mort et ne s'adressaient plus la parole. Madge trouva un emploi de mannequin dans un magasin de mode de Southsea, travail consistant à endosser les nouveaux modèles en paradant devant des grosses femmes qui se bourraient de pâtisseries pendant que leurs maris la déshabillaient du regard.

– Il n'y a pas grand-chose d'autre en ce moment, expliqua-t-elle à Lily. En attendant, c'est un salaire fixe.

La revue étant suivie par une série de représentations classiques, où une vamp tapageuse telle que Madge ne pouvait espérer obtenir le moindre rôle, Charlie lui avait promis du travail pour la saison de pantomime qui débutait à la fin de novembre. Un jour, entre la fin de la matinée et le début de la soirée, il vint dans la loge de Lily muni d'une théière cabossée et de deux gobelets de fer émaillé qui avaient connu des jours meilleurs.

– Et toi, Lily, que feras-tu ? lui demanda-t-il.

– Il vaut mieux que je te le dise tout de suite. Je n'auditionnerai pas pour la pantomime et je ne travaillerai sans doute plus ici.

– Stephen ?

– Non, pas vraiment.

– Pourquoi, alors ?

– J'attends un enfant.

Charlie fit une telle grimace que Lily crut qu'il s'était ébouillanté ou enfoncé une écharde dans le doigt. Il dut se détourner un instant afin de se ressaisir.

– Tu es contente ?

– Non. Je n'en voulais pas, dit-elle tristement.

– Quel gâchis..., soupira-t-il.

Il y eut un long silence.

– Stephen est-il au courant ? demanda Charlie.

– Il le savait avant moi. Ce n'était pas un accident.

– Est-il content, lui ?

– Ravi. Comme un chien qui remue la queue.

– C'est pour quand ?

– Mai.

– Félicitations, Lily, déclara Charlie en levant son gobelet.

– Merci.

Le silence retomba, rendu plus pesant encore par la présence presque palpable de leurs pensées inexprimées, de leurs désirs refoulés. Charlie tourna le dos à Lily et alla appuyer son front contre les vitres dépolies de la fenêtre.

– Je donnerais tout au monde pour que nous ayons pu nous marier et que cet enfant soit le mien, dit-il d'une voix étouffée.

Sans esquisser un geste dans sa direction, Lily avala le sucre fondu au fond de son gobelet.

– Moi aussi, répondit-elle d'une voix à peine audible.

Charlie se retourna, fit un pas vers elle.

– Il n'est pas trop tard.

Elle lui lança un regard mi-agacé, mi-apitoyé.

– Pas trop tard pour quoi ? demanda-t-elle sèchement.

– Pour t'en sortir, bon sang ! Pour quitter cette maison, pour te libérer de ce mariage avant la naissance de l'enfant. Viens avec moi, Lily. Je prendrai soin de toi et de ton petit. Et quand tu voudras poursuivre ton chemin, tu seras libre d'aller où tu voudras. Je ne te retiendrai pas.

Lily se massa la nuque avec lassitude.

– Non, Charlie. Cela ne peut pas marcher. Je ne te demande pas la charité. Si je vis avec toi, c'est pour être ta femme, rien de moins. Veux-tu me prendre pour femme ?

Il ouvrit la bouche, la referma, hésita.

– Cela ferait un énorme scandale. Stephen nous traînera tous les deux devant les tribunaux. Nous ne trouverons jamais plus de travail dans cette ville, nous aurons même du mal à en trouver à Londres.

– Pour toi, je serais prête à tout subir – si tu le voulais vraiment.

– Non, Lily, c'est sans espoir, répondit-il avec un soupir accablé. Je me moque des racontars et de l'opinion des autres. Ce que je ne supporterais pas, c'est de vivre avec toi comme ton amant sans pouvoir l'être vraiment. Cela me tuerait ! Je veux bien te donner tout ce que je gagne, jusqu'au dernier sou, mais ne me demande pas de vivre sous le même toit que toi. Mes désirs inassouvis me feraient mourir à petit feu, jour après jour, minute par minute.

– Eh bien, la question est réglée, dit Lily calmement. Je ne veux vivre avec toi qu'en étant ta femme, je me moque du scandale, je n'attache aucune importance au fait que nous ne puissions pas faire l'amour. Et toi, tu refuses de vivre avec moi. Inutile d'y revenir. N'en parlons plus.

Le dos voûté, la mine abattue, il se rassit devant elle.

– Tu ne comprends donc pas ? Pour moi, ce serait une épreuve insoutenable. Vivre avec toi, près de toi sans rien pouvoir faire, j'en deviendrais fou ! Comme si je subissais de nouveau ma blessure tous les matins, tous les jours...

– Tu es pourtant le seul homme au monde pour lequel je quitterais Stephen, Charlie.

– Et moi, je suis le seul homme au monde qui ne puisse ni ne veuille te prendre, dit-il avec un sourire triste. C'est vraiment trop absurde. Dans quel lamentable pétrin nous sommes-nous fourrés, mon cher amour…

CHAPITRE 23

En octobre, la clôture de la saison donna lieu à la traditionnelle fête d'adieux. Tout le monde versa des larmes, plus abondantes encore dans les yeux de deux des girls qui se pendaient au cou de Stephen.

– Ton mari sortait beaucoup ces derniers temps, souffla Charlie à l'oreille de Lily.

– Je sais.

– Et on l'a souvent vu souper en tête-à-tête avec Marjorie Philmore.

– Cela m'est complètement égal, dit-elle en haussant les épaules. Comment se fait-il que tu la connaisses ?

– La plupart des jolies filles finissent tôt ou tard par venir s'accouder au piano, répondit Charlie en souriant. Rien de tel pour dévoiler ses charmes sans en avoir l'air.

Lily pouffa de rire en manquant s'étrangler sur sa coupe de champagne.

– C'est donc cela ta recette pour les séduire ?

– Bien sûr. Je leur joue de la musique sentimentale, elles fondent et elles me racontent leur vie.

– Quelle est son histoire, à elle ?

– Classique. Un frère tué en France, un fiancé tué aux Dardanelles, un bon ami cloué dans un fauteuil roulant. Trop d'argent, pas assez de cervelle, pas d'amour du tout. Toutes les mêmes, à peu de chose près.

Lily sourit à ce portrait impitoyable.

– Et la mienne, d'après toi ?

Debout derrière sa chaise, Charlie se pencha pour poser un rapide baiser sur sa tête.

– Elle commence à peine, il te reste encore beaucoup de pages à écrire. Toute une vie... Viens donc danser.

Ils dansèrent serrés l'un contre l'autre. Charlie tentait en vain de sentir la nouvelle rondeur de son ventre et coulait de temps à autre un regard vers sa poitrine qui s'épanouissait sous le corsage.

– Tu es belle à croquer, Lily, dit-il avec moins de désir que de tendresse. Un vrai morceau de roi.

Au deuxième tour de piste, il obliqua vers la table où Stephen était seul et poussa Lily sur une chaise.

– Il ne faut pas la laisser debout trop longtemps, déclara-t-il à Stephen avec un sourire complice. Vous aurez du mal à la garder tranquille à la maison.

– Je ne vous le fais pas dire, approuva Stephen.

– Il lui faudrait une distraction, quelque chose qui lui enlève l'envie de sortir. L'année prochaine, Dieu merci, elle aura largement de quoi s'occuper. Mais en attendant...

– Exactement ce que dit ma mère ! s'exclama Stephen. Seulement, voilà : Lily n'aime ni coudre, ni tricoter, ni jardiner, ni peindre, ni dessiner et elle refuse d'apprendre, bien que ma mère le lui ait souvent proposé.

Avec ensemble, unis dans leur réprobation masculine, les deux hommes tournèrent vers Lily des regards sévères qu'elle soutint sans broncher, le menton gracieusement posé sur ses mains jointes.

– Je sais ce qu'il lui faut ! s'écria Charlie comme si l'idée venait de lui traverser l'esprit. Le chant ! Rappelez-vous vos séances d'instruction, capitaine Winters : tirer le meilleur parti des matériaux dont on dispose. Improviser avec ce qu'on a sous la main.

Dans un état d'ébriété déjà avancé, Stephen cligna les yeux.

– Riche idée, répondit-il, impressionné. Mais qu'est-ce que j'ai sous la main ?

– Une chanteuse de variétés. Eh bien, faites-lui donner des leçons de chant classique, expliqua Charlie. Et des leçons de piano par la même occasion. Imaginez des soirées musicales dans votre salon, madame votre mère sera certainement enchantée. Bien entendu, plus question de *Burlington Bertie* et de ragtimes. Avec une voix comme la sienne, Lily n'aura aucun mal à chanter des lieder de Schubert, des arias de Mozart...

– Holà ! Ce sont des Boches ! protesta Stephen.

– Purcell, Tchaïkovski, Fauré, se hâta de corriger Charlie, tous les glorieux Alliés. Hein, qu'en dites-vous ?

– C'est ma foi vrai. Nous achèterons un piano...

– Et Lily apprendra à en jouer, conclut Charlie. Vous savez quoi ? Je pourrais même venir lui donner des leçons une ou deux fois par semaine.

– Vous le feriez vraiment ?
– Bien sûr. Avec plaisir.
– C'est vraiment très aimable de votre part...
Pendant cette conversation, Lily leur tournait le dos et regardait les danseurs. Stephen la héla :
– Hé, Lily ! Charlie me propose de venir à la maison vous apprendre à jouer du piano. Qu'en pensez-vous ?
– Ce serait très amusant, répondit-elle avec un large sourire. Oui, cela me plairait beaucoup.

A mesure que sa grossesse avançait, Lily passa de la résignation à la joie en pensant au bébé qui grandissait en elle. La fatigue inhérente à son état lui apportait aussi une nouvelle sérénité et la délivrait des désirs nocturnes de Stephen. Il lui avait ouvert un compte en banque qu'il alimentait régulièrement. Lily pouvait faire ses achats où elle voulait et découvrait le plaisir d'avoir la bourse toujours garnie. Elle se sentait bien, la jeunesse de son corps s'accommodait sans peine de la situation et Lily se surprenait à souhaiter ardemment cette naissance qui lui donnerait un être à aimer sans arrière-pensée. La douleur de la perte de sa mère, qui ne l'avait jamais quittée et jetait jusqu'alors sur sa vie une ombre permanente, s'estompait en prenant une autre forme. Prête à aimer son enfant comme sa mère l'avait aimée, elle puisait dans cette forme d'amour la certitude de faire en quelque sorte revivre la mémoire de sa mère et de la régénérer.

La maison retrouva ses rythmes anciens. On servit de nouveau le petit déjeuner à huit heures, Lily descendait verser le thé dans la tasse de Stephen et lui tendait son chapeau quand il partait travailler – après quoi, le plus souvent, elle remontait se coucher. Elle s'était inscrite à la bibliothèque et renouvelait constamment sa provision de romans à l'eau de rose qu'elle passait ses journées à dévorer. Muriel, pour qui une dame comme il faut ne se recouchait pas après s'être levée et ne lisait jamais de romans avant midi, observait en serrant les dents ces manquements aux règles du savoir-vivre et ne disait rien.

Vers onze heures, Lily descendait tenir compagnie à Rory jusqu'à l'heure du déjeuner. Du salon, où elle écrivait sa correspondance, Muriel entendait les babillages de Lily auxquels Rory répondait par des grognements de plus en plus articulés. Incapable de concevoir ce dont sa belle-fille pouvait bien parler aussi souvent et aussi longtemps, elle avait une fois écouté à la porte et entendu Lily passer du temps qu'il faisait aux vacances, de l'Europe à la mode de Paris, des recettes de cuisine aux désastres mijotés par la cuisinière et aux déboires de Muriel avec ses domestiques, des soins médicaux aux infirmières et au vote des femmes. Lassée de ce bavardage à bâtons rompus, elle s'était éloignée en silence sans avoir mieux compris pourquoi Lily prenait un tel plaisir à parler à Rory ni pourquoi le visage de Rory s'illuminait d'un sourire chaque fois que Lily entrait dans sa chambre. Si leurs rapports restaient pour elle inexplicables, leur intimité lui déplaisait et éveillait sa méfiance sans qu'elle sût réellement pourquoi.

Les deux femmes déjeunaient ensemble à une heure ; après quoi, selon les jours, Lily emmenait Rory se promener, allait seule faire des courses ou accompagnait Muriel dans ses tournées de visites. Trois fois par semaine, Charlie venait donner des leçons à Lily. Assis côte à côte sur la banquette du quart de queue offert par Stephen, ils jouaient à quatre mains ou bien Charlie accompagnait Lily dont la voix pure s'élevait dans toute la maison.

Si Charlie jouait parfois un ragtime en guise de récréation, il tenait sa promesse d'initier Lily à la musique classique. Il lui enseigna ainsi des lieder de Schubert, des airs d'opéras de Mozart, de vieilles chansons du folklore anglais ou irlandais. Il étendit même son répertoire à la musique de salon et aux romances victoriennes susceptibles de plaire aux amis de Muriel. Les femmes de chambre elles-mêmes s'arrêtaient parfois dans le vestibule ou l'escalier, charmées par les douces mélodies qui montaient jusqu'à la chambre de Rory où Muriel observait un silence réprobateur.

Car Charlie avait d'emblée déplu à Muriel, qui ne savait dans quelle catégorie sociale elle devait le ranger.

– Je ne peux plus m'y retrouver ! s'était-elle plainte auprès de Jane Dent dans une de leurs longues conversations téléphoniques. Il est à la fois un professeur de piano, ce qui l'assimile à un fournisseur, un ami de Lily, ce qui autorise à le recevoir au salon, et une relation de Stephen, ce qui fait de lui un gentleman.

– Comment est-il ? s'enquit Jane.

– Je ne sais pas. Je ne me suis jamais adressée à lui autrement que pour lui dire bonjour et au revoir.

– Eh bien, parlez-lui ! Nous sommes dans les années 20, ma chère amie. Personne ne semble plus se soucier de savoir si les hommes sont ou non des gentlemen.

– Naturellement, il en reste si peu ! observa Muriel avec un rire amer.

Elle suivit cependant le conseil de Jane et fut ainsi en mesure de lui rapporter, quelques jours plus tard, que Charlie avait été officier pendant la guerre, qu'il parlait sans trace d'accent, usait d'un vocabulaire distingué et paraissait savoir se tenir dans le monde. De son côté, Stephen se déclarait enchanté que Charlie vienne trois fois par semaine donner des leçons de piano et de chant à Lily. Et s'il y avait parfois plus de bavardages que de musique durant ces leçons, qui se prolongeaient souvent du début de l'après-midi jusqu'au soir quand Charlie partait travailler, Muriel pouvait affirmer qu'elles ne donnaient lieu à aucune inconvenance, bien que sa belle-fille et cet individu soient tous deux gens de théâtre. L'état de Lily constituait le meilleur des chaperons et leur intimité tenait à l'évidence moins du flirt que de l'affection fraternelle.

Muriel ne put toutefois s'empêcher de signaler à Stephen que Charlie venait prendre le thé même les jours où il n'y avait pas de leçons prévues.

Stephen ne fit qu'en rire.

– Si cela garde Lily à l'écart de ce maudit théâtre, répondit-il en lui tapotant la main d'un air protecteur, j'en suis ravi. Charlie est un type bien, je le connais, il sait se conduire. D'ailleurs, il est couvert de filles et il ne vient tenir compagnie à Lily que par amitié.

Stephen s'abstint d'ajouter qu'il ne voyait pas pourquoi un homme s'intéresserait à Lily, dont la taille épaississait à vue d'œil, quand il n'avait que l'embarras du choix entre les girls les plus affriolantes de Portsmouth, sans parler d'une ribambelle de filles de bonne famille.

Pendant la saison de théâtre classique au Kings, Charlie mit à profit ses quelques semaines de liberté pour jouer en solo deux fois par semaine au Trocadéro, la nouvelle boîte à la mode de Palmerston Road. Marjorie Philmore, Sarah Dent et autres Alma, Constance, Violet ou Diana, toutes jeunes, jolies et aussi libres de cœur que de corps, s'accordaient à le juger tout simplement divin. Un soir qu'il y arriva tard, Stephen répondit sans se faire prier à l'appel de Charlie qui l'invitait à sa table, où il trônait au milieu d'une cour d'une bonne douzaine de filles.

– Dites donc, mon vieux, vous ne vous refusez rien ! lui souffla Stephen, mi-envieux, mi-admiratif.

Avec le sourire béat d'un pacha dans son harem, Charlie brandit son verre d'une main mal assurée. Il n'était cependant pas assez ivre pour ne pas remarquer le manège de Marjorie Philmore et la manière dont Stephen y réagissait.

– Ton mari devient coureur, dit-il le lendemain à Lily. Il s'intéresse de plus en plus à Marjorie.

Lily s'exerçait à la couture en confectionnant une brassière pour le futur bébé.

– Que veux-tu que ça me fasse ? répondit-elle d'un ton insouciant en coupant un fil avec ses dents.

– Tu n'as donc pas de ciseaux ? s'exclama Charlie. Tu me fais grincer des dents.

– Ils sont quelque part par là. Tu es sans doute assis dessus.

Charlie se leva précipitamment et tâta les coussins du canapé où il repéra en effet les ciseaux de Lily.

– Tu es impossible ! Tu aurais pu me blesser à mort.

– Ce ne serait pas une grande perte, dit-elle gaiement en jetant son attirail dans une boîte à ouvrage afin de servir le thé. Alors, où ont lieu leurs rencontres secrètes ?

– Au Trocadéro. Il n'y a encore rien de sérieux mais Marjorie est une lady, pas une girl. Tu devrais te méfier.

– Et alors ? répondit-elle en lui tendant sa tasse. Je ne vais pas en faire une maladie. De toute façon, il faut bien qu'un homme se distraie.

Charlie lui lança un regard scandalisé.

– Veux-tu me faire croire que les appétits de Stephen sont exigeants au point que tu l'autorises à se satisfaire ailleurs si tu ne peux pas le faire toi-même ?

– Bien sûr, répondit-elle en enfournant une grosse bouchée de gâteau au chocolat.

– Tu as une mentalité d'esclave ! déclara Charlie, écœuré.

– Non, c'est de l'indifférence.

– Bon, je me le tiendrai pour dit. Je croyais que tu aurais voulu le ramener dans le droit chemin.

– Pas particulièrement.

– Alors, l'enfant n'y change rien ? demanda-t-il en pensant combien il aurait choyé Lily s'il avait été le père.

– Pour moi, si, répondit-elle, le visage éclairé d'un sourire. J'ai enfin quelqu'un à aimer. Je ne peux pas t'expliquer ce que je ressens – savoir qu'il y a là, en moi, un petit être qui grandit et se prépare à naître. Je le sens parfois bouger. La nuit, je me réveille pour lui parler. Ce qui se passe entre Stephen et moi n'a aucune importance. Ce qui compte vraiment, c'est ce bébé.

– Je crois quand même comprendre.

– Stephen ne s'améliorera pas, à mon avis du moins. Une partie de lui-même a été abîmée par la guerre et le restera. Il ne pourra jamais oublier ce qui le guette dans ses rêves, dans des bouffées d'odeurs les nuits sans lune. Inutile de préciser, ajouta-t-elle avec un petit rire amer, qu'il n'a jamais été aussi heureux que pendant la guerre.

Charlie se souvenait trop bien de ses propres terreurs, du sol ébranlé sous lui par l'éclatement des obus, des squelettes d'arbres aux branches griffant le ciel comme des doigts mutilés, à l'écorce qui pendait comme des lambeaux de chair. Il aurait été incapable de supporter aussi longtemps que Stephen l'enfer de ces paysages ravagés.

– Tu te trompes, Lily, il n'a pas pu être heureux !

– En un sens, si. Là-bas, il n'était plus le cadet mal aimé et dédaigné qu'il était chez lui, mais un officier courageux et bien noté. Il connaissait sa place, il savait ce qu'il devait faire. Coventry, son ordonnance, lui était aveuglément dévoué, ils se faisaient confiance à la vie, à la mort. Là-bas, il n'y avait pas de femme pour le troubler, pas de problèmes d'argent, pas de parents exigeants, pas de rang social à tenir. Il n'avait à se soucier que de sa tranchée et de ses hommes. Et puis, poursuivit-elle, il avait des permissions, des périodes de liberté. Il parle parfois d'une petite ferme où habitaient un vieux ménage et leurs deux filles. Il en parle comme d'un sanctuaire, d'un paradis au milieu de l'enfer. La ferme était proche des lignes mais cachée par un pli de terrain, si bien qu'elle n'avait jamais été bombardée. Coventry et lui y allaient parfois aider au labourage ou aux moissons.

– Qu'est-elle devenue, cette ferme ?

– Je ne sais pas. Bombardée sans doute, comme tout le reste. Qu'est-il arrivé là-bas, vers la fin ?

Ils gardèrent quelques instants un silence pensif.

– Qu'il aille voir un médecin, dit enfin Charlie. Le traitement des troubles nerveux a fait d'immenses progrès. Il pourrait être guéri de ses cauchemars.

– Un autre, peut-être, mais pas Stephen. Son chauffeur est encore plus détraqué que lui, au point d'être devenu muet, et il prétend que c'est tout à fait normal ! Il veut tout faire à sa manière. Il croyait résoudre ses problèmes en m'épousant mais je suis incapable de l'aider. Je le plaindrais s'il n'était pas mon mari.

– Sont-ils gentils avec toi, au moins ? voulut savoir Charlie. Il ne te bat plus ? Ta belle-mère est correcte ?

– Oh ! Tout le monde ici est si bien élevé ! L'amour n'a rien à faire dans une maison où règne autant de politesse. Nous ne disons jamais ce nous pensons, nous ne savons jamais ce qui nous tient à cœur. Nous sommes tous trop polis pour laisser place à d'autres sentiments.

– Oh, Lily..., dit-il tristement.

Il lui prit les mains. Elle leva les yeux vers lui.

– Je ne souffre plus de la solitude, Charlie. Au début, seule sans ma mère, j'ai cru mourir dans cette maison silencieuse. Maintenant que j'ai le bébé, ce n'est plus pareil. Avec lui, nous pourrons vivre ici, nous faire notre foyer à nous. Peu importe que les autres gardent le silence. Nous aurons toujours un être cher à qui parler.

– J'aurais tant voulu pour toi que cela ne se passe pas ainsi. Je t'aime tant, Lily...

Elle baissa de nouveau les yeux, dégagea ses mains. Charlie crut l'entendre murmurer *Je t'aime aussi*, mais si bas qu'il l'avait peut-être imaginé. Et puis, Browning entra débarrasser la table à thé, Charlie commença la leçon, Lily chanta jusqu'à six heures, Stephen leur servit des cocktails et ils bavardèrent gaiement jusqu'à ce que Charlie parte se changer pour aller au club.

Dès que le temps commença à fraîchir, les promenades en voiture du dimanche après-midi cessèrent avec, du même coup, les leçons de conduite que Stephen donnait à Lily. Cédant à ses prières, il accepta toutefois que Coventry prenne le relais. L'après-midi si Charlie ne venait pas, ou parfois le matin si Coventry était libre, Lily endossait sa tenue de conductrice, un strict tailleur bleu marine avec un petit chapeau de feutre assorti.

La première fois, Coventry ne put effacer son sourire goguenard avant que Lily ne le remarque.

– Il n'y a pas de quoi sourire, lui dit-elle sans méchanceté. Je veux simplement avoir l'air sérieux.

Coventry s'inclina, referma la portière derrière elle et s'installa au volant. Sans tenir compte des rudiments que Stephen lui avait inculqués, il voulut tout reprendre de zéro et, à grand renfort de mimiques et de gestes expressifs, lui montra la manœuvre de l'avance à l'allumage, du démarreur et du levier de vitesses avant de lui démontrer comment il fallait simultanément appuyer sur la pédale d'accélérateur et relâcher l'embrayage. Lily bouillait d'impatience jusqu'à ce qu'ils atteignent un tronçon de route déserte au bord de la mer. Alors seulement, Coventry stoppa sur le bas-côté, coupa le contact et changea de place avec Lily.

Les premiers essais furent désastreux. Lily cala cinq fois le moteur avant d'embrayer avec la progressivité souhaitable. Quand elle parvint enfin à coordonner ses mouvements et à parcourir quelques mètres, Coventry la fit recommencer une dizaine de fois avant de se déclarer satisfait.

– Et maintenant, demanda-t-elle, ulcérée, puis-je conduire oui ou non ?

Avec un signe de dénégation, Coventry lui désigna le rétroviseur et lui enseigna par l'exemple comment s'assurer que la voie derrière soi était libre avant de déboîter et de s'engager sur la chaussée. Une fois certain que la leçon était assimilée, il consentit à lui confier le volant. Lily démarra en souplesse et Coventry sourit avec la satisfaction de l'artisan devant un travail bien fait.

Soumise à un maître aussi méticuleux et exigeant, Lily fit de rapides progrès. Coventry lui enseigna à garer la voiture en créneau le long d'un trottoir puis à négocier un parcours d'obstacles, improvisé dans le jardin à l'aide de poubelles et de seaux à charbon, et dont il accroissait graduellement les difficultés jusqu'à ce que Lily sache mesurer d'un coup d'œil les dimensions de la voiture. Il gardait un calme olympien devant l'exaspération de son élève, qui croyait tout savoir et ne voyait pas l'utilité de prolonger ses tortures.

Elle tomba toutefois de haut le jour où, ayant mal calculé ses distances, elle érafla un garde-boue sur un des piliers de la grille. Rouge de confusion comme un enfant pris en faute, elle descendit contempler les dégâts.

– Oh, Coventry ! Faut-il l'envoyer au garage pour la faire réparer ?

Coventry secoua la tête.

– Stephen sera furieux ! Il n'avait pas vraiment envie que j'apprenne à conduire. S'il croit que j'abîmerai la voiture, il ne me laissera plus y toucher.

De la main, Coventry mima l'action de poncer et de repeindre la tôle endommagée.

– Vous pouvez la réparer vous-même pour que cela ne se voie plus ? Oh, vous êtes un ange, Coventry ! s'écria Lily en lui plantant un baiser sonore sur les deux joues.

Cramoisi, Coventry signifia d'un geste que c'était la moindre des choses.

– Vous pourrez finir la réparation avant d'aller chercher Stephen ? s'inquiéta Lily. Vous ne lui direz rien ?

Il fit signe que sa discrétion allait de soi.

– Vous êtes plus qu'un ange ! dit Lily en le gratifiant d'un nouveau baiser. Un amour !

Avec un sourire attendri, Coventry la regarda monter le perron et s'engouffrer dans la maison.

En novembre, quatrième mois de la grossesse de Lily, Stephen se fit installer un lit dans la garde-robe sous prétexte que le tour de taille de Lily ne lui laissait plus de place dans le lit conjugal. Comprenant qu'il serait désormais libre de reprendre sa vie de célibataire et d'aller et venir à sa guise, Muriel serra les dents mais ne dit rien. Toujours lasse, Lily ne l'attendait plus pour se coucher, qu'il rentre à onze heures du soir après un dîner en ville ou à cinq heures du matin, à l'heure du laitier.

En proie à l'insomnie, Muriel entendait ronronner le moteur de l'Argyll et les portières claquer. Le plus souvent, Stephen et Coventry se rendaient directement à la cuisine – la cuisinière se plaignait d'ailleurs d'une récente expansion de leurs activités nocturnes. En plus du vieux thé macérant au fond de la théière, des tasses sales, des cendres par terre et des mégots dans le fourneau, elle retrouvait maintenant des assiettes et des couverts, les deux complices ayant pris l'habitude, quand ils rentraient au petit matin, de se faire griller des tartines de fromage et d'arroser leur thé de larges rasades du rhum destiné à la pâtisserie.

– Tu es rentré bien tard cette nuit, Stephen, ne put se retenir de lui faire observer aigrement Muriel un matin.

Il abaissa son journal en souriant. Il était pâle et avait les yeux cernés.

– C'est vrai, je devrais avoir honte, répondit-il avec une franchise désarmante. Mais que voulez-vous, je suis terrorisé par ma femme.

Lily lui sourit avec indulgence. Au grand scandale de Muriel, elle ne s'était pas habillée ce jour-là pour descendre à la salle à manger et portait une robe de chambre blanche, innovation qui sapait les fondements mêmes des traditions et de la morale britanniques.

– Vous êtes-vous amusé, au moins ? demanda-t-elle.

– J'étais au Trocadéro avec Charlie. Il y a un nouvel orchestre nègre, un jazz-band. Sensationnel ! Charlie a joué avec eux une bonne partie de la soirée. Les filles étaient folles de joie, on ne pouvait plus les arrêter de danser.

– Des Américains ? s'enquit Lily.

– Je crois que Charlie a dit qu'ils étaient yankees. Ce sont des Nègres, en tout cas. Ils ont adoré Charlie. Ils seraient restés jouer toute la nuit si le patron n'avait pas fini par flanquer tout le monde à la porte.

– Ils vont ensuite à Londres, m'a dit Charlie.

– Oui. Je me rappelle, maintenant, ils lui ont même proposé de partir en tournée avec eux. On a bien ri en se demandant si Charlie serait obligé de se teindre en noir. Un jazz-band nègre ne peut pas se permettre d'avoir un Blanc.

– Charlie n'ira pas, dit Lily avec un geste agacé.

– Si, je crois qu'il a accepté. Après Londres, ils vont dans quelques capitales européennes, je ne sais plus au juste lesquelles. S'il se débrouille bien, Charlie pourrait même se faire emmener à New York. Le veinard !

Seule Muriel remarqua la soudaine pâleur de Lily.

– Charlie n'a sûrement pas donné son accord pour partir avec eux ! déclara-t-elle.

– Il me semble pourtant que si... Je rentrerai de bonne heure cet après-midi, Lily, dit Stephen en repliant son journal. Si vous voulez, je vous emmènerai faire un tour, voir si vous avez bien profité des leçons de Coventry. Vers quatre heures, d'accord ?

Il se leva, salua sa mère. Lily le suivit dans le vestibule et lui tendit son parapluie après que Browning l'eut aidé à endosser son pardessus.

– Un temps splendide pour la saison, déclara-t-il sur le perron. Idéal pour une promenade... Lily, qu'avez-vous ? Vous avez mauvaise mine. Pas de nausée, au moins ?

– Non, je vais très bien. Dépêchez-vous, vous allez être en retard, répondit-elle en le poussant presque.

Lily attendit dans le vestibule qu'il soit monté en voiture et que Browning ait regagné la cuisine. Dans la salle à manger, sa tasse de thé encore à la main, Muriel garda le silence. Quand elle eut entendu Lily décrocher le téléphone et demander un numéro à l'opératrice, elle reposa sa tasse et tendit l'oreille en tordant nerveusement sa serviette entre ses mains. Le téléphone dut sonner longuement à l'autre bout car Muriel entendait Lily s'impatienter.

– Oh, Charlie ! Je suis si contente que tu sois là ! Non, je vais bien ! Ce n'est pas de moi qu'il s'agit mais de toi. Tu comptes partir ? Oui, Stephen vient de dire que les musiciens américains t'ont proposé de t'emmener en tournée.

Muriel serra les dents. Il y avait dans la voix de Lily une tendresse, une confiance qu'elle ne lui avait entendues que lorsque la jeune femme parlait de sa mère et de son enfance. Seuls des amoureux pouvaient parler sur un tel ton. Personne dans cette maison ne l'avait jamais employé, devant elle en tout cas.

– Et tu veux vraiment partir ?

Le silence retomba pendant la réponse de Charlie.

– Oui, je te le demande. Pardonne-moi, Charlie, je sais que je ne devrais pas, mais je te supplie de rester.

Muriel se surprit à souhaiter, contre son propre intérêt et celui de son fils, que Charlie obéisse à Lily. Que le cœur de Lily appartienne à un homme qui l'aime assez pour lui sacrifier la perspective d'une carrière peut-être brillante. Un homme qui veillerait sur elle, qui demeurerait près d'elle même s'il ne devait la voir que trois ou quatre fois par semaine chez sa belle-mère...

– Merci. Oh, merci mon chéri !...

Muriel avait retenu son souffle et dut prendre soin d'expirer sans bruit.

– Oui, j'en suis très heureuse... Je suis une ignoble égoïste, je sais, mais... Oh, Charlie ! Je ne peux pas rester loin de toi, sans toi, surtout maintenant, avec l'enfant qui va venir. Je ne peux pas vivre ici sans te voir au moins de temps en temps...

Muriel s'enfouit le visage dans les mains mais ne se boucha pas les oreilles.

Lily ne dit toutefois rien de plus. Elle murmura au revoir, raccrocha. Muriel l'entendit alors monter l'escalier en fredonnant une romance d'amour fin de siècle que Charlie lui avait apprise la semaine précédente :

Si elle ne peut venir à moi
Je l'attendrai un jour, un mois,
Si elle ne vient pas maintenant,
Je l'attendrai dix mois, dix ans...

C'est en sentant ses mains mouillées que Muriel se rendit compte qu'elle pleurait.

CHAPITRE 24

Ce soir-là, au Trocadéro, le jazz-band se déchaîna. Charlie riait de plaisir pendant la jam-session où blues et ragtimes s'enchaînaient sur des rythmes endiablés. Haletants, ruisselants de sueur mais ravis, les musiciens avalaient des bières fraîches pendant la pause quand Marjorie Philmore surgit, échevelée, la robe déchirée, la joue tuméfiée et le bras zébré d'une longue écorchure sanglante.

– Je suis contente de vous trouver, Charlie ! Emmenez-moi quelque part où je puisse reprendre figure humaine. Je ne peux pas rentrer chez moi dans cet état.

Son apparition fit stopper les conversations et tous les regards se braquèrent dans leur direction.

– Excusez-moi, les amis, dit Charlie aux musiciens, continuez sans moi. Je vous rejoindrai d'ici une heure.

Il demanda au barman de lui prêter sa voiture, jeta sa veste de smoking sur le dos de Marjorie et l'entraîna en hâte vers la sortie. Elle le suivit en titubant, trébucha une ou deux fois. Un peu dégrisée par l'air frais de la nuit, elle laissa échapper un sanglot qui se termina par un hoquet et une bordée de jurons quand Charlie la poussa sur le siège du passager. La voiture était une vieille Ford dont il dut lancer le moteur à la manivelle. Quand il revint s'installer au volant, il trouva Marjorie prostrée, le front appuyé au tableau de bord et les yeux clos.

– Qui vous a fait ça ? lui demanda-t-il.

Elle se redressa à regret, s'ébroua.

– Peu importe. Il ne recommencera pas.

– Si vous voulez que je vous aide, vous pourriez au moins répondre à mes questions. Qui était-ce ?

– Stephen Winters, répondit-elle d'un ton haineux. Ce foutu salopard qui se prend pour un héros.

Charlie ne broncha pas.

– Pourquoi ?

– Parce qu'il m'a pincée avec un des musiciens et ça l'a rendu fou furieux. Il est pourri de principes, notre cher Stephen ! Il m'a traitée de putain et de je ne sais quoi, il m'a giflée à tour de bras, il m'a jetée contre un mur en me rossant de plus belle quand j'ai essayé de lui échapper, dit-elle en tâtant délicatement son épaule meurtrie. Et c'est *ça* qui veut se faire passer pour un gentleman...

– Vous allez porter plainte pour coups et blessures. Les preuves sont fraîches, je vous emmène à la police.

– Pour leur dire que je fricotais avec un Nègre dans un coin sombre et que je me suis fait casser la figure par mon amant, un homme marié ? répondit-elle avec un ricanement amer. Non merci, mon vieux Charlie ! Emmenez-moi chez vous, prêtez-moi de quoi me laver la figure et me repoudrer le nez et je rentrerai chez moi en taxi. A cette heure-ci, ma mère ne me verra sans doute même pas.

Charlie démarra. La tête appuyée contre le dossier, Marjorie referma les yeux.

– Stephen est donc votre amant.

– Plus maintenant. Je ne suis pas idiote à ce point.

– Depuis combien de temps cela durait ?

– Deux mois, deux mois et demi. Sa femme est enceinte – mais vous le savez mieux que moi, vous êtes tout le temps fourré chez elle.

– Je lui donne des leçons de piano.

– Tu parles ! dit-elle en ricanant.

Le silence retomba.

– Stephen aime donc les arguments frappants, reprit Charlie d'un ton volontairement neutre.

– Pff ! fit Marjorie avec un haussement d'épaules qui lui tira un cri de douleur. Il est de ces types qui haïssent les femmes et ne peuvent pas s'en passer, vous connaissez le genre. Il nous traite toutes de putains mais il est incapable de s'empêcher de nous tripoter.

Charlie ralentit en tournant le coin de sa rue.

– Est-il normal ? Dans sa tête, veux-je dire.

– Normal ? demanda Marjorie avec un sourire ironique. Il a des cauchemars qui le font hurler, il se roule par terre en se bouchant le nez quand il sent un parfum de violettes – c'était l'odeur des gaz asphyxiants, paraît-il. Il rêve sans arrêt d'une ferme pleine de cadavres de femmes et d'enfants, il répète le nom de Juliette dans son sommeil. Il hait son métier, il hait ses parents, il aime sa femme tout en la haïssant. En un mot, il n'y a pas plus normal que lui. Présentez-moi un homme pourvu de ses quatre membres et qui ne hurle pas en dormant, mon chou, je l'épouserai demain ! J'attends encore d'en rencontrer un seul qui ne soit pas revenu estropié ou complètement cinglé.

Charlie arrêta la voiture devant sa porte.

– Il a aussi battu sa femme.

– Tant mieux. Petite garce prétentieuse...

– Cela signifie qu'il est violent de nature, dit Charlie en gardant son calme. Le croyez-vous dangereux ?

– Lui ? Pas plus qu'un autre. Il est coléreux, égoïste, la guerre l'a rendu à moitié fou, il boit trop mais cela ne le rend pas plus dangereux que vous et moi, mon petit Charlie. Nous sommes les enfants de l'après-guerre, nous vivons l'ère du jazz, nous avons tous droit à un grain de folie. Comment voudriez-vous qu'il soit ? Un petit saint ?

– Je ne veux rien du tout, répondit Charlie sèchement. De toute façon, je n'aurai jamais ce que je veux. Nous voilà arrivés, poursuivit-il en l'aidant à descendre de voiture et en lui ouvrant sa porte. Je vous laisse, il faut que je retourne au club.

– Quoi, pas même un petit baiser pour soigner mes bobos ? s'enquit Marjorie avec un sourire aguichant.

Charlie l'embrassa rapidement sur sa joue intacte.

– J'ai l'impression que vous avez eu assez de baisers pour ce soir, dit-il en la poussant vers la porte.

Marjorie le dévisagea avec curiosité.

– Quel est votre problème à vous, Charlie ? N'aimez-vous pas les filles ? Est-ce vrai ce qu'on raconte, que vous écumez les quais le samedi soir pour courir après les jeunes dockers et les petits marins ?

Charlie ravala une bouffée de fureur.

– Erreur. C'est le vendredi soir que je vais sur les quais mais je suis fidèle à un beau soutier bien musclé. En partant, laissez la clef sous le paillasson. Le numéro de la station de taxis est à côté du téléphone.

Marjorie haussa les épaules, ulcérée.

– Merci quand même, dit-elle en claquant la porte.

Charlie remonta en voiture, démarra.

– L'ère du jazz ! grommela-t-il en rangeant la voiture sous l'enseigne lumineuse du club. Les enfants de l'après-guerre !... Le droit à un grain de folie !... Que Dieu nous protège – s'Il en a encore envie.

Stephen eut un surcroît de travail après Noël. Au début de janvier, il alla un vendredi après-midi dans le bureau de John Pascoe lui demander son avis sur l'engagement éventuel d'un jeune avocat pour étoffer la firme.

– Je croyais que la vague des divorces consécutifs aux mariages de guerre diminuerait, mais le rythme ne ralentit pas. Les ménages devraient pourtant se stabiliser, au bout de tout ce temps.

– Sans compter les cas de mise en tutelle ou sous conseil judiciaire, renchérit Pascoe. Je vois toujours autant de dossiers d'anciens militaires internés d'urgence ou traités pour des troubles nerveux graves. Je comprends la détresse des familles dont le chef ou le seul soutien est depuis trois ans hors d'état de faire face à des problèmes élémentaires.

– A mon avis, cela tient dans la plupart des cas à ce que ces hommes-là étaient inaptes à faire la guerre. C'est tout le problème de la conscription obligatoire : on a incorporé de force des gens qui n'auraient jamais dû l'être. Moi-même, je c... considère qu... qu... que...

Soudain incapable d'achever sa phrase, Stephen la balaya d'un geste désinvolte.

– Je veux dire, conclut-il, que la guerre n'a fait que révéler des instabilités latentes. En tout cas, cela nous surcharge de travail.

Il y eut un silence, au cours duquel ils ne purent tous deux s'empêcher d'évoquer la mémoire de Jim Pascoe, qui avait trouvé la mort un beau matin d'automne dans un nuage de gaz anglais destiné à l'ennemi et n'était jamais revenu occuper la place qui lui était destinée.

– Où trouver un nouvel associé ? demanda John Pascoe. Avez-vous une idée, Stephen ?

– Je pense à un garçon que j'ai connu à Oxford. Il faisait lui aussi ses études de droit et voulait exercer. Je sais qu'il en est revenu, il avait réussi à se faire affecter dès le début à l'état-major. Je lui enverrai un mot.

– Votre père ne se rétablira jamais assez pour reprendre sa place ? hasarda Pascoe.

Stephen fit une moue sceptique.

– On commence à construire le monument aux morts, reprit John comme s'il poursuivait son idée.

– Oui, j'ai vu les travaux. Le nom de Jim y figurera. Celui de Christopher aussi.

– Nous ne pourrons jamais calculer ce que cette guerre aura coûté, soupira Pascoe. Mon fils, votre frère. Votre père compte lui aussi parmi les victimes. Comme nos projets, la manière dont nous voulions travailler ensemble. L'avenir même du pays ! Tout est bouleversé, Stephen, sans que personne l'ait voulu ni décidé. Comme si, pendant que nos garçons étaient partis se battre, le pays changeait de lui-même derrière leurs dos et que nous ne puissions plus rien faire pour redresser la situation.

Stephen avait pâli.

– Les hommes d... disaient souvent qu.. que quand ils revenaient chez eux en p... permission, ils avaient l'imp... l'impression d'être des f... fantômes. Le p... pays était p... pareil mais ils n'en f... faisaient plus p... partie. Les f... femmes qui t... travaillaient, les fenêtres p... peintes en noir, les b... boutiques vides. P... personne ne c... ne c... ne comprenait, acheva-t-il après avoir dû prendre une profonde inspiration.

John Pascoe écoutait intensément en s'efforçant de percevoir, à travers les paroles hachées de Stephen, un écho de la voix de son fils.

– Personne ne comprenait quoi, Stephen ?

– C... comment c'était d... dans...

– Dans les tranchées ?

– Oui.

– Comment était-ce, Stephen ? Dites-le-moi, j'ai besoin de comprendre.

Les yeux brillants de larmes mal contenues, Stephen grimaça une sorte de sourire.

– Je ne peux pas en parler, dit-il d'une voix étouffée. C'est ma blessure de guerre, si vous voulez. Je ne peux pas.

– Parce que vous ne supporteriez pas d'en parler, de le concrétiser par des paroles ? insista Pascoe.

Stephen ne répondit pas. Ses mains crispées sur les accoudoirs du fauteuil blanchissaient aux articulations, les veines de son front gonflaient, son visage virait au rouge.

– Nous évoquions il y a un instant les hommes qui subissent jusqu'à présent les séquelles de leurs épreuves, dit Pascoe avec sympathie. Êtes-vous certain d'en être tout à fait remis, Stephen ?

La tête basse, les muscles du cou noués par l'effort de se dominer, Stephen garda le silence. John Pascoe ne se sentit ni le courage ni le droit de le forcer à extraire de lui-même les mots capables de conjurer les démons dont il était visiblement habité.

– Vous devriez peut-être consulter un médecin, mon vieux. Si vous ne pouvez le supporter seul, il n'y a pas de honte à chercher de l'aide.

Stephen fit un signe de dénégation, se redressa sur son siège, redonna peu à peu à ses traits leur expression normale. Seul son regard trahissait encore un trouble dans lequel John Pascoe lut avec effroi la confirmation de ce qu'il craignait : la guerre avait blessé Stephen Winters dans son esprit plus profondément qu'il ne l'imaginait.

– Ce n'est pas grave, affirma Stephen avec une désinvolture affectée. Il suffit de ne pas y penser. Si je pouvais ne *jamais* y penser, je me porterais à merveille.

Les deux hommes gardèrent le silence quelques instants.

– Lily vous est-elle de quelque secours ?

– Guère.

– Vos parents ? Vos amis ?

– Peu importe, rien de tout cela ne vaut la peine de se tracasser. Quelques mauvais rêves, des réactions parfois un peu trop vives, pas de quoi en faire un drame. Tous les camarades ont la même chose. Et nous ne sommes quand même pas *tous* fous ! Non, nous ne sommes pas *tous* fous...

Il l'avait dit sur le ton de la plaisanterie, mais le léger tremblement de sa voix trahissait plutôt une sorte de défi désespéré.

Cette nuit-là, Stephen rêva qu'il était de retour à Saint-Omer, où les officiers passaient les courtes permissions de détente. Dans son rêve, la ville était telle qu'il l'avait vue pour la première fois en mars 1917, paisible et provinciale, serrée autour d'une grande place où se dressait un imposant hôtel de ville. Il revit les rangées de boutiques, l'étalage du marchand de fruits et de légumes, les cafés d'où émanaient les riches effluves du café frais et des croissants chauds. Il faisait encore froid, en ce début de printemps, mais le soleil brillait dans un ciel pur.

Plus tard, les maisons et les boutiques pimpantes seraient détruites au hasard des bombardements, calcinées comme des chicots cariés ou laissant des vides comme des dents arrachées. Les bâtiments spacieux restés intacts étaient transformés en hôpitaux, en états-majors, en bordels de campagne. Il n'y avait plus de fruits ni de légumes aux étalages, plus de pain frais ni de croissants chauds dans les boulangeries. Tout ce qui pouvait encore être récolté était réquisitionné pour nourrir les monstrueuses armées qui drainaient d'un côté les richesses de la France et de la Belgique, de l'autre celles de l'Allemagne et de l'Autriche. Ceux qui avaient quelque chose à vendre préféraient l'or à leur propre monnaie nationale. Les trafics clandestins prospéraient : tout se vendait, tout s'achetait en guise de souvenir – des armes, des casques allemands, surtout les anciens modèles à pointe, des dentelles et jusqu'à des croix de fer arrachées aux poitrines des morts.

Autour de Saint-Omer, de part et d'autre de la frontière, la campagne nue et plate sous un ciel infini ressemblait à celle du Cambridgeshire. Pas de collines ni d'accidents de terrain où se mettre à couvert, une terre spongieuse, gorgée d'une eau dont les nappes affleuraient. Stephen avait alors compris la raison des tranchées, dont l'apparente absurdité l'enrageait avant son départ. Exposé à tous les vents et à tous les dangers, un soldat n'avait pas besoin d'en recevoir l'ordre pour empoigner une pelle et se creuser un trou. La nature ne lui offrant aucun autre abri, un homme se serait métamorphosé en ver de terre pour ramper dans la boue plutôt que de rester debout sur la plaine.

– Un pays rêvé pour la cavalerie ! lui disait gaiement dans son rêve le capitaine McDonald. Hein, Winters ? Imaginez un peu une charge de dragons là-dedans.

Il allait lui répondre quand la tête de McDonald s'envola sous ses yeux tandis qu'il se sentait projeté en l'air, couvert d'une matière tiède et gluante dont il savait que ce n'était pas de la boue.

Stephen sursauta, cria, se roula dans son lit mais ne se réveilla pas.

Il était maintenant dans une tranchée, ivre de rage devant l'état dans lequel le régiment qu'il venait relever abandonnait ces lieux. Les créneaux et les banquettes de tir effondrés étaient inutilisables, on ne pouvait faire un pas sans enfoncer dans la boue jusqu'aux genoux, aucun abri correct n'était aménagé. Pis encore, les Boches avaient repéré leurs emplacements de tir et les canardaient avec une telle précision qu'ils étaient intenables. En voyant mourir ses hommes les uns après les autres sous les balles et les obus, Stephen aurait voulu faire fusiller pour haute trahison l'officier responsable de cette incurie criminelle. Au prix d'un labeur épuisant, ils avaient quand même réussi à rendre la tranchée opérationnelle ; mais entre les attaques à l'aube et les reconnaissances de nuit, dont ne revenaient pas cinq hommes sur dix, le massacre quotidien continuait, inchangé.

« Johnson ! » cria-t-il à haute voix.

Cette fois, son cri l'éveilla à demi et il se tourna malaisément avant de se rendormir. Mais son dernier rêve allait le réveiller tout à fait.

Il débutait pourtant par la vision idyllique de la petite ferme tout près de la frontière, du côté belge. Le vieux Pérot attelait son cheval, Mme Pérot nourrissait ses poules, une bassine de graines sous le bras. Ils avaient deux filles, Nicole, qui avait mal tourné et qu'on soupçonnait de se prostituer, et Juliette, la cadette, si semblable à une jeune paysanne anglaise avec son teint rose, ses cheveux blonds et ses yeux verts. La ferme elle-même était un miracle. Abritée des canons allemands par la seule colline du secteur, assez loin derrière les positions anglaises pour ne pas être exposée aux reflux de la ligne de front, elle formait une oasis de paix au milieu de la folie guerrière.

Stephen l'avait découverte par hasard un jour qu'il se promenait à cheval pendant une permission de vingt-quatre heures. Juliette lui avait offert à boire avec un sourire éclatant. En partant, il avait dit à Mme Pérot qu'il baptisait son domaine la Petite-Bretagne et elle avait ri comme si elle comprenait. Les Pérot avaient quelques vaches, un cochon, des poules mais, pour l'essentiel, ils cultivaient leurs champs. Pérot maudissait l'armée qui avait réquisitionné ses solides chevaux de labour pour ne lui laisser qu'une vieille jument à peine capable de tirer la charrue ; aussi accueillait-il avec joie Stephen et Coventry quand ceux-ci venaient l'aider aux travaux de la ferme. Pour eux, ces journées dérobées à la guerre avaient un goût de vacances.

Stephen sourit dans son sommeil. Il y avait près de la ferme un petit bois encore intact, au sol tapissé d'herbe sous les basses branches. Quand il s'y couchait en regardant le ciel à travers le réseau des feuilles, il avait beau percevoir le tremblement de la terre sous lui et entendre le grondement de la canonnade, il se sentait en sûreté, loin du danger dont ne lui parvenaient que des échos. Partout ailleurs sur l'immense plaine des Flandres, les arbres dressaient leurs moignons mutilés alors que ceux de Juliette poussaient et verdissaient comme si la guerre n'existait pas. Juliette venait parfois s'asseoir à côté de lui dans l'herbe et lui permettait de lui tenir la main. Un jour, Stephen s'était endormi la tête sur ses genoux. Quand il avait ouvert les yeux et vu le visage de Juliette penché sur lui, il avait cru que la guerre était finie et qu'il se réveillait dans la tranquillité d'un jardin anglais.

Soudain, son rêve se brouilla, bascula. Seul dans son lit de camp de la garde-robe, Stephen se débattit avec un gémissement étouffé. Il revit le visage de Coventry crispé par la colère, il s'entendit jurer : *Si ces salopards ont touché un seul de ses cheveux !...* Il sentit de nouveau monter en lui une vague de cette folie joyeuse qui étouffe la peur comme l'ivresse balaie la raison. Son pistolet dans une main, le couteau de Coventry dans l'autre, il courait sur la route de la Petite-Bretagne, sans même se rendre compte qu'il traversait les lignes allemandes, qui s'étaient beaucoup rapprochées depuis la récente retraite des Alliés. Inconscient du péril où l'entraînait sa folie, suivi de cinq hommes d'élite de sa compagnie, il progressait dans l'ombre avec une rapidité foudroyante, porté par les ailes de la vengeance à l'idée de l'horreur qu'il allait découvrir. Depuis la veille, l'armée anglaise reculait, résignée à sa défaite. Il n'était plus question de se battre mais de gagner la côte au plus vite, en espérant que la marine serait là pour sauver le plus grand nombre. Et c'est au milieu de cette déroute infamante que Stephen avait appris que les Allemands, dans leur irrésistible avance, occupaient la Petite-Bretagne.

Si Juliette était blessée, morte... Son cœur battait plus vite, ses pieds touchaient à peine terre. La fureur qui l'habitait lui faisait oublier la terreur qui ne cessait de l'étreindre depuis deux ans. Il ne pensait plus qu'à sauver Juliette, à l'arracher aux Boches, à la ramener en sécurité à l'arrière. Il était avant tout dévoré du besoin de tuer de ses mains l'homme, quel qu'il soit, qui lui aurait fait mal.

Haletant, la poitrine en feu après sa course folle, il arriva enfin devant la ferme et fit signe à ses hommes de s'aplatir à terre, de reprendre leur souffle. Dans quelques minutes, ils seraient prêts à passer à l'action, à faire payer leurs crimes aux brutes tapies à l'intérieur. Aucun n'en réchapperait, Juliette et ses parents seraient vengés. Au bout de deux ans, Stephen comprenait enfin pourquoi il était là. C'était pour eux qu'il se battait, c'était eux qui méritaient qu'il risque sa vie. Il n'avait pas traversé la Manche pour protéger une patrie abstraite, lointaine, indifférente mais afin de sauver la vie de Juliette. Et s'il arrivait trop tard, au moins servirait-il à venger sa mort.

D'un signe, il entraîna ses hommes vers l'arrière du bâtiment. Il avait plu, la boue étouffait leurs pas dans la cour. Des rais de lumière filtraient autour des volets clos. Stephen s'approcha, tendit l'oreille. Il entendit une voix d'homme parler allemand, un rire de femme... Donc, les Pérot étaient déjà morts. Les Boches et leurs catins se livraient à une orgie devant les cadavres de leurs victimes ! D'un coup de pied, il enfonça la porte et entra, revolver au poing...

Empêtré dans ses draps, ruant comme un cheval affolé, Stephen se redressa brusquement, couvert de sueur, les yeux écarquillés d'horreur. Lily le secouait par l'épaule.

– Juliette !

– Réveillez-vous, Stephen ! Réveillez-vous !

Il lui agrippa les mains, tenta de l'attirer vers lui tandis qu'elle se dégageait de son étreinte.

– Oh, Lily...

– Vous rêviez. Vous hurliez si fort que vous m'avez réveillée à travers les deux portes.

Stephen s'essuya le visage et le cou avec ses draps.

– Merci de m'avoir réveillé. Je vous demande pardon, dit-il piteusement en voyant son expression irritée. Mais si vous saviez, Lily... C'était un abominable cauchemar...

– Il est fini, maintenant. Vous êtes réveillé.

– Je rêvais que j'étais là-bas... Là-bas...

Il se leva, endossa sa robe de chambre en tremblant.

– Vous ne devriez pas manger de fromage le soir, c'est sûrement cela qui vous trouble la digestion et provoque vos cauchemars.

– Vous ne pouvez pas comprendre. Vous ne pouvez pas même imaginer ce que c'était.

– De toute façon, c'est fini depuis trois ans. Je suis fatiguée, je vais me coucher.

– Non, ne partez pas ! dit-il en la retenant par le bras. Je ne veux pas me rendormir. Je vais descendre me faire du thé. Venez avec moi Lily... Ou bien, je vous en monterai une tasse au lit, d'accord ? Je ne veux pas rester seul. Je ne veux plus dormir seul.

– C'est vous qui avez décidé de dormir ici, répondit Lily avec froideur. Restez-y, moi j'ai sommeil et je vais me recoucher. Il est trois heures du matin, je n'ai pas envie de boire du thé au milieu de la nuit.

Un rayon de lune faisait briller ses cheveux blonds et soulignait la courbe de son ventre.

– Lily...

– Oui ?

– Rien...

Il la relâcha. Elle était presque à la porte quand sa peur de la solitude fut la plus forte.

– Lily !

– Quoi encore ?

Cette fois, il semblait tout à fait réveillé.

– Je veux acheter une ferme. Je ne veux plus vivre ici, Lily, je ne veux plus travailler enfermé dans un bureau toute la journée. Achetons-nous une maison à la campagne, dans le Kent ou le Sussex, une maison où nous vivrions tous les trois vous, moi et le bébé. Nous serions bien, Lily. Dites-moi que cela vous plairait.

– Vous êtes encore en train de rêver, Stephen, répondit-elle sèchement. Recouchez-vous. Bonne nuit.

Elle éteignit la lumière et sortit. Seul dans le noir, Stephen s'assit sur son lit, ferma les yeux et se boucha les oreilles pour ne plus rien voir ni rien entendre.

– Nous achèterons une ferme, murmura-t-il. Tout ira mieux pour moi, pour nous. Je le peux et je le ferai. Nous vivrons loin d'ici, loin du bureau, du Trocadéro, de tout. Nous recommencerons de zéro. Et j'appellerai ma ferme la Petite-Bretagne.

CHAPITRE 25

Plus sa grossesse avançait durant les premiers mois de 1921, moins Lily supportait l'autorité exclusive de Muriel sur tout ce qui concernait la maison. Attentive pour la première fois à son cadre de vie, lasse de devoir vivre chez une autre femme, elle aspirait à se faire son nid, à arranger sa propre maison à sa guise. Son insatisfaction se fixait, faute de mieux, sur la chambre d'enfant bientôt indispensable et dont l'emplacement même, dans cette vaste maison presque vide, posait un problème quasi insoluble.

Le choix logique aurait été de rendre sa destination première de nursery à l'ancienne chambre de Stephen, belle pièce ensoleillée donnant sur le jardin. Mais, dans ce cas, le bébé serait isolé au premier étage avec Muriel et Rory. On aurait aussi pu l'installer dans la petite garde-robe où Stephen couchait depuis que Lily était enceinte. C'était Lily qui répugnait à l'envisager, pour la raison fort simple qu'elle préférait ne plus devoir partager son lit avec Stephen – motif qu'il était bien entendu hors de question d'invoquer ouvertement. Depuis six mois, Stephen n'avait pas une fois traversé le palier pour faire valoir ses droits conjugaux et Lily espérait que le parquet grinçant et la porte close constitueraient une dissuasion suffisante, même après l'accouchement. Pour rien au monde elle ne voulait recommencer à subir les cris et les cauchemars de Stephen, encore moins ses imprévisibles accès de lubricité. Pour elle, la solution idéale aurait été que Stephen reprenne son ancienne chambre et la laisse seule au second étage avec le bébé, solution tout aussi impensable que les autres car elle aurait trop clairement concrétisé leur mésentente. Dans cette maison où le mutisme était de règle pour les moindres choses, le silence étouffait tout, élans et sentiments, sous une chape de plomb. Le choix de la chambre d'enfant soulevait donc des questions trop délicates pour que quiconque veuille les aborder de vive voix.

En attendant que la solution se présente d'elle-même, ou que, par lassitude, chacun se résigne à une cotte mal taillée, Lily rongeait son frein. En guise de compensation, elle voulait au moins que son enfant vienne au monde entouré de ce qu'il y avait de mieux et de plus raffiné. Un beau matin de printemps ensoleillé, n'y tenant plus, elle demanda à Coventry de la conduire à Palmerston Road.

Déférent et stylé, il l'accompagna à l'intérieur du magasin, la casquette à la main ; il lui ouvrait les portes, la soutenait dans les escaliers, lui approchait une chaise quand elle s'arrêtait à un rayon. Dans son septième mois, Lily se penchait très en arrière pour contrebalancer le poids de l'enfant. Inquiet de la voir en équilibre instable, Coventry se tenait constamment derrière elle comme s'il craignait de la voir tomber à la renverse à chaque pas.

– Toujours prêt à me rattraper au vol, Coventry ? lui demandait-elle de temps à autre en pouffant de rire.

Il rougissait et redoublait d'attentions.

Fascinée par tout ce qu'on lui montrait, elle se laissa tenter et acheta de quoi habiller une douzaine de bébés. Aussi ravi qu'elle par cette débauche, Coventry alla ensuite avec elle choisir le landau, les meubles, les draps. Partout, Lily signait les factures sans se donner la peine de les additionner mentalement ni même de regarder les prix auparavant. Elle cédait à l'ivresse de pouvoir dépenser sans compter et donnait l'ordre de livrer le tout à Mme Stephen Winters, comme si jamais sa propre mère n'avait emballé une portion de fromage ou une livre de pommes de terre, ni chargé Lily de la livraison en l'absence de son petit commis.

– Comme c'est bon d'être riche ! soufflait-elle à l'oreille de Coventry quand une vendeuse partait chercher sa plus belle marchandise. J'adore ça ! Est-ce vraiment mal ?

A midi, Coventry brandit sa montre sous les yeux de Lily avec une mimique expressive.

– Soyez gentil, amenez la voiture devant la porte. Pendant ce temps, je jetterai un coup d'œil aux chapeaux.

Il lui montra le cadran d'un air sévère.

– Juste un petit coup d'œil ! répondit-elle en feignant de se fâcher. Vous êtes mon chauffeur, pas ma nurse. Si j'ai envie d'être en retard au déjeuner, c'est mon affaire.

Avec un sourire épanoui, Coventry s'inclina et partit chercher l'Argyll, les bras chargés de paquets. Comme prévu, il attendit devant la porte du magasin dix bonnes minutes au bout desquelles il vit apparaître Lily, un carton à chapeau à la main, en compagnie de son amie Madge.

– Croyez-vous qu'on ait quand même le temps de la raccompagner ? lui demanda Lily d'un air penaud.

Coventry ouvrit la portière en la rassurant d'un sourire. Elle avait beau jouer les grandes dames et apposer sa signature avec autorité, elle restait au fond d'elle-même une enfant intimidée qui vivait chez une femme en âge d'être sa mère et tremblait d'enfreindre des règles mal connues qu'elle ne comprenait pas. Quand elle sollicitait son avis sur ce qu'elle pouvait faire ou non, Coventry se sentait envahi d'une tendresse qu'il n'avait plus éprouvée depuis longtemps. Elle était comme une orpheline soumise à la stricte discipline d'un foyer adoptif. La vendeuse à qui elle commandait cent guinées de broderies enviait peut-être la riche et belle Mme Winters ; à la maison, la petite femme de Stephen n'était qu'une quantité négligeable.

– Alors, c'est pour quand ? voulut savoir Madge avec un regard plein de curiosité sur son ventre distendu.

– La première semaine de mai. Encore deux mois à attendre. J'ai hâte d'en finir ! Je me sens comme un ballon dirigeable. Je n'ai pas vu mes pieds depuis des mois.

– Et après ? Vas-tu reprendre le travail ?

– Non, soupira Lily. Stephen ne me laissera jamais remonter sur scène avec un bébé en bas âge, ni même après. Tout a changé pour moi, Madge, je m'en rends compte maintenant. Au début, je croyais pouvoir faire ce que je voulais mais je n'ai plus d'illusions. Le music-hall, c'est fini. D'un autre côté, je pourrais me rattraper en faisant de la musique de salon ou en chantant dans des salles de concert.

– Quoi ? Du chant classique ?

– Oui, Charlie me l'apprend et il affirme que j'en suis capable. Je chante même des airs d'opéra, tu te rends compte ? Sans aller jusque-là, je pourrais donner des récitals. C'est chic, c'est respectable, Stephen n'y verra pas d'inconvénient. Et puis, il n'y a pas de saisons dans la musique classique : on donne un concert, une série de trois ou quatre tout au plus. Je ne serais pas non plus obligée de faire des tournées.

– Quand je pense que je te plaignais d'avoir manqué la pantomime ! s'exclama Madge d'un air d'envie. Tu n'as rien perdu, crois-moi. C'est mal payé, c'est tous les soirs la même chose et il n'y a rien en vue quand c'est fini.

– Tu n'as plus de travail ?

– Bah ! Comme d'habitude. Il est encore trop tôt pour les spectacles d'été et les clubs ne recommencent à marcher qu'à partir de Pâques. J'ai horreur de cette époque de l'année ! Je n'ai jamais assez d'argent et j'ai toujours peur de ne pas retrouver d'engagement. Quand tu m'as vue, je cherchais un petit cadeau pour ma mère. Je rentre à la maison à Southampton la semaine prochaine, jusqu'au début des auditions pour l'été. Entre-temps, maman s'arrangera pour me trouver un emploi de serveuse dans un restaurant.

– Toi, serveuse ? s'écria Lily en serrant Madge dans ses bras. Notre belle Allumeuse en tablier ?

– Eh bien, quoi ? Il n'y a pas de honte à cela ! dit Madge en se dégageant, vexée. Au moins, je gagnerai ma vie pendant deux mois avant de remonter sur les planches – en soliste, s'il te plaît ! Et toi, dans deux mois, tu seras dans les langes jusqu'au cou, l'année prochaine tu seras encore enceinte, et celle d'après, et je ne te parle pas des suivantes. Tu auras la taille déformée, les jambes pleines de varices. Non, vois-tu, je préfère encore être à ma place !

Lily ne répondit pas. Dans le rétroviseur, Coventry la vit pâlir, les traits crispés et les lèvres tremblantes comme une enfant prête à fondre en larmes.

Son dernier mois de grossesse s'écoula dans une brume de fatigue permanente. Elle se levait encore le matin pour prendre le petit déjeuner avec Stephen mais montait se recoucher aussitôt après et ne s'habillait qu'à midi pour déjeuner avec Muriel. Charlie venait tous les après-midi à deux heures jouer du piano et la faire chanter.

– Tant que j'entends la musique, ils ne peuvent rien faire de mal, se disait Muriel qui tenait compagnie à Rory.

Le temps demeurait maussade et froid, la pluie crépitait sur les vitres, la mer était grise et agitée. Muriel écoutait sans déplaisir monter la voix claire de Lily, plus chaude et plus profonde semblait-il depuis quelque temps. Si, parfois, la musique cessait pendant une heure, Muriel se persuadait qu'il n'y avait pas lieu de s'alarmer.

– Un homme jeune et séduisant comme M. Smith ne la désire sûrement pas dans son état, avec sa taille déformée, son teint blafard, ses yeux cernés. Il ne vient que par compassion et aussi, sans doute, parce qu'il sait qu'elle a du talent et qu'il veut l'aider à le cultiver. Au fond, je devrais lui être reconnaissante qu'il accepte de la distraire ainsi. Sans lui, elle passerait ses journées au lit.

Durant ce même mois d'avril, Stephen se montra de mauvaise humeur et désagréable envers tout le monde, sauf Charlie. Une grève des mineurs d'une exceptionnelle dureté menaçait d'éclater et le gouvernement incitait tous les bons citoyens à s'engager dans des unités spéciales de l'armée. Quand Stephen lut cet appel, il froissa son journal et le jeta par terre avec rage.

– Ah non ! Volontaire, moi ? Jamais plus !

Voyant ses mains tremblantes et son visage livide, Charlie s'empressa de lui lancer une bourrade rassurante.

– Pas vous, voyons ! Soyez tranquille, mon vieux, vous en avez déjà fait plus que votre part.

– C'est vrai, approuva Stephen. Ma part et au-delà ! Ils ne pourraient quand même pas me rappeler, non ? ajouta-t-il avec inquiétude. Ils n'iraient pas jusque-là ?

– Mais non, tout cela est absurde, lui dit Charlie d'un ton réconfortant. Ces politiciens ne savent même pas de quoi ils parlent !

– Vous avez raison, tous des incapables ! renchérit Stephen, soudain rasséréné. Restez donc dîner, mon vieux. Une maison toujours pleine de femmes, c'est lassant à la longue. Rendez-moi service, restez dîner.

– Je n'ai pas mon smoking, se défendit Charlie.

– La belle affaire ! dit Stephen en leur versant à tous deux un troisième whisky. Ici, on ne se change plus pour dîner depuis belle lurette. L'époque des dîners habillés et des sorties du soir est bien révolue. N'est-ce pas, Lily ?

Muriel et Lily gardèrent donc leurs robes d'après-midi pour passer à table, laisser-aller que Muriel déplora en son for intérieur. Eux aussi en complet de ville, Stephen et Charlie monopolisèrent la conversation, parlèrent de leurs relations communes et firent assaut de plaisanteries auxquelles Muriel et Lily ne comprenaient rien.

A neuf heures du soir, Charlie s'excusa de devoir prendre congé de peur d'être en retard au club. Stephen lui lança le regard implorant d'un petit garçon qui voudrait être emmené en promenade.

– Viendrez-vous tout à l'heure, Stephen ? lui demanda négligemment Charlie pendant que Muriel sonnait pour faire préparer son pardessus.

– Bien sûr ! En fait, je vais même vous accompagner.

Le sourire à la fois narquois et protecteur de Lily n'échappa pas à Muriel. Lily savait fort bien que Stephen voulait arriver au Trocadéro avec Charlie afin d'être sûr de passer la soirée à sa table autour de laquelle gravitaient toutes les jolies filles, non seulement parce que Charlie était l'homme qui pouvait les faire engager au Kings, mais aussi parce qu'il était l'un des célibataires les plus séduisants de Portsmouth.

– Je dois d'abord passer chez moi me changer, dit Charlie. Si cela ne vous fait rien d'attendre quelques minutes, partons tout de suite.

– J'arrive ! On ne doit pas faire attendre le public.

Stephen se leva d'un bond et courut vers le vestibule en embrassant distraitement Lily sur le front au passage.

– Merci de votre charmante hospitalité, chère madame, dit Charlie en s'inclinant devant Muriel.

Puis, profitant du tapage que faisait Stephen en demandant son pardessus et son chapeau, il chuchota à Lily :

– Va te coucher, tu as l'air épuisée. A demain.

Elle le remercia d'un regard plein d'affection.

– A demain, Charlie. Deux heures, sans faute.

Pendant la nuit du 3 mai, une douleur au ventre aussi violente qu'inattendue réveilla Lily en sursaut. Sans penser à rien, elle attendit que la douleur s'apaise mais celle-ci recommença peu après. Cette fois, Lily comprit qu'il ne s'agissait plus de ces maux diffus qu'elle éprouvait parfois depuis le début de sa grossesse.

Ça y est, se dit-elle, l'esprit encore ensommeillé, mais c'est en avance.

Cependant, elle parvint à se rendormir.

Une douleur plus vive la réveilla quelques heures plus tard et elle constata que ses draps étaient trempés.

– Stephen ! cria-t-elle.

Il ne l'entendait sans doute pas à travers les deux portes. D'ailleurs, il n'était peut-être même pas rentré, le réveil n'indiquait que deux heures du matin. Lily se leva péniblement. Elle se dirigeait à pas lents vers la porte quand une nouvelle contraction, comme un coup de poignard, la plia en deux, haletante.

– Stephen ! cria-t-elle à nouveau, apeurée.

La douleur calmée, elle ouvrit. De l'autre côté du palier, la porte de la garde-robe servant de chambre à Stephen était ouverte, le lit de camp pas même défait.

Sa crainte cédant peu à peu devant un sentiment de joyeuse

excitation, Lily rentra mettre sa robe de chambre. Sa valise, prête depuis une semaine, était à côté de la porte. Sa place était retenue dans la meilleure clinique de Portsmouth où exerçait le meilleur obstétricien du Hampshire. Lily noua sa ceinture et descendit réveiller Muriel.

Elle levait déjà la main pour frapper quand elle entendit le bruit de la clef dans la serrure de la porte d'entrée et alla se pencher par-dessus la rampe. Elle vit trois hommes entrer dans le vestibule : soutenu d'un côté par Coventry et de l'autre par Charlie, Stephen ivre mort se laissait traîner comme un paquet.

Avec un soupir de soulagement, Lily dévala les marches.

– Oh, Charlie ! Vite !

Charlie lâcha aussitôt Stephen qui, privé d'un de ses soutiens, s'écroula à genoux.

– Ça y est ? demanda-t-il en saisissant les mains que lui tendait Lily, radieuse.

– Oui ! Veux-tu m'emmener à la clinique ?

Retenant tant bien que mal Stephen par un seul bras, Coventry arbora à son tour un large sourire.

– Ma valise, dans ma chambre !...

Coventry empoigna Stephen par les aisselles, l'assit sur une chaise, monta l'escalier quatre à quatre et revint un instant plus tard, la valise à la main.

– Faut-il prévenir ta belle-mère ? demanda Charlie.

– Je ne sais pas. Il vaudrait mieux qu'elle ne voie pas Stephen dans un état pareil...

Mais sa porte s'ouvrait déjà et Muriel, alertée par leurs voix, apparut sur le palier.

– Est-ce vous, Lily ? L'enfant arrive ?

– Il faut la conduire d'urgence à la clinique, dit Charlie avec autorité. Stephen est légèrement... indisposé pour le moment. Coventry et moi allons nous en charger.

Muriel se pencha sur la rampe, affolée.

– Mon Dieu, mon Dieu !... Non, il vaut mieux que ce soit moi qui l'emmène. Je m'habille tout de suite.

Lily poussa soudain un cri de douleur et se plia en deux en se retenant aux mains de Charlie.

– Allons-y, décida Charlie. Ne perdons pas de temps.

Il prit la valise d'une main, soutint Lily de l'autre et se dirigea vers la porte.

– Vous ne pouvez pas sortir comme cela, Lily, c'est incorrect ! protesta Muriel. Habillez-vous d'abord, vous n'auriez même pas dû descendre en robe de chambre. Attendez-moi, je me prépare. Nous laisserons un mot pour Stephen, il nous rejoindra quand il se réveillera.

Charlie hésita, se tourna vers Lily. Livide, elle se mordait les lèvres jusqu'au sang.

– Non, il serait imprudent d'attendre, déclara-t-il.

Coventry approuva d'un signe de tête et souleva Lily dans ses bras pour descendre le perron. Charlie l'aida à étendre Lily sur la banquette arrière. Ses joues reprirent un peu de couleur.

– En avant, mes chevaliers servants ! leur dit-elle avec un sourire d'encouragement.

Les deux hommes sautèrent sur leurs sièges, Coventry démarra dans un crissement de pneus. Couchée sur la banquette, les yeux clos, Lily sentait les contractions se rapprocher. Plus ignorante qu'un enfant des phénomènes de l'accouchement, que personne n'avait pris la peine de lui décrire, elle les subissait stoïquement en réfrénant de son mieux ses gémissements de douleur. Quand Charlie se retournait de temps à autre, il la voyait sourire.

A cinq heures du matin, Lily mit au monde un beau gros garçon de sept livres. Il avait la tête couverte d'un duvet blond et les grands yeux bleus de sa mère. Selon les règles de la clinique, on le lui enleva sur-le-champ et on fit la toilette de la mère, qui reçut en guise de remontant une tasse de thé et l'ordre de se reposer.

– Mais je veux mon bébé ! protesta Lily en luttant contre la poigne de l'infirmière qui la maintenait couchée.

– Plus tard, ma petite. Maintenant, vous devez prendre du repos.

– J'exige au moins de *voir* mon bébé ! Je l'ai à peine aperçu. Et je veux que Charlie puisse le voir, et Coventry, et Muriel...

– Ils le verront par la vitre de la pouponnière aux heures de visite, de quatre heures à cinq heures tous les jours sauf le dimanche. Votre belle-mère est déjà venue, nous lui avons dit que tout allait bien et elle est rentrée chez elle. Votre mari est encore ici.

– Stephen ? s'étonna Lily.

– Le monsieur qui vous a amenée. J'ignore son prénom, déclara l'infirmière d'un air pincé.

– Ah, Charlie... Dites-lui de venir, je vous prie.

– Les visiteurs n'entrent pas pendant les heures de repos, madame Winters. Les jeunes mères doivent se plier aux règles, sinon n'importe qui irait et viendrait n'importe quand, ce serait l'anarchie. Nous vous apporterons votre bébé à neuf heures et une autre fois à une heure. Votre famille viendra vous rendre visite de quatre heures à cinq heures. Entre-temps, vous devez dormir. Vous le nourrirez au biberon, je suppose ? Une jeune femme moderne comme vous...

Le sourire de Lily n'avait pas varié pendant cette tirade mais ses yeux bleus avaient pris la dureté de l'acier.

– Je ne dormirai pas tant que je n'aurai pas parlé à Charlie, dit-elle sèchement. Je dois lui communiquer un message urgent. Une minute, je n'en demande pas davantage.

L'infirmière la dévisagea d'un air scandalisé.

– Je n'ai pas le droit d'autoriser une visite...

– Il s'agit de mon mari ! improvisa Lily. Il ne sait pas où sont rangés ses boutons de manchettes et ne pourra pas aller travailler s'il ne les trouve pas.

Vaincue par cette preuve indiscutable de l'incapacité masculine à faire face aux nécessités élémentaires de l'existence, l'infirmière capitula.

– Ah, les hommes !... Bien, je le laisse entrer deux minutes, pas une de plus – et je vérifierai. J'y consens à titre exceptionnel mais que cela ne se reproduise plus !

Lily acquiesça d'un bref signe de tête.

– Vous pouvez entrer, maugréa l'infirmière à Charlie qui se tenait derrière la porte.

Lily attendit que la virago ait abreuvé Charlie de consignes impératives sur le repos des jeunes accouchées et le respect des règlements. Puis, quand ses pas se furent éloignés dans le couloir, Lily se redressa sur son lit.

– Charlie, dit-elle en retrouvant par miracle son plus bel accent des bas quartiers de Portsmouth, va dire à cette imbécile de fichue garce de m'apporter mon bébé ! Je veux que tu me remmènes immédiatement à la maison.

CHAPITRE 26

Trop furieuse pour attendre que Charlie demande par téléphone que Coventry vienne les chercher en voiture, Lily voulut partir sur-le-champ avec son bébé, enveloppé dans une chaude couverture. Ils eurent la chance de trouver un taxi qui déchargeait un client devant la clinique. L'infirmière les poursuivit jusqu'à la porte en clamant des protestations indignées :

– Vous ne pouvez pas partir comme cela, madame Winters ! Que va dire le Dr Metcalfe ? demanda-t-elle, inquiète de la réaction du grand ponte de la gynécologie devant l'envol de ses honoraires. Comment vais-je lui expliquer votre conduite ?

Son enfant blotti dans ses bras, Lily s'engouffra dans le taxi. Charlie monta après elle et allait claquer la portière quand Lily se pencha par l'ouverture.

– Dites-lui d'aller se faire foutre, articula-t-elle de sa voix de duchesse. Avec les compliments de Mme Winters.

Charlie éclata de rire, la tira en arrière et fit signe au chauffeur de démarrer.

– Tu es impayable ! Que t'a donc fait cette pauvre femme pour t'enrager à ce point ?

Sa colère retombée, Lily pouffa de rire à son tour.

– Quelle abominable mégère, Charlie ! Elle refusait de te laisser entrer et de me donner mon bébé. En plus, elle voulait le nourrir au biberon ! Quand je pense que j'étais censée rester là quinze jours et passer quinze autres jours dans une maison de convalescence ! De toute façon, je ne vois pas pourquoi faire tant de simagrées. Ma mère m'a eue dans sa chambre et le lendemain elle était derrière son comptoir.

Charlie la prit aux épaules et la serra contre lui.

– Montre-le maintenant, ce petit trésor.

Lily écarta un pan de la couverture.

– Il est si petit ! dit Charlie, intimidé. Je peux le toucher ?

– Bien sûr.

Charlie effleura avec précaution le minuscule poing fermé qui s'ouvrit comme une fleur et lui serra le pouce avec une force étonnante.

– Un hercule, ma parole ! Il sait ce qu'il veut.

Radieuse, Lily contemplait son enfant avec amour.

– Je regrette de ne pas être un artiste pour te peindre telle que tu es en ce moment, dit Charlie.

– Si seulement maman pouvait le voir ! répondit-elle en levant vers lui des yeux brillants de larmes. Je n'arrive pas à croire qu'elle ne connaîtra jamais son petit-fils ni qu'il grandira sans l'avoir connue.

Elle cligna les yeux. Deux larmes tombèrent sur la couverture, qu'elle se hâta d'essuyer du doigt.

– Mais elle ne me manque plus autant, reprit-elle à mi-voix. Maintenant que j'ai mon enfant, j'ai l'impression de commencer une vie nouvelle. Quand je pense que j'étais assez bête au début pour ne pas en vouloir !

Le bébé ouvrit ses grands yeux bleus et fixa sur Lily le regard étrangement attentif des nouveau-nés, comme s'il éprouvait autant de joie et d'étonnement à découvrir sa mère qu'elle en avait à le contempler. Charlie avala sa salive et s'essuya discrètement les yeux sur sa manche.

– Fatiguée, Lily ? demanda-t-il d'un ton faussement bourru.

– Un peu, mais je dormirai tout à l'heure à la maison, répondit-elle sans quitter des yeux son bébé. Tu rentreras avec moi, n'est-ce pas ?

– Oui, mais je ne resterai pas longtemps. Mme Winters était déjà assez mécontente que je t'aie emmenée à la clinique, elle n'apprécierait pas que je m'incruste. Je ne veux surtout pas vous créer des problèmes à tous les deux.

– En tout cas, viens me voir cet après-midi. Tu viens toujours pour le thé.

Le taxi ralentit, s'arrêta devant la maison. Charlie serra une dernière fois Lily contre lui avant de la lâcher.

– Oui, je viens toujours pour le thé, répéta-t-il tristement.

Allait-il passer sa vie à prendre le thé avec Lily, à voir grandir son fils en se disant qu'elle aurait dû être sa femme et cet enfant le sien ? Il sentit à la fois la brève douleur au bas-ventre qu'il avait appris à dédaigner et une autre à la poitrine, qu'il ne pouvait ni maîtriser ni oublier car on ne guérit pas d'une peine de cœur.

Il paya le chauffeur, ouvrit la portière, prit Lily par le bras pour traverser le jardin et gravir le perron. Ils n'étaient pas en haut des marches quand la porte s'ouvrit et Sally, la jeune bonne, apparut, ébahie.

– Madame ! Vous devriez être encore à la clinique !

– Non, Sally, répondit Lily en souriant. J'ai décidé de ramener mon bébé. Il est assez fort pour rentrer à la maison et je ne supporte pas les odeurs d'hôpital.

Tout en parlant, Lily traversait le vestibule d'un pas décidé et entrait au salon.

– Apportez-moi du thé et des toasts. Ensuite, vous ferez ma couverture pour que je monte me reposer. Et allumez le feu, j'installerai le berceau dans ma chambre. Vous veillerez à ce qu'il soit allumé toute la journée.

– Oui, madame, dit Sally. Je préviens Browning.

La nouvelle du retour de Lily et du bébé, quelques heures au lieu d'un mois après l'accouchement, se répandit dans la maison comme une traînée de poudre depuis l'étage, où Muriel l'apprit en sortant de sa salle de bains, jusqu'au sous-sol où la cuisinière, le jardinier et Coventry l'accueillirent avec la même stupeur.

Habillée en toute hâte, Muriel descendit au salon.

– Lily ! s'exclama-t-elle d'un ton de reproche. Que faites-vous ici ? Vous devriez être à la clinique !

Charlie se leva pour lui approcher un fauteuil où elle se laissa tomber, la mine plus défaite que Lily.

– Je monterai me coucher dans un instant, répondit Lily, mais j'aurais été incapable de rester une minute de plus dans cet endroit. L'infirmière refusait de me donner mon bébé, elle voulait le garder à la pouponnière et le nourrir au biberon. Ma mère disait toujours que les enfants nourris au biberon grandissent moins bien que les autres. Moi, je veux le nourrir au sein.

Devant ce déballage de détails intimes, Muriel lança un regard affolé en direction de Charlie qui, avec la mine discrète du parfait gentleman, feignait de ne rien entendre.

– Mais comment êtes-vous rentrée ? s'inquiéta Muriel. Que dit le Dr Metcalfe de votre départ précipité ?

Charlie signala d'un léger raclement de gorge son désir de prendre part au débat.

– Je quittais la clinique quand Lily m'a fait appeler pour m'informer de son désir de rentrer. J'ai estimé qu'il valait mieux la ramener ici, près de son mari, que de la forcer à rester dans un endroit où, à l'évidence, elle ne se sentait pas heureuse.

– Oui, bien sûr, approuva Muriel. Mais Stephen n'est pas encore levé... Je vais envoyer Coventry le réveiller...

De plus en plus agitée, elle alla charger Sally de son message pour Coventry et revint s'asseoir.

– Mais qu'en dit le Dr Metcalfe ? voulut-elle savoir.

– Il n'était même pas là ! répondit Lily avec indignation. Il ne s'est même pas donné la peine de venir, j'étais seule avec l'infirmière et c'est elle qui a tout fait ! Mais regardez plutôt le bébé. Il est si mignon ! Et il dort comme un petit ange. Regardez.

Elle écarta la couverture et se leva à demi en se penchant vers Muriel pour lui faire admirer son petit-fils. D'instinct, Muriel tendit les bras. Lily la laissa prendre le bébé dans ses bras et se rassit en souriant.

Un long moment, Muriel contempla avec adoration son visage rose et lisse, exceptionnel chez un nouveau-né, que couronnait un duvet blond. Elle écoutait comme une musique céleste sa respiration paisible et régulière.

– Christopher, murmura-t-elle enfin. Il ressemble tellement à mon Christopher...

– Vous avez raison ! s'écria joyeusement Lily. Nous l'appellerons Christopher. Christopher Charles.

Muriel sourit béatement sans cesser de fixer le bébé qui dormait, insouciant de l'adoration dont il était l'objet.

– Christopher, répéta Muriel. Un nouveau Christopher à la maison. Christopher Charles Winters. Quel joli nom... Mais pourquoi Charles, Lily ?

– C'était le nom de mon père, mentit Lily avec aplomb en lançant un bref regard complice à Charlie. Dès que j'ai su que c'était un garçon, j'ai voulu l'appeler Charles.

– Une nouvelle génération de Winters..., murmura Muriel en extase. Merci, mon Dieu.

La porte s'ouvrit sans bruit derrière Charlie, qui se retourna et vit Stephen sur le seuil. Le teint brouillé, le regard éteint, il était visiblement plongé dans les vapeurs d'une ivresse dont il émergeait à grand-peine.

– On dirait que j'ai manqué le clou du spectacle, déclara-t-il d'une voix pâteuse en s'efforçant de le prendre sur le ton de la plaisanterie. Désolé, Lily. Je me préparais à aller vous voir à la clinique et je vous trouve ici.

– Stephen ! intervint Muriel. Viens voir Christopher !

En entendant le nom de son frère, une expression angoissée crispa brièvement les traits de Stephen. Il s'approcha, regarda le visage de son fils et effleura d'un doigt malhabile le bord de la couverture.

– Il est très mignon, dit-il sans conviction. Et il a de beaux cheveux blonds.

– Il a dormi sans arrêt depuis que nous avons quitté la clinique, déclara fièrement Lily. Nous n'aurions jamais pu y rester, Stephen, ils étaient au-dessous de tout. Charlie partait quand je l'ai forcé à nous raccompagner ici.

– Bien joué, mon vieux, approuva Stephen. Il paraît que vous vous êtes aussi conduit en héros la nuit dernière ?

– N'oublions pas Coventry, répondit Charlie avec un clin d'œil complice. A vrai dire, vous n'étiez pas vraiment en état de répondre à l'appel.

Stephen parvint à prendre une mine repentante.

– Je mériterais le conseil de guerre pour abandon de poste... M'accorderez-vous ma grâce, Lily ?

– Naturellement ! répondit Lily en se prêtant au jeu. Qu'auriez-vous fait de plus ? Coventry m'a conduite là-bas, Charlie m'a ramenée en taxi et nous voilà, en parfait état. Moi et votre fils, Christopher Charles Winters. Christopher en l'honneur de votre frère et Charles en celui de mon père. Ses noms vous plaisent ?

Stephen grinça des dents sous son sourire.

– Si vous y tenez... J'aurais simplement cru que vous choisiriez des prénoms plus modernes, dit-il en sollicitant vainement du regard le soutien de sa mère.

– Il ne pourrait pas avoir meilleur prénom que celui de ton frère, lui lança sèchement Muriel.

Charlie fut le seul à remarquer dans les yeux de Stephen un bref éclair de rage.

– Eh bien, c'est parfait. Ce nom lui convient très bien, puisqu'il plaît à tout le monde.

Sa déclaration tomba dans un silence gêné. Charlie se leva et se dirigea vers la porte.

– Il est grand temps que je m'en aille.

– Je compte sur toi pour le thé, lui rappela Lily sans quitter des yeux son fils, toujours endormi dans les bras de Muriel.

– A condition que tu ne sois pas trop fatiguée, répondit prudemment Charlie.

Muriel était trop absorbée dans la contemplation de son Christopher adoré pour voir ou entendre ce qui se passait autour d'elle. Charlie esquissa un salut militaire à Stephen et se retira.

– Et maintenant, déclara Lily, il faut monter le présenter à son grand-père !

Muriel se leva et fit mine de tendre à Stephen le bébé, que Lily se hâta d'intercepter. Clignant les yeux, Stephen alla ouvrir la porte d'un pas hésitant. En passant devant lui, Lily sentit son haleine chargée d'alcool.

La domesticité au complet était alignée au pied de l'escalier.

– Vous êtes venus voir mon bébé ? leur dit-elle avec un sourire épanoui. Il s'appelle Christopher, Christopher Charles. Regardez comme il est beau !

Les femmes de chambre roucoulèrent, la cuisinière essuya ses larmes d'émotion d'une main pleine de farine.

– Christopher, répéta-t-elle. Le portrait craché de Monsieur Christopher quand il était petit.

Muriel lutta contre les larmes qui lui montaient aux yeux devant cette preuve de fidélité ancillaire.

– Il est grand temps d'aller vous coucher, Lily ! dit-elle en dissimulant son attendrissement sous un ton bourru. Êtes-vous en état de porter le petit ?

– Je vais le confier à Coventry.

Rouge de plaisir, Coventry s'approcha, les bras tendus. Il prit avec précaution son délicat fardeau qu'il regarda d'un air ravi en faisant Tss, tss, tss, comme pour le taquiner. C'était la première fois que quiconque entendait un son sortir de sa bouche. Lily sursauta, stupéfaite.

– Coventry ! Vous faites des bruits ? Mais alors, vous pourriez recommencer à parler ?

Par-dessus la tête de Lily, Stephen lui décocha un regard furieux. Avec un léger sourire destiné à rassurer Stephen en confirmant qu'il garderait à jamais le silence, quelles que soient les circonstances, Coventry fit à Lily un signe de dénégation.

– Je suis sûre que si ! insista Lily. Si vous pouvez faire Tss, tss, vous pourriez produire d'autres sons.

– Peut-être, intervint Stephen d'une voix forte, mais il en est malheureusement incapable. Son mutisme est la conséquence d'une blessure grave et c'est manquer de charité que d'insister ou de lui donner de faux espoirs.

– Je ne voulais pas..., commença Lily.

– Peu importe, l'interrompit Muriel, agacée. La question n'est pas là ! Lily devrait être couchée.

– Vous avez raison, Mère, renchérit Stephen. Elle ne devrait même pas être ici mais à la clinique. Montrez le bébé à Père mais vous irez au lit tout de suite après, Lily.

Lily monta la première, suivie de Coventry portant le bébé, de Muriel et de Stephen. Quelques marches plus haut, Stephen se retourna vers les serviteurs restés dans le hall et qui regardaient en l'air.

– Le spectacle est terminé, aboya-t-il d'un ton inutilement hargneux. Regagnez vos postes.

Lily reprit l'enfant des bras de Coventry à la porte de Rory. Le regard alerte, Rory remuait les mains comme s'il voulait prendre le bébé dans ses bras inertes.

– C'est un garçon, répondit Lily à son regard interrogateur. Nous allons bien tous les deux.

Elle déposa le bébé sur le couvre-pied et aida Rory à poser une main sur sa tête et l'autre sur ses pieds. Rory agita un moment les lèvres.

– Gar-çon, parvint-il à articuler.

– Oui, dit Lily, un garçon. Nous l'appellerons Christopher. Christopher Charles.

Rory fit un nouvel effort, ouvrit la bouche.

– Chris'opher... Chris'opher...

Stephen affectait un ennui poli et indifférent.

– Oui, répéta Lily. Nous lui avons donné le nom de votre fils. Vous avez maintenant un petit-fils Christopher. Quand il fera beau, nous irons nous promener autour du lac et le long du front de mer avec Christopher dans son landau.

Rory gonfla les muscles de son cou et hocha la tête en signe d'approbation. Lily se pencha pour reprendre le bébé.

– Je vais le coucher dans son berceau. Au début, il dormira avec moi, dans ma chambre. Après, nous aménagerons la petite garde-robe de Stephen en nursery, dit-elle avec assurance comme si tout était déjà convenu. Il vaut mieux qu'il reste près de moi, surtout jusqu'à ce qu'il soit assez grand pour dormir toute la nuit.

Rory approuva d'un nouveau signe de tête. Une larme lui roula sur la joue. Bien qu'on lui ait répété que ses larmes ne signifiaient rien, qu'elles n'étaient causées que par une réaction de ses muscles oculaires paralysés, Lily n'en avait jamais rien cru. Elle prit un mouchoir dans sa poche et l'essuya avec douceur.

– Il ne faut pleurer que de joie, lui dit-elle à voix basse. Vous avez un nouveau bébé dans la maison, un nouveau Christopher. Nous allons tous être très, très heureux.

Stephen lui ouvrit la porte et s'effaça à son passage, le visage dur, le regard froid.

Dans la chambre, Lily trouva le feu allumé, le lit fait et le berceau prêt dans le renfoncement de la fenêtre. En couchant le bébé, elle regarda le ressac se briser sur les galets de la plage. Le ciel était d'un bleu tendre, la brise d'est annonçait un beau temps froid. Il n'était pas encore huit heures, la matinée commençait à peine.

– Rien de tel pour nous deux qu'un bon lit, dit-elle d'un air satisfait en répétant inconsciemment des paroles de sa mère. Quand il fait froid comme ce matin, on ne peut pas être mieux qu'au lit.

Stephen grimaça de dégoût en entendant Lily parler à son fils avec des échos faubouriens dans la voix. Assis sur la chaise devant la coiffeuse, il la regarda sans faire de commentaires se déshabiller et enfiler sa chemise de nuit. Son ventre, presque aussi volumineux, retombait en plis flasques, ses seins gonflés de lait étaient sillonnés de veines bleues. Dans cette image de la maternité épanouie, il ne reconnaissait rien du ravissant androgyne qu'il avait épousé. La fertile maturation du corps de Lily lui inspirait une répulsion mêlée d'une sorte de crainte.

– A quelle heure devra-t-on procéder au réveil de Votre Altesse ? demanda-t-il d'un ton sarcastique.

– Je pense dormir jusqu'au déjeuner, répondit Lily, étonnée de cette soudaine agressivité. Sinon, qu'on me garde quelque chose.

– Et le bébé ? Qui va s'en occuper ?

– Moi, bien entendu, affirma-t-elle en se glissant sous les draps qu'elle remonta jusqu'au menton. S'il se réveille, je le nourrirai et il se rendormira.

– A vous entendre, on croirait que tout est simple comme bonjour, dit-il avec hargne. Mais vous ne tarderez pas à découvrir que l'éducation d'un enfant ne se borne pas à cela. Vous êtes totalement inexpérimentée. Si vous étiez restée un mois absente d'ici comme prévu, vous auriez trouvé à votre retour une nurse qualifiée. Votre fuite insensée de la clinique ne pourra que vous compliquer les choses – et ne me dites pas ensuite que je ne vous aurai pas prévenue.

Le visage de Lily s'était durci pendant cette tirade.

– J'ignore ce que vous savez de l'éducation des enfants, Stephen, et je ne prétends pas être moi-même un expert. Mais il y a dans cette maison, à part moi, deux femmes de chambre, une cuisinière, une grand-mère et une infirmière diplômée. A nous six, je nous crois capables de nous occuper d'un bébé qui dort les trois quarts du temps.

Stephen plongea la main dans la poche de sa robe de chambre et y prit son paquet de cigarettes.

– Ni les femmes de chambre ni la cuisinière n'ont le temps de vous aider. Je paie l'infirmière pour prendre soin de mon père et ma mère n'est pas une bonne d'enfants...

– Ne fumez pas dans cette chambre.

Stephen sursauta, la cigarette à mi-chemin des lèvres.

– Plaît-il ?

– Je n'aime pas l'odeur du tabac et un bébé ne doit pas respirer de l'air vicié. Si vous voulez fumer, allez dans votre chambre.

Il rougit de colère mais Lily soutint son regard sans ciller. Un instant plus tard, ses bonnes manières reprirent le dessus et il remit la cigarette dans le paquet.

– Je vais prendre un bain, j'ai une migraine épouvantable, dit-il en se levant. Je compte vous voir au déjeuner. Si vous vous portez assez bien pour quitter la clinique, vous n'êtes sûrement pas malade au point d'être incapable de vous mettre à table comme tout le monde.

Lily s'abstint de répondre et attendit qu'il ait refermé la porte avant de s'écrier :

– S'il y a encore cette saloperie de foie de veau, je ferai un scandale !

CHAPITRE 27

Les sombres prédictions de Stephen allaient vite être démenties : le petit Christopher se révéla le plus sage des bébés. Il lui fallut à peine quinze jours pour ne plus se réveiller à l'aube et dormir la nuit entière ; de toute façon, Lily adorait le prendre dans son lit pour l'allaiter avant de se rendormir en le tenant dans ses bras.

– Vous finirez par vous coucher sur lui et l'étouffer ! protestait Muriel. Vous le gâtez beaucoup trop. Vous devriez le nourrir à heures fixes et le laisser pleurer dans son berceau jusqu'à ce qu'il apprenne à se calmer.

Bien entendu, Lily ne tenait aucun compte des conseils de Muriel. Elle ne la contredisait pas, ne discutait jamais, mais dès que Christopher émettait le moindre cri, elle le prenait dans ses bras et le laissait s'endormir où et quand il en avait envie, dans son lit, dans la salle de bains ou même sur le canapé du salon si elle chantait avec Charlie.

– Vous pourrirez cet enfant ! geignait Muriel, ulcérée.

Il n'était pas davantage question de l'astreindre à des horaires fixes. Quand il avait faim, Lily dégrafait son corsage et lui donnait le sein. Christopher tétait si goulûment que Muriel, si d'aventure elle était présente, quittait la pièce pour ne pas assister à ces manifestations bestiales contraires à la pudeur. Elle dut même demander à Stephen de spécifier à Lily qu'elle ne devait en aucun cas exhiber sa poitrine pour allaiter Christopher dans les pièces de réception, encore moins en présence des domestiques.

– Je l'ai même surprise à le nourrir devant ton père !

Sa déclaration fut suivie d'un silence accablé.

– C'est le comble ! s'exclama Stephen. Vous lui avez dit, j'espère, que cela ne se faisait pas. Elle n'a aucune éducation, Mère, il faut tout lui apprendre.

– Que veux-tu que j'y fasse ? gémit Muriel. Je lui ai dit

comment s'occuper de cet enfant, que ses repas devaient être espacés de quatre heures, qu'elle devait le recoucher entre-temps et le laisser pleurer si elle ne voulait pas le gâter irrémédiablement. Rien n'y fait ! Dans le quartier d'où elle vient, on nourrit les enfants n'importe quand, on leur permet de se coucher dans le lit de leur mère, on ne leur impose aucune discipline. Lily considère que c'est normal et que tout le monde devrait en faire autant.

Stephen se lissa pensivement la moustache.

– Je lui en toucherai un mot. Il faudra bien qu'elle y vienne... Nous devrions peut-être engager une nurse.

– Oh oui ! approuva Muriel. Quelle excellente idée, Stephen ! Une bonne nurse à l'ancienne mode, une femme sensée et ferme qui saura inculquer de bonnes méthodes à Lily. Ce laisser-aller n'a que trop duré.

Stephen n'informa pas Lily de la décision que sa mère et lui venaient de prendre. Il publia une annonce sous un numéro et convoqua les meilleures postulantes à son bureau. C'est ainsi que John Pascoe vit un matin avec étonnement la salle d'attente peuplée d'une demi-douzaine de femmes à la mine sévère, uniformément vêtues de sombre et coiffées de chapeaux noirs.

– Des nurses, lui expliqua Stephen dans l'escalier. Lily a quitté la clinique avec tant de hâte que je trouve seulement maintenant le temps d'en recruter une.

– Je croyais que Lily s'occupait elle-même de l'enfant ?

– Elle s'y essaie, bien sûr, mais elle est incapable de s'en sortir seule, répondit Stephen avec commisération. Elle n'a plus sa mère pour la guider et elle n'a pas plus de cervelle ni d'expérience qu'un petit oiseau. Il lui faut près d'elle une femme de tête, capable de la conseiller.

– C'est vrai, opina Pascoe. On ne s'y prend jamais trop tôt pour donner de bonnes habitudes aux enfants. Mais enfin, dans un sens, je comprends Lily. Un premier-né...

– L'amour maternel a des limites, se hâta de préciser Stephen. Elle le pourrit, elle lui passe tous ses caprices. En fait, cet enfant lui fait perdre la raison.

– A ce point ? s'enquit John Pascoe, désarçonné.

– Oui, mais il n'est pas trop tard pour redresser la situation. Une femme sensée saura la remettre d'aplomb.

Il engagea la candidate idéale le jour même. Il fut convenu que la nurse Janes se ferait servir ses repas à la nursery, effectuerait de légers travaux de raccommodage mais pas de lessive ni de repassage, fournirait ses uniformes et aurait ses jeudis après-midi libres. Elle exigeait en outre d'exercer un contrôle absolu sur la nursery.

– Normalement, ajouta-t-elle, j'aime m'entretenir au préalable avec la mère afin de m'assurer qu'elle comprend bien la manière dont nous devrons nous entendre.

Stephen tenta de justifier ce manquement aux usages :

– Ma femme est à la maison et ne sort pas encore.

La nurse Janes était un redoutable dragon, noire de cheveux, sombre de teint, vêtue de noir de la tête aux pieds et armée d'un gigantesque parapluie noir en dépit du soleil qu'on voyait briller derrière les vitres.

– Soit, mais puisque je n'ai pas pu rencontrer la mère, je n'accepte que sur la base d'un mois à l'essai. Il s'agit d'une jeune mère, si je comprends bien ?

– Oui. Et plutôt... nerveuse.

– C'est une situation qui m'est familière, Monsieur. Je pense être en mesure de la redresser au mieux. Voici mes références, ajouta-t-elle en déposant devant Stephen une épaisse liasse de feuillets extraite d'un sac à main de la taille d'une gibecière. Vous avez la chance de me trouver disponible sur-le-champ par suite d'un décès.

– C'est bien regrettable, dit Stephen distraitement en feuilletant les certificats.

Ils étaient pour la plupart rédigés sur des papiers à lettres armoriés et signés de noms connus, voire illustres. Stephen éprouva une bouffée de vanité à l'idée que la nurse de son fils aurait torché d'aristocratiques postérieurs.

– Je puis sans doute prendre contact avec vos précédents employeurs ? demanda-t-il par acquit de conscience.

– Certes, approuva la nurse. Ma dernière place était avec la famille Harcourt. Leur adresse et leur numéro de téléphone figurent sur le certificat.

– Vous preniez donc soin de leur enfant.

– Des jumeaux, âgés de trois ans et huit mois. Ils sont morts accidentellement. En dépit de mes mises en garde, leur père avait insisté pour les emmener sur son yacht.

Stephen reposa brusquement les papiers.

– Que s'est-il passé ? demanda-t-il.

– Ils se sont noyés, répondit la nurse Janes sans que ses traits reflètent la moindre trace d'émotion. La mère en a conçu un vif chagrin. Le père a pu être sauvé mais pas les enfants. Je n'étais pas présente sur les lieux.

Stephen réprima à grand-peine sa fureur devant l'indifférence de cette mégère. Comme toutes les femmes, les pires horreurs la laissaient insensible...

– Pour vous, c'est fort incommode, lâcha-t-il avec un ricanement méprisant.

– Non, répondit-elle avec froideur. Ils devaient être remis à une gouvernante à l'âge de quatre ans, ma mission touchait donc à sa fin. Eu égard à l'excellence de mes services, la famille m'a accordé une gratification supplémentaire.

Stéphen éprouva une bouffée de remords de trahir Lily en livrant leur fils à une femme capable de parler avec un tel calme de la mort de deux enfants confiés à ses soins. Il étouffa cependant ses scrupules : s'il y avait un sentiment que Lily devait apprendre, c'était bien le détachement. Une telle femme le lui inculquerait mieux que quiconque.

– Vous commencerez demain, dit-il sèchement.

La nurse Janes se leva, reprit ses certificats et les engloutit dans son sac.

– Demain neuf heures, confirma-t-elle.

Ce jour-là, Stephen essaya à plusieurs reprises d'informer Lily qu'il avait engagé une nurse pour Christopher. Mais quand il revint du bureau, Charlie était au piano et Lily chantait.

– Non ! disait Charlie. Respire, tiens la note... Ah ! Bonsoir, Stephen. La journée s'est bien passée ?

Stephen lui rendit son salut en jetant autour de lui un regard réprobateur. Calé par les coussins, Christopher dormait profondément sur le canapé. Ses cheveux poussaient à vue d'œil, il avait les joues roses et son petit poing remuait de temps à autre comme s'il rêvait.

– Je me demande comment il fait pour dormir pendant que vous lui chantez aux oreilles, dit-il à Lily.

– Il a sans doute pris l'habitude de m'entendre quand il était en moi. En tout cas, il ferme les yeux dès que nous commençons à faire de la musique.

Stephen préféra ne pas insister.

– C'est très joli ce que vous chantiez, déclara-t-il en allant s'accouder à la cheminée. Qu'est-ce que c'est ?

– Un lied... une romance, se reprit aussitôt Charlie. Du vieux folklore anglais. Lily a été invitée à participer à un concert de musique classique pour une œuvre charitable. Nous répétions le programme pour le cas où elle accepterait.

– Quelle œuvre ?

– Les blessés de guerre. C'est une amie de votre mère qui l'organise. Le comte de March présidera la séance en personne, paraît-il. Nous ne couperons pas aux présentations, ajouta Charlie pour flatter la vanité de Stephen.

– Vous avez raison, nous n'y couperons pas. Quel ennui ! soupira Stephen d'un ton faussement blasé.

– Que voulez-vous, c'est le prix à payer quand on est le mari d'une femme aussi pleine de talent. Lily a déjà reçu plusieurs propositions de concert, dont une au festival du château de Goodwood cet été.

Cette fois, Stephen ne put dissimuler son plaisir.

– Fichtre ! Autant dire une invitation à la Cour.

– Et surtout, renchérit Charlie, c'est le genre de manifestations mondaines où on peut rencontrer beaucoup de gens et se faire des relations utiles.

Lily alla sonner pour le thé.

– Il faut que je m'en aille, dit Charlie en se levant.

– Mais non, restez mon vieux, répliqua Stephen. Nous boirons un verre ensuite.

– Ma foi, si vous voulez... Il faut aussi que je vous raconte les derniers potins du Trocadéro.

La musique ayant cessé, Christopher se réveilla. Pendant que Charlie mettait Stephen au courant des frasques d'un de leurs amis communs, Lily prit le bébé sur ses genoux et lui murmura des mots tendres auxquels il répondit par des gazouillements heureux.

Muriel arriva au salon avec Browning qui apportait le plateau. Elle remarqua aussitôt que Lily était trop absorbée pour servir le thé et dut s'en charger elle-même avec une évidente mauvaise humeur. Lily ne s'en aperçut même pas. Elle ne redonna son attention au monde extérieur qu'en entendant Charlie parler de la nouvelle revue de l'été, où il avait obtenu pour Madge un numéro en solo.

– Tu feras aussi la tournée ? lui demanda Lily.

– Non, je suis définitivement ancré au Kings. Notre orchestre accompagne les spectacles sur place mais les tournées emmènent leurs propres musiciens.

– J'espère que vous n'arrêterez pas de jouer au Troc, intervint Stephen.

– J'y retournerai après la revue. Je m'y plais trop pour l'abandonner, surtout parce que je m'y tiens au courant de tout ce qui se fait ailleurs. Ils ont engagé plusieurs nouveaux orchestres pendant l'été. Il doit même y avoir des chanteuses françaises.

Stephen et lui échangèrent un clin d'œil complice.

– Je monte une tasse de thé à votre père, annonça Muriel, ulcérée d'être tenue à l'écart de la conversation. Lily, n'est-il pas grand temps de coucher Christopher ?

– Il vient de se réveiller.

– A force de jouer avec lui, vous le pourrissez.

– Je le coucherai tout à l'heure, concéda Lily. Il adore l'heure du thé.

– Vous le regretterez amèrement dans un an ou deux, proféra Muriel, outrée par l'absurdité de l'argument. Et quand il aura sept ans et qu'il devra partir à l'internat sans la moindre notion de discipline, il le regrettera lui aussi.

Sur quoi Muriel fit une sortie indignée.

– L'internat ? demanda Lily, interloquée.

– Bien sûr, répondit Stephen. Je l'ai inscrit à Winchester et à Harrow le lendemain même de sa naissance.

– Christopher n'ira pas dans un internat ! J'ai toujours pensé que nous l'enverrions au lycée.

– Le lycée ? Allons, Lily, ce n'est pas sérieux ! dit Stephen avec un sourire protecteur. Le lycée représente peut-être l'idéal de Highland Road mais notre fils mérite mieux que cela. Il sera interne dans un bon collège.

– J'aimerais encore une tasse de thé, Lily, se hâta d'intervenir Charlie.

Lily reposa Christopher sur le canapé et se leva pour servir Charlie.

– Quand même..., commença-t-elle.

– D'ici qu'il ait sept ans, il y a largement le temps d'y penser, l'interrompit Charlie. Inutile de se tracasser.

Lily comprit et se le tint pour dit.

– Et vous, Stephen, dans quel collège étiez-vous ? reprit Charlie.

Stephen ne put s'empêcher de rougir.

– Oh ! Un trou dont personne n'a jamais entendu parler, répondit-il. Christopher avait une bourse pour Winchester et mon père m'a envoyé à son ancien collège, Pitworthy, près de Salisbury. Et vous, Charlie ?

– A Marlborough, mais j'en ai été honteusement chassé.

– Vraiment ? Et pour quels crimes ? demanda Lily en pouffant de rire.

– Je jouais du piano toute la journée mais je refusais de jouer au football. J'étais incapable de marcher au pas et de manier mon fusil pendant les séances de préparation militaire. Mais le pire, c'est d'avoir été surpris en train d'embrasser une femme de chambre et aussi de jouer de l'accordéon la nuit dans un pub. J'étais la honte du collège.

– Je dirais même une vraie brebis galeuse ! affirma Stephen, visiblement partagé entre l'envie et la réprobation.

– Absolument – et je ne peux pas vous dire à quel point cela me plaisait !

– Voilà qui mérite un toast ! approuva Stephen en riant. Qui veut un cocktail ?

Lily fit un signe de dénégation, Charlie accepta. Stephen sonna pour qu'on vienne débarrasser le plateau du thé et alla dans la salle à manger, où Muriel exigeait que les bouteilles d'alcool soient gardées sous clef.

– Il boit encore beaucoup ? demanda Charlie à mi-voix.

– Il s'offre une bordée une ou deux fois par semaine, répondit Lily.

– Et à la maison ?

– Un cocktail avant le dîner, parfois un whisky après, rien de plus.

– Monte coucher le petit, Lily. Je dois partir tout de suite après le cocktail. Pour une fois, Muriel sera contente et cela ne t'avance à rien de te quereller avec Stephen pour des histoires de collège. Il peut se passer des tas de choses d'ici à 1928, inutile de te tracasser d'avance.

Lily se leva, prit Christopher dans ses bras.

– Tu as raison. A demain ?

– A demain.

Ils échangèrent un long regard plus intime qu'un baiser et Lily quitta la pièce avant le retour de Stephen.

Stephen voulut profiter du dîner pour annoncer à Lily l'engagement de la nurse, mais le bébé pleura deux fois. La première, Lily sortit de table pour monter le calmer ; la seconde, elle revint avec lui et l'installa sur ses genoux, comportement qui laissa Muriel muette d'indignation jusqu'à la fin du repas.

– Christopher devrait être couché, déclara-t-elle au moment d'aller prendre le café au salon.

– Bien sûr, approuva Lily. Je resterai avec lui jusqu'à ce qu'il s'endorme. Pouvez-vous demander à Browning de me monter mon café ?

Muriel acquiesça avec répugnance.

– Vous ne voulez pas l'embrasser ? s'enquit Lily.

Muriel s'attendrit aussitôt. Elle avait beau réprouver les méthodes de sa belle-fille, elle ne résistait jamais au plaisir de serrer son petit-fils dans ses bras.

– Ce n'est pas hygiénique, protesta-t-elle pour le principe. Ma nièce ne laisse personne toucher son bébé et ne l'embrasse jamais.

– Allons ! Il est si mignon.

Muriel se laissa tenter et posa avec adoration ses lèvres sur la tempe de Christopher, en observant que ses cheveux tièdes et doux sentaient le coûteux savon au gardénia. Lily le lui reprit et monta l'escalier. Elle avait à peine atteint le premier palier qu'on l'entendit chanter doucement.

– J'ai engagé une nurse, annonça Stephen quand ils furent seuls au salon.

– Quoi ? Sans l'avoir vue ? s'étonna Muriel.

– Je l'ai reçue au bureau ce matin.

Il y eut un silence au cours duquel Muriel assimila les implications de ce qu'elle venait d'apprendre. Lily ignorait que Stephen avait engagé une nurse et s'y serait opposée si elle avait été consultée. Il y aurait à coup sûr une scène violente lorsqu'elle le découvrirait.

– Quand prend-elle son service ? demanda Muriel.

– Demain.

– Tu dois en parler à Lily ce soir même, Stephen ! Elle ne peut pas se réveiller demain matin pour se trouver confrontée à une étrangère. Ce serait de mauvais goût !

– C'est d'aussi mauvais goût de dîner avec un bébé sur les genoux ! Cela ne se fait pas non plus de trouver un enfant endormi dans tous les coins de la maison ! Il dormait sur le canapé du salon quand je suis rentré tout à l'heure. Pas étonnant qu'il ne ferme pas l'œil de la nuit.

– Tu es injuste, Stephen, il dort toute la nuit.

– Cela ne durera pas s'il prend l'habitude de se reposer dans la journée et de jouer avec sa mère à l'heure où il devrait dormir.

– C'est vrai, reconnut Muriel avec un soupir. Une bonne nurse arrangerait bien les choses. Es-tu sûr de ton choix ?

– Une femme de la vieille école, répondit Stephen avec un sourire supérieur. Elle saura remettre de l'ordre dans ce laisser-aller. Mais vous avez raison, je vais tout de suite parler à Lily.

Cependant, avant de monter, il héla Coventry par l'escalier de service.

– On va chez toi ce soir ?

Coventry leva un sourcil interrogateur.

– Je pars à l'attaque, répondit Stephen en montrant l'escalier. Je préfère assurer mes arrières.

Coventry leva la main, comme pour le stopper. Stephen ne se méprit pas sur la signification de son geste.

– Non, il faut que ce soit fait. Cet enfant sera élevé comme nous l'entendons. C'est à Lily de s'adapter.

Coventry hocha la tête avec résignation.

Stephen passa sans s'arrêter devant la chambre de son père. Sur le palier du second étage, entendant Lily chanter en baignant le bébé dans la salle de bains, il entra dans la chambre, s'assit sur le lit et attendit avec une impatience croissante. Lily chantonnait, riait, Christopher gazouillait gaiement. Finalement, Lily reparut, le visage rose et moite, les manches retroussées jusqu'au coude, portant le bébé enveloppé dans une serviette. Sans prêter attention à Stephen, elle étala la serviette sur le lit et entreprit de sécher et poudrer Christopher avec un soin minutieux. Stephen sentait sa colère monter de minute en minute sans en comprendre la cause. Sa raison lui disait qu'il aurait dû se réjouir de voir sa femme si dévouée à leur enfant ; et pourtant, leur intimité l'enrageait et lui mettait les nerfs à vif.

– Il faut que cela cesse, Lily ! explosa-t-il tout à coup. Vous ne pouvez pas continuer comme cela.

Lily leva les yeux, étonnée de cet éclat imprévu. Elle langeait Christopher et accordait toute son attention à l'épingle de sûreté qu'il allait falloir fermer en protégeant d'une main la peau délicate du bébé.

– Ce n'est pas bientôt fini, bon sang ? s'exclama Stephen au comble de l'irritation.

– Qu'est-ce qui vous prend, Stephen ? Quelle mouche vous pique, tout d'un coup ?

– Ce n'est pas moi qui suis piqué ! Ce n'est pas moi qui suis hystérique avec cet enfant ! Il faut que cela cesse, Lily ! Je veux que mon fils soit élevé normalement !

– Il ne se passe rien d'anormal, dit-elle sans élever la voix. Je ne vois aucun motif d'inquiétude à son sujet, il se porte comme un charme. Pas vous ?

– Ce n'est pas *normal* de le prendre sur vos genoux à l'heure du thé, ce n'est pas *normal* de le garder encore sur vos genoux pendant le dîner. Ce n'est pas *normal* de le coucher à neuf heures et demie et de vous coucher en même temps que lui comme si vous vouliez me fuir !

– Je suis fatiguée...

– Parce que vous en faites cent fois trop pour lui et à cause de lui ! Il nous faut une nurse.

– Non ! Je suis fatiguée aujourd'hui parce que j'ai chanté plus longtemps que d'habitude. Et si cela vous déplaît à ce point, je ne le redescendrai plus à l'heure du dîner. Mais c'est tellement absurde ! Pourquoi le laisser seul en haut quand nous sommes tous en bas ? Vous ne le voyez pas de la journée, Stephen, le soir est le seul moment où vous puissiez être ensemble.

Stephen ne se laissa pas attendrir.

– Il faut une nurse pour s'occuper de Christopher, répéta-t-il. J'en ai déjà trouvé une.

– Une... nurse ? demanda Lily, effarée.

– Oui. Elle s'appelle Mlle Janes, elle commencera dès demain matin.

– Stephen, je...

– Elle a des références de premier ordre, c'est exactement la personne qu'il nous faut. Mon ancienne chambre redeviendra la nursery et je reprendrai ma place ici.

– Non !

Stephen lui tourna le dos et alla regarder par la fenêtre. Il faisait froid, la mer moutonnait, de gros nuages poussés par le vent d'est masquaient par moments la lune.

– Inutile de discuter, ma décision est prise. Ma maison ne sera pas transformée en cage aux singes à cause de vous et de cet enfant. La nurse prendra son service demain matin, Christopher couchera dorénavant avec elle dans la nursery. Un point, c'est tout.

– Votre mère...

– Ma mère est au courant et approuve pleinement ma décision, c'est d'ailleurs elle qui me l'a suggérée. Ni elle ni moi n'approuvons votre conduite. Si cela ne vous plaît pas, Lily, ne vous en prenez qu'à vous-même.

Il traversa la chambre, posa la main sur la poignée de la porte. Jamais il n'avait autant savouré son pouvoir. Rien ne ferait fléchir sa détermination : il allait remettre Lily et Christopher à leurs places, séparés l'un de l'autre, dociles et soumis à son autorité.

Sans se retourner, il ouvrit la porte.

– Stephen !...

– Non.

Dire non avant même d'avoir entendu sa demande lui causa un plaisir sans mélange. La porte refermée, il s'arrêta un instant sur le palier pour savourer son triomphe en silence. Lily avait gagné la première manche en tirant profit de son accès de brutalité pour lui forcer la main et retourner au théâtre. Maintenant, l'équilibre était rompu, la balance penchait en sa faveur à lui. Lily était handicapée par son attachement excessif pour Christopher. Elle ne pouvait même pas élever la voix quand elle le tenait dans ses bras !

Stephen dévala l'escalier d'un pas léger, traversa le vestibule en courant et sortit sous la pluie sans même prendre son pardessus. Coventry l'attendait au volant de l'Argyll, moteur au ralenti. Stephen bondit sur le siège du passager et claqua la portière en éclatant de rire.

– On va prendre une bonne cuite ! dit-il joyeusement. Allons ramasser deux putes et nous saouler la gueule !

CHAPITRE 28

La prostituée qui vit deux hommes marcher en titubant, se soutenant l'un l'autre par les épaules, recula prudemment dans l'ombre. Elle avait assez longtemps arpenté les rues chaudes de Portsmouth pour savoir que les ivrognes n'étaient pas de bons clients. Elle en voyait d'ailleurs de plus en plus, des marins transformés en brutes par de continuelles traversées de l'Atlantique en convoi aux soldats assommés par l'alcool pour oublier l'horreur des tranchées. D'autres, comme ces deux-là, donnaient l'impression d'être restés normaux mais la folie les rongeait intérieurement tel un cancer et les rendait encore plus dangereux. Tapie dans une encoignure de porte, elle les laissa passer.

Stephen et Coventry ne la virent même pas et regagnèrent la voiture, stationnée comme d'habitude assez loin du pub où ils avaient bu.

– Allons chez toi, dit Stephen.

Le vent avait dégagé le ciel, la lune baignait les ruelles d'une lumière crue. Coventry démarra sans allumer les phares, comme s'il craignait qu'un mitrailleur ennemi ne soit à l'affût dans les collines dominant le port. La nuit était froide pour un mois de juin. Sans pardessus, recroquevillé dans l'habitacle dépourvu de vitres et mal protégé par le tendelet de cuir, Stephen frissonna en soufflant dans ses doigts une haleine chargée de whisky.

– Il fait frisquet, ce soir. Mais on a connu pire que cela, pas vrai ? Tu te rappelles l'hiver 1917 ? Et les chutes de neige ? On s'est réveillés un matin, tout était blanc. On ne voyait même plus le parapet de la tranchée. Et les imbéciles qui voulaient se battre à coups de boules de neige, comme des gamins dans une cour de récréation ! C'est ce jour-là que Dilke s'est tué, tu t'en souviens ? Le pauvre type... Je le vois encore, son paquetage sur le dos, qui marchait sur le bas-côté de la route sans se méfier du fossé plein d'eau. La surface était à peine gelée sous la neige, il est passé à travers et s'est noyé dans l'eau glacée. Mort foudroyé par le froid avant qu'on ait pu l'en retirer...

Coventry conduisait calmement en hochant la tête de temps à autre, comme si les événements qu'évoquait Stephen s'étaient produits en un lointain passé, avant même sa naissance, et qu'il les découvrait pour la première fois.

Ils roulèrent à bonne allure sur la route côtière et atteignirent bientôt le chemin de l'île de Hayling. La marée montait, les vagues clapotaient contre les pilotis du pont de bois, la lune formait de longues traînées d'argent sur l'eau noire. Machinalement, Stephen chercha dans la nuit le bref éclat d'une allumette, le reflet révélateur d'un rayon de lune sur une surface de métal poli. Il n'y avait rien, bien entendu. L'île était endormie, le pays en paix.

– Il fait trop clair, grommela-t-il quand même.

La piste le long de la côte avait souffert des tempêtes hivernales. Coventry négocia habilement les obstacles, sans enliser la lourde automobile dans les bancs de sable et en évitant la plupart des nids-de-poule. Quand ils arrivèrent au fond de la crique, l'auberge était fermée, noire et silencieuse ; le bac amarré à l'appontement oscillait au gré du clapotis. Coventry coupa le contact, les deux hommes descendirent de voiture, gravirent l'échelle d'un pas encore hésitant et pénétrèrent dans la barge qui sentait l'humidité et le froid. Coventry ferma la porte et chercha à tâtons sur l'étagère la lampe et les allumettes.

Immobile, Stephen laissa ses yeux s'accoutumer à l'obscurité en savourant le plaisir de se trouver à nouveau dans un endroit sombre et clos. Les abris de tranchées empestaient l'urine, la sueur, la peur, mais s'ils étaient bien creusés et renforcés d'assez de sacs de sable ils résistaient à tout – il fallait au moins un obus de plein fouet pour les ébranler. A chaque retour d'attaque, gris de terreur et tremblant comme s'il avait la fièvre, Stephen se coulait dans l'abri des officiers, s'enfouissait la figure dans une couverture et sanglotait de soulagement d'être revenu indemne dans la sécurité de ce trou tandis que les obus sifflaient au-dessus de sa tête et que les fusées illuminaient le paysage de leurs lueurs de mort.

Simple capitaine ignorant les plans de l'état-major, Stephen ne croyait pas au succès des attaques. Il savait seulement que son rôle se bornait à pousser ses hommes à foncer sous le feu de l'ennemi en s'interdisant à lui-même de se cacher dans un trou d'obus ou de ramper vers le premier abri venu. Il avait l'ordre d'avancer, de s'emparer de la tranchée d'en face ou d'y faire des prisonniers ; ce n'était qu'une fois l'objectif atteint ou le contrordre reçu qu'il pouvait donner à ses hommes le signal tant attendu de regagner la sécurité des abris. Il savait que Coventry serait là quelques instants plus tard avec un quart de thé brûlant, du rhum, un morceau de pain, un biscuit. Coventry n'avait jamais fait de commentaires sur son visage ruisselant de larmes – à l'époque, il est vrai, il avait déjà perdu la parole. En fait, les larmes de Stephen passaient inaperçues. Comme lui, les autres tremblaient, pleuraient, buvaient. Au début, les jeunes recrues considéraient ces loques humaines avec horreur ; il ne fallait pas plus de quelques semaines aux survivants pour qu'ils soient dans le même état.

La lumière de la lampe repoussait les ombres dans les coins, le feu commençait à prendre. Stephen regarda les flammes consumer les vieux journaux, engloutir les brindilles. Coventry vida le seau à charbon sur le foyer et sortit remplir la bouilloire qu'il revint poser sur le fourneau. Alors, selon leur rite immuable, les deux hommes se déchaussèrent et s'assirent côte à côte.

– Je ne le hais pas ce bébé, dit tout à coup Stephen. C'est son nom que je ne supporte pas. Si je les sépare, ce n'est pas par méchanceté. Je n'essaie pas de faire payer son bonheur à Lily... Quand je pense qu'entre mon père à moitié mort et ma mère au cœur desséché Lily trouve le moyen d'être heureuse et de ramener Christopher à la maison !... Pourtant, je l'avais épousée pour qu'elle me rende heureux, moi ! Je voulais qu'elle me délivre de mes rêves, qu'elle tire un trait sur la guerre... Mais les rêves reviennent, pires que jamais. Et elle, elle chante, elle joue avec le bébé, elle vit comme si tout allait de soi. Comme si elle n'avait rien à craindre. Comme si personne n'avait jamais rien eu à craindre...

Il s'interrompit pour vérifier si ses chaussettes, qui n'avaient jamais été humides, étaient tout à fait sèches.

– Je croyais qu'avec elle j'aurais l'impression que la guerre n'avait jamais eu lieu, reprit-il. Elle a réussi, oui, pour tout le monde – sauf moi ! Elle fait le bonheur de toute la maison. Elle a ramené Christopher, elle le leur a rendu comme s'ils ne l'avaient jamais perdu. Comme s'ils ne l'avaient jamais pleuré. Et moi, je me retrouve seul à supporter l'horreur de tout cela par moi-même...

La bouilloire chantait. Coventry fit le thé dans la vieille théière, mit quatre sucres dans le gobelet, tourna cinq fois la cuiller et tendit le breuvage à Stephen.

– Je coucherai ici cette nuit. Je ne veux pas être là quand cette femme viendra enlever Christopher à Lily. Je n'aurais peut-être pas dû lui infliger ça, c'est vrai...

Coventry lui lança un long regard que Stephen soutint sans faiblir. Ils en avaient trop vu ensemble pour se cacher quoi que ce soit. Ils en avaient trop fait pour ne pas faire encore n'importe quoi l'un pour l'autre.

– Je sais, admit Stephen. Mais il fallait quand même que ce soit fait.

La nurse Janes était la ponctualité même. Browning lui ouvrit la porte à neuf heures moins trois minutes et la fit entrer au salon quand neuf heures sonnaient à la pendule de la cheminée. Muriel se leva pour l'accueillir.

– Je suis Mme Winters. Mon fils a dû s'absenter pour affaires hier soir et n'est pas encore rentré. Vous êtes ?

– La nurse, Mlle Janes, dit-elle en ôtant un gant avant de serrer la main que Muriel lui tendait. Je crois comprendre que je dois entrer en fonctions aujourd'hui.

– Je ne sais pas au juste, répondit Muriel, gênée. Ma belle-fille...

Elle sonna. Un instant plus tard, ce ne fut pas Browning qui apparut mais Lily, Christopher dans les bras.

– J'ai entendu quelqu'un arriver, déclara-t-elle. Stephen m'a dit avoir engagé une nurse mais je ne veux pas...

– Voilà donc l'enfant, l'interrompit Mlle Janes.

Lily le serra plus fort contre sa poitrine.

– Quel beau petit garçon, reprit-elle sans tenter de s'en emparer. A-t-il des gaz après les repas ?

– Seulement après celui du soir, répondit Lily, un peu amadouée. Mais je n'aime pas lui donner de calmants.

– Avez-vous essayé un biberon d'eau tiède sucrée ? Cela fait souvent aussi bien l'affaire.

– Je ne savais pas, avoua Lily.

– Ah ! Il y a tant de ficelles dans notre métier ! dit Mlle Janes en souriant. Je me suis occupée d'enfants toute ma vie, je m'y connais.

– Je me demande s'il ne commence pas à faire ses dents, hasarda Lily. Il serait très en avance, c'est vrai, mais j'ai remarqué une sorte de tache blanche au fond de sa mâchoire et il a quelquefois les joues rouges.

– Ce sont toujours les dents de devant qui poussent les premières, pas celles du fond. Quand il fera vraiment ses dents, vous vous en apercevrez, madame Winters. Mais nous saurons lui faire franchir sans peine ce cap difficile. Le nourrissez-vous vous-même ?

– Oui.

– Prend-il du poids bien régulièrement ? demanda-t-elle les mains tendues comme si elle voulait le soupeser.

La fierté maternelle l'emportant sur le ressentiment, Lily se résigna à se dessaisir de Christopher, que la nurse prit dans ses bras avec autorité.

– Voilà un solide petit garçon, approuva-t-elle. Auriez-vous l'amabilité de me montrer la nursery, madame ?

– Il n'y en a pas. Christopher couche dans ma chambre.

– Mais si ! se hâta de la corriger Muriel. L'ancienne chambre de Stephen était la nursery. Montrez-la donc à Mlle Janes, Lily.

Lily dut se résigner.

– La pièce n'est pas prête, expliqua-t-elle dans l'escalier. Je garde Christopher avec moi pour m'en occuper s'il se réveille la nuit.

– Allons, allons, nous ne voulons pas faire un enfant gâté de ce beau petit garçon. Il est assez grand maintenant pour apprendre à dormir toute la nuit. Mais soyez tranquille, nous saurons faire le nécessaire.

Lily ouvrit la porte de la chambre. Muriel, qui la suivait des yeux du bas de l'escalier, la trouva abattue, désorientée, telle qu'elle était lorsque Stephen l'avait amenée la première fois, sans personne au monde vers qui se tourner ou à qui se fier.

– Je préfère le garder avec moi, protesta-t-elle.

La porte se referma sur les deux femmes. Muriel écouta la nurse monologuer sur un ton apaisant mais, ne pouvant distinguer ses paroles, elle retourna au salon.

Elle s'était à peine assise quand elle entendit la voiture s'arrêter, les pas de Stephen sur le perron et le bruit de sa clef dans la serrure. Il passa la tête par la porte entrebâillée et entra en voyant sa mère seule.

– La nurse est là ?

– Stephen, ta conduite est insensée ! Cette femme est arrivée sans personne pour la présenter, j'ai dû deviner qui c'était ! Elle est là-haut avec Lily dans la nursery.

– Pas de grabuge ?

– Comment le saurais-je ? s'exclama Muriel, ulcérée. Je ne suis que la grand-mère ! Je sais seulement que ta femme est avec la nurse et qu'elle ne l'a pas accueillie à bras ouverts. Ne m'en demande pas plus.

– Bon. Je me change et je vais au bureau.

Muriel aurait voulu lui demander où il avait passé la nuit, pourquoi il avait découché, mais c'étaient là des récriminations d'épouse. Lily manifestait une complète indifférence à ce sujet. Elle était descendue déjeuner, elle avait bu son thé et grignoté un toast avec Christopher sur les genoux avant de remonter l'habiller, sans même un mot pour s'étonner de l'absence de Stephen.

– Je m'étonne que tu sois en retard pour aller au travail, se borna-t-elle à dire d'un ton réprobateur.

Stephen apprécia que la règle du silence entre lui et le reste de sa famille soit toujours aussi bien observée. La présence d'un bébé qui gazouillait et pleurait n'importe où, celle de Lily qui chantonnait à toute heure du jour dans l'escalier n'y changeaient rien. Pour les habitants de la maison, le mur du silence demeurait aussi infranchissable que le fossé qui ne cessait de s'élargir entre Lily et lui.

– Si je pars tout de suite, je n'aurai qu'une heure de retard, répondit-il avec désinvolture.

En passant sur la pointe des pieds devant la nursery, d'où émanaient les voix de Lily et de la nurse interrompues parfois par les gazouillis du bébé, il grimaça un sourire. La gaieté indécente de cet enfant touchait à sa fin. Comme tous les hommes, il apprendrait que le plaisir n'est pas un dû, que la paix et la tranquillité n'existent nulle part sur terre. Il ne serait bientôt plus cajolé sur les genoux de sa mère. Il connaîtrait enfin la solitude, l'inconfort et la tristesse qui sont le lot de tous les hommes.

Stephen fit sa toilette et se rasa à l'eau glacée, comme s'il était encore dans un abri où il fallait économiser l'unique seau d'eau propre disponible. Une fois habillé de frais, il se contempla longuement dans le miroir. Il prenait un peu d'embonpoint, son gilet se tendait sur le ventre et la poitrine mais, avec sa carrure, il pouvait se le permettre. Ses traits harmonieux, son regard direct, son visage typiquement anglais irradiaient la confiance en soi. Sans sa moustache et avec quelques années de moins, il aurait incarné à la perfection l'élève modèle, le meneur de jeu, le héros de collège dont s'inspirent les plus jeunes.

– J'en suis un, déclara-t-il à son image. Voilà ce que je suis, un héros. Personne ne peut me le retirer. C'est vrai parce que je l'ai dit et que tout le monde le croit.

Il se fit un sourire approbateur, lissa sa moustache, saisit deux brosses dans le tiroir et put admirer le lustre que prenait sa chevelure.

– Un héros, répéta-t-il à mi-voix. Et maintenant, je vais avoir la vie que je mérite. Une vie de héros. Mon pays me le doit. Ma famille me le doit. Ma femme...

L'intransigeance de Lily le fit hésiter à poursuivre.

– Ma femme apprendra, poursuivit-il. Avec de la discipline, un homme devient capable de faire n'importe quoi – à plus forte raison une femme. Il faudra bien qu'elle se soumette. Je saurai la faire plier.

Il salua de nouveau son image, qui lui renvoya son sourire satisfait à la pensée de briser l'esprit d'indépendance de Lily pour la remodeler en une femme effacée et soumise, comme il convient à l'épouse d'un héros.

– J'ai été trop bon avec elle, trop faible. Mais tout cela va changer.

Il rangea ses brosses, redressa son nœud de cravate. D'un pas assuré, il descendit l'escalier, s'arrêta devant la chambre de son père, frappa et passa la tête par la porte.

– Bonjour, Père. Tout va bien ?

L'infirmière Bell se leva avec empressement.

– Monsieur Stephen, quelle bonne surprise ! Oui, nous nous portons très bien ce matin. Nous avons bien déjeuné et nous allons bientôt nous asseoir près de la fenêtre.

Stephen regarda son père, qui lui répugnait davantage depuis qu'il recouvrait la parole. Il préférait son mutisme de cadavre à ses bredouillements, à ses pitoyables efforts pour exprimer ses pensées.

– Bon... hou...

– Il vous dit bonjour, traduisit l'infirmière, dont la froideur de Stephen ne désarmait pas la bonne volonté un peu niaise. Bravo, monsieur Winters ! Nous faisons de grands progrès ce matin.

Stephen l'ignora avec mépris.

– Je dois aller travailler. Je ne peux pas me permettre de passer mes journées sans rien faire, *moi*. Il faut bien que quelqu'un gagne de l'argent pour faire marcher la maison, déclara-t-il en regardant l'infirmière comme si elle était un luxe inutile qu'il envisageait de supprimer.

Le regard et l'allusion échappèrent complètement à l'intéressée, car elle fixait des yeux Rory qui luttait pour dire quelque chose et lui souriait d'un air encourageant.

Stephen se retira. Il s'apprêtait à descendre quand la porte de la nursery s'ouvrit et Lily apparut. Il constata avec plaisir que, pour la première fois, elle n'avait pas Christopher dans les bras. La nurse avait donc déjà commencé à briser leur couple contre nature.

– Bonjour ma chérie, lui dit-il en lui effleurant la joue des lèvres. Je me dépêche, je suis en retard.

Lily le retint par le bras.

– Je ne veux pas de cette femme, déclara-t-elle à voix basse. Je ferai tout ce que vous voudrez, Stephen, mais laissez-moi garder Christopher. Ne me forcez pas à le lui confier. Je vous en supplie.

La pâleur, le regard affolé de Lily lui tirèrent un frisson de plaisir.

– Voyons, ma chérie, nous étions d'accord ! Bien sûr qu'il lui faut une nurse ! Vous ne perdez pas Christopher en le lui confiant, vous vous assurez simplement qu'il sera soigné et élevé comme il faut. Vous ne pouvez pas vous en occuper vous-même tout en continuant à chanter, à voir vos amis, en un mot à reprendre une vie normale.

– Je ne chanterai plus s'il le faut, Stephen. Je ferai tout ce que vous me demanderez. Tout...

Pour preuve de sa bonne foi, elle se pencha vers lui et lui caressa la poitrine. Radieux, Stephen la repoussa avec ménagement.

– Jamais je ne vous demanderai de renoncer à chanter, ma chérie, surtout depuis que vous faites de tels progrès. Allons, ne dramatisons pas. Mlle Janes n'est ici que pour une période d'essai d'un mois. Si vous persistez à ne plus en vouloir au bout d'un mois, eh bien, elle s'en ira, c'est très simple. D'accord ?

Lily dévala l'escalier à sa suite.

– Si je ne veux plus d'elle au bout d'un mois, elle s'en ira ? répéta-t-elle. C'est vrai ?

– Cela va sans dire.

Lily prit le manteau et le chapeau de Stephen des mains de Browning et fit signe à celle-ci de se retirer. Stephen se laissa servir par Lily avec un sentiment de triomphe : pour la première fois, elle l'aidait humblement à enfiler son pardessus. Jusqu'à présent, elle restait accoudée à la rampe en observant ironiquement ce rituel quotidien comme quelque cérémonie païenne destinée à flatter sa vanité masculine.

– J'aimerais que vous fassiez remettre mes affaires dans *ma* chambre, ma chérie. Prévenez Browning, voulez-vous ?

– Oui, répondit Lily, les yeux baissés.

– Et ce soir, nous sortirons. Nous irons au spectacle du Regal, on en dit du bien. Ensuite, nous pourrions aller écouter Charlie au Trocadéro. Qu'en pensez-vous ?

Lily ne put réprimer un frisson en songeant à Christopher endormi sans elle dans son berceau, à Christopher se réveillant dans le noir pour voir un visage inconnu penché sur lui, sentir des bras inconnus le soulever, des mains étrangères lui glisser dans la bouche un biberon inerte au lieu de la douce tiédeur du sein maternel.

– Oui.

Stephen posa un bref baiser sur ses cheveux, ouvrit la porte et descendit le perron d'un pas allègre.

– Loué soit le Seigneur qui a remporté la victoire ! s'écria-t-il en éclatant de rire quand Coventry eut refermé la portière. Elle est vaincue, battue à plate couture !

En juin, s'inspirant plus ou moins consciemment des réparations que les Alliés exigeaient de l'Allemagne coupable d'avoir déclaré la guerre et de l'avoir perdue, Stephen lança sa propre campagne de représailles contre sa femme. Rien n'était trop dur ni trop humiliant pour achever d'écraser l'ennemi vaincu.

Stephen voulut faire payer à Lily chacune des offenses, si minimes fussent-elles, qu'elle lui avait infligées depuis leur mariage. Il voulut lui faire payer chacun des instants de bonheur et d'insouciance, si fugitif eût-il été, que lui avait offert sa gaieté naturelle. Il voulut lui faire payer le fait d'avoir transformé sa maison en un lieu où le silence cédait devant la musique, où les pas feutrés laissaient la place aux cavalcades dans l'escalier, où les visiteurs étaient accueillis avec chaleur. Il voulut lui faire payer d'être une enfant de la paix alors qu'il restait prisonnier de la guerre. Mais avant tout, plus que tout, il voulut lui faire payer d'avoir introduit un enfant dans la maison et de l'avoir appelé Christopher.

Rien cependant ne fit capituler Lily. Tous les soirs, Stephen s'évertua à l'éloigner de Christopher en l'emmenant danser, souper, assister à quelque spectacle. Lily dansait, soupait, plaisantait avec ses amies actrices et chanteuses, chantait des ragtimes au

Trocadéro à trois heures du matin. A six heures, ponctuellement, elle était debout pour donner à Christopher sa tétée matinale.

Stephen entreprit alors de convier chez lui ses principaux clients avec leur épouse à d'interminables déjeuners, et il chargeait Lily de veiller à leur préparation. Mais lorsque les messieurs rejoignaient les dames au salon, celles-ci étaient invariablement agglutinées autour de Christopher, à glousser d'amiration et, non moins invariablement, Lily affirmait qu'elle ne l'avait amené que pour une minute, alors que sa présence s'éternisait et que le maudit bambin devenait l'unique sujet de conversation.

Les week-ends, Stephen entraînait Lily dans de longues promenades en voiture ou à pied tandis que, bien entendu, Christopher demeurait dans la nursery. Lily ne refusait jamais, prenait son chapeau, ses gants et attendait Stephen, qui ne pouvait plus reculer. Elle marchait aussi loin et aussi longtemps qu'il le décidait. Un jour, ils se trouvèrent surpris par un violent orage à plus d'une heure de marche de la voiture sans que Lily émette la moindre plainte. Mais à peine étaient-ils de retour qu'elle grimpait jusqu'à la nursery et Stephen, ravalant sa fureur, entendait comme un défi les babillages de la mère et de l'enfant.

Conformément à ses ordres, Stephen avait réintégré la chambre conjugale. Ses costumes, ses chemises, son linge avaient repris leur place dans la penderie et la commode ; le berceau de Christopher, ses jouets, son odeur même avaient été bannis sans laisser la moindre trace et Lily n'avait pas manifesté le plus léger regret ni soulevé la plus mince des protestations. Avec une brutalité calculée, Stephen exerçait toutes les nuits, ou presque, ses droits conjugaux. Lily restait inerte, docile, et lui laissait passer sur elle toutes ses fantaisies.

– Concevras-tu encore ? lui demanda un jour Charlie de but en blanc.

– Non. Madge m'a procuré un... truc auprès d'un médecin qui le réserve aux femmes mariées qui ont déjà trois ou quatre enfants et ne veulent pas mourir à la tâche. C'est cher mais efficace. Je n'aurai un autre enfant que si je le veux bien.

Charlie égrena une suite d'arpèges. A la fenêtre, Lily regardait la nurse traverser le jardin en poussant le landau de Christopher de retour de sa promenade quotidienne. Il était convenu que le bébé avait ensuite le droit de passer quelque temps au salon. Lily attendait avec impatience le bruit des roues caoutchoutées sur le perron et le tintement de la sonnette à la porte d'entrée.

– Tu peux encore partir, lui dit Charlie sans élever la voix. Si tu acceptais toutes les propositions que tu as reçues, tu gagnerais largement de quoi vivre sans plus avoir besoin de remonter sur une scène.

– Non, Charlie. Si je quittais la maison, il me prendrait Christopher et ne me permettrait jamais de le revoir. Je suis ici pour de bon, vois-tu. Il ne me reste qu'à respecter le marché de mon côté et à veiller à ce qu'il en fasse autant du sien. Dans quinze jours, quand la nurse sera partie comme il me l'a promis, j'aurai de nouveau Christopher bien à moi. Et tant que je l'ai, je me moque du reste, poursuivit-elle en englobant d'un geste la maison prétentieuse et incommode, sa belle-mère au cœur sec, son mari à l'esprit dérangé. Mariage, amour, rien ne compte ni ne comptera pour moi autant que mon Christopher.

– Je sais, soupira Charlie.

A peine l'enfant était-il né qu'il avait perdu tout espoir de voir Lily reprendre sa liberté. Elle avait raison, Stephen réagirait instantanément en lui retirant son fils. Mieux que quiconque, Stephen connaissait la loi, et la loi était conçue pour protéger la famille et les enfants. Aucun tribunal n'accorderait la garde de son enfant à une humble chanteuse de music-hall contre l'opposition d'un notable fortuné, héroïque combattant de surcroît.

Charlie attaqua un air de danse.

– Tu le connais, celui-là ?

– Oui, je crois, répondit Lily, aussitôt distraite de ses pensées.

– J'ai la partition dans ma sacoche.

Lily commençait à fouiller quand la sonnette retentit. Elle se précipita vers la porte et revint un instant plus tard en dansant joyeusement autour de la pièce avec Christopher dans ses bras. Le bébé faisait des risettes et agitait les mains en cadence sans quitter des yeux le visage de sa mère. Attendri, Charlie les regarda en souriant.

CHAPITRE 29

Tant que dura le mois d'essai de la nurse, Lily ne lutta pas plus contre elle que contre Stephen. Plutôt que de discuter ou de lui manifester une hostilité ouverte, elle appliquait les ruses sournoises des gamins de Highland Road. Elle lui souriait et la traitait courtoisement pour mieux la ridiculiser derrière son dos et saper son autorité.

Selon les nouvelles règles, Christopher devait prendre l'air au jardin de neuf heures trente à midi, puis rentrer pour être changé avant son repas de la mi-journée à treize heures précises. A peine Mlle Janes avait-elle sorti le landau et tourné les talons que Lily allait dehors sous prétexte de cueillir une rose ou de donner des miettes aux oiseaux et s'asseyait à côté du landau. Les premières fois, la nurse s'était précipitée, outrée, en accusant Lily de gâter son enfant, de l'empêcher de dormir, de l'exciter, de le fatiguer. En vain : deux minutes plus tard, Lily montait de nouveau la garde près de Christopher endormi. Non qu'elle fût une mère timorée ou abusive ; n'ayant peur de rien pour elle-même, elle ne redoutait pas quelque catastrophe pour son enfant, un chat sauvage bondissant sur lui toutes griffes dehors ou un orage subit l'exposant à la pluie. Ils étaient simplement aussi inséparables qu'une jument l'est de son poulain. Personne au monde, pas même la redoutable Mlle Janes, ne parvenait à les dissocier.

La nurse se plaignit à Stephen que Lily compromettait la réussite de son programme. Stephen aborda la question un soir au dîner, en faisant observer que Mlle Janes avait élevé avec succès nombre de jeunes enfants et que Lily se mordrait les doigts plus tard de lui avoir mis des bâtons dans les roues. Lily répondit de son air le plus innocent qu'au grand jamais elle ne se permettait de se mêler du travail de la nurse. Mlle Janes étant ici pour un essai d'un mois avec son propre accord, elle lui laissait les mains libres afin de juger du résultat, ce qui était la moindre des choses. S'il arrivait par hasard qu'elle soit au jardin quand Christopher prenait l'air dans son landau, on pouvait difficilement considérer le fait de s'asseoir près de lui quelques minutes comme une perturbation délibérée des règles édictées par Mlle Janes.

– Vous ne voudriez quand même pas que *j'évite* notre fils ? conclut Lily avec une logique tellement irréfutable que Stephen fut bien forcé de répondre en maugréant par la négative.

Les jeudis, jours de sortie de la nurse, Lily était au septième ciel. Mlle Janes rentrait Christopher à midi, le changeait et le confiait à sa mère avec la plus grande répugnance. Alors, pour une merveilleuse demi-journée, la mère et l'enfant étaient enfin réunis et Lily avait les mains libres. Quand il faisait beau, elle poussait son landau le long du front de mer en compagnie de Charlie, ou bien Coventry les emmenait à la campagne en voiture et Lily tenait Christopher contre la vitre pour qu'il regarde le paysage. S'il pleuvait, ils restaient au salon, Lily chantait et Christopher battait la mesure ou somnolait.

Le jeudi soir, Lily lui donnait son bain dans une eau généreusement assaisonnée de sels parfumés et le saupoudrait de talc avant de jouer avec lui, de l'embrasser sur tout le corps, de lui mordiller les doigts de pied. Ils riaient tous deux aux éclats, trop heureux pour se soucier du passage du temps. Quand le gong du dîner résonnait, Lily prétextait une migraine et préférait se priver de manger plutôt que du plaisir de rester dans la nursery avec son fils jusqu'à ce qu'il soit endormi.

La pièce était méconnaissable. Le lit de Mlle Janes en occupait un bout, derrière un large paravent destiné à l'abriter des regards masculins du bébé. Le berceau était installé de l'autre côté. Les paysages à l'aquarelle, jugés trop distrayants à l'heure de la sieste, avaient été décrochés des murs. Les rideaux demeuraient fermés toute la journée contre le soleil estival mais étaient ouverts la nuit quand il n'y avait rien à voir dehors. Les fenêtres restaient hermétiquement closes en permanence, Mlle Janes estimant que si l'air de la journée était sain à condition d'être respiré au jardin, quelles que soient les intempéries, le même air perdait ses vertus à l'intérieur de la maison, surtout la nuit. En conséquence, la pièce était certes propre mais elle sentait le renfermé comme un musée.

De la salle à manger, Muriel et Stephen entendaient ces soirs-là Lily chanter à mi-voix des berceuses jusqu'à ce que Christopher soit endormi.

– Sa migraine ne doit pas être si grave, commentait Stephen d'un ton sarcastique.

– C'est étrange, en effet, répondait Muriel. Ses maux de tête surviennent toujours le jeudi soir.

– Le reste du temps, en revanche, la nurse semble avoir la situation bien en main, Dieu merci.

– Lily nous en saura gré plus tard, soupirait Muriel.

Ils prenaient le café au salon, Stephen lisait le journal du soir. A dix heures et demie, ils entendaient la sonnette de l'entrée signalant le retour de la nurse et, immédiatement après, les pas légers de Lily qui sortait de la nursery comme un voleur.

– Elle aura faim, tant pis pour elle, disait rituellement Stephen.

Mais Lily ne souffrait pas de la faim car elle s'était constitué dans la chambre de Rory une réserve secrète de provisions – des biscuits, du chocolat, des fruits, parfois une boîte de viande en conserve. Charlie lui avait donné un ouvre-boîte et des couverts de métal. Et tandis que Muriel et Stephen se regardaient en chiens de faïence au salon et que la nurse inspectait la nursery d'un œil soupçonneux, Lily se glissait silencieusement dans la chambre de son beau-père et étalait ses richesses sur la table de nuit.

Laissé seul et censé dormir de neuf heures du soir à huit heures du matin, Rory était le plus souvent incapable de trouver le sommeil avant l'aube. Sa santé se rétablissait, il avait faim lui aussi et, le jeudi, Lily et lui festoyaient comme des enfants qui pillent le garde-manger en cachette et se régalent de tout ce qui leur fait plaisir.

– C'est bon ? demandait Lily, la bouche pleine.

Rory hochait la tête affirmativement. Leur dînette terminée, Lily en rassemblait les miettes et les reliefs dans un sac en papier afin de le faire brûler discrètement le lendemain dans la cheminée du salon ou de le jeter dans une poubelle.

Un soir, Rory l'arrêta d'un geste de la main.

– Inutile, articula-t-il d'une voix encore mal assurée. Infirmière Bell, brave femme...

– Vous voulez dire qu'elle ne nous dénoncera pas ?

– Oui, répondit Rory en souriant.

Ses muscles lui obéissaient de mieux en mieux. Ses sourires ne se bornaient plus comme avant à une grimace des lèvres mais détendaient tout son visage.

– Alors, nous recommencerons jeudi prochain ! dit Lily en l'embrassant sur la joue. Vous avez tout ce qu'il vous faut jusqu'à demain matin ?

– Oui. Bonne nuit, Lily.

– Bonne nuit, Rory.

Lorsque Stephen montait, Lily était déjà couchée, sa toilette faite, la lumière éteinte et les yeux résolument fermés. Peine perdue : Stephen la prenait par principe tous les jeudis soir, son désir à la fois attisé par l'assurance qui émanait de Lily ces jours-là et par sa fureur à l'idée que son fils jouissait avec elle d'une entière liberté. Lily ne lui résistait pas. Inerte et froide, elle le laissait faire et se rendormait dès qu'il avait fini. Comme tant de femmes de sa génération, elle avait appris à subir les appétits sexuels de son mari en sachant étouffer en elle toute trace de répulsion comme de plaisir. Absente, indifférente, elle ne souffrait pas. Elle ne ressentait rien.

C'était Stephen qui restait éveillé à contempler le plafond. Jamais dans les pires moments de sa vie il ne s'était senti aussi seul qu'auprès de sa femme, moins sensible qu'un coussin pendant qu'il faisait l'amour, et de ce fils sur qui se concentraient toutes les affections de sa famille et de son entourage. Avant de trouver le sommeil, il entendait l'horloge d'une église sonner minuit, une heure, deux heures et il ne s'endormait enfin que pour rêver.

Ses rêves l'entraînaient loin de Portsmouth. Un soir, il rêva d'une permission de cinq jours dont avait bénéficié son bataillon à la fin de mai 1917. Tandis que les hommes et les officiers décidaient tous d'en profiter pour aller faire la fête à Paris, Coventry et lui avaient passé leurs cinq jours de liberté à la Petite-Bretagne, à aider Pérot dans les travaux des champs. Le dernier jour, après un copieux civet de lapin arrosé de vin rouge, les Pérot étaient montés se coucher, Coventry avait regagné la grange où il dormait et Stephen était resté seul avec Juliette.

Ses yeux étaient si beaux, si purs, qu'il n'avait pu résister au désir de l'asseoir sur ses genoux, de lui dire qu'il l'aimait et qu'il voulait l'épouser. Elle s'était laissé caresser, embrasser jusqu'à s'échauffer à son tour et à le provoquer. Encore vierge, retenu par sa stricte éducation anglaise, Stephen s'était dégagé de ses bras.

– Non, Juliette, pardonne-moi. Je serais un monstre de profiter de toi maintenant. Je veux que tu sois ma femme.

Elle le regardait avec un sourire étonné, amusé, comme si sa réaction lui paraissait ridicule.

– Je veux que tout soit bien entre nous, avait-il repris dans son français hésitant et scolaire. Il faut attendre d'être mariés.

Elle s'était hâtée de hocher gravement la tête et de dissimuler son envie de rire en posant le front sur l'épaule de Stephen.

– Après la guerre, je t'emmènerai en Angleterre, nous nous marierons là-bas, nous achèterons une ferme. Tes parents viendront eux aussi. Nous travaillerons tous ensemble. Je ne veux pas travailler dans le bureau de mon père, je ne veux pas vivre à Portsmouth. Nous vivrons dans une jolie petite ferme comme celle-ci. Dans le Kent – on l'appelle le jardin de l'Angleterre, tu verras... Il doit y avoir une grande offensive, cet été. Nous gagnerons, la guerre sera bientôt finie et nous pourrons nous marier, toi et moi.

Juliette avait hoché la tête sans mot dire. Après un bref silence, Stephen avait eu une illumination.

– Marions-nous tout de suite ! S'il m'arrivait malheur, tu serais citoyenne anglaise, tu aurais une pension. Ma mère s'occuperait de toi. Mais oui, pourquoi attendre ? Marions-nous dès demain !

– Non, avait-elle répondu. Je préfère me marier après la guerre. A l'église, avec tous mes amis.

– Oui, bien sûr, avait soupiré Stephen. Un vrai beau mariage à l'église, une fois la paix revenue...

La raison de son refus était tout autre : persuadée de la défaite inéluctable des Alliés, Juliette n'avait aucune envie de se retrouver citoyenne anglaise sous une occupation allemande. Elle aurait volontiers été la maîtresse de Stephen tant que la ferme demeurait derrière les lignes anglaises ; mais si les Allemands avançaient, comme son père et sa sœur l'affirmaient, le bon sens le plus élémentaire lui disait qu'il lui faudrait épouser alors un bon Allemand solide, qui ferait marcher la ferme et lui ferait des enfants. Chez Juliette, paysanne flamande avec la tête sur les épaules, l'instinct de conservation était plus fort que le patriotisme. Stephen ne se doutait pas davantage qu'une fois dans sa chambre Juliette avait ri toute seule de la naïveté de cet Anglais romantique, qui croyait pouvoir l'épouser parce que son armée allait gagner la guerre. Ce n'était décidément pas un homme comme cela qu'il lui fallait...

Stephen s'éveilla à demi et se rapprocha de la chaleur de Lily. Ces cinq jours à la ferme lui avaient laissé un souvenir inoubliable. La nuit, comme un orage au loin, ils entendaient le grondement incessant de la canonnade, mais ils avaient fini par ignorer ces bruits de mort pour ne plus remarquer que ceux de la vie, le caquètement des poules, le meuglement des vaches. Ils payaient leur pension à Pérot qui les faisait trimer comme des paysans, mais ils aimaient le travail de la terre, ils mangeaient à leur faim et dormaient à poings fermés. Leurs visages halés avaient perdu le gris terreux des tranchées, leurs estomacs oublié le goût du singe en boîte et du pain moisi. Ils étaient des enfants en vacances, ces cinq jours leur avaient paru durer des mois.

A la fin de cette parenthèse de bonheur, Stephen était si profondément déprimé qu'il n'avait littéralement pas pu parler pendant plusieurs heures. Les permissionnaires revenus de Paris, blafards d'avoir trop bu et pas assez dormi, se moquaient de sa mine rêveuse mais Stephen, l'esprit trop occupé de la pureté de Juliette, ne les entendait même pas. Le lendemain, il avait reçu l'ordre d'effectuer un raid sur la tranchée allemande la plus proche afin de ramener des prisonniers et des renseignements. Stephen n'avait fait qu'un seul prisonnier : tous les autres, il les avait abattus à bout portant à mesure qu'ils sortaient des abris, les mains levées pour se rendre. Il n'était même pas en colère, il manifestait l'insensibilité du bourreau qui tue pour tuer, sans se soucier de l'innocence de ses victimes.

Cette froide boucherie de soldats désarmés avait valu à Stephen une grande popularité auprès de ses hommes. Aux conventions internationales, ils préféraient la simplicité de la guerre totale dans laquelle tout est permis. Ils comprenaient mieux l'assassinat pur et simple que le mélange de pseudo-traditions chevaleresques et de massacres de masse, mais conformes aux lois de la guerre, que leurs officiers essayaient en vain de leur imposer. Stephen savait que ces hommes aveuglés par la haine, le goût du sang et la terreur redevenaient des sauvages et que ceux qui rentreraient un jour chez eux ne pourraient jamais plus être sains d'esprit.

Le mois d'essai de la nurse enfin écoulé, Lily aborda le sujet à la fin du petit déjeuner pendant que Stephen repliait son journal et vidait sa tasse de thé.

– Mlle Janes est ici depuis un mois, dit-elle d'un ton désinvolte. Comme le temps passe vite !

– C'est vrai. Elle acceptera sans doute de rester, elle a l'air de se plaire. Il faudra quand même que j'en parle aux Harcourt, ses anciens employeurs. Ils étaient absents la dernière fois que je leur ai téléphoné.

Lily décida de prendre le taureau par les cornes.

– Inutile, Stephen, je ne veux plus d'elle. Comme vous le souhaitiez, je l'ai honnêtement laissée essayer ses méthodes, elle est sûrement très qualifiée mais je préfère recommencer à m'occuper moi-même de Christopher. Pour moi, le seul jour heureux est le jeudi, je l'attends toute la semaine. Renvoyez-la, Stephen.

– Je verrai... Non, je vais lui parler tout de suite, avant d'aller travailler. Il faut lui demander son avis, répondit Stephen en se dirigeant vers la porte.

Lily l'arrêta par le bras.

– Je vous en prie, Stephen ! Je ne vous ai demandé aucune faveur depuis notre mariage, aujourd'hui je vous demande celle-ci : laissez-moi m'occuper seule de Christopher. Si vous ne voulez plus le voir au rez-de-chaussée, je le garderai à la nursery. Il restera y coucher si vous le voulez mais ne gardez pas la nurse.

Le sentiment de son pouvoir sur elle tira à Stephen un sourire satisfait.

– Demandez-lui donc de descendre, se borna-t-il à répondre. Je la recevrai au salon avant de partir.

– Ce n'est pas à elle de décider, insista Lily. Ce n'est pas elle la mère, c'est moi.

– Dites-lui de descendre.

Lily monta prévenir Mlle Janes et demeura à la nursery avec son enfant. Elle le prit dans ses bras en le serrant si fort contre sa poitrine qu'il poussa un petit cri de douleur. Lily desserra aussitôt son étreinte, s'assit sur une chaise en le gardant sur ses genoux, accablée par l'impression d'être l'accusée qu'un tribunal jugeait en son absence.

Elle essuyait d'un revers de main les larmes qui lui coulaient sur les joues quand la nurse rentra et lui reprit l'enfant sans mot dire. Vaincue, Lily descendit au salon, où Stephen rangeait des dossiers dans son porte-documents.

– Vous l'avez donc gardée ?

– Bien entendu. Vous n'avez aucune plainte précise à formuler, que je sache ? Vous avez vous-même dit qu'elle était très qualifiée.

Elle le suivit dans le vestibule, attendit qu'il ait endossé son pardessus, lui ouvrit la porte. Stephen lui effleura froidement la joue des lèvres. Avant de descendre le perron, il se retourna.

– Je resterai le maître chez moi, Lily, lui déclara-t-il sèchement.

Elle referma la porte, remonta vers sa chambre à pas lents. En passant devant la nursery, où la nurse préparait Christopher à sortir au jardin, elle l'entendit qui riait et gazouillait mais elle se força à ne pas s'arrêter et alla chercher refuge dans la chambre de Rory. Il était seul. Elle s'assit à son chevet, posa la tête sur le couvre-pied et resta ainsi prostrée sans rien dire.

CHAPITRE 30

Lily passa une partie de la matinée à regarder Christopher par la fenêtre de la nursery. Il faisait beau, la nurse tricotait au soleil pendant que l'enfant dormait, son landau tourné de telle sorte qu'il ne puisse la voir et se croie seul. Le système éducatif de Mlle Janes, comme de la quasi-totalité de ses collègues, reposait sur le principe qu'un enfant doit demeurer seul le plus souvent et le plus longtemps possible. Des sentiments tels que la sociabilité, l'affection, la spontanéité, signes de faiblesse et de vulgarité, devaient être découragés à tout prix. Le silence et la solitude étaient en revanche des signes de bonne santé, tant physique que morale.

Lily vit ses petits poings s'agiter de plus en plus lentement à mesure que le sommeil le gagnait. La nurse allait ainsi monter la garde auprès du landau jusqu'à la fin de la matinée et ne quitterait son poste que si Christopher s'éveillait et se mettait à pleurer de faim ou d'ennui. En aucun cas elle ne consentait à subir des cris d'enfant, épreuve inutile pour ses oreilles. Si l'heure de son repas n'était pas venue, l'enfant devait attendre. S'il n'était pas temps de le changer, personne n'avait le droit de le toucher. Réagir de quelque manière que ce soit aux cris d'un enfant revenait à le rendre capricieux et à saper les bases mêmes de la discipline. Comme tous les bébés soumis à ce régime, Christopher devait apprendre à s'endormir d'épuisement ou à se taire de désespoir. C'était ainsi que Stephen avait été élevé, comme son père et son grand-père avant lui. Depuis des générations, les Winters et leurs semblables avaient adopté ce système, partie intégrante de l'obsession bourgeoise de singer l'aristocratie.

Découragée, Lily abandonna sa veille à la fenêtre et retourna dans la chambre de Rory, où une nouvelle infirmière spécialisée lui apprenait à rééduquer ses muscles atrophiés. Il accueillit Lily d'un large sourire.

– Venez assister au spectacle, dit-il d'une voix encore rauque et hésitante.

– Il fait des progrès stupéfiants, affirma l'infirmière en souriant. Plus il parlera, mieux cela vaudra.

– Je ne demande pas mieux que de le faire parler, répondit Lily. Je n'ai rien à faire de la semaine.

– Le vieille bique reste ? lui demanda Rory.

Lily pouffa de rire malgré elle.

– Oui. Stephen l'a définitivement engagée ce matin.

L'infirmière lui fit exercer ses doigts, ses mains, ses poignets. Encore malhabile, Rory peinait à contrôler ses muscles. Quand l'infirmière annonça enfin que cela suffisait pour cette fois, il était en sueur et rouge de dépit.

– Vous avancez à pas de géant, le rassura-t-elle. A demain, même heure.

– Un concert en vue ? demanda-t-il à Lily lorsqu'ils furent de nouveau seuls.

– Oui, demain. Pour les veuves et les orphelins.

– Vous chantez beaucoup ?

– Deux arias. C'est un concert de musique sacrée dans une église. Charlie m'accompagnera à l'orgue.

– Cela le change.

– Il peut tout faire, l'après-midi dans une église, le soir au théâtre, à minuit dans un club...

Lily s'interrompit et son regard se tourna vers le jardin.

– C'est Christopher qui pleure. Il n'a dormi qu'une heure. Il doit rester dehors encore trois heures et elle le laissera pleurer sans pitié.

Les cris s'intensifiaient. A l'évidence, l'enfant n'allait pas se rendormir de sitôt. Lily était au bord des larmes. Rory la regarda avec commisération.

– Il va pleurer comme cela jusqu'à une heure, dit-elle d'une voix tremblante. Et je ne peux rien faire...

– Allez le chercher, répondit Rory.

– Je ne peux pas, je n'ai pas le droit.

– Moi, si, répliqua Rory avec un sourire malicieux. Amenez-le-moi.

Stupéfaite, Lily hésita. Son visage s'éclaira soudain d'un sourire et elle planta un baiser sur la joue de Rory.

– Bien sûr que vous avez le droit ! Je vais dire à la nurse de l'amener dans votre chambre.

Elle descendit en courant, ouvrit la porte-fenêtre de la salle à manger et sortit sur la terrasse. Sa quiétude troublée par ces pleurs importuns, la nurse rangeait son tricot et s'apprêtait à rentrer. Lily la héla :

– Mademoiselle Janes ! M. Winters aimerait voir son petit-fils. Puisque Christopher est réveillé, veuillez le monter chez lui, je vous prie.

– C'est son heure de repos, répondit la nurse en dépit des bruyantes protestations du bébé.

– Ses cris dérangent M. Winters, il insiste pour avoir Christopher près de lui. Je sonne Coventry pour rentrer le landau, dit Lily d'un ton sans réplique.

Sur quoi elle lui tourna le dos et rentra. Quand la nurse arriva dans la chambre de Rory, Lily était assise près de la fenêtre et regardait la mer avec indifférence. Rory tendit les bras vers l'enfant, encore rouge et secoué de sanglots. La nurse le posa près de lui sur le lit.

– Pouvez disposer, lui déclara Rory.

– Je n'ai rien compris, répliqua-t-elle avec une grossièreté délibérée en se tournant vers Lily.

– Il vous dit de partir. Venez rechercher Christopher à l'heure de son repas.

Ils attendirent que la nurse, outragée, ait refermé la porte derrière elle avant d'éclater de rire. Lily traversa la chambre en deux enjambées, s'empara de Christopher et le serra sur sa poitrine.

Elle joua avec lui jusqu'au déjeuner pour ne quitter la chambre de Rory que deux minutes avant l'heure fatidique. Lorsque la nurse frappa à la porte et entra, Lily brillait par son absence et l'enfant était endormi dans les bras de son grand-père. Statue de la réprobation muette, Mlle Janes prit Christopher sans même accorder un regard à Rory.

Elle avait à peine le dos tourné que, suivant à la lettre les instructions de son infirmière, Rory exerça ses muscles faciaux en lui tirant la langue.

Après avoir signé le courrier, Stephen trompait son ennui en regardant par la fenêtre. Dans l'immeuble d'en face, un bel hôtel particulier récemment transformé en bureaux, on voyait une dactylo penchée sur sa machine à écrire. Encore une de ces filles modernes, se dit-il avec mépris, qui ne vit sans doute même plus chez ses parents et se croit exceptionnelle parce qu'elle travaille et gagne sa vie en condamnant au chômage des hommes plus qualifiés qu'elle. Stephen se souvenait de l'époque pas si lointaine où son père dictait le courrier à des employés masculins qui écrivaient à la main dans une irréprochable calligraphie, du temps où la machine à écrire était considérée comme une nouveauté de mauvais goût, à l'usage de vulgaires affairistes. Oui, tout changeait. Mais pour le pire...

Il en était là de ses réflexions quand John Pascoe passa la tête par la porte entrebâillée.

– Vous rentrez déjeuner chez vous, Stephen ?

– Oui. Ma voiture m'attend sans doute déjà en bas.

– Comment va votre père ? J'aurais voulu lui demander un renseignement.

– Il se remet très lentement. De quoi s'agit-il ?

– Du testament d'une de nos clientes, lady Seymore, la veuve de l'amiral. Je suis certain qu'elle était venue à l'étude refaire son testament vers 1917 mais je n'arrive pas à mettre la main dessus. Notre système de classement a été complètement désorganisé pendant la guerre, je ne retrouve plus rien. D'autres dossiers de la même époque semblent également avoir disparu. J'espérais que votre père pourrait me donner une idée.

– J'en doute fort. Il regagne peu à peu l'usage de la parole mais, à mon avis, il a trop complètement perdu la mémoire pour vous être utile.

– Cela ne vous ennuie pas que j'aille quand même le lui demander ?

Par la porte ouverte, Stephen vit que Pascoe avait déjà son chapeau à la main avec, à l'évidence, la ferme intention de l'accompagner.

– Pas du tout, répondit-il, son éducation l'emportant sur sa contrariété. Je téléphone pour demander qu'on ajoute un couvert à table.

– Il n'est pas question de m'imposer !...

– Mais si, ma mère sera ravie de vous voir.

Stephen décrocha le téléphone et donna à Browning des ordres en conséquence. Les deux hommes descendirent ensuite prendre place dans l'Argyll, stationnée devant la porte.

– Est-ce demain que la voiture doit aller au garage pour l'entretien ? demanda Stephen à Coventry.

Coventry acquiesça.

– Il faut annuler le rendez-vous. J'avais oublié de vous prévenir que Lily donnera un concert à St. James.

– Vous devriez lui acheter une petite auto, intervint John Pascoe.

Coventry approuva vigoureusement. Stephen sourit.

– Elle est bonne conductrice, répondit-il. Coventry lui a donné des leçons, il est enchanté de son élève. Je pensais en effet lui acheter une Morris.

– Vous aurez besoin d'une seconde voiture dès que votre garçon grandira, renchérit Pascoe. Pensez aux matches de cricket, aux manifestations de son collège.

– C'est vrai, admit Stephen, toujours souriant.

– Ah, votre frère Christopher ! Quel as à la batte, vous rappelez-vous ? Tous les mercredis, votre père s'octroyait une journée de congé pour aller à son collège le voir jouer au cricket. Et tous les jeudis, il revenait rouge comme une cerise d'être resté trop longtemps au soleil et racontait les faits d'armes de Christopher à tous les clercs ! Quand il a fait pour la première fois ses cent points d'affilée, nous avons même bu une bouteille de champagne au déjeuner.

Le sourire de Stephen s'était évanoui.

– Je me souviens, répondit-il sèchement.

Il se souvenait trop bien, en effet, de ses parties de cricket avec son frère dans le jardin, de la balle trop dure pour ses petites mains, de Christopher qui la lançait exprès dans les massifs et les buissons de houx où elle était introuvable. Christopher jouait pour gagner, Stephen perdait chaque fois et ce n'était jamais son tour de prendre la batte. Lorsqu'ils jouaient au football, Stephen était le goal tandis que Christopher jonglait avec le ballon. Et quand ils avaient tous deux appris à monter à cheval, Stephen tombait tandis que Christopher trottait d'un air triomphant. Personne ne ramassait Stephen mais tout le monde admirait Christopher qui savait déjà sauter des obstacles...

– Rien ne presse, reprit-il sombrement. Mon fils est encore loin d'avoir l'âge du cricket. Peut-être n'aimera-t-il même pas les sports.

Devant la maison, Stephen descendit de voiture en lançant à Coventry un regard de regret, comme s'il avait cent fois plus envie de manger une tartine de fromage avec lui à la cuisine que de se joindre aux autres. Quand il entra à son tour, John Pascoe montait déjà l'escalier vers la chambre de Rory après avoir salué Muriel et Lily. Sans un mot, Stephen alla s'enfermer dans son cabinet de travail.

John Pascoe frappa à la porte et entra. Rory était assis dans son lit. En reconnaissant son ancien associé, un éclair de joie illumina son regard et un sourire apparut sur ses lèvres. Lorsque John lui serra la main, Rory lui rendit faiblement mais distinctement sa pression.

– Mon cher vieil ami ! Quelle joie de vous voir en si bonne forme. Vous redevenez vous-même.

– Oui, je vais mieux.

– Et vous parlez ! Je ne m'en doutais pas. Quel soulagement pour vous après une si longue épreuve.

– Bien longue, oui. Et vous ?

– Nous allons bien. James nous manque, bien entendu. Il y a des blessures qui ne guérissent jamais tout à fait, vous le savez aussi bien que moi.

– Les meilleurs partent les premiers, articula Rory.

Il y eut un silence.

– Malgré tout, il vous reste un fils et vous avez maintenant un petit-fils. Comment est-il ?

Rory fit un large sourire.

– Adorable. Mon Christopher retrouvé.

– Et votre charmante belle-fille ? Stephen a su conquérir une vraie beauté.

– Charmante. Chante comme un rossignol.

– Elle a un talent remarquable, c'est vrai ! Le garçon sera peut-être musicien, lui aussi.

Rory hésita devant un mot difficile :

– Cho... choriste.

– Excellente idée ! approuva Pascoe. S'il a une belle voix, vous le ferez admettre à Winchester ou dans n'importe quel bon collège.

– Oui. J'aime les voir ensemble.

– Stephen et Christopher ?

– Non, Lily et son fils.

– Vous avez raison. Rien de tel pour vous redonner confiance dans l'avenir. Au moins, nos pertes n'auront pas été inutiles, tout compte fait.

Les deux hommes observèrent un nouveau silence pensif que John se décida à rompre.

– J'étais venu vous parler d'un dossier sur lequel je n'arrive pas à remettre la main, Rory. Peut-être pourriez-vous m'aider.

– Lequel ?

– Celui de lady Seymore, qui vient de mourir. Il ne contient qu'un testament daté de 1913 alors que j'aurais juré qu'elle en avait refait un en 1917, avec vous je crois. Je n'en retrouve trace nulle part et j'ai beau chercher, je ne me souviens pas de l'avoir vu.

– La banque.

– Je ne comprends pas...

– Menaces de raids, zeppelins, bombardements, répondit Rory avec effort. Nous avions placé les testaments et les titres dans une chambre forte. National Bank.

– Grand dieu ! Suis-je bête ! s'exclama Pascoe en se frappant le front. Mais oui, bien sûr ! Depuis que vous êtes tombé malade, j'avais complètement oublié l'existence de ces dossiers. Je dois perdre la boule, ma parole ! Votre fils me croira mûr pour la retraite, ajouta-t-il en riant. Vous vous l'êtes rappelée, Dieu merci !

– Le cerveau fonctionne. Rien oublié, le bon et le mauvais. Parler est encore difficile mais s'améliore. Les mains, les bras bougent. Les jambes encore bloquées.

– Quelle joie de vous entendre de nouveau parler, Rory ! Vous nous manquez, vous savez. Stephen est un garçon brillant, travailleur, méticuleux, mais...

Rory attendit la suite.

– Comment dirais-je ? Trop froid, reprit John. Rien n'est plus comme de notre temps. Nous rêvions d'avoir les clients les plus riches, les plus grosses entreprises. Et nos consultations gratuites du jeudi ! Vous souvenez-vous, Rory ? Presque tous les problèmes que ces pauvres gens nous soumettaient pouvaient se régler par une simple lettre sur du papier à en-tête. Nous nous donnions l'impression de faire le bien, d'être de nouveaux Robin des Bois...

– C'était le bon temps.

Un nouveau silence salua cette évocation.

– Envisageriez-vous de revenir un jour ? demanda Pascoe en hésitant. Même en fauteuil roulant ? On voit en ville des hommes en plus mauvais état que vous, des aveugles, des culs-de-jatte. Un de nos clercs a même perdu un bras. Nous pourrions aménager une rampe, vous donner un bureau en bas...

Rory réfléchit.

– Je me demande si j'en serais capable.

– Il nous faut quelqu'un de plus à l'étude, Stephen en parle sans arrêt, insista Pascoe. Nous sommes submergés de travail et nous ne trouvons personne. Celui auquel nous pensions est trop malade – gazé, le pauvre diable.

– Je me demande...

Le gong du déjeuner résonna au rez-de-chaussée. John Pascoe se leva.

– Eh bien, Rory, qu'en dites-vous ?

– Ma foi, oui ! Commencer ici. Faire installer un téléphone. Vous m'appellerez, enverrez un clerc. De petits travaux. Plus tard, j'irai au bureau. Je pourrai.

Ému, Pascoe posa une main sur l'épaule de Rory.

– Quelle joie pour moi, mon cher ami ! Repartir du bon pied, vous et moi. Comme avant... Et si nous reprenions nos consultations du jeudi, pourquoi pas ? Il y a tellement de gens lésés par cette guerre – des arriérés de pension, des indemnités à percevoir, sans parler des problèmes conjugaux. Largement de quoi nous occuper, hein ?

– Christopher..., dit Rory.

Croyant qu'il faisait allusion à son fils mort, Pascoe prit une mine grave. L'éclair de gaieté apparu dans le regard de Rory l'en détrompa.

– Garder place chaude pour Christopher, compléta Rory. Notre nouvel associé.

– Mais oui ! Enfin un Winters pour prendre la relève...

Le gong résonna encore une fois.

– Il faut que je descende, reprit John Pascoe, ce serait incorrect de faire attendre Muriel. Déjeunez-vous dans votre chambre, Rory ?

– Oui... Non ! Dites-leur d'attendre. Aujourd'hui, je descends aussi.

Quand Pascoe transmit le message, Lily battit des mains et sonna Coventry pour lui demander d'aller chercher Rory. La garde-malade se hâta de monter le préparer, Browning mit un couvert de plus à table. Muriel et Stephen échangèrent des regards mécontents sans rien pouvoir dire en présence de John Pascoe.

Coventry entra dans la salle à manger en portant Rory dans ses bras. Vêtu d'un élégant complet gris sombre avec une chemise blanche et une cravate club, il était imposant et digne. Coventry l'assit sur une chaise qu'il poussa au haut bout de la table sous le regard impassible de Stephen, ainsi dépossédé de la place de maître de maison qu'il occupait depuis trois ans. Dans un silence embarrassé, Muriel s'assit en face de son mari à l'autre bout de la table, Stephen le plus loin qu'il put de son père. Lily prit place à la droite de Rory et John Pascoe à côté d'elle, en face de Stephen. D'un geste plein de naturel, Lily se pencha vers Rory et glissa un coin de sa serviette dans son col. Par un heureux hasard, il y avait au menu ce jour-là du potage à la tomate et une tourte à la viande, donc rien de difficile à découper ou à mâcher.

Pendant que John Pascoe brisait le silence en parlant du projet de construction d'un hôpital pour les blessés de guerre et du comité constitué pour réunir les fonds, Rory mangeait son potage en portant sa cuiller à sa bouche d'une main ferme, sans en répandre une goutte. A l'arrivée de la tourte, Lily fit discrètement signe à Browning de couper les légumes en morceaux faciles à prendre avec la fourchette. Lily et John Pascoe entretenaient la conversation, à laquelle Rory se mêlait de temps à autre, mais Muriel et Stephen gardaient obstinément le silence, comme si des étrangers s'étaient invités de force à leur table et s'y conduisaient de manière scandaleuse. Après le dessert, que Rory mangea avec autant d'aisance que les plats précédents, on alla prendre le café au salon. Coventry reprit Rory dans ses bras et le déposa dans son ancien fauteuil, près de la cheminée, reléguant ainsi Stephen sur le canapé à côté de sa mère. Assise près de la fenêtre, Lily surveillait d'un œil le départ de la nurse et de Christopher pour la promenade de l'après-midi le long du front de mer.

Au bout d'un moment, Stephen consulta ostensiblement sa montre et déclara qu'il était prêt à retourner au bureau.

– Ah ! Vous ai-je dit que votre père a retrouvé les dossiers manquants ? s'exclama Pascoe d'un air joyeux. Et il va recommencer à travailler pour l'étude – il était grand temps qu'il reprenne le collier !

Stephen sursauta.

– Êtes-vous en état ? demanda-t-il à son père. En tout cas, il n'est pas question de recevoir des clients, ils ne comprendraient pas un mot de ce que vous leur diriez.

– Seulement les dossiers, répondit Rory. Envoyez un clerc, je me ferai comprendre.

– Mais enfin !...

– Lily m'aidera.

Lily ouvrait la bouche pour approuver quand Stephen la fit taire d'un regard impérieux.

– Je ne sais pas ce que le docteur pensera de votre décision. Il me semble imprudent de vous hâter à ce point, Père. Et Lily a trop à faire, entre Christopher et la préparation de ses concerts...

– Je vais bien, déclara Rory d'un ton sans réplique. Je suis prêt à travailler.

– Comme vous voudrez.

Blême de rage, Stephen sortit sans saluer personne, dévala les marches du perron en négligeant de saisir son pardessus et son chapeau au passage et s'assit à l'arrière de la voiture tandis que Coventry arrivait en courant et s'installait au volant. Pendant ce temps, John Pascoe prenait congé de Muriel, embrassait affectueusement Lily sur le front et donnait une tape amicale sur l'épaule de Rory avant de rejoindre Stephen qui l'attendait dans la voiture.

– Merci de cet agréable déjeuner, lui dit-il lorsque Coventry démarra. Quel bonheur de voir Rory reprendre ainsi du poil de la bête. Une vraie résurrection ! Et il est très touchant de voir combien votre femme est pleine d'égards pour votre père.

CHAPITRE 31

Au cours des semaines suivantes, Stephen rumina en silence les bouleversements de son existence. Un téléphone était installé dans la chambre de Rory, à qui John Pascoe soumettait trois fois par semaine des problèmes n'exigeant encore que des réponses simples. Smedley, le clerc manchot, venait à la maison les lundis, mercredis et vendredis apporter les dossiers et noter les réponses de Rory, qu'il écoutait avec attention et dont aucun mot ne lui échappait.

Les premiers temps, Stephen révisait chacun des documents dictés par son père dans l'espoir d'y découvrir la preuve que son cerveau avait subi des dommages irréparables. En vain : lettres, notes, conclusions, tout était succinct, clair, sans la moindre digression, aussi parfait sur le plan légal qu'élégant dans la forme grammaticale. Smedley jurait n'y jamais contribuer autrement que par un mot de temps à autre pour relier deux tronçons de phrase.

– Monsieur votre père s'exprime de façon parfaitement nette, disait-il. Il a une intelligence brillante.

John Pascoe ne cachait pas sa joie de voir son vieil ami se rétablir de manière aussi spectaculaire et répétait combien le retour de son associé, même à temps partiel, leur allégeait la tâche. Il débordait de projets, parlait de reprendre leurs consultations gratuites au profit des plus démunis. Il téléphonait à Rory au moins une fois par jour, venait une fois par semaine s'entretenir avec lui et restait souvent déjeuner. Et Stephen subissait tout en silence.

Il ne pouvait pas se plaindre ouvertement d'être ravalé au second rang depuis que son père avait repris ses activités. Il ne pouvait pas récriminer d'être redevenu le *jeune* Me Winters. Il ne pouvait pas dire qu'il se sentait constamment sur la défensive, comme si son père le guettait pour le prendre en défaut. Il ne pouvait exprimer sa crainte d'une comparaison entre son pragmatisme étroit, minutieux à l'excès, et l'esprit de synthèse grâce auquel son père savait dominer les problèmes avec une largeur de vues dont il se savait dépourvu. Il ne pouvait avouer qu'il souffrait de voir son père reprendre des forces à vue d'œil, qu'il tremblait à l'idée qu'un jour l'Argyll les conduirait tous deux au bureau le matin, les ramènerait ensemble le soir à la maison et que c'en serait fini de sa silencieuse intimité avec Coventry. Il serait dépossédé de *sa* voiture, de *son* chauffeur, l'un et l'autre appartenant dorénavant à son père qui les paierait et les commanderait à sa guise. Stephen n'aurait plus rien – que l'humble statut de fils cadet.

L'étude redeviendrait alors le domaine exclusif de son père, dont l'ascendant agirait sur les clercs comme il avait déjà séduit Smedley. Son invalidité lui vaudrait leur compassion, son courage leur admiration. En le voyant lutter contre sa paralysie et la vaincre, ils oublieraient que Stephen avait su échapper au piège mortel des Flandres. Pour eux, le héros ne serait plus le capitaine Stephen Winters mais Me Rory Winters.

A la maison, la situation était pire. La nurse se plaignait des perturbations constantes apportées dans le programme éducatif de Christopher par M. Winters père, qui envoyait chercher l'enfant aussitôt qu'il l'entendait crier. Mlle Janes ne pouvait en accuser formellement Lily, toujours hors de vue quand l'ordre lui était transmis par Browning, Sally ou la garde-malade, mais elle était persuadée que la mère et le grand-père conspiraient pour saper son autorité et que M. Winters ne demandait son petit-fils qu'à seule fin de le rendre à sa mère, au mépris de la discipline la plus élémentaire. Coventry, le chauffeur, était à n'en pas douter leur complice car il n'hésitait jamais à rentrer le landau alors même que Christopher aurait dû rester dehors et il se précipitait pour descendre M. Winters prendre le thé avec Lily et Charlie au salon, où il demandait qu'on lui apporte le bébé. Mlle Janes n'osait cependant pas le lui refuser : elle pouvait intimider Lily en la menaçant de se plaindre à Stephen, mais M. Winters était le chef de famille et, depuis qu'il se rétablissait, son employeur en titre. Son respect inné de l'autorité masculine, qui lui permettait de défier voire d'humilier une femme, la laissait sans défense contre les exigences d'un gentleman.

Stephen ressassait ce qu'il devrait dire à son père pour lui intimer l'ordre de ne plus se mêler de l'éducation du bébé. Il connaissait les mots blessants à lui assener pour lui faire comprendre qu'il n'était qu'un invalide, un vieillard diminué dont l'opinion ne comptait pas. Mais à peine abordait-il devant lui le sujet de Christopher que le regard pénétrant de Rory le réduisait au silence. Rory savait que Stephen n'aimait pas son fils et Stephen savait qu'il en connaissait la cause : jaloux de son frère aîné, Stephen reportait sa jalousie sur l'innocente tête blonde d'un bébé de trois mois qui souriait et gazouillait dans son berceau. Ce n'étaient pas les mots qui manquaient à Stephen pour remettre son père à sa place, c'est-à-dire dans le silence et l'isolement, mais le courage de l'affronter. En dépit de son amertume et de son orgueil, Stephen avait aussi peur de son père que dans son enfance.

Face aux bouleversements de sa propre vie, Muriel restait muette elle aussi. La présence de son mari à table la crucifiait mais elle n'en soufflait mot. Une fois, voyant la main de Rory trembler soudain en répandant sa nourriture, elle lança à Stephen un regard ulcéré sans cependant oser exhaler la moindre plainte. Épouse trop soumise pour avouer la crainte que lui inspirait le rétablissement de son mari, son éducation lui interdisait en outre d'exprimer à haute voix des vérités déplaisantes.

S'il n'en avait tenu qu'à Stephen et à elle, Rory ne serait jamais sorti de sa chambre. Il y serait mort entouré des meilleures infirmières et des plus grands spécialistes. Sa femme et son fils n'auraient rien épargné pour lui assurer des derniers instants paisibles et lui offrir des obsèques dignes de lui, avec un cortège de notables et des monceaux de fleurs. Tant Muriel que Stephen auraient manifesté un chagrin sincère, auquel la beauté de la cérémonie funèbre et la lecture du testament auraient apporté de douces consolations. Mais ce qu'ils ne pouvaient ni l'un ni l'autre supporter, c'était le répugnant spectacle du lent retour de Rory à la vie, ses maladroits efforts de paralytique, ses mains encore agitées de tremblements incontrôlables, la vision de Lily lui mettant à chaque repas sa serviette sous le menton comme à un enfant. En eux-mêmes, pour eux seuls, Muriel et Stephen le considéraient comme un infirme. Il les dégoûtait.

Lily, en revanche, n'avait jamais été aussi heureuse depuis son mariage. Elle chantait constamment, au salon pour s'exercer, dans l'escalier par distraction, dans son bain par plaisir. Rory guérissait, Muriel avait cessé de la critiquer, Stephen était réduit au silence et la nurse n'exerçait plus sa tyrannie sur la mère et le fils. Lily pouvait désormais reprendre Christopher quand elle le souhaitait : il lui suffisait de prétendre que son grand-père le demandait pour que la redoutable Mlle Janes s'exécute docilement.

En juillet, avec l'arrivée des beaux jours, Rory exigea de faire sa promenade quotidienne en même temps que Christopher. Au bout de quelques après-midi, de nouvelles habitudes s'instaurèrent. Charlie arrivait après le déjeuner, Coventry poussait le fauteuil roulant de Rory le long du front de mer, Charlie le landau de Christopher, et Lily marchait entre les deux en tenant la menotte de son fils tout en bavardant avec son beau-père. Pour Muriel, le spectacle de Charlie poussant une voiture d'enfant et de Lily déambulant entre un bébé et un infirme constituait le comble du mauvais goût. Mais elle était seule avec Stephen à le penser et aucun des deux n'osait y faire allusion.

Dès leur retour de promenade, la sonnette commençait à tinter. Les amies de Lily avaient pris l'habitude de venir tuer le temps à l'heure du thé entre la matinée et la soirée au théâtre. Un jour, la troupe des girls débarqua au complet ; une autre fois, Madge amena Teddy, son bon ami du moment, saxophoniste au Trocadéro. Charlie se mit au piano, Lily chanta et Teddy souffla dans son instrument, dont le son moelleux envahit la maison de la cave au grenier et se répandit dans la rue par les fenêtres ouvertes.

Ce soir-là, avant le dîner, Muriel n'y tint plus et chuchota ses plaintes à l'oreille de Stephen.

– Cette affreuse musique de Nègres ! Je m'attendais à ce que des badauds se rassemblent devant la maison et lancent des pièces par la fenêtre.

– Je lui parlerai, promit Stephen.

Il n'en fit rien, car Rory déclara à son goût cette musique entraînante et demanda à Lily de réinviter le talentueux Teddy à la première occasion. Muriel et Stephen échangèrent un regard ulcéré et ne purent que se taire.

Certaine que les amis de Lily formeraient un mélange explosif avec les gens huppés qui venaient lui rendre visite depuis qu'elle donnait des concerts, Muriel se réjouissait secrètement de l'ostracisme dont Lily ne pourrait manquer d'être frappée. A ses mises en garde, Lily avait réagi par une incompréhension totale. Eh bien, lorsque cette innocente s'aviserait de faire asseoir côte à côte lady Drew et Madge Sweet, elle comprendrait l'étendue de son erreur et pourrait faire une croix sur ses relations flatteuses et ses concerts de charité. Muriel attendit donc avec un plaisir mal dissimulé que se tarisse devant la porte le flot des luxueuses limousines.

C'était Muriel qui se trompait. La guerre avait abattu les infranchissables frontières sociales de sa jeunesse et les représentants de la meilleure société du Hampshire se montraient enchantés de la compagnie distrayante rencontrée autour des tables à thé de Lily. Ils se sentaient pleins d'audace en côtoyant les girls et croyaient découvrir la vie de bohème à leur contact. La séduction et la simplicité de Lily suffisaient à effacer les impairs, de sorte que, dans une ville traumatisée par la guerre et où chacun s'interrogeait avec angoisse sur les incertitudes de l'avenir, la maison Winters devint bientôt le rendez-vous où l'on s'amuse.

Charlie jouait les hôtes avec un charme et une aisance qui faisaient l'unanimité. Ses contacts dans toute la région et jusqu'à Londres le rendaient irremplaçable. Si l'on voulait organiser un bal extraordinaire, louer un local inabordable, des costumes originaux, engager le meilleur orchestre, Charlie savait les dénicher dans l'heure. Si on cherchait le dernier restaurant à la mode, Charlie connaissait justement celui qui venait d'ouvrir ses portes et griffonnait sur sa carte de visite les quelques mots qui garantissaient la meilleure table. Si on l'interrogeait sur les spectacles de Londres, il savait lequel faisait fureur, lequel était un four. Pour leurs concerts et leurs garden-parties au bénéfice des bonnes œuvres, les ladies ne pouvaient se passer de Charlie quand un musicien leur faisait faux bond ou si elles ne trouvaient nulle part l'indispensable piano à queue.

Il se comportait envers Lily avec une affection toute fraternelle. A l'heure des cocktails, il restait debout derrière son siège, attentif à lui rendre de menus services. Si Lily n'avait été aussi unanimement estimée, leur intimité aurait provoqué à coup sûr bien des médisances, mais aucune lady ne se permettait autre chose qu'un chuchotement amusé dans la discrétion de la limousine qui la reconduisait chez elle : « Il est sûrement amoureux d'elle, il ne la quitte pas des yeux », ce qui attirait invariablement le même genre de réponse : « Sans doute, mais le pauvre garçon en est pour ses frais, c'est une épouse et une mère exemplaire. » Et les nobles ladies regagnaient leurs élégants manoirs en poussant un soupir de regret, tant elles auraient voulu qu'un homme aussi jeune, séduisant, et célibataire de surcroît, leur tienne compagnie avec la même assiduité.

Charlie voyait Lily s'épanouir à la chaleur de ses nouvelles amitiés et souriait de plaisir. A l'heure de la promenade, ils laissaient parfois le fauteuil roulant de Rory prendre un peu d'avance afin d'évoquer leurs souvenirs ou de parler des concerts auxquels Lily était conviée à participer. Leurs mains se frôlant sur la poignée du landau, Lily disait si Christopher avait bien dormi ou se demandait s'il faisait ses dents. Charlie était la seule personne au monde à qui elle parlait de son chagrin, toujours aussi vif, d'avoir perdu sa mère. De son côté, lui racontant les mille petits conflits qui éclatent journellement dans un théâtre, il ne tarda pas à se rendre compte qu'elle était de bon conseil, et elle l'aidait souvent à résoudre des problèmes épineux sur lesquels il butait depuis plusieurs jours.

A la maison, ils travaillaient des morceaux de plus en plus difficiles. Bientôt persuadé que Lily était de taille à entreprendre une véritable carrière de cantatrice, Charlie étendit son répertoire, lui fit étudier des oratorios et se mit en quête de concerts classiques et de festivals plus dignes d'elle que les petits concerts de charité du Hampshire. Quand ils préparaient un récital, Charlie venait faire répéter Lily matin et soir. Après le concert, ils dînaient le plus souvent ensemble. Stephen se joignit à eux une ou deux fois mais finit par décliner l'invitation : la musique classique l'ennuyait, il s'endormait dans les églises. Il ne voyait aucun inconvénient à ce que Charlie sorte le soir avec Lily et lui faisait confiance pour la ramener à une heure décente. Coventry, qui leur servait de chaperon, laissait parfois sa casquette dans la voiture et dînait avec eux. Certains soirs, s'il faisait beau, Charlie et Lily lui demandaient de les laisser sur la promenade du front de mer et ils finissaient le chemin à pied, en regardant le ressac se briser sur les galets et la lune briller sur la mer.

Leur histoire d'amour, qui n'allait jamais plus loin qu'un frôlement de doigts de temps à autre ou un *Je t'aime* chuchoté par Charlie au moment de se séparer, se mua au fil de l'été en une profonde amitié. Ils étaient l'un et l'autre assez sages pour garder leur désir mutuel soigneusement enfoui au plus profond d'eux-mêmes. Une seule fois, Charlie fut réveillé au milieu de la nuit par une intense douleur au bas-ventre, comme s'il avait encore été capable d'aimer Lily en homme intact. Il s'habilla, sortit marcher jusqu'à la fin de la nuit, s'épuisa pendant la journée et, le soir venu, s'enivra méthodiquement jusqu'à ce que la douleur de son corps et celle de son esprit se soient toutes deux estompées. Comme tant d'anciens combattants accoutumés à la perte d'un membre ou de la vue, Charlie avait appris à s'accommoder de ses constants pincements au cœur, provoqués autant par la joie de voir Lily de jour en jour plus belle et plus accomplie que par le regret de ne pouvoir la garder toute à lui.

Lily ne se plaignait jamais ouvertement de Stephen. Charlie les épiait avec l'attention jalouse d'un amoureux, sans cependant distinguer chez le mari d'autre sentiment que l'indifférence envers sa femme. Inquiet du tempérament brutal de Stephen, il restait toutefois vigilant, prêt à soustraire Lily à son premier accès de violence.

– Je ne peux pas partir, lui disait-elle. Pense à Christopher.

– Eh bien, je vous enlèverai tous les deux, répondait Charlie. Je ne tolérerai pas qu'il te frappe.

– Il ne me touchera plus, affirmait-elle.

Les apparences semblaient lui donner raison. Plus tout conspirait autour de lui pour l'affaiblir, l'humilier et le réduire à l'insignifiance, plus la rage de Stephen se noyait dans l'apathie. Muré dans un mutisme amer, il voyait sa maison silencieuse et triste métamorphosée en un endroit à la mode, l'un des plus brillants de Portsmouth. Quand il rentrait du bureau, il trouvait au salon une foule joyeuse qui buvait des cocktails et il se sentait comme un intrus qui force la porte d'une élégante réception privée. Les dames de la bonne société avaient beau faire assaut de séduction à son profit, Stephen était incapable de flirter avec une femme de son milieu car son puritanisme hypocrite exigeait qu'elle affecte la frigidité paralysante de sa mère. Ses goûts le portaient plutôt vers les girls de music-hall mais, à mesure que l'été avançait et que son humeur s'assombrissait, il perdait jusqu'à l'envie de s'encanailler avec elles. Pour lui, elles n'étaient plus que des putains dont il aurait à la rigueur acheté les charmes le temps d'une passade mais auxquelles il était impensable de faire la cour.

Stephen n'admettait pas que la gaieté contagieuse de Lily déchirât le voile de deuil qui enveloppait la maison depuis son retour de la guerre. La console du vestibule disparaissait sous des cartes de visite, gravées de noms et de titres dont il n'avait eu connaissance jusqu'alors que par la rubrique mondaine des journaux. Lily monopolisait de plus en plus souvent la voiture pour aller dans les manoirs et les châteaux des environs rendre visite à des gens que Muriel et Stephen n'avaient jamais fréquentés. Mi-exaspéré, mi-flatté dans son snobisme, Stephen décida de commander une petite auto pour Lily afin que Coventry et l'Argyll demeurent à sa seule disposition, sans oser s'avouer à lui-même qu'il lui était insupportable d'imaginer Coventry partageant les plaisirs futiles de Lily. Il voulait que Coventry reste avec lui, comme lui, taciturne et sombre, le regard et la mémoire entièrement tournés vers les lugubres plaines des Flandres.

La joie de vivre de son irréprochable épouse donnait à Stephen l'impression d'être cocufié. Il ne faisait rien pour la rendre heureuse, au contraire. Mais Lily, jeune et pleine de vie, refusait de se laisser dominer par lui et de céder à l'atmosphère pesante de la maison. Elle en ouvrait les fenêtres au soleil et la porte au monde extérieur, elle violait les règles qui voulaient qu'un enfant grandisse dans la solitude et l'indifférence. Certes, Muriel gardait la haute main sur le gouvernement de la maison, ainsi que Lily s'y était engagée. Et pourtant, au long de cet été 1921, en dépit de la cuisine indigeste, des vins suris et des rideaux épais, une vivifiante brise de mer balayait les relents de tristesse qui imprégnaient les murs et insufflait à tout le monde un optimisme d'autant plus offensant qu'il était injustifié. A tout le monde, sauf à Stephen.

Comme s'il espérait trouver dans l'alcool un rayon de ce soleil qui luisait avec tant de complaisance sur Lily, Stephen multiplia les virées crapuleuses avec Coventry. Ils garaient la voiture sous un réverbère près des docks et s'enfonçaient dans le lacis des ruelles louches où grouillait une humanité sordide. On y trouvait des bouges ouverts toute la nuit, qui vendaient pour quelques pennies un thé aussi âcre que celui des tranchées, relevé d'un jet de rhum. On y trouvait sous le viaduc du chemin de fer des tatoueurs qui opéraient sur des marins ivres. On y trouvait des abris de fortune où clochards et anciens combattants réduits à la mendicité dormaient, serrés les uns contre les autres à la recherche d'un peu de chaleur. Stephen s'arrêtait à l'orée de ces tanières, humait les remugles familiers de crasse et de peur mêlées et se demandait avec envie si ces rebuts de la société puisaient dans leur promiscuité animale un remède à la solitude et au désespoir qui l'étreignaient.

Dans un de ces innombrables estaminets où des dockers ivres de fatigue et d'alcool venaient finir de s'assommer, Stephen et Coventry s'asseyaient dans un coin et attendaient la rixe qui ne manquerait pas d'éclater. Si le patron se révélait trop musclé ou les clients trop apathiques, ils avalaient leurs consommations et allaient chercher la bagarre ailleurs. De plus en plus souvent, c'était Stephen qui la provoquait en bousculant un consommateur ou en lui renversant son verre sans s'excuser, en interrompant des conversations, en traitant un homme valide d'embusqué, de lâche, de traître. Le résultat ne se faisait pas attendre.

Quand Stephen se montrait trop agressif, Coventry se tenait à l'écart de la mêlée pour surveiller ses arrières et n'intervenait pour le dégager que si la situation tournait mal. Sachant d'instinct quand et comment Coventry le couvrait, Stephen obéissait instantanément au signal de la retraite. Il leur arrivait souvent de se retirer d'extrême justesse et de sortir par une porte au moment où la police pénétrait par une autre. Une fois, ils reçurent des coups de matraque dans leur fuite, une autre ils ne durent d'éviter l'arrestation qu'à la rapidité de leur course. Ensuite, ils restaient sagement une semaine ou deux à l'écart du quartier.

Ces accès de violence purgeaient Stephen de ses rancœurs. Il se battait pour le plaisir, à coups de pied, à coups de genou, sans respecter aucune des règles du fair-play apprises dans sa jeunesse. S'il avait un verre en main, il en brisait le bord sur un coin de table et s'en servait comme d'une arme. La plupart du temps, il ne tailladait que de l'étoffe, mais il lui arrivait aussi de trancher dans la chair d'un visage ou d'un bras. S'il faisait tomber son adversaire, il n'hésitait jamais à le rouer de coups de pied dans les parties les plus sensibles et les plus vulnérables, les reins, le bas-ventre. Une fois, plus ivre que de coutume, il écrasa un visage à coups de pied et sentit avec une joie féroce les cartilages et les os céder sous sa semelle.

Ce soir-là, Coventry le tira aussitôt en arrière et le poussa dehors. Stephen tremblait comme un adolescent qui vient d'éprouver son premier orgasme. Coventry dut le tenir à bras-le-corps et lutter de toutes ses forces pour l'empêcher de retourner achever le blessé.

– Nom de Dieu, Coventry, tu as vu ça ? s'exclama-t-il d'une voix hystérique. Tu as entendu les os craquer ? Oh, nom de Dieu, ce que c'était bon ! Ce que c'était bon !

Des coups de sifflet, des bruits de course retentissaient, tout proches. Coventry le poussa à l'ombre d'un porche au moment même où une escouade de policiers les dépassait, matraques brandies.

– Cigarette, dit Stephen une fois l'alerte passée.

Coventry prit deux cigarettes dans son paquet, les alluma ensemble et lui en tendit une. A la brève lueur de l'allumette, Stephen distingua son visage impassible. Ils fumèrent en silence jusqu'à ce que le tremblement de Stephen s'apaise. Lorsqu'ils entendirent la cloche d'une ambulance derrière eux, en direction du débit de boissons, Stephen ne put retenir un éclat de rire nerveux.

L'Argyll stationnait à quelques rues de là sous un réverbère. Un policier l'inspectait, notait le numéro. Les deux hommes replongèrent dans l'ombre, se rajustèrent l'un l'autre, redressèrent leurs nœuds de cravate.

– Toi, ça va, dit Stephen. Moi aussi ?

Coventry hocha la tête. Il prit sa casquette dans sa poche, la défroissa, s'en recoiffa. Les deux complices sortirent alors de l'ombre et se dirigèrent vers le policier d'une allure assurée, Coventry se tenant respectueusement à deux pas derrière son maître.

– Bonsoir, monsieur l'agent, dit Stephen d'un ton plein de cordialité. Tout va bien ?

– Oui monsieur, répondit l'autre en portant la main à son casque. Cette voiture est à vous ?

– En effet. Un problème ?

– Aucun, monsieur. Je craignais seulement qu'elle n'ait été volée. On ne voit pas souvent de tels véhicules dans un quartier comme celui-ci.

Pendant que Coventry ouvrait la portière, Stephen sortit de sa poche un billet de dix shillings.

– Je vous félicite de votre vigilance, déclara-t-il en lui tendant le billet.

L'agent salua, hésita.

– Je ne fais que mon devoir, monsieur...

– Allons, allons, dit Stephen avec un large sourire. Juste de quoi vous passer une petite fantaisie.

Le policier jeta un rapide coup d'œil aux ruelles obscures d'où avaient émergé les deux hommes. Sans doute y avait-il dans l'une d'elles un bordel discret où ils allaient se passer leurs petites fantaisies... Il prit prestement le billet et l'enfouit dans sa poche.

– C'est bien aimable à vous. Bonne nuit, monsieur.

Stephen attendit qu'il ait disparu au coin de la rue avant de monter à l'avant à côté de Coventry, qui enleva sa casquette et démarra.

– Allons chez toi à Hayling. On ne peut pas finir la nuit comme ça.

Coventry suivit la route côtière, négocia les bancs de sable de l'île et arriva promptement à la barge. Pendant qu'il remplissait la bouilloire, Stephen alluma la lampe et le fourneau. Le rituel se déroula comme à l'accoutumée et ils burent leur thé âcre en silence.

– Ce soir, c'était mieux que jamais, déclara Stephen avec un soupir de satisfaction. Mieux que jamais.

Le regard fixé sur les flammes Coventry n'approuva pas. Stephen sentit sa réprobation.

– Qu'est-ce qui ne va pas ?

Coventry évitait toujours de le regarder. Stephen tendit la main, lui serra l'épaule. A regret, l'autre se tourna vers lui, la mine sombre et sévère. Stephen le secoua avec douceur.

– N'oublie pas, dit-il à mi-voix. N'oublie jamais que nous avons fait pire que cela. Cent fois pire.

Stephen rentra seul à la maison et se glissa dans sa chambre alors que l'aube pointait. Dehors, la marée montait, les vagues déferlaient sur la plage. Un merle chantait.

Lily ouvrit les yeux, reconnut Stephen et referma les paupières aussitôt, indifférente. Stephen se déshabilla sans bruit et se coula près d'elle entre les draps. Le souvenir du visage de l'inconnu lui revint quand il ferma les yeux en attendant le sommeil ; le craquement voluptueux des os sous sa semelle, le cri de douleur de l'homme lui tirèrent un nouveau soupir de plaisir. Il tendit la main pour sentir dans le noir la douce tiédeur de l'épaule de Lily.

Elle roula sur le côté, s'écarta. Soudain excité à l'idée qu'elle lui résisterait, il se rapprocha, lui serra l'épaule plus fort. Le rétablissement miraculeux de son père l'avait tellement abattu qu'il n'avait pas touché Lily depuis des semaines. Mais maintenant, avec le souvenir de la bagarre encore frais dans son esprit, il espérait qu'elle lui donnerait en le repoussant un prétexte pour la prendre de force.

Il l'attira vers lui, la poussa sur le dos. Dans la lueur indécise de l'aube, il vit que ses grands yeux bleus le dévisageaient avec un parfait détachement.

– Allons bon ! dit-elle en bâillant avec distinction. Je croyais que cette bagatelle vous était sortie de la tête.

Sans cesser de le regarder froidement, elle souleva sa chemise de nuit, écarta les jambes et attendit avec une telle expression d'ennui que Stephen sentit son désir retomber.

– Bon sang, Lily...

– Plaît-il ?

– Je n'appelle pas cela... faire l'amour, dit-il piteusement.

– Il ne s'agit pas d'amour mais d'un droit, répliqua-t-elle sèchement. Exercez-le si vous voulez, cela m'indiffère.

Son érection évanouie, Stephen la lâcha et se recoucha sur le dos de son côté du lit.

– Vous pourriez au moins ne pas faire de commentaires.

– Faites comme bon vous semble, je vous répète que cela m'est complètement égal.

Stephen prit son oreiller, le serra contre sa poitrine en soupirant.

– Voyons, Lily...

– Quoi ?

– Tant de froideur... Il pourrait y avoir un peu de chaleur, un peu d'amour entre nous. Nous sommes mariés, nous avons Christopher, vous êtes ma femme...

Impassible, Lily écoutait.

– Nous sommes mariés ! répéta-t-il du ton geignard d'un enfant à qui on retire un jouet.

– Oui, nous sommes mariés, dit-elle avec lassitude. J'accepte que vous me preniez quand cela vous chante. Mais vous n'espérez quand même pas que j'éprouve du plaisir ?

– Non, bien entendu.

A l'évidence, une femme comme il faut ne pouvait, ne *devait* pas prendre plaisir à ce genre de choses. L'image de Juliette, de ses seins nus sous la blouse, de son sourire cet été-là, quand il était tombé amoureux d'elle, vint soudain le visiter.

– Eh bien, vous voyez, déclara Lily comme si la cause était entendue.

Elle lui tourna le dos et referma les yeux sans que Stephen sache si elle s'était ou non rendormie. Couché près d'elle, son oreiller dans les bras, il ne s'était jamais senti aussi seul, aussi désemparé dans les tranchées. Il avait su briser la résistance de Lily jusqu'à en faire sa femme. Il l'avait violée, il lui avait imposé une grossesse pour la forcer à quitter la scène et être entièrement à sa merci. Et pourtant, alors même que la loi et l'amour de Lily pour l'enfant lui conféraient sur elle un pouvoir absolu et la liaient à lui pour la vie, elle lui déclarait froidement qu'il pouvait ou non lui faire l'amour au moment et de la manière qui lui convenaient sans qu'elle y attache la moindre importance.

Stephen sentit les larmes ruisseler sur ses joues et détremper l'oreiller. Il avait perdu son pouvoir à l'étude et son ascendant sur ses employés. Il n'était plus rien chez lui depuis que son père trônait de nouveau au haut bout de la table. Quant à la femme qu'il avait épousée à seule fin de le sauver de ses cauchemars et de sa solitude, elle s'était éloignée de lui au point qu'il ne pouvait même plus la blesser, encore moins l'émouvoir.

Hors d'état de retrouver le sommeil jusqu'à la fin de la nuit, Stephen ne ferma pas même les yeux un seul instant. Sa vie s'étalait devant lui comme la carte du front que son père avait épinglée au mur de la salle à manger. Un demi-pouce gagné ici, un demi-pouce perdu là. Tous ces petits drapeaux qui avançaient et reculaient donnaient l'illusion du mouvement alors qu'ils ne représentaient en réalité qu'un terrain nu et stérile où l'on ne récoltait que des armes rouillées et des cadavres en décomposition.

Le matin venu, Stephen laissa Lily dormir et descendit en robe de chambre commander le petit déjeuner sur un plateau pour eux deux. Par la porte du salon, Muriel le regarda passer d'un air scandalisé, comme si la vision des jambes nues de son propre fils avait quelque chose d'indécent.

Pendant que Sally préparait le plateau, il envoya Browning dire à la nurse de monter Christopher à sa mère dès qu'il serait habillé. Il rejoignit ensuite Sally à la porte de la chambre, lui prit le plateau et entra seul.

Lily ouvrit les yeux et s'assit, étonnée.

– Quelle heure est-il donc ?

– Neuf heures.

– Qu'y a-t-il ? Vous n'allez pas au bureau, ce matin ?

Avant de répondre, Stephen posa le plateau sur le lit et lui versa une tasse de thé.

– Non. Je n'y vais pas de la journée.

– Êtes-vous malade ?

– Non, je vais très bien.

Le silence retomba. Lily but quelques gorgées de thé.

– Voudriez-vous ouvrir les rideaux ? demanda-t-elle calmement. J'aimerais voir le ciel.

Stephen obéit, le soleil inonda la pièce. Il ne savait comment parler à Lily. Il avait espéré qu'elle le remercie de lui apporter le déjeuner au lit, qu'elle y voie le signe d'un tour nouveau dans leurs rapports, mais elle accueillait son geste avec une indifférence complète. Le ciel était d'un bleu pur, il faisait un temps superbe. Les cabines de bain étaient déjà montées sur la plage et les ânes attendaient leurs jeunes cavaliers au pied de la jetée.

– J'ai une surprise, se décida-t-il à dire.

– Une… quoi ?
– Une surprise.
– Pour moi ?
– Oui, pour vous, répondit-il d'un air engageant.
L'expression de Lily ne l'était guère.
– Quel genre de surprise ? demanda-t-elle avec méfiance.
– Que diriez-vous d'une petite voiture bien à vous ? Une jolie petite automobile que vous conduiriez vous-même pour aller à vos concerts, faire vos courses ou emmener Christopher où vous voudrez quand il sera grand.
– Ce serait pratique, répondit-elle froidement.
Stephen beurra un toast et le lui tendit sur une assiette. Lily le prit sans un mot de remerciement. Il la regarda manger en silence.
– Lily…
Elle s'essuya posément la bouche avec une serviette.
– Oui ?
– Je voudrais tant que… que tout s'arrange entre nous, dit-il précipitamment comme s'il se jetait à l'eau.
Personne ne lui avait jamais enseigné les mots qu'il faut pour communiquer ses sentiments. Il parlait une langue aussi étrangère que celle dans laquelle il avait déclaré à Juliette qu'il l'aimait. En fait, il avait eu moins de mal à s'exprimer en français qu'à dire à sa femme dans sa langue maternelle qu'il voulait voir leur mariage repartir sur de nouvelles bases, se fonder enfin sur l'amour, la tendresse, l'estime réciproque.
– Je ne comprends pas ce que vous voulez dire. Que voudriez-vous que nous fassions ?
– Je ne sais pas… Je voudrais que nous soyons plus proches l'un de l'autre, que nous passions plus de temps ensemble… Je voudrais que… que vous m'aimiez.
– Je suis votre femme. Je vous aime, cela va de soi.
Sachant fort bien que l'un n'était pas la conséquence naturelle de l'autre et que, de toute façon, ce n'était pas vrai en ce qui les concernait, il lui lança un regard implorant.
– Je vous en prie…, ne sut-il que bredouiller.
Lily se leva pour mettre entre eux la largeur de la chambre et alla ouvrir la penderie en feignant de regarder ses robes.
– Je me sens si… si seul.
Malgré elle, Lilly dressa l'oreille. Il y avait dans cet aveu une émotion sincère qui pénétrait le mur de rancune et d'indifférence

qui s'était dressé autour d'elle, presque à son insu, depuis un an. Un coup frappé à la porte les fit tous deux sursauter.

Lily empoigna sa robe de chambre et la laissa retomber en voyant entrer Sally, Christopher dans les bras. Lily se précipita au-devant de lui, les bras tendus, en poussant un cri de joie. En voyant sa mère, le bébé fit un large sourire.

– Je me disais que nous pourrions sortir tous les trois aujourd'hui, déclara alors Stephen. Nous devrions sortir plus souvent ensemble. Pourquoi pas tous les jours ? Je quitterais l'étude de bonne heure l'après-midi...

– Oh oui ! s'écria Lily, radieuse. Nous pourrons enfin renvoyer la nurse. Si nous nous occupons ensemble de Christopher, si nous redevenons une vraie famille, nous n'aurons plus besoin d'elle.

D'un coup, Stephen se crispa.

– Non, répliqua-t-il sèchement. L'enfant doit être élevé convenablement. Mlle Janes restera.

La joie s'effaça des traits de Lily comme si elle avait reçu une gifle.

– Il n'y a donc rien de changé, affirma-t-elle avec un ricanement amer. Tant que vous vous obstinerez à me retirer Christopher, rien ne changera jamais entre nous.

CHAPITRE 32

Cet après-midi-là, ils firent tous trois une longue promenade en voiture. Stephen essaya maladroitement de prendre Christopher sur ses genoux mais s'empressa de le rendre à Lily. Ils roulèrent lentement sur de petites routes à travers la campagne verdoyante. Les talus et les haies regorgeaient de fleurs sauvages, les sureaux en fleur emplissaient la voiture d'une odeur si douceâtre que Stephen se boucha le nez avec son mouchoir. Comprenant au regard de Lily qu'il ne pouvait s'agir de gaz asphyxiants et qu'il se couvrait de ridicule, il se força à remettre son mouchoir dans sa poche, mais sa main tremblait. Quant à Coventry, impassible, il se concentrait sur la conduite, louvoyait entre les ornières et les nids-de-poule et semblait ne rien voir ni rien remarquer.

Ils s'arrêtèrent pour pique-niquer à l'ombre d'un bouquet d'arbres près du village de Rowlands Castle. Coventry déploya une nappe, disposa des tasses, des assiettes de scones et de cake, un confiturier. Lily coucha Christopher au bord de la nappe, plongea un doigt dans la confiture, le lait, le thé et le lui fit lécher en riant de ses grimaces aux changements de goût. Stephen les observait en essayant de partager leur plaisir et de se sentir proche d'eux. En vain. Il ne pouvait dominer son malaise à l'idée que, si le boqueteau procurait à première vue un couvert suffisant, un officier soucieux de la survie de ses hommes aurait immédiatement dû faire creuser des abris et envoyer une patrouille reconnaître les abords.

La collation finie, Coventry remballa l'attirail et Lily confia Christopher à Stephen le temps de secouer les miettes de sa robe. Le bébé sourit à cet inconnu qui le tenait avec maladresse mais, soudain, ses traits se contractèrent, il devint écarlate et Stephen poussa un cri.

– Il pue ! Ce gamin empeste !

Lily reprit l'enfant à Stephen, qui le tenait à bout de bras avec une grimace de dégoût.

– Pour l'amour du Ciel, Stephen, ne faites pas cette tête-là ! Il faut lui changer ses couches, voilà tout. Vous n'avez quand même pas passé deux ans à Ypres sans avoir vu ou senti pire que cela.

Outré qu'elle ose lui parler de *sa* guerre avec tant de désinvolture, il lui décocha un regard meurtrier.

– Il pue comme une fosse septique, dit-il sèchement. Occupez-vous-en, si vous en êtes capable.

Lily lui tourna le dos et s'adressa à Coventry.

– Le panier de Christopher est dans le coffre. Pouvez-vous me l'apporter, avec de l'eau chaude si possible ?

Pendant que Lily déshabillait Christopher, Coventry disposait à sa portée une éponge, une serviette propre, une savonnette parfumée et versait l'eau chaude du Thermos dans une bassine. A quelques pas de là, Stephen alluma une cigarette pour combattre l'odeur en regardant avec écœurement la couche pleine d'une infâme bouillie marron clair qui souillait le derrière et les cuisses du bébé. Lily le souleva par les pieds comme un poulet qu'on farcit, l'essuya avec du papier de soie puis avec l'éponge humide. Stephen ne pouvait détacher son regard de l'innocente virilité de son fils et de l'assurance désinvolte avec laquelle Lily le manipulait, comme une nurse ou une domestique accoutumée à ces basses besognes. Il était indigné qu'elle s'abaisse à cette répugnante intimité avec le bébé et accepte sans honte d'être vue dans une posture aussi humiliante.

Une fois Christopher lavé, Lily le poudra et lui remit une couche propre, qu'elle épingla en lui protégeant la peau d'une main, avant de lui enfiler une culotte de caoutchouc et de reboutonner la barboteuse. Christopher de nouveau immaculé, Lily se retourna. Stephen la fixait comme s'il l'avait vue se livrer à un acte déshonorant et dardait sur le bébé un regard d'une évidente hostilité.

D'instinct, Lily serra Christopher dans ses bras.

– Qu'est-ce qui ne va pas ? demanda-t-elle.

– Rien.

– Vous nous dévisagez d'un drôle d'air, insista Lily en protégeant d'une main la tête de Christopher comme pour l'abriter de la malveillance du regard de Stephen.

– Il n'y a rien, vous dis-je. Pouvons-nous partir, ou prépare-t-il quelque autre cochonnerie ?

– Mais... c'est un bébé ! s'exclama Lily, incrédule.

– N'en parlons plus, je vous prie.

Il alla ouvrir la portière. Lily lui tendit Christopher pendant qu'elle montait en voiture et Stephen le tint à bout de bras en jetant sur son visage innocent un regard dégoûté. Le bébé avait beau sentir bon la poudre et le linge propre, et faire des risettes engageantes, Stephen n'éprouvait aucune tendresse pour cet enfant qui était le sien. Il avait respiré sa puanteur trop proche de celle de la boue, il avait vu sa nudité blanchâtre qui évoquait de trop près celle des cadavres bouffis par la pourriture. Incapable de dissocier les images de la mort des spectacles de la vie, Stephen voyait en son propre fils une sorte de menace incompréhensible et ne pouvait se contraindre à lui rendre ses sourires.

Lily tendit les bras, Stephen lui rendit l'enfant sans se faire prier. Pendant qu'il contournait la voiture pour y monter par l'autre portière, il surprit l'expression de Coventry qui remettait dans le coffre les affaires de l'enfant. Son visage était animé, son impassibilité faisait place à une douceur attendrie, il redevenait tel que Stephen l'avait vu pour la première fois au printemps de 1917, tel qu'il était resté pendant l'été passé à la ferme des Pérot. Coventry revenait à la vie, aux sentiments humains – comme s'il était prêt à retrouver la parole. Et c'était Christopher qui avait opéré ce miracle parce que Coventry pouvait le toucher sans se soucier de savoir s'il était propre ou sale, parce qu'il sentait circuler des ondes de tendresse et de douceur entre ses mains et le petit corps du bébé.

Sous le regard fixe de Stephen, Coventry se redressa et se tourna vers son maître. En un clin d'œil, son visage reprit son impassibilité coutumière.

– Ça va ? demanda Stephen.

Sa question lui apparut aussi absurde que cruelle. Non, rien ne pouvait aller bien pour Coventry et pour lui depuis que les tranchées les avaient martyrisés, depuis que le paradis terrestre de la Petite-Bretagne les avait déçus, depuis que leur propre violence les avait à jamais corrompus.

Coventry hocha la tête et alla lui tenir la portière. Il remonta au volant et sortit en marche arrière de la clairière où ils avaient pique-niqué.

Sur le chemin du retour, entre Havant et Portsmouth, Stephen se pencha soudain en avant et tapa sur l'épaule de Coventry en lui disant d'arrêter.

– Qu'y a-t-il ? demanda Lily.

– J'ai vu un écriteau A VENDRE devant la petite ferme que nous venons de dépasser. Retourne là-bas, Coventry, je voudrais y jeter un coup d'œil.

– Pour quoi faire ? s'étonna Lily.

Il se faisait tard, Christopher était fatigué et aurait bientôt faim.

– L'endroit est joli. Je veux regarder, c'est tout.

Coventry fit demi-tour. La pancarte, écrite à la main, était fixée à un piquet planté au bord d'un champ couvert d'une verdure dont Stephen ignorait la nature. Un chemin de terre creusé d'ornières menait de la route à un groupe de bâtiments disposés autour d'une cour boueuse.

– Vas-y, dit Stephen à Coventry.

Coventry démarra lentement. Un peu avant la ferme, devant une grange, un tracteur veuf de son moteur était à demi abrité sous une bâche. Une herse rouillée bloquait en partie le sentier, et la courbe des ornières à cet endroit indiquait qu'elle devait s'y trouver depuis longtemps. La maison d'habitation était couverte d'un toit de chaume dont les bords verdis de moisissure s'avançaient au-dessus des fenêtres comme des sourcils broussailleux. La porte d'entrée occultée par les mauvaises herbes ne servait visiblement jamais. L'autre était une porte d'étable en deux parties, la moitié inférieure fermée et l'autre ouverte. Une vitre était remplacée par un morceau de carton. Quand Coventry stoppa dans la cour, un chien efflanqué se précipita en aboyant et faillit s'étrangler en tirant sur sa chaîne. Les pavés de la cour étaient couverts d'une couche de boue gluante. Coventry descendit ouvrir les portières. Lily jeta un regard dégoûté à la boue et ne bougea pas tandis que Stephen contournait le bâtiment en regardant autour de lui.

Les aboiements du chien finirent par alerter un homme, qui sortit de la grange en frottant ses mains crasseuses sur son pantalon. A la vue de l'imposante limousine, il se redressa et s'avança avec prudence en jetant des regards méfiants à Stephen et à l'élégant uniforme de Coventry.

– Qu'est-ce que c'est ? demanda-t-il avec un fort accent du terroir.

Une femme accoudée à la demi-porte observait les visiteurs en silence, sans manquer aucun détail de la robe d'après-midi de Lily et de la barboteuse brodée du bébé.

– J'ai vu votre écriteau, dit Stephen d'une voix forte, en retrouvant d'instinct le ton du commandement. Nous pourrions être intéressés. J'aimerais jeter un coup d'œil.

L'homme esquissa un sourire qui dévoila deux rangées incomplètes de dents jaunes et gâtées.

– Vous êtes propriétaire, peut-être ?

– J'ai fait moi-même un peu de culture pendant la guerre, en Belgique, répondit Stephen sur la défensive.

– Eh bien, venez donc, je vais vous faire visiter. Votre dame veut-elle entrer prendre du thé ?

La femme ouvrit la demi-porte et sourit à Lily d'un air engageant. Elle portait un cardigan effiloché sur une robe imprimée aux couleurs délavées. Sa taille épaisse était ceinte d'un tablier crasseux.

– Merci, j'attendrai ici, dit Lily.

Stephen n'insista pas et suivit le fermier vers l'étable.

– Vous allez voir mes laitières, déclara fièrement ce dernier. Des bêtes comme celles-là, on n'en trouve pas tous les jours d'aussi belles. Oui, ce sont de bonnes laitières.

Une demi-douzaine de vaches se tenaient avec résignation dans leurs stalles, les pis gonflés dans l'attente de la traite du soir. Deux d'entre elles avaient des plaies ouvertes, la patte d'une autre était agitée d'un tremblement convulsif. Le fermier se posta devant elle pour la dissimuler.

– Voilà de quoi fonder un beau troupeau. Pensez-vous faire de l'élevage, monsieur ?

– Peut-être. Tirez-vous un bon prix de votre lait ?

Le fermier leva les mains, comme si la demande pour les produits laitiers était telle qu'un million de vaches ne suffiraient pas à la satisfaire.

– Avec Portsmouth juste à côté ? Et la marine, donc ! Je suis sous contrat avec une laiterie qui ramasse mon lait tous les matins et je pourrais en vendre dix fois autant.

Ils traversèrent l'étable sans que Stephen prête attention aux litières sales, au purin qui ruisselait entre les pavés, aux balles de fourrage où l'on voyait plus de chiendent que de trèfle ou de luzerne. Stephen parut s'intéresser davantage au toit, où des moineaux nichaient. Un vieux nid d'hirondelle pendant du pignon menaçait de tomber au premier coup de vent.

– Il a besoin d'être un peu retapé, admit le fermier qui suivait son regard. Trois fois rien. J'ai déjà les tôles ondulées, je pourrais tout remettre en état demain matin.

– C'est bien, c'est bien, dit Stephen distraitement en écoutant les soupirs du vent dans les arbres qui lui rappelaient la Petite-Bretagne. Vous avez un verger ?

– Oui, des pommiers. Venez voir.

Il le précéda derrière la maison, à travers un jardin retourné à l'état sauvage et envahi de ronces. Derrière un muret à demi écroulé, deux chèvres attachées à des ficelles broutaient une herbe rare. Le vent agitait les branches de vieux pommiers noueux où l'on ne distinguait pas la moindre pomme. Au-delà de l'enclos s'étendaient un champ d'avoine déjà fauché et une pâture pour les vaches bornée par un petit bois allant jusqu'au pied d'une colline.

– Jusqu'où vont vos terres ? demanda Stephen.

– Au-delà du bois. Un beau taillis que je n'ai jamais exploité. Pourtant, du bois de cette qualité rapporte gros. Je le gardais pour mon fils.

– Votre fils ?

– Eh oui ! Il a coulé avec le *Hampshire*. Maintenant, voyez-vous, nous nous faisons trop vieux pour exploiter. Une ferme, c'est pour les jeunes. Ma femme et moi voulons vendre pour nous installer à côté de chez notre fille, à Bristol. Vous étiez dans la marine, monsieur ?

– Non, l'infanterie. La terre est bonne ?

– On ne peut pas trouver mieux, tous les fermiers de la région vous le diront. Ni trop lourde ni trop légère, facile à travailler. On y fait pousser ce qu'on veut

Stephen se retourna vers les bâtiments et le jardin où prospéraient les ronces.

– Et la maison ?

– L'exploitation a toujours été libre de servitude, depuis des siècles, vous pouvez le voir dans les livres. La maison date de l'époque. Je dirais que c'est une maison historique sans crainte d'être démenti.

Stephen hocha la tête, visiblement impressionné.

– Je voulais dire : dans quel état est-elle ?

– Parfait, affirma le fermier. Pas de bricolages de fortune, pas d'agrandissements en mauvaises briques, pas de cloisons en papier mâché. Rien que du solide, comme on en bâtissait dans le temps. Si vous voulez y faire des changements, il y a la place d'installer une salle de bains et même une chambre de plus. Vous n'avez pas à vous inquiéter, la structure est saine. Mais il n'y a pas eu jusqu'à présent de ces travaux qui déshonorent les vieilles maisons. C'est une bonne vieille ferme anglaise à l'ancienne mode. J'en connais qui paieraient les yeux de la tête pour une maison comme celle-là. J'ai reçu plus de propositions que je ne peux en compter de gens qui voulaient acheter la maison seule. J'ai même envisagé un moment de vendre les terres séparément mais cela me fendrait le cœur, voyez-vous. Je préfère quand même vendre le tout d'un seul tenant.

Pendant cette tirade, Stephen étudiait le toit.

– Le chaume a besoin d'être refait.

– Le toit pourrait encore tenir des années tel quel mais si vous y tenez vraiment, je connais l'homme qui vous le ferait pour la moitié du prix normal. Et puis, ça vous coûterait d'autant moins que vous pourriez vous servir de votre propre paille.

– De la paille ? Je croyais qu'on faisait le chaume avec des roseaux.

– Pas chez nous, déclara le fermier avec autorité. Le chaume du Hampshire, c'est de la paille. On peut refaire son toit soi-même avec sa paille sans qu'il en coûte rien et on est sûr d'avoir du bon travail. Ici, on peut vivre de sa terre. C'est votre intention, si je comprends bien ?

Une soudaine bouffée de désir fit monter le sang aux joues de Stephen.

– Votre ferme me rappelle celle où j'ai travaillé, un endroit tranquille, isolé, où en se sent en sécurité. Depuis la fin de la guerre, j'ai envie d'acheter une ferme et de l'exploiter moi-même. Et puis je me suis laissé prendre par les affaires, mon père est tombé malade...

Tout en parlant, il suivait des yeux un vol de ramiers qui regagnaient leurs nids dans le bois rendu impénétrable par les broussailles. Le fermier saisit l'occasion :

– Ici, ce n'est pas le gibier qui manque. La terre est généreuse à tous points de vue, croyez-moi.

– Oui, dit rêveusement Stephen. Un vie simple, saine. Inchangée depuis des siècles...

Le fermier, qui subissait depuis la guerre les plaies conjointes de la rareté de la main-d'œuvre liée à la hausse vertigineuse des salaires, de la baisse constante des cours des produits agricoles et de la chute brutale de la valeur des terres cultivables, se hâta d'approuver avec chaleur.

– Je ne vous le fais pas dire, monsieur ! Vous ne seriez nulle part mieux qu'ici pour oublier vos soucis et les malheurs de la guerre, croyez-moi.

Stephen poussa un profond soupir.

– Allons voir la maison.

Ils traversèrent la cour à pas lents, poursuivis par les aboiements du chien. Lily était toujours assise dans la voiture, Coventry près de la portière, sa casquette à la main. La fermière, qui les observait avec intérêt, ouvrit sa demi-porte à l'approche des deux hommes et s'effaça pour les laisser entrer.

– Faut-il mettre la bouilloire ? demanda-t-elle.

– Oui. Tu porteras une tasse à la dame. Vous ne nous en voudrez pas, monsieur, nous sommes des gens simples.

– Bien sûr, répondit Stephen. Là où j'étais...

Il s'interrompit en découvrant dans la salle commune la table de chêne flanquée d'un banc, le vieux fourneau de fonte noire, le carrelage rouge fendillé. Un séchoir à linge pendait du plafond à côté d'un jambon. L'évier en zinc était surmonté d'une pompe à main. Le fermier manœuvra la clenche d'une porte donnant accès à un petit vestibule.

– Le salon, annonça-t-il en ouvrant une porte.

A l'évidence, la pièce ne servait que dans les grandes occasions. L'ameublement se composait d'un buffet massif, de trois chaises, d'une table en mauvais bois, le tout recouvert d'une couche de poussière. Les rideaux, d'une couleur sombre indéfinissable, restaient fermés en permanence contre les ravages du soleil. La pièce sentait le moisi et le renfermé.

– Le débarras, annonça l'homme en ouvrant une autre porte. Mais on pourrait l'arranger autrement.

Avant qu'il ne referme, Stephen eut le temps d'apercevoir un capharnaüm de caisses et d'objets divers, ainsi qu'une machine non identifiable dont les morceaux démontés gisaient pêle-mêle sur le sol.

– Nous nous servons rarement de la porte d'entrée, dit le fermier, mais votre dame et vous voudrez sans doute la remettre en service. Quand les roses fleurissent, le jardin est de toute beauté. Vous avez manqué les plus belles, elles ont fleuri en avance, cette année.

– Et l'étage ?

L'homme ouvrit une porte étroite à hauteur de la deuxième marche et le précéda dans un escalier aussi raide qu'une échelle de meunier. Au souvenir de Pérot qui montait dans sa chambre en défaisant ses bretelles, Stephen éprouva un profond sentiment d'apaisement, comme s'il retrouvait son foyer. Il se retournait pour communiquer sa joie à Coventry quand il se rappela avec agacement qu'il était avec Lily.

L'étage comportait trois pièces disposées de la même manière qu'au rez-de-chaussée, une chambre au-dessus de la salle commune flanquée de deux autres correspondant au salon et au débarras.

– Vous pourriez en faire la nursery, dit le fermier en montrant la chambre au-dessus de la salle commune.

Le capharnaüm du débarras était d'un ordre impeccable comparé à l'incroyable bric-à-brac accumulé dans la pièce : des piles de vieilles bassines percées, une table de toilette sans sa cuvette, une bibliothèque veuve de livres, deux ou trois bois de lit, une pile de vieux draps rapiécés.

– Notre chambre à coucher, annonça l'homme.

Située au-dessus du salon et pourvue de deux fenêtres, l'une en façade et l'autre donnant sur les champs, la pièce était imprégnée d'une forte odeur de bouse de vache. Un lit double et une imposante armoire occupaient le plus clair de l'espace. De la fenêtre en façade, on apercevait la mer à l'horizon.

– Superbe, murmura rêveusement Stephen.

Surpris par ce commentaire inattendu, l'homme se retourna et comprit que son acheteur éventuel admirait les champs incultes et les collines pelées.

– Pour être beau, c'est beau, approuva-t-il. Notre terre va aussi loin que le regard porte. Il n'y a pas beaucoup d'hommes d'affaires qui peuvent se lever le matin en ayant leur propriété sous les yeux jusqu'à l'horizon.

– Non, c'est vrai, déclara Stephen d'un air pénétré.

– Et dans la petite chambre, poursuivit l'homme, vous pouvez installer une salle de bains.

Encore ébloui par le panorama découvert de la fenêtre, Stephen hocha la tête avec conviction. Plus que jamais, il avait le sentiment de retrouver en Grande-Bretagne sa chère Petite-Bretagne intacte, épargnée par la guerre et par sa propre folie qui en avait souillé les murs de sang.

Le fermier le précéda pour redescendre dans la salle commune. Une théière trônait sur la table, Lily était assise au bout du banc, Christopher sur ses genoux, et faisait mine de boire du thé dans une tasse ébréchée. Sa casquette sous le bras, Coventry restait debout près de la porte.

Stephen se tourna aussitôt vers lui.

– On se croirait là-bas ! C'est exactement comme là-bas, n'est-ce pas ?

Coventry fit un signe de dénégation.

– Mais si ! insista Stephen. La maison est presque pareille. Et les champs, l'atmosphère...

Coventry eut un sourire sceptique.

– Enfin, bon sang, tu t'en souviens ! N'est-ce pas qu'on se croirait là-bas ?

Coventry hocha légèrement la tête, plus par politesse que par conviction. Stephen n'insista pas et s'assit à son tour. La fermière posa aussitôt devant lui un bol fissuré, le remplit de thé. Stephen l'arrêta d'un geste avant qu'elle n'y verse du lait, ajouta quatre morceaux de sucre et avala le breuvage sirupeux sous le regard étonné de Lily : à la maison, il ne prenait son thé qu'avec du lait et sans sucre.

Ses hôtes servis, la fermière alla s'adosser au mur tandis que son mari prenait place en face de Stephen.

– Vous seriez donc intéressé par ma ferme ?

– Oui, répondit Stephen sans hésiter.

Lily sursauta et se tourna vers Coventry. Les yeux baissés comme s'il étudiait les fissures du carrelage à ses pieds, celui-ci paraissait devenu aussi sourd que muet.

– Avez-vous d'autres acheteurs en vue ? reprit Stephen. Avez-vous reçu d'autres propositions ?

– Elles ne manquent pas, répondit le fermier. Mon voisin achèterait les champs demain matin si j'acceptais et il vous les louerait un bon prix si vous n'envisagiez pas d'exploiter vous-même. Quant aux offres pour la maison seule, je ne les compte plus. Des gens de la ville qui cherchent une belle maison de campagne et qui sont intéressés par le prix, parce que nous sommes pressés de vendre pour aller auprès de notre fille à Bristol, comme je vous le disais.

– Êtes-vous déjà en pourparlers ?

– Rien de définitif. J'ai été plusieurs fois tenté de céder mais je ne voudrais pas démembrer la propriété, voyez-vous. Je préfère vendre à quelqu'un qui gardera l'exploitation d'un seul tenant, quelqu'un comme vous qui sait apprécier la qualité de la terre. Quelqu'un qui achèterait pour léguer un patrimoine à son fils.

– Et combien en voudriez-vous ?

Stephen respirait plus vite, plus fort. Lily ne l'avait encore jamais vu dans cet état et elle n'arrivait pas à comprendre qu'une telle lubie se soit emparée de lui. Elle avait d'abord cru qu'il agissait pour le compte d'un client, dans la perspective d'un investissement ou de quelque chose de ce genre, mais son excitation d'enfant devant un nouveau jouet la déconcertait.

Le fermier jaugea d'un œil exercé l'expression béate de Stephen, la toilette de Lily, la barboteuse brodée du bébé, la luxueuse automobile stationnée dans la cour.

– Je serais prêt à sacrifier le tout pour quatre mille livres, répondit-il comme s'il s'arrachait le cœur. Et quand je dis tout, cela comprend le superbe troupeau de vaches laitières que vous avez vu, les chèvres, les poulets, le matériel agricole – le tracteur, les charrues, tout le matériel en état de marche – et même le mobilier et les rideaux aux fenêtres. Quatre mille livres pour le lot.

Lily ne put réprimer un cri de stupeur.

– Tant que cela ? s'étonna Stephen, que l'énormité de la somme prenait au dépourvu.

– J'en tirerais au moins moitié plus si je démembrais, expliqua le fermier. Mais comme je vous l'ai déjà dit, cela me fendrait le cœur. Une ferme comme celle-ci mérite de passer entre les mains de quelqu'un qui saura l'exploiter. Nos garçons sont morts pour la patrie, j'estime qu'il est de mon devoir de transmettre intact ce morceau de l'Angleterre à un homme qui s'en montrera digne.

Stephen hésita brièvement.

– Je le suis, déclara-t-il. J'achète.

Le fermier parut soudain saisi d'un scrupule.

– Vous savez, c'est un prix honnête...

– Je sais.

– Avec tout le cheptel, mort et vif...

– Marché conclu, l'interrompit Stephen en lui tendant la main par-dessus la table. Quatre mille livres.

– Tope là, dit le fermier. Quatre cents livres en acompte, le solde à la signature.

Sur quoi les deux hommes se serrèrent la main.

CHAPITRE 33

Lily garda le silence jusqu'à ce que la voiture soit revenue sur la route.

– Je croyais que vous vouliez juste jeter un coup d'œil à cette ferme. Pour qui l'achetez-vous ?

– Pour moi. Pour nous, se corrigea Stephen.

Lily sursauta.

– Quoi ?

– C'est juste ce qu'il nous faut, plaida Stephen avec volubilité. Nous aurions dû le faire depuis longtemps. J'ai eu tort de vous forcer à vivre chez ma mère, j'aurais dû tout de suite nous installer dans une maison à nous que vous auriez arrangée à votre goût. Eh bien, maintenant, nous le pouvons. C'est l'endroit rêvé pour que Christopher grandisse dans le bon air de la campagne, près de la nature. Mon père se rétablit, on n'a donc plus besoin de moi à la maison. On n'a même plus besoin de moi à l'étude, ajouta-t-il avec amertume. Je n'ai jamais voulu être avocat, Lily, j'ai toujours eu envie de faire autre chose dans la vie. Depuis mon retour de Belgique et de France, je rêve de vivre à la campagne, de devenir un vrai fermier. J'ai compris là-bas que j'étais fait pour ce genre de vie. J'aurais dû me décider à ma démobilisation. Mais il n'est pas trop tard pour commencer une nouvelle vie. Cette ferme est exactement ce qu'il nous faut, reprit-il en conclusion.

– Je ne pourrais jamais vivre dans cette crasse ! protesta Lily.

Stephen balaya l'objection d'un revers de main.

– Il suffit d'un bon nettoyage et de quelques travaux, rien de plus. La maison est solide, la terre fertile. Vous avez entendu ce qu'il disait. Nous y bâtirons ensemble un foyer bien à nous, Lily.

– Nous ne sommes pas faits pour cette vie-là ! répliqua Lily en serrant plus fort Christopher sur sa poitrine. Nous sommes des citadins, Stephen, pas des paysans. Je serais incapable de reconnaître une vache d'une chèvre ! Je suis née à Highland

Road, je suis chanteuse de métier, je ne peux pas vivre à la campagne, je ne saurais pas ce qu'il faut faire !

– Justement, vous n'aurez rien à *faire* ! répondit-il en riant. A la campagne, on vit, on se laisse vivre. Nous mènerons la vie simple des gens simples. Vous ne voulez pas de la nurse Janes ? Eh bien, nous n'aurons pas besoin d'elle à la ferme ! Nous y vivrons tous les trois, Christopher, vous et moi, comme de simples paysans.

– Sans cuisinière ni femme de chambre ? Sans jardinier ni chauffeur ? Allons donc !

– Sans personne ! affirma Stephen, radieux. Oh ! bien sûr, nous aurons peut-être un ou deux journaliers au moment des moissons, mais nous ferons tout le travail nous-mêmes, Lily. Comme des gens simples. Nous mènerons notre vie de la manière que nous déciderons nous-mêmes, pas de celle que les autres nous auront imposée.

– Vous n'avez à la bouche que le mot *simple* ! Ce n'est pas *simple* de se lever tous les matins à six heures et de préparer tous ses repas ! Vous imaginez la vie à la campagne comme une partie de plaisir parce qu'il fait beau et que vous voyez des jolis champs bien soignés autour de vous. Mais je doute que cela vous plaise autant en hiver !

– Je ne suis pas naïf, répondit-il sèchement. J'ai travaillé dans une ferme, vous ne pouvez pas en dire autant.

– Je me suis levée toute ma vie à six heures du matin, ce qui ne vous est jamais arrivé, répliqua Lily sur le même ton. Et vous ne me ferez jamais croire que faire soi-même sa lessive et son ménage rend la vie plus facile.

Stephen lui lança un regard mauvais.

– Je ne pense qu'à notre bien. Pour que nous soyons réunis. Pour que nous ayons notre propre foyer. Pour que nous puissions renvoyer la nurse.

– Ne dites donc pas de sottises ! s'écria Lily. Pour le même prix, nous pouvons acheter une maison à Portsmouth au lieu de nous enterrer dans ce bourbier. Nous pouvons congédier la nurse ce soir même sans nous priver en même temps d'une cuisinière et de deux femmes de chambre.

– Vous êtes c... c... contre moi ! parvint à proférer Stephen, étouffé par un soudain accès de rage.

– Parfaitement ! renchérit Lily. Et tout le monde sera de mon avis. Arrangez-vous pour que cet horrible bonhomme vous rende votre chèque de quatre cents livres, Stephen ! Il n'est pas question d'aller vivre dans un endroit pareil. Si j'avais su que vous achetiez ce taudis pour votre compte, je vous en aurais empêché sur-le-champ, mais cela me paraissait tellement invraisemblable que je n'ai pas réagi. Je croyais que vous agissiez au nom d'un client ou de je ne sais qui.

– Vous ne m... m'emp... m'empêcherez pas de c... c... conclure l'achat ! P... personne ne...

– Je refuse d'en parler davantage, l'interrompit-elle en se détournant ostensiblement pour regarder par la vitre.

– C'est pour vous que je le fais, Lily, dit Stephen d'un ton radouci. Pour vous...

Il espérait qu'elle se tournerait vers lui avec le sourire de Juliette Pérot, qu'elle verrait la ferme à travers son regard, comme un havre de sécurité, un refuge où pouvoir enfin oublier les horreurs de la guerre et les compromis de la paix. Mais quand Lily se tourna vers lui, il ne lut sur ses traits que fureur et que haine.

– Je vous ai déjà dit que je refuse d'en discuter. Ce projet absurde ne se réalisera pas, Stephen. Vous êtes fou à lier de l'avoir même envisagé un seul instant.

Rouge de colère, il regretta de ne pas être dans leur chambre pour la gifler à son aise, la faire pleurer, la forcer à lui demander pardon. Si elle avait été un homme, il l'aurait rouée de coups de poing dans l'estomac, de coups de pied dans le bas-ventre. Un instant, il pensa à Juliette Pérot telle qu'il l'avait vue la dernière fois, quand la rafale l'avait cueillie sur les genoux de l'homme et projetée contre le mur comme un pantin désarticulé. Les femmes sont toutes des putains, se dit-il avec une flambée de hargne. Toutes ! On s'évertue à leur faire plaisir, on risque sa vie pour elles et on s'aperçoit en fin de compte qu'elles vous mentent, qu'elles vous trompent et se vendent au plus offrant. Comme les putains qu'elles sont.

Lily s'était déjà retournée vers la vitre. Sur son chapeau, une fleur qui oscillait de haut en bas semblait l'approuver dans sa conviction qu'il avait tort, qu'elle avait raison et qu'elle finirait par gagner.

– Ennemie, chuchota Stephen si bas qu'il fut seul à l'entendre.

Christopher se tourna un instant dans les bras de sa mère et le regarda. Son visage innocent avait beau être vide de toute expression, Stephen reconnut dans ses yeux bleus le regard méprisant de Lily.

– Ennemi, répéta-t-il sur le même ton à l'enfant.

Ils revinrent très en retard à la maison. Lily monta aussitôt se changer pour le dîner et emporta ses vêtements dans la salle de bains pour ne pas se montrer à demi nue devant Stephen qui mettait une chemise propre et nouait sa cravate devant la glace. Cette absurde coquetterie raviva le mépris qu'elle lui inspirait. Comment osait-elle en signe de déplaisir lui dérober la vision de ses sous-vêtements et, à d'autres moments, le laisser avec indifférence exercer sur elle ses droits conjugaux ?

– Garce, murmura-t-il au miroir.

En robe de cocktail, recoiffée, maquillée, Lily revint dans la chambre chausser ses escarpins. A la porte, elle se retourna vers Stephen en espérant qu'il parlerait mais il garda le silence et elle descendit sans l'attendre.

Depuis que Rory dînait à table, la famille avait repris l'habitude de boire l'apéritif au salon avant le dîner. En entrant, Lily vit que John et Winifred Pascoe y tenaient compagnie à ses beaux-parents. Rory l'accueillit par un large sourire, John se leva pour la saluer.

– Je suis navrée de notre retard, déclara-t-elle en lui serrant la main. J'espère que nous ne vous avons pas fait attendre trop longtemps.

– Je craignais qu'il ne vous soit arrivé quelque chose, dit Muriel en regardant la pendule. Mais Coventry était au volant, ce ne pouvait être très grave.

– Nous nous sommes arrêtés dans une ferme, expliqua Lily évasivement.

Browning lui tendit un verre de sherry sur un plateau d'argent. Lily devait ainsi avaler tous les soirs un verre de sherry, dont elle détestait autant le goût sucré que le degré d'alcool, car si elle refusait on s'inquiétait de savoir si elle avait la migraine ou se sentait souffrante. Les femmes n'avaient droit qu'au sherry et aux liqueurs sucrées. Seuls les hommes pouvaient boire des alcools secs.

Elle venait de prendre son verre quand Stephen entra, salua les Pascoe et ses parents.

– Vous avez fait halte dans une ferme pour prendre le thé ? s'enquit John Pascoe.

Lily éluda la question :

– Nous avons pique-niqué près de Rowlands Castle.

Stephen se versait déjà un solide whisky.

– Quelqu'un en veut ? demanda-t-il à la cantonade.

Les deux hommes répondirent négativement d'un signe de tête. Rory le vit n'ajouter qu'un doigt d'eau à son verre avant d'en lamper d'un trait la moitié.

Browning annonça peu après que Madame était servie. Coventry vint pousser le fauteuil roulant de Rory jusqu'à la salle à manger et l'installa au haut bout de la table. Stephen prit place à la droite de sa mère assise à l'autre bout, John Pascoe à sa gauche, Winifred entre Stephen et Rory et Lily en face d'elle, assez près de Rory pour lui mettre sa serviette et lui couper discrètement un éventuel morceau de viande récalcitrant. Rory avait du mal ce soir-là à contrôler ses muscles et ne pouvait porter une cuillerée de potage à sa bouche sans en répandre.

– Voulez-vous que je vous aide ? lui demanda Lily à mi-voix.

– Vaut mieux pas, répondit-il en indiquant du menton l'expression glaciale de Muriel.

Pour sa part, Stephen évitait soigneusement de regarder en direction de son père.

– Vous avez eu aujourd'hui un temps splendide pour votre promenade, déclara Muriel. Il faisait aussi chaud que dans le midi de la France.

– Ce beau temps va encore nous amener des foules d'estivants au mois d'août, soupira Winifred. J'envie la situation de votre maison en hiver mais j'avoue qu'en été je me réjouis que nous soyons à l'écart. La promenade du front de mer grouille de monde et cela empire tous les ans.

– Et la jetée, ma pauvre amie ! gémit Muriel. On y laisse s'installer de plus en plus d'attractions d'un goût déplorable. Elles attirent un public qui ne peut que nuire à la réputation de la ville. J'ai écrit plusieurs fois au conseil municipal mais ils n'en tiennent aucun compte.

– On en arrive au point d'envisager sérieusement de déménager, renchérit Winifred. La municipalité devrait y penser quand ils augmentent sans arrêt nos impôts qu'ils gaspillent en aménagements pour les visiteurs de passage au lieu de satisfaire les besoins légitimes des habitants.

– Justement, intervint Stephen avec un sourire triomphant, je vous apprends que nous allons nous installer à la campagne. J'ai déjà versé un acompte sur une petite ferme près de Havant que nous avons visitée cet après-midi.

D'horreur, Muriel en lâcha sa cuiller et porta la main à ses perles.

– Grand dieu ! Une ferme ? s'exclama-t-elle.

Il y eut un silence.

– N'est-ce pas un peu... précipité, Stephen ? s'enquit John Pascoe.

– Pas du tout, répondit Stephen avec assurance. J'ai passé plusieurs permissions dans une petite ferme en Belgique où j'avais découvert que j'étais fait pour cette vie-là. Mais à mon retour Père était malade, l'étude manquait de personnel et je me suis résigné à ne plus y penser. Maintenant que Père se rétablit et que les choses reprennent leur cours normal, il n'y a plus de raison pour ne pas réaliser enfin ce projet qui me tient à cœur depuis longtemps.

– Est-ce loin ? voulut savoir Winifred.

– Non, entre ici et Havant. Une excellente petite exploitation, quelques vaches laitières, des pâtures, des céréales, la possibilité de développer un verger. On voit même la mer de la fenêtre de la chambre. L'endroit est ravissant et le prix tout à fait honnête. Les fermiers ont perdu leur fils à la guerre et sont pressés de vendre pour aller s'installer près de leur fille. J'estime avoir de la chance de pouvoir l'acheter à ce prix-là.

Stephen leva pour la première fois les yeux vers son père, qui le regardait fixement.

– Oui, beaucoup de chance, répéta-t-il plus fort.

– Et vous, Lily, qu'en pensez-vous ? demanda Muriel qui sentait la réprobation de Lily et avait laissé parler Stephen sans mot dire. Avec vos amis en ville, vos concerts, vous ne souhaitez sûrement pas vivre à la campagne.

– J'ai horreur de cet endroit, répondit Lily. La maison est répugnante, elle tombe en ruine, le toit est plein de trous et il n'y a même pas l'eau courante.

John Pascoe eut un petit rire gêné.

– Mieux vaudrait réfléchir un peu, Stephen. Pour ce genre de choses, il est difficile de se passer de l'accord de sa femme. Tenez, j'y pense : un de mes amis est expert agricole. Je lui demanderai de jeter un coup d'œil à la ferme, il vous donnera son estimation impartiale et, à partir de là, vous déciderez tous les deux en connaissance de cause. Il n'y a rien de plus risqué que de s'improviser gentleman-farmer, vous savez. L'agriculture peut se révéler un passe-temps coûteux, et de la manière dont le pays évolue ce n'est guère le moment de jouer avec son capital.

Stephen s'efforça en vain de sourire.

– Le marché est conclu, nous nous sommes serré la main, j'ai payé un acompte. Et je ne me considère pas comme un amateur mais comme un véritable agriculteur.

Muriel agita bruyamment la sonnette, Browning débarrassa les assiettes à soupe que personne n'avait eu le temps de terminer et déposa le gigot sur la desserte. Avec un sourire supérieur à l'adresse de son père, Stephen se leva pour le découper, privilège du maître de maison. Il servit volontairement à Lily une tranche épaisse pleine de gras et regagna sa place pendant que la femme de chambre passait les légumes et servait le vin. Sous le regard réprobateur de sa mère, Stephen vida son verre d'un trait et s'en fit aussitôt servir un autre.

– Je me souviens, maintenant ! s'écria Muriel. Tu jouais au fermier avec Christopher, vous aviez une petite ferme de bois avec des animaux et des personnages en plomb.

– Oui, je m'en souviens aussi, affirma Stephen.

– Vous vous disputiez sans cesse, reprit Muriel. Tu jetais les animaux à travers la pièce et Christopher disait que tu ne serais jamais un bon fermier parce que tu manquais de patience. Et toi, tu répondais que de toute façon tu ne voudrais pas faire ce métier-là parce que l'agriculture n'était bonne que pour les gens incapables de faire mieux dans la vie que de garder les vaches.

– Les jeunes enfants ont souvent de pareilles idées, intervint Winifred. Il en sort rarement quelque chose.

Stephen ouvrit la bouche pour répliquer mais se tut et fit signe à Browning de lui verser un autre verre de vin.

– Mon frère voulait s'enfuir de la maison pour devenir marin, poursuivit Winifred. Et maintenant, le voilà banquier.

– Il a eu raison, approuva Lily. Cette ferme n'est même pas pittoresque. La cour est une mare de boue et le chien a le cou pelé à forcc d'être attaché à sa chaîne.

Muriel la gratifia d'un sourire encourageant.

– Nous saurons bien le dissuader, affirma-t-elle. Aucun homme au monde ne peut résister à sa mère et à sa femme quand elles sont d'accord entre elles.

– C'est ma foi vrai ! dit John Pascoe en se forçant à rire afin de détendre l'atmosphère.

Stephen recula sa chaise et demanda d'un signe impérieux un quatrième verre de vin.

– Je crains qu'il ne soit trop tard, déclara-t-il d'un air supérieur. Le marché est conclu, cette ferme est à moi. Aucun argument ne me fera reculer.

Winifred jeta un bref regard de Muriel, rouge de colère et de confusion, à Lily, blême de fureur rentrée.

– Mon Dieu, mon Dieu, quelle histoire ! s'exclama-t-elle en riant nerveusement.

Stephen lui décocha un regard meurtrier et avala d'un trait son verre de vin. Lily repoussa sa viande grasse sans y avoir touché et posa ses couverts dans son assiette.

– Et vous, maître Winters, qu'en dites-vous ? s'enquit Winifred, émoustillée par cette scène de famille.

Rory leva la tête, remua les lèvres pour se préparer à articuler, prit une profonde aspiration.

– Non..., commença-t-il.

Dans un épais silence, tout le monde attendit la suite. Il ouvrit et ferma la bouche, força ses muscles réticents à lui obéir et en retrouva enfin l'usage.

– Je ne le permettrai pas, dit-il avec clarté.

Et chacun comprit qu'il rendait contre Stephen un jugement sans appel.

Ce soir-là, Stephen et Coventry allèrent s'enivrer dans un des pubs du vieux port, au pied des fortifications. Aussi muet que Coventry, Stephen contemplait le fond de sa chope de bière. Le verre de whisky à côté restait intact.

– Ils ne seront contents que quand ils m'auront détruit, dit-il d'une voix sourde. Et Lily est dans leur camp. Ils ne veulent plus de moi, ils n'ont jamais voulu de moi. C'était Christopher qu'ils voulaient. Maintenant qu'ils en ont un autre, je n'existe plus pour eux. Rien de ce que je veux, rien de ce dont j'ai envie ne compte pour eux. Ils s'en moquent comme ils se moquent de mon existence.

Rageusement, il empoigna son verre de whisky, y trempa les lèvres puis l'avala d'un trait.

– Eh bien ça, nom de Dieu, je ne le leur pardonnerai jamais ! C'était toujours Christopher qui passait avant moi. Ils m'ont envoyé sur le front parce qu'il y était mort. Ils m'ont mis dans une école de troisième ordre parce qu'il était dans un bon collège. Ils m'ont forcé à faire du droit parce qu'il voulait entrer dans la diplomatie, parce qu'il fallait quelqu'un pour reprendre l'étude dont il ne voulait pas. Alors, sur qui est retombée la corvée ? Sur Stephen, bien sûr ! Tout le monde se fiche des goûts de Stephen, de ce que pense ce propre à rien de Stephen !

Il s'interrompit, tremblant de rage, et commanda d'un signe une nouvelle tournée au patron.

– Et maintenant que je trouve un endroit où j'ai envie de vivre, de mener la vie qui me plaît, ils se liguent tous contre moi, ils m'aboient aux chausses, ils me mordent les mollets comme des chiens ! Et ma propre femme, ma sacrée foutue putain de femme fait des sourires à ma mère, dénigre tout et lui dit qu'elle ne veut pas vivre à la campagne !

Stephen se leva d'un bond et envoya un coup de pied dans la table en renversant les verres qui s'écrasèrent au sol. Le patron sortit de derrière le comptoir et s'approcha d'une démarche ne laissant aucun doute sur ses intentions.

– Je crois que ça suffit, monsieur, déclara-t-il.

Stephen jaugea d'un regard sa carrure imposante et laissa retomber ses poings déjà brandis.

– A quoi bon ? s'interrogea-t-il avec une soudaine lassitude. A quoi bon faire quoi que ce soit ?

Il tourna les talons et sortit. Coventry plongea la main dans sa poche et déposa une poignée de pièces dans la main du patron.

– Grand merci, messieurs ! dit ce dernier avec un rire sarcastique en refermant la porte derrière eux.

Stephen était adossé à un mur, le visage levé vers la lune et les étoiles.

– Ils croient m'avoir eu, mais c'est moi qui les aurai ! affirma-t-il entre ses dents serrées. Ils croient pouvoir me faire faire ce qu'ils veulent, mais ils se trompent lourdement. Je les aurai. Je sais à quoi ils tiennent, je sais comment leur faire mal. J'ai vu assez de gens souffrir pour savoir ce qu'il faut faire. J'ai vu des choses que ces imbéciles ne peuvent même pas imaginer.

Coventry l'écoutait, impassible.

– Je ne tiens plus à rien. Juliette est morte, Lily s'est acoquinée avec eux contre moi et ne sait que se pencher sur ce maudit berceau du matin au soir. Tout le monde n'a d'yeux et de sourire que pour Christopher, on me refuse tout, on me prive de ce dont j'ai envie... Eh bien, moi, je ne me laisserai plus faire ! S'ils me barrent la route, je leur montrerai de quel bois je me chauffe. Ils se mordront les doigts de s'être dressés contre moi. Je leur donnerai des cauchemars qui ne s'arrêteront jamais. Des cauchemars comme les miens, qui dureront toute ma vie, s'ils m'empêchent d'avoir ma ferme et de tourner le dos une bonne fois à tout, à eux comme au reste...

Coventry le prit doucement par l'épaule et l'entraîna dans la rue. La voiture n'était pas stationnée très loin. Stephen se laissa tomber sur la banquette avant, Coventry s'assit au volant en le regardant avec une sorte de crainte, comme si Stephen était tout à coup redevenu l'officier dont les ordres pouvaient l'envoyer à la mort mais auxquels il était tenu d'obéir.

– Oui, je leur donnerai des cauchemars qui durent longtemps, répéta Stephen. Très longtemps.

Il ferma les yeux, sa tête roula sur le dossier. Un instant plus tard, le voyant profondément endormi, Coventry démarra en douceur.

CHAPITRE 34

Le lendemain matin, Stephen luttait encore contre sa gueule de bois et sa fureur rentrée quand le vendeur des automobiles Morris l'informa par téléphone à son bureau que la torpédo de type *Bullnose* commandée pour sa femme était arrivée au garage. Stephen lui dit de la conduire à midi chez lui. Coventry le ramena de l'étude et les deux hommes examinèrent le véhicule avec satisfaction.

La voiture était un petit bijou gris argent à la capote de toile grise sur des montants de bois verni. Au bout du capot, un thermomètre surmontait le radiateur en coupe-vent arrondi. Elle disposait d'un démarreur électrique, organe essentiel pour Lily qui la conduirait seule, de trois vitesses en marche avant et d'une marche arrière. Les pédales de frein et d'embrayage encadraient celle de l'accélérateur, plus petite et peinte en rouge. L'équipement comportait une trompe à côté du conducteur, un rétroviseur de bonne taille sur le garde-boue, un essuie-glace sur le pare-brise ainsi que des phares électriques. C'était le tout dernier modèle pourvu des perfectionnements les plus récents et qui coûtait à Stephen la coquette somme de cinq cent vingt-cinq livres.

Stephen envoya Coventry chercher Lily. Se souvenant de la rage de Stephen la veille au soir, celle-ci sortit avec une réticence visible et s'étonna de le voir sourire en lui faisant signe de s'approcher de la petite auto.

– Je vous avais promis de vous acheter une voiture. La voici. Alors, elle vous plaît ?

– Elle est ravissante ! répondit Lily sans dissimuler son plaisir.

Le vendeur lui ouvrit la portière.

– Madame sait-elle conduire ? s'enquit-il avec sollicitude.

– Bien sûr ! J'ai souvent conduit l'Argyll de mon mari. Indiquez-moi simplement les commandes.

– Le bouton du démarreur est là. Le levier d'avance à l'allumage est sous le volant. Madame sait-elle qu'il faut retarder l'allumage des bougies pour démarrer ?

– Madame en a quelques notions, répondit Lily d'un ton ironique.

– Bien. Une fois le moteur lancé, vous remettrez le levier dans cette position-ci. Ce bouton-là commande les phares, si Madame envisage de conduire après la tombée de la nuit, dit le vendeur d'une manière laissant clairement entendre que Madame ferait mieux de s'en abstenir pour sa sécurité et celle des autres usagers de la route.

Lily approuva d'un signe de tête.

– Ce cadran est celui du compteur de vitesse, les pédales sont disposées de la manière habituelle. Le maniement du levier de vitesses vous paraîtra aisé, je pense. Ceci est la poignée du frein à main. S'il vous arrive de stationner sur une pente, ajouta-t-il doctement, il est recommandé d'engager une vitesse par mesure de sécurité. Pour ma part, je prends la précaution supplémentaire de placer une brique ou une grosse pierre sous les roues.

Lily bouillait visiblement d'impatience.

– Si Madame éprouvait des difficultés avec le démarreur électrique, le moteur peut être lancé à l'aide de la manivelle qui se trouve dans le superbe coffre à outils en bois verni disposé sur le marchepied.

– Manivelle, coffre à outils, répéta Lily avec un agacement croissant.

– Enfin, Madame voudra bien prêter attention au thermomètre, aisément visible de la place du conducteur. Il permet de vérifier si le moteur tourne à une température normale ou s'il y a risque de surchauffe. Si l'aiguille atteint la zone rouge, il faut stopper la voiture et la laisser refroidir. On ne doit ajouter de l'eau dans le radiateur qu'une fois la température redevenue normale.

– Ne vous souciez pas de ces détails, Lily, intervint Stephen, lui aussi agacé par les explications pompeuses du vendeur, Coventry se chargera de tout vérifier. Voulez-vous faire un tour pour l'essayer ?

– Puis-je ? demanda Lily au vendeur avec un sourire sarcastique.

– Bien entendu, Madame, cette voiture vous appartient, je ne fais que vous la livrer, répondit l'homme, vexé. Mais il serait peut-être prudent que je vous en fasse auparavant une démonstration et que Monsieur votre mari vous apprenne ensuite à la conduire jusqu'à ce que vous la maîtrisiez. On ne prend jamais assez de précautions avec les dames, ajouta-t-il en aparté à Stephen. Leur tempérament ne les dispose guère à la mécanique.

– Eh bien moi, voyez-vous, j'aimerais l'essayer tout de suite, répondit Lily en se dominant à grand-peine.

Stephen sourit et monta à côté d'elle. Adossé à la grille du jardin, Coventry s'amusait visiblement.

– Êtes-vous sûre de ne pas vous sentir plus en sécurité si je prenais d'abord le volant ? insista le vendeur. Les dames sont impressionnables, commenta-t-il à l'adresse de Stephen. Il faut se montrer patient.

– Soyez tranquille, je m'en sortirai, déclara Lily.

– N'oubliez pas ! recommanda le vendeur, piqué au vif. Retardez l'allumage avant d'actionner le démarreur, débrayez, engagez la première vitesse et relâchez l'embrayage très, très doucement en accélérant peu à peu...

Avec la sûreté de gestes d'un vieux routier, Lily manœuvra le levier d'allumage, tira sur le démarreur, fit ronfler le moteur, embraya sèchement en accélérant à fond, démarra en trombe et disparut dans un nuage de poussière. Sous le regard de Coventry, secoué d'un rire silencieux, le vendeur dut bondir en arrière pour sauver ses orteils.

– Mais... elle sait conduire ! s'exclama-t-il, effaré.

Lily conduisit avec brio jusqu'au quartier des casernes et revint par la route côtière. Stephen et elle étaient de si belle humeur à leur retour que Rory et Muriel pensèrent avec soulagement qu'ils avaient fait la paix. Personne n'eut le courage de demander à Stephen s'il se pliait aux ordres de son père et abandonnait son projet d'acheter la ferme.

L'après-midi, pendant que Lily emmenait Charlie se promener dans sa nouvelle auto, que Rory regardait de la fenêtre du salon les promeneurs autour du lac et que Muriel prenait le thé chez son ami Jane Dent, Stephen alla voir le directeur de sa banque pour solliciter un prêt. D'emblée, le banquier le découragea. Stephen eut beau offrir en garantie son quart de l'étude et faire valoir qu'il hériterait de la maison et de la fortune de son père à la mort de ce dernier, l'autre lui rétorqua que la somme de quatre mille livres était extravagante alors même que les cours de la terre étaient en chute libre et ajouta, avec force précautions oratoires, qu'il voyait mal comment un avocat ne s'étant jusqu'alors aventuré dans un champ que pour y pique-niquer parviendrait à rendre bénéficiaire une exploitation qui, de l'aveu même du vendeur, ne rapportait plus rien.

Stephen revint de cet entretien tremblant de fureur pour ne trouver à la maison que son père, assis au salon. Au lieu du thé que Browning lui proposait, il alla directement à la salle à manger se verser du whisky et revint au salon avec la bouteille. Rory souriait paisiblement.

– Où est Lily ? demanda Stephen.

– En voiture.

– Et Mère ?

– Chez une amie.

Stephen s'assit en face de lui, près de la fenêtre. Le lac était sillonné de canotiers. Sur la rive, des enfants pêchaient à l'épuisette dans l'espoir improbable que des crabes ou des crevettes se seraient égarés jusque-là.

– Je viens de la banque, dit Stephen en avalant une gorgée de whisky. Ce vieil imbécile de Hardwick refuse de m'aider.

Rory hocha la tête et attendit la suite.

– Je ne peux pas obtenir de prêt sans caution, du moins chez Hardwick. Je pourrais aller voir une autre banque, bien sûr, mais j'aimerais autant rester avec lui.

Rory ne répondit pas.

– Je vais devoir vous demander de vous porter caution pour que j'obtienne ce prêt. En fait, il s'agit moins d'un emprunt que d'une hypothèque sur la ferme. L'idée vous déplaît peut-être, poursuivit Stephen, mais je ne reviendrai pas sur ma décision. Je continuerai à travailler à l'étude si vous y tenez mais Lily et moi avons besoin de nous installer enfin chez nous. J'aime la campagne, j'estime avoir le droit de mener ma propre vie comme je l'entends.

Rory soutint sans ciller le regard de son fils. Ce fut Stephen qui baissa les yeux avant de remplir son verre.

– N'en ai-je pas assez fait ? reprit-il en s'échauffant. Deux ans à Ypres, blessé, cité à l'ordre de l'armée ! Cela devrait suffire pour me donner le droit de faire ce que je veux ! D'acheter la maison qui me plaît !

– Oui, tu en as fait assez, dit Rory avec un regard chargé de compassion. Mais cette ferme n'est pas pour toi.

– Je la veux, j'y tiens !

– Tu rêves. Tu ne connais rien à la terre. Lily n'est pas d'accord. Renonces-y.

– Puisque je vous dis que cette ferme est viable ! Je ne pense qu'à cela depuis mon retour. Vous ne pouvez pas savoir ce que cela représenterait pour moi de rénover une exploitation, de lui rendre vie...

Haletant, Stephen s'efforçait autant de se persuader lui-même que de convaincre son père.

– Il s'est passé là-bas des choses qui doivent être rachetées... La ferme où j'étais cette nuit-là, les cadavres, l'enfant cloué dans son berceau par une baïonnette. C'était atroce... Je veux oublier, changer tout cela...

– Rien ne peut le changer, répondit Rory avec une réelle pitié. Tu as fait ce que tu devais faire.

Stephen sursauta, soudain livide.

– Que voulez-vous dire ? Qu'avez-vous compris ? Que croyez-vous que j'aie fait ? Les Boches avaient massacré ces femmes, nous les avons vengées, nous avons fait justice. C'était un acte de guerre, des représailles légitimes ! J'ai eu une citation pour avoir eu le courage de le faire !

Rory l'observait, intrigué par cet éclat inattendu.

– Qu'avez-vous voulu dire ? insista Stephen.

– Simplement que ce qui est fait est fait. On ne revient pas sur le passé. La guerre est finie, Stephen.

Fatigué par l'effort d'avoir tant parlé, Rory sonna Browning pour lui demander d'aller dire à Coventry de le remonter dans sa chambre. Avant de quitter la pièce, il sourit à Stephen avec une douceur inaccoutumée.

– Besoin de repos, expliqua-t-il en hésitant. Ta ferme... je regrette. N'y pense plus.

Cette nuit-là, la Petite-Bretagne revint hanter les rêves de Stephen. C'était là qu'il avait pris conscience que la nature pouvait être belle de l'autre côté de la Manche. Son arrivée de nuit, le spectacle quotidien de la terre ravagée dans les secteurs du front le lui avaient fait oublier. C'était là, pour la première fois, qu'il avait eu le loisir de regarder autour de lui et de constater que le pays n'était pas seulement un théâtre d'opérations mais une terre généreuse, que les hommes cultivaient avec amour. Des siècles durant, la contrée tout entière avait pourtant servi de champ de bataille. Les Romains y avaient lutté contre les tribus germaniques, les Espagnols et les Français s'y étaient entre-tués, Marlborough y avait trouvé la mort, Wellington y avait défait le Diable corse. Ces plaines infinies, à peine soulevées par de molles ondulations n'offrant aucun abri à l'infanterie, constituaient un champ de manœuvres idéal pour des charges de cavalerie, comme le lui avait fait observer un de ses camarades, fauché dès les premiers jours.

– Toujours ces pauvres bougres de fantassins qui sont à la peine, avait-il grommelé un jour, accoudé à la barrière d'un champ, en regardant le soleil se coucher dans une brume virant du pourpre à l'écarlate.

Savoir que ce sol avait constamment été arrosé par la sueur des hommes après en avoir absorbé le sang estompait sa terreur permanente. Les Pérot possédaient leur ferme depuis huit ou dix générations et avaient vu, imperturbables, passer les envahisseurs par milliers. Stephen se sentait appartenir à cette race de paysans qui savaient courber le dos sous le déferlement des armées étrangères avant de reprendre patiemment leur labeur nourricier, interrompu un temps par la folie des hommes de guerre. L'idée de rester à la ferme après avoir épousé Juliette le séduisait de jour en jour davantage. Les Pérot n'étaient plus jeunes, ils n'avaient pas de fils. Ils ne pourraient manquer d'accueillir à bras ouverts le mari de Juliette qui travaillerait leur terre.

Sevré d'affection depuis sa prime enfance, Stephen pensait avec émotion à la manière dont Mme Pérot posait une main sur son épaule en lui servant sa soupe, aux claques cordiales que le vieux Pérot lui donnait dans le dos quand ils avaient accompli leur tâche, aux baisers de Juliette quand ils se réfugiaient dans la grange pendant une averse. Il savourait d'avance le plaisir de dire à ses parents, qui l'avaient délibérément envoyé à la mort, qu'il avait trouvé là-bas une vie si pleine de joie et si enrichissante qu'il ne reviendrait chez eux pour rien au monde. Que non seulement il ne se battrait jamais plus pour son roi et sa patrie mais qu'il les reniait sans remords, pour l'humble mais immense bonheur de posséder quelques arpents de bonne terre arable, une petite rivière à truites et un bouquet d'arbres.

Chaque fois qu'il pouvait dérober une heure aux tranchées ou aux cantonnements de l'arrière, il courait à la Petite-Bretagne voir Juliette et travailler sous les ordres de son père. Ses camarades avaient mis fin à leurs lazzis depuis qu'il leur avait annoncé sèchement son intention de se marier avec Juliette – son caractère violent était trop connu pour que quiconque osât insister. Aussi, pendant que les autres, hébétés de fatigue, dormaient ou s'enivraient dans le plus proche estaminet, Stephen disparaissait avec son ordonnance dans sa mystérieuse thébaïde où nul n'était jamais invité à le rejoindre. Bientôt, la Petite-Bretagne prit à leurs yeux les proportions mythiques d'une oasis de paix miraculeusement oubliée par la guerre, d'un lieu où le temps s'était arrêté, où les arbres avaient des feuilles, où l'herbe poussait verte et où la boue, plutôt que d'engloutir les soldats, représentait une promesse de riches récoltes.

Stephen s'agita dans son sommeil. Des images importunes venaient altérer son rêve : un cheval mort projeté dans un arbre d'où il pendait comme un fruit monstrueux, une poitrine d'homme défoncée, une tête à demi arrachée. Un gémissement lui échappa, qui réveilla Lily. Elle le secoua par l'épaule, il se tourna sur le côté et se rendormit.

Il entendit soudain une voix crier distinctement :

– Winters ! Ils ont enfoncé nos lignes ! Le 4e bat en retraite depuis hier et nous reculons toujours. Les Boches occupent tout le secteur. Ils ont pris ta Petite-Bretagne !

Haletant, Stephen revécut son sursaut de rage vengeresse à la pensée de Juliette. Les Alliés étaient en pleine débandade. Ce n'étaient pas eux qui avaient réussi la percée tant attendue mais les Allemands, dont l'avance irrésistible balayait tout sur son passage. L'interminable guerre de position se muait brutalement en une guerre de mouvement que personne n'avait prévue. Tandis que les Anglais, dont la retraite dégénérait en débâcle, refluaient vers la côte dans l'espoir de rentrer chez eux, les Français regroupaient leurs forces avec une hâte désespérée pour tenter de couper la route de Paris. Au bout de trois ans de luttes sauvages dans les tranchées et de morts innombrables, l'armée britannique perdait pied et fuyait honteusement.

Mais pas Stephen. Rien ni personne ne l'attendait dans une Angleterre où il reviendrait en vaincu, avec pour seule perspective des nuits de cauchemars suivies de mornes journées dans un bureau, une maison silencieuse et glacée, un père impotent, une mère inconsolable de la perte de son Christopher. Un tel avenir, Stephen n'en voulait à aucun prix. Se jurant de sauver Juliette ou de tuer ses assassins, il partit en courant dans la nuit sur le chemin de la Petite-Bretagne sans même prévenir son chef de corps.

Il lui fallut un moment pour se rendre compte qu'il n'était pas seul : avec son inséparable Coventry, quatre hommes, quatre têtes brûlées le suivaient. Trop enragé pour penser à sa sécurité, il mena son petit détachement à un train d'enfer, s'arrêtant de temps à autre pour reprendre haleine sans se soucier des patrouilles ni même du gros des troupes allemandes, pourtant toutes proches. Une seule pensée l'obsédait : arriver le plus vite possible à la ferme, la protéger au prix de sa propre vie ou châtier les meurtriers.

Ils arrivaient à destination quand Stephen sentit le froid de la baïonnette que Coventry lui glissait dans la main et qu'il passa machinalement à son ceinturon. Les lumières étaient allumées dans la ferme. Stephen arrêta ses hommes, leur ordonna de garder le silence. En rampant dans l'ombre, il s'approcha sans bruit afin de regarder par les fentes des volets si la maison était bien occupée par les Allemands et, dans ce cas, évaluer les chances de réussite de son intervention. Mais lorsqu'un rire de femme éclata soudain à l'intérieur, sa rage l'emporta sur la prudence. Il était maintenant certain que Juliette était morte et que les Boches profanaient avec leurs putains cette demeure dont il pensait qu'elle serait un jour la sienne.

Faisant signe à ses hommes de lancer l'attaque, il bondit, enfonça la porte d'un coup de pied, ouvrit le feu. Une grêle de balles s'abattit dans la pièce où les autres faisaient irruption à sa suite.

C'est alors que Stephen vit Juliette, le visage figé en un masque de stupeur terrifiée, se lever des genoux de l'Allemand et se tourner vers lui au moment où une rafale l'atteignait au ventre et à la poitrine. Projetée comme un pantin désarticulé contre le mur et le fourneau, elle tomba la tête sur le foyer ouvert, sa chevelure prit feu, son visage éclata dans une atroce odeur de chair grillée. La femme de Pérot, atteinte d'une balle dans le dos devant l'évier, rampait vers sa fille quand Stephen l'acheva d'une balle dans la nuque. L'Allemand qui était assis à table avec Juliette sur ses genoux avait été tué sur le coup et gisait dans une mare de sang et de vin rouge. Le vieux Pérot apparut dans l'escalier de la cave. Coventry pivota sur ses talons et l'abattit d'une balle entre les deux yeux. On entendait à l'étage les cris de l'autre fille Pérot et les pas précipités d'un homme dans l'escalier. Deux des hommes de Stephen le cueillirent au vol et il s'écroula au pied des marches. La petite troupe nettoya le reste de la maison sans rencontrer de résistance. Les trois autres Allemands qui l'occupaient depuis l'avant-veille étaient encore couchés avec des filles ; épuisés par la rapidité de leur avance, ils furent abattus sans comprendre ce qui leur arrivait. Le plus jeune, encore un adolescent, ne s'était même pas réveillé.

Leur besogne achevée, les justiciers se rassemblèrent à la cuisine. Stephen frémissait d'une véritable jouissance sexuelle d'avoir ainsi pu déchaîner sa rage contre la guerre dans ce lieu même où il avait naïvement rêvé de paix. Quand il tira Juliette par les pieds pour l'écarter du fourneau, il résista à grand-peine à l'envie de lui infliger une ultime humiliation en violant son cadavre encore chaud. Elle lui avait donné ses lèvres et lui aurait offert le reste, comme elle l'avait sans doute fait à l'Allemand ; mais lui, pauvre imbécile inhibé par le code de bonnes manières de son éducation anglaise, il l'avait traitée avec respect...

Un rire grinçant lui échappa à la pensée du personnage ridicule qu'il avait si longtemps joué. Tel un chevalier de mauvais roman moyenâgeux, il avait chevauché pour le plaisir de voir les yeux de sa belle, il s'était laissé exploiter par le père comme un esclave alors que pour coucher avec Juliette il lui aurait suffi de le lui demander, elle l'aimait bien mais n'avait nulle envie de l'épouser, encore moins de le suivre en Angleterre. Quand l'Allemand était arrivé, il n'avait pas eu de mal à s'en faire aimer de la même manière.

C'est alors qu'il entendit le bébé.

Ses petits cris à demi endormis émanaient de la pièce du devant. Il s'agissait sûrement de l'enfant de la sœur, Nicole, dont le mari avait discrètement disparu au début de la guerre pour échapper à la conscription. Sachant son revolver vide, Stephen mit la main sur la poignée de la baïonnette passée à son ceinturon, entra sur la pointe des pieds comme s'il ne voulait pas effrayer l'enfant et se pencha sur le berceau. C'était un garçon.

Ainsi, Stephen s'était encore une fois trompé : Pérot avait un héritier légitime qu'il n'aurait sûrement pas lésé au profit d'un étranger, d'un intrus. Stephen vit deux yeux bleus considérer avec étonnement son visage inconnu, deux petites mains se tendre vers lui en signe de bienvenue. Doucement, presque affectueusement, il posa la pointe de la baïonnette sur la tendre poitrine, poussa d'une main, sans effort. Le sourire édenté s'effaça de la bouche de l'enfant, une mousse rouge apparut au coin de ses lèvres et il mourut sans un cri, comme s'il s'était endormi.

Stephen revint à la cuisine apaisé. L'exaltation de la vengeance était retombée. La vision du cadavre de Juliette, de ses beaux cheveux blonds et de son joli visage calcinés ne ravivait même plus sa fureur.

– Bon travail, les gars ! Et maintenant, en ligne, dit-il à ses hommes avec un sourire bienveillant.

Ils avaient visité la maison de la cave au grenier, vu les réserves de vin, d'alcool, d'argenterie, de provisions et s'attendaient, pour prix de leur honnête labeur, à la permission d'exercer le droit de pillage du vainqueur. Ils s'alignèrent donc sans discuter, dressés depuis des années à obéir aux ordres. Cet intermède de sauvagerie avait été trop bref pour leur en faire perdre le pli.

Stephen passa derrière eux et s'empara discrètement d'un fusil-mitrailleur allemand appuyé contre le mur près de l'évier. D'un geste souple et rapide, il épaula, lâcha une rafale précise, les quatre hommes s'écroulèrent. Le seul qui n'avait pas été tué sur le coup tentait de s'échapper en rampant. Coventry l'acheva d'une balle dans la nuque. Stephen et lui disséminèrent ensuite les corps des quatre soldats anglais dans les pièces du rez-de-chaussée. Leur mise en scène n'aurait sans doute pas trompé l'enquêteur le plus borné mais il n'y avait là personne pour poser des questions et, quand la tuerie serait découverte, il serait de toute façon trop tard pour tenter de la reconstituer.

Nul ne pouvant contredire le rapport que Stephen fit des événements de la nuit, son fait d'armes fut si bien enjolivé et déformé par la suite qu'il devint l'un des rares exemples de bravoure et d'initiative dont pouvait s'enorgueillir une armée en déroute. Lorsque les six valeureux guerriers furent décorés, dont quatre à titre posthume, la presse s'empara de l'anecdote, car l'héroïsme déployé par le capitaine Winters, son ordonnance et ses volontaires pour venger le martyre de femmes et d'enfants belges faisait de la bonne copie. L'atrocité des détails suscita la colère et l'horreur des civils en sécurité dans leurs foyers. Quelques jours plus tard, l'avance allemande était stoppée et le cours de la guerre s'infléchissait vers la victoire finale qui allait faire tout oublier – sauf pour certains...

Stephen se tournait et se retournait dans son sommeil en répétant doucement, tendrement le nom de Juliette. Lily dormait et ne l'entendit pas.

CHAPITRE 35

Le lendemain, John Pascoe se rendit à la ferme dont il revint muni du chèque de quatre cents livres qu'il déposa sur le bureau de Stephen pendant que celui-ci était parti déjeuner. Son rôle dans cette affaire embarrassait le vieil avocat mais, après ce pénible dîner, il était tombé d'accord avec Rory pour récupérer à tout prix le chèque de Stephen et annuler cette vente avant qu'il ne soit trop tard. Rory et Pascoe n'avaient pas plus les moyens de se priver du travail de Stephen à l'étude que de lui racheter sa part ou de lui avancer le montant de son achat. Ils étaient surtout persuadés que cette terre, épuisée par des méthodes de culture rétrogrades et stérilisée par le sel de la mer toute proche, ne serait jamais assez rentable dans les mains inexpérimentées de Stephen pour rembourser une lourde hypothèque. Hardwick, le banquier, ayant refusé de lui prêter de l'argent, Stephen n'avait pas d'autres recours.

Ce subit engouement de Stephen pour la campagne n'était à leurs yeux qu'une absurde lubie. Ils avaient tous deux décelé en lui des symptômes de neurasthénie et de troubles nerveux consécutifs à la guerre, tous deux observé avec inquiétude sa consommation croissante d'alcool, ses nuits blanches, les ecchymoses inexpliquées qu'il exhibait parfois le lendemain. Ils avaient espéré que le mariage l'assagirait mais, pour une raison qui leur échappait, sa séduisante jeune femme semblait incapable de le retenir près d'elle. Elle s'épanouissait à vue d'œil, son enfant lui faisait honneur tandis que Stephen devenait de jour en jour plus morose et plus difficile à vivre. Rory refusait que Stephen arrache Lily à la ville et à ses amis et, n'ayant pas oublié les cris de terreur de Lily ce fameux dimanche après-midi, il redoutait de le savoir seul avec elle. Conscient que la guerre avait infligé à Stephen des désordres mentaux dont il ignorait l'étendue et la gravité, Rory pressentait que son fils était dangereux et se défiait de lui.

Assez vieux amis pour se comprendre à demi-mot, John Pascoe et Rory Winters n'avaient pas eu besoin d'échanger leurs réflexions pour se savoir en plein accord. Lorsqu'ils s'étaient séparés après ce malheureux dîner, il leur avait suffi d'une poignée de main.

– Réglons cette maudite affaire, avait dit Rory.

– Je m'en charge, avait répondu John.

C'était tout – et c'était assez.

John aborda le fermier avec froideur et compétence. D'un coup d'œil, il avait estimé la valeur de la propriété au tiers du prix demandé et, s'il n'était guère au courant des cours du bétail, il en savait assez pour reconnaître des bêtes malades dans les vaches qui sortaient en boitant de leur étable. A l'intérieur, il n'eut pas de peine à voir le carrelage fendu, l'évier crasseux et le plafond festonné de toiles d'araignées que Lily lui avait dépeints. Il commença par déclarer que Stephen avait été traumatisé par la guerre, que le fermier avait abusé de sa confiance en ne lui laissant pas le temps de prendre conseil et que, de toute façon, Stephen ne disposait pas d'une somme pareille. Ouvrant ensuite sa serviette bourrée de documents d'allure impressionnante, John offrit en signe de bonne volonté une légère indemnité contre la restitution immédiate du chèque et l'annulation de leur accord verbal, dépourvu par ailleurs de valeur légale.

Le fermier qui, en tout état de cause, s'était réveillé ce matin-là persuadé de n'avoir fait qu'un beau rêve, accepta avec empressement dix guinées pour sa peine et se considéra bien payé. John Pascoe empocha le chèque et reprit la route de Portsmouth avec la satisfaction du devoir accompli.

Si John ne comptait certes pas sur la gratitude de Stephen, il s'attendait au moins que ce dernier garde son silence habituel. Aussi fut-il très surpris de le voir entrer dans son bureau vers la fin de l'après-midi.

– Pas de problème avec le paysan ? lui demanda Stephen d'un ton désinvolte.

– Non, aucun. Je lui ai donné dix guinées. J'avais la certitude qu'il était conscient d'avoir abusé de la situation et qu'on ne laisserait pas l'affaire aboutir.

– Ah oui ? Et quel argument lui avez-vous avancé ? Que mon père ne me le permettrait pas ?

Le regard dur de Stephen démentait son sourire. Mal à l'aise, John s'agita dans son fauteuil.

– Pas du tout, voyons ! Tout au plus ai-je peut-être un peu manqué de subtilité en lui disant que vous étiez un héros de la guerre, que vous vous êtes emballé en voyant la situation de sa ferme et qu'il n'aurait pas dû vous prendre au mot sans vous laisser le temps de réfléchir.

Le sourire de Stephen s'élargit.

– Autrement dit, que j'étais complètement cinglé, c'est bien cela ? Il faut vous rendre justice, mon cher John : vous, au moins, vous ne faites pas les choses à moitié.

– Mais non ! protesta John, de plus en plus gêné. Je n'ai pas du tout dit cela...

– Non, en effet. Que feriez-vous d'un associé timbré, n'est-ce pas ?

– Quoi qu'il en soit, l'incident est clos, il ne servirait à rien d'épiloguer. En tout cas, je comprends que vous ayez été séduit, l'endroit avait du charme. Un peu plus tard, peut-être... Un petit cottage de week-end... ?

Stephen se frappa le front, comme s'il découvrait soudain une idée de génie.

– Savez-vous que je n'y avais jamais pensé ? Bien sûr, voilà la solution idéale ! Pas de ferme, non, c'est trop astreignant. Je continuerai de vivre ici entre mon père et ma mère, ma femme et mon fils. Et le dimanche, si on n'a pas besoin de moi, je m'évaderai dans une jolie petite chaumière aux environs pour me donner l'illusion d'être de retour en Belgique dans la petite ferme à laquelle je tenais tant, conclut-il avec un ricanement aussitôt maîtrisé.

– Il y a beaucoup de gens très heureux d'avoir une agréable maison de campagne facile à entretenir...

– C'est évident, voyons ! Voilà tout juste ce qu'il me faut. Et ce sera très bon pour Christopher.

– Sans doute, acquiesça John très embarrassé.

– Car c'est bien ce qui compte avant tout, n'est-ce pas ? Que Christopher ait toujours le meilleur de tout ! Que Christopher soit heureux ! Que nous fassions toujours passer le bien de Christopher avant le nôtre !... Allons, il est temps de rentrer à la maison. Je serai au tribunal toute la matinée de demain pour l'affaire Priestley. J'irai directement et je viendrai au bureau dans l'après-midi. A demain.

– A demain. Bonne chance pour votre affaire.

Sur un dernier sourire, Stephen referma la porte. Un long moment, John resta immobile, l'esprit vide. Sans en avoir pleinement conscience, il se disait pour la première fois qu'il fallait peut-être envier ceux qui, comme son fils, n'étaient pas revenus dans un pays méconnaissable, auquel ils étaient incapables de s'adapter et pour lequel ils avaient si chèrement – trop chèrement – payé.

Avec un soupir, il décrocha le téléphone et composa le numéro des Winters. Lily, qui traversait le vestibule à ce moment-là, répondit.

– Bonjour, chère amie, lui dit John. Je voudrais parler à Rory. Est-il là ?

– Il se repose dans sa chambre. Il est très fatigué aujourd'hui, j'hésite à le prévenir. Puis-je lui transmettre un message ou préférez-vous le rappeler à l'heure du dîner ? Je crois qu'il descendra.

– Inutile de le déranger. Entre nous, ma chère Lily, nous nous inquiétions tous deux des projets de Stephen sur cette ferme et j'ai réussi à résoudre le problème. Le fermier a rendu le chèque, la vente est annulée. Dites simplement à Rory que l'affaire est réglée et qu'il n'a plus de souci à se faire à ce sujet.

– Je le lui dirai, répondit Lily avec un soupir de soulagement. Vous êtes un ange, John !

– C'est la moindre des choses, voyons ! Nous ne pouvions pas vous laisser vous enterrer dans un trou de campagne. Je ne comprends toujours pas ce qui lui est passé par la tête.

– Il disait que cette ferme lui rappelait un endroit en Belgique où il allait en permission. Il y attachait sans doute de l'importance parce qu'il y trouvait une sorte de paix au milieu de la guerre.

– Au nom du Ciel, nous sommes en paix en ce moment ! s'exclama John. Il n'a plus besoin de chercher un refuge ! Je vous demande pardon, ma chère, se reprit-il en se rappelant qu'il parlait à la femme de Stephen. Contentez-vous de dire à Rory que tout est arrangé et n'en parlons plus.

– Comme d'habitude, commenta Lily avec amertume. Chaque fois qu'il se passe quelque chose de déplaisant dans cette maison, plus personne ne veut en parler...

John entendit à l'arrière-plan le bruit de la porte d'entrée. Lily changea soudain de ton :

– Il faut que je vous quitte. Je transmettrai votre message. A bientôt.

Elle raccrocha et se tourna vers Stephen qui s'avançait vers elle.

– Désolé de vous interrompre, déclara-t-il d'un ton glacial.

– Rien d'important, répondit-elle en souriant.

– Le message était pour moi ? voulut-il savoir.
– Non.
– Pour ma mère ?
– Non plus.
– Pour mon père, alors ?
Lily chercha vainement du regard une diversion.
– Oui.
– Bizarre. Un message du bureau ?
– Oui... Votre père ne se sent pas très bien aujourd'hui. Je vais monter voir s'il dort encore.
– Je vous accompagne.
Il la prit fermement par la taille et ils montèrent l'escalier du même pas. Lily avait la désagréable impression d'être appréhendée et emmenée quelque part contre son gré. Elle ne voyait pas comment éviter de transmettre à Rory le message de John Pascoe en présence de Stephen, qui serait à l'évidence furieux d'apprendre que les deux amis avaient conspiré contre lui derrière son dos.
Lily frappa doucement à la porte en espérant que Rory ne répondrait pas, mais sa réponse leur parvint aussitôt et Rory les accueillit en souriant. Son regard resta cependant vigilant.
– Bonjour, Père, lui dit aimablement Stephen. Désolé de vous savoir fatigué. A mon avis, vous en faites trop.
– Je vais bien, articula Rory avec effort.
– Lily a reçu un coup de téléphone, elle a un message à vous transmettre. N'est-ce pas Lily ?
Elle se sentit rougir comme si elle détenait quelque secret honteux.
– John Pascoe vient de téléphoner, expliqua-t-elle avec une feinte désinvolture. Il m'a chargée de vous dire que l'affaire était réglée et de ne plus vous soucier de rien.
– Quel étrange message ! intervint Stephen. Que veut-il dire ? Le savez-vous, Père ?
Rory hocha la tête avec peine.
– Il a sûrement dit autre chose, Lily. De quelle affaire s'agit-il ? reprit Stephen en regardant tour à tour sa femme et son père comme s'il ignorait tout de ce qu'ils lui cachaient. John est toujours précis, son message devait être plus explicite que cela. Il faut que je l'appelle tout de suite pour lui demander des explications. S'il s'agit d'une affaire qui inquiète mon père, nous devons le rassurer le plus vite et le plus complètement possible, n'est-ce pas ?

Lily et Rory échangèrent un regard atterré.

– A moins que je sois le seul à ne rien comprendre ? poursuivit Stephen. Qu'il n'y ait que moi dans cette pièce à avoir besoin d'une explication ?

– Je ne comprends pas de quoi vous parlez, affirma Lily. Il est tard, je vais me changer.

– Il s'agit de la ferme, n'est-ce pas ? insista Stephen.

La mine coupable de Lily lui tint lieu de réponse.

– Eh bien, s'il ne s'agit que de cela, je peux vous mettre moi-même au courant. Tous ces enfantillages et ces secrets n'ont pas lieu d'être, voyons !

Rory leva la main, comme pour adjurer Stephen de se taire, de ne pas pousser plus loin son persiflage.

– Peu importe, Stephen, répliqua Lily, il s'agissait en effet de la ferme. Je devais simplement confirmer à votre père que la vente était annulée, voilà tout.

– John vous a-t-il dit comment il s'y est pris ? Ou peut-être le savez-vous déjà l'un et l'autre parce que vous aviez tout manigancé de concert ? C'était mené de main de maître, je dois vous en féliciter. John a dit au fermier que la guerre m'a rendu fou et que je suis incapable de prendre une décision de ma propre initiative, étant sous-entendu qu'il vaudrait mieux m'interner dans un asile ou me mettre sous tutelle judiciaire puisque je ne suis pas en état de gérer mes propres affaires. C'est bien cela, n'est-ce pas ? De qui vient cette brillante idée ? De vous, chère Lily ?

Lily lança un regard inquiet à Rory.

– J'ignore ce dont vous parlez, répondit-elle. Je ne voulais pas de cette ferme, c'est vrai, mais je n'ai rien demandé à M. Pascoe ni à votre père.

Stephen la reprit fermement par la taille.

– Chère et loyale petite épouse ! Je vous crois volontiers mais vous faites erreur, voyez-vous. Vous n'avez pas besoin d'exprimer un souhait pour qu'on vous l'exauce. Vous n'avez pas besoin de vous battre ni d'exiger pour qu'on vous accorde tout ce que vous voulez. Il vous suffit d'ouvrir bien grands vos ravissants yeux bleus pour que tout le monde tombe à vos pieds. N'est-ce pas merveilleux ?

Rouge de colère et de confusion, Lily se détourna.

– Quant à vous, Père, quel couple de vieux chenapans vous faites avec John ! Bravo, bravo ! Je veillerai désormais à ne jamais plus m'opposer à vos moindres désirs. Savez-vous que, l'espace d'un instant, j'avais eu l'audace de croire que je pourrais mener ma vie comme je l'entends ? Qu'après avoir passé deux ans sur le front comme vous l'exigiez, en être revenu alors que personne n'y comptait plus et avoir ensuite trimé trois ans dans votre étude, on m'accorderait peut-être le droit exorbitant de faire de temps en temps ce qui me plaît ? Quelle erreur ! Il n'en est pas question, bien entendu, tant que John et vous tiendrez la barre ! Vous n'avez pas perdu votre main de fer, mon cher père. Rien que pour cela, je vous admire très sincèrement.

Rory se souleva avec peine sur un coude et tendit la main à Stephen.

– Je regrette, mon garçon... Je regrette. Viens...

Stephen ne bougea pas. Rory appuya son invite d'un regard chargé d'une sincère compassion. Et c'est alors que son cerveau surmené lui fit commettre l'inexcusable erreur :

– Viens, mon fils. Mon... Christopher.

C'en était trop pour Stephen. Avec un éclat de rire qui finit par un sanglot, il tourna les talons et sortit en courant. Lily s'approcha de Rory, prit sa main tendue.

– Ne vous inquiétez pas, vous avez agi pour le mieux. Il s'en remettra. Et puis, vous ne vous êtes pas trompé, nous avons au moins un nouveau Christopher.

Le lendemain matin, Stephen partit de bonne heure pour le tribunal, muni de sa toge et de sa perruque dans son porte-documents. Coventry le conduisit et stationna à proximité en l'attendant. A neuf heures, Lily vit la nurse sortir le landau de Christopher dans le jardin ; quand elle l'entendit remonter ranger la nursery, elle enfila une veste et se glissa dehors à son tour.

Le vent qui venait de la mer charriait des effluves salés et agitait les roses, ouvertes et parfumées sous le soleil déjà chaud. Lily berça Christopher en regardant distraitement les martinets qui volaient bas et traversaient le ciel comme des flèches.

Lorsque Christopher ferma les yeux et s'assoupit, Lily laissa le landau cesser de lui-même ses oscillations. Un léger coup de vent fit claquer la barrière de bois entre le jardin et le passage menant au garage. Lily se leva pour aller la fermer, constata que la clef avait disparu et la bloqua avec une pierre pour l'empêcher de battre et de réveiller Christopher. Elle regagnait le banc à côté du landau quand Sally apparut à la porte de la cuisine.

– Madame, M. Smith au téléphone !

Lily jeta un coup d'œil autour d'elle. Christopher paraissait bien endormi. Mlle Janes se manifestait de temps en temps à la fenêtre de la nursery, moins pour veiller sur Christopher que pour manifester en silence sa réprobation face aux entorses à la discipline que commettait Lily. Voyant que tout était calme, Lily gravit les marches de la véranda, entra dans la salle à manger par la porte-fenêtre et alla décrocher le téléphone du vestibule.

– Il faut que je m'absente quelques jours, ma chérie, lui annonça Charlie. Le Palace de Londres vient de m'appeler. Leur directeur musical est tombé malade, ils m'offrent l'intérim une semaine et laissent entendre que le poste sera vacant la saison prochaine. Ce serait de la folie de refuser une occasion pareille.

Lily rapprocha une chaise et s'assit lourdement.

– Une semaine ?

– Je n'en sais pas plus pour le moment, le coup de téléphone était très bref. J'ai dit que je sautais dans le premier train et que nous en discuterions de vive voix.

– C'est une bonne nouvelle, se força-t-elle à dire.

– Pas pour nous, je sais, mais pour moi c'est une chance inespérée.

– Bien sûr, Charlie. Il faut accepter.

Entendant un léger tremblement dans sa voix, elle se ressaisit aussitôt.

– Si tout se passe bien, si je gagne beaucoup plus d'argent que maintenant, cela peut tout changer, tu sais. J'aurais de quoi t'acheter un maison, payer de bonnes études à Christopher. Tu pourrais enfin quitter Stephen...

Malgré elle, Lily regarda autour d'elle d'un air coupable. Elle était seule. Muriel était dans sa chambre, Rory en train de se faire habiller pour la journée – un processus long et compliqué –, la nurse dans la nursery et les servantes à la cuisine.

– Je préfère ne pas y penser, répondit-elle.

– Moi, si ! Cette proposition constitue peut-être l'ouverture que j'attends depuis si longtemps.

Il y eut un silence.

– Resteras-tu à Londres cette nuit ? demanda-t-elle.

– Je ne sais pas encore. Si l'autre est malade au point de ne pas pouvoir diriger ce soir, je serai peut-être obligé de commencer tout de suite. Dans ce cas, je te préviendrai aussitôt. Je rentrerai samedi soir par le dernier train et nous en parlerons dimanche. D'accord ?

– Oui, bien sûr, répondit Lily sans conviction.

– Écoute, si tu veux que je reste, dis-le ! Je ne peux pas continuer comme cela avec toi et tu ne peux davantage demeurer dans cette maison. Si tu préfères que je reste, je ne resterai que pour t'aider à le quitter. Il faut que cela change, Lily ! Cette situation nous tue tous les trois.

– Je sais... Mais je ne suis pas prête à partir, Charlie. Je dois aussi penser à ses parents et je veux avant tout savoir si je pourrais garder Christopher.

– Il faudrait pour cela obtenir le divorce à ton profit, je me suis renseigné. Si tu es prête à témoigner sous serment qu'il te soumet à des sévices physiques et moraux, la loi t'accordera la garde de Christopher, surtout si tu disposes de moyens financiers suffisants. Je serais en mesure de te fournir un petit capital.

– Il n'en est pas question !

Elle l'entendit pousser un soupir excédé. Plus que jamais, elle aurait voulu sentir les bras de Charlie autour d'elle plutôt que de se contenter de sa voix au téléphone.

– Ne te fâche pas, Charlie. Je veux simplement ne pas commettre d'erreur.

– Je sais, Lily. Et je ne suis pas fâché, je bous d'impatience ! Je voudrais enfin que les choses changent ! Je voudrais pouvoir vous enlever, Christopher et toi, vous emmener loin, très loin ! Je voudrais que nous soyons heureux tous les trois. Comme dans un conte de fées.

– Moi aussi... Je voudrais revivre cette journée au bord de la mer, quand tu avais emprunté la motocyclette et moi le pantalon de Madge. Je t'aimais tant que je pouvais à peine respirer...

– Je me souviens. Je n'oublierai jamais cette journée, tu sais. Elle était trop... parfaite.

Il y eut un long silence. Lily étouffa un petit rire.

– Je ne connais que toi pour me téléphoner sans rien faire d'autre que respirer à mon oreille !

– J'aime savoir que tu es là, à l'autre bout du fil, répondit Charlie. Je passerais des journées entières avec toi au téléphone rien que pour savoir où tu es, comment tu es habillée, ce que tu ressens.

– Eh bien, sache que je suis dans le vestibule, assise sur une chaise, que je porte ma robe à rayures bleues et blanches et que je préférerais être avec toi.

Il y eut un nouveau silence, pendant lequel Lily ne put s'empêcher de penser que seuls les amoureux se téléphonent ainsi pour ne rien dire.

– Au fait, où en est cette folie de la ferme ? demanda Charlie. Rien de nouveau ?

– Si. Rory en a parlé à John Pascoe qui est allé voir le fermier. La vente est annulée.

– Pauvre bougre... Ils ne lui laissent guère les coudées franches.

– Je ne l'aurais pas supporté ! protesta Lily.

– Je sais... Il n'empêche qu'il en avait envie et qu'ils ne le lui ont même pas permis. Il n'avait pas le droit de te forcer à vivre dans un trou pareil, c'est vrai, mais malgré tout... Qu'un type ait subi ce qu'il a subi pour devoir se mettre au garde-à-vous en rentrant chez lui, avoue que c'est quand même dur à avaler à son âge.

Lily entendit une porte s'ouvrir, se refermer et le pas de Muriel qui commençait à descendre l'escalier.

– Il faut que je m'en aille, murmura-t-elle.

– Quelqu'un arrive ?

– Oui.

– Et moi, je dois aller prendre mon train. Je te téléphonerai de Londres pour te dire ce qui se passe. Ne t'inquiète pas, nous nous reverrons bientôt.

– Bonne chance. J'espère que cela marchera, tu le mérites.

– Embrasse le petit de ma part. J'aurai de la peine de ne pas le voir cet après-midi.

– Je n'y manquerai pas. Au revoir.

– A bientôt.

Lily raccrocha et remit l'appareil sur le napperon, comme Muriel aimait qu'il soit. Dans la rue, elle entendit claquer une portière, une voiture démarrer, marquer l'arrêt au carrefour et s'éloigner.

– Vous êtes bien pâle, lui dit Muriel. De mauvaises nouvelles ?

– Non, au contraire. Charlie m'apprenait qu'il partait pour Londres, où on lui propose la direction musicale d'un théâtre très connu. J'en suis ravie pour lui.

Muriel hésita et posa la main avec affection sur l'épaule de Lily.

– Peut-être cela vaut-il mieux, déclara-t-elle à mi-voix.

– Je sais, répondit Lily en ravalant les larmes qu'elle sentait lui venir aux yeux.

Muriel était partagée entre la peur de trop parler et le désir de dire à Lily qu'elle la comprenait. Finalement, elle jugea plus sage de ne pas poursuivre.

– Pourriez-vous me conduire à Southsea ? lui demanda-t-elle. J'avais oublié que Stephen gardait la voiture toute la matinée et j'ai une robe à prendre chez ma couturière.

– Bien sûr. Je n'ai rien à faire de la journée puisque Charlie ne viendra pas me faire travailler cet après-midi. Et je serai ravie d'exhiber ma belle auto.

– Je n'en aurai pas pour longtemps avec la couturière, dit Muriel en ouvrant la porte du salon. Nous pourrions ensuite nous inviter à prendre un café chez Jane Dent, elle habite juste à côté.

– Avec plaisir. Je monte chercher mon chapeau. Et mon parapluie ! ajouta-t-elle en jetant un coup d'œil par la fenêtre. Il va tomber des cordes. Je vais tout de suite rentrer Christopher et demander à Sally de faire passer le landau par la cuisine. Regardez ce ciel ! Il n'y avait pas un nuage tout à l'heure.

Muriel sonna Sally, Lily traversa le vestibule puis la salle à manger, sortit sous la véranda. De grosses gouttes de pluie s'écrasaient déjà sur la verrière. Lily commençait à descendre quand elle s'arrêta net : le jardin était vide.

Le landau et Christopher avaient disparu.

CHAPITRE 36

Interloquée, Lily réfléchit. Sally a peut-être déjà rentré le landau, se dit-elle en regagnant le vestibule où Muriel mettait son chapeau et se préparait à sortir. Sally émergea à ce moment-là de l'escalier de la cuisine.

– Avez-vous rentré Christopher ? lui demanda Lily.

– Non, j'allais le faire. Madame vient de me prévenir.

– Le landau n'est plus là. Browning l'a-t-elle rentré ?

– Browning est en bas, elle fait le repassage, répondit Sally. Nous pensions qu'il fallait le laisser dormir.

– Enfin, il pleut ! s'écria Lily. La nurse elle-même ne va pas jusqu'à le laisser dehors sous la pluie !

– Je ne savais pas qu'il pleuvait, Madame ! répliqua Sally, ulcérée. On ne voit pas le ciel de la cuisine.

– Bon, bon... Où est Mlle Janes ?

Le porte de la nursery s'ouvrit alors au premier étage et la nurse apparut sur le palier.

– Mademoiselle Janes ! la héla Lily. Avez-vous rentré Christopher ?

– Je descendais justement, répondit-elle d'un air de dignité outragée. Il commence à pleuvoir.

– Il n'est pas ici, il n'est pas dans le jardin. Où est-il ? Le landau a disparu.

– C'est impossible ! intervint Muriel. C'est sans doute la cuisinière qui l'a rentré.

Violant toutes les règles de la bienséance, Lily dévala l'escalier de service et fit irruption à la cuisine. La cuisinière, assise devant la cheminée, bavardait avec Browning et se leva d'un bond, ahurie.

– L'une de vous a-t-elle rentré Christopher du jardin ? les apostropha Lily.

Bouche bée, les deux femmes la regardaient.

– Non, Madame, répondit enfin Browning. Nous avons ordre de ne pas le déranger quand il dort.

Lily les bouscula presque au passage, ouvrit la porte donnant sur le jardin et sortit, en se disant qu'elle avait peut-être mal vu la première fois, que le landau serait à sa place habituelle, qu'elle entendrait Christopher protester d'avoir été abandonné sous la pluie.

Le jardin était désert.

Lily courut à l'emplacement du landau à côté du banc de pierre et fit le tour du jardin en regardant dans tous les coins où on aurait pu pousser la voiture d'enfant pour l'abriter de la pluie. Elle retourna à la barrière de bois, qu'elle avait bloquée avec une pierre pour l'empêcher de claquer. La pierre, déplacée, avait creusé un sillon dans le sable, la barrière avait été poussée de l'extérieur et laissée ouverte. Le vent la faisait de nouveau claquer comme pour narguer Lily, qui la contempla sans comprendre.

Elle franchit la barrière et courut dans le passage vers la cour. Sa voiture était rangée sur le côté, le garage de l'Argyll vide. Elle traversa la cour jusqu'à la double grille, retenue ouverte par des crochets, s'avança sur le trottoir, fit quelques pas vers la droite puis vers la gauche. Sous la pluie qui tombait de plus en plus fort en crépitant sur le macadam, la rue était déserte.

Abritées sous un grand parapluie, la nurse et Muriel la rejoignirent. Livide, Lily se tourna vers elles.

– Où est Christopher ? Qu'est-il arrivé ? Où est-il ?

– Ma chère enfant..., commença Muriel qui ne sut en dire plus et se tourna vers la nurse.

– Rentrons téléphoner à M. Winters, déclara doctement la nurse. Il décidera ce qu'il convient de faire.

Lily partit en courant vers le lac et la promenade du front de mer. Il n'y avait personne en vue, pas un canotier sur le lac, pas un enfant s'attardant pour sauver son petit bateau de la tempête, pas une vieille dame venue nourrir les cygnes. Pas même une silhouette furtive poussant une voiture d'enfant. Lily remonta l'allée jusqu'à la cabane du loueur de canots. L'homme était assis à l'abri près de ses embarcations, retournées pour éviter que la pluie ne les remplisse.

– Avez-vous vu quelqu'un avec une voiture d'enfant ? l'interpella Lily, haletante. Quelqu'un qui se serait éloigné de cette maison, là-bas, en poussant un landau ? Un grand landau bleu marine ?

– Aujourd'hui ?

– Oui, ce matin ! Il y a quelques minutes ! s'écria Lily qui trépignait d'impatience.

– Non, pas à ma connaissance, répondit l'homme sans se presser. Mais je ne regardais pas de ce côté-là.

En étouffant un juron, Lily reprit sa course vers le front de mer. A perte de vue, la plage était déserte. Sous cette pluie battante, personne n'avait envie de prendre l'air ou de flâner au bord de l'eau. Au loin, on distinguait les silhouettes de deux femmes qui couraient se mettre à l'abri en se tenant par la main. Mais nulle part la moindre trace d'un landau ou de Christopher. S'abritant les yeux d'une main contre la pluie qui redoublait de violence, Lily se força à scruter dans toutes les directions jusqu'à ce qu'elle soit certaine de ne pas voir âme qui vive sur la promenade. La jetée elle-même était déserte.

Toujours courant, elle reprit le chemin de la maison en faisant un détour par le bout de la rue où des maisons isolées se dressaient au bord du remblai. Pas un piéton ne se hâtait en serrant quelque précieux fardeau sur sa poitrine ou en poussant un landau. Le ravisseur de Christopher n'avait sans doute pas pris ce chemin-là.

Du même pas, Lily partit dans l'autre direction. A quelques maisons de là, un fourgon de livraison hippomobile s'ébranlait. Lily courut derrière lui en criant de toutes ses forces au cocher de s'arrêter. L'homme la regarda avec effarement. Les cheveux collés par la pluie, haletante, le visage écarlate, elle avait l'air d'une folle.

– Avez-vous vu une voiture d'enfant ? Un grand landau bleu qui sortait de cette maison là-bas ?

– Pourquoi donc ?

– Mon bébé a disparu ! Je vous en supplie, répondez, dites-moi si vous avez vu quelque chose !

– Non, je n'ai rien vu, affirma le cocher en faisant claquer son fouet. Voler un enfant. Quelle époque !

Lily ne l'écoutait déjà plus. Devant la grille, Sally regardait de gauche à droite.

– Ah ! Madame !...

Lily accourut :

– Vous l'avez trouvé ? Dieu soit loué, j'ai eu si peur ! Où était-il ? Qui l'a retrouvé ?

– Non, nous le cherchons toujours, répondit Sally en fondant en larmes. Où peut-il bien être ?

Sans répondre, Lily reprit sa course en direction de la ville.

Personne. Arrêtée au coin de la rue, elle perdit soudain tout contrôle d'elle-même et se mit à crier le nom de Christopher à tous les échos. Sally la rejoignit en courant, la prit par le bras, l'entraîna vers la maison.

– Venez, Madame, rentrez. On a téléphoné à M. Stephen, il arrivera dès qu'il pourra. Christopher n'est pas ici.

– Où est-il, alors ? Où est mon Christopher ? hurla Lily en se débattant pour échapper à la jeune servante.

Tant bien que mal, Sally parvint à la traîner en direction de la maison. L'orage était encore au large mais se rapprochait à vue d'œil, la pluie redoublait, des éclairs menaçants zébraient le ciel à l'horizon.

Muriel attendait sur le seuil.

– Rentrez, Lily, venez vous mettre à l'abri. Vous ne pouvez rien faire de plus.

Lily gravit le perron en courant, empoigna sa belle-mère par le bras :

– Pourquoi dites-vous cela ?

– Je veux simplement dire que vous ne le retrouverez pas en courant au hasard sous la pluie, répondit Muriel qui la poussa dans le vestibule, sans se soucier pour une fois de ses parquets cirés sur lesquels Lily laissait s'égoutter une mare d'eau. Ressaisissez-vous, de grâce ! Browning, montez avec Madame l'aider à se changer. Vous êtes trempée.

– Je m'en moque, c'est sans importance ! répliqua Lily. Que pouvons-nous faire ?

– J'ai appelé l'étude. Un clerc est déjà parti avertir Stephen au palais de justice. Je lui ai dit de se hâter, qu'il s'agissait d'un problème extrêmement urgent. Je vais maintenant appeler la police. Il vaut mieux ne pas attendre le retour de Stephen.

– Oui, appelez la police tout de suite !

Muriel l'entraîna au salon et la força à s'asseoir.

– Restez ici, calmez-vous. Browning, allez au moins chercher une serviette ! ajouta-t-elle par-dessus son épaule. Apportez aussi un verre de cognac, Madame en a besoin.

– Non ! protesta Lily qui tremblait de froid, de peur et d'énervement.

– Vous allez attraper la mort...

– Appelez la police, ne perdez pas de temps, je vous en supplie !

– J'y vais de ce pas. Mais vous, ne sortez plus !

Lily fit un signe de tête résigné. Elle entendit la voix de Muriel s'adresser à une opératrice, à un agent de permanence, à un sergent et enfin à l'inspecteur. Au bout d'un temps qui lui parut interminable, Muriel revint enfin.

– Ils envoient quelqu'un, annonça-t-elle.

Browning et Sally entrèrent au même moment. Sally tendit une serviette à Lily, qui se contenta de la tordre entre ses mains au lieu de sécher ses cheveux. Browning lui donna un verre de cognac qu'elle avala d'un trait, sans même éprouver la chaleur bienfaisante de l'alcool.

– Je vais téléphoner à Charlie, déclara-t-elle en se levant.

– Est-il encore là ? demanda Muriel. Vous m'aviez dit qu'il devait partir pour Londres.

– C'est vrai. J'oubliais...

Le silence retomba.

– Que fait Stephen ? s'enquit Muriel avec impatience.

Elle alla regarder par la fenêtre. La pluie crépitait sur les vitres, bouchait la visibilité, on ne voyait même plus la mer.

– Je devrais prévenir Rory, reprit-elle sans faire mine de bouger.

– Où est la nurse ? demanda tout à coup Lily.

– Dans la nursery, répondit Sally. Je crois qu'elle termine sa toilette.

Lily éclata d'un rire dément.

– Sa toilette ! Elle abandonne mon fils dans le jardin sans surveillance, elle le laisse enlever sous son nez et elle monte tranquillement faire sa toilette !

Son rire enfla, devint strident jusqu'à l'hystérie. Secouée d'un tremblement incontrôlable, elle se laissa retomber dans son fauteuil. Muriel la secoua par l'épaule.

– Assez, Lily !

Lily se prit la tête à deux mains, empoigna ses mèches de cheveux trempés, tira de toutes ses forces.

– Assez ! cria Muriel. Calmez-vous !

Les yeux secs, étincelants d'une rage impuissante, Lily hurla de plus belle. Muriel leva la main, la gifla à toute volée. Son cri stoppé net, Lily regarda Muriel avec stupeur, comme si elle découvrait sa présence.

– Il est inutile de vous donner en spectacle, dit Muriel sèchement. Maîtrisez-vous. Votre mari et la police vont arriver d'une minute à l'autre. Ce n'est pas le moment de donner libre cours à vos crises de nerfs.

Tassée sur son siège, Lily grelottait de froid.

– Montez vous changer dans votre chambre, reprit Muriel d'un ton sévère. Un peu de tenue, je vous prie. Vous n'arrangerez pas la situation en vous laissant aller.

Lily se leva comme un automate, Sally lui prit le bras et l'entraîna avec douceur vers l'escalier. Muriel les suivit jusqu'au premier étage. Pendant sa course folle, une lanière de ses sandales avait coupé le talon de Lily qui saignait encore sans qu'elle s'en rende compte et laissait un sillage ensanglanté sur le tapis de l'escalier.

– Sally ! la héla Muriel. Quand vous redescendrez, vous nettoierez les taches de sang sur le tapis. Prenez de l'eau froide salée sinon elles ne partiront pas.

Pendant que les deux femmes continuaient vers le second étage, Muriel entra dans la chambre de Rory. Assis près de la fenêtre, il regardait la pluie tomber. En voyant sa femme, il lui lança un regard anxieux.

– J'ai entendu Lily crier.

Les traits de Muriel perdirent d'un seul coup leur expression dure. Elle tomba à genoux près de son mari, le visage enfoui dans ses bras.

– C'est Christopher, dit-elle d'une voix tremblante. Quelqu'un l'a enlevé du jardin. Christopher a disparu.

Elle se croyait ramenée plusieurs années en arrière, quand Rory et elle avaient reçu le fatal télégramme. Rory garda une telle immobilité que Muriel releva précipitamment les yeux, craignant qu'il n'ait été terrassé par une nouvelle attaque. Un soupir de soulagement lui échappa lorsqu'elle le vit agiter les lèvres.

– Combien de temps ? demanda-t-il enfin.

– Il y a moins d'une heure. Lily voulait le rentrer quand il a commencé à pleuvoir. Le landau et l'enfant n'étaient plus dans le jardin.

Tout en parlant, Muriel avait l'impression qu'un siècle s'était écoulé. Elle revoyait Lily allant d'un pas allègre mettre son enfant à l'abri comme une de ces photographies jaunies, vestiges d'un lointain passé heureux.

– La police ?

– Ils arrivent.

– Stephen ?

– Il plaide ce matin. J'ai appelé l'étude, j'ai pu parler à John. Il a aussitôt envoyé un clerc au palais de justice avertir Stephen. Coventry l'attendait là-bas, il le ramènera dès qu'il pourra se libérer.

Un bref tremblement secoua les mains de Rory. Assise sur les talons, Muriel se massa le visage.
– Je dois me ressaisir, s'admonesta-t-elle sévèrement. Il faut donner l'exemple à Lily. Pas de crises de nerfs, pas d'agitation inutile, pas de larmes. De la dignité.
Elle se releva. Rory la regarda avec compassion.
– Je vous tiendrai au courant, dit-elle avec froideur, comme si elle s'adressait à un étranger plutôt qu'à son mari et au grand-père de l'enfant disparu. Je dois accueillir la police et faire le nécessaire jusqu'au retour de Stephen.
Elle était déjà à la porte quand Rory la héla :
– Muriel !
Elle se retourna.
– Soyez bonne avec Lily.
Elle se voûta un peu, hésita.
– Il faut qu'elle sache se dominer. Si elle n'a pas reçu la même éducation que nous, elle doit au moins apprendre à se conduire avec dignité en toutes circonstances et non à s'écrouler devant l'adversité.
Rory allait répondre quand la sonnette retentit.
– Veuillez m'excuser, c'est sans doute la police.
Muriel referma la porte. Elle s'engageait dans l'escalier quand elle entendit une porte claquer au second étage et Lily dévaler les marches pieds nus, les cheveux et la robe toujours trempés. Muriel lui barra la route.
– Je recevrai seule la police tant que vous ne serez pas présentable, dit-elle d'un ton sans réplique.
– Vous ne m'empêcherez pas de descendre !
Lily se glissa sous ses bras étendus et descendit si vite qu'elle trébucha sur la dernière marche. Elle se serait étalée dans le vestibule si le sergent, qui se tenait au pied de l'escalier, ne l'avait rattrapée au vol.
– Avez-vous appris quelque chose ? demanda-t-elle à la cantonade.
Tout en descendant d'une allure posée, Muriel vit que la délégation policière était composée de trois personnes, un homme en civil, sans doute l'inspecteur, et deux autres en tenue, le sergent et un agent resté près de la porte.
– Rien encore, mademoiselle, nous sommes venus immédiatement, répondit l'homme en civil. Je suis l'inspecteur Walker, voici le sergent Watts. Et vous êtes ?...

– C'est mon enfant, mon bébé ! dit Lily en ignorant la question. Avez-vous entrepris des recherches ?

– J'alerterai toutes nos forces quand je disposerai d'un signalement mais j'aurai d'abord besoin de votre coopération, madame. Essayez de garder votre calme.

– Ma belle-fille est bouleversée, je vous prie de l'excuser, intervint Muriel depuis l'escalier. Browning, faites entrer ces messieurs à la salle à manger.

Ils prirent place autour de la table. Muriel présida.

– Cherchez-le tout de suite ! supplia Lily. Il portait une barboteuse blanche brodée, il était dans un landau bleu, un grand landau. Il ne peut pas être très loin, cela vient juste de se produire. Si nous partions tous maintenant à sa recherche, je suis sûre que...

Un sanglot l'interrompit. Le sergent sortit un calepin et s'apprêta à prendre des notes. L'inspecteur se tourna vers Muriel.

– Puis-je vous demander votre nom, madame ?

– Je suis Mme Rory Winters. Mme Stephen Winters est ma belle-fille. L'enfant disparu est mon petit-fils, Christopher, âgé de quatre mois, récita Muriel avec lenteur afin que le sergent ait le temps de tout noter. Mon fils Stephen Winters est avocat. Il a été averti au palais de justice où il se trouve en ce moment et ne devrait pas tarder à arriver.

– Je connais Me Winters..., commença l'inspecteur.

– Je vous en prie ! l'interrompit Lily. Quand allez-vous commencer à le rechercher ?

L'inspecteur se tourna vers elle avec compréhension.

– Aussitôt que j'en saurai davantage, je serai en mesure d'alerter nos forces et nos collègues de la région, répondit-il courtoisement. Commençons par son signalement précis, voulez-vous ?

– C'est un beau, un très beau bébé. Il a les cheveux blonds qui bouclent déjà, de grands yeux bleus. Il est très calme, très gentil de nature. Il rit tout le temps...

Un nouveau sanglot força Lily à s'interrompre.

– Il est bientôt l'heure de sa tétée, reprit-elle d'une voix tremblante. Sauront-ils au moins ce qu'il faut lui donner ?

– Soyez tranquille, nous le retrouverons et nous vous le rendrons, madame. Veuillez, je vous prie, me répéter la description de ses vêtements.

– Une barboteuse blanche avec des smocks sur la poitrine et ses initiales CCW brodées sur l'ourlet gauche.

– La literie du landau ?

– Un oreiller et des draps blancs, deux couvertures blanches. Le landau est bleu marine. La capote était relevée.

– Autre chose ?

Lily secoua la tête sans répondre. Elle avait l'impression de se noyer dans un océan de larmes, une sensation inconnue qu'elle n'avait pas même éprouvée à la mort de sa mère. Elle se sentait incapable d'interrompre le flot de ses larmes intérieures qui finiraient par l'engloutir sans qu'elle puisse rien faire pour y échapper.

– Le landau, reprit l'inspecteur. Marque, modèle ?

– Un Silver Star, parvint à répondre Lily. Bleu marine, avec une capote et un baldaquin de la même couleur. Des roues à rayons argentés, un frein.

– Quand le landau et l'enfant ont-ils été vus pour la dernière fois ?

– Il était dans le jardin. J'étais assise à côté de lui quand j'ai dû rentrer prendre un appel téléphonique. Dès que j'ai vu qu'il commençait à pleuvoir, je suis sortie le chercher. C'est à ce moment-là que je me suis aperçue que le landau avait disparu et que la barrière du jardin était ouverte. Il devait être – voyons...

– Environ dix heures, compléta Muriel. Dix heures un quart au plus tard.

– Combien de temps le bébé est-il resté seul ?

– Pas plus d'un quart d'heure, répondit Lily. J'étais au téléphone, j'avais passé près d'une heure près de lui juste avant et la nurse, Mlle Janes, le surveillait de la fenêtre de la nursery.

– Bien. Je crois que nous en savons assez pour le moment, dit l'inspecteur. Le sergent peut-il se servir de votre téléphone ?

– Bien sûr. L'appareil est dans le vestibule, répondit Muriel en montrant la porte.

– J'ai oublié un détail ! s'écria soudain Lily. Il portait aussi des bottons de laine blanche. De jolis petits bottons avec des rubans de soie...

L'évocation des petits pieds de Christopher dans ses bottons était plus qu'elle ne pouvait supporter et elle fondit de nouveau en larmes.

CHAPITRE 37

Les trois policiers passèrent le jardin au peigne fin sans découvrir le moindre indice. Lily leur montra l'endroit exact où se trouvait le landau sur la pelouse, mais l'herbe était trop détrempée pour en avoir conservé une trace. Elle montra la barrière de bois ouverte de force, mais la pierre dont elle s'était servie pour la bloquer était trop petite pour qu'on puisse tirer quelque conclusion de son déplacement. Les policiers examinèrent la cour, le trottoir, la rue à la recherche d'empreintes de pas, de traces de roues, voire d'un mégot de cigarette. Sans plus de succès.

Stephen revint pendant qu'ils étaient encore devant la grille. Lily, qui regardait par la fenêtre de la salle à manger, se précipita au-devant de lui.

– Oh, Stephen !...

Il la prit dans ses bras d'un geste protecteur, Lily s'abandonna contre sa poitrine et pleura sans bruit. Muriel s'étonna de l'expression paisible, presque satisfaite de Stephen mais s'abstint de tout commentaire.

– Que dit la police ? lui demanda-t-il par-dessus la tête de Lily.

– Rien encore. Les polices des environs sont alertées, le ravisseur n'a sans doute pas pu aller très loin.

– Le petit a été enlevé dans le jardin ?

Ces mots tirèrent Lily de sa prostration.

– Je ne l'ai laissé seul qu'un instant ! Si je n'avais pas dû répondre au téléphone, je serais restée avec lui. La nurse était censée le surveiller de la fenêtre de la nursery. Je ne me suis pas absentée longtemps !

– Je sais, ma chérie, je sais. Calmez-vous, lui dit Stephen d'un ton réconfortant. Vous n'y êtes pour rien, personne ne vous reproche quoi que ce soit. Quand nous l'aurons retrouvé, nous rirons tous de nos frayeurs.

– Je ne serai jamais plus capable de rire, répondit Lily en frémissant.

L'examen du jardin terminé, les policiers rentrèrent à ce moment-là par la véranda.

– Maître Stephen Winters, je pense ? questionna l'inspecteur.

– Oui. Avez-vous trouvé quelque chose ?

– Rien, malheureusement. Mais avec cette violente averse, ce serait un miracle. J'aimerais vous poser quelques questions, monsieur.

– Bien sûr. Mère, attendez-nous un instant au salon et demandez qu'on nous apporte du café. Allez vous changer, ma chérie, ajouta-t-il avec un regard éloquent aux cheveux trempés et aux pieds nus de Lily. Refaites-vous une beauté.

Lily s'éloigna comme un automate.

– Et ne vous affolez pas, ajouta Stephen. L'affaire sera peut-être réglée d'ici dix minutes.

Elle lui lança un regard chargé d'espoir, Stephen lui répondit d'un sourire encourageant. Une fois Muriel et Lily sorties, son optimisme de commande s'évanouit quand il se tourna vers les policiers. Le sergent rouvrit son calepin.

– Sale affaire, dit-il sombrement. Est-ce un travail de professionnel, à votre avis ?

– Vous connaissez-vous des ennemis du fait de vos activités professionnelles ? demanda l'inspecteur. Un client qui se serait estimé mal défendu, un adversaire que vous auriez fait condamner ?

– Nous traitons très peu d'affaires pénales. Un homme dans ma position est pour ainsi dire forcé de se mettre des gens à dos mais, à première vue, je n'en connais aucun.

– Auriez-vous déjà reçu des menaces ? Cela pourrait remonter à la guerre, par exemple. De vieilles rancunes mal digérées, un subordonné se croyant mal noté ou brimé parce que vous l'auriez envoyé en patrouille plus souvent qu'à son tour. Nous rencontrons tous les jours des hommes qui n'ont rien oublié et veulent encore se venger.

– Non. J'ai eu la chance d'avoir sous mes ordres des hommes remarquables à tous points de vue. Ils se seraient fait tuer pour moi comme moi pour eux.

– Soit. Revenons plus près, alors. Êtes-vous sûr de vos employés, de vos domestiques ? Pas de difficultés de ce côté-là, pas de clercs ou de serviteurs licenciés ?

– Non. J'ai beau réfléchir, je n'en vois aucun, ni à la maison ni à l'étude, qui ait eu à se plaindre de moi ou de ma famille. C'est ma mère, bien entendu, qui dirige la maison, mais je sais que nos serviteurs nous sont fidèles depuis des années et qu'ils adorent Christopher. Ce n'est pas de ce côté-là qu'il faut chercher, à mon avis.

– Duquel, alors ?

– Je me perds en conjectures... Notre bonheur, notre union familiale font l'admiration de nos collaborateurs et de nos relations – certains amis de Lily prennent même pension chez nous, pour ainsi dire – et tout le monde est en adoration devant Christopher.

– Quels sont vos visiteurs les plus assidus ?

– Vous devrez demander des précisions à ma mère et à ma femme mais, de prime abord, je puis vous citer à titre d'exemple les noms de Madge Sweet, l'artiste de music-hall, de Mme Dent, de lady Blakelock. Charlie Smith, le directeur musical du Kings, est le professeur de musique de ma femme et vient presque tous les jours. Il est comme un second père pour notre fils. John Pascoe, l'associé de mon père, vient très souvent lui aussi. Nous recevons beaucoup.

– Aucun drame, aucun problème récent parmi toutes vos relations ? Une de ces dames aurait-elle perdu un enfant ?

– Grand dieu, non ! s'exclama Stephen. C'est impensable ! Quelqu'un comme Charlie Smith donnerait sa vie pour l'enfant. Il l'aime comme son propre fils – demandez à ma femme ! Non, personne de nos connaissances n'aurait pu faire une chose pareille. Je ne peux même pas l'envisager.

– Fréquentez-vous vos voisins, ceux notamment dont les fenêtres donnent sur votre jardin ?

– Nous nous disons bonjour et bonsoir quand il nous arrive de nous croiser dans la rue, sans plus.

– Mes hommes feront tout à l'heure du porte à porte dans tout le quartier. Je suis convaincu, voyez-vous, qu'il s'agit soit d'un proche connaissant assez bien la maison et vos habitudes pour avoir agi à coup sûr, soit, et ce serait beaucoup plus inquiétant, d'un passant inconnu qui aurait enlevé l'enfant sur un coup de folie.

– Pourquoi plus inquiétant ? Les deux hypothèses me semblent aussi effrayantes l'une que l'autre.

– Je dis que la seconde est pire parce que, dans ce cas, la piste est beaucoup plus difficile à remonter. Mais vous avez raison, aucune des deux n'est rassurante.

Il y eut un silence.

– Vous recevrez peut-être par écrit ou par téléphone une

demande de rançon ou des informations concernant votre fils, reprit l'inspecteur. Nous observons à ce sujet des règles très strictes que je vous expliquerai en détail. Par mesure de sécurité, je laisserai un de mes hommes sur place, au moins pour les premières vingt-quatre heures.

– Pensez-vous à un enlèvement crapuleux ?

– Je ne puis encore écarter aucune hypothèse. Votre famille est connue, le nom de votre épouse apparaît souvent dans la presse. Des malfaiteurs ont pu voir en vous des victimes toutes désignées.

L'inspecteur détailla ensuite les procédures à suivre et les indices à relever tant à la réception d'un appel téléphonique que d'un message écrit.

– Communiquez ces instructions à votre entourage, veillez à ce qu'elles soient respectées à la lettre et, surtout, ne négociez pas avec les ravisseurs. Transmettez-nous sans délai les éléments dont vous disposerez, le moindre retard mettrait en danger la vie de votre enfant.

– Vous pouvez compter sur moi, approuva Stephen.

– Mme Winters comprendra-t-elle le bien-fondé de ces mesures ? S'y conformera-t-elle ?

– Ma mère fera sans discuter ce qu'on lui dira. Quant à ma femme... vous l'avez vue, soupira Stephen. Elle est bouleversée, elle a les nerfs fragiles. Je ne me fierais pas à ses réactions, surtout si elle croit qu'une personne de sa connaissance est impliquée dans l'affaire. Elle adore son enfant et elle est tellement impulsive que...

– Nous y veillerons. Je lui expliquerai que le respect rigoureux de nos consignes a une importance capitale.

Stephen se leva et fit nerveusement les cent pas.

– La coïncidence est par trop incroyable ! s'exclama-t-il tout à coup. Que Lily ait été appelée au téléphone et que l'enfant soit enlevé pendant ces quelques minutes me paraît tellement invraisemblable que j'ai peine à y croire !

– C'est précisément ce qui m'a fait penser à des voisins ayant une vue plongeante sur votre jardin ou à un passant. Avec qui votre femme était-elle au téléphone ?

– Je l'ignore, vous le lui demanderez.

Ils convoquèrent Lily qui descendit aussitôt. Elle était montée se changer, se recoiffer, se rechausser puis, incapable de supporter dans le miroir le reflet de son visage livide et de son regard égaré, elle avait préféré attendre dans la chambre de Rory plutôt que d'affronter au salon le pesant silence de Muriel. Assis tous deux près de la fenêtre, comme si le fait d'épier la rue et le jardin pouvait faire reparaître le landau par miracle, ils se tenaient la main sans mot dire.

Browning vint la chercher et la fit entrer à la salle à manger. En voyant les policiers assis à table, Lily se demanda de façon très incongrue où Muriel ferait servir le déjeuner et si elle leur proposerait de rester. L'inspecteur pourrait être traité comme un invité, mais les deux autres ? Les ferait-elle manger à la cuisine ?

– M'écoutez-vous, madame ? s'enquit l'inspecteur.

Lily sursauta.

– Oui, oui.

Avec ses yeux rouges et son nez luisant, elle avait elle-même l'air d'un enfant accablé par un inconsolable chagrin. Quand elle s'approcha pour s'asseoir devant lui, l'inspecteur vit qu'elle tremblait de la tête aux pieds.

– Avez-vous froid ?

Lily secoua la tête sans répondre.

Elle est donc en état de choc, songea l'inspecteur en l'observant plus attentivement. A l'évidence, elle n'était pas capable de surmonter une crise de cette gravité. Il faudrait la garder à l'écart du téléphone ou de la porte d'entrée si les ravisseurs établissaient le contact. Elle semblait si proche de l'hystérie qu'on ne la contrôlerait plus si elle ne retrouvait pas son enfant dans les heures à venir.

– Veuillez m'excuser un instant, lui dit-il.

Il alla frapper à la porte du salon, où son entrée interrompit Muriel et Stephen qui se parlaient à voix basse.

– Je suis en ce moment avec Mme Winters. Elle me paraît mal en point et je me demandais si l'un de vous avait pensé à appeler un médecin. Elle aurait besoin d'un calmant et si l'affaire devait se prolonger jusqu'à la nuit...

– Bien sûr ! répondit Muriel. J'aurais dû y penser de moi-même. Je l'appelle sur-le-champ. Ma pauvre belle-fille a toujours été nerveuse et tout cela l'a terriblement éprouvée.

A demi rassuré, l'inspecteur regagna la salle à manger où il retrouva Lily assise dans la même position, le regard dans le vague. Sur la table, ses mains jointes étaient agitées d'un tremblement incontrôlable.

– Je n'ai que quelques questions à vous poser, madame. Quels sont vos visiteurs les plus assidus ?

– Charlie Smith, Madge Sweet, Sarah Dent..., récita Lily d'un air absent.

– Qui sont ces personnes ? Charlie Smith, par exemple ?

– Charlie est le directeur musical du Kings. C'est un de mes vieux amis, du temps où j'étais encore sur la scène. Il est mon professeur de piano et mon accompagnateur.

– Vient-il souvent ?

– Oui, tous les jours ou presque. Quand allez-vous commencer à chercher Christopher ?

– Son ravisseur, quel qu'il soit, l'a déjà emmené chez lui, répondit l'inspecteur d'un ton apaisant. L'enfant est donc à l'abri de la pluie et en sécurité. Plus vite nous saurons qui avait un motif de l'enlever, plus vite nous le retrouverons, madame. Comprenez-vous ?

– Il ne s'agit certainement pas de quelqu'un que nous connaissons. Qui pourrait faire une chose pareille ?

– C'est précisément ce dont nous devons nous assurer. Vous seriez-vous fâchée avec une de vos relations ? Auriez-vous un ou des ennemis qui voudraient vous atteindre ?

– Personne ne me haïrait à ce point ! répondit Lily avec un regard de reproche. Tout le monde sait que j'aime Christopher plus que tout au monde et que je préférerais mourir plutôt que de le perdre. Tous mes amis savent que rien ni personne ne pourrait me séparer de mon Christopher.

Sa voix se brisa. Le sergent se tourna vers la fenêtre pour dissimuler son émotion et l'inspecteur eut lui-même du mal à garder contenance.

– Bon, reprenons depuis le début, dit-il d'un ton faussement bourru. A quelle heure l'avez-vous sorti au jardin ce matin ?

– C'est Mlle Janes, la nurse, qui l'a sorti à neuf heures. Ensuite seulement, je suis descendu m'asseoir près de lui jusqu'à ce qu'il soit endormi. Quand Sally m'a appelée au téléphone, il était entre neuf heures et demie et dix heures moins le quart. A la fin de ma conversation, je me suis aperçue que la pluie menaçait. Le landau avait déjà disparu, il était environ dix heures.

– Avec qui étiez-vous au téléphone ?

– Mon ami Charlie Smith.

– Vous appelle-t-il habituellement le matin ?

– Non, parce qu'il vient presque tous les après-midi. Il me téléphonait ce matin pour me dire qu'il devait aller à Londres aujourd'hui.

– Votre conversation a-t-elle duré longtemps ?

– Oui, répondit Lily en rougissant malgré elle. Il me parlait de la situation qu'on lui offrait. Cela m'intéressait.

– Si je calcule bien, il vous aurait donc gardée au téléphone près d'une demi-heure ?

– Mais oui ! reconnut Lily, étonnée. Cela n'a rien d'exceptionnel, nous nous parlons souvent très longuement.

– Excusez-moi, j'ai dû mal comprendre. Ne m'avez-vous pas dit qu'il venait vous voir presque tous les jours et qu'il ne vous appelait pour ainsi dire jamais le matin ?

– C'est exact, mais quand nous sommes au téléphone nous avons tendance à bavarder interminablement, répondit Lily. Y a-t-il là-dedans quelque chose de répréhensible ?

– Non, absolument rien, déclara l'inspecteur avec un léger sourire. Est-il un vieil ami de la famille ?

– Je travaillais avec lui avant la naissance de Christopher. Il a fait la connaissance de mon mari au moment de notre mariage et, depuis, ils sont bons amis. Nous sortons souvent ensemble promener Christopher. Je veux dire...

Lily étouffa un nouveau sanglot.

– Je comprends, affirma l'inspecteur. Où habite M. Smith ?

– Palmerston Road. Mais excusez-moi, inspecteur, vos hommes sont-ils oui ou non en train de chercher Christopher ?

– Oui, madame. Je m'efforce simplement de déterminer si vous-même ou quelqu'un de cette maison peut nous aider à découvrir pour quelle raison votre enfant a été enlevé.

Lily réfléchit.

– Je ne vois vraiment personne ni aucune raison.

– Y aurait-il un membre du personnel avec lequel vous n'auriez pas de bonnes relations ? Autrement dit, votre belle-famille a-t-elle à son service quelqu'un que vous n'auriez pas employé si vous aviez eu le choix ?

– Une seule. La nurse.

– Ah oui ? Pourquoi donc ?

– Mon mari voulait une nurse, je n'en voulais pas. Il sait que je n'aime pas cette femme, comme je suis sûre de lui déplaire moi-même. Mais elle était dans la nursery à ce moment-là, elle n'a rien à voir avec... cela.

– Avait-elle de bonnes références ? Savez-vous d'où elle venait ?

– Oui. Elle a fourni à mon mari les certificats les plus élogieux. Mais les derniers enfants dont elle avait la charge sont morts accidentellement, c'est une des raisons pour lesquelles je ne l'aime pas.

– Voulez-vous dire qu'elle a fait preuve de négligence ?

– Non, elle n'en était pas responsable. Je la crois seulement... froide. Indifférente.

– Je vois. C'est donc elle qui est chargée de s'occuper de votre enfant ?

Lily hésita un instant.

– En principe, je n'ai pas le droit de rester avec lui dans le jardin. La nurse l'a sous sa garde toute la journée et je ne suis censée le voir qu'une demi-heure l'après-midi. Elle sait pourtant que je vais le rejoindre dans le jardin et que mon beau-père lui demande souvent de l'amener dans sa chambre ou de sortir le promener en même temps que lui pour que nous soyons ensemble.

L'inspecteur fronça les sourcils, stupéfait.

– Vous dites que vous n'avez pas le *droit* de voir votre fils pendant la journée ?

– Non, répondit Lily, gênée. Ils estiment que je le gâte trop, que son éducation dépend seulement de la nurse.

– L'enfant était donc sous sa responsabilité au moment de l'enlèvement ?

– Oui, en principe et même en fait. Elle le regarde constamment par la fenêtre pendant qu'elle range la nursery.

– Bien... Je crois que ce sera tout pour le moment, madame. Je préférerais que vous ne répondiez pas au téléphone aujourd'hui, même si un de vos amis demande à vous parler. Si la ou les personnes qui ont enlevé l'enfant prenaient contact, nous voudrions que l'appel soit traité comme il faut, sans risque d'erreur.

– Vous pensez qu'ils téléphoneront pour le rendre ? s'écria Lily avec un sursaut d'espoir.

– C'est fort possible, ou bien ils enverront une demande de rançon écrite. Dans un cas comme dans l'autre, mieux vaut que ce soit l'agent que je laisserai ici ou votre mari qui se charge d'en prendre connaissance, je leur ai donné des instructions précises. Vous voudrez bien permettre à votre mari d'ouvrir toute votre correspondance et vous abstenir de vous servir du téléphone.

– Je comprends. J'aimerais quand même parler à Charlie. Il doit me rappeler de Londres dans la soirée pour me dire s'il a obtenu le poste qu'on lui proposait.

– M'autoriserez-vous à écouter votre conversation ?

– Bien entendu ! répondit Lily, étonnée. Nous n'avons rien à cacher.

– Je vous remercie, madame. Il s'agit d'une simple formalité.

Dans une situation comme celle-ci, nous sommes obligés de vérifier toutes les communications téléphoniques.

– Il arrive donc souvent qu'on rende les enfants ? demanda Lily, partagée entre l'angoisse et l'espoir.

– Oui, souvent, mentit l'inspecteur, mal à l'aise.

Les douze coups de midi tintèrent à la pendule de la cheminée. Lily se leva d'un bond :

– Il est l'heure de la tétée...

Elle s'arrêta net, vacilla, comme sous l'effet d'un coup de poing.

– Vous devriez vous allonger et prendre du repos, madame, conseilla l'inspecteur avec sympathie. Si vous aviez quoi que ce soit à me dire, je serai ici toute la journée et je vous tiendrai au courant s'il se passe quelque chose.

– Merci, inspecteur.

Lily sortit en titubant, comme si ses jambes étaient soudain paralysées. L'inspecteur et le sergent gardèrent le silence jusqu'à ce qu'elle ait refermé la porte.

– Notez ceci, dit l'inspecteur. Juste une petite liste. Ensuite, nous interrogerons tout le monde.

Le sergent tourna une page de son calepin et attendit.

– La nurse qui déteste la mère. Son dernier employeur, dont les enfants sont morts. Mme Stephen Winters elle-même, qui veut se débarrasser de la nurse. Ce Charlie Smith, dont le nom revient à tout bout de champ. Les maîtresses du mari, il ne doit pas en manquer. Les anciens de sa compagnie. Si mes souvenirs sont bons, il avait lancé une opération dont il était revenu à peu près seul, il faudrait retrouver les familles des morts. Ses clercs, il a peut-être des clients mécontents. Je ne vois rien d'autre dans l'immédiat.

– La belle-mère et la belle-fille n'ont pas l'air de s'adorer, observa le sergent.

– Winters a beau dire, personne ici ne me donne l'impression de s'aimer tendrement – mais après tout, ce n'est qu'une impression. Ces gens-là n'ont peut-être pas l'habitude d'extérioriser leurs sentiments...

– C'est bien possible, approuva le sergent. Alors, à qui le tour ?

– Honneur aux anciens. Commençons par la belle-mère.

CHAPITRE 38

Muriel prit son audition comme un affront personnel. Afin de libérer la salle à manger pour le déjeuner, elle avait déménagé les policiers dans le cabinet de travail de Stephen, où elle fut offusquée de voir l'inspecteur installé derrière le bureau et de s'asseoir en face de lui comme si elle venait solliciter une place de chambrière.

L'inspecteur lui fit nommer ses visiteuses régulières et l'interrogea sur ses voisins. Malgré sa réserve confinant au mutisme sur ses sentiments personnels, l'inspecteur nota la sincérité de son amour pour son petit-fils et son peu de sympathie envers sa belle-fille et son mari invalide. Quand il aborda le sujet des serviteurs, elle déclara leur accorder une confiance aveugle, en ajoutant qu'ils étaient pour la plupart à son service depuis l'enfance de Stephen.

– Et les amis de votre belle-fille ? poursuivit-il. Elle a beaucoup de relations, je crois.

– Ma belle-fille était chanteuse de profession avant son mariage, répondit-elle d'un air pincé. Ses amis nous rendent souvent visite.

– En particulier M. Smith, m'a-t-elle dit.

– C'est exact. Il lui enseigne le piano et il est son accompagnateur. Il est devenu un ami de mon fils, ils sortent souvent ensemble. Je vois mal la raison de vos questions, monsieur, ajouta-t-elle sèchement.

– Je m'efforce simplement de brosser un tableau fidèle de votre cercle de connaissances, de vos habitudes. Mme Winters le voit tous les après-midi, je crois ?

– Il vient presque tous les jours lui donner des leçons et la faire répéter, confirma Muriel d'un ton glacé.

– Et il aime beaucoup l'enfant, n'est-ce pas ?

– Je l'ignore.

Il y eut un silence.

– Venons-en à M. Winters, votre fils. Rentre-t-il tard de son travail ?

– Mon fils est toujours de retour au plus tard à sept heures pour le dîner.

– Il doit se sentir très proche de son fils, chercher à passer le plus de temps possible avec lui, n'est-ce pas ?

– Bien entendu.

– Il l'emmène, par exemple, se promener le dimanche, il pousse son landau le long de la promenade quand il fait beau ? insista l'inspecteur.

Une telle incongruité tira de Muriel un soupir accablé.

– Nous employons une nurse. Mon fils Stephen n'a donc aucune raison de pousser lui-même le landau.

– Certes... Pardonnez-moi, madame, mais votre fils et votre belle-fille sont mariés depuis peu. Ils sont parfaitement heureux, n'est-ce pas ? Aucune mésentente, aucune de ces disputes si fréquentes dans beaucoup de jeunes ménages ?

– Aucune, déclara Muriel avec une froideur de banquise.

L'inspecteur hocha la tête comme si cela allait de soi. Mais il discerna avec intérêt un léger frémissement de la paupière qui semblait démentir l'affirmation.

– Mme Winters a sans doute eu son enfant chez elle ?

– Non, à la clinique.

– C'est M. Winters qui l'y a conduite, je suppose ?

– Mon fils était en voyage ce soir-là. Notre chauffeur et moi l'avons accompagnée, déclara Muriel avec une imperceptible hésitation. Elle est rentrée à la maison le lendemain.

– Le chauffeur ? Comment s'appelle-t-il ?

– Coventry, mais ce n'est qu'un surnom. Il s'appelle en réalité James Stokes. Il était l'ordonnance de mon fils pendant la guerre, dont il est revenu muet. J'ignore dans quelles circonstances ce surnom lui est resté.

– Se sert-il de la voiture en dehors de son service ?

Ce soudain changement d'approche déconcerta Muriel.

– Non. Il est logé au-dessus du garage ou il va parfois passer la nuit chez lui, dans l'île de Hayling.

– Ne lui arrive-t-il jamais, ses soirs de sortie, d'aller dans la vieille ville, dans le quartier du port ?

Le frémissement de la paupière reparut.

– Il n'est pas autorisé à utiliser la voiture pour ses déplacements personnels.

– Il conduit donc votre fils quand il sort le soir ?

– Bien entendu.

– Savez-vous où ils vont ?

– Excusez-moi, inspecteur, dit Muriel en se levant, il est tard et je dois monter voir mon mari avant le déjeuner. Désirez-vous pour vos hommes et vous-même des sandwiches, du thé ? Autre chose, peut-être ?

– Je vous remercie, madame, mais je ne voudrais pas vous importuner à ce point. Le sergent Watts restera ici pendant que l'agent et moi irons déjeuner dans le quartier. Nous reviendrons le relever le plus vite possible. Si vous receviez en mon absence un coup de téléphone ou une lettre par porteur, je vous prierais pour la sécurité de l'enfant de laisser le sergent s'en occuper.

– Fort bien. Le sergent peut attendre votre retour dans cette pièce, il entendra le téléphone sonner dans le vestibule. La femme de chambre ne pourra donc pas non plus ouvrir la porte aux visiteurs ?

– Non, l'un de nous s'en chargera.

– Cela fera une... curieuse impression, dit Muriel d'un air résolument réprobateur.

– C'est possible, admit l'inspecteur. Mais compte tenu des circonstances...

Elle inclina la tête avec raideur et opéra une sortie pleine de dignité. L'inspecteur adressa au sergent un clin d'œil complice.

– Délicieuse personne... Mais il est grand temps d'aller déjeuner. Nous nous occuperons du personnel et des voisins à mon retour.

Les policiers revinrent bredouilles de leurs visites aux voisins. Aucun n'avait remarqué quoi que ce fût d'inhabituel, personne ne regardait même par la fenêtre à ce moment-là. L'inspecteur se dit avec amertume que leur tâche aurait été plus facile dans les quartiers populaires, où les gens passent leur temps accoudés aux murets de leurs jardins et se mêlent sans vergogne des affaires d'autrui. Mener à bien une enquête dans ces conditions n'est souvent pas plus ardu que de prêter l'oreille aux bavardages en avalant des tasses de thé avec les uns et les autres. Mais là, dans les beaux quartiers, les innombrables interdits de la prétendue bonne éducation isolaient les habitants plus sûrement que s'ils vivaient chacun sur une île déserte. La plupart de ceux qui résidaient à côté des Winters depuis des années et dont les fenêtres donnaient directement sur leur jardin ignoraient jusqu'à leur nom faute de leur avoir été présentés selon les règles de la bienséance.

L'inspecteur s'intéressa ensuite aux serviteurs et demanda d'abord à rencontrer James Stokes, le chauffeur qui répondait au surnom de Coventry. Celui-ci entra, sa casquette sous le bras, accompagné de Stephen.

– Il est muet, expliqua Stephen. J'ai pensé pouvoir vous aider en servant d'interprète.

L'inspecteur dissimula son mécontentement.

– Je vous remercie. Vous arrive-t-il de sortir seul le soir en voiture dans le quartier du port, Stokes ?

Coventry fit un signe de dénégation. L'inspecteur observa sa physionomie ouverte et franche, le regard éveillé de ses yeux marron et leur expression intelligente.

– Êtes-vous muet de naissance ?

Stephen répondit à sa place :

– Son infirmité date de la guerre. Nous avions reçu un obus de plein fouet sur notre abri. Coventry y est resté enseveli deux jours sans que personne le sache en criant sans arrêt pour appeler à l'aide. Quand nous l'avons enfin sorti de là, il avait perdu la voix.

– Avez-vous consulté un médecin ?

Coventry fit une moue désabusée.

– Il en a vu plusieurs, expliqua Stephen. Ils ne comprennent rien à son cas qu'ils attribuent à un désordre nerveux.

– Votre voiture a été remarquée à plusieurs reprises dans la vieille ville et le quartier du port, poursuivit l'inspecteur. Étiez-vous ensemble à ces moments-là ?

Coventry attendit sans bouger que Stephen réponde.

– Il nous arrive en effet d'aller boire un verre ensemble. Vous savez ce que c'est, inspecteur, la vie de famille peut être... pesante par moments, dit Stephen avec un sourire engageant. Surtout quand on cohabite avec ses parents. J'éprouve parfois le besoin de me détendre un peu.

– Dans des pubs mal famés ? s'étonna l'inspecteur.

– Nous préférons des endroits... simples.

– Et vous vous attablez en amis ?

– La clientèle de ce genre d'établissements est parfois un peu exubérante, si vous voyez ce que je veux dire. Il est prudent de ne pas y aller seul. Coventry était mon ordonnance pendant la guerre, nous nous sommes trouvés dans des situations nettement plus périlleuses.

– Je connais vos états de service, monsieur.

Un geste aussitôt réfréné échappa à Coventry. Malaise ? Objection ? L'inspecteur ne put déchiffrer le bref regard qui passa entre les deux hommes mais sentit qu'une forte connivence existait entre eux.

– Où étiez-vous ce matin, Stokes ?

Coventry indiqua Stephen de la tête.

– Il m'a conduit de bonne heure au palais de justice. Comme j'ignorais combien de temps durerait l'audience, il est resté m'attendre.

– Et vous avez toujours stationné au même endroit ?

Coventry hocha la tête affirmativement.

– Je suis sorti un instant du palais vers dix heures prendre des dossiers que j'avais laissés dans la voiture, précisa Stephen. Un de mes clercs est venu entre dix heures trente et onze heures moins le quart m'avertir d'un problème grave à la maison. L'audience s'est terminée peu après et je suis aussitôt rentré chez moi.

– Quelqu'un vous a vu là-bas ? demanda l'inspecteur directement à Coventry.

Celui-ci fit un geste d'ignorance.

– Cela doit pouvoir se vérifier, intervint Stephen. Nous étions garés comme d'habitude dans la petite rue qui longe le palais. Des douzaines de passants ont sans doute vu la voiture, certains s'en souviennent peut-être. Je puis seulement vous dire qu'elle y était à dix heures.

– Je vous remercie de votre assistance, dit l'inspecteur à Stephen. J'aimerais maintenant m'entretenir seul à seul avec M. Stokes.

– Bien entendu, répondit Stephen en souriant. Mais il n'est pas très porté sur l'écriture, c'est pourquoi j'étais venu servir de truchement. Si vous avez du mal à communiquer, n'hésitez pas à m'appeler. Je serai dans la chambre de mon père. Il est très affecté par cette malheureuse affaire.

Stephen et le sergent se retirèrent, laissant Coventry seul avec l'inspecteur.

– Vous êtes très proche de M. Winters, n'est-ce pas ? commença ce dernier.

Coventry acquiesça en souriant.

– Je vous envie, vous deux. Une amitié aussi solide nouée dans de telles circonstances et qui ne se défait pas en temps de paix est précieuse. Vous avez sans doute aussi de l'amitié pour sa femme ?

L'inspecteur s'attendait à une réticence, à un geste trahissant la jalousie ou l'antipathie. Aussi fut-il étonné de voir Coventry répondre par un large sourire, souligné d'un vigoureux hochement de tête.

– Ah oui ?

Coventry prit sur le bureau un bloc de papier et un crayon et écrivit laborieusement : *Je lai apri a conduir.*

– C'est vous qui lui avez appris à conduire ?

Le sourire de Coventry s'élargit. *Elle condui trai bien. Jai choizi lauto.*

– C'est vous qui avez choisi sa voiture ?

D'une main malhabile, Coventry poursuivit son exposé en souriant de plus belle : *Morris. Bone marke.*

L'inspecteur était déconcerté par cet enthousiasme inattendu chez un homme d'allure si réservée.

– Vous avez beaucoup d'affection pour elle.

C'était moins une question qu'une affirmation. Coventry approuva avec véhémence.

– Après une carrière sur les planches, l'enfant a dû lui changer la vie. L'entraver, peut-être ?

Coventry exprima son incompréhension. L'inspecteur s'impatientait de devoir deviner les sentiments de cet homme comme s'il ne disposait, pour se guider en aveugle, que des indices Chaud ou Froid du jeu de colin-maillard. S'il avait espéré découvrir ainsi la rancune éventuelle de Lily envers un enfant importun, il était visiblement Froid. Mieux valait adopter une tactique plus directe.

– Vous vous occupiez beaucoup du bébé ?

Le sourire de Coventry exprima cette fois autant de plaisir que de fierté.

– Vous les conduisiez souvent ?

Le sourire ne s'effaça pas.

– Mme Winters m'a dit que c'était vous qui rentriez et sortiez le landau.

Coventry acquiesça en faisant le geste de pousser.

– Vous poussiez aussi le landau en promenade ?

Coventry montra le plafond du doigt.

– Avec M. Winters père ?

Coventry hocha la tête affirmativement.

– Et la jeune Mme Winters ?

Coventry approuva et suggéra d'un geste la présence d'une autre personne.

– M. Stephen Winters ?

Coventry pianota sur la surface du bureau.

– M. Charlie Smith, comprit aussitôt l'inspecteur. Vous sortiez vous promener tous les trois ensemble. C'était vous qui poussiez le fauteuil roulant de M. Winters et M. Smith le landau. C'est bien cela, n'est-ce pas ?

Coventry confirma d'un signe de tête. L'inspecteur se carra dans le fauteuil et réfléchit rapidement.

– C'est vous qui avez conduit Mme Winters à la clinique pour la naissance du bébé, n'est-ce pas ?

Coventry hocha la tête et pianota de nouveau sur le bord du bureau.

– Avec M. Charlie Smith ?

Coventry acquiesça.

– Et Mme Winters mère ?

Coventry fit un signe de dénégation.

– Où était M. Stephen Winters ce jour-là ?

Le visage de Coventry se ferma d'un seul coup.

– La jeune Mme Winters a sans doute beaucoup d'affection pour M. Smith, hasarda l'inspecteur.

Coventry fit un bref hochement de tête.

– Elle a de la chance d'avoir un ami si fidèle, insista l'inspecteur.

Coventry approuva. Il y eut un bref silence.

L'inspecteur tenta une approche plus directe.

– M. et Mme Winters s'entendent-ils bien ?

Coventry resta d'abord sans réaction, comme s'il était soudain devenu sourd, avant de faire un geste évasif signifiant peut-être que les rapports entre ses patrons ne le concernaient pas ou lui étaient inconnus. L'inspecteur nota que son regard, vif et animé un instant plus tôt, était devenu inexpressif ou, plutôt, indéchiffrable.

– Quelqu'un vous a-t-il vu ce matin pendant que vous stationniez près du palais de justice ?

Les yeux au ciel, les sourcils froncés, Coventry réfléchit un instant puis il écrivit sur le bloc : *Marchan de journau. Jai acheté journal.*

– Merci beaucoup, lui dit l'inspecteur. Vous nous avez rendu grand service.

Le sergent rentra après le départ de Coventry et lança à son chef un regard interrogateur.

– Eh bien ! soupira l'inspecteur. Si nous n'avons toujours pas trouvé de suspect, nous sommes peut-être en train de découvrir un beau petit scandale bien croustillant. Un mari qui va s'encanailler dans les quartiers pouilleux, une épouse qui se promène avec un pianiste. Malheureusement, il n'y a pas de mobile d'enlèvement dans tout cela... Bon, voyons la nurse, maintenant.

Mlle Janes se fit attendre et afficha sa mine la plus revêche quand elle daigna enfin se présenter.

– J'espère ne pas vous avoir trop dérangée, lui dit l'inspecteur d'un ton sarcastique à peine voilé.

– Je remettais de l'ordre dans la garde-robe du bébé, répliqua-t-elle avec un air de dignité outragée.

– C'était très urgent, en effet. J'aurais besoin de votre coopération, mademoiselle Janes.

Sans répondre, elle s'assit au bord du fauteuil.

– Quand avez-vous vu l'enfant pour la dernière fois ?

– Ainsi que je l'ai déjà dit, j'ai regardé par la fenêtre de la nursery à dix heures moins le quart. Sa mère était alors assise à côté de lui et l'empêchait de dormir.

– Avez-vous vu Mme Winters rentrer dans la maison ?

– Non.

– Avez-vous regardé dehors ensuite ?

La nurse se troubla.

– Non.

– Pourquoi, je vous prie ?

– La mère avait manifestement pris l'enfant en charge, répondit-elle avec aigreur. J'avais assez à faire à ranger la nursery et vérifier la lessive de la bonne.

– Mme Winters a tendance à se mêler de vos fonctions à tort et à travers, n'est-ce pas ? demanda l'inspecteur avec un sourire encourageant.

Mlle Janes se rengorgea.

– La jeune Mme Winters n'est pas accoutumée à un certain train de maison, déclara-t-elle. Elle ne sait pas comment traiter les domestiques, elle ignore la manière dont un enfant doit être élevé. J'ai moi-même été habituée à des maisons plus... importantes. Dans ma place précédente, j'avais sous mes ordres directs une servante exclusivement attachée à la nursery. Ici, je dois me contenter de superviser le travail de la bonne à tout faire.

L'inspecteur manifesta une compréhension apitoyée.

– Pourquoi avez-vous quitté vos précédents employeurs ?

– Les enfants sont morts noyés dans un accident de yacht, répondit-elle avec froideur.

– C'est terrible, commenta l'inspecteur.

– Certes, approuva la nurse comme si elle admettait à regret que la mort de deux enfants de quatre ans était peut-être regrettable mais qu'une professionnelle de sa qualité était au-dessus d'une sensiblerie hors de propos.

– La famille a dû en être très affectée, je pense ?

– La mère est devenue folle, il a fallu l'interner un certain temps, l'informa Mlle Janes avec autant d'émotion que si elle parlait d'un rhume de cerveau. Le père aussi avait beaucoup de chagrin, d'autant que c'est lui qui avait insisté pour emmener les enfants sur son yacht. Je crois savoir qu'ils sont partis pour l'étranger.

– Pouvez-vous me dire leur nom ?

Mlle Janes eut un mouvement de recul.

– Ils ne souhaitent certainement pas être importunés par cette affaire qui ne les concerne en rien !

– Je mène une enquête sur un enlèvement d'enfant, mademoiselle, répliqua l'inspecteur en se dominant à grand-peine. Il s'agit d'une affaire assez sérieuse, je crois, pour que j'aie de bonnes raisons de vouloir prendre contact avec eux.

– Sir Charles et lady Harcourt, Harcourt Hall, Wisbech, Cambridgeshire, lâcha la nurse avec une répugnance marquée. Mais je persiste à considérer que vous perdrez votre temps. Quel rapport pourrait-il y avoir ?

– Je l'ignore encore mais je ne dois rien négliger.

Mécontent de la sécheresse excessive de sa réponse, l'inspecteur se ressaisit et se força à sourire.

– Si vous étiez à ma place, mademoiselle Janes, sur qui se porteraient vos soupçons ?

– Il ne m'appartient pas de juger mes employeurs, répondit-elle avec un regard sournois.

– Vous pensez donc à Mme Winters ? A Mme Lily Winters ?

– Je n'ai pas dit cela. Considérez toutefois son attachement malsain à cet enfant, au point de ne pas pouvoir le laisser une minute seul... Son cercle de relations, des gens fantasques, irresponsables... Qui sait ce qui leur passe par la tête ? dit-elle d'un ton lourd de sous-entendus. Une mauvaise plaisanterie ? Une manière de se venger ?

– Se venger de qui ?

– De personnes respectables, déclara la nurse en se redressant. De moi, par exemple, ou de M. Winters. Certains visiteurs de cette maison n'auraient pas même le droit de franchir l'entrée de service d'une résidence comme il faut. Certains amis de

Mme Winters ne valent guère mieux que des romanichels. Avec tous ces gens sans principes, l'événement qui vient de se produire ne me surprend pas, hélas ! Un enfant doit être élevé dans des règles strictes que personne ne devrait transgresser à tort et à travers.

L'inspecteur parvint à feindre une surprise choquée.

– Pensez-vous réellement, demanda-t-il en détachant ses mots comme s'il découvrait à mesure une monstrueuse vérité, que Mme Winters soit inconsciente de ses devoirs et de ses responsabilités au point d'avoir demandé à un de ses amis d'enlever son enfant à seule fin de le soustraire à votre autorité et à l'éducation souhaitée par son père ?

– Il ne m'appartient pas de juger mes employeurs, répéta-t-elle d'un air pincé.

Mais l'éclair de triomphe qui avait allumé son regard constituait la plus éloquente des réponses.

L'inspecteur interrogea séparément tous les membres du personnel et vérifia leur emploi du temps à l'heure de l'enlèvement. A la fin de chaque entrevue, il demanda négligemment ce qu'ils pensaient des fréquentations de Lily et, en particulier, de Charlie Smith. Il constata alors avec étonnement qu'ils lui vouaient une sympathie unanime. Ils aimaient l'entendre faire de la musique, ils se réjouissaient d'écouter Lily chanter, de l'entendre rire quand elle jouait avec son bébé au salon ou quand Charlie et elle échangeaient des plaisanteries. L'opinion haineuse de la nurse apportait la seule discordance à ce concert de louanges.

Browning, la doyenne, refusa d'émettre le moindre commentaire sur le ménage de Stephen et de Lily mais Sally, moins stylée, confirma sans se faire prier qu'ils se querellaient souvent. Elle apprit à l'inspecteur que la maison était sinistre comme une tombe depuis l'attaque de M. Winters père et que c'était Lily qui y avait ramené les rires et la vie. M. Stephen Winters était un rabat-joie au cœur sec, incapable de comprendre à quel point les amis de sa femme, tous gens gais, élégants et à la mode, conféraient à la maison un lustre dont elle avait grand besoin.

Aucun des serviteurs ne pouvait concevoir qu'un des amis de Lily ait trempé de quelque manière que ce soit dans un acte aussi barbare. Sally alla même jusqu'à faire preuve d'impertinence en accusant l'inspecteur d'être plus aveugle qu'une chauve-souris s'il ne voyait pas que Charlie Smith aimait l'enfant comme son propre fils. Loin de s'offusquer de sa repartie, l'inspecteur l'écouta au contraire d'un air soudain pensif.

Pendant ce temps, malgré le soleil qui inondait sa chambre, Lily dormait d'un lourd sommeil artificiel. Convoqué par Muriel, le Dr Mobey avait été atterré de trouver Lily dans un pareil état de nervosité. Quand il avait étourdiment demandé ce que faisait la police, elle lui avait répondu en des termes qu'aucune dame n'aurait dû connaître, encore moins employer. Il lui administra donc une forte dose d'un somnifère opiacé et lui prescrivit le repos. Muriel lui confirma ensuite l'exactitude de son diagnostic : Lily était en effet en proie à l'hystérie.

– Cette petite n'a aucune maîtrise de soi, jugea Muriel lorsque le médecin la rejoignit au salon.

– C'est une terrible épreuve pour une jeune mère, plaida le Dr Mobey.

– Plus dure est l'épreuve, plus il faut rester ferme, affirma Muriel. On ne se conduit pas comme une chiffe.

Le médecin acquiesça. Il admirait le courage dont Muriel n'avait cessé de faire preuve depuis la perte de son fils préféré et l'invalidité de son mari. Elle était de ces femmes admirables dont les principes exigeants avaient cimenté l'Empire dans les conditions les plus difficiles.

– Vous êtes un exemple pour nous tous, dit-il, lui rendant hommage. Si la tension vous devient trop pénible, n'hésitez pas à me faire signe. J'accourrai.

– Ce n'est pas *moi* qu'il faudra mettre au lit, répondit Muriel avec le sourire des braves.

– Je sais. Ils ont bien de la chance de vous avoir.

Le compliment la fit rosir.

– Prendrez-vous une tasse de thé ? proposa-t-elle.

– Désolé, chère madame, le devoir m'appelle. Si elle est dans le même état à son réveil, redonnez-lui une dose avant de se coucher. Il vaudrait mieux pour vous tous, je crois, qu'elle dorme tant que le problème n'est pas résolu.

– Elle ne se rend certainement pas utile, déclara Muriel sèchement. Depuis la disparition de l'enfant, elle ne sait que pleurer. A vrai dire, poursuivit-elle, saisie par un souci tardif d'objectivité, tout cela est d'autant plus éprouvant que nous ne pouvons rien faire. La police n'a trouvé aucun indice dans le jardin et ils ont beau interroger tout le monde, ils n'ont pas progressé d'un pouce. On se demande vraiment que faire dans ces conditions.

– Laissez agir les spécialistes, lui conseilla le docteur. Quant à vous, votre rôle est tout tracé : soutenez votre famille comme vous l'avez toujours fait avec tant de courage. Ils ont tous besoin de vous.

– Merci, dit Muriel, convaincue que c'était vrai.

– Je reviendrai l'examiner demain matin. Dieu merci, Rory semble ne pas trop en souffrir.

– Il adore le bébé, répondit Muriel en l'accompagnant dans le vestibule. Mais lui, au moins, il sait garder son calme. Nous ne pouvons que prendre notre mal en patience.

Le Dr Mobey salua Muriel, l'agent de garde lui ouvrit la porte et il s'éloigna dans sa petite auto noire.

Il ne se passa plus rien jusqu'à la fin de ce long après-midi. Dans le Cambridgeshire, à l'autre bout de l'Angleterre, l'agent de la police locale qui s'était rendu chez les anciens employeurs de la nurse avait trouvé le château barricadé et vide d'occupants. Le gardien ignorait où séjournaient sir et lady Harcourt et ne se souvenait même pas de Mlle Janes. Quand son collègue lui rendit compte par téléphone de sa mission infructueuse, l'inspecteur lui présenta ses regrets de l'avoir inutilement dérangé.

– C'était tiré par les cheveux, dit-il pensivement en pianotant sur le bureau après avoir raccroché. Quand même, cette nurse semble avoir une malchance incroyable avec les enfants sous sa garde. Une malchance proprement incroyable.

Au salon, Stephen lisait le journal en bâillant d'ennui. Assise en face de lui, Muriel trompait l'attente en brodant au petit-point, passe-temps auquel elle ne s'était pas livrée depuis des années. Stephen l'observait de temps à autre avec une exaspération croissante. Elle s'était mise à la broderie le jour du départ de Christopher pour la guerre, comme si elle devait dissimuler sa nervosité sous cette futile activité manuelle, et avait remisé son cadre et ses fils le jour de l'annonce de sa mort. Stephen savait qu'elle ne les avait pas touchés pendant que *lui* risquait sa vie dans les Flandres. Certes, Muriel avait alors assez fort à faire avec son mari impotent et, de toute façon, le destin lui avait assené son coup le plus rude. Mais maintenant que son nouveau Christopher avait à son tour disparu, elle ne pouvait s'empêcher de reprendre cet absurde dérivatif.

Ils se firent servir le thé à quatre heures. Muriel monta ensuite voir ses *invalides*, Rory et Lily, dont la faiblesse – physique chez l'un, morale chez l'autre – lui inspirait un identique mépris hautain. Rory travaillait sur des dossiers transmis par l'étude et ne souhaitait pas descendre avant le dîner. Pâle, tendu, il contrôlait mal le tremblement de ses mains mais s'exprimait sans difficulté. Il s'était entretenu peu auparavant avec l'inspecteur sans rien pouvoir lui apprendre d'intéressant : ses fenêtres ouvrant sur la mer et non sur le jardin, il n'avait rien vu ni entendu. Il souffrait de se savoir incapable de secourir Christopher. Quand Muriel passa la tête par la porte pour s'enquérir de sa santé et de ses désirs éventuels, il ne put que lui répondre par un sourire douloureux.

Lily émergea de sa torpeur en entendant la porte s'ouvrir. Hébétée, échevelée, le visage bouffi, elle se redressa sur un coude.

– Est-il en sûreté ? demanda-t-elle d'une voix pâteuse.

– Nous n'avons toujours pas de nouvelles, répondit Muriel. Il est quatre heures. Voulez-vous du thé ?

Lily déglutit péniblement en faisant une grimace.

– J'ai la gorge sèche...

– C'est l'effet du somnifère, l'interrompit Muriel en maîtrisant mal son agacement. Voulez-vous que Browning vous monte du thé et des sandwiches ? Vous n'avez pas déjeuné.

– Je ne pourrais rien manger. Je veux bien du thé.

Prête à se retirer, Muriel se ravisa.

– Vous devriez vous lever pour le dîner, dit-elle sèchement. Vous ne ferez pas revenir Christopher une minute plus tôt en restant au lit.

Le nom de son fils fit immédiatement monter les larmes aux yeux de Lily. Muriel fut touchée malgré elle par l'évidente détresse de la jeune femme, dont la douleur brouillait les traits au point de la rendre presque laide.

– Vous feriez quand même mieux de vous lever, sinon vous ne dormirez plus de la nuit, ajouta-t-elle d'un ton radouci.

– Vous avez raison... Le thé me réveillera, je me lèverai après.

Muriel descendit en se félicitant d'avoir au moins tenté de secouer Lily comme il convenait – mais en effaçant de sa mémoire le poignant spectacle de son agonie au seul énoncé du nom de son enfant.

Le téléphone sonna à six heures et demie. L'agent de police, qui venait d'arriver pour assurer la permanence de nuit, resta derrière Stephen en tendant l'oreille pendant que celui-ci décrochait. Muriel s'avança sur le seuil du salon. L'inspecteur, qui s'apprêtait à partir, apparut à la porte du cabinet de travail. On entendit Lily sortir de sa chambre et dévaler l'escalier.

– Allô ? dit Stephen. Ah ! C'est vous, Charlie ! Non, on est un peu sens dessus dessous, ici...

Il s'interrompit en voyant l'inspecteur lui faire des signes et couvrit le combiné d'une main.

– C'est Charlie Smith, il est revenu à Portsmouth.

– Pouvez-vous lui demander de venir sur-le-champ ? s'enquit l'inspecteur. Ne lui parlez pas de l'enfant.

Stephen allait lui en demander la raison quand Lily arriva dans le vestibule et voulut s'approcher du téléphone. L'inspecteur l'arrêta d'un geste et tout le monde se figea pendant que Stephen reprenait la conversation d'un ton naturel.

– Vous êtes toujours là, mon vieux ? Oui, on a un problème à la maison... Non, elle va bien, mais je serais heureux que vous veniez le plus vite possible... Je la préviendrai dès que vous arriverez... Combien de temps ? Vous êtes à la gare ? Parfait. A tout de suite, alors.

Il raccrocha et se tourna vers l'inspecteur, qui attendait avec impatience.

– Il est arrivé par la gare de Southsea, il va donc venir à pied. Voulez-vous le recevoir seul ?

– Oui. Faites-le entrer dans le cabinet de travail.

– Une minute ! intervint Lily d'une voix encore un peu pâteuse. Pourquoi ne puis-je pas lui parler ?

– Simple routine, madame, lui répondit l'inspecteur en souriant. Les choses iront plus vite si nous nous conformons aux procédures habituelles.

– Vous ne croyez quand même pas qu'il y soit pour quelque chose ! Pas Charlie !

L'inspecteur lança un coup d'œil à Stephen, qui prit Lily par le bras et l'entraîna avec douceur vers le salon.

– Laissons l'inspecteur agir comme il l'entend, ma chérie. Pour la sécurité de Christopher.

Stephen la sentit frémir en entendant le nom du bébé. Il la fit asseoir dans un fauteuil et sonna Browning pour qu'elle apporte le plateau de l'apéritif.

– Un verre de sherry vous fera du bien. Cette journée a été pénible pour tout le monde.

Le verre à la main, ils gardèrent un silence malaisé jusqu'à ce qu'ils entendent les pas de Charlie sur le perron et son coup de sonnette. Browning alla lui ouvrir, la porte du cabinet de travail se referma.

– Je veux le voir ! dit Lily en se levant à demi.

– Bien sûr, ma chérie, répondit Stephen. Vous le verrez dès que l'inspecteur lui aura parlé. En attendant, Mère, nous pourrions peut-être passer à table ?

CHAPITRE 39

En voyant l'inspecteur assis au bureau et le sergent en uniforme debout à côté de lui, Charlie sursauta.

– Grand dieu, que se passe-t-il ? Où est Lily ?

– Mme Winters est ici et se porte bien, répondit l'inspecteur. Voulez-vous vous asseoir, monsieur Smith ? J'aurais quelques questions à vous poser.

– A quel sujet ? demanda Charlie, toujours debout.

– J'ai le regret de vous apprendre qu'un acte criminel a été commis. Nous avons besoin de votre coopération.

Charlie rougit, pâlit.

– Je ne puis vous être d'aucun secours tant que je n'aurai pas l'assurance que Mme Winters se porte bien.

– Je vous l'ai déjà dit.

– M'en donnez-vous votre parole ?

– Vous l'avez, monsieur.

– Puis-je la voir ?

– Quand nous aurons terminé notre conversation.

– Les soupçons se portent-ils sur elle ?

L'inspecteur dissimula à grand-peine sa stupeur tant la question était inattendue.

– Nullement. Que craignez-vous, monsieur Smith ?

Charlie retrouva peu à peu ses couleurs.

– J'ai donc votre parole que ce qui s'est produit, et dont j'ignore encore tout, n'affecte en rien Lily ?

– Autant que je sache, elle n'est personnellement ni victime ni coupable d'aucun délit. Que pensiez-vous donc qu'il se soit produit, monsieur Smith ?

Charlie hésita un instant, approcha une chaise du bureau et s'assit en prenant une cigarette dans sa poche.

– Je craignais qu'il n'y ait eu des... violences entre son mari et elle, dit-il enfin.

L'inspecteur feignit de n'accorder à sa déclaration qu'un intérêt distrait.

– Ah ? Parce qu'il y en aurait déjà eu ?

– Oui.

– Graves ?

– Il l'a battue au moins une fois à ma connaissance. Je crois aussi savoir qu'il l'a violée à plusieurs reprises.

– Ce qui nous occupe aujourd'hui n'a rien à voir avec ce dont vous parlez, affirma l'inspecteur, impassible.

Charlie alluma posément sa cigarette.

– De quoi s'agit-il, alors ?

– J'aimerais d'abord que vous répondiez à quelques questions, si vous n'y voyez pas d'inconvénient.

– Aucun.

– Bien. Pouvez-vous me donner votre emploi du temps pour la journée d'aujourd'hui ?

– J'ai reçu ce matin un coup de téléphone d'une personne qui m'a laissé entendre qu'elle appelait du Palace de Londres et me demandait de m'y rendre le plus tôt possible pour un entretien. On me proposait de remplacer le directeur musical qui était tombé malade.

– A quelle heure avez-vous reçu cet appel ?

– Environ neuf heures moins le quart.

– Qu'avez-vous fait alors ?

– Je me suis habillé, j'ai appelé Lily pour lui dire que je ne viendrais pas la voir comme prévu et j'ai couru à la gare prendre le train. A Londres, je me suis creusé les méninges avec les directeurs du théâtre pour tenter de tirer l'affaire au clair et nous sommes arrivés à la conclusion qu'il s'agissait d'une mauvaise plaisanterie.

– De qui ?

– Dieu sait ! répondit Charlie avec un haussement d'épaules. Nous avons pris le parti d'en rire et de déjeuner ensemble. J'ai retrouvé ensuite quelques amis avec qui j'ai bu un verre avant de reprendre le train de quatre heures. J'ai appelé Lily de la gare et je suis venu ici.

– Revenons à ce matin, si vous le voulez bien. A quelle heure avez-vous appelé Mme Winters ?

– Il était environ dix heures moins le quart.

– Vous avez eu une longue conversation, je crois ?

– Une vingtaine de minutes.

– Avez-vous téléphoné à quelqu'un d'autre avant de vous rendre à la gare ?

– Non. En fait, j'ai eu tout juste le temps de sauter dans le train de dix heures trente.

– Avez-vous conservé votre billet ?

Charlie rougit légèrement.

– Je dois avouer que j'ai voyagé sans billet. J'étais parti de chez moi en courant, sans un sou en poche, avec seulement mon carnet de chèques. J'ai attrapé le train au vol, personne ne m'a rien demandé en cours de route et il n'y avait pas de contrôle à l'arrivée. A Londres, j'ai encaissé un chèque à la banque pour acheter mon billet de retour. Le voici, dit-il en le posant sur le bureau.

L'inspecteur regarda le billet distraitement.

– Avez-vous rencontré quelqu'un dans le train, parlé à d'autres voyageurs ?

– Non, j'étais seul dans le compartiment pendant tout le trajet et il n'y a pas eu de contrôle.

– Pouvez-vous prouver que vous avez bien pris ce train-là et non un autre, plus tardif ?

Charlie réfléchit un moment.

– Non, je n'en ai aucune preuve, répondit-il. L'heure du train a-t-elle une importance particulière ?

– Oui. Êtes-vous amoureux de Mme Winters ?

Ce soudain virage dans le cours de l'interrogatoire laissa un instant Charlie muet de stupeur.

– J'éprouve pour elle une sincère affection, déclara-t-il enfin, mais il n'y a jamais rien eu entre nous. Son mari est également un de mes amis.

– Votre logeuse nous a rapporté vous avoir entendu ce matin, lorsque vous téléphoniez à Mme Winters, dire que vous aviez hâte que cela change, je la cite, que vous vouliez l'enlever avec Christopher et les emmener très loin.

Charlie expira un long nuage de fumée.

– Je pense qu'il est grand temps que vous m'appreniez de quoi il s'agit, inspecteur.

– Niez-vous avoir conseillé à Mme Winters de demander le divorce et lui avoir offert votre soutien financier si elle l'obtenait ?

Il y eut un long silence.

– J'estime, en effet, que Mme Winters devrait quitter son mari, répondit enfin Charlie. Il s'est livré sur elle à des voies de fait et je crains qu'il ne recommence un jour ou l'autre. Nous n'avons jamais eu de liaison amoureuse et nous n'en aurons jamais. Je ferais certainement de mon mieux pour lui venir en aide si elle décidait de quitter son mari. Je l'aime et je la respecte mais je ne suis pas son amant et je ne puis envisager de l'épouser.

– A cause de votre blessure ?

Charlie sursauta.

– Eh bien, vous ne perdez pas votre temps ! Je croyais qu'il existait des règles concernant le secret médical.

– A cause de votre blessure, monsieur Smith ? insista l'inspecteur sans tenir compte de l'objection.

– Oui.

Au bout d'un long silence, l'inspecteur reprit la parole d'un ton radouci, presque amical.

– N'avez-vous rien d'autre à me dire, monsieur ? Je crois que nous devrions régler cette malheureuse affaire sans plus tergiverser. Les choses ont mal tourné, le temps joue contre nous tous. Plus vite nous en aurons terminé, plus tôt nous pourrons rentrer chez nous.

Charlie écrasa posément sa cigarette dans le cendrier.

– Je crains qu'il n'y ait entre nous un malentendu, inspecteur. Tout ce que je vous ai dit des rapports entre Lily et moi est exact. Je ne puis vous éclairer davantage puisque j'ignore toujours l'objet de votre enquête.

– Soit. Veuillez nous accompagner au poste de police, monsieur Smith. Il reste un certain nombre de points que je voudrais éclaircir.

– Ai-je le choix ?

– Si vous refusiez, répondit l'inspecteur avec un sourire sans gaieté, je me verrais contraint de vous placer en état d'arrestation.

Stupéfait, Charlie se leva d'un bond.

– Que diable signifie cette histoire de fous ? s'écria-t-il. J'exige de savoir exactement de quoi il s'agit !

– Je vous l'apprendrai au poste de police.

– Écoutez-moi bien, inspecteur ! Je préfère que vous m'inculpiez pour un motif précis, je pourrai au moins faire appel à mon avocat et disposer d'informations, plutôt que de continuer à bavarder dans le vague pendant que vous fourrez votre nez dans mes dossiers médicaux confidentiels et que vous écoutez les racontars de ma logeuse ! Arrêtez-moi si vous croyez avoir des preuves valables de je ne sais quoi, sinon je vais de ce pas voir Lily qui n'hésitera pas à me dire de quoi il retourne !

– A votre aise, répondit l'inspecteur en soupirant. Charles David Smith, je vous arrête pour l'enlèvement de Christopher Charles Winters. Vous avez le droit de garder le silence mais vos déclarations pourront être utilisées contre vous.

Charlie en resta bouche bée.

– Quoi ? Christopher, kidnappé ?

– Oui.

– Pas par moi, en tout cas !

– C'est ce que nous nous efforcerons de vérifier.

Soudain frappé par la gravité de la situation, Charlie vacilla et dut se retenir au dossier de la chaise. L'agent, entré en silence pendant la conversation, se tenait devant la porte, la mine résolue.

– Puis-je voir Lily ? Elle doit être folle d'inquiétude.

– Pas pour le moment, monsieur. Il faut d'abord que vous veniez avec nous et que nous prenions votre déposition.

– Écoutez, réfléchissez un instant ! Cette histoire est insensée ! Ce n'est pas moi, c'est impossible ! Vous pouvez fouiller mon logement, vous verrez bien que je n'y cache pas l'enfant. J'étais à Londres toute la journée, c'est facile à vérifier. Je vous donnerai les noms de gens avec qui j'ai passé la matinée et déjeuné. Jamais je n'aurais emmené Christopher sans le consentement formel de Lily ! Ne comprenez-vous pas, à la fin, que, pendant que vous perdez votre temps à m'arrêter et à me questionner, ce malheureux bébé est entre les mains de quelqu'un d'autre et peut-être déjà loin d'ici ? Vous perdez avec moi un temps précieux, je vous le répète ! J'irai au commissariat, je ferai tout ce que vous voudrez mais, bon sang, cherchez Christopher ! Si ce n'est pas moi, c'est quelqu'un d'autre ! Vous devriez depuis longtemps être en train de rechercher le vrai coupable !

– Nous suivrez-vous de votre plein gré ?

– Oui, je vous l'ai déjà dit ! Mais, de grâce, n'interrompez pas vos recherches pendant ce temps !

– Vous ne nous obligerez pas à vous passer les menottes ? insista l'inspecteur, inquiet de son agitation.

– Bien sûr que non !

– Sur votre honneur ?

– Sur mon honneur. Voudriez-vous au moins transmettre à Lily un message de ma part ?

– Oui.

– Dites-lui de ne pas se laisser abattre, dites-lui que je suis sûr que tout s'arrangera. Dites-lui... que je ne l'oublie pas et qu'elle restera toujours dans mon cœur. Vous voudrez bien le lui répéter.

– Oui.

– Alors, allons-y. Et qu'on en finisse.

L'inspecteur fit signe à l'agent d'aller chercher la voiture. Un instant plus tard, encadré par le sergent et l'inspecteur, Charlie traversa le vestibule, descendit le perron et monta en voiture. L'inspecteur referma la portière derrière lui et rentra dans la maison.

Dans le silence du cabinet, plongé dans la pénombre par le crépuscule, l'inspecteur joua pensivement avec le lourd coupe-papier d'argent en passant en revue le douloureux triangle de la femme, du mari, de l'amoureux qui ne pouvait pas être l'amant et les étranges comparses de ce drame – le chauffeur muet, le père invalide, la mère froide, insensible. Il pensa surtout à l'enfant disparu.

S'il était déjà mort, rien ne retiendrait plus la jeune Mme Winters dans cette maison sans âme. Charlie et elle s'aimaient, ils avaient du talent, un cercle d'amis qui ne mépriseraient pas une divorcée ni même un couple illégitime. Ce bébé était le seul obstacle entre Lily et la liberté. Charlie aurait-il eu la cruauté cynique de charger un complice d'enlever l'enfant et de le jeter à la mer, lesté d'un sac de galets, pendant qu'il éloignait sa mère en la retenant au téléphone ? Difficile à dire. Tout homme revenu du front restait marqué par d'incontrôlables pulsions de folie, comme si les sentiments humains qu'il avait connus et éprouvés jusqu'alors, tendresse, amour, pitié, avaient péri sous les obus et les rafales de mitrailleuse.

Avec un soupir, l'inspecteur pressa la sonnette. Sally, la seule jugée assez insignifiante pour être affectée au service de la police, apparut en s'essuyant les mains sur son tablier.

– Veuillez demander à M. Stephen Winters de venir me voir un instant, je vous prie.

– M. Stephen est en train de dîner...

– Je veux le voir quand même.

Stephen arriva un instant plus tard, sa serviette à la main, accompagné d'un relent de choux trop cuits.

– Je suis désolé de vous déranger, commença l'inspecteur, mais je voulais vous prévenir que nous avons procédé à une arrestation et que nous poursuivrons dorénavant l'enquête au poste de police.

– Qui avez-vous arrêté ? Vous ne voulez quand même pas parler de Charlie Smith ?

– Si.

– Mais... c'est impossible, voyons ! C'est le meilleur ami de Lily et le mien ! Il adore Christopher ! Où aurait-il pu l'emmener ? L'avez-vous au moins retrouvé ?

– J'ignore encore où se trouve l'enfant mais j'espère le découvrir cette nuit. Je vous en informerai aussitôt.

– Pourquoi Charlie aurait-il fait une chose pareille ?

– Ses mobiles m'échappent, nous avançons à tâtons, je l'avoue, mais je tenais à m'assurer qu'il serait hors d'état de prendre contact avec ses amis à Londres et à Portsmouth pendant que nous vérifions ses déclarations. Et maintenant, si vous voulez m'excuser, je dois m'en aller.

Stephen le raccompagna sur le perron. La voiture de police, revenue entre-temps, attendait devant la grille.

– Croyez-vous sérieusement à la culpabilité de Charlie ? demanda Stephen avant que l'inspecteur ne monte en voiture. Pensez-vous qu'il ait caché l'enfant quelque part ?

– J'espère m'en assurer ou obtenir la preuve de son innocence. Bonsoir, monsieur. Je vous téléphonerai sans faute dans la soirée pour vous tenir au courant. Gardez votre sang-froid et dites à votre femme que nous faisons tout ce qui est en notre pouvoir.

– Appelez-nous, dit Stephen. Je crains que nous ne dormions pas beaucoup cette nuit.

L'inspecteur hocha la tête avec compréhension et le salua d'un geste de la main avant de claquer la portière.

Quand Stephen revint à la salle à manger, Lily leva vers lui un regard apeuré.

– Que se passe-t-il ? Où est Charlie ?

Elle n'avait pas touché à son assiette mais avait déjà bu deux verres de vin, plus du double de sa dose habituelle. Ses yeux cernés de noir se détachaient dans son visage livide comme des trous dans un drap. Stephen s'assit à côté d'elle et lui prit la main avec douceur.

– Mère, dit-il à Muriel, auriez-vous l'obligeance d'apporter un verre de cognac à Lily ?

– Pourquoi ? demanda Lily. Que se passe-t-il ? Je veux savoir, Stephen. Répondez-moi !

– Il vient de se passer quelque chose de très... déconcertant.

La police a emmené Charlie pour l'interroger. Ils le soupçonnent d'avoir enlevé Christopher.

Lily devint encore un peu plus blême, si possible.

– C'est absurde, murmura-t-elle. Comment peuvent-ils croire une chose pareille ?

Il prit le verre de cognac, le lui mit dans la main.

– Buvez, ma chérie. Vous êtes toute pâle.

Muriel restait impassible. Rory les observait sans penser à maîtriser le tremblement de ses mains. Lily trempa à peine les lèvres dans son verre et le reposa.

– Je voulais le voir, gémit-elle. Je voulais le lui apprendre moi-même, lui demander son avis...

– Les policiers aussi, dit Stephen avec un ricanement ironique qu'il étouffa aussitôt. Je suis désolé, ma chérie, j'en suis moi-même sincèrement choqué. Je ne comprends pas pourquoi ils le soupçonnent. L'inspecteur Walker m'a promis de nous appeler dès qu'il en saurait davantage.

– Mais où est Christopher ? S'ils ont arrêté Charlie, ils doivent se douter de l'endroit où est Christopher ! Pourquoi ne commencent-ils pas par le retrouver ? Il fait nuit, il devrait être dans son berceau ! Ceux qui l'ont pris ont-ils seulement du lait pour le nourrir ? Qui va lui donner son bain ? Qui va veiller sur lui ?

Sa voix se brisa et elle fondit en larmes, le corps secoué de sanglots. Stephen la souleva comme une plume.

– Je monte la mettre au lit. Voulez-vous demander à Browning d'apporter le somnifère prescrit par le docteur, Mère ? Elle a grand besoin d'un calmant.

On entendit les sanglots de Lily s'estomper à mesure que Stephen gravissait l'escalier, le bruit de la porte qui se refermait, puis le silence retomba.

– Stephen supporte cette épreuve avec courage, commenta Muriel. Mais Lily se montre de plus en plus difficile. Je demanderai demain au Dr Mobey de lui prescrire quelque chose de plus efficace.

Rory l'observait d'un regard pensif.

– Pourquoi arrêter Charlie ? demanda-t-il.

Muriel se remémora leurs longs dialogues chuchotés au téléphone, l'affection de Charlie pour l'enfant, l'amour à toute épreuve qui le liait à Lily. C'était Charlie qui l'avait emmenée à la clinique alors que Stephen était trop ivre pour se tenir debout, Charlie qui l'avait raccompagnée le lendemain avec son enfant,

Charlie qui emplissait tous les jours la maison d'une musique joyeuse...

– Il s'agit sûrement d'une terrible erreur, dit-elle avec conviction. Au moins, qu'ils cherchent et qu'ils trouvent notre Christopher le plus vite possible !

Lily céda promptement à la drogue mais, après un sommeil agité, elle se réveilla à minuit en hurlant et il fallut lui en faire avaler de force une nouvelle dose. A trois heures du matin, Stephen s'éveillant à son tour trouva le lit vide à côté de lui. Il enfila sa robe de chambre, alla voir dans la salle de bains, descendit en hâte au rez-de-chaussée. Lily n'était ni au salon ni dans le cabinet de travail, la porte d'entrée était fermée à clef. Un bruit l'attira alors vers la salle à manger : la porte-fenêtre était ouverte, Lily traversait la véranda et descendait dans le jardin. Elle marchait lentement, à tâtons, une main sur la rampe et l'autre tendue devant elle. A la lumière de la lune déclinante, sa chemise de nuit blanche lui donnait l'allure d'un spectre.

– Lily ! appela-t-il à mi-voix de peur d'être entendu par les voisins. Que faites-vous là, bon sang ? Revenez !

Un instant, il crut qu'elle était devenue folle. Elle fouillait systématiquement le jardin, regardait sous le banc de pierre et dans les massifs de fleurs en appelant sans cesse Christopher. Les épines des rosiers lui égratignaient les joues, s'accrochaient à ses cheveux. Stephen courut derrière elle, l'empoigna par le bras. Mais quand elle se tourna vers lui, il recula et la lâcha, frappé d'une terreur superstitieuse : elle avait les yeux clos.

Lily vacilla, rouvrit les yeux, regarda autour d'elle sans comprendre. Ses traits, jusqu'alors sereins, se crispèrent en une grimace de douleur.

– Oh, mon Dieu ! cria-t-elle. Dites-moi que c'est un rêve, Stephen ! Dites-moi que ce n'est qu'un mauvais rêve !

Il bondit et lui appliqua une main sur la bouche.

– Pour l'amour du Ciel, Lily, taisez-vous, vous allez réveiller tout le quartier ! Non, vous ne rêvez pas, c'est vrai. Et maintenant, rentrez.

Elle se débattit en essayant de son mieux d'écarter la main de Stephen qui la bâillonnait.

– Je rêvais qu'on volait Christopher, parvint-elle à dire d'un ton implorant, comme si elle lui demandait de la détromper. Que Christopher était enlevé et Charlie accusé de l'avoir fait. Je ne savais pas où il était, je le cherchais partout, je fouillais toute la maison mais il faisait noir et tout le monde dormait ou avait l'air d'être mort. Je regardais sous les lits, dans les armoires et je ne le trouvais toujours pas... Où est-il, Stephen ? Où est-il ?

Stephen la prit fermement par les épaules, l'entraîna vers la maison, la fit asseoir sur une chaise de la salle à manger et lui versa un verre de cognac. Quand il vit un peu de couleur reparaître sur ses joues, il s'assit en face d'elle et lui prit les mains.

– Essayez de vous dominer, ma chérie, dit-il avec patience. Il faut à tout prix prendre sur vous, Lily, sinon vous vous écroulerez, j'en ai trop souvent été témoin. Christopher a été kidnappé et Charlie arrêté, ce n'est pas un mauvais rêve, c'est la vérité. L'inspecteur m'a chargé de vous dire qu'il faisait tout ce qui est en son pouvoir pour retrouver Christopher.

Lily resta sans réaction. De grosses larmes ruisselaient sur ses joues. Stephen l'observait, fasciné de découvrir qu'une femme, qu'un être humain puisse souffrir à ce point. La guerre l'avait si vite endurci qu'il ne souffrait qu'en rêve. Les larmes silencieuses et inépuisables de sa femme lui faisaient comprendre qu'elle aimait son enfant avec une intensité qu'il ne soupçonnait même pas.

– Il est temps de dormir, ajouta-t-il avec douceur.

Elle se laissa entraîner docilement, avala la potion somnifère qu'il lui donna sans prêter attention à ce qu'elle faisait. Stephen arrangea les oreillers, la coucha. Quand elle ferma les yeux, ses larmes continuèrent à couler avec la même abondance, comme si elles provenaient d'une source que rien ne pouvait tarir. Stephen tourna la clef dans la serrure afin de prévenir un autre accès de somnambulisme, puis il revint se coucher, éteignit la lampe de chevet près de Lily et garda la sienne allumée pour s'assurer qu'elle s'endormirait.

Et c'est alors qu'il constata avec un malaise croissant que Lily avait plongé dans un profond sommeil sans cesser de pleurer la perte de son enfant.

CHAPITRE 40

Le matin venu, Stephen était prêt à se montrer tendre envers Lily, mais il la découvrit radicalement différente du spectre éploré qui hantait le jardin la nuit précédente. Irritable et revêche au réveil, elle fit sa toilette en à peine vingt minutes et s'affubla d'un ensemble bleu marine qui ne la flattait pas. Elle ne voulut rien manger au petit déjeuner, but une tasse de café et ordonna à Coventry de la conduire au poste de police afin de rencontrer l'inspecteur. Se dominant à grand-peine, Muriel déclara qu'elle ferait mieux de rester à la maison attendre les nouvelles et voir le médecin qui devait venir dans la matinée.

– Dieu sait à quoi jouent ces imbéciles, répliqua Lily. Je veux aller me rendre compte de ce qu'ils font.

Muriel lança à Stephen un regard ulcéré.

– Je vous accompagnerai si vous y tenez, dit Stephen, mais ma mère a raison. Vous feriez mieux de ne pas sortir.

– Mon enfant a disparu, personne ne sait où il est et mon meilleur ami est accusé de l'avoir enlevé. Que diable croyez-vous que je vais faire ? Rester à me tourner les pouces ou me rabattre sur la broderie, comme votre mère ?

– Lily, je vous en prie ! Vous n'arrangerez rien en vous montrant grossière envers ma mère !

Elle lui décocha un regard furieux mais ne s'excusa pas. Sans attendre que Stephen ait fini, elle sortit, dévala les marches du perron et prit place sur la banquette avant de l'Argyll, à côté de Coventry. Sans gants et sans chapeau, elle avait l'allure d'une bonne qui se fait conduire par le chauffeur dans la voiture de son patron.

– Vraiment... ! laissa échapper Muriel.

– Il vaut mieux que j'y aille moi aussi, dit Stephen avec un soupir excédé.

Il fit signe à Coventry de l'attendre, saisit son chapeau au vol, descendit le perron en courant et alla ouvrir la portière avant.

– Montez derrière, Lily. Inutile de vous donner en spectacle, lui dit-il sèchement.

Le trajet jusqu'au poste de police s'effectua dans un silence hostile. La voiture à peine arrêtée, Lily bondit à l'intérieur du poste et exigea d'être reçue par l'inspecteur, qui arriva aussitôt.

– Je comptais me rendre chez vous un peu plus tard. Nous ne savons malheureusement rien encore sur l'endroit où est séquestré votre fils.

– Charlie est-il ici ? voulut savoir Lily.

– Oui, il est en état d'arrestation. Nous l'avons interrogé une partie de la nuit.

– Allez-vous bientôt le relâcher ?

– Pas encore.

– Vous commettez une erreur grossière, déclara Lily sans ménagement. Pendant que vous perdez votre temps à lui faire dire ce qu'il ignore, Christopher est entre les mains de quelqu'un d'autre. Dieu sait où ils l'ont emmené.

– Ce n'est pas mon avis, madame. Je connais votre amitié pour M. Smith mais je crois qu'il est bien notre homme. Qui d'autre aurait eu intérêt à enlever votre enfant ? Comment un étranger aurait-il pu le dérober dans un jardin clos de murs ? Le forfait n'a pu être commis que par un proche, familier de vos habitudes et de la disposition des lieux. Regardez les choses en face, même si elles vous paraissent déplaisantes. Si M. Smith est réellement innocent, il ne pourra alors s'agir que d'un autre de vos amis ou d'un fidèle serviteur, de quelqu'un vous connaissant assez pour savoir que vous seriez au téléphone à ce moment précis. Tous les éléments concordent.

– C'est invraisemblable ! s'entêta Lily.

– Auriez-vous l'obligeance d'entrer quelques instants dans mon bureau, madame ? Pas vous, monsieur, déclara l'inspecteur à Stephen qui faisait mine de suivre Lily. J'aimerais lui parler seul.

– Comme vous voudrez, répondit Stephen.

Ils échangèrent un regard de connivence, en hommes qui savent comment s'adresser aux femmes hystériques.

Lily prit place dans le bureau de l'inspecteur, qui commença par lui répéter mot à mot le message de Charlie. Elle l'écouta sans rougir et le remercia.

– Vous m'avez demandé pourquoi je pense que c'est M. Smith qui a enlevé votre enfant, dit-il ensuite. Je préférais ne pas vous répondre en présence de votre mari et je dois vous prier de suivre mon raisonnement avec calme.

– Soit.

A l'évidence, l'inspecteur doutait qu'une jeune mère dont l'enfant a disparu puisse se conduire calmement mais il n'en poursuivit pas moins :

– J'ai la conviction que M. Smith a agi ainsi dans l'espoir de vous amener à quitter votre mari, à le rejoindre afin de retrouver votre enfant et à demander le divorce.

– C'est absolument grotesque ! répliqua-t-elle avec une indignation qui ne pouvait être feinte.

– Nous savons qu'il vous a suggéré le divorce à plusieurs reprises, notamment pendant votre conversation téléphonique d'hier matin, et qu'il est très amoureux de vous. Il n'en disconvient d'ailleurs pas lui-même.

– Tout cela est exact, mais je ne vois pas en quoi cela signifierait qu'il ait enlevé Christopher. Où l'aurait-il emmené ? Comment aurait-il pu le prendre pendant qu'il me parlait ? Et puisque vous avez arrêté Charlie, pourquoi n'avez-vous pas déjà retrouvé Christopher ?

– Nous avons tout lieu de penser qu'il a un complice.

– Un complice ? répéta Lily, incrédule.

– Bien des femmes le feraient pour de l'argent, si la somme est assez tentante. Il a pu soudoyer quelqu'un pour pénétrer dans le jardin au moment où lui-même vous en éloignait le temps qu'il fallait en vous retenant au téléphone. Cette personne cache ensuite l'enfant jusqu'à ce que M. Smith revienne de Londres, vous informe de ce qu'il a fait et vous persuade de vous enfuir avec lui.

Attentive, Lily restait toutefois incrédule.

– Nous enfuir où ? demanda-t-elle.

– En Amérique ou même en Europe. Vous ne seriez pas en peine, je pense, d'y trouver tous deux du travail.

– Sans aucun doute. Mais cela n'explique toujours pas où est Christopher en ce moment ni qui est ce mystérieux complice. Pourquoi Charlie m'infligerait-il une épreuve aussi insoutenable puisqu'il m'aime ? Maintenant que vous l'avez arrêté, il n'aurait plus aucune raison de ne pas vous avouer où se trouve mon enfant.

– Demandez-le-lui vous-même, il refuse de nous en dire plus. Nous avons vérifié son alibi : il s'est en effet rendu à Londres mais nous ne savons pas par quel train. Il y est arrivé vers midi, mais cela laissait amplement le temps à son complice de gagner sa cachette et de l'informer que le plan avait été couronné de succès. S'il refuse de trahir son acolyte, il acceptera peut-être de vous le révéler.

– Je le lui demanderai, cela va de soi.

L'inspecteur pressa un bouton, la porte du bureau voisin s'ouvrit et Charlie entra. En pantalon et en bras de chemise, sans cravate ni lacets à ses chaussures, le visage mangé d'une barbe de la veille et les yeux cernés, il avait triste mine. En voyant Lily, il lui tendit spontanément les bras mais elle recula d'un pas en le scrutant comme si elle le voyait pour la première fois de sa vie.

– Est-ce toi qui as enlevé Christopher comme ils le croient ? lui demanda-t-elle de but en blanc.

Charlie eut un bref sursaut de stupeur mais se reprit aussitôt et dissimula sa peine sous un sourire narquois.

– Allons, Lily, réfléchis une minute, veux-tu ? Bien sûr que non !

Elle prolongea son examen quelques secondes. Son visage s'éclaira alors d'un sourire si radieux que, pour la première fois, l'inspecteur vit qu'elle était belle.

– Non, ce n'est pas toi. C'est évident.

Mais quand elle se retourna vers l'inspecteur, sa joie s'effaça plus vite qu'elle n'était apparue.

– Où est-il, alors ? demanda-t-elle en s'échauffant à mesure qu'elle parlait. Vous semblez préférer perdre votre temps avec Charlie plutôt que de faire votre devoir et de chercher mon fils ! Vous commettez une erreur de jugement lourde de conséquences ! Mon Christopher est perdu dans la nature, sans même une couche ou un bavoir de rechange, sans rien à manger peut-être et vous ne le cherchez même pas !

Charlie l'observait d'un air sombre.

– Ne t'emballe pas, Lily. Et pour l'amour du Ciel, réfléchis ! L'inspecteur a raison : tu connais certainement celui qui l'a enlevé, quelqu'un qui te connaît aussi et qui te connaît bien. Tu *dois* réfléchir !

– Cela suffit pour le moment, intervint l'inspecteur en faisant signe à l'agent de remmener Charlie.

Le policier voulut le prendre par le bras. Charlie se dégagea d'un geste brusque.

– Inutile, je viens, déclara-t-il sèchement. Courage, Lily !

La porte se referma avant qu'ils aient pu se dire au revoir. Pâle de colère, Lily se tourna vers l'inspecteur.

– Je rentre chez moi. Je ferai parler chacune des personnes

que je connais de près ou de loin jusqu'à ce que j'aie retrouvé mon enfant, déclara-t-elle.

– Ne prenez pas mes propos trop au pied de la lettre, répondit-il, ce n'est encore qu'une hypothèse. Pensez aussi aux amis de M. Smith, demandez-vous si quelqu'un aurait pu le faire pour lui, peut-être même à son insu. Puisque vous lui faites une confiance aveugle, demandez-vous si quelqu'un aurait pu chercher à vous rapprocher l'un de l'autre sans vous demander votre avis. La clef de cette affaire est entre vos mains, madame. Ne laissez pas la colère ou la douleur brouiller votre jugement. Pensez à ce que M. Smith gagnerait si vous quittiez M. Winters. Pensez à celui ou à celle qui aurait accepté de l'aider ou l'aurait fait à sa place en croyant le servir.

– J'y penserai, répondit Lily. Avez-vous en ce moment des hommes en train de chercher le landau de mon fils ?

– Tous ceux dont je puis disposer, ces recherches sont une priorité absolue. N'oubliez cependant pas, madame, que s'il s'était agi d'un enlèvement crapuleux, vous auriez déjà reçu une demande de rançon. Cela n'est pas le fruit du hasard. Un passant malintentionné ne dérobe pas une voiture d'enfant dans un jardin clos, invisible de la rue. Il ne peut s'agir que d'une personne au courant des habitudes de la maison. Une personne qui savait que l'enfant serait seul dehors à ce moment-là. Une personne que vous connaissez.

– Dans ce cas, je la trouverai, affirma Lily avec une sombre détermination.

Stephen attendait sur un banc en fumant une cigarette et se leva quand Lily reparut. Blême, la mine sévère, elle passa devant lui sans s'arrêter, sortit, remonta en voiture. L'inspecteur retint Stephen qui s'apprêtait à la suivre.

– Un mot je vous prie, monsieur.

– Je vous écoute.

– Je l'ai confrontée à M. Smith qui persiste dans ses dénégations. Elle admet désormais que le coupable ne peut être qu'un familier de la maison. Je dois vous avouer que je nourris de vives inquiétudes quant à la sécurité de l'enfant.

Stephen fronça les sourcils. Sur le pas de la porte, les deux hommes regardèrent en direction de Lily. La portière était refermée, elle ne pouvait pas les entendre.

– Je n'écarte pas l'hypothèse que le ravisseur l'ait déjà assassiné, reprit l'inspecteur en baissant la voix. Vous devez vous préparer au pire, monsieur Winters.

– J'étais à Ypres, répliqua Stephen d'un air sombre. Là-bas, on s'habituait vite au pire.

– Je sais. C'est pourquoi j'ai préféré vous en parler dès maintenant afin que vous y prépariez Mme Winters avec tous les ménagements souhaitables.

Ils lancèrent un nouveau coup d'œil en direction de Lily. La tête appuyée contre le dossier, les yeux clos, la mine épuisée, elle paraissait vieillie de dix ans.

– Pourquoi Charlie Smith aurait-il fait cela ? s'étonna Stephen. Il faut être fou pour simplement y penser !

– Je me demande si ses sentiments envers votre femme ne sont pas plus puissants qu'elle n'en a conscience, répondit l'inspecteur avec prudence. Il a pu croire qu'une fois débarrassé de l'enfant qui la retient près de vous il réussirait à la persuader de vous quitter.

– L'avez-vous dit à Lily ? demanda Stephen, stupéfait.

– Je viens de le lui soumettre.

– Vous a-t-elle contredit ?

– Elle est convaincue de son innocence.

Il y eut un silence. Stephen écrasa sa cigarette.

– Puis-je vous demander ce que vous pensez de cette hypothèse ? s'enquit l'inspecteur.

– J'en suis effaré, répondit Stephen. Mais elle me paraît... plausible, sinon vraisemblable.

– Vous croyez donc M. Smith capable de commettre un enlèvement, voire un meurtre, pour vous prendre votre femme ?

La bouche serrée en un pli amer, Stephen regarda l'inspecteur dans les yeux.

– Je savais qu'il était amoureux d'elle mais je croyais qu'il considérait cet amour comme impossible. Je ne m'opposais pas à leur amitié – il faut bien vivre avec son temps, n'est-ce pas ? Je voulais que Lily soit heureuse, entourée de ses amis. Certes, je discernais en lui une certaine absence de scrupules – il n'en parle jamais mais il s'est arrangé, par exemple, pour se faire rapatrier peu après le début de la guerre. Je savais aussi qu'il n'était pas vraiment le gentleman pour lequel il cherchait à se faire passer. Mais de là à commettre un crime...

– Vous le croyez donc capable – je dis seulement *capable* – d'un tel forfait ?

Stephen réfléchit longuement.

– Oui... J'ai bien peur, en effet, qu'il le soit.

Lily rouvrit les yeux quand Stephen la rejoignit.

– Que vous racontait-il, tout ce temps ?

– Il me faisait part de ses soupçons sur Charlie. J'avoue avoir du mal à y croire.

– Il se fourre le doigt dans l'œil ! Charlie ne ferait de mal à Christopher pour rien au monde, même si sa vie en dépendait. Cet homme se trompe du tout au tout.

– Et si c'était vous, au contraire ?

Lily ne daigna même pas relever l'insinuation.

Quand ils arrivèrent à la maison, Muriel vint à leur rencontre dans le vestibule et remarqua aussitôt la mine défaite de Lily.

– Est-ce l'inspecteur qui vous a troublée à ce point ? lui demanda-t-elle.

– Non, il n'a dit que des âneries. Ce qui m'a frappée, c'est ce que m'a dit Charlie : je connais sûrement le ravisseur. Je vais donc parler à tous nos amis et connaissances jusqu'à ce que je démasque le vrai coupable, déclara Lily en prenant son carnet d'adresses dans le tiroir de la console du téléphone. Pouvez-vous me prêter le vôtre ?

Muriel sursauta, consulta du regard Stephen qui fit un geste d'impuissance.

– A votre aise, répondit-elle sèchement. Je monte le chercher.

Quand ils furent seuls dans le vestibule, Stephen se tourna vers Lily, rouge de colère.

– Écoutez, Lily, cela n'avance à rien de vous mettre dans un état pareil et d'être odieuse avec ma mère ! Laissez la police mener son enquête. S'ils veulent les adresses des amis de ma mère ou des vôtres, ils les demanderont. Vous croyez-vous capable de faire leur travail à leur place ? Vous ne réussirez qu'à nous mettre tous nos amis à dos ! Maintenant, calmez-vous, venez vous asseoir avec moi au salon, prendre du café et des sandwiches. Vous n'avez rien mangé hier soir ni ce matin, vous allez vous rendre malade si vous continuez !

Lily avait déjà décroché et composait un numéro.

– Allez manger des sandwiches si cela vous chante, moi je vais retrouver Christopher.

– Enfin, bon sang !...

Elle ne l'écoutait même pas.

– Allô, Madge ? Lily. Je veux te poser quelques questions. Jure-moi de me dire la vérité.

On entendit des mots résonner dans l'écouteur.

– Je te le dirai plus tard. Maintenant, réponds-moi : où étais-tu hier matin entre neuf heures et demie et dix heures ?... Quelqu'un peut-il le confirmer ? Ta propriétaire ? Bien, merci... Non, je n'ai pas le temps, je t'en parlerai plus tard, conclut-elle en raccrochant.

Pendant qu'elle composait un autre numéro, Stephen se retira au salon, d'où il écouta Lily appeler ses amis les uns après les autres en leur parlant d'un ton dur et sec qu'il lui entendait prendre pour la première fois. Lorsque les réponses ne la satisfaisaient pas ou manquaient de clarté, elle insistait pour obtenir des explications précises, exigeait le nom de témoins éventuels et menait ses interrogatoires comme un véritable policier. Ses meilleurs amis étaient tous devenus des suspects en puissance.

Muriel rejoignit peu après Stephen, son carnet d'adresses sous le bras.

– Si elle continue ainsi, dit-elle en indiquant le vestibule d'un mouvement de tête, toute la ville sera au courant avant l'heure du déjeuner. Veux-tu vraiment que je lui donne mon carnet d'adresses ?

– Pas le moins du monde, mais comment pouvons-nous refuser de l'aider ? Elle s'imagine retrouver Christopher en s'y prenant de cette manière.

– Elle nous mettra dans une situation impossible, affirma Muriel d'un ton glacial.

– Je sais mais je ne vois pas comment l'en empêcher. Elle ne comprendra qu'après avoir échoué.

– Cela peut lui prendre toute la journée !

– D'ici là, nous aurons peut-être reçu des nouvelles, ou Charlie aura pu passer aux aveux.

– Penses-tu réellement que ce soit lui ? J'avoue que je ne peux pas y croire.

– L'inspecteur en est persuadé. Il estime que Charlie aurait formé le projet absurde d'enlever Christopher afin de forcer Lily à me quitter pour vivre avec lui.

Le silence retomba. Stephen observa l'expression à la fois glaciale et embarrassée de sa mère.

– Se sont-ils laissés aller à des privautés, pendant qu'il était censé lui apprendre à jouer du piano ? demanda-t-il d'un ton soupçonneux. Me cachez-vous quelque chose ?

Muriel hésita mais la voix suraiguë de Lily dans le vestibule balaya ses réticences.

– Je savais qu'il était amoureux d'elle et j'ai bien peur qu'elle ne l'ait... encouragé.

Soudain rouge de fureur, Stephen se mordit les lèvres.

– Je m'en doutais ! Dans ce cas, tout est de sa faute ! Elle aurait pu s'épargner – nous épargner à tous une pareille épreuve si elle avait su se conduire avec ce minable...

Prise d'un soudain scrupule, Muriel l'interrompit :

– Elle a toujours gardé ses distances avec lui, j'en suis absolument certaine.

Stephen lâcha une bordée de jurons et se leva d'un bond. Muriel fit un geste pour le retenir mais se ravisa.

– Après tout, c'est lui qui l'a voulue, dit-elle à voix basse en se laissant tomber sur une chaise près de la fenêtre. Ils sont mariés, qu'ils s'arrangent entre eux.

Elle entendit Stephen arracher le téléphone des mains de Lily et le reposer brutalement sur la console.

– Avant que vous n'alliez raconter à tout Portsmouth que votre bon ami a kidnappé votre enfant, j'ai deux ou trois choses à vous dire ! Sachez d'abord que l'inspecteur et ma propre mère m'ont appris que Charlie Smith est amoureux de vous et que vous me ridiculisiez tous les deux derrière mon dos, sous mon toit...

– Jamais ! protesta Lily.

– Laissez-moi finir ! cria Stephen d'une voix tonnante. Ma mère m'apprend aussi que vous l'y encouragiez. Jusqu'à quel point l'avez-vous *encouragé*, hein ? Est-il votre amant, oui ou non ? Est-ce lui le vrai père de Christopher, a-t-il voulu reprendre son bâtard plutôt que de vous laisser nous le coller dans les bras ? C'est bien cela, n'est-ce pas ? Et toutes vos simagrées, vos larmes, votre prétendue crise de somnambulisme et vos grandes démonstrations avec l'inspecteur de police n'étaient qu'une comédie pour dédouaner votre Charlie Smith et vous-même par-dessus le marché ? Nous savons tous que c'est lui ! La police, ma mère, moi-même, nous en sommes maintenant convaincus ! La seule chose dont nous ne sommes pas encore sûrs, c'est si vous trempez vous aussi dans cette sordide affaire ! N'auriez-vous pas ouvert la barrière au lieu de la fermer ? N'auriez-vous pas tout bonnement confié le bébé à une autre de ses bonnes amies ? Savez-vous en ce moment même où se trouve Christopher pendant que nous sommes tous en train de nous ronger d'inquiétude ?

– Non ! hurla Lily. Non ! Charlie m'aime et je l'aime mais nous n'avons jamais été amants et nous ne le serons jamais ! Vous devriez savoir mieux que personne que Christopher est votre enfant et pas celui d'un autre ! C'est vous et vous seul qui m'avez prise de force autant de fois qu'il le fallait jusqu'à ce que je sois enceinte et que je doive abandonner la scène ! Charlie ne me ferait jamais souffrir au point de m'enlever un enfant dont je n'aurais jamais accepté de me séparer une minute ! Il faut être complètement fou pour croire des abominations pareilles ! Il faut être ignoble pour simplement les suggérer ! Tout ce que je veux, tout ce que je demande, c'est retrouver mon enfant ! Mon bébé !

De violents sanglots l'interrompirent. Ivre de rage, Stephen l'empoigna par les épaules. Il commençait à la secouer quand elle se déchaîna, le gifla, lui griffa le visage en hurlant :

– Je vous tuerai, Stephen ! Je vous tuerai si vous osez répéter une seule fois ce que vous venez de dire !

Elle se dégagea, partit en courant, monta l'escalier quatre à quatre et on entendit sa porte claquer. Abasourdi, Stephen prit sa pochette, se tamponna le visage et pâlit à la vue du sang. Muriel apparut à la porte du salon.

– Le Dr Mobey arrive, je viens de voir sa voiture s'arrêter devant la maison. Va dans ton cabinet de travail, Stephen, tu ne peux pas te montrer dans cet état.

– Il ferait bien de voir Lily. Elle est complètement hystérique, elle ne se domine plus.

– Je sais, j'ai tout entendu.

On sonna à la porte, Stephen s'éclipsa dans son cabinet, Muriel attendit que Browning aille ouvrir. Le médecin entra en souriant et salua Muriel, qui l'entraîna aussitôt au salon.

– Ma belle-fille a les nerfs qui lâchent, lui dit-elle. Son ami et accompagnateur a été arrêté pour l'enlèvement de Christopher. On ne sait toujours pas où est l'enfant.

– Grand dieu ! s'exclama le Dr Mobey, sincèrement choqué. Le charmant garçon que je voyais aux concerts ?

– Oui. La police croit qu'il l'a fait pour inciter Lily à quitter Stephen et à vivre avec lui.

– Incroyable !... Et elle, comment va-t-elle ?

– Elle sanglote dans sa chambre. Elle a fait une crise de somnambulisme la nuit dernière, elle ne veut rien manger. Elle vient d'avoir une violente dispute avec Stephen Je ne nous crois plus en mesure de nous en occuper dans ces conditions, docteur. La situation devient intenable.

– Je vois. Souhaiteriez-vous que je cherche un endroit où elle puisse se reposer jusqu'à ce qu'on retrouve l'enfant ? Si elle ne dort plus ni ne mange, elle a besoin de soins appropriés pour lui redonner son équilibre.

– Pas un asile ! protesta Muriel, effarée.

– Il n'en est pas question, voyons ! Je pense à une de ces maisons de repos pour les dames qui, comme elle, ont les nerfs un peu surmenés à la suite d'une épreuve. J'en connais justement une près de Southampton où les dames de la meilleure société viennent de Londres passer quelques semaines. C'est un établissement de premier ordre installé dans une ravissante maison de campagne pourvue d'un grand parc. On y pratique les méthodes les plus récentes – électricité, hydrothérapie.

– Je ne sais que dire... Il nous est difficile ici de veiller sur elle mais...

– Stephen est là ?

– Oui, je vais le chercher.

Muriel sortit et reparut avec lui quelques instants plus tard. En voyant sa joue zébrée de longues estafilades sanglantes, le médecin sursauta.

– Grand dieu, je ne m'attendais pas à...

– Ce n'est rien, dit Stephen avec un sourire ironique. Une simple écorchure.

– Nous ne pouvons pas la laisser continuer ainsi.

– Les torts sont partagés. Je l'accusais d'infidélité et j'avoue avoir été un peu plus violent que de raison.

Le médecin prit Stephen par le menton pour examiner ses blessures.

– C'est possible, cher monsieur, mais il n'empêche que ce n'est pas une réaction... normale.

– Parle donc au docteur des carnets d'adresses, lui souffla Muriel.

Stephen s'exécuta et parla de la visite de Lily à l'inspecteur de police.

– Il faut faire quelque chose, décida le Dr Mobey. Je vais d'abord la voir et j'appellerai un de mes confrères en consultation. S'il confirme mon diagnostic, nous la ferons admettre d'urgence à Green Lawns, l'établissement dont je vous ai parlé.

– Êtes-vous sûr que ce soit une bonne solution ? demanda Stephen, dont la pâleur soulignait sur sa joue les sillons sanglants qui accusaient Lily. Nous devrions peut-être faire un nouvel effort pour la garder au milieu de nous. La disparition de Christopher lui brise le cœur, elle ne sait plus ce qu'elle fait. Et si, par malheur, elle y avait joué un rôle, même à son insu, je crains qu'elle ne perde complètement la raison.

– Justement, un séjour à Green Lawns est tout indiqué dans

un cas comme le sien. Vous ne pouvez pas la garder ici si elle se conduit de cette manière. Et s'il lui prenait l'idée d'attaquer votre père ou votre mère ? Non, voyez-vous, c'est un risque que je refuse d'accepter.

– Je n'y avais pas pensé, admit Stephen d'un air contrit. Ne m'en veuillez pas, je suis moi-même un peu... déconcerté par ces événements.

– On le serait à moins ! renchérit le médecin. Vos égratignures sont superficielles et cicatriseront très vite. Allez donc vite les badigeonner avec de la teinture d'iode. Pendant ce temps, je monterai parler à votre femme.

– Viens, Stephen, dit Muriel. J'ai de la teinture d'iode dans ma salle de bains.

Ils montèrent ensemble jusqu'au premier étage. Stephen suivit d'un regard pensif le médecin qui continuait jusqu'au second et frappait doucement à la porte de Lily.

CHAPITRE 41

Du premier étage, Muriel et Stephen entendirent le Dr Mobey s'annoncer.

– Je n'ai pas besoin de docteur ! répondit Lily.

– J'aimerais quand même vous voir un instant, si vous le voulez bien.

Lily tourna la clef, ouvrit la porte.

– Entrez, dit-elle avec répugnance.

Après les salutations d'usage, le Dr Mobey demanda si elle avait des nouvelles de son enfant.

– Aucune. De toute façon, personne ne le cherche. On ne pense qu'à jeter le blâme sur des innocents.

– Allons ! Il me semblait pourtant que la police poursuivait activement ses recherches. Ils ont même arrêté un suspect, paraît-il ?

– Ils ont arrêté mon meilleur ami et s'évertuent à prouver que c'est lui le coupable. On insinue maintenant que j'y suis pour quelque chose ! Comment ose-t-on dire des choses pareilles ? Je réfléchis tant que je peux parce que je suis sûre de savoir qui l'a fait, je *dois* le savoir dans un recoin de ma tête. Il s'agit de quelqu'un qui nous connaît, qui me connaît, quelqu'un de proche et j'ai beau chercher, je ne trouve pas. Mais je le découvrirai ! poursuivit Lily en retenant ses larmes. J'avais commencé à téléphoner à tous les gens que nous connaissons et on ne m'a pas laissée continuer. Pourtant, dès mes premiers appels, j'avais la certitude qu'il ne s'agissait pas de quelqu'un du spectacle ni même de Highland Road, mon ancien quartier. Il faut être fou pour commettre un acte pareil ! Je suis sûre de connaître le nom de celui qui m'a pris mon Christopher. Je continuerai à chercher, et quand je l'aurai trouvé je le tuerai !

Un silence suivit sa tirade passionnée.

– Vos nerfs sont mis à rude épreuve, dit le médecin avec sympathie. Je vais vous donner une potion calmante qui vous aidera à dormir jusqu'à la fin de la matinée. Ensuite, il faudra absolument que vous déjeuniez, comprenez-vous ? J'ai appris que vous ne mangiez plus rien depuis hier, ce n'est pas ainsi que vous garderez vos forces. Reposez-vous de nouveau après le déjeuner et laissez réfléchir à tout cela ceux qui sont payés pour le faire, les policiers. Promis ? Promettez-moi d'être raisonnable.

– Vous êtes comme les autres ! répliqua-t-elle en serrant les poings. Vous non plus vous ne voulez pas qu'on retrouve mon Christopher ! Mais je ne dormirai pas, entendez-vous ? Je ne fermerai pas l'œil tant qu'il ne sera pas de retour. Il faut que je réfléchisse et je ne peux pas réfléchir si je dors ! Il a disparu depuis vingt-quatre heures ! L'inspecteur lui-même m'a dit que je détenais la clef de toute l'affaire. Pour une fois, il avait raison. Le secret est quelque part dans ma tête. Il faut que je le découvre !

– Allons, venez vous asseoir. Voulez-vous que je vous fasse monter du thé ou du café ?

Lily s'écarta à regret. En un clin d'œil, le médecin vit le lit défait, les brosses et les peignes en désordre sur la coiffeuse, le poudrier renversé, les robes jetées pêle-mêle sur les meubles.

– Nous allons vous aider à vous ressaisir, reprit-il. Restez ici bien sagement pendant que je descends demander qu'on vous apporte du café. Et quand je reviendrai, je me ferai accompagner d'un autre médecin plus qualifié que moi pour aider les gens éprouvés. Il vous sera d'un grand secours.

Indifférente, Lily se laissa tomber sur une chaise, les bras croisés, la tête basse comme un enfant puni. Elle ne vit même pas le médecin empocher discrètement la clef de la porte avant de se retirer.

– Qui ? répétait-elle à mi-voix. Il faut réfléchir.

Stephen et Muriel attendaient sur le palier. La teinture d'iode soulignait les balafres de Stephen comme une peinture de guerre sur le visage d'un Indien. Le médecin leur fit signe en silence de descendre.

– Elle s'était enfermée quand je suis monté la voir, dit-il en tendant à Stephen la clef de Lily. J'ai pensé qu'il valait mieux que vous ayez ceci en votre possession.

– Merci, vous avez bien fait.

– Avec votre consentement, je vais demander à un de mes collègues de venir l'examiner. Elle m'a paru dans un état de nervosité inquiétant qui nécessite des soins plus éclairés que les miens.

Je ne pense pas que vous soyez en mesure de les lui prodiguer ici.

– Je ne désire pas l'éloigner ! protesta Stephen. Elle est extrêmement angoissée, cela se comprend, mais pas au point d'être dangereuse pour elle-même ni pour nous. Si elle acceptait seulement de se reposer et de manger un peu, elle ne tarderait pas à retrouver son équilibre.

– C'est vrai – à condition qu'elle le veuille et laisse agir la police. Or, je crains qu'elle ne soit pas capable de s'y résoudre pour le moment. Son instinct maternel la rend aussi agressive qu'une lionne à laquelle on aurait dérobé un petit. Elle n'a plus de notion de la réalité. En conscience, je me sens tenu d'insister.

Stephen fit signe qu'il se rendait à ces raisons.

– Eh bien, soit... Mais donnez-moi votre parole qu'elle recevra les meilleurs soins.

– Je vous le garantis.

Le Dr Mobey se retira dans le cabinet de Stephen afin de téléphoner à son confrère et à la clinique.

– Le Dr Ramsden, mon collègue spécialiste, vient sur-le-champ, annonça-t-il. J'ai eu la chance de le joindre à l'hôpital avant qu'il ne fasse sa visite. D'un autre côté, la clinique de Green Lawns ne pourra malheureusement pas la recevoir avant demain matin. Ils enverront une ambulance à neuf heures. Je puis engager une infirmière expérimentée pour passer la nuit ici avec elle.

– Qui est ce Dr Ramsden ? s'enquit Stephen.

– Un spécialiste des troubles nerveux. Sa clientèle a plus que décuplé depuis la guerre, dont les effets sur certains sujets sont, hélas ! incurables. Que voulez-vous, ajouta le docteur en souriant, tout le monde n'a pas la chance d'avoir votre robustesse de constitution.

– C'était éprouvant, en effet. Bien des pauvres types qui ont été envoyés sur le front n'auraient même pas dû y être. Certains y ont résisté, d'autres non.

– Au fait, comment se porte votre chauffeur ?

– Toujours dans le même état. Aucun médecin ne lui a rien découvert d'anormal, mais le fait est qu'il ne parle pas et j'ai bien peur qu'il ne retrouve jamais la parole.

– Nous pourrions demander au Dr Ramsden de profiter de sa visite pour l'examiner.

– Vous avez dit que c'était un homme très occupé. Inutile de lui faire perdre son temps.

– De toute façon, Coventry n'est pas ici, intervint Muriel. Il est reparti avec la voiture aussitôt après vous avoir ramenés du poste de police, Lily et toi. Il avait aussi pris la voiture hier soir et n'est rentré qu'au matin.

– Oui, je sais, je lui ai donné la permission, répondit Stephen. Il était tellement bouleversé de la disparition de Christopher qu'il a voulu aller un peu partout voir s'il trouvait un indice et il a recommencé ce matin. Je sais que la police a mis tous ses hommes sur l'affaire, mais c'est parfois le hasard qui permet de résoudre un cas tel que celui-ci. Je n'y crois guère mais Coventry est si dévoué que je n'ai pas voulu lui refuser cette satisfaction.

La sonnette de la porte d'entrée les interrompit. Browning annonça l'inspecteur de police, qu'elle avait fait entrer dans le cabinet de Stephen.

Celui-ci se levait quand le Dr Mobey le retint.

– Un instant. Accordez au médecin et au vieil ami de la famille de vous retarder quelques minutes.

– Je vous écoute, docteur.

– Prenez d'abord une tasse de l'excellent café de votre mère, auquel vous aurez ajouté quelques gouttes de cognac, ainsi que quelques biscuits. N'oubliez pas que le corps est une machine qu'il faut alimenter en carburant si nous voulons qu'elle nous serve.

– Une machine un peu surchauffée, je l'avoue, répondit Stephen avec un sourire résigné.

Il se fit apporter les ingrédients de la prescription, versa dans le café une dose généreuse de cognac, grignota deux biscuits et se dirigea vers le cabinet de travail. Il allait y entrer quand il marqua une pause : l'inspecteur n'était pas seul. Il reconnut la voix de Lily, qui avait dû voir arriver la voiture de police et descendre avant même que Browning n'ait ouvert à l'inspecteur.

– J'y ai réfléchi sans arrêt, l'entendit-il dire, mais je n'arrive toujours pas à comprendre. Voudriez-vous me répéter comment, selon vous, cela s'est produit ?

Stephen entrouvrit légèrement la porte et tendit l'oreille.

– Je crois qu'il s'agit de quelqu'un, M. Smith par exemple, qui savait que la nurse sortait l'enfant tous les matins à neuf heures, expliqua l'inspecteur en détachant ses mots. Je crois que ce quelqu'un disposait d'un complice qui surveillait le jardin. Quand ce complice vous a vue rentrer pour répondre au téléphone, car il savait probablement à quelle heure le téléphone sonnerait, il a repoussé la barrière, s'est glissé dans le jardin et s'est emparé du landau en se dirigeant selon toute vraisemblance vers le nord, c'est-à-dire en tournant le dos à la promenade du front de mer où il aurait été facilement repéré. Lorsque vous vous êtes aperçue de la disparition, il était sans doute à plusieurs rues de là. Et quand nous avons été alertés, le ravisseur et l'enfant étaient déjà dans leur cachette.

– J'ai entendu une voiture ! s'écria Lily.

L'inspecteur ne réagit pas.

– J'ai entendu une voiture, répéta-t-elle.

– Quand cela ? demanda l'inspecteur, soudain intéressé.

Lily hésita, réfléchit.

– Quand j'étais dans le vestibule. Ma belle-mère m'avait demandé de la conduire en ville et j'allais me préparer quand j'ai entendu le bruit caractéristique d'une voiture qui démarre. Elle s'est éloignée vers la mer.

– C'était peut-être un camion de livraison.

– Non ! répliqua-t-elle sans plus hésiter. C'était une voiture comme la nôtre, le bruit du moteur ressemblait à celui de l'Argyll. Une grosse voiture. J'ai entendu une portière claquer, la voiture démarrer, marquer l'arrêt au carrefour et s'éloigner par là.

Stephen ouvrit alors la porte et entra.

– Rebonjour, inspecteur, dit-il en souriant.

Lily se tourna vers lui. Livide, échevelée, les yeux rouges, le cardigan ayant à demi glissé d'une épaule, elle avait l'air d'une femme ivre – ou d'une folle.

– J'ai entendu une voiture, répéta-t-elle.

– Maintenant ? C'est exact, ma chérie, répondit Stephen comme s'il s'adressait à un enfant buté. C'était la voiture de l'inspecteur qui venait nous voir.

– Non, pas maintenant ! Hier, quand Christopher a été enlevé. J'ai entendu une voiture.

Stephen soupira avec indulgence.

– Soit, ma chérie. Dites à l'inspecteur ce que vous avez à lui dire et retournez dans votre chambre. Vous avez besoin de repos. Browning vous montera du lait chaud.

– Je ne veux pas dormir ! Je ne veux pas qu'on me donne encore des drogues pour me faire dormir !

– On ne vous donnera rien si vous n'en voulez pas. Mais maintenant que je suis là, vous pouvez remonter dans votre chambre pendant que je parle à l'inspecteur.

Sans répondre, Lily se tourna vers le policier.

– Je vous assure que j'ai entendu une voiture ! Ils ont enlevé Christopher en voiture.

– Je le vérifierai, madame. Voilà peut-être pourquoi personne n'a vu le landau. Sergent, notez, je vous prie. Je vérifierai, soyez tranquille.

– Vous ne savez donc toujours pas où il est ?

– Non, toujours pas. Mais je vous assure que nous poursuivons activement les recherches.

Avec un soupir résigné, Lily se leva et quitta la pièce. Avant de refermer la porte, Stephen la suivit des yeux pendant qu'elle montait l'escalier.

– Elle le prend très mal, dit-il à l'inspecteur en touchant machinalement ses égratignures. Notre médecin de famille estime que nous ne sommes pas équipés pour nous occuper d'elle ici et qu'elle devrait séjourner dans une maison de repos jusqu'à ce que l'affaire soit résolue.

– Vous êtes-vous querellés ? demanda l'inspecteur en se souvenant des déclarations de Charlie Smith sur les brutalités de Stephen envers sa femme.

– Mais non ! Je ne suis pas homme à passer mes nerfs ou mes angoisses sur une femme. Elle a simplement perdu son sang-froid et m'a giflé quand j'ai voulu l'empêcher de téléphoner à tous nos amis pour les interroger. Elle refuse d'accepter la culpabilité de Charlie Smith et préfère croire à l'existence d'une sorte de conspiration pour lui voler son fils. Je suis à peu près convaincu, désormais, qu'ils avaient une liaison qui a mal tourné et qu'elle ne peut pas supporter sa part de responsabilité dans ce drame.

– Vous ne croyez donc pas à la voiture ?

– Comment le savoir ? Charlie Smith n'en a pas et je ne pense pas que ses amis disposent de limousines. Si Lily, à force d'autosuggestion, arrive à se persuader qu'elle a entendu une grosse voiture et à nous faire admettre que le landau a été chargé dedans, elle pourra continuer à croire à l'innocence de son ami Charlie, voilà tout.

– Triste histoire, commenta l'inspecteur.

– L'infidélité de ma femme m'aurait plus affecté si l'enfant n'avait pas disparu, dit Stephen avec amertume. Maintenant, seul compte le sort de Christopher, le reste n'a aucune importance. Nous attendons un spécialiste des maladies nerveuses qui doit venir examiner Lily. Il ne vous dérangera pas.

– Comptez-vous donc faire interner votre femme, monsieur Winters ? s'enquit l'inspecteur avec curiosité.

– Grand dieu, non ! s'exclama Stephen en rougissant. Il ne s'agit pas de cela du tout ! Nous voulons l'opinion d'un médecin qualifié pour savoir si une cure en maison de repos est vraiment nécessaire.

– Mme Winters acceptera-t-elle de s'absenter tant que son enfant n'aura pas été retrouvé ?

– Franchement, il faudra bien qu'elle s'y résolve. Elle m'a agressé ce matin, elle a demandé assez grossièrement à ma mère de lui donner son carnet d'adresses. Elle a fait une crise de somnambulisme la nuit dernière, elle ne mange rien, elle passe ses journées dans un état de surexcitation proprement... hystérique. A mon avis, elle a grand besoin de soins. J'ai vu dans les tranchées des hommes dont les nerfs lâchaient et qui étaient en meilleur état qu'elle ne l'est en ce moment. Qu'elle veuille ou non suivre une cure, la décision appartiendra aux médecins.

– Je suis sincèrement désolé, dit l'inspecteur avec compréhension. C'est une douloureuse épreuve...

– Dont elle est en partie responsable, précisa Stephen.

– Peut-être vaut-il mieux, en effet, qu'elle bénéficie de soins professionnels.

Jusqu'à la fin de la matinée, l'inspecteur et le sergent reçurent les rapports des agents commis à la vérification de l'emploi du temps des amis et relations de Charlie. Gens de spectacle pour la plupart, ils dormaient pratiquement tous à l'heure de l'enlèvement et la police devait confronter leurs déclarations avec celles de témoins éventuels.

A midi, ils entendirent l'Argyll franchir la grille et rouler le long de la maison vers le garage. Au même moment, Lily dévala l'escalier en criant :

– Inspecteur ! Inspecteur Walker !

Il y avait une telle panique dans ses appels que l'inspecteur se leva aussitôt et courut à la porte en faisant signe au sergent de se tenir prêt à intervenir. Il ne pouvait complètement ignorer les balafres sur la joue de Stephen et les inquiétudes des médecins sur la santé mentale de Lily.

– Je l'ai entendu ! s'exclama-t-elle en se jetant presque dans ses bras, hors d'haleine. Exactement le même bruit ! C'est *notre* voiture ! Christopher a été enlevé dans *notre* voiture !

Surexcitée, elle agrippait l'inspecteur par la manche et le secouait au point que le sergent dut intervenir.

– Calmez-vous, madame...

– Je vous dis que c'est notre voiture ! répéta Lily. Comprenez-vous à la fin, inspecteur ? Je viens d'entendre la voiture rentrer dans la cour en première et j'ai reconnu le bruit ! Christopher a été enlevé dans *notre* voiture !

Le tintement soudain de la sonnette fit sursauter Lily, qui recula en poussant un cri d'effroi. Tandis que Browning traversait sans hâte le vestibule pour aller ouvrir, Muriel apparut à la porte du salon.

– C'est sans doute le docteur que nous attendions, dit-elle à l'inspecteur. Si vous pouviez ?...

D'un geste discret, elle lui fit comprendre que sa présence et celle du sergent en uniforme n'étaient pas souhaitées. Mais l'inspecteur happa le bras de Lily, qui faisait déjà mine de s'enfuir vers l'escalier, et l'attira dans le cabinet. Le sergent les suivit, repoussa la porte sans la refermer tout à fait et alla se poster devant la fenêtre.

– Asseyez-vous, madame. Du calme, je vous en prie, vous n'avez aucune raison de vous inquiéter. Ce que vous venez de dire m'intéresse au premier chef et je suis tout disposé à vous écouter mais, de grâce, calmez-vous.

Par la porte entrebâillée, on entendait Stephen accueillir le nouveau médecin. Lily ne tourna pas la tête.

– Je vous ai dit ce matin que j'avais entendu un bruit de voiture au moment de l'enlèvement de Christopher. Ce bruit, je viens de le reconnaître. C'est celui de notre propre voiture, j'en suis maintenant certaine.

– Un instant ! Vous ne vous souveniez même pas de ce bruit de moteur jusqu'à ce matin. Qu'est-ce qui vous rend tout à coup certaine qu'il s'agit de votre voiture ?

Lily secoua convulsivement la tête en se tirant les cheveux par poignées, comme si elle pouvait atteindre ainsi les racines de sa mémoire. L'inspecteur l'observait avec inquiétude, prêt à appeler à l'aide.

– J'étais si bouleversée en découvrant le jardin vide que l'image est restée gravée dans ma tête comme une photographie, répondit-elle enfin. Mais le bruit du claquement de portière et celui du moteur se sont enregistrés juste avant et c'est en l'entendant maintenant que je les ai reconnus. Il *faut* me croire, inspecteur ! Christopher a été enlevé dans notre voiture !

– Admettons. Qui conduisait, alors ?

Il y eut un très long silence, comme si Lily ne pouvait se résoudre à affronter la conclusion logique de ce qu'elle venait d'affirmer.

– Stephen, déclara-t-elle d'une voix sourde. Ou Coventry. Ou peut-être les deux ensemble.

– Pourquoi votre mari enlèverait-il son propre fils ?

– Parce qu'il est fou, dit-elle comme horrifiée par ses propres paroles. Parce que j'ai appelé le bébé Christopher et qu'il hait ce nom qui était celui de son frère. Parce que je n'ai pas voulu le laisser acheter la ferme dont il avait envie. Parce qu'il sait que j'aime Christopher et que je ne l'aimerai jamais, lui. Parce qu'il me hait et veut me détruire. Parce qu'il s'est produit dans cette ferme en Belgique, pendant la guerre, quelque chose qui l'a rendu fou.

L'inspecteur et le sergent échangèrent un regard stupéfait.

– Il faut l'arrêter ! reprit Lily d'une voix soudain forte et claire. Vous devez lui faire dire où il a caché mon bébé. Peu importe la manière dont vous le lui ferez avouer, je veux qu'on me rende Christopher. Ni Stephen ni Coventry ne sont capables de s'occuper de lui. Vous devez arrêter Stephen sur-le-champ et lui faire avouer où est Christopher !

Derrière Lily, la porte s'ouvrit lentement. Une femme inconnue en uniforme gris entra, suivie du Dr Mobey, d'un autre homme et de Stephen, hagard.

Lily sursauta et se tourna vers les nouveaux venus :

– Qui êtes-vous ?

– Je suis l'infirmière Priors. Je vais prendre bien soin de vous.

– Non ! hurla Lily.

Levée d'un bond, elle s'élança vers l'inspecteur, mais la femme fut plus rapide ; elle l'intercepta et la saisit à bras-le-corps en faisant signe à l'inconnu.

– A vous, docteur Ramsden !

Le médecin s'avança, une seringue à la main. Lily eut beau se débattre, l'infirmière était plus forte qu'elle. Le Dr Ramsden plongea l'aiguille dans son avant-bras. Un instant plus tard, Lily cessa de se débattre, l'infirmière la déposa sur une chaise, se pencha pour vérifier son pouls.

– Tout va bien, dit-elle en se redressant. Faut-il la monter dans sa chambre ?

– Je la porterai, la pauvre chérie, offrit Stephen.

Il souleva Lily avec une tendresse que l'inspecteur ne put s'empêcher de remarquer. Plongée dans l'inconscience, inerte comme une poupée de son, Lily avait retrouvé la beauté innocente qui avait rendu Stephen amoureux d'elle.

Quand ils furent seuls, les trois hommes se consultèrent du regard.

– Dois-je comprendre que je ne puis tenir compte de sa déposition ? demanda l'inspecteur.

– A mon avis, répondit le Dr Ramsden, cette jeune femme souffre de ce que nous appelons une névrose paranoïde. Elle s'imagine que le monde entier conspire contre elle et elle soupçonne plus particulièrement ceux qui l'aiment le plus, son mari dans le cas présent. Mais elle est jeune. Une fois qu'elle aura surmonté cette douloureuse épreuve, je ne doute pas qu'elle se rétablisse.

– Douloureuse, en effet, approuva le Dr Mobey. Je soigne cette famille depuis des années et je puis à peine croire que la fatalité s'acharne ainsi sur elle.

– Vous ne croyez pas qu'elle ait entendu de voiture ? voulut savoir l'inspecteur.

– C'est fort possible, répondit le spécialiste. Rien ne nous permet d'affirmer le contraire. Mais le fait qu'elle identifie cette voiture comme celle de son mari constitue un symptôme évident de son dérangement. Elle l'accuse d'avoir enlevé son fils parce qu'elle est incapable de faire la différence entre la réalité et ses propres phobies. Et si c'est son amant qui a volé l'enfant, elle a dans sa folie des raisons encore plus puissantes d'en accuser son mari. Elle vous a demandé de l'arrêter, de le contraindre à avouer. Ce sont là des symptômes classiques de la maladie.

– Je vérifierai quand même cette histoire de voiture, déclara l'inspecteur.

– Agissez pour le mieux, répondit le Dr Mobey. Plus vite ce malheureux enfant sera retrouvé, mieux cela vaudra pour tout le monde.

– A condition que nous le retrouvions, dit gravement l'inspecteur. Je ne vous cacherai pas que je suis de plus en plus inquiet à son sujet.

CHAPITRE 42

Les dernières lueurs du jour s'étaient depuis longtemps éteintes lorsque Lily sortit de sa torpeur. Elle ne sut d'abord pas où elle était. Il faisait noir, elle avait faim et elle tremblait comme si elle avait la fièvre. En clignant les yeux, elle reconnut le plafond de sa chambre, le lustre, les montants du lit. Sa gorge était sèche et douloureuse, ses yeux englués de sommeil. Elle se redressa, se frotta le visage. D'un coup, la conscience de la disparition de Christopher la submergea sous une vague de désespoir si brutale qu'elle laissa échapper un gémissement.

Elle se leva, s'avança en titubant sur le parquet qui tanguait sous ses pieds, parvint à s'appuyer à la coiffeuse et à s'asseoir sur le tabouret. Le miroir lui renvoya son image que la pénombre rendait indistincte. Le souvenir des heures précédentes lui revint peu à peu, sa rencontre avec l'inspecteur, sa plaidoirie pour lui faire admettre qu'elle avait réellement entendu le bruit de la voiture, l'arrivée de la femme en gris, sa lutte inutile pour lui échapper. Ensuite, après un trou noir, elle avait fait d'horribles cauchemars. Poursuivie par d'invisibles ennemis, elle courait après Christopher sans pouvoir le rattraper. Elle était dans les tranchées, dans le paysage de désolation décrit par Stephen, elle savait que Christopher était là, quelque part sous des monceaux de cadavres mutilés, elle le cherchait sans pouvoir le retrouver...

Elle se frotta de nouveau le visage pour tenter de dissiper ces affreuses visions, alluma la lampe et se vit clairement. Elle était blême, hagarde. Le lourd sommeil dû aux drogues avait fait apparaître des rides sur son visage, d'épais cernes noirs autour de ses yeux. Ses cheveux pendaient en mèches ternes et graisseuses, sa peau luisait de sueur et de larmes à demi séchées.

– C'est lui qui l'a pris, murmura-t-elle à son reflet. C'est ce misérable fou qui l'a volé.

En luttant contre ses muscles rétifs, elle se leva, alla vers la porte, tourna en vain la poignée. Elle crut d'abord que le bois avait joué, que la porte était simplement coincée et qu'elle manquait encore de forces pour l'ouvrir. A la troisième tentative, elle dut se rendre à l'évidence : la porte était fermée à clef.

Elle frappa sur le panneau, doucement d'abord puis de plus en plus fort à mesure qu'elle sentait monter sa panique. La maison était vide. Ils avaient volé et caché Christopher, ils s'étaient tous enfuis après l'avoir enfermée dans sa chambre. Seule, elle allait mourir de faim, de soif. Sans elle, plus personne au monde ne chercherait Christopher. Il serait perdu à jamais.

– Laissez-moi sortir ! cria-t-elle en frappant à coups redoublés. Je veux sortir d'ici !

Elle entendit enfin des pas.

– Ne restez pas derrière cette porte, madame Winters, fit une voix de femme avec froideur et autorité. Reculez et allez vous asseoir sur le lit.

Machinalement, Lily obéit. Il y eut le bruit de la clef dans la serrure, la porte s'ouvrit, la femme en gris entra et referma derrière elle.

– Comment vous sentez-vous ? s'enquit-elle comme s'il était normal qu'elle entre dans la chambre de Lily sans y être invitée et lui demande des nouvelles de sa santé.

– Qui êtes-vous ? Je veux voir mon mari.

– Je vous ai demandé comment vous vous sentiez, répéta la femme.

– Je vais bien.

– Vous avez sans doute faim et soif. La gorge sèche ?

– Oui.

– Avez-vous besoin d'aller à la salle de bains ?

– Oui.

– Je vais vous y emmener. Mais n'essayez pas de descendre ce soir. Vous irez juste à la salle de bains et vous regagnerez votre chambre. Est-ce clair ?

Déconcertée, apeurée aussi, et trop faible pour discuter, Lily hocha la tête.

– Je veux voir mon mari, répéta-t-elle à mi-voix.

– Plus tard, dit la femme. D'abord, la salle de bains.

Lily se leva, la femme la prit par le bras pour lui faire traverser la chambre et le palier jusqu'à la salle de bains dont elle referma la porte derrière Lily. La clef n'était plus dans la serrure, le nécessaire de rasage de Stephen avait disparu de sa place habituelle.

Lily s'assit sur le siège des toilettes, se lava ensuite les mains et le visage à l'eau froide. Sa peau était sèche et usée comme celle d'une vieille femme, elle sentait la sueur et l'étrange odeur sure de la peur. Elle eut envie de prendre un bain mais, faute du courage de le faire couler, elle se frotta de son mieux avec un gant de toilette, se lava les dents et se rinça la bouche pour tenter de faire disparaître l'horrible goût de la drogue. Quand elle ouvrit enfin la porte, la femme en gris l'attendait sur le palier.

– Voilà qui est mieux, dit-elle du ton condescendant de l'institutrice qui encourage un cancre. Retournez dans votre chambre. Je vous monterai à dîner, vous vous recoucherez tout de suite après.

– Quelle heure est-il ? demanda Lily.

La femme la poussa dans la chambre et la fit asseoir sur le fauteuil.

– Bientôt l'heure de se coucher.

– Je vous ai demandé l'heure qu'il est !

– Vous avez eu une journée longue et difficile. Ne vous inquiétez plus de rien, je vais vous monter un dîner léger et vous dormirez tranquillement jusqu'à demain.

– Ont-ils retrouvé Christopher ?

Elle savait pourtant qu'on ne retrouverait pas Christopher tant qu'on n'aurait pas demandé à Stephen et à Coventry où ils avaient caché l'enfant et que personne d'autre qu'elle ne leur poserait jamais la question.

– Ils le retrouveront bientôt, répondit la femme. Et maintenant, restez sagement assise en attendant votre dîner.

Sa volonté étouffée sous la froide détermination de cette femme, Lily ne put que hocher la tête.

L'infirmière la laissa seule et referma la porte à clef sans que Lily en éprouve de surprise ni même de colère. Elle était prisonnière, cette femme était son geôlier. Charlie seul aurait été capable de la délivrer mais Charlie était lui aussi enfermé. Lentement, péniblement, son esprit embrumé retraça l'incroyable enchaînement de circonstances qui l'avait amenée à être emprisonnée dans sa propre chambre. L'inspecteur ne l'avait pas crue quand elle lui avait dit que la voiture de l'enlèvement était celle de Stephen. Charlie arrêté, elle captive, personne désormais ne pourrait secourir Christopher. Personne – sauf elle.

Elle se força à se lever, alla écouter à la porte. La maison était silencieuse. Elle essaya la poignée. La porte était fermée à clef. Titubante, elle traversa la chambre vers la fenêtre à guillotine, rassembla toutes ses forces pour soulever le châssis inférieur, qui glissa en grinçant. Lily se figea, craignant que le bruit n'ait alerté la femme en gris. Mais la maison resta plongée dans le silence comme si tout le monde était endormi ou avait fui.

Au bout d'un instant, elle se pencha dehors. La fenêtre dominait la pelouse de la hauteur impressionnante des deux étages et du sous-sol. Une chute ne pardonnerait sans doute pas. A sa gauche, elle vit le gros tuyau de descente de la gouttière. Au-dessous, la fenêtre de la chambre de Rory d'où s'échappait un rai de lumière par les rideaux mal joints. Lily jeta un dernier coup d'œil derrière elle, comme si sa porte s'était rouverte par magie pour lui épargner cette périlleuse épreuve – dans son état, elle ne se serait pas plus étonnée d'un miracle que d'un nouveau cauchemar. Sur le ton de la prière, elle murmura à deux reprises le nom de son fils, enjamba l'appui de la fenêtre et posa les pieds sur l'étroite corniche.

Effrayée, les jambes flageolantes, elle mesura la distance qui la séparait du tuyau. Il était tout juste hors de sa portée. Pour l'atteindre, elle devrait se pencher au-dessus du vide, tendre les bras... La pensée que la femme en gris pourrait reparaître d'un instant à l'autre et la pousser dans le vide la terrifia soudain et vainquit son hésitation. Elle s'avança jusqu'à l'extrême bord de la corniche, lança les bras en tendant tout le corps, parvint à saisir le tuyau, s'y laissa plaquer par son élan. Mais ses muscles affaiblis par la drogue refusèrent d'obéir et elle se sentit glisser sans pouvoir raffermir son étreinte. Les mains, les bras, les cuisses brûlés par le frottement, elle descendit ainsi jusqu'à ce que ses pieds butent sur un support du tuyau scellé dans la maçonnerie.

Elle était juste au-dessus de la fenêtre de Rory. En étouffant un sanglot, elle étreignit le tuyau de toutes ses forces et se laissa glisser un peu plus bas. Cette fois, c'était l'appui de la fenêtre qui était hors de sa portée. Elle devrait donc sauter sans disposer d'aucune saillie à laquelle se raccrocher. Elle regarda en haut : impossible de remonter. Elle regarda vers le bas : la descente jusqu'au niveau du sol était trop longue pour qu'elle puisse se retenir. Ellc devait à tout prix réussir – ou se tuer. Tenaillée par la peur, elle prit son élan, sauta sur l'appui de la fenêtre en s'écorchant les mains sur la brique et le crépi, atterrit dans l'angle de la fenêtre et se colla aux vitres lisses et froides.

En équilibre instable sur l'étroite margelle de pierre, elle fit deux pas de côté et regarda par la fente des rideaux. La garde-malade finissait de préparer Rory pour la nuit selon la routine habituelle : le verre d'eau sur la table de chevet, la poire de la sonnette électrique épinglée sur le couvre-pied, l'extinction des lumières sauf celle de la veilleuse. Lily devina plutôt qu'elle ne vit la sortie de la garde-malade ; elle se força à compter lentement jusqu'à trente et tapa doucement à la fenêtre en se postant de manière à être vue entre les rideaux.

Au bruit, Rory tourna la tête, fronça les sourcils et prit une expression de stupeur en reconnaissant Lily.

– Aidez-moi, articula-t-elle en silence derrière la vitre.

Rory se redressa, se déplaça dans son lit en direction de son fauteuil roulant, tendit la main le plus loin qu'il put sans réussir à le saisir. Ses jambes paralysées ne lui étaient d'aucun secours. Lily ne pouvait rien faire que le regarder en priant que ses propres muscles, tétanisés par l'effort et le froid, tiennent assez longtemps pour que Rory réussisse à lui venir en aide. L'horrible femme en gris ne tarderait sans doute pas à remonter dans sa chambre, à s'apercevoir de son évasion et à donner l'alarme.

Au prix d'un dernier effort, Rory agrippa du bout des doigts un accoudoir du fauteuil et réussit à l'attirer vers le lit. Il bloqua le frein, se souleva des deux bras, se traîna jusqu'à ce qu'il parvienne à se laisser tomber assis dans le fauteuil, qui bascula en arrière sous le choc. Rory le redressa sans trop de peine, débloqua le frein et roula aussitôt vers la fenêtre où Lily, à bout de forces et terrifiée par le retour prochain de la femme en gris, se mordait les lèvres jusqu'au sang.

Rory lutta de toutes ses forces contre le loquet de la fenêtre, parvint à le débloquer et à soulever le châssis inférieur. Lily joignit ses efforts aux siens et agrandit l'ouverture jusqu'à ce qu'elle puisse s'y glisser et retomber dans la chambre la tête la première.

– Qu'y a-t-il ? lui demanda Rory à mi-voix.

– Il faut que je m'en aille, répondit-elle de même. Je sais où est Christopher. Donnez-moi dix minutes avant de sonner pour qu'on vienne vous recoucher. Je vous verrai à mon retour. Merci, Rory, ajouta-t-elle en l'embrassant sur la joue. Je vous aime de tout mon cœur.

Elle entrouvrit la porte, tendit l'oreille. Un bruit de voix montait du salon, mais le palier et le vestibule étaient déserts. Leur service terminé, la garde-malade était partie chez elle, les domestiques étaient à la cuisine. Sans chaussures, Lily descendit l'escalier à pas de loup. L'horloge du vestibule marquait dix heures vingt mais elle n'avait plus aucune notion du temps. Elle traversa le vestibule en fixant des yeux le rai de lumière sous la porte du salon, entra sans bruit dans la salle à manger, ouvrit la porte-fenêtre. Elle croyait revivre son rêve de la veille et sa crise de somnambulisme comme si elle se retrouvait vingt-quatre heures en arrière. La femme en gris, le cauchemar des tranchées, sa peur de tomber n'étaient peut-être que la continuation de ce rêve terrifiant...

La lune se cachait derrière les nuages, le jardin était envahi d'ombres. Lily se demanda si son cauchemar n'allait pas brusquement cesser, si elle n'allait pas revoir le landau à l'endroit où elle l'avait laissé et Christopher paisiblement endormi. Mais le banc de pierre était vide, la pelouse déserte. Lily poussa la barrière et courut en silence jusqu'à la cour du garage.

L'Argyll y était.

Un instant, Lily douta de ses certitudes. Elle était pourtant persuadée que Coventry aurait pris la voiture ce soir pour aller à l'île de Hayling, comme la veille il avait emmené Christopher pour le cacher dans sa barge échouée au bord de l'eau. Mais si l'Argyll était à sa place et Coventry dans sa chambre au-dessus du garage, sa théorie s'écroulait. Pour la première fois depuis la disparition de Christopher, la pensée que si personne ne le surveillait, c'était peut-être parce qu'il était déjà mort effleura Lily.

Elle ouvrit la portière de sa petite auto et s'installa au volant. Quoi qu'il soit advenu de son enfant, elle devait de toute façon échapper aux griffes de la femme en gris, des médecins qui allaient de nouveau la droguer, de la police qui l'arrêterait sous n'importe quel prétexte. Tant qu'elle ne se serait pas évadée de cette maison, elle ne saurait jamais ce qu'était réellement devenu son fils.

Sachant que Coventry gardait le réservoir plein en permanence, Lily actionna le démarreur, le moteur tourna du premier coup. Elle engagea la première, embraya, accéléra doucement, franchit la grille sans encombre. Un instant plus tard, déjà loin de la maison, elle put forcer l'allure dans les rues presque désertes à cette heure tardive.

Une fois sortie de la ville, elle accéléra à fond sur la route côtière. Au bout du capot, elle voyait l'aiguille du thermomètre monter peu à peu vers la zone rouge mais elle n'osait pas ralentir. La femme en gris avait sûrement déjà donné l'alarme, Stephen disposait de l'Argyll et de Coventry. Il préviendrait peut-être la police ou se lancerait lui-même à sa poursuite, car il se douterait de sa destination. Avec sa voiture infiniment plus puissante que la petite Morris, il ne tarderait pas à la rattraper. Terrifiée, Lily conduisait à tombeau ouvert sans cesser de surveiller l'apparition menaçante des phares de l'Argyll dans son rétroviseur.

Elle tourna si vite pour s'engager sur le pont de l'île que la voiture manqua se renverser. Avec un cri de frayeur, Lily la redressa de justesse et franchit le pont dans un grincement de planches inquiétant. La piste tortueuse et défoncée qu'elle empruntait pour la première fois la força à ralentir. Elle sentait sa panique monter de minute en minute. Stephen se jouerait de ces embûches qui lui étaient familières, les virages dissimuleraient ses phares qu'elle verrait soudain surgir derrière elle quand il serait trop tard pour réagir. Tremblante de peur, elle pressa de nouveau l'accélérateur à fond.

La mer se rapprochait. Les sirènes des bateaux-phares résonnaient lugubrement, le pinceau lumineux des phares déchirait des écharpes de brume de plus en plus fréquentes. A un croisement à demi enseveli sous des bancs de sable, Lily tourna à droite et la piste se dégrada de plus en plus. Cramponnée au volant, secouée par les cahots, elle guidait de son mieux la voiture dans le sable et les nids-de-poule. La nuit était noire, aucune lumière n'apparaissait derrière elle. Lily vit enfin la petite auberge près de l'embarcadère et stoppa.

Les silhouettes de trois barges se découpèrent devant elle. Un peu de lumière filtrait à travers le rideau déchiré de la plus éloignée, dont la coque était peinte en noir. Un filet de fumée montait de la cheminée. Toujours sans chaussures, Lily marcha en grimaçant de douleur sur les galets, gravit l'échelle sans bruit. Elle tourna la poignée de la porte qui s'ouvrit sans résister...

A la maigre lumière de la lampe, elle vit Coventry assis dans le fauteuil près du fourneau, penché sur quelque chose d'invisible. Au fond de la pièce, le landau. Vide.

Lily entra en trébuchant, les jambes flageolantes.

– Mon enfant, ne put-elle que murmurer.

Le désespoir l'avait vidée de sa peur. La vue du landau vide lui suffisait pour comprendre que sa quête n'avait plus d'objet, que sa vie était désormais inutile. Elle arrivait trop tard. Elle avait perdu trop de temps à découvrir la sortie du labyrinthe de folie où on avait voulu l'enfermer. Elle ne retrouvait qu'un luxueux landau vide et des draps brodés. Son enfant était mort.

– Mon bébé, répéta-t-elle d'une voix inexpressive.

Coventry se leva et vint vers elle, le visage éclairé d'un sourire plein de tendresse.

– Le voilà, déclara-t-il d'une voix un peu rauque mais tout à fait claire en tendant à Lily le paquet qu'il tenait sur ses genoux.

Incrédule, Lily le prit. A ce moment-là, comme s'il sentait que sa mère était revenue, Christopher remua sans se réveiller et se blottit dans ses bras avec un léger soupir de contentement. Lily le serra contre son cœur, respira son inimitable odeur de bébé, caressa la peau satinée de ses petites mains, s'enfouit le visage au creux de son cou. Ses angoisses, sa fatigue, sa terreur effacées par miracle, elle se sentait littéralement fondre de bonheur. Si le malheur l'avait vieillie de dix ans, la joie lui rendait en un clin d'œil ses forces et sa jeunesse.

– Christopher... Mon Christopher..., répéta-t-elle.

– Il voulait le tuer, dit calmement Coventry. Il m'avait donné l'ordre de l'enlever et de le noyer, mais je l'ai caché ici. Je ne savais pas ce que je devais faire. Je ne savais pas ce que mon devoir m'ordonnait.

Lily s'apprêtait à répondre quand on entendit le puissant ronronnement du moteur de l'Argyll qui s'arrêtait derrière la voiture de Lily. Le moteur s'éteignit, la portière claqua. Les yeux dans les yeux, Lily et Coventry se figèrent. Des pas lourds, décidés, s'approchèrent sur les galets, gravirent les barreaux de l'échelle – un, deux, trois, quatre.... La porte s'ouvrit.

Stephen entra.

Lily le reconnut à peine. Jamais elle n'avait vu son visage animé d'une telle expression de plénitude. Il tenait son revolver avec aisance, presque avec élégance. Il avait l'allure de l'officier qui avait su entraîner ses hommes dans une périlleuse expédition punitive. De l'homme qui avait appris à regarder la mort en face et à en rire. De l'homme qui avait si bien su s'adapter à la guerre qu'il ne pourrait jamais plus vivre en paix.

Il salua Lily d'un large sourire avant de se tourner vers Coventry.

– Je te l'avais bien dit, hein ? affirma-t-il d'un ton plein de gaieté. Toutes des putains ! Toutes plus rusées, plus sournoises que des singes !

– Partez, souffla Coventry à Lily. Partez vite.

Comme un oiseau qui surveille le serpent prêt à attaquer, elle fit un pas de côté vers la porte puis deux, sans quitter des yeux le visage souriant de son mari.

– As-tu du thé, ce soir ? Des biscuits ? demanda Stephen.

D'un geste, Coventry l'invita à prendre place dans le fauteuil près du feu et Stephen s'avança. Plaquée contre la paroi pour le laisser passer, Lily se rendit soudain compte qu'il ne les voyait sans doute même pas, elle et son enfant. Il n'était même pas présent par l'esprit dans cette barge convertie en maison, il n'entendait pas plus le clapotis de la mer contre la coque que le meuglement des cornes de brume. Il s'était évadé du présent, de la réalité, il était redevenu celui qu'on avait envoyé de force dans les tranchées, un homme étranger aux sentiments humains et à la peur. Un homme puisant ses plus grandes joies dans l'amitié de son ordonnance et le goût âcre du thé rebouilli. Un homme accoutumé à tuer quotidiennement ses semblables.

Le dos au mur, Lily fit un autre pas vers la porte.

– La bouilloire est sur le feu, dit Coventry d'un ton naturel. Une goutte de rhum, mon capitaine ?

– Oui, à part. Je n'aime pas le mélanger au thé.

Au moment de franchir le seuil légèrement surélevé, Lily dut s'avancer un peu dans la pièce pour contourner la porte ouverte et se figea en voyant le regard de Stephen se poser sur elle. Dans sa main, l'acier luisant du revolver évoquait l'outil familier d'un artisan consciencieux.

– Partez donc, lui souffla Coventry.

De sa main libre, Lily chercha à tâtons le montant de la porte en serrant Christopher plus fort contre son cœur. Elle franchit le seuil à reculons, sentit sous ses pieds nus les planches froides du pont de la barge, recula jusqu'à l'échelle. Une brève hésitation la retint. Elle avait soudain peur pour Stephen, peur pour Coventry, peur pour ces deux hommes auxquels la guerre avait fait perdre la raison.

Du pas de la porte, Coventry l'apostropha une dernière fois à voix basse.

– Partez. Maintenant, jc connais mon devoir.

Elle referma la porte, se laissa glisser en bas de l'échelle plutôt qu'elle ne la descendit, terrifiée à l'idée qu'un accès de folie saisisse soudain Stephen, qu'il ne la rattrape en deux enjambées et ne lui barre la route. Les pieds en sang, courbée sur son précieux fardeau, elle courut sur les galets, sauta dans sa voiture, posa Christopher à côté d'elle sur le siège du passager. L'enfant ouvrit un instant ses yeux aussi bleus que ceux de sa mère.

Lily mit le contact, actionna le démarreur. Le moteur refusa de partir. Grinçant des dents, elle recommença. Elle redoutait que le bruit du moteur ne suffise à rappeler Stephen à la réalité, à faire voler en éclats son illusion d'être revenu à Ypres dans un abri entre deux pilonnages d'obus. S'il se rappelait maintenant qui il était et ce qu'elle savait de lui, il n'hésiterait pas à courir après elle et le bébé, revolver au poing.

Elle remit le contact, actionna de nouveau le démarreur. Le moteur fit quelques tours et cala. Le thermomètre était proche du rouge, l'air humide avait pénétré jusqu'aux bougies et Lily, en pressant à fond l'accélérateur, avait aggravé la situation en noyant le moteur. Avec un sanglot de rage impuissante, elle ramena le levier d'allumage sur la position départ, recommença...

Cette fois, le moteur démarra. Lily desserra le frein à main, engagea la première, embraya et alluma les phares en regardant avec crainte dans le rétroviseur. Même si Stephen n'apparaissait que maintenant en haut de l'échelle, il aurait largement le temps de monter dans l'Argyll, de la rattraper sur un tronçon de route déserte ou de pousser sa petite auto sur le pont pour la faire basculer dans la mer.

Lily maîtrisa son impatience et se força à conduire lentement dans les bancs de sable qui recouvraient la piste. En dépit de ses précautions, elle ne put toutefois en éviter un plus profond que les autres. Elle sentit ses roues s'enliser, tenta de se dégager en accélérant et le moteur cala.

Dans le silence rendu presque tangible par le clapotis de la marée montante sur le sable, elle ne perçut d'abord que la plainte lugubre des cornes de brume et les appels isolés de quelques oiseaux de mer.

Un instant plus tard, elle entendit avec une clarté quasi surnaturelle claquer deux coups de revolver. Deux détonations bien espacées, délibérées, dont l'écho amplifié par la surface de l'eau effraya des mouettes qui nichaient là et qui s'envolèrent en poussant des cris de protestation. Elles firent deux ou trois fois le tour de l'auberge et de l'embarcadère avant de se poser dans un concert de cris et de caquètements indignés qui s'éteignit bientôt.

Aussitôt après, le silence retomba. Le silence absolu qui règne après un départ. Le silence de la mort qui succède au bruissement de la vie. Et Lily comprit alors que Coventry avait accompli son dernier devoir envers l'homme qu'il aimait.

Pour eux deux, enfin, la guerre était finie.

Cet ouvrage a été composé par Facompo
reproduit et achevé d'imprimer sur Roto-Page
par l'Imprimerie Floch à Mayenne
pour le compte des Éditions Belfond
en septembre 1994

Imprimé en France
Dépôt légal : septembre 1994
N° d'édition : 3206 – N° d'impression : 36308